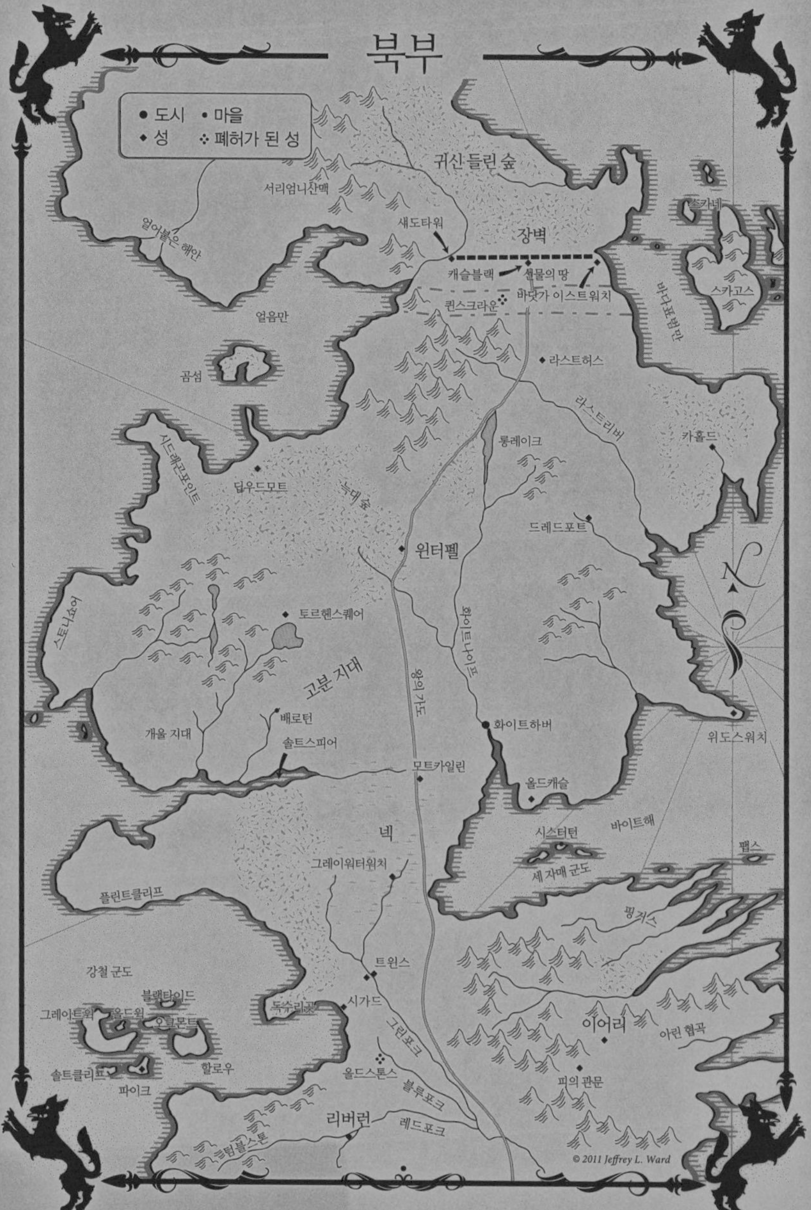
북부
도시
마을
성
폐허가 된 성
귀신 들린 숲
서리엄니산맥
얼어붙은 해안
새도타워
장벽
캐슬블랙
선물의 땅
바닷가 이스트워치
퀸스크라운
얼음만
곰섬
라스트허스
라스트리버
바다표범만
스카고스
카홀드
롱레이크
딥우드모트
늑대숲
윈터펠
드레드포트
스토니쇼어
토르헨스퀘어
화이트나이프
고분 지대
왕의 가도
배로턴
개울 지대
솔트스피어
화이트하버
위도스워치
모트카일린
올드캐슬
넥
시스터턴
바이트해
세 자매 군도
팹스
그레이워터워치
플린트클리프
핑거스
트윈스
강철 군도
블랙타이드
그레이트윅
올드윅
오크몬트
시가드
그린포크
이어리
아린 협곡
솔트클리프
할로우
파이크
올드스톤스
블루포크
피의 관문
리버런
레드포크
텀블스톤
© 2011 Jeffrey L. Ward

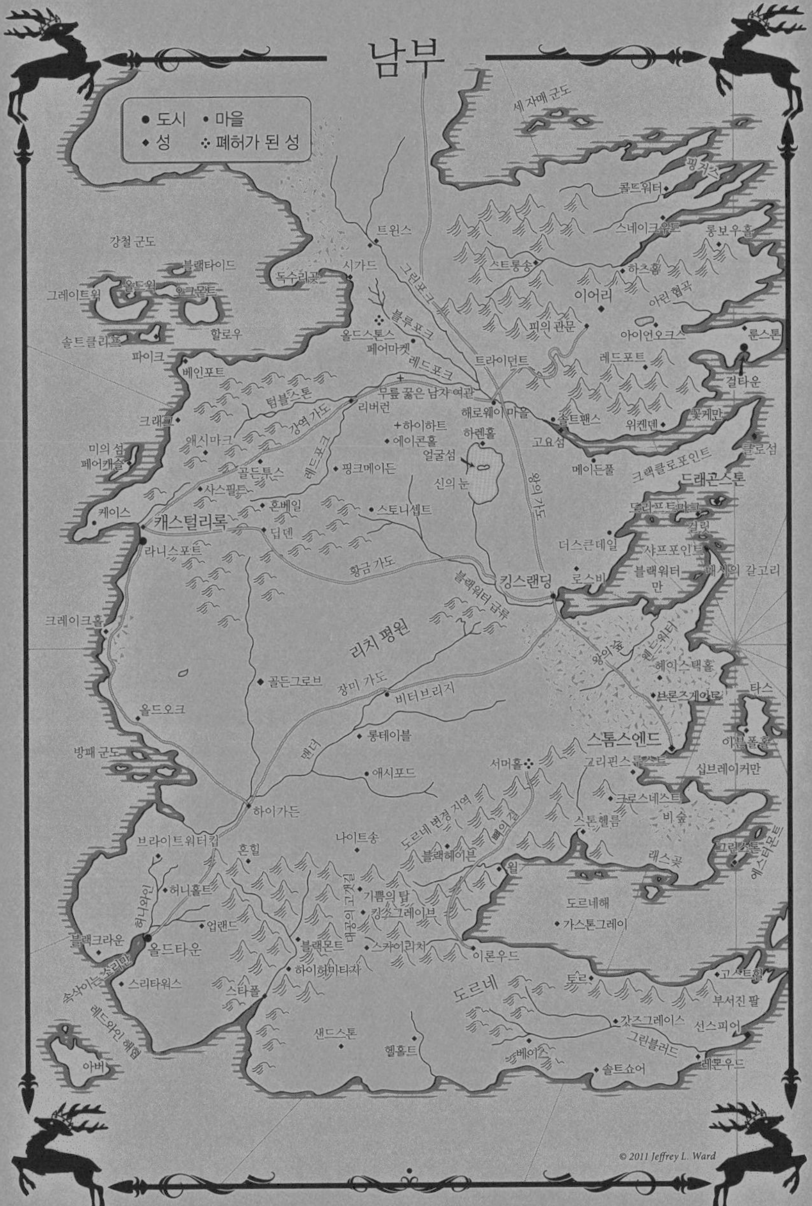
남부
도시
마을
성
폐허가 된 성
세 자매 군도
핑거스
콜드워터
스네이크우드
롱보우홀
하츠홈
이어리
아린 협곡
스트롱송
피의 관문
아이언오크스
룬스톤
레드포트
걸타운
트윈스
시가드
독수리곶
그린포크
블루포크
올드스톤스
페어마켓
레드포크
트라이던트
무릎 꿇은 남자 여관
리버런
텀블스톤
강의 가도
해로웨이 마을
솔트팬스
고요섬
위켄덴
꽃게만
클로섬
크랙클로포인트
드래곤스톤
하이하트
에이콘홀
하렌홀
얼굴섬
신의 눈
왕의 가도
메이든풀
강철 군도
블랙타이드
그레이트윅
올드윅
오크몬트
솔트클리프
할로우
파이크
베인포트
크래그
애시마크
미의 섬
페어캐슬
골든투스
핑크메이든
사스필드
케이스
캐스털리록
혼베일
딥덴
스토니셉트
라니스포트
황금 가도
블랙워터 급류
킹스랜딩
더스큰데일
로스비
블랙워터 만
샤프포인트
드리프트마크
헐
매시의 갈고리
크레이크홀
리치 평원
왕의 숲
헤이스택홀
브론즈게이트
골든그로브
장미 가도
비터브리지
올드오크
롱테이블
스톰스엔드
타스
이븐폴홀
방패 군도
맨더
애시포드
서머홀
그리핀스루스트
십브레이커만
크로스네스트
비숲
하이가든
도르네 변경 지역
뼈의 길
스톤헬름
브라이트워터킵
나이트송
블랙헤이븐
혼힐
레스곶
그린스톤
에스타몬트
월
허니홀트
기쁨의 탑
킹스그레이브
도르네해
가스톤그레이
허니와인
업랜드
대공의 고개길
블랙크라운
올드타운
블랙몬트
스카이리치
이론우드
속삭이는 소리만
하이허미티지
스리타워스
스타폴
도르네
토르
고스트힐
부서진 팔
갓스그레이스
선스피어
레드와인 해협
샌드스톤
헬홀트
그린블러드
솔트쇼어
레몬우드
아버
© 2011 Jeffrey L. Ward

까마귀의 향연

2

* 이 도서의 국립중앙도서관 출판예정도서목록(CIP)은 서지정보유통지원시스템
홈페이지(http:seoji.nl.go.kr)와 국가자료공동목록시스템(http:www.nl.go.krkorisnet)에서
이용하실 수 있습니다. (CIP제어번호: CIP2019028071)

얼음과 불의 노래 제4부 A SONG OF ICE AND FIRE

GEORGE R. R. MARTIN

까마귀의 향연

조지 R. R. 마틴 장편소설

이수현 옮김

2

은행나무

목차

일러두기

1 등장인물의 이름이 다른 이름이나 단어와 혼동할 여지가 있는 경우에는 최대한 혼동을 피하는 방향으로 표기했다. 또한 이름에 일반명사가 포함되어 있는 경우, 외래어 표기법을 따르되 기존 독자의 편의를 고려해 임의로 표기하기도 했다.(예: 존 스노우, 새기독, 드래곤)

2 본문의 주는 모두 옮긴이의 것으로, 괄호 안에 글씨 크기를 줄여 표기했다.

세르세이

왕은 입술을 삐죽거렸다. "저도 철왕좌에 앉고 싶어요. 조프리 형은 언제나 거기 앉게 해줬잖아요."

"조프리는 열두 살이었다."

"그치만 내가 왕인걸요. 왕좌는 내 거예요."

"누가 그런 말을 하던?" 세르세이는 도카스가 끈을 더 꽉 조일 수 있게 숨을 들이마셨다. 도카스는 덩치가 커서 세넬레보다 훨씬 힘이 좋았지만, 솜씨는 더 서툴렀다.

토멘의 얼굴이 빨개졌다. "아무도 말 안 해줬어요."

"아무도? 네 부인을 아무도 아니라고 하는 거냐?" 이 반항에서는 마저리 티렐의 냄새가 덕지덕지 묻어났다. "네가 거짓말을 하면 페이트를 불러다가 피가 나도록 매질하는 수밖에 없다." 페이트는 조프리를 대신해 매 맞는 아이였고, 지금은 토멘을 대신해 매를 맞았다. "그랬으면 좋겠어?"

"아뇨." 왕은 뚱하니 중얼거렸다.

"누가 그런 말을 했지?"

토멘이 발을 이리저리 끌었다. "마저리 부인이요." 토멘에게도 어머니가 듣는 곳에서 마저리를 왕비라고 부르지 않을 정도의 눈치는 있었다.

"이제 좀 낫구나. 토멘, 엄마는 결정을 내려야 할 심각한 문제들이 있어. 너는 아직 어려서 이해하기 힘든 문제들이지. 내 등 뒤 왕좌에서 꿈지럭거리면서 어린아이 같은 질문으로 내 신경을 흩어놓는 바보 같은 아이는 필요가 없다. 아마 마저리는 네가 내 소협의회에도 참석해야 한다고 생각하겠지?"

"네." 토멘은 바로 인정했다. "제가 왕이 되는 방법을 배워야 한대요."

"나이를 더 먹으면 참석하고 싶은 회의마다 참석해도 돼." 세르세이가 말했다. "장담하는데, 곧 지겨워질 거야. 로버트는 회의 내내 졸곤 했지." '굳이 참석씩이나 했을 때는 말이지.' "사냥에 나가서 매를 날리기를 더 좋아하고, 지겨운 일은 다 예전 아린 공에게 맡겼단다. 아린 공 기억하니?"

"배앓이로 죽었죠."

"그랬지. 가엾게도. 그리 왕이 되는 법을 배우고 싶다면, 웨스테로스의 역대 왕과 그 왕들을 섬긴 수관들의 이름을 다 익히면 어떨까. 내일 엄마 앞에서 읊어보는 거야."

"네, 어머니." 토멘은 고분고분 대답했다.

"그래야 우리 착한 아들이지." 통치는 그녀의 몫이었다. 세르세이는 토멘이 적정 나이가 될 때까지 통치권을 내려놓을 마음이 없었다. '나도 기다렸으니, 토멘도 기다릴 수 있어. 난 반생을 기다렸어.' 그녀는 이제까지 순종적인 딸, 수줍은 신부, 얌전한 아내 역할을 연기했다. 로버트가 술에 취해 더듬는 손길도, 제이미의 질투도, 렌리의 조롱도, 바리스의 킥킥거림도, 스타니스의 끝없는 이갈이도 견뎌냈다. 존 아린, 네드 스타크, 그리고 독사 같은 배신자이자 살인자인 그녀의 난쟁이 동생과도 씨름하면서 내내 언젠가는 자신의 차례가 오리라 되뇌었다. '마저리 티렐이 속임수로 나의 권리를 빼앗을 수 있다고 생각한다면, 다시 생각하는 게 좋을걸.'

그렇다 해도 기분 좋은 아침 식사 시간은 아니었고, 나머지 하루도 별로 좋지 않았다. 오전에는 자일스 공과 그의 장부들과 함께 시간을 보내면서 그가 기침 사이사이로 동화, 은화, 금화에 대해 중얼거리는 소리를 들었다. 그 후에는 워터스 공이 도착하더니, 드로몬드 세 척의 건조가 끝나간다고 보고하면서 이름값에 걸맞도록 장대하게 마무리하려면 금화가 더 필요하다고 간청했다. 세르세이는 기꺼이 그 요청을 승인했다. 점심은 문보이가 재롱을 부리는 가운데 상인 길드원들과 함께하면서 길거리를 돌아다니고 광장에서 잠을 자대는 '참새들'에 대한 불평을 들었다. '황금 망토들을 써서 이 참새란 것들을 시외로 쫓아내야 할지도 모르겠군.' 그런 생각을 하고 있을 때, 파이셀이 들어왔다.

파이셀 대학사는 최근 협의회에서 유난히 불평이 많았었다. 지난번 회의에서는 오레인 워터스가 세르세이의 새로운 범선들을 맡기려고 고른 선장들에 대해 심하게 투덜거렸다. 워터스는 새 배를 좀 더 젊은 사람들에게 맡기려 한 반면, 파이셀은 경험이 중요하다고 반박하면서 지휘권은 블랙워터 화재에서 살아남은 선장들에게 가야 한다고 주장했다. "충성심을 증명한 노련한 사내들"이라면서 말이다. 세르세이는 그자들이 늙었다고 말하며 워터스 공 편에 섰다. "그 선장들이 증명한 것이라곤 헤엄을 칠 줄 안다는 것뿐이었소. 세상에 자식보다 오래 사는 어머니가 있어선 안 되고, 자기 배보다 오래 사는 선장이 있어선 안 되지." 파이셀은 세르세이의 힐책을 마지못해 받아들였었다.

오늘 파이셀은 덜 격앙된 얼굴이었고, 소심한 미소 비슷한 것도 짓고 있었다. "전하, 반가운 소식입니다." 파이셀이 말했다. "와이먼 맨덜리가 전하의 명을 받들어, 스타니스 공의 양파 기사를 참수했습니다."

"확실한 소식인가?"

"그자의 머리통과 두 손이 화이트하버 벽 위에 매달렸습니다. 와이먼 공이 이를 언명하고, 프레이들이 확인했습니다. 입에 양파를 물린 머리통을 보았다 합니다. 그리고 손가락이 짧은 손도요."

"잘됐군." 세르세이가 말했다. "맨덜리에게 까마귀를 보내어, 이제 충성심을 보였으니 아들을 돌려보내겠다 알리시오." 화이트하버는 곧 왕의 평화 안으로 돌아올 터였고, 루스 볼턴과 그의 서자가 남북에서 모트카일린을 포위하고 있었다. 일단 모트카일린이 그들의 수중에 들어가면 양쪽 군세를 합쳐 토르헨스퀘어와 딥우드모트에 있는 강철인들을 일소할 것이다. 그 정도면 스타니스 공을 상대로 진군해야 할 때 볼턴이 네드 스타크의 남은 봉신들의 충성을 얻어낼 수 있으리라.

한편 남쪽에서는 메이스 티렐이 스톰스엔드 바깥에 천막을 빽빽하게 세우고 스무 대가 넘는 망고넬 투석기로 육중한 성벽을 향해 돌을 날리고 있었는데, 지금까지는 큰 효과가 없었다. '전사 티렐 좋아하시네.' 세르세이는 생각했다. '그놈의 문장은 주저앉은 뚱보였어야 해.'

그날 오후에는 음침한 브라보스인 사절이 알현실에 나타났다. 세르세이는 그자와의 알현을 2주 동안 미루어왔고, 가능하다면 기꺼이 1년은 더 미룰 작정이었지만, 자일스 공은 도저히 더는 그 남자를 감당할 수가 없다고 했다……. 솔직히 자일스가 기침 외에 무슨 일은 감당할 수 있나 싶어졌다.

그 브라보스인은 노호 디미티스라고 이름을 밝혔다. '짜증 나는 남자에게 어울리는 짜증 나는 이름이군.' 목소리도 짜증스러웠다. 세르세이는 그 남자가 말을 늘어놓는 동안 앉은 자세를 바꿔가면서 대체 얼마나 오래 이런 위협을 견뎌야 하나 생각했다. 세르세이 등 뒤로 솟아오른 철왕좌의 가시와 칼날이 알현실 바닥에 일그러진 그림자를 드리웠다. 그 왕좌에는 왕 아니면 수관만 앉을 수 있었다. 세르세이는 왕좌 발치에 도금한 나무 의자를 놓고, 쌓아 올린 진홍색 방석 위에 앉아 있었다.

세르세이는 그 브라보스인이 숨을 쉬기 위해 멈춘 순간, 기회를 잡았다. "이 일은 우리 재정대신과 이야기하는 게 더 적절하겠소만."

이 대답은 고귀한 노호 디미티스에게 달갑지 않은 듯했다. "전 자일스 공과 여섯 번이나 이야기를 했습니다. 자일스 공은 제게 대고 기침을 해대면서 변명을 합니다만, 금은 준비가 되지 않습니다, 전하."

"일곱 번째로 이야기를 하시오." 세르세이는 상냥하게 제안했다. "일곱은 우리의 신들에게도 성스러운 숫자니까."

"전하께선 농담을 좋아하시는군요."

"난 농담을 할 때 미소를 짓지. 지금 내 얼굴에 웃음기가 보이시오? 웃음소리가 들리시오? 확언컨대, 내가 농담을 하면 남자들이 큰 소리로 웃는다오."

"로버트 왕은—"

"죽었소." 세르세이가 날카롭게 말했다. "강철은행은 이번 반란을 진압한 후에 금을 돌려받을 것이오."

브라보스인은 무례하게도 세르세이에게 얼굴을 찌푸렸다. "전하—"

"알현은 이것으로 끝이오." 세르세이는 하루 몫을 할 만큼 했다. "메린 경, 고귀한 노호 디미티스를 문까지 바래다드리게. 오스먼드 경, 나를 거처까지 호위하도록." 곧 손님들이 도착할 테니, 목욕을 하고 옷을 갈아입어야 했다. 저녁 식사 때도 지루한 일거리가 예정되어 있었다. 일곱 왕국은 고사하고, 왕국 하나를 다스리는 것도 힘든 일이었다.

킹스가드의 하얀 옷을 입은 키 크고 늘씬한 오스먼드 케틀블랙 경이 계단에서 세르세이 옆에 붙어 섰다. 세르세이는 둘만 있다는 점을 확인하고 그에게 팔짱을 꼈다. "경의 동생은 어쩌고 있나?"

오스먼드 경은 불편한 얼굴이었다. "아…… 잘되어갑니다. 다만……."

"다만?" 세르세이는 목소리에 화가 난 느낌을 약간만 실었다. "솔직히 고백하자면 친애하는 오스니에 대한 인내심이 닳아가고 있어. 오스니가 그 암망아지를 길들여야 할 때가 지났네. 매일 마저리와 같이 있을 수 있도록 토멘의 맹약위사로 임명도 했는데 말이야. 지금쯤이면 장미를 땄어야지. 어린 왕비에게는 오스니의 매력이 안 통하나?"

"매력은 문제없습니다. 송구스럽습니다만, 케틀블랙 아닙니까?" 오스먼드 경은 반지르르한 검은 머리를 손가락으로 쓸어 넘겼다. "문제는 여자 쪽입니다."

"그건 왜지?" 세르세이는 진작부터 오스니 경에 대해 의심을 품고 있었다. '마저리 취향에는 다른 남자가 나을지도 몰라. 은발의 오레인 워터스라거나, 탤러드 경 같은 크고 건장한 남자라거나.' "혹시 다른 사람을 좋아하나? 자네 동생의 얼굴에 불만이라거나?"

"얼굴은 좋아합니다. 이틀 전에는 오스니의 흉터를 만졌다더군요. '어떤 여자가 이런 상처를 남겼나요?'라고 물었다지요. 오스니는 여자라고 한 적이 없는데, 알고 있더랍니다. 누군가가 말했을지도 모르지요. 대화가 오갈 때는 늘 오스니에게 손길이 닿는다고 합니다. 망토 여밈을 바로잡아주기도 하고, 흘러내린 머리카락을 쓸어주기도 하고 말입니다. 한번은 활터에서 장궁 드는 방법을 알려달라고 해서, 끌어안다시피 해야 하기도 했다지요. 오스니가 외설적인 농담을 던지면 깔깔거리면서 더 야한 농담으로 응수하기도 하고요. 분명히 그 여자도 오스니를 원합니다. 그렇지만……."

"그렇지만?" 세르세이는 뒷말을 재촉했다.

"둘만 있을 일이 없습니다. 왕이 거의 늘 같이 있고, 왕이 없으면 다른 누군가가 있어요. 말벗 둘이 암망아지와 침대를 같이 쓰는데, 하룻밤씩 번갈아 들어갑니다. 또 다른 시녀 둘이 아침 식사를 함께 하고 옷을 입히고요. 기도는 성사와 함께 하고, 독서는 사촌인 엘리너와 함께, 노래는 사촌인 앨라와 함께, 바느질은 사촌 메가와 함께 합니다. 잔나 포소웨이와 메리 크레인과 함께 매사냥을 나가지 않으면 어린 불워 아기씨와 같이 '우리 성에 놀러와' 놀이를 하지요. 말을 타러 나갈 때면 반드시 네다섯 명의 말벗에다가 최소 열 명이 넘는 위병을 거느립니다. 그리고 주변에 언제나 남자들이 있어요. 메이든볼트에서도요."

"남자들이라." 그건 의미가 있었다. 가능성이 있었다. "그게 어떤 남자들인지 말해보겠나?"

오스먼드 경은 어깨를 으쓱였다. "가수들입니다. 암망아지는 가수와 곡예사 같은 것들을 좋아하거든요. 넋을 놓고 그 사촌들을 따라다니는 기사들도 있지요. 오스니는 탤러드 경이 최악이라더군요. 그 덩치 큰 멍청이는 자기가 원하는 게 엘리너인지 앨라인지도 모르면서 간절히 원한다는 것만 안다고요. 레드와인 쌍둥이도 들른답니다. 슬로버는 꽃과 과일을 가져오고, 호러는 류트를 차지하고요. 오스니 말에 따르면 고양이 목을 졸라서 나오는 소리도 그것보단 듣기 좋을 거라나요. 여름 군도인도 늘 거치적거립니다."

"잘라바르 쇼가?" 세르세이는 코웃음을 쳤다. "주로 그년에게 고향을 되찾을 돈과 검을 빌려달라고 구걸하겠군." 잘라바르 쇼는 몸에 걸친 보석과 깃털을 빼면 태생 좋은 거지나 다름없었다. 로버트가 단호하게 "안 된다"라고 한 번만 했으면 그 성가신 청을 끝낼 수도 있었으련만, 술 취한 망나니였던 그녀의 남편은 여름 군도를 정복한다는 생각을 매력적이라 여겼다. 보나 마나 깃털 망토 안에 아무것도 입지 않은, 젖꼭지가 석탄처럼 까만 갈색 피부의 계집들을 꿈꿨으리라. 그래서 로버트는 매번 잘라바르 쇼에게 "안 된다"라고 하는 대신 "내년에"라고 대답했고, 그 내년은 영영 오지 않았다.

"구걸을 하는지 여부는 모르겠습니다, 전하." 오스먼드 경이 대답했다. "오스니 말로는 그들에게 여름 군도의 언어를 가르친다는군요. 오스니에게는 아니고 왕비— 아니, 그 암망아지와 사촌들에게요."

"여름 군도 말을 지껄이는 망아지라면 대단한 인기를 끌겠군." 세르세이는 건조하게 말했다. "경의 동생에게 박차를 잘 갈아두라 이르게. 곧 내가 그 망아지에게 올라탈 방법을 찾아낼 테니, 믿어도 좋다고."

"그렇게 전하겠습니다, 전하. 오스니도 말타기를 고대하고 있으니, 행여 다른 마음이라고는 생각지 마십시오. 그 암망아지가 제법 예쁘거든요."

'오스니가 열망하는 건 나야, 이 멍청아.' 세르세이는 생각했다. '오스니가 마저리에게 원하는 건 그 다리 사이에 끼고 있는 작위뿐이야.' 오스먼드를 좋아하기는 했지만, 가끔 보면 로버트 못지않게 아둔한 것 같았다. '이자의 장검은 머리보다 빨랐으면 좋겠군. 토멘에게 그 검이 필요할 때가 올지도 모르니.'

그들이 무너진 수관의 탑 그림자를 가로지르는데 환호성이 엄습했다. 저편에서 어떤 종자가 창 과녁을 찌르고 지나치면서 가로대가 빙글빙글 돌고 있었다. 앞장서서 환호하는 것은 마저리 티렐과 그녀의 암탉들이었다. '별것도 아닌 일에 엄청난 소란이군. 누가 보면 저 녀석이 마상시합 우승이라도 한 줄 알겠어.' 그러던 세르세이는 그 소년이 도금한 판금 갑옷을 갖춰 입고 군마에 오른 토멘이라는 사실을 알고 소스라쳤다.

세르세이로서는 미소를 그리며 아들을 보러 가는 수밖에 없었다. 도착했을 때는 꽃의 기사가 말에서 내리는 토멘을 돕고 있었다. 토멘은 흥분해서 숨을 몰아쉬었다. "봤어?" 토멘이 모두에게 물었다. "내가 로라스 경이 말한 그대로 했어. 봤어, 오스니 경?"

"봤습니다." 오스니 케틀블랙이 말했다. "멋진 광경이었습니다."

"말 탄 자세가 저보다 좋으십니다, 전하." 더못 경이 말했다.

"내가 기마창도 부러뜨렸어. 로라스 경, 그 소리 들었어?"

"천둥소리 못지않게 크더군요." 로라스 경의 하얀 망토 어깨 부분은 비춰와 금으로 만든 장미가 여미고 있었고, 바람이 갈색 머리 타래를 절묘하게 흔들었다. "정말 멋지게 달리셨습니다만, 한 번으로는 충분치 않습니다. 내일 다시 하셔야 합니다. 모든 타격이 곧게, 제대로 들어가고 기마창이 팔의 일부가 될 때까지 매일 달리셔야 해요."

"그러고 싶어."

"눈부셨어요." 마저리가 한쪽 무릎을 꿇더니 왕의 뺨에 입을 맞추고 한 팔을 둘렀다. "조심해, 오빠." 그녀가 로라스에게 말했다. "내 용맹한 남편이 몇 년 있으면 오빠를 말에서 떨어뜨릴 테니까." 그녀의 세 사촌도 맞장구를 쳤고, 끔찍한 어린 불워는 깡충깡충 뛰어다니면서 "토멘은 우승자가 될 거야, 우승자, 우승자"라고 외치기 시작했다.

"어른이 되면 그러겠지." 세르세이가 말했다.

모두의 미소가 서리 맞은 장미처럼 시들었다. 제일 먼저 무릎을 굽힌 사람은 곰보 얼굴의 늙은 여자 성사였다. 나머지도 뒤따라 무릎을 꿇었다. 어린 왕비와 그 오빠만 예외였다.

토멘은 갑자기 싸늘해진 분위기를 눈치채지 못한 모양이었다. "어머니, 보셨어요?" 토멘은 행복하게 재잘거렸다. "제가 방패를 쳐서 기마창을 부러뜨렸어요. 가죽 주머니는 절 건드리지도 못했어요!"

"안뜰 건너편에서 보고 있었다. 아주 잘했어, 토멘. 내 그럴 줄 알았지. 마상시합이야 네 핏줄에 깃들어 있으니까. 언젠가는 너도 네 아버지처럼 시합장을 지배할 거야."

"어떤 남자도 이이에게 맞서지 못할 겁니다." 마저리 티렐이 세르세이에게 수줍게 미소 지었다. "하지만 로버트 왕께서 마상시합에서 그렇게 뛰어나셨는지는 미처 몰랐는걸요. 부디 말씀해주세요, 전하. 어떤 시합에서 우승하셨나요? 어떤 대단한 기사들을 말에서 떨어뜨리셨나요? 국왕 전하께서도 아버지의 승리에 대해 듣고 싶어 하실 거예요."

세르세이의 목덜미가 붉어졌다. 마저리에게 허를 찔렸다. 사실 로버트 바라테온은 마상시합에 무관심했었다. 일대일 마상 창시합보다는 뭉툭한 도끼나 망치로 상대를 때려서 피투성이로 만들 수 있는 난전을 훨씬 좋아했다. 세르세이가 말한 순간에 생각한 남자는 제이미였다. '이렇게 방심하다니, 나답지 않아.' 세르세이는 이렇게 말해야만 했다. "로버트는 트라이던트 시합에서 이겼지. 라에가르 왕자를 쓰러뜨리고 나를 사랑과 미의 여왕으로 지목했고. 우리 며느리가 그 이야기를 모르다니 놀랍군." 그녀는 마저리에게 대꾸할 틈을 주지 않았다. "오스먼드 경, 내 아들이 갑옷을 벗게 도와주겠나. 로라스 경, 같이 좀 걷지. 할 이야기가 있네."

꽃의 기사는 강아지처럼 그녀를 따라올 수밖에 없었다. 세르세이는 구불구불한 계단까지 걸어가서야 말했다. "누가 생각한 일이었나?"

"제 누이 생각이었습니다." 그는 바로 인정했다. "탤러드 경, 더못 경, 포티퍼 경이 과녁을 향해 말을 달리고 있었는데, 왕비께서 국왕 전하도 한번 해보고 싶을 거라고 했어요."

'나를 긁으려고 누이를 왕비라고 부르는군.' "경은 뭘 했지?"

"저는 전하께서 갑옷을 입게 도와드리고, 기마창을 어떻게 겨누는지 보여드렸습니다."

"그 말은 토멘에게 지나치게 컸어. 혹시라도 떨어지면 어쩌려는 건가? 모래주머니에 머리라도 맞으면 어쩌고?"

"기사가 되려면 멍이 들거나 입술이 찢어지는 정도는 겪어야 합니다."

"이제야 자네 형이 왜 불구가 됐는지 알 것 같군." 세르세이는 그 말에 로라스의 예쁜 얼굴에서 웃음기가 싹 걷히는 꼴을 흡족하게 보았다. "내 동생이 경에게 경의 의무를 잘 설명해주지 못한 모양인데, 경은 내 아들을 적들로부터 보호하기 위해 여기에 있네. 그 아이에게 기사가 되는 법을 가르치는 건 훈련대장의 직무야."

"아론 산타가르가 참살당한 이후 레드킵에는 훈련대장이 없습니다." 로라스 경은 비난하는 기색이 배어나는 목소리로 말했다. "국왕 전하께선 거의 아홉 살이 다 되었고, 배우고 싶은 마음이 크십니다. 그 나이면 종자는 되어야 마땅합니다. 누군가는 가르쳐야지요."

'누군가는 가르쳐야겠지만, 그게 너는 아닐 거야.' "경은 누구의 종자였지?" 그녀는 상냥하게 물었다. "렌리 공이 아니었던가?"

"그런 영광을 누렸지요."

"그래, 그럴 줄 알았네." 세르세이는 종자와 종자가 섬기는 기사 사이에 유대감이 얼마나 단단하게 쌓이는지 보아왔다. 토멘이 로라스 티렐과 가까워지는 사태는 바라지 않았다. 꽃의 기사는 사내아이가 본보기 삼을 남자가 아니었다. "내가 태만했군. 다스려야 할 왕국에, 싸워야 할 전쟁에, 애도해야 할 아버지가 있다 보니 그만 새로운 훈련대장을 임명한다는 중대한 문제를 간과했어. 이 실수는 즉시 바로잡겠네."

로라스 경이 이마에 흘러내린 갈색 곱슬머리를 쓸어 올렸다. "제 반만큼이라도 검과 기마창을 잘 다루는 남자는 찾지 못하실 겁니다."

'참 겸손하기도 하지.' "토멘은 경의 종자가 아니라 왕이야. 경은 토멘을 위해 싸우고, 필요하다면 토멘을 위해 죽어야 하는 몸. 그뿐이네."

그녀는 대못이 빽빽하게 깔린 마른 해자 위 도개교에 꽃의 기사를 남겨두고 홀로 마에고르 성채에 들어섰다. '훈련대장을 어디에서 찾는다?' 그녀는 거처로 올라가면서 생각했다. 로라스 경을 거절했으니, 다른 킹스가드 기사에게 눈을 돌릴 수는 없었다. 그랬다간 상처에 소금 뿌리는 격이 되어 하이가든을 격동케 하리라. '탤러드 경? 더못 경? 분명히 누군가가 있을 텐데.' 토멘은 새로운 맹약위사에게 정을 붙이고 있었지만, 오스니는 처녀 마저리 문제에서 세르세이가 기대한 만큼 능력을 보이지 못했고, 그 형제인 오스프리드는 다른 직위에 앉힐 생각이었다. '사냥개'가 광견이 되어버린

게 안타까울 지경이었다. 토멘은 언제나 산도르 클리게인의 긁는 목소리와 화상 입은 얼굴을 무서워했고, 클리게인의 냉소는 로라스 티렐의 미소 띤 기사도에 딱 맞는 해독제가 되었을 것이다.

'그러고 보니 아론 산타가르는 도르네인이었지.' 세르세이는 기억을 돌이켰다. '도르네에 사람을 보낼 수도 있어.' 선스피어와 하이가든 사이에는 수백 년의 피와 전쟁이 쌓여 있었다. '그래, 도르네인이라면 딱 맞겠군. 도르네에는 괜찮은 검사가 있겠지.'

세르세이가 개인방에 들어갔더니, 콰이번 공이 창가 자리에 앉아서 문서를 읽고 있었다. "전하만 괜찮으시다면, 보고할 일이 있습니다."

"음모와 반역이 더 나왔나? 지루하고 피곤한 하루를 보냈으니 빨리 말하게."

콰이번 공은 안타깝다는 듯 미소 지었다. "분부대로 하지요. 티로시의 집정관이 현재 벌어지는 무역 전쟁을 끝내기 위해 리스에 조건을 제시했다는 말이 있습니다. 미르가 이 전쟁에 끼어들어서 티로시 편에 붙으리라는 소문이 있었으나, 황금 용병단 없는 미르인들이 어찌 믿고……."

"미르인들이 뭘 믿든 관심 없네." 자유도시들은 언제나 서로 싸웠다. 그들의 끝없는 배신과 동맹은 웨스테로스에 별 의미가 없었다. "좀 더 중요한 소식은 뭐 없나?"

"아스타포의 노예 반란이 미린까지 번진 모양입니다. 열 척이 넘는 배의 선원들이 드래곤 이야기를 하고 있고……."

"하피겠지. 미린에 있는 건 하피야." 어딘가에서 들은 기억이 있었다. 미린은 세상 저 끝, 발리리아 너머 동쪽에 있었다. "노예들이야 반란을 하든 말든. 내가 왜 신경 써야 하지? 웨스테로스엔 노예가 없어. 보고할 건 그게 다인가?"

"도르네에 전하께서 좀 더 흥미를 두실 만한 소식이 있습니다. 도란 대공이 다에몬 샌드 경을 투옥했다고 합니다. 예전에 붉은 독사의 종자로 있었던 사생아입니다."

"기억나." 다에몬 경은 오베린 공자와 같이 킹스랜딩에 왔던 도르네 기사들 중에 있었다. "그자가 무슨 짓을 했기에?"

"오베린 공자의 딸들을 풀어달라 요구했답니다."

"어리석긴."

"더하여, 스포츠우드의 기사가 뜻밖에도 에스터몬트 공과 딸을 약혼시켰다고 도르네에 있는 친구들이 알려줬습니다. 약혼한 날 밤에 바로 그린스톤으로 보내졌고, 에스터몬트와 이미 결혼도 했다고 합니다."

"배 속에 사생아라도 들어 있었던 거겠지." 세르세이는 머리 타래를 가지고 손장난을 쳤다. "그 수줍은 신부는 몇 살이지?"

"스물셋입니다, 전하. 반면 에스터몬트 공은—"

"일흔은 됐겠지. 알고 있어." 에스터몬트 가문은 로버트 쪽으로 사돈이었는데, 로버트의 아버지가 욕정 탓인지 미쳐서인지 에스터몬트가 사람을 아내로 맞이한 탓이었다. 세르세이가 결혼했을 때 로버트의 모친은 죽은 지 오래였지만, 그녀의 형제는 둘 다 결혼식에 나타나서 반년이나 머물다 갔다. 로버트는 나중에 답례로 에스터몬트에 들르겠다고 고집했는데, 그 영지는 래스곶 근처의 산이 많은 작은 섬이었다. 에스터몬트 가문의 권좌인 그린스톤(Greenstone, 초록 돌)에서 보낸 축축하고 우울한 2주는 세르세이의 젊은 나날 중에 가장 지루한 시간이었다. 제이미는 그 성을 보자마자 "초록 똥"이라고 했고, 곧 세르세이도 그렇게 부르게 됐다. 그 외에는 남편이 매를 날리고, 사냥을 하고, 외숙들과 술을 마시고, 초록 똥 마당에서 여러 사촌 남자 형제들을 인사불성이 되도록 때려눕히는 모습을 지켜보며 시간을 보냈다.

사촌 누이도 하나 있었는데, 남편과 아버지 둘 다 공성전 때 스톰스엔드에서 죽었고 젖가슴이 멜론만 한 통통하고 자그마한 과부였다. "누이 아버지가 나한테 잘해줬지. 그리고 어렸을 때는 둘이 같이 잘 놀곤 했어." 로버트는 그렇게 말했고, 오래지 않아 그 여자와 다시 놀기 시작했다. 왕은 세르세이가 눈을 감자마자 몰래 빠져나가서 그 불쌍하고 외로운 물건을 위로하러 갔다. 어느 날은 의심을 확인하려고 제이미를 미행시켰다. 제이미는 돌아오더니 세르세이에게 로버트를 죽이고 싶냐고 물었다. "아니." 그녀는 대답했었다. "그놈을 오쟁이 지게 해주고 싶어." 그녀는 그날 밤에 조프리가 잉태됐다고 생각했다.

"엘던 에스터몬트가 50살 어린 아내를 들였다, 내가 그걸 왜 신경 써야 하지?" 그녀가 콰이번에게 물었다.

콰이번은 어깨를 으쓱였다. "그래야 한다고 말씀드리진 않겠습니다만…… 다에몬 샌드와 이 산타가르 여자 둘 다 도란 대공의 딸인 아리안느와 가까웠습니다. 적어도 도르네인들이 저희에게 믿게 만들기로는 그랬지요. 별 의미 없을지도 모르지만, 전하께서 아셔야 한다고 생각했습니다."

"그래서 이젠 알게 됐군." 세르세이는 인내심을 잃어갔다. "더 있나?"

"하나 더 있습니다. 사소한 문제입니다." 그는 죄송하다는 듯한 미소를 지으며 최근 도시 안의 평민들 사이에 인기 좋은 인형극에 대해 이야기했다. 그 인형극에서는 짐승들의 왕국을 오만한 사자 무리가 통치했다. "이 반역적인 극은 진행될수록 사자들이 더 탐욕스럽고 오만해지다가, 자기네 신민을 잡아먹기 시작합니다. 고귀한 수사슴이 항의하자 그 사슴도 잡아먹고는, 짐승들 중에 가장 강력한 짐승으로서 자기들의 권리라고 포효하지요."

"그게 끝인가?" 세르세이는 재미있어하며 물었다. 제대로 이해한다면, 유익한 교훈담이 될 수도 있었다.

"아닙니다, 전하. 끝에 가서는 알을 깨고 나온 드래곤이 사자들을 다 잡아먹습니다."

단순히 건방진 놀이가 반역으로 변해버리는 결말이었다. "분별없는 바보들이란. 나무 드래곤에 머리통을 거는 사람은 백치들뿐이지." 세르세이는 잠시 생각했다. "자네의 첩보원을 몇 보내어 누가 인형극을 보러 오는지 기록하게. 혹시라도 주목할 만한 자들이 참석한다면 이름을 알아둬야겠어."

"감히 여쭤봐도 된다면, 그자들을 어찌하시려는지요?"

"자산이 있는 자들이라면 벌금을 물리겠네. 재산의 반이라면 완전히 망하게 하지는 않으면서 따끔한 교훈을 주고 우리 금고를 채울 수 있겠지. 벌금을 낼 수 없을 만큼 가난한 자들은 반역극을 본 죄로 눈 한쪽을 잃으면 되겠군. 인형극 공연자들에겐 도끼를 내리고."

"공연자가 넷입니다. 혹시 전하께서 두 명은 제게 허락하실 수 있을지요. 특히 여자 쪽이……."

"세넬레를 주지 않았나." 세르세이가 날카롭게 말했다.

"아아. 그 불쌍한 여자는…… 너무 진이 빠졌습니다."

세르세이는 그 일에 대해 생각하고 싶지 않았다. 세넬레는 식사 시중을 들기 위해서라고 생각하고 아무 의심 없이 따라나섰었다. 심지어 콰이번이 손목에 쇠사슬을 채울 때까지도 이해하지 못하는 것 같았다. 그 기억을 떠올리면 아직도 속이 메스꺼웠다. '그 감방 안은 매섭도록 추웠지. 횃불마저 떠는 것 같았어. 그리고 어둠 속에서 비명을 지르던 그 역겨운…….' "그래, 여자 하나는 가져도 좋아. 둘까지도 허용하지. 하지만 우선 명단을 받아야겠네."

"분부대로 하겠습니다." 콰이번이 물러갔다.

바깥에서는 해가 저물고 있었다. 도카스가 목욕물을 준비해두었다. 세르세이가 따뜻한 물에 기분 좋게 몸을 담그고 저녁 식사 손님들에게 무슨 말을 할지 고심하고 있는데, 제이미가 불쑥 문을 박차고 들어오더니 조슬린과 도카스에게 나가라고 명령했다. 동생은 깨끗한 상태라고는 할 수 없었고 말 냄새가 풍겼다. 토멘도 데리고 왔다. "사랑하는 누이, 국왕께서 대화를 원하시는데."

세르세이의 금발 머리채가 목욕물 속을 떠다녔다. 방 안에 수증기가 자욱했다. 뺨에 땀 한 방울이 흘러내렸다. "토멘?" 그녀는 위험하도록 부드러운 목소리로 말했다. "이번엔 무슨 일이지?"

그 말투의 의미를 아는 아이는 움츠러들었다.

"전하께서 내일 하얀 군마를 써야겠다시는군." 제이미가 말했다. "마상시합 수업을 위해서 말이야."

세르세이는 욕조에 일어나 앉았다. "마상시합은 없을 거야."

"아니, 있을 거예요." 토멘이 아랫입술을 내밀었다. "전 매일 말을 타야 해요."

"그러게 될 거다." 세르세이가 단언했다. "네 훈련을 감독할 적절한 훈련대장을 임명하고 나면."

"적절한 훈련대장은 필요 없어요. 로라스 경한테 배우고 싶어요."

"그 아이를 지나치게 과대평가하는구나. 네 어린 아내가 로라스 경의 용맹에 대해 바보 같은 생각들을 채워 넣었을 테지만, 오스먼드 케틀블랙이 로라스보다 세 배는 더 기사다워."

제이미가 웃음을 터뜨렸다. "내가 아는 오스먼드 케틀블랙은 아닌데."

제이미의 목을 조를 수도 있었다. '아무래도 로라스 경에게 오스먼드 경에게 지는 모습을 보이라고 명해야 할지도 모르겠군.' 그러면 토멘의 눈이 덜 반짝이리라. '소금 맞은 민달팽이처럼, 영웅은 망신을 주면 바로 쪼그라들지.' "널 훈련해줄 도르네인을 보내라고 할 거야. 도르네인은 왕국에서 제일 기마창을 잘 다루는 이들이지."

"아니거든요." 토멘이 말했다. "어쨌든 바보 같은 도르네인은 필요 없어요. 로라스 경한테 배울래요. 이건 명령이에요."

제이미가 소리 내어 웃었다. '도움이 전혀 안 되는군. 이게 재밌다고 생각하나?' 세르세이는 화가 나서 목욕물을 쳤다. "페이트를 불러와야겠니? 넌 나에게 명령하는 게 아니야. 난 네 어머니다."

"그렇지만 내가 왕이에요. 마저리가 그러는데 모두가 왕이 하라는 대로 해야 한대요. 내일 하얀 군마에 안장을 얹어서 로라스 경에게 마상시합하는 법을 배울 거예요. 새끼 고양이도 한 마리 키울 거고, 비트는 먹기 싫어요." 토멘이 팔짱을 꼈다.

제이미는 아직도 웃고 있었다. 세르세이는 그를 무시했다. "토멘, 이리 오렴." 토멘이 망설이자 그녀는 한숨을 내쉬었다. "무섭니? 왕은 무서움을 드러내선 안 돼." 토멘은 시선을 내리깔고 욕조로 다가왔다. 세르세이는 손을 뻗어 아들의 금빛 고수머리를 쓸었다. "왕이든 아니든, 넌 어린아이야. 나이가 들 때까지 통치는 내가 하는 거야. 마상시합하는 방법은 배우게 될 거야, 약속한다. 하지만 로라스에게서는 안 돼. 킹스가드 기사들에게는 어린아이와 노는 것보다 중요한 임무가 있어요. 단장에게 물어보렴. 안 그런가, 경?"

"아주 중요한 임무가 있지요." 제이미가 희미하게 웃었다. "예를 들면 도시벽을 따라 순찰도 해야 하고 말이야."

토멘은 눈물을 흘리기 직전 같았다. "그래도 새끼 고양이는 키울 수 있나요?"

"어쩌면." 세르세이는 허락했다. "마상시합에 대해 말도 안 되는 소리를 그만한다면 키워도 좋아. 약속할 수 있겠니?"

토멘이 발을 이리저리 끌었다. "네."

"좋아. 이제 가보렴. 곧 엄마 손님들이 올 거란다."

토멘은 달려 나갔지만, 문을 나서기 전에 돌아서서 말했다. "제가 정식 왕이 되면 비트를 법으로 금지할 거예요."

동생이 잘린 팔로 문을 밀어 닫았다. "전하." 그는 세르세이와 둘만 남게 되자 말했다. "궁금한데 말입니다, 취하신 겁니까 아니면 그냥 멍청한 겁니까?"

세르세이는 다시 한번 물을 쳐서 제이미의 발치까지 물을 튀겼다. "입 조심해. 안 그러면—"

"안 그러면 뭐? 도시 방벽을 한 번 더 점검하게 시킬 건가?" 제이미는 앉아서 다리를 꼬았다. "네 망할 방벽은 멀쩡해. 방벽 위를 샅샅이 기어 다니고 일곱 개의 문을 다 살펴봤어. 강철 문의 돌쩌귀가 녹슬었고, 왕의 문과 진흙 문은 스타니스가 충차로 두들겼으니 교체가 필요하긴 해. 방벽은 예전과 다름없이 튼튼해……. 하지만 전하께선 우리의 하이가든 친구들이 그 벽 안에 있다는 사실을 잊어버리신 걸까?"

"난 아무것도 잊지 않아." 세르세이는 한쪽 면에는 손이, 반대쪽에는 잊힌 왕의 얼굴이 박힌 금화를 생각하며 말했다. '어떻게 하찮은 간수가 요강 밑에 그런 금화를 숨겨놓게 됐을까? 어쩌다가 루겐 같은 자가 하이가든으로부터 그런 오래된 금화를 받았을까?'

"내가 새로운 훈련대장에 대해 들은 건 지금이 처음이야. 로라스 티렐보다 더 나은 마상시합 기사를 찾으려면 오랫동안 열심히 뒤져야 할 거야. 로라스 경은—"

"난 그놈 정체를 알아. 내 아들 곁에 두지 않을 거야. 네가 로라스에게 임무를 상기시켜줘야지." 목욕물이 식어갔다.

"로라스는 임무를 알아. 그리고 그보다 더 나은 기마창수는—"

"손을 잃기 전이라면 네가 더 나았어. 젊었을 때 바리스탄 경도 그보다 나았고. 아서 데인도 더 뛰어났고, 라에가르 왕자도 뒤지지 않았지. 나한테 꽃의 기사가 얼마나 뛰어난지 지껄이지 마. 그래봐야 어린애야." 제이미의 방해가 지겨웠다. 아버지를 방해하는 사람은 아무도 없었다. 타이윈 라니스터가 말하면 누구나 복종했다. 세르세이가 말하면 멋대로들 조언을 하고, 반대하고, 심지어는 거부했다. '이게 다 내가 여자라서야. 내가 검을 들고 싸우지 못해서야. 이자들은 머리 나쁜 고주망태 로버트를 나보다 더 존중했어.' 참아주지 않을 것이다. 특히 제이미는. '제이미를 떼어내야 해. 그것도 빨리.' 옛날에 세르세이는 둘이서 나란히 칠왕국을 통치할 수도 있으리라 꿈꿨으나, 제이미는 도움이 되기보다 장애물이 되어버렸다.

세르세이는 목욕물에서 일어났다. 다리를 타고 물이 흘러내리고, 머리카락에서도 뚝뚝 떨어졌다. "네 조언을 받고 싶으면 물어볼게. 나가봐, 경. 난 옷을 입어야 해."

"저녁 식사 손님들이 있는 건 알아. 이번엔 무슨 책략인데? 내가 놓친 게 한둘이어야지." 그의 시선이 세르세이의 다리 사이 금빛 털에 맺힌 물방울로 떨어졌다.

'제이미는 아직 날 원해.' "놓친 것을 애타게 그리는 중이야?"

제이미가 시선을 들었다. "나도 사랑해, 다정한 누이. 하지만 넌 멍청이야. 아름다운 금빛 멍청이."

그 말은 아팠다. '그린스톤에서는, 내 안에 조프리의 씨앗을 뿌린 그 밤에는 그보다 기분 좋은 말로 날 불렀지.' "나가." 세르세이는 그에게 등을 돌리고, 제이미가 잘린 팔로 문을 더듬어 열고 나가는 소리에 귀를 기울였다.

조슬린이 저녁 식사 준비가 다 되었는지 확인하는 동안, 도카스는 새 가운을 입는 세르세이를 거들었다. 반짝이는 초록색 새틴 줄과 호사스러운 검은색 벨벳 줄이 번갈아 들어가고, 보디스 위에는 섬세한 검은색 미르 레이스를 넣은 가운이었다. 미르 레이스는 비싸지만, 왕대비는 언제나 최상의 모습을 보여야 했고 예전 가운 몇 벌은 한심한 세탁부들이 잘못 빨아서 줄어드는 바람에 더 이상 맞지가 않았다. 채찍질로 부주의함을 다스리려 했으나, 타에나가 자비를 베풀라고 설득했다. "친절히 대하시면 평민들이 전하를 더 사랑할 겁니다." 타에나가 그렇게 말했기에 세르세이는 가운 값을 세탁부들의 급여에서 빼라고 명했다. 훨씬 우아한 해결책이었다.

도카스가 세르세이의 손에 은거울을 들려주었다. '아주 좋아.' 세르세이는 거울에 비친 제 모습을 보며 미소 지었다. 상복을 벗으니 즐거웠다. 그녀는 검은 옷을 입으면 너무 창백해 보였다. '메리웨더 부인과 같이 저녁을 하지 못하는 게 안타깝군.' 힘든 하루였고, 타에나의 재치는 언제나 기운을 북돋아주었다. 세르세이는 멜라라 헤더스푼 이후 이렇게 마음에 드는 친구를 둔 적이 없었고, 멜라라는 알고 보니 분수에 맞지 않는 생각을 지닌 탐욕스러운 어린 책략가였었다. '멜라라를 나쁘게 생각해선 안 되지. 물에 빠져 죽었고, 나에게 제이미 말고는 아무도 믿지 말라는 교훈을 가르쳐 줬으니까.'

세르세이가 개인방에 들어섰을 때는 손님들이 히포크라스를 마시고 있었다. '팔리스는 생기기만 물고기 같은 게 아니라 술도 물고기처럼 마시지.' 그녀는 반쯤 빈 술병을 눈여겨보며 생각했다. "사랑스러운 팔리스." 그녀는 그 여자의 뺨에 입을 맞추며 외쳤다. "그리고 용감한 발만 경. 친애해 마지않는 그대들의 어머니 소식을 듣고 얼마나 심란했는지 모르네. 우리 탠다 부인은 좀 어떤가?"

팔리스 부인은 금방이라도 울 것 같았다. "전하께서 물어봐주시니 몸 둘 바를 모르겠습니다. 프렌켄 학사 말이 어머니의 엉덩이는 추락으로 박살이 났다는군요. 학사가 최선을 다했으니 기도할 뿐입니다만……."

'실컷 기도하렴. 그래도 그 여자는 달이 바뀌기 전에 죽을 테니까.' 탠다 스토크워스처럼 나이 많은 여자는 엉덩이 골절에서 살아남지 못했다. "나도 같이 기도드리지. 콰이번 공에게 들으니 말이 탠다를 내던졌다고?"

"말을 달리는 도중에 뱃대끈이 터졌습니다." 발만 버치 경이 말했다. "마구간지기가 끈이 낡았다는 사실을 알았어야 했는데 말입니다. 벌을 내렸습니다."

"호된 벌이었으면 좋겠군." 세르세이는 자리에 앉으면서 손님들도 앉으라는 신호를 보냈다. "히포크라스를 한 잔 더 들겠나, 팔리스? 언제나 좋아했던 것 같은데."

"기억해주시다니 정말 친절하십니다, 전하."

'내가 그걸 어떻게 잊을 수 있겠어? 제이미는 네가 오줌 대신 와인을 싸지 않는 게 신기하다고 했는걸.' 세르세이는 생각했다. "여행은 어땠나?"

"불편했어요." 팔리스가 투덜거렸다. "거의 종일 비가 오지 뭐예요. 로스비에서 밤을 보낼 생각이었는데, 자일스 공의 젊은 대자가 저희를 환대하지 않았어요." 그녀는 콧방귀를 뀌었다. "장담하는데, 자일스가 죽으면 그 천한 놈이 자일스의 금을 다 들고 달아날 거예요. 어쩌면 영지와 작위까지도 노릴지 모르지만, 자일스가 세상을 뜨면 로스비는 저희에게 와야 마땅하지요. 제 모친이 자일스 공의 두 번째 부인의 이모인데다 자일스 공과도 팔촌이니까요."

'너희 문장이 양인가, 아니면 욕심 많은 원숭이인가?' 세르세이는 생각했다. "자일스 공은 내가 처음 만났을 때부터 줄곧 기색이 엄엄했지만 아직 우리와 함께 있고, 앞으로도 여러 해를 같이할 거야." 그녀는 상냥하게 미소 지었다. "아마 우리가 다 무덤에 들어가도록 기침을 해댈 테지."

"아마 그러겠지요." 발만 경이 맞장구를 쳤다. "성가셨던 건 로스비의 대자만이 아닙니다, 전하. 길에서도 깡패들과 마주쳤습니다. 가죽 방패와 도끼를 든 지저분하고 조야한 자들이었지요. 조끼에 별을, 그것도 성스러운 칠각별을 수놓은 자들도 있었습니다만 그래도 사악한 분위기였습니다."

"분명히 이가 들끓었을 거예요." 팔리스가 덧붙였다.

"자칭 참새라고 하지." 세르세이가 말했다. "이 땅에 번진 역병이야. 새로운 최고성사가 대관식을 하고 나면 참새들을 처리해야 할 테지. 그렇게 되지 않으면 내가 직접 처리할 것이고."

"최고성사님은 선정됐나요?" 팔리스가 물었다.

"아니." 세르세이는 고백할 수밖에 없었다. "올리도르 성사가 선정되기 직전이었는데, 그 참새라는 자들 몇이서 성사를 매춘굴까지 미행해서 알몸인 채로 길거리로 끌어냈다네. 지금은 루시언이 유력해 보이지만, 저쪽 언덕에 있는 친구들 말이 아직 몇 표가 부족하다는군."

"노파께서 지혜의 황금 등잔으로 심의를 이끌어주시기를." 팔리스가 신실하게 말했다.

발만 경은 앉은 자세를 바꿨다. "전하, 곤란한 이야기입니다만…… 전하와 저희 사이에 안 좋은 감정이 더해지지 않게, 부디 제 아내나 장모님은 사생아의 이름을 짓는 데 관여하지 않았음을 알아주셨으면 합니다. 롤리스는 부족한 사람이고, 그 남편은 섬뜩한 농담을 즐기는 자이지요. 제가 아이에게 좀 더 적절한 이름을 붙이라고 말했는데, 그자는 웃어넘기더군요."

세르세이는 와인을 마시면서 그를 찬찬히 보았다. 발만 경은 한때 이름난 마상시합 기사였고, 칠왕국에서 제일 잘생긴 기사 중 하나로 꼽히기도 했었다. 아직도 멋진 콧수염은 자랑할 만했으나, 그 외에는 잘 늙었다고 할 수 없었다. 구불구불한 금발 머리는 뒤로 벗어지고 있었고, 반면 배는 더블릿을 뚫고 나올 듯 전진했다. '끄나풀로 쓰기에는 아쉬운 점이 많지만, 쓸 순 있겠지.' 그녀는 생각했다. "티리온은 드래곤들이 오기 전의 어느 왕의 이름이었지. 꼬마 악마가 그 이름을 훼손하긴 했지만, 그 아이가 티리온이라는 이름의 명예를 되찾아줄 수도 있을 테지." '그 사생아가 오래 산다면 말이지만.' "그대들 탓이 아닌 줄 알아. 탠다 부인은 나에게 자매나 다름없고, 그대들은……." 세르세이의 목소리가 흔들렸다. "미안하군. 나는 두려움 속에 살고 있네."

팔리스가 입을 딱 벌렸다가 닫으니 특히 멍청한 어느 물고기와 비슷했다. "두…… 두려움이라니요, 전하?"

"조프리가 죽은 후부터 하룻밤도 푹 잔 날이 없어." 세르세이는 빨잔에 와인을 채웠다. "친구들…… 그대들은 내 친구들이겠지? 토멘 왕의 친구들이고?"

"토멘 왕은 상냥한 분이시지요." 발만 경이 똑똑히 말했다. "전하, 스토크워스 가문의 가언은 '신의를 자랑으로'입니다."

"경 같은 이들이 더 있다면 좋으련만. 솔직히 말하면, 나는 블랙워터의 브론 경에 대해 심각한 의혹을 품고 있네."

남편과 아내가 눈빛을 교환했다. "그 남자는 무례합니다, 전하." 팔리스가 말했다. "상스럽고 입버릇도 나쁘지요."

"그자는 진정한 기사가 아닙니다." 발만 경이 말했다.

"암." 세르세이는 발만 경에게 한껏 동의하는 미소를 지었다. "그리고 경은 진정한 기사도를 아는 남자지. 경이 달리는 모습을 보던 기억이 나는군……. 경이 눈부시게 싸웠던 게 어느 마상시합이었더라?"

발만 경은 겸손하게 미소 지었다. "6년 전 더스큰데일에서 있었던 시합 말씀이신가요? 아닙니다, 그 자리엔 안 계셨지요. 거기 계셨다면 분명히 사랑과 미의 여왕으로서 관을 쓰셨을 테니 말입니다. 그레이조이 반란 이후 라니스포트에서 열렸던 시합일까요? 그 시합에서 제가 여러 훌륭한 기사들을 떨어뜨렸습니다만……."

"그거였어." 세르세이의 얼굴이 흐려졌다. "꼬마 악마는 내 아버지가 죽은 날 밤에 사라졌네. 그것도 정직한 간수 두 명을 피 웅덩이 속에 남겨두고. 그놈이 협해 너머로 도망쳤다는 사람들도 있지만, 난 잘 모르겠군. 그 난쟁이는 교활해. 아직도 근처에 숨어서 살인을 더 계획하고 있을지도 몰라. 어떤 친구가 그놈을 숨겨주고 있을지도 모르지."

"브론이요?" 발만 경이 숱 많은 콧수염을 쓰다듬었다.

"그자는 꼬마 악마의 심복이었어. 그놈이 티리온의 명령으로 지옥에 보낸 숫자가 얼마인지는 이방인께서만 아실 거야."

"전하, 저희 영지에 난쟁이가 돌아다닌다면 제가 알아차렸을 겁니다." 발만 경이 말했다.

"내 동생은 작아. 몰래 돌아다니는 데 타고났지." 세르세이는 일부러 손을 떨었다. "아이 이름은 사소한 일이지만…… 무례를 벌하지 않으면 반역이 싹트는 법. 그리고 콰이번에게 브론이란 자가 용병들을 모으고 있다고 들었네."

"기사 네 명을 가솔로 들였지요." 팔리스가 말했다.

발만 경이 코웃음을 쳤다. "그놈들을 기사라고 부르다니, 제 선량한 아내가 치켜세우는 겁니다. 벼락출세한 용병들이라, 넷 다 기사도라고는 눈을 씻고 찾아도 없습니다."

"내가 걱정한 대로군. 브론은 난쟁이 놈을 위해 칼을 모으고 있는 거야. 일곱이시여, 내 어린 아들을 구하소서. 꼬마 악마가 그 형을 죽였듯이 그 아이를 죽일 거야." 세르세이가 흐느꼈다. "친구들, 내 명예를 그대들의 손에 맡기네……. 하지만 어머니의 두려움에 비하면 왕대비의 명예가 무엇이란 말인가?"

"말씀하십시오, 전하." 발만 경이 확언했다. "전하의 말씀은 이 방 밖으로 새어나가지 않을 것입니다."

세르세이는 탁자 너머로 손을 뻗어 발만 경의 손을 꾹 쥐었다. "내…… 브론 경이 뭐랄까…… 사고를 당했다는 소식을 듣는다면 밤에 좀 더 편히 자겠네. 어쩌면 사냥 중에라든가."

발만 경이 잠시 생각하더니 말했다. "치명적인 사고입니까?"

'그러면 내가 새끼발가락이나 부러뜨려줬으면 할까?' 세르세이는 그 말이 튀어나오지 않게 입술을 깨물어야 했다. '내 적은 사방에 있고 내 친구들은 멍청이로군.' "부탁이네, 경." 그녀는 속삭였다. "내 입으로 말하게 하지 말게……."

"이해했습니다." 발만 경이 손가락을 하나 들어 올렸다.

'순무 대가리라도 그것보다는 빨리 이해했겠다.' "그야말로 진정한 기사로군. 겁에 질린 어미의 기도에 대한 응답이야." 세르세이는 그에게 입을 맞췄다. "괜찮다면 빨리 해치우게. 브론이 지금은 주위에 몇 명 두지 않았으나, 우리가 행동하지 않으면 용병을 더 모을 것이야." 그녀는 팔리스에게도 입을 맞췄다. "내 절대 이 일을 잊지 않겠네, 친구들이여. 스토크워스의 진정한 친구들이여. 신의를 자랑으로. 내 약속하는데, 이 일이 끝나고 나면 내 롤리스에게 더 나은 남편감을 찾아주겠네." '케틀블랙이라든가.' "라니스터는 빚을 갚는다네."

나머지는 히포크라스와 버터 바른 비트, 따끈하게 구운 빵, 표면에 향초를 덮은 강꼬치고기, 그리고 멧돼지 갈비였다. 세르세이는 로버트가 죽은 이후부터 멧돼지를 무척 즐기게 됐다. 심지어 이들과 함께하는 것도 개의치 않았지만, 팔리스는 바보처럼 해죽거렸고 발만은 식사 내내 우쭐거렸다. 두 사람을 내보냈을 때는 자정이 지나 있었다. 발만 경은 와인을 한 병 더 마시면 어떻겠냐고 제안하는 재주만은 뛰어났다. 세르세이도 거절은 신중하지 못하다고 생각했다. '오늘 쓴 히포크라스값의 절반으로도 브론을 죽일 얼굴 없는 자들을 고용할 수 있었겠어.' 그녀는 겨우 두 사람을 보내고 나서 생각했다.

그 시간이면 아들이 푹 잠들어 있을 터였지만, 그래도 세르세이는 자기 전에 토멘을 들여다보러 갔다. 그리고 토멘 옆에 까만 새끼 고양이 세 마리가 몸을 말고 있는 것을 보고 놀랐다. "저 고양이들은 어디에서 난 건가?" 그녀는 왕의 침실 바깥에 선 메린 트랜트 경에게 물었다.

"어린 왕비께서 주셨습니다. 한 마리만 주시려 했는데, 전하께서 어느 고양이가 제일 좋은지 결정을 못 하셔서요."

'단검으로 배를 갈라 어미에게서 끄집어내는 것보다는 낫겠지.' 마저리의 서툰 유혹 시도는 너무 뻔해서 웃어넘길 수 있는 정도였다. '입맞춤이 통하기엔 토멘이 너무 어리니, 새끼 고양이를 주는군.' 하지만 세르세이는 고양이들이 검은색이 아니었으면 좋았겠다고 생각했다. 라에가르의 어린 딸이 바로 이 성에서 알게 되었듯이, 검은 고양이는 불운을 가져왔다. '미친 왕이 아버지에게 잔인한 장난을 치지 않았더라면, 그 아이가 내 딸이었을 거야.' 아에리스가 타이윈 공의 딸을 거절하면서 대신 아들을 거두고, 자기 아들은 검은 눈에 가슴이 납작한 허약한 도르네 공녀와 결혼시킨 것은 광기라고밖에 설명할 수 없었다.

이토록 오랜 세월이 지났는데도 그 거절의 기억에 마음이 욱신거렸다. 그녀는 여러 밤 복도에서 라에가르 왕자를 지켜보았었다. 그 길고 우아한 손가락으로 은현의 하프를 타는 모습을. 그렇게 아름다운 남자가 이제까지 있었던가? '그냥 남자가 아니었지. 그 피는 옛 발리리아의 피, 드래곤과 신들의 피였어.' 세르세이가 어린 소녀에 불과했을 때, 아버지는 그녀에게 라에가르와 결혼하게 해주마 약속했었다. 여섯 살인가, 일곱 살밖에 안 됐을 때였다. "절대 말하지 말아라." 아버지는 오직 세르세이만이 볼 수 있었던 비밀스러운 미소를 지으며 말했었다. "전하께서 혼약에 동의하시기 전까진 말해선 안 돼. 지금은 우리끼리의 비밀로 두어야 한다." 세르세이는 비밀을 지켰지만, 딱 한 번 그녀가 드래곤을 타고 나는 라에가르 뒤에 앉아서 그의 몸을 꼭 끌어안고 있는 그림을 그렸다. 제이미가 그 그림을 보았을 때는 그게 알리산느 왕비와 재해리스 왕이라고 말했다.

세르세이는 열 살이 되어 겨우 자신의 왕자님을 보았는데, 아버지가 서부에 온 아에리스 왕을 환영하기 위해 연 마상시합에서였다. 라니스포트의 도시 방벽 아래에 관람석이 세워졌고, 평민들의 환호성이 천둥처럼 캐스털리록에 울려 퍼졌다. '평민들은 왕보다 내 아버지에게 훨씬 큰 소리를 질렀지만, 라에가르 왕자에게는 그 두 배쯤 크게 환호했지.'

열일곱 살로 갓 기사가 된 라에가르 타르가르옌은 금빛 고리 갑옷 위에 검은색 판금 갑옷을 입고 시합장에서 말을 달렸다. 투구에서 흩날리는 붉은색과 금색과 오렌지색 비단 끈이 마치 불길 같았다. 세르세이의 숙부 두 명이 그의 기마창 앞에 쓰러졌고, 서부의 꽃이라 불리던, 아버지의 제일 뛰어난 기사 십여 명도 마찬가지였다. 밤이면 왕자가 은하프를 연주하는 모습에 눈물이 났다. 겨우 소개를 받았을 때, 세르세이는 왕자의 슬픈 자줏빛 눈동자에 빠져 죽을 것만 같았다. '상처를 입은 분이야. 그렇지만 우리가 결혼하면 내가 저분의 상처를 낫게 할 거야.' 그렇게 생각했던 기억이 났다. 라에가르 옆에서는 그녀의 아름다운 제이미조차도 풋내기 소년에 지나지 않아 보였다. '왕자는 내 남편이 될 거야.' 그녀는 흥분에 들떠 생각했었다. '그리고 늙은 왕이 죽으면 내가 왕비가 되는 거야.' 고모도 마상시합 전에 세르세이에게 알려줬었다. "특별히 아름답게 보여야 해." 젠나 고모는 세르세이의 드레스를 두고 법석을 떨며 말했다. "마지막 연회에서 너와 라에가르 왕자의 약혼 발표가 날 테니까."

그날 세르세이는 너무나 행복했었다. 그렇지 않았다면 결코 개구리 매기의 천막에 가지 않았을 것이다. 오직 제인과 멜라라에게 사자는 아무것도 무서워하지 않는다는 사실을 보여주기 위해 감행한 짓이었다. '난 왕비가 될 운명이었어. 왕비가 왜 추악한 노파를 무서워하겠어?' 이렇게 오랜 시간이 지났는데도 그때 들은 예언을 떠올리면 오싹했다. '제인은 무섭다고 비명을 지르며 천막에서 도망쳤지만, 멜라라는 그대로 있었고 나도 남았지. 우린 매기가 우리의 피를 맛보게 하고는, 멍청한 예언이라고 비웃었어. 하나도 말이 되지 않았으니까.' 노파가 뭐라고 하든, 그녀는 라에가르 왕자의 아내가 될 것이었다. 그녀의 아버지가 한 약속이었고, 타이윈 라니스터의 약속은 황금과 같았다.

그 비웃음은 마상시합이 끝날 때 사그라들었다. 마지막 연회는 없었고, 그녀와 라에가르 왕자의 약혼을 축하하는 건배도 없었다. 국왕과 아버지 사이에는 차가운 침묵과 싸늘한 눈빛만 오갔다. 나중에, 아에리스와 그 아들과 왕의 용맹한 기사들 모두가 킹스랜딩으로 출발하고 나자 이해할 수 없었던 세르세이는 눈물 바람으로 고모에게 갔었다. 젠나 고모가 말했다. "네 아버지가 제안을 했는데, 아에리스가 수락하지 않았단다. '자네는 나의 가장 능력 있는 하인이야, 타이윈. 하지만 누가 제 후계자를 하인의 딸과 결혼시키겠나.' 왕이 그렇게 말했단다. 눈물을 그치렴, 아가. 사자가 우는 모습을 본 적 있니? 네 아버지가 네게 다른 남자를 찾아주실 거야. 라에가르보다 나은 남자를."

그러나 고모는 거짓말을 했고, 아버지는 그녀를 저버렸다. 지금 제이미가 그러하듯이. '아버지는 더 나은 남자를 찾지 못했어. 대신 나에게 로버트를 줬고, 매기의 저주가 독이 깃든 꽃처럼 피어났지.' 신들이 뜻한 대로 그녀가 라에가르와 결혼했다면, 라에가르는 그 늑대 계집을 두 번 쳐다보지도 않았을 것이다. '라에가르가 지금 우리의 왕이었을 것이고, 나는 그의 왕비이자 그 아들들의 어머니였을 거야.'

그녀는 라에가르를 죽인 로버트를 결코 용서하지 못했다.

하지만 사자들은 본래 용서에 능하지 않았다. 블랙워터의 브론 경도 곧 알게 되리라.

브리엔느

머리통을 가져가자고 주장한 사람은 하일 헌트였다. "탈리 공이 성벽에 꽂아놓고 싶어 하실 거야."

"타르가 없소." 브리엔느가 지적했다. "살이 썩을 거요. 놔둬요." 그녀는 자신이 죽인 남자들의 머리통을 가지고 소나무 숲의 녹색 어둠 속을 달리고 싶지 않았다.

하일 헌트는 들으려 하지 않았다. 죽은 사내들의 목을 직접 썰더니, 머리카락을 이용해서 머리통 세 개를 묶은 후 안장에 매달았다. 브리엔느로서는 그 머리통들이 없는 척 할 수밖에 없었지만, 때로는, 특히 밤이 되면 그들의 죽은 눈이 등을 노려보는 것이 느껴졌고, 한번은 그들이 서로 소곤거리는 소리를 듣는 꿈을 꾸기까지 했다.

온 길을 되짚어 가는 동안 크랙클로포인트는 습기가 심하고 추웠다. 어떤 날은 비가 왔고, 어떤 날은 비가 올 것처럼 흐렸다. 따뜻해지는 일은 없었다. 야영을 할 때면 불을 피울 만한 마른 가지를 찾기가 힘들었다.

메이든풀 문 앞에 도착했을 무렵에는 파리 떼가 따라오고 있었고, 섀그웰의 눈은 까마귀가 파먹었으며, 피그와 티미온의 머리에는 구더기가 들끓었다. 브리엔느와 포드릭은 썩는 냄새를 떨치기 위해 100미터 가까이 앞서 달린 지 오래였다. 그때쯤 하일 경은 후각을 완전히 잃었다고 주장했다. "묻어버려요." 브리엔느는 야영을 할 때마다 그렇게 말했지만, 헌트는 고집스럽기만 했다. '랜딜 탈리 공에게 셋 다 자기가 죽였다고 말하고 싶겠지.'

하지만 뜻밖에도 그 기사는 그러지 않았다.

"말더듬이 종자가 돌을 던졌습니다." 그는 브리엔느와 함께 무튼의 성 안뜰에서 탈리 공을 만나게 되자 그렇게 말했다. 세 개의 머리통은 씻고 타르에 담가 성문 위에 올리게끔 위병장에게 건네졌다. "나머지는 여검사가 해치웠습니다."

"셋 다?" 랜딜 탈리는 의심스러워했다.

"싸우는 모습을 보니 셋 더라도 죽일 수 있겠더군요."

"스타크 계집아이는 찾았나?" 탈리는 브리엔느에게 물었다.

"아뇨, 못 찾았습니다."

"그 대신 쥐새끼들을 베었군. 즐거웠나?"

"아닙니다."

"안타깝군. 흠, 이제 피 맛도 봤고, 네가 증명하려던 바가 뭐였든 간에 증명은 했다. 그 갑옷을 벗고 다시 적절한 옷을 걸쳐야지. 항구에 배들이 있다. 그중 한 척은 타스에 들를 테니, 수배해주마."

"감사합니다만, 안 됩니다."

탈리 공의 얼굴은 브리엔느의 머리통을 꽂아서 티미온, 피그, 섀그웰과 같이 메이든풀 문 위에 올려놓고 싶은 듯했다. "이 어리석은 짓거리를 계속하려는 거냐?"

"전 산사 아가씨를 찾을 겁니다."

"제가 끼어들어도 괜찮다면, 제가 피투성이 극단과 싸우는 모습을 봤습니다. 대부분의 사내들보다 힘도 세고, 빠르고—"

"그 검이 빠르겠지." 탈리는 하일 경의 말을 잘랐다. "그거야 발리리아 강철이 원래 그렇다. 대부분의 사내보다 힘이 세다고? 그래. 브리엔느가 괴물이라는 점은 나도 부정할 수 없지."

'저런 부류는 절대 날 좋아하지 않아. 내가 뭘 해도 소용이 없어.' 브리엔느는 생각했다. "영주님, 산도르 클리게인이 아는 게 있을지도 모릅니다. 제가 그놈을 찾을 수 있다면……."

"클리게인은 무법자로 변했다. 이젠 베릭 돈다리온과 같이 다니는 모양이야. 아닐 수도 있고, 이야기가 여러 가지야. 무법자들이 어디 숨어 있는지 알려주면 내 기꺼이 놈들의 배를 가르고 내장을 꺼내어 태워버리겠다. 이미 무법자 수십을 목매달았지만, 지도자들은 아직도 우리 손에서 벗어나 있어. 클리게인, 돈다리온, 붉은 사제, 그리고 이젠 스톤하트라는 여자까지……. 나도 그자들을 못 찾는데, 네가 어떻게 찾으려느냐?"

"영주님, 저는……." 브리엔느에겐 그럴싸한 답변이 없었다. "저는 시도해볼 수 있을 뿐입니다."

"그렇다면 시도해봐라. 가지고 온 편지가 있으니 내 허가장은 필요 없겠지만, 그래도 내어주마. 운이 좋다면 그렇게 수고해봐야 안장에 살이 까지기만 하는 정도겠지. 운이 나쁘다면 클리게인이 패거리와 함께 널 강간한 후에 살려둘지도 모르고. 그때는 배 속에 개 새끼를 넣고 타스로 기어 돌아갈 수 있겠지."

브리엔느는 그 말을 무시했다. "괜찮으시다면, 사냥개와 어울리는 패거리가 몇인지 여쭤봐도 될지요?"

"여섯 아니면 예순, 아니면 육백이다. 누구에게 묻느냐에 따라 답이 다른 모양이다." 랜딜 탈리는 대화를 더 할 마음 없이 몸을 돌리려 했다.

"혹시 제 종자와 제가 영주님의 환대를 청해도 될—"

"얼마든지 빌어보거라. 내 지붕 아래 너를 두고 참아줄 마음은 없다."

하일 헌트 경이 나섰다. "실례지만, 아직은 무튼 공의 지붕이라고 알고 있습니다."

탈리는 기사에게 독살스러운 눈빛을 보냈다. "무튼은 벌레만 한 용기도 없는 자다. 나에게 무튼에 대해 말하지 말아라. 숙녀분으로 말하자면, 네 아버지는 훌륭한 남자라더구나. 그렇다면 안타까운 일이다. 어떤 남자들은 아들을 두는 축복을 받고, 어떤 남자들은 딸을 두는 축복을 받지. 너 같은 저주를 받아 마땅한 남자는 없어. 브리엔느 아가씨, 죽든 살든 내가 다스리는 동안에는 메이든풀에 돌아오지 말아라."

'말은 바람 같은 거야. 날 해칠 수 없어. 그냥 스쳐 지나가게 놔둬.' 브리엔느는 스스로를 타일렀다. "분부대로 하겠습니다." 그렇게 말하려고 했지만, 탈리는 그 말을 하기도 전에 가버렸다. 그녀는 잠든 사람처럼, 어디로 가는지도 모른 채 걸어나갔다.

하일 경이 뒤따라왔다. "여관이 있어."

브리엔느는 고개를 저었다. 하일 헌트와 말을 섞고 싶지 않았다.

"냄새나는 거위 기억나나?"

그녀의 망토에서 아직도 그곳 냄새가 났다. "왜?"

"내일 정오에 거기서 만나지. 내 사촌 알린이 사냥개를 찾으러 나간 무리 중에 있었어. 내가 알린과 얘기해볼게."

"왜 그러겠다는 거요?"

"왜 안 돼? 알린이 실패한 일에 아가씨가 성공한다면, 그걸 빌미로 알린을 몇 년은 놀려먹을 수 있는걸."

하일 경 말이 틀리지는 않아서, 메이든풀에도 아직 여관들이 있었다. 하지만 이 약탈, 저 약탈 거치면서 타버린 여관들은 아직 재건을 해야 했고, 멀쩡히 남은 여관들은 탈리 공의 병사들로 터져 나갈 지경이었다. 그날 오후 브리엔느와 포드릭은 여관마다 다 들렀지만, 어디에도 침대가 남아 있지 않았다.

"기사님, 아니 아가씨?" 해가 저물어가자 포드릭이 말했다. "배들이 있습니다. 배엔 침대가 있지요. 해먹이나. 침상이라도요."

부둣가에는 아직도 랜딜 탈리 공의 부하들이 피투성이 극단 세 명의 머리통에 들끓던 파리 떼처럼 우글거렸는데, 하사관은 브리엔느를 바로 알아보고 통과시켰다. 어민들은 밤을 대비하여 배를 묶으면서 그날의 어획량을 외치고 있었지만, 브리엔느의 관심은 험악한 협해를 오가는 큰 배들에 있었다. 여섯 척 정도가 항구에 들어와 있었지만, '거인의 딸'이라는 갈레아스선 한 척은 저녁 밀물을 타고 출항하려고 줄을 풀어 던지고 있었다. 브리엔느와 포드릭은 나머지 배들을 한 바퀴 돌았다. '걸타운 여자'의 선주는 브리엔느를 창녀로 오인하고 자기 배는 선술집이 아니라고 말했고, 이벤에서 온 포경선의 작살잡이 한 명은 남자애를 사겠다고 제안했으나, 다른 배에서는 그보다 운이 따랐다. 브리엔느는 '바다 걷기'호에서 포드릭에게 오렌지를 하나 사 줬는데, 티로시, 펜토스, 더스큰데일을 거쳐 올드타운에 들렀다가 막 들어온 상선이었다. 선장이 말했다. "다음엔 걸타운으로 갑니다. 거기서 핑거스를 돌아서 시스터턴과 화이트하버로 가지요. 폭풍에만 걸리지 않는다면요. 깨끗한 배예요. 쥐도 그렇게 많지 않고, 신선한 달걀과 새로 만든 버터도 싣고 있지요. 아가씨도 북쪽으로 가십니까?"

"아니오." '아직은 아니지.' 유혹은 느꼈으나…….

다음 선창으로 가면서 포드릭이 발을 이리저리 끌더니 말했다. "기사님, 아니 아가씨? 아가씨께서 집으로 가셨다면 어쩌지요? 아니, 다른 아가씨, 아니 부인 말입니다. 산사 부인요."

"그분의 집은 불탔어."

"그래도요. 그분의 신들은 거기 있어요. 그리고 신들은 죽을 수 없죠."

'신들은 죽을 수 없지만, 여자애들은 죽을 수 있지.' "티미온은 잔혹한 사내인 데다 살인자였지만, 그놈이 사냥개에 대해서 거짓말을 한 것 같지는 않다. 확실히 알 때까지는 북으로 갈 수 없어. 그때는 다른 배가 또 있을 거야."

그들은 항구 동쪽 끝에서 겨우 밤을 보낼 데를 찾아냈다. 폭풍에 손상된 '미르의 숙녀'라는 무역선이었다. 폭풍에 돛대와 선원 절반을 잃고 배가 심하게 기울었지만, 선주에겐 당장 그 배를 고칠 돈이 없었기에 브리엔느의 몇 푼을 기꺼이 받아서 두 사람이 빈 선실을 쓰게 해줬다.

그들은 밤새 제대로 쉬지 못했다. 브리엔느는 세 번이나 깼다. 한 번은 비가 내리기 시작했을 때, 한 번은 삐걱대는 소리 때문에 민첩 딕이 그녀를 죽이러 기어들었다고 생각했을 때였다. 칼까지 들고 깨어났지만, 아무것도 아니었다. 비좁은 선실의 어둠 속에서는 민첩 딕이 죽었다는 사실을 기억하는 데에도 잠시 시간이 걸렸다. 겨우 다시 잠에 빠져들었을 때는 그녀가 죽인 남자들이 꿈에 나왔다. 그들이 브리엔느 주위에서 춤을 추고 놀려대면서, 장검을 휘두르는 그녀를 꼬집었다. 장검을 휘둘러 갈기갈기 찢어놓아도 계속 주위를 맴돌았다……. 섀그웰, 티미온, 피그는 당연했지만 랜딜 탈리도 있었고, 바고 호트와 붉은 로넷 커닝턴까지 나왔다. 로넷은 장미 한 송이를 쥐고 있었다. 로넷이 장미를 내밀자 브리엔느는 그 손을 잘라버렸다.

그녀는 땀을 흘리며 깨어났고, 남은 밤 내내 망토를 뒤집어쓰고 웅크린 채로 머리 위 갑판을 두드리는 빗소리에 귀를 기울였다. 비바람 심한 밤이었다. 가끔 한 번씩 멀리서 천둥이 울렸고, 그녀는 저녁 밀물을 타고 출항한 브라보스 배를 생각했다.

다음 날 아침에 그녀는 냄새나는 거위를 다시 찾아서 꾀죄죄한 여주인을 깨우고는, 기름 낀 소시지와 구운 빵, 와인 반 잔, 끓인 물 한 병, 그리고 깨끗하게 씻은 잔 두 개에 값을 치렀다. 여주인은 물을 불에 올리면서 브리엔느를 곁눈질했다. "민첩 딕이랑 같이 갔던 덩치시네. 기억나. 그놈이 댁을 속였수?"

"아니오."

"그럼 강간했나?"

"아니."

"말을 훔쳤나?"

"아니. 딕은 무법자들에게 살해당했소."

"무법자에게?" 여주인은 속상해하기보다는 호기심을 보였다. "난 언제나 딕이 교수형을 당하거나 장벽으로 가게 될 줄 알았는데."

그들은 소시지 요리 반과 구운 빵을 먹었다. 포드릭 페인은 와인 맛이 나는 물을 마셨고 브리엔느는 물을 탄 와인 한 잔을 천천히 마시면서 여기에 왜 왔을까 생각했다. 하일 헌트는 진정한 기사가 아니었다. 정직해 보이는 얼굴은 가면에 불과했다. '그자의 도움은 필요 없어. 그자의 보호도 필요 없고, 그자도 필요 없어. 아마 오지도 않을 거야. 나에게 여기서 만나자고 한 것도 농담이겠지.'

브리엔느가 일어나려고 했을 때 하일 경이 도착했다. "아가씨. 포드릭." 그는 잔과 접시, 그리고 기름 웅덩이 속에서 식어가는 먹다 만 소시지를 흘긋 보고 말했다. "맙소사, 여기 음식을 먹진 않았으면 좋겠는데."

"우리가 뭘 먹든 경과는 무관한 일이오." 브리엔느가 말했다. "사촌은 찾았소? 뭐라고 하더이까?"

"산도르 클리게인이 마지막으로 목격된 건 습격이 있던 날 솔트팬스라는군. 그 후에는 트라이던트강을 따라 서쪽으로 달려갔다고."

브리엔느는 얼굴을 찌푸렸다. "트라이던트는 긴 강이오."

"맞아. 하지만 우리의 사냥개는 강어귀에서 그리 멀리 가지 않았을 거야. 웨스테로스에 정이 떨어졌나 봐. 솔트팬스에서 배를 찾고 있었다는군." 하일 경은 장화에서 양피지 두루마리를 하나 뽑더니, 소시지를 치우고 그 자리에 펼쳤다. 지도였다. "사냥개는 여기, 교차로에 있는 낡은 여관에서 제 형의 부하 세 명을 도륙했어. 여기서는 솔트팬스 습격을 이끌었고." 그는 손가락으로 솔트팬스를 두드렸다. "아마 간혔을 거야. 이 위쪽 트윈스에는 프레이가 있고, 트라이던트 건너 남쪽엔 대리와 하렌홀이 있고, 서쪽에서는 블랙우드와 브라켄이 싸우고 있고, 여기 메이든풀에는 랜딜 공이 있어. 산악민들 사이를 뚫고 갈 수 있다 해도, 아린 협곡으로 가는 하늘 가도는 눈 때문에 닫혔지. 그럼 개가 어디로 갈까?"

"혹시 돈다리온과 함께라면……?"

"아니야. 알린이 그 점은 확신하고 있어. 돈다리온의 부하들도 놈을 찾고 있거든. 솔트팬스에서 저지른 일 때문에 사냥개를 교수형에 처할 작정이라는 말을 퍼뜨렸더라고. 돈다리온 쪽은 그 습격과 무관해. 랜딜 공은 그 말이 퍼지는 걸 방해하고 있지. 평민들이 베릭과 그놈의 형제들에게 등을 돌리게 만들 수 있을까 하고 말이야. 평민들이 보호하는 한은 번개 영주를 잡지 못할 테니까. 그리고 또 다른 무리가 하나 있는데, 스톤하트라는 여자가 이끌고 있지……. 전해지는 이야기로는 베릭 공의 연인이라는데. 프레이에게 교수형을 당했지만, 돈다리온이 입을 맞춰 되살려냈고, 이제는 돈다리온처럼 그 여자도 죽을 수 없는 몸이 됐다나." 브리엔느는 지도를 찬찬히 보았다. "클리게인이 마지막으로 모습을 보인 게 솔트팬스라면, 그곳에서 흔적을 찾아야겠군요."

"알린에게 듣자니 솔트팬스엔 성 안에 숨은 노기사 하나 말곤 아무도 안 남았다는군."

"그래도 거기서 시작해야지요."

"어떤 남자가, 성사가 하나 있는데 말이야." 하일 경이 말했다. "아가씨가 나타나기 전날에 내가 지키던 문을 통해 들어왔지. 메리발드라는 이름이야. 강역에서 태어나서 자랐고 평생 여기서 봉직한 성사라지. 내일 순회를 떠나는데, 언제나 솔트팬스에 들러. 우리도 그 친구와 같이 가야 해."

브리엔느가 시선을 휙 들었다. "우리?"

"나도 같이 갈 거야."

"어림없소."

"흠, 그렇다면 난 메리발드 성사와 같이 솔트팬스로 가지. 아가씨와 포드릭은 어디든 좋을 데로 가셔."

"랜딜 공이 또 날 따라다니라고 명하셨소?"

"아가씨에게 접근하지 말라고 명하셨지. 랜딜 공은 아가씨가 제대로 강간을 당해야 정신 차릴 거라고 보는 분이라서."

"그렇다면 왜 나와 같이 가겠다는 거요?"

"아니면 성문이나 지켜야 하니까."

"주군의 명이라면 마땅히—"

"그분은 이젠 내 주군이 아니야."

브리엔느도 이 말에는 놀랐다. "그분 밑에서 나온 거요?"

"공께선 이제 내 검도, 내 건방진 태도도 필요 없다고 하셨지. 같은 이야기야. 지금부터 난 방랑기사의 모험 가득한 삶을 즐겨야지……. 하지만 우리가 산사 스타크를 찾는다면 보상을 두둑이 받지 않겠나."

'영지와 돈. 그걸 보고 끼려는 거군.' "난 산사를 구할 작정이지, 팔 작정이 아니오. 난 맹세를 했소."

"난 맹세한 기억이 없는데."

"그러니 나와 같이 갈 순 없다는 거요."

그들은 다음 날 아침, 해가 뜰 때 길을 떠났다.

기묘한 행렬이었다. 밤색 군마를 탄 하일 경과 키 큰 회색 암말을 탄 브리엔느, 등이 굽은 말에 오른 포드릭 페인, 그리고 육척봉을 들고 옆을 걸으면서 작은 당나귀 한 마리와 커다란 개 한 마리를 이끄는 메리발드 성사까지. 당나귀가 짐을 어찌나 무겁게 졌는지, 브리엔느는 당나귀 등이 부러지지 않을까 겁이 날 지경이었다. "강역의 가난하고 굶주린 사람들에게 줄 식량입니다." 메리발드 성사는 메이든풀 문 앞에서 말했다. "씨앗과 견과와 말린 과일, 귀리 포리지, 밀가루, 보리 빵, '광대 문' 옆에 있는 여관에서 준 노란 치즈 세 덩어리, 제가 먹을 소금에 절인 대구, 개가 먹을 소금에 절인 양고기…… 아, 그리고 소금도 있지요. 양파, 당근, 순무, 콩 두 자루, 보리 네 자루, 오렌지 아홉 개도요. 솔직히 제가 오렌지에 좀 약해요. 어느 선원에게 받았는데, 봄이 오기 전까지는 이 오렌지가 마지막이 아닐까 싶습니다."

메리발드는 성소가 없는 성사로, 종단의 위계에서는 탁발 수사 바로 위에 위치했다. 그와 같은 성사가 수백 명은 있었는데, 남루한 이 성사들의 미천한 과업은 작은 마을을 돌아다니면서 미사를 주관하고, 결혼식을 집전하고, 죄를 사하는 일이었다. 방문한 마을은 성사를 먹이고 재우게 되어 있었으나, 대부분의 마을이 메리발드 성사 못지않게 가난했기에 한곳에 오래 머물렀다가는 집주인들에게 힘든 짐을 지우는 셈이었다. 친절한 여관주인들은 가끔 주방이나 마구간에서 재워줬고, 환대를 받을 수 있는 수도원과 성채, 가끔은 큰 성도 몇 군데 있었다. 그런 곳이 근처에 없을 때는 나무 밑이나 산울타리 아래에서도 잤다. "강역엔 좋은 산울타리가 많아요." 메리발드가 말했다. "오래된 산울타리일수록 좋지요. 백 년 묵은 산울타리만 한 곳은 없습니다. 그런 산울타리 속에선 여관만큼이나 아늑하게 잘 수 있는 데다, 벼룩은 오히려 없거든요."

길을 가면서 쾌활하게 고백하기로, 메리발드 성사는 읽지도 쓰지도 못하지만 백 가지 기도를 알고 있었고《칠각별》의 긴 구절을 암기해서 읊을 수 있었다. 작은 마을에서는 그 정도면 충분했다. 그는 풍상에 닳고 깊게 주름이 진 얼굴에, 회색 머리는 숱이 많았고, 눈가에 잔주름이 잡혀 있었다. 180센티미터는 될 덩치였지만 걸을 때 몸을 앞으로 구부리는 습관이 있어서 키가 실제보다 작아 보였다. 커다란 두 손은 굳은살이 박였고, 손마디는 불그스름했으며 손톱 밑에는 때가 끼었다. 그리고 브리엔느가 본 적 없이 커다란 두 발은 맨발에다가 뿔처럼 단단하고 시커멨다.

"전 20년간 신발이라곤 신지 않았거든요." 그가 브리엔느에게 말했다. "첫해에는 발가락보다 물집이 더 많았고, 단단한 돌이라도 밟으면 발바닥에서 피가 철철 났지요. 하지만 제가 하늘에 계신 구두장이에게 제 발을 단단한 가죽으로 바꿔달라 기도했답니다."

"구두장이 신은 없어요." 포드릭이 반박했다.

"있다네, 젊은이……. 자네는 그분을 다른 이름으로 부를지 모르지만 말이야. 말해보게. 자네가 제일 사랑하는 건 일곱 신 중 어느 분인가?"

"전사요." 포드릭은 한순간도 주저하지 않고 대답했다.

브리엔느는 헛기침을 했다. "이븐폴에 있던 내 아버지의 성사는 언제나 사실은 하나의 신이 계실 뿐이라고 했어요."

"일곱 면을 지닌 하나의 신이지요. 맞습니다, 아가씨. 그리고 그 점을 잘 지적하셨습니다마는, 사실 '하나인 일곱'의 수수께끼는 단순한 사람들이 이해하기엔 쉽지가 않고, 저도 단순한 사람이다 보니 일곱 신이라고 말하고 다니지요." 메리발드는 포드릭을 다시 보았다. "내 전사를 사랑하지 않는 사내아이는 본 적이 없네. 하지만 난 늙었고, 늙은 몸이라 대장장이를 사랑한다네. 대장장이의 노고가 없다면 전사가 뭘 지키겠나? 마을마다, 성마다 대장장이는 있지. 대장장이는 우리가 농사를 지을 때 필요한 쟁기를 만들고, 배를 지을 때 필요한 못을 만들고, 우리의 충실한 말에게 박을 쇠편자를 만들고, 우리 영주님들의 눈부신 장검도 만들지. 대장장이의 가치를 의심하는 사람은 없기 때문에 일곱 중 하나를 대장장이라 이름하는 것이야. 하지만 그분을 농부라거나 어부, 목수 아니면 구두장이라고 부를 수도 있는 것이네. 그분이 뭘 만드시는지는 중요하지 않아. 중요한 건, 그분이 일하는 분이라는 것이지. 아버지 신은 통치하고, 전사 신은 싸우고, 대장장이 신은 노동을 하고, 그렇게 다 합쳐서 남자에게 적당한 일을 모두 수행하시는 게야. 대장장이가 일곱의 한 면이듯이, 구두장이는 대장장이의 한 면이지. 내 기도를 듣고 내 발을 고쳐주신 건 그분이었다네."

"신들은 자비로우시니." 하일 경이 메마른 목소리로 말했다. "하지만 그냥 신발을 신고 다닐 수도 있는데 뭐하러 신들을 귀찮게 한단 말이오?"

"맨발로 다니는 것이 제 속죄였습니다. 성사라 할지라도 죄인일 수 있고, 제 육체는 약하디 약했지요. 저는 젊고 싱싱했고, 여자들은……, 어떤 여자에게 성사는 왕자처럼 대단해 보일 수도 있답니다. 그 마을에서 1~2킬로미터 넘게 나가본 남자가 성사 하나뿐이라면 말입니다. 저는 《칠각별》의 구절을 읊어주곤 했지요. 〈처녀의 책〉이 제일 잘 먹혔어요. 아, 신발을 벗어 던지기 전의 저는 못된 놈이었습니다. 제가 꺾은 처녀들을 생각하니 부끄럽군요."

브리엔느는 하이가든 성벽 아래 숙영지와, 하일 경과 다른 기사들이 누가 먼저 그녀와 잠자리를 할 수 있을지를 두고 걸었던 내기를 돌이키며 불편한 마음으로 안장에 앉은 자세를 바꿨다.

"저희가 한 처녀를 찾고 있는데요." 포드릭 페인이 털어놓았다. "적갈색 머리에 나이는 열세 살이 된 귀족 처녀랍니다."

"무법자들을 찾고 있는 줄 알았는데."

"무법자들도 찾고요." 포드릭은 그 말도 맞는다고 인정했다.

"대부분의 여행자들은 무법자들을 피하기 위해 갖은 애를 쓰는데, 여러분은 그놈들을 찾으시는군요." 메리발드 성사가 말했다.

"우리가 찾는 무법자는 단 한 명입니다." 브리엔느가 말했다. "사냥개요."

"하일 경도 그러시더군요. 일곱 신께서 굽어살피시기를. 그놈은 가는 길에 도살당한 아기들과 강간당한 처녀들을 남기고 다닌다던데요. '솔트팬스의 미친개'라고 하는 소릴 들었습니다. 선량한 사람이 그런 짐승에게 무슨 볼일이 있답니까?"

"포드릭이 말한 처녀가 그자와 함께 있을지 몰라요."

"정말입니까? 그렇다면 그 가엾은 아이를 위해 기도해야겠군요."

'그리고 날 위해서도. 날 위해서도 기도가 필요해. 노파에게 등잔을 높이 들어 나를 산사 아가씨에게 이끌어달라 부탁하고, 전사에게는 내 팔에 산사 아가씨를 지킬 힘을 실어달라 부탁해줘요.' 브리엔느는 그런 생각을 했지만, 소리 내어 말하지는 않았다. 하일 헌트가 그 말을 듣고 약한 여자라 조롱할 자리에서는 그럴 수 없었다.

메리발드 성사는 걸어서 이동했고 그의 당나귀는 너무나 짐이 무거웠기에, 일행은 하루 종일 천천히 움직였다. 그들은 서쪽으로 가는 큰길을 택하지 않았다. 언젠가 브리엔느가 제이미 경과 함께 반대쪽에서부터 말을 달려왔던 길, 약탈당해서 시체만 가득한 메이든풀을 보았던 그 길 대신, 북서쪽으로 벗어나서 하일 경의 소중한 양피지 지도에도 나오지 않을 만큼 작고 구불구불한 소로로 꽃게만 해안가를 따라갔다. 메이든풀 이쪽에서는 크랙클로포인트에서 경험한 가파른 언덕과 검은 늪, 소나무 숲을 찾을 수 없었다. 그들이 여행하는 땅은 낮고 습기 찼으며, 거대한 청회색 돔 같은 하늘 아래 펼쳐진 모래언덕과 짠물 습지의 황무지였다. 길은 갈대밭과 민물 웅덩이 사이로 사라졌다가, 1~2킬로미터 더 가서 다시 나타나곤 했다. 메리발드가 없었다면 길을 잃었을 것이다. 땅이 물렁한 곳도 많아서, 성사가 앞서 걸어가면서 육척봉을 두드려 발 디딜 만한 곳인지 확인해야 했다. 사방 몇십 리에 걸쳐 나무라곤 하나도 없이 바다와 하늘과 모래뿐이었다.

산과 폭포, 높은 초원과 그늘진 협곡이 있는 타스와 이보다 더 다를 수가 없는 땅이었으나, 브리엔느는 여기에도 나름의 아름다움이 있다고 생각했다. 그들은 개구리와 귀뚜라미가 가득한 느린 개울을 십여 개 건너고, 만 위 높은 곳을 떠다니는 제비갈매기들을 보고, 모래언덕 사이에서 우짖는 도요새 소리를 들었다. 한번은 여우와 마주치는 바람에 메리발드의 개가 거세게 짖어대기도 했다.

그리고 사람들도 있었다. 갈대밭 사이에 진흙과 지푸라기로 집을 짓고 사는 사람들도 있었고, 가죽으로 만든 코러클(노 저어 타는 동그랗고 작은 배)을 타고 만에서 물고기를 잡으며 모래언덕 위에 지주가 흔들거리는 집을 짓고 사는 사람들도 있었다. 대부분은 자기 집 빼고는 어떤 다른 주거지도 보이지 않는 곳에 혼자 사는 것 같았다. 대체로 수줍음이 많은 사람들이었지만, 정오 무렵에 개가 다시 짖는다 싶더니 갈대밭에서 여자 세 명이 나타나서 메리발드에게 조개가 가득 담긴 왕골 바구니를 내밀었다. 메리발드는 답례로 각각 오렌지 하나씩을 줬는데, 이 세계에서 조개는 흔해빠진 반면 오렌지는 귀하고 비쌌다. 여자 하나는 많이 늙었고, 하나는 만삭이었으며, 하나는 봄꽃처럼 생생하고 예뻤다. 메리발드가 그들의 죄를 듣고 사해주러 간 사이에 하일 경은 클클 웃으며 말했다. "신들이 우리와 함께 걷는 것 같구먼……. 적어도 처녀와 어머니, 노파는 말이야." 포드릭이 어찌나 놀랐는지 브리엔느가 아니라고, 그들은 늪지대 여자들일 뿐이라고 말해줘야 했다.

그 후에 여행을 재개하자 브리엔느가 성사를 보고 말했다. "여기 사람들은 메이든풀에서 하루도 걸리지 않는 곳에 사는데, 전투의 영향이 없군요."

"이들에겐 빼앗을 게 별로 없습니다. 이들의 보물은 조개껍질과 돌멩이와 가죽 장화 정도이고, 제일 좋은 무기는 녹슨 쇠칼이에요. 태어나고, 살고, 사랑하고, 죽을 뿐입니다. 무튼 공이 자기네 땅을 다스린다는 정도는 알지만 직접 본 사람은 거의 없고, 리버런과 킹스랜딩은 이름만 들어본 곳입니다."

"그런데도 신들을 아는군요." 브리엔느가 말했다. "그건 성사님의 업적이겠지요. 강역을 돌아다닌 지 얼마나 되셨습니까?"

"곧 40년이 됩니다." 성사가 말하자 개가 한 번 크게 짖었다. "메이든풀에서 다시 메이든풀까지, 한 번 순회에 반년이 넘게 걸립니다만, 저도 트라이던트를 안다고는 말하지 않겠습니다. 대영주의 성들은 멀찍이서 보기만 할 뿐이고, 제가 아는 건 장이 서는 마을과 작은 성채들, 너무 작아서 이름도 없는 마을들, 산울타리와 언덕배기, 목마른 사람이 물을 마실 수 있는 개울과 잠시 쉴 수 있는 동굴들뿐입니다. 그리고 평민들이 다니는 길, 양피지 지도에는 나오지 않는 꼬불꼬불한 진흙 길들도 알지요." 성사는 쿡쿡 웃었다. "그럴 수밖에요. 제 발은 그런 길을 열 번도 넘게 밟고 또 밟았습니다."

'그런 뒷길은 무법자들이 이용하는 길이고, 그런 동굴은 쫓기는 자들이 숨기 좋은 곳이야.' 의심이 스치며, 브리엔느는 하일 경이 이자를 얼마나 잘 아는지 궁금해졌다. "외로운 삶이겠군요, 성사님."

"일곱 신께서 언제나 저와 함께 계십니다. 또 제겐 충실한 하인이 있고, 개도 있습니다."

"성사님 개에게 이름이 있나요?" 포드릭 페인이 물었다.

"있겠지." 메리발드가 말했다. "하지만 내 개가 아니야. 아니고말고."

개가 짖어대며 꼬리를 흔들었다. 거대한 몸집에 털이 덥수룩한 것이, 못해도 60킬로그램은 넘을 개였지만 사람을 잘 따랐다.

"그럼 누구 건데요?" 포드릭이 물었다.

"그야 자기 것이고, 일곱 신의 것이겠지. 이름으로 말하자면 이놈이 나에게 말해준 적이 없어서, 그냥 개라고 부른단다."

"아." 포드릭은 '개'라는 이름의 개를 어떻게 이해해야 할지 모르는 눈치였다. 그는 잠시 입술을 씹다가 말했다. "어렸을 때 개를 한 마리 키웠는데,

전 그 녀석을 '영웅'이라고 불렀어요."

"그랬고?"

"뭐가 그래요?"

"영웅이었냐고."

"아뇨. 그렇지만 좋은 개였죠. 죽었어요."

"개는 길에서 날 안전하게 지켜주지. 요새같이 고된 시절에도 그래. 개가 내 옆에 있는 한은 늑대도 무법자도 감히 날 괴롭히지 못한다네." 성사는 얼굴을 찌푸렸다. "그러고 보니 최근엔 늑대들이 무시무시해졌어요. 남자 혼자라면 올라가서 잘 나무를 찾는 게 좋은 곳들이 있어요. 내 평생 본 제일 큰 늑대 무리도 십여 마리가 안 됐었는데, 지금은 트라이던트 주위에 늑대 수백 마리가 무리 지어 돌아다녀요."

"직접 마주친 적도 있소?" 하일 경이 물었다.

"일곱이 보우하사 피해 다니기는 했습니다만, 밤에 늑대 우는 소리는 여러 번 들었습니다. 어찌나 여러 마리가 울부짖는지⋯⋯ 피가 얼어붙더군요. 개마저도 벌벌 떨 정도였어요. 늑대를 열 마리는 죽인 녀석인데 말입니다." 그는 개의 머리를 거칠게 쓰다듬었다. "늑대가 아니라 악마들이라는 사람도 있을 겁니다. 그 무리를 이끄는 건 괴물 같은 암늑대인데, 으스스한 잿빛의 거대한 그림자라고 하지요. 이 암늑대는 혼자서 들소를 잡고, 어떤 덫이나 함정으로도 잡을 수 없으며, 강철도 불도 두려워하지 않고, 제게 올라타려는 늑대는 다 죽여버리는 데다가, 인간의 살만 먹는다고 합니다."

하일 헌트 경이 웃음을 터뜨렸다. "이제 됐습니다, 성사. 이러다 불쌍한 포드릭의 눈이 튀어나오겠소."

"아니거든요." 포드릭이 분개했다. 개가 짖었다.

그날 밤 그들은 모래언덕에서 싸늘하게 야영을 했다. 브리엔느가 포드릭에게 바닷가를 걸으면서 불을 붙일 만한 유목을 찾아오라고 시켰지만, 포드릭은 무릎까지 진흙을 묻힌 채 빈손으로 돌아왔다. “바닷물이 빠졌습니다, 기사님. 아가씨. 바닷물은 없고, 진흙탕만 남았어요.”

“진흙은 피하게나.” 메리발드 성사가 조언했다. “그 진흙은 낯선 사람을 좋아하지 않아. 잘못 걸어 들어갔다가는 진흙이 입을 벌려 자넬 삼켜버릴 거야.”

“그래봐야 진흙인데요.” 포드릭이 반박했다.

“자네 입안을 채우고 코에 스며들기 전까지는 그렇겠지. 그리 되면 죽는 것이고.” 성사는 미소로 방금 한 말의 한기를 걷어냈다. “그 진흙 털어내고 오렌지 한 쪽 먹게, 젊은이.”

다음 날도 거의 똑같았다. 그들은 소금에 절인 대구와 오렌지로 아침을 먹고, 해가 다 뜨기 전에 출발해서 분홍빛으로 물든 하늘을 등 뒤에 두고, 자줏빛 하늘을 앞에 두고 걸었다. 개가 맨 앞에서 갈대 줄기마다 냄새를 맡으며 이따금씩 멈춰 서서 오줌을 갈겼다. 개는 메리발드 못지않게 길을 잘 아는 것 같았다. 밀물이 들어오는 가운데 제비갈매기 우는 소리가 아침 공기를 갈랐다.

정오 무렵 그들은 아주 작은 마을에 들렀다. 처음 마주친 마을이었는데, 작은 개울에 가느다란 기둥들로 받친 집 여덟 채가 서 있었다. 남자들은 코러클 배를 타고 물고기를 잡으러 나갔지만, 여자들과 어린 사내아이들은 기도를 하려고 밧줄 사다리를 타고 내려와서 메리발드 성사 주위에 모여들었다. 성사는 기도를 끝낸 후에 그들의 죄를 사하고 순무 몇 개와 콩 한 자루, 그리고 소중한 오렌지 두 알을 남겼다.

다시 길 위에 서자 성사가 말했다. “오늘 밤에는 불침번을 서는 게 좋겠습니다, 여러분. 마을 사람들이 오래된 감시탑 서쪽, 모래언덕 주위를 돌아다니는 낙오자들을 셋 보았다는군요.”

“겨우 셋?” 하일 경이 미소 지었다. “셋이야 우리 여검사에겐 식은 죽 먹기지. 무장한 이들에게는 별것 아니오."

"굶주리고 있지만 않다면 그렇겠지요." 성사가 말했다. "이 늪지대에는 먹을 것이 있지만, 찾아낼 눈이 있는 사람에게만 그렇고, 그자들은 여기 사람이 아닙니다. 어느 전투의 생존자들이겠지요. 혹시 그자들이 말을 붙여온다면 제게 맡겨주시길 부탁드립니다, 기사님."

"그놈들을 어쩌시려고?"

"음식을 먹여야지요. 제가 사하여 줄 수 있게 지은 죄를 고백하라고 부탁하고. 우리와 함께 '고요섬'으로 가지 않겠냐고 할 겁니다."

"잘 때 우리 목을 그어달라고 초대하는 꼴이나 다름없군." 하일 헌트가 대꾸했다. "낙오자들이라면 랜딜 공에게 더 나은 방법이 있어요. 강철과 밧줄이지."

"기사님? 아가씨?" 포드릭이 물었다. "낙오자들이라는 게 무법자인가요?"

"그렇기도 하고 아니기도 하다." 브리엔느는 대답했다.

메리발드 성사는 동의하지 않았다. "아닌 쪽에 가깝습니다. 새가 다양한 만큼이나 무법자의 종류도 많아요. 도요새나 바다독수리나 날개가 있는 것은 같지만, 그렇다고 같은 새는 아니지요. 가수들은 사악한 영주와 싸우기 위해 법의 테두리를 벗어날 수밖에 없었던 의로운 남자들에 대해 노래하길 좋아하지만, 대부분의 무법자는 번개 영주보다는 약탈자 사냥개에 더 가깝지요. 이들은 탐욕으로 움직이고, 악의에 찌들었으며, 신들을 경멸하고 오직 자기들만 신경 쓰는 사악한 자들입니다. 낙오자들도 위험하기는 똑같을지 모르지만, 우리의 동정심을 받을 자격이 있지요. 대부분이 평민으로, 어느 귀족 나리가 나타나서 전쟁에 끌고 가기 전까지는 태어난 집에서 1~2킬로미터 밖도 나가본 적 없는 단순한 이들입니다. 그들은 조잡한 신발을 신고 형편없는 옷을 입은 채, 낫이나 날카롭게 간 곡괭이, 아니면 막대기에다가 가죽끈으로 돌을 묶어서 직접 만든 망치 정도의 무기를 들고서 귀족 나리의 깃발 아래를 행진하지요. 형제들이, 친구들이, 아들과 아비가 같이 행군을 합니다. 노래도 듣고 이야기도 들은 적 있으니 어떤 신기한 광경을 보게 될까, 어떤 부와 영광을 얻게 될까 꿈꿔가면서 부푼 마음으로 떠나지요. 전쟁은 멋진 모험, 대부분이 꿈도 못 꿀 대단한 모험처럼 보입니다.

그러다가 전투의 맛을 보게 됩니다.

어떤 이들은 그 한 번만으로도 망가집니다. 또 어떤 이들은 전투에 몇 번이나 참여했는지 까먹을 때까지 계속 싸우는데, 백 번의 전투에서 살아남은 사람이라도 백한 번째 전투에서 망가질 수 있지요. 형이 동생 죽는 모습을 보고, 아버지가 아들을 잃고, 도끼에 찍힌 친구가 흘러내리는 내장을 잡으려 드는 꼴을 보다 보면.

그들은 자신들을 이끌던 귀족 나리가 쓰러지는 모습을 보는데, 그러면 다른 귀족이 이제 너희는 내 것이라고 외칩니다. 그들은 부상을 입고, 다 낫지도 않았는데 또 다칩니다. 먹을 것은 충분할 때가 없고, 신발은 행군하다가 닳아서 해어지고, 옷은 찢어지고 썩어 들어가고, 반 정도는 안 깨끗한 물을 마시는 바람에 바지에 설사를 합니다.

새로운 장화나 좀 더 따뜻한 망토나 녹이 슨 철제 반투구를 갖고 싶으면 시체에서 벗겨내야 하고, 오래지 않아서 그들은 산 사람들에게서도 훔칩니다. 싸우러 들어간 땅에 사는 평민들, 예전의 자기들과 거의 같은 사람들에게서요. 그런 사람들의 양을 죽이고, 닭을 훔치고. 거기서부터 그 사람들의 딸을 잡아가는 데까지는 금방입니다. 그러던 어느 날 주위를 돌아보고는, 친구들도 친척들도 다 가버렸다는 사실을, 이젠 알아보지도 못할 깃발 아래 잘 모르는 사람들 옆에서 싸우고 있다는 사실을 알게 되지요. 자기들이 어디 있는지, 어떻게 집으로 돌아갈지 알지도 못하고, 그들을 이끌고 싸우는 귀족 나리는 그들의 이름도 모르면서 대열을 갖추라고, 창과 낫과 곡괭이를 들고 줄을 맞춰서 버텨 서라고 소리를 지르는 겁니다. 이제 기사들이 들이닥치지요. 강철로 온몸을 감싼 얼굴도 없는 자들이요. 기사들이 돌격하는 천둥 같은 쇳소리가 세상을 채우고……

그리고 낙오하는 겁니다.

돌아서서 달리거나, 전투가 끝난 후에 수북한 시체들 위를 기거나, 깜깜한 밤에 몰래 도망치거나 해서 숨을 곳을 찾는 겁니다. 그때쯤엔 집 생각도 다 사라지고, 왕이니 영주니 신이니 하는 소리들은 하루를 더 살게 해 줄 상한 고기 한 덩이나 몇 시간쯤 두려움을 몰아내줄 수 있는 질 나쁜 와인 한 부대보다 의미가 없어집니다. 낙오자들은 그날그날, 한끼 한끼만 생각하고 삽니다. 인간이라기보단 짐승이지요. 브리엔느 아가씨 말씀이 틀리진 않습니다. 이런 시절 여행자는 낙오자들을 경계하고 두려워해야 마땅합니다……. 하지만 불쌍해하기도 해야 합니다."

메리발드가 말을 끝내자 일행에게 깊은 정적이 내려앉았다. 브리엔느는 갯버들 덤불을 흔드는 바람 소리, 멀리서 우짖는 희미한 아비새(loon) 소리를 들을 수 있었다. 개가 성사와 당나귀 옆을 천천히 달리면서 혀를 빼물고 조용히 씨근대는 소리도 들을 수 있었다. 정적이 길어지고 또 길어지다가 마침내 브리엔느가 말했다. "성사님이 전쟁에 끌려 나갔을 때는 몇 살이었습니까?"

"글쎄, 아가씨의 종자 정도였지요." 메리발드가 대답했다. "사실 전투에 나가기엔 너무 어렸습니다만, 형들이 다 가는데 저만 뒤에 남을 순 없었어요. 윌람 형이 저보고 자기 종자가 되라더군요. 형은 기사가 아니라 여관에서 훔친 식칼로 무장한 잡일꾼에 불과했는데 말입니다. 형은 징검돌 군도에서 죽었는데, 칼 한 번 못 찔러봤습니다. 열병으로 죽었죠. 로빈 형도 그랬고요. 오언 형은 철퇴에 머리가 쪼개졌고, 형 친구였던 존 폭스는 강간죄로 교수형을 당했습니다."

"'아홉 닢 왕들의 전쟁'이었소?" 하일 헌트가 물었다.

"그렇게들 부르더군요. 전 왕이라곤 하나도 보지 못했고, 동전 한 닢 못 벌었지만 말입니다. 그렇지만 전쟁이긴 했습니다. 전쟁이었어요."

샘웰

샘은 창문 앞에 서서, 뾰족뾰족하게 늘어선 지붕들 뒤로 마지막 햇살이 사라지는 모습을 지켜보며 초조하게 몸을 흔들었다. '분명히 또 취했을 거야.' 샘은 우울하게 생각했다. '아니면 또 다른 여자를 만났겠지.' 욕을 해야 할지 울어야 할지 몰랐다. 대리언은 그의 형제가 아니던가. '노래를 청한다면 그보다 더 나은 사람이 없지. 다른 일을 부탁한다면…….'

저녁 안개가 일어나 오래된 수로 옆에 늘어선 건물 벽 위로 회색 손가락을 뻗기 시작했다. "대리언은 돌아오겠다고 약속했어요. 길리도 들었죠?" 샘이 말했다.

길리는 불그레하게 부어오른 눈으로 샘을 보았다. 감지 않아 엉킨 머리가 얼굴을 가렸다. 덤불 사이로 조심스럽게 엿보는 짐승 같았다. 마지막으로 불을 피운 지도 며칠이 지났건만, 야인 처녀는 차가운 잿더미에 아직 온기가 남아 있다는 듯이 벽난로 근처에 웅크리기를 좋아했다. "우리와 여기 있는 게 싫은 거예요." 길리는 아기를 깨우지 않으려고 조용히 속삭였다. "여긴 슬프니까요. 와인이 있고, 웃음이 있는 곳이 좋은 거예요."

'그래. 그리고 와인은 여기 빼고 어디에나 있지.' 샘은 생각했다. 브라보스에는 여관과 맥줏집, 매춘굴이 가득했다. 그리고 대리언이 퀴퀴한 빵과 울기만 하는 여자, 뚱뚱한 겁쟁이, 병든 노인보다 멀드와인 한 잔이 있는 불가를 더 좋아한다고 누가 탓할 수 있겠는가? '내가 탓할 수 있지. 대리언은 어두워지기 전에 돌아온다고 했어. 우리에게 와인과 먹을 것을 가져오겠다고 했다고.'

샘은 서둘러 돌아오는 가수가 보일 수도 있다는 희망을 버리지 않고 다시 한번 창밖을 보았다. 비밀 도시에 내린 어둠이 골목길마다 스며들고 수로에도 내려앉았다. 브라보스의 선량한 주민들은 곧 창에 덧문을 내리고 문에는 빗장을 지를 것이다. 밤은 자객들과 코르티잔들의 시간이었다. '대리언의 새로운 친구들이지.' 샘은 씁쓸하게 생각했다. 대리언은 최근에 그들에 대해서만 이야기했다. 대리언은 달 웅덩이(Moon Pool) 옆에서 노래하는 그의 목소리를 듣고 입맞춤으로 상을 내렸다는 '달그림자'라는 코르티잔에 대한 노래를 지으려 하고 있었다. "은화를 달라고 했어야지. 우리에게 필요한 건 입맞춤이 아니라 돈이야." 샘은 그렇게 말했지만, 대리언은 미소 지을 뿐이었다. "어떤 입맞춤은 황금보다 더 가치가 있어, 샘."

그것도 화가 났다. 대리언은 원래 코르티잔들에 대한 노래를 지을 예정이 아니었다. 장벽과 밤의 경비대의 무용에 대해 노래할 예정이었다. 존은 대리언의 노래가 몇 명이라도 검은 옷을 입게 설득할 수 있으리라는 희망을 품고 있었다. 그런데 대리언은 황금빛 입맞춤, 은빛 머리카락, 그리고 붉디붉은 입술을 노래했다. 그 누구도 붉디붉은 입술을 위해 검은 옷을 입지는 않으리라.

가끔은 대리언의 노래가 아기를 깨우기도 했다. 아이가 울기 시작하면, 대리언은 조용히 좀 하라고 소리를 질렀고, 길리는 눈물을 흘렸으며, 대리언은 문을 박차고 나갔다가 며칠 동안 돌아오지 않았다. "하도 울어대니까 계집을 한 대 치고 싶어진다고." 대리언은 불평했다. "게다가 흐느끼는 소리 때문에 잠도 제대로 못 자."

'네게 아들이 있었는데 그 아이를 잃었다면 너도 울었을걸.' 샘은 그렇게 말해버릴 뻔했다. 슬퍼한다고 길리를 탓할 수는 없었다. 대신 샘은 존 스노우를 탓하고, 언제 존의 심장이 돌이 되어버린 걸까 생각했다. 한번은 길리가 물을 뜨러 수로에 내려갔을 때 아에몬 학사에게 물어보기도 했다. "네가 존을 사령관으로 올렸을 때지." 노인은 그렇게 대답했다.

지금도, 이 처마 밑 추운 방에서 썩어가면서도 샘은 존이 아에몬 학사가 생각하는 일을 했다고는 믿고 싶지 않았다. '하지만 사실일 거야. 그렇지 않고서야 길리가 왜 저렇게까지 울겠어?' 길리에게 젖을 먹이고 있는 게 누구 아이인지만 물어보면 끝날 일이었지만, 차마 그럴 용기가 나지 않았다. 듣게 될 대답이 두려웠다. '난 여전히 겁쟁이야, 존.' 이 넓은 세상 어디를 가더라도 두려움은 그를 따라왔다.

먼 데서 울리는 천둥처럼 낮은 우르릉 소리가 브라보스의 지붕들에 메아리쳤다. 석호 저편에서 밤을 알리는 '거인'의 소리였다. 그 소리는 아기를 깨울 만큼 컸고, 아기가 깨서 갑자기 울어대자 아에몬 학사도 깨어났다. 길리가 아이에게 젖을 물리러 가는 사이 노인이 눈을 뜨더니, 좁은 침대에서 힘없이 뒤척였다. "에그? 어두워. 왜 이렇게 어둡지?"

'눈이 보이지 않아서예요.' 브라보스에 도착한 이후 아에몬은 갈수록 정신이 온전치 않았다. 어떤 날은 어디에 있는지도 모르는 것 같았고, 어떤 날은 뭔가를 말하다 말고 갈피를 잃고는 아버지나 형제에 대해 중언부언했다. '학사님은 백두 살이야.' 샘은 스스로를 타일렀지만, 아에몬은 캐슬블랙에서도 같은 나이였건만 한 번도 정신을 놓은 적이 없었다.

"저예요. 샘웰 탈리요. 학사님 집사예요." 샘은 말할 수밖에 없었다.

"샘." 아에몬 학사는 입술을 핥더니 눈을 껌벅였다. "그래. 그리고 여긴 브라보스지. 용서하거라, 샘. 아침이 온 게냐?"

"아뇨." 샘은 노인의 이마를 만져보았다. 땀으로 피부가 축축했고, 이마가 차가우면서도 끈적거렸다. 내쉬는 숨마다 씨근거리는 소리가 났다. "밤이에요, 학사님. 주무시고 계셨어요."

"너무 오래 잤구나. 여긴 춥다."

"장작이 없어요." 샘이 말했다. "그리고 여관 주인은 돈을 가져오지 않으면 장작을 더 주지 않겠대요." 같은 대화만 네다섯 번째였다. '돈을 장작에 썼어야 해.' 샘은 매번 스스로를 꾸짖었다. '내가 정신 차리고 학사님을 따뜻하게 해드렸어야 해.'

샘은 남은 은화를 다 털어서 '붉은 손의 집'에서 온 치료사에게 넘겼었다. 붉은색과 흰색으로 소용돌이 줄무늬를 수놓은 로브 차림의 키가 크고 창백한 남자였다. 그렇게 은화를 다 털었어도 드림와인 반 병밖에 사지 못했다. "이 정도면 가는 길이 덜 힘들어질 거요." 그 브라보스인은 나름대로 친절하게 말했다. 샘이 더 해줄 수 있는 게 없느냐고 물었더니, 고개만 저었다. "나에겐 연고, 물약, 달인 약, 혼합액제, 독약, 습포제가 있소. 피를 빼고, 속을 비우고, 거머리를 붙일 수는 있겠지……. 하지만 뭐하러 그러겠소? 어떤 거머리도 노인을 다시 젊게 만들 수는 없어요. 이 사람은 노인이고, 죽음이 폐에 깃들어 있소. 이걸 마시고 잠이나 자게 해요."

그리고 학사는 하룻밤을 꼬박 자고 다시 하루 낮을 잤다. 그러나 지금 그는 일어나 앉으려고 애쓰고 있었다. "배에 내려가야 해."

'또 배야.' "외출하기엔 너무 약해지셨어요." 그렇게 말할 수밖에 없었다. 항해하는 동안 아에몬 학사의 몸에 깃든 한기는 아예 가슴속에 자리를 잡았다. 브라보스에 도착했을 때쯤 아에몬은 너무 약해져서, 뭍으로 업고 날라야 했다. 그때는 아직 두둑한 은화 주머니가 있었기에 대리언은 그 여관에서 제일 큰 침대를 달라고 했었다. 그때 받은 방의 침대는 여덟 명이 족히 잘 만큼 컸고, 여관 주인은 여덟 명분을 받아야 한다고 주장했다.

"내일은 부둣가에 나갈 수 있을 거예요." 샘은 다짐했다. "어느 배가 올드타운으로 가는지 물어보고 찾아보실 수 있을 거예요." 가을인데도 브라보스 항구는 붐볐다. 아에몬이 여행할 만큼 힘을 되찾기만 한다면, 가야 할 곳으로 실어다 줄 배를 찾는 데에는 어려움이 없을 터였다. 뱃삯 문제는 좀 더 까다롭겠지만 말이다. 칠왕국에서 온 배가 가장 큰 희망이었다. '기왕이면 올드타운 상인으로, 밤의 경비대에 친척이 있다면 더 좋겠지. 아직 장벽을 지키는 대원들을 존경하는 사람도 분명 있을 거야.'

"올드타운." 아에몬 학사가 씨근거렸다. "그래. 올드타운 꿈을 꿨다, 샘. 내가 다시 어려져 있었고, 내 동생 에그가 같이 있었지. 에그를 종자로 두었던 그 키 큰 기사도 있었어. 우린 무섭도록 독한 사과주를 만드는 오래된 여관에서 술을 마셨어." 학사는 다시 일어나려고 했지만 헛수고였고, 잠시 후에 다시 누웠다. "배들." 그는 다시 말했다. "배들에서 답을 찾게 될 거야. 드래곤에 대해서. 난 알아야 해."

'아니에요. 학사님에게 필요한 건 음식과 온기, 부른 배와 벽난로에서 타는 불이에요.' 샘은 생각했다. "배고프세요, 학사님? 빵이 좀 남았고, 치즈도 약간 있어요."

"지금은 됐다, 샘. 나중에, 좀 더 기운이 나면 먹으마."

"드시질 않는데 어떻게 기운을 찾으시게요?" 스카고스 이후로는 아무도 그다지 먹지를 못했었다. 가을 강풍이 협해를 다 건너도록 따라오며 그들을 괴롭혔다. 때로는 남쪽에서 강풍이 일어나, 천둥과 번개가 치고 시커먼 비가 며칠씩 쏟아졌다. 때로는 차갑고 음울한 강풍이 북쪽에서 불어와, 잔인한 바람이 뼈에 스몄다. 한번은 샘이 너무 추워서 깨어나 봤더니 배 전체가 얼음에 뒤덮여 진주처럼 반짝이고 있었다. 선장은 돛을 내려 갑판에 묶어놓고, 노만 저어서 항해를 마무리했다. '거인'이 보일 때까지 아무도 먹지 못했다.

그러나 일단 뭍에 오르자 샘은 걸신들린 듯 배가 고팠다. 대리언도, 길리도 마찬가지였다. 아기마저도 더 열심히 젖을 빨기 시작했다. 그러나 아에몬은…….

"빵이 퀴퀴해지긴 했지만, 부엌에서 적셔 먹을 그레이비소스를 얻어올 수 있을 거예요." 샘은 노인에게 말했다. 여관 주인은 엄혹한 남자로, 지붕 아래 들어온 검은 옷의 낯선 자들을 차가운 눈으로 의심했지만, 그의 요리사는 좀 더 친절했다.

"됐다. 혹시 와인을 좀 마실 수 있을까?"

와인은 없었다. 대리언이 노래를 불러서 번 돈으로 사다 주겠다고 약속했지만. "와인은 나중에요." 샘은 그렇게 말할 수밖에 없었다. "물은 있는데, 깨끗한 물은 아니네요." 깨끗한 물은 브라보스인들이 '단물강'이라고 부르는 거대한 벽돌 아치 송수로에서 나왔다. 부자들은 관을 대어 그 물을 집으로 받았다. 가난뱅이들은 분수에서 물동이와 들통을 채웠다. 샘은 그 물을 받아 오라고 길리를 보냈었는데, 이 야인 처녀가 평생 크래스터 요새가 보이는 곳에서만 살았고 장터 마을조차 본 적이 없다는 사실을 잊은 탓이었다. 브라보스는 섬과 수로로 이루어진 돌 미궁이었고, 풀도 나무도 없이 길리가 알아듣지 못하는 말로 말을 거는 낯선 사람만 우글거렸다. 겁에 질린 길리는 지도를 잃어버리고 곧 길을 아예 잃었다. 샘이 찾아냈을 때 그녀는 오래전에 죽은 어느 바다군주의 석상 발치에서 울고 있었다. 그는 아에몬 학사에게 말했다. "수로 물밖에 없긴 한데, 요리사가 끓여줬어요. 혹시 더 드시려면 드림와인도 있어요."

"꿈은 충분히 꿨다. 수로 물이면 충분해. 부축 좀 해다오."

샘은 노인을 부축해 일으키고, 마르고 갈라진 입술에 물컵을 갖다 댔다. 그렇게 해도 물이 절반은 학사의 가슴팍에 떨어졌다. "됐다." 아에몬은 몇 모금 마시고 나서 기침을 했다. "이러다가 물에 빠져 죽겠구나." 아에몬은 샘의 품에 안겨서 덜덜 떨었다. "방이 왜 이렇게 춥지?"

"장작이 없어요." 대리언은 벽난로가 딸린 방을 구하느라 여관 주인에게 방값을 두 배로 치렀지만, 여기에선 장작값이 비싸다는 사실을 아무도 알지 못했다. 브라보스에서는 세도가들의 정원과 안뜰 외에 나무가 자라는 곳이 없었다. 그렇다고 거대한 석호 주위에 흩어진 섬들을 뒤덮은 소나무를 자를 수도 없었는데, 그 나무들은 폭풍을 막아주는 방풍림 역할을 하기 때문이었다. 장작은 석호 너머나 강 상류에서 거룻배로 실어 왔다. 브라보스인들은 말 대신 배를 타기에 여기에서는 똥마저 귀했다. 그렇다 해도 예정대로 올드타운을 향해 출발했다면 아무 문제가 되지 않았겠지만, 아에몬 학사가 이렇게 약해서는 그럴 수가 없었다. 바다를 다시 항해했다간 학사가 죽었을 것이다.

아에몬의 손이 담요 위를 기듯이 움직여서 샘의 팔을 잡았다. "우린 부둣가로 가야 한다, 샘."

"학사님이 건강해지시면요." 노인은 물가에 흩날리는 소금물과 습기 어린 바람을 견딜 상태가 아니었고, 브라보스는 사방이 물가였다. 북쪽에는 '자줏빛 항만'이 있어서 브라보스 무역선들이 '바다군주의 궁전' 돔들과 탑들 아래에 줄을 묶었다. 서쪽에는 넝마주이 항만이 있어서 다른 자유도시들과 웨스테로스, 이벤, 그리고 이야기로 전해지는 머나먼 동쪽 섬들에서 온 배들이 북적였다. 그리고 어디에나 작은 잔교와 연락선 정박지, 오래된 잿빛 선창이 있어서 새우잡이 배와 게잡이 배가 머물렀고 어민들이 개펄과 강어귀에서 작업을 한 후에 배를 댔다. "지금 나가시는 건 너무 큰 부담일 거예요."

"그렇다면 나 대신 가보거라." 아에몬이 재촉했다. "그리고 그 드래곤들을 본 사람을 누구든 데려오거라."

"제가요?" 샘은 그 제안에 경악했다. "학사님, 그건 그냥 떠도는 이야기예요. 뱃사람들의 이야기요." 이것도 대리언 탓이었다. 대리언이 맥줏집과 매춘굴에 떠도는 온갖 기묘한 이야기를 다 실어 날랐으니 말이다. 불행히도 드래곤에 대해 들었을 때 대리언은 술에 거나하게 취한 상태여서 자세한 내용을 기억하지 못했다. "대리언이 다 지어냈을 거예요. 가수들이 그렇잖아요. 이야기를 지어내죠."

"그야 그렇지." 아에몬 학사가 말했다. "하지만 아무리 허황된 노래라도 진실 한 톨쯤은 담고 있을지 몰라. 나에게 그 진실을 찾아다오, 샘."

"전 누구에게 물어봐야 할지, 어떻게 물어봐야 할지도 잘 몰라요. 고급 발리리아어는 조금밖에 모르고, 사람들이 브라보스어로 말을 하면 절반도 못 알아들어요. 학사님은 저보다 많은 언어를 아시니까, 기운을 차리시면 직접……."

"내가 언제 기운을 차릴까, 샘? 말해다오."

"곧요. 쉬고 뭘 좀 드시면요. 올드타운에 도착하면……."

"난 두 번 다시 올드타운을 보지 못할 거다. 이젠 알아." 노인은 샘의 팔을 잡은 손에 힘을 주었다. "난 곧 내 형제들과 함께 있게 될 거다. 서약으로 묶인 형제도 있고 핏줄로 묶인 형제도 있지만, 다들 내 형제들이지. 그리고 내 아버지…… 내 아버지는 왕좌를 이어받게 되리라곤 생각도 못 하셨는데, 그렇게 됐었지. 그게 실수로 형제를 죽인 형벌이라고 하시곤 했어. 아버지께서 사는 동안엔 알지 못했던 평화를 죽은 후에는 찾으셨길 기도한다. 성사들은 달콤한 끝을 노래하지. 모든 짐을 내려놓고 멀고 향기로운 나라로 항해해 가서 세상이 끝날 때까지 웃고 사랑하고 잔치를 벌일 수 있다고……. 하지만 만약 빛과 꿀의 나라 같은 것은 없고, 죽음이라는 벽 너머엔 오직 추위와 어둠과 고통뿐이라면 어찌할꼬?"

'두려워하고 계셔.' 샘은 깨달았다. "학사님은 안 죽어요. 그냥 좀 편찮으신 것뿐이에요. 지나갈 거예요."

"이번엔 아니다, 샘. 난 꿈을 꿨다……. 캄캄한 밤이면 감히 밝은 낮에는 묻지 못할 질문들을 다 던지게 되지. 긴 세월을 지나며 내게 남은 질문은 단 하나였다. 왜 신들은 내 눈과 힘을 앗아가시고도 얼어붙고 잊힌 채로 이렇게 오래 계속 살라는 저주를 내리셨을까? 나처럼 늙고 끝난 사람에게 무슨 볼일이 남았을 수 있나?" 아에몬의 손가락이, 검버섯 핀 피부에 싸인 나뭇가지 같은 손가락이 떨렸다. "난 기억한다, 샘. 난 아직 기억을 해."

'말이 안 되는 소리를 하고 계셔.' "뭘 기억하시는데요?"

"드래곤을." 아에몬이 속삭였다. "그건 우리 가문의 슬픔이자 영광이었지."

"마지막 드래곤은 학사님이 태어나기 전에 죽었어요. 그런데 어떻게 기억하실 수가 있어요?" 샘이 말했다.

"난 꿈속에서 드래곤들을 본다, 샘. 난 하늘에서 피 흘리는 붉은 별을 본다. 난 아직 붉은색을 기억해. 난 눈밭에 드리운 드래곤의 그림자를 보고, 가죽 날개 치는 소리를 듣고, 뜨거운 입김을 느낀다. 내 형제들도 드래곤에 대한 꿈을 꾸었고, 그 꿈은 내 형제들을 하나씩 하나씩 죽였지. 모조리. 샘, 우린 반쯤 기억하는 예언들, 지금은 살아 있는 어떤 사람도 이해하길 바랄 수 없는 경이와 공포의 끝자락에 위태로이 놓여 있거나…… 혹은……."

"혹은?" 샘이 말했다.

"……아니겠지." 아에몬이 조용히 웃었다. "혹은 내가 열에 들떠 죽어가는 노인이거나." 그는 지친 듯 하얀 눈을 감았다가, 다시 힘주어 떴다. "난 장벽을 떠나지 말았어야 했다. 스노우 공은 몰랐을 수 있어도 나는 알았어야 했어. 불은 집어삼키지만 얼음은 보존하지. 장벽은……. 하지만 이제 돌아가기엔 너무 늦었어. 이방인이 내 문밖에서 기다리고 있다는 사실을 부정할 순 없다. 너는 나에게 충실히 봉사했다. 날 위해 마지막으로 용기 있는 일 하나만 해다오. 배들이 있는 곳에 내려가거라, 샘. 그 드래곤들에 대해 알아낼 수 있는 건 모두 알아내거라."

샘은 노인의 손아귀에서 팔을 빼냈다. "그럴게요. 학사님이 원하신다면요. 전 그저……." 달리 무슨 말을 해야 할지 몰랐다. '거절할 순 없어.' 넝마주이 항만의 부두와 선창을 다니며 대리언도 찾아볼 수 있을 터였다. '대리언부터 찾아서 같이 배를 돌아야지. 그리고 돌아올 때는 먹을 것과 와인과 장작을 가져오는 거야. 불을 피우고 뜨끈하고 맛있는 식사를 해야지.' 샘이 일어섰다. "음. 그러면, 갈게요. 제가 가면, 길리는 여기 있을 거예요. 길리, 내가 나가면 문에 빗장을 질러요." '이방인이 문밖에서 기다리시니.'

길리는 눈물이 가득 고인 눈으로 품에 안은 아기를 어르면서 고개를 끄덕였다. '또 울겠구나.' 샘은 알아차렸지만, 어떻게 할 수 없는 일이었다. 샘의 검대는 존이 준 낡고 금이 간 나팔과 나란히 벽에 걸려 있었다. 샘은 못에 걸린 검대를 내려서 허리에 두르고, 둥근 어깨 위에는 검은색 모직 망토를 걸치고, 구부정한 자세로 문을 지나서, 그의 몸무게에 삐걱대는 나무 계단을 밟고 내려갔다. 이 여관에는 정문이 두 개로 하나는 거리를 향해, 또 하나는 수로를 향해 열려 있었다. 샘은 여관 주인이 너무 오래 머문 손님들을 위해 간직해둔 심술궂은 눈빛을 던질 게 뻔한 휴게실을 피하려고 거리 쪽 문으로 나갔다. 한기가 감돌았지만 평소보다 안개가 덜한 밤이었다. 샘은 그 점이 고마웠다. 어떤 밤이면 안개가 어찌나 짙게 뒤덮이는지, 자기 발도 보지 못할 지경이었다. 한번은 수로로 걸어 들어갈 뻔했었다.

어렸을 때 샘은 브라보스의 역사를 읽고 언젠가 가보겠다는 꿈을 꾸기도 했다. 바다에서 솟아오른 근엄하고 무시무시한 '거인'을 보고, 뱀 머리 배를 타고 수로를 미끄러지며 온갖 궁전과 신전을 지나치고, 별빛에 칼을 번득이며 물의 춤을 추는 자객들을 구경하고 싶었다. 그러나 정작 브라보스에 온 지금, 샘은 이곳을 떠나 올드타운으로 가고 싶을 뿐이었다.

샘은 두건을 눌러쓰고 망토를 펄럭이면서 자갈길을 걸어 넝마주이 항만으로 갔다. 검대가 자꾸 발목까지 흘러내려 걸으면서 계속 추어올려야 했다. 아무도 마주치지 않게 좀 더 작고 어두운 길로만 걸었지만, 그래도 지나가는 고양이와 마주칠 때마다 심장이 쿵 떨어졌다……. 그리고 브라보스에는 고양이가 많았다. '대리언을 찾아야 해. 대리언은 밤의 경비대원이고 내 결의형제야. 둘이 같이 어떻게 할지 궁리하는 거야.' 아에몬 학사는 힘이 다했고, 길리는 비탄에 빠지지 않았다 해도 여기에서 길을 잃었을 테지만, 대리언은……. '대리언을 나쁘게 생각하면 안 돼. 다쳤을지도 몰라. 그래서 안 돌아온 걸지도 몰라. 죽어서 어느 골목길에 피를 흘리고 누워 있거나, 어느 수로에 둥둥 떠 있을지도 몰라.' 밤이면 자객들이 알록달록하게 화려한 옷을 입고 도시 안을 으스대듯 돌아다니면서 가느다란 검을 얼마나 잘 쓰는지 멋대로 과시했다. 아무 이유나 붙여서 싸움을 하기도 하고, 아예 이유 없이 그러기도 하는데, 대리언은 성질이 급하고 말을 막 하는 편이었다. 술에 취하면 더 그랬다. '전투에 대해 노래할 줄 안다고 싸움을 잘한다는 뜻은 아니지.'

제일 좋은 맥줏집과 여관, 매춘굴은 자줏빛 항만 아니면 달 웅덩이 부근에 있었지만, 대리언은 고객들이 웨스테로스 공용어를 할 가능성이 높은 넝마주이 항만을 선호했다. 샘은 '초록 장어', '검은 뱃사공', '모로고 여관'처럼 대리언이 예전에 노래했던 곳들부터 수색을 시작했다. 아무 데도 없었다. '안갯집' 바깥에는 뱀 머리 배가 몇 척 묶여서 고객을 기다리고 있었고, 샘은 장대를 든 배몰이꾼들에게 혹시 검은 옷을 입은 가수를 보았냐고 물어보려고 했지만, 그들은 샘의 고급 발리리아어를 이해하지 못했다. 그게 아니면 이해하지 못하는 척하거나. 샘은 '나보의 다리' 두 번째 아치 아래에 있는 칙칙한 싸구려 술집 안을 엿보았다. 열 명이 들어갈까 말까 한 작은 술집이었고, 대리언은 그중에 없었다. '추방자 여관', '일곱 등잔의 집', 그리고 '고양이집(Cattery)'이라고 불리는 매춘굴도 확인해봤는데 이상한 시선만 받았을 뿐 도움은 되지 않았다.

그 자리를 뜨던 샘은 고양이집의 붉은 등 아래에서 두 청년과 부딪칠 뻔했다. 하나는 검은 머리였고 하나는 금발이었다. 검은 머리 쪽이 브라보스어로 뭔가 말을 했다. "죄송합니다." 샘은 그렇게 말할 수밖에 없었다. "전 무슨 말인지 몰라요." 샘은 겁을 먹고 두 사람에게서 멀어지려고 했다. 칠왕국에서는 귀족이 색색의 벨벳, 비단, 새마이트를 걸치고 평민과 농민은 염색하지 않은 모직물과 거친 갈색 천을 입었다. 브라보스에서는 거꾸로였다. 자객들은 공작처럼 차려입고 장검을 만지작거리며 활보하는 반면, 힘 있는 사람들은 짙은 회색 옷과 자주색 옷, 거의 검은색이나 다름없는 파란 옷과 달도 뜨지 않은 밤처럼 새까만 옷을 입었다.

"내 친구 테로는 네가 너무 뚱뚱해서 역겹다는군." 절반은 녹색 벨벳, 나머지 절반은 은란으로 만든 조끼를 걸친 금발의 자객이 말했다. "내 친구 테로는 네가 장검을 덜그럭대는 소리에 머리가 아프다고도 해." 그는 공용어로 말했다. 다른 한 명, 진홍색 공단 옷을 입고 노란 망토를 걸친, 아마도 이름이 테로인 모양인 검은 머리 자객이 브라보스어로 또 뭐라고 하자 금발의 친구가 웃음을 터뜨리며 말했다. "내 친구 테로가 넌 신분에 맞지 않게 입고 있다는데. 검은 옷을 입다니, 대단한 귀족이라도 되나?"

샘은 달아나고 싶었지만, 그러다간 검대에 발이 걸려 넘어질 것 같았다. '검에 손대면 안 돼.' 검자루에 손가락 하나만 대도 이 자객 아니면 저 자객이 도전으로 받아들일지 몰랐다. 샘은 스스로를 타이르며 상대를 달랠 만한 말을 생각해보려 했다. "전 그런 게 아니고—" 그 말밖에 나오지 않았다.

"귀족이 아니야." 어린아이 목소리가 끼어들었다. "밤의 경비대원이야, 멍청아. 웨스테로스에서 온 거라고." 여자아이가 해초가 가득 담긴 수레를 밀고 불빛 속으로 들어왔다. 커다란 장화를 신고, 들쑥날쑥한 머리는 감지도 않은 꾀죄죄하고 깡마른 아이였다. "'행복한 항구'에서 '선원의 마누라'에게 노래를 불러대는 다른 놈도 있어." 소녀는 두 자객에게 알려주더니, 샘에게 말했다. "혹시 저 작자들이 세상에서 제일 아름다운 여자가 누구냐고 물으면 '나이팅게일'이라고 해. 안 그러면 덤벼들 거야. 조개 좀 살래? 굴은 다 팔았지만."

"돈이 없어." 샘이 말했다.

"돈이 없으시단다." 금발의 자객이 조롱했다. 그의 검은 머리 친구가 히죽 웃으면서 브라보스어로 말했다. "내 친구 테로가 춥다는데. 우리의 뚱뚱하고 좋은 친구가 되어서 망토를 넘겨."

"하지 마." 수레 미는 소녀가 말했다. "줬다간 그다음엔 장화를 달라고 할 거고, 금세 알몸이 될걸."

"너무 큰 소리로 울부짖는 새끼 고양이는 수로에 빠져 죽는단다." 금발의 자객이 경고했다.

"발톱이 있다면 그렇지도 않지." 그러더니 갑자기 소녀의 왼손에 칼이, 자기 몸처럼 가느다란 칼이 나타났다. 테로라던 남자가 금발의 친구에게 뭐라고 말하자 두 사람은 서로를 보고 웃으며 물러났다.

"고맙다." 샘은 그들이 사라지자 소녀에게 말했다.

칼이 다시 사라졌다. "밤에 장검을 차고 다닌다는 건 도전을 받을 수 있다는 뜻이야. 저자들과 싸우고 싶었어?"

"아니." 대답이 끽끽대는 소리로 나오는 바람에 샘은 얼굴을 찡그렸다.

"진짜 밤의 경비대 맞아? 댁 같은 검은 형제는 본 적이 없는데." 소녀가 수레를 가리켰다. "혹시 원한다면 마지막 남은 조개들을 먹어도 돼. 어두워졌으니 이제 살 사람도 없고. 배를 타고 장벽으로 가는 거야?"

"올드타운으로." 샘은 구운 조개를 하나 집어 들고 게걸스레 삼켰다. "배를 갈아타기 전이야." 조개는 맛있었다. 샘은 하나 더 먹었다.

"자객들은 장검을 차지 않은 사람은 건드리지 않아. 테로와 오벨로 같은 멍청한 낙타 거시기라도 그래."

"넌 누구니?"

"아무도 아니야." 소녀에게서 생선 냄새가 났다. "전에는 누군가였지만, 이젠 아니야. 원한다면 캣이라고 불러도 돼. 넌 누군데?"

"샘웰. 탈리 가문 출신이야. 넌 공용어를 하는구나."

"내 아버지는 니메리아호의 노잡이 대장이었어. 내 어머니가 나이팅게일보다 아름답다고 말하는 바람에 어떤 자객 손에 죽었지. 댁이 만난 저 낙타 거시기 같은 거 말고, 진짜 자객. 언젠가는 내가 그놈의 목을 그을 거야. 선장이 니메리아호에는 어린 여자애가 필요 없다면서 날 내려놨어. 브루스코가 날 거둬들이고 수레를 줬지." 소녀는 샘을 올려다보았다. "어떤 배를 타고 갈 거야?"

"우린 '우샤노라 부인'에 뱃삯을 냈어."

소녀는 의심스럽다는 듯이 눈을 가늘게 떴다. "그 배는 떠났어. 모르는 거야? 벌써 한참 전에 떠났다고."

'알아.' 샘은 그렇게 말할 수도 있었다. 우샤노라 부인호가 '거인'을 향해, 그리고 드넓은 바다를 향해 노를 저어가는 동안 샘과 대리언은 부둣가에 서서 노가 오르내리는 모습을 지켜보았었다. 대리언은 말했다. "음. 끝났네." 샘이 좀 더 용감했다면 대리언을 물에 밀어 넣었을 것이다. 옷을 벗은 여자들에 대해서는 대리언이 꿀 바른 혀를 지녔지만, 선장실에서 브라보스인에게 일행을 기다려달라고 설득하려 했을 때는 샘이 도맡아 말했다. "그 노인장을 위해 사흘이나 기다렸어." 선장은 말했다. "선창도 꽉 찼고, 선원들도 마누라들과 붙어먹을 만큼 붙어먹었어. 댁들이 타든 말든 내 배는 만조 시간 맞춰 출발해."

"제발 부탁입니다." 샘은 간절히 매달렸다. "며칠만 더 주시면 됩니다. 아에몬 학사님이 힘을 되찾으실 수 있게요."

"그 노인에게 힘이 어디 있나." 선장이 그 전날 밤 여관에 와서 아에몬 학사를 직접 본 후였다. "노환이야. 내 '부인' 위에서 죽게 할 수야 없지. 같이 남든가 버리고 타든가, 난 상관없어. 난 떠날 거야." 그보다 더 나쁜 건, 그들이 낸 뱃삯을 돌려주기도 거부했다는 점이었다. 올드타운까지 안전하게 가기 위해 냈던 은화를. "댁들은 제일 좋은 선실을 샀지. 그 선실은 그대로 댁들을 기다리고 있어. 댁들이 그 방을 채우지 않기로 한다면, 그게 내 탓은 아니잖아. 그런데 왜 내가 손실을 감당해야 하지?"

'지금쯤이면 더스큰데일까지 갔을 텐데.' 샘은 서글프게 생각했다. '심지어 바람이 친절하다면 펜토스까지도 갔을 거야.'

수레 미는 소녀에게는 상관없는 일이었다. "가수를 봤다고 했지……."

"행복한 항구에서. 그 가수는 선원의 마누라와 결혼할 거야."

"결혼?"

"그 여자는 자기랑 결혼한 사람들하고만 자거든."

"그 행복한 항구란 데가 어디야?"

"'유랑극단의 배' 맞은편이야. 내가 길을 안내할 수 있어."

"그 길이라면 나도 알아." 샘도 유랑극단의 배는 본 적이 있었다. '대리언이 결혼을 할 순 없어! 서약을 했는데!' "가봐야겠다."

샘은 달렸다. 미끄러운 자갈길을 한참 가야 했다. 샘은 오래지 않아서 씨근대며 커다란 검은 망토를 시끄럽게 휘날리고 있었다. 달리면서 한 손은 검대를 붙들어야 했다. 가는 길에 마주친 몇 안 되는 사람들은 그를 희한하다는 듯 보았고, 한번은 고양이 한 마리가 일어서서 쉭 소리를 내며 위협했다. 유랑극단의 배에 도착했을 때쯤 샘은 비틀거리고 있었다. '행복한 항구'는 그 골목길 바로 건너편이었다.

얼굴이 벌게져서 씩씩대며 안으로 들어가기가 무섭게 애꾸눈 여자가 샘의 목을 끌어안았다. "하지 말아요. 전 그러려고 온 거 아니에요." 샘이 말하자 여자는 브라보스어로 대답했다. "전 그 말을 못해요." 샘은 고급 발리리아어로 말했다. 촛불이 여러 개 타고 있었고, 벽난로에서는 불이 타닥타닥 타올랐다. 누군가가 깽깽이를 켜고 있었고, 두 소녀가 손을 맞잡고 붉은 사제 주위를 돌며 춤을 추었다. 애꾸눈 여자가 샘의 가슴팍에 젖가슴을 눌렀다. "하지 말아요! 그러려고 온 거 아니라니까!"

"샘!" 귀에 익은 대리언의 목소리가 울렸다. "이나, 놔줘. 그게 슬레이어 샘이야. 내 결의형제지!"

애꾸눈 여자는 물러나면서도 한 손은 샘의 팔을 잡고 있었다. 춤을 추던 소녀 하나가 외쳤다. "원한다면 날 베어도 되는데." 그러자 다른 소녀가 말했다. "저 사람이 내가 장검에 손대게 해줄까?" 두 소녀 뒤의 벽에는 자주색 갈레아스선이 그려져 있었는데, 허벅지까지 올라오는 장화 말고는 아무것도 걸치지 않은 여자들이 탄 배였다. 모퉁이를 돌아간 곳에는 티로시 뱃사람 하나가 인사불성이 되어 거대한 주홍색 턱수염 속으로 코를 골고 있었다. 또 다른 곳에서는 거대한 젖가슴의 성숙한 여성이 검은색과 주홍색의 깃털 옷을 입은 육중한 여름 군도인 하나와 타일 뒤집기 놀이를 하고 있었다. 그 모든 광경의 중앙에 대리언이 앉아서, 무릎에 앉은 여자 목에 코를 부비고 있었다. 그 여자는 대리언의 검은 망토를 입고 있었다.

"슬레이어." 대리언이 술에 취한 목소리로 외쳤다. "와서 내 마누라를 만나봐." 대리언의 머리털은 모래와 꿀 같았고, 미소는 따뜻했다. "내가 이 여자에게 사랑 노래를 불러줬거든. 여자들은 내가 노래하면 버터처럼 녹지. 내가 어떻게 이런 얼굴에 저항할 수 있겠어?" 그는 여자의 코에 입을 맞췄다. "마누라, 슬레이어에게 입 맞춰줘. 내 형제야." 여자가 일어서자 샘은 그녀가 망토 아래에 아무것도 입지 않았음을 알 수 있었다. "내 마누라와 시시덕거리진 마, 슬레이어." 대리언이 낄낄대며 말했다. "하지만 마누라의 자매 중 누굴 원한다면 얼마든지. 나한테 아직 돈이 충분히 있을 거야."

'우리에게 음식을 사 줄 수도 있었을 돈 말이지. 아에몬 학사님의 몸을 덥힐 장작을 살 수도 있었을 돈.' 샘은 생각했다. "무슨 짓을 한 거야? 넌 결혼할 수 없어. 나와 마찬가지로 서약을 했잖아. 이 일로 목이 잘릴 수도 있어."

"우린 오늘 밤 하루만 결혼하는 거야, 슬레이어. 웨스테로스에서라 해도 그 정도로 목을 자르진 않아. 넌 땅속의 보물을 캐러 몰스타운에 가본 적 없어?"

"안 갔어." 샘의 얼굴이 붉어졌다. "난 한 번도……."

"네 그 야인 계집은? 한 번은, 아니 세 번쯤은 했을 거 아냐. 숲속에서 그렇게 여러 밤을 보내면서 네 망토 아래 둘이 같이 들어갔는데 한 번도 안 했다고는 하지 마." 대리언은 한 손을 의자 쪽으로 휘저었다. "앉아, 슬레이어. 와인 한 잔 마셔. 창녀도 하나 누리고. 둘 다 해."

샘은 와인을 마시고 싶지 않았다. "어두워지기 전에 돌아온다고 약속했잖아. 와인과 먹을 것을 가지고 돌아오겠다고."

"너 다른자도 이렇게 죽인 거냐? 죽을 때까지 잔소리해서?" 대리언이 웃어댔다. "내 마누라는 네가 아니라 이 여자거든. 내 결혼식 축배를 들지 않을 거면 꺼져."

"같이 가." 샘이 말했다. "아에몬 학사님이 깨어나서 드래곤에 대해 듣고 싶어 하셔. 피 흘리는 별들과 하얀 그림자와 꿈에 대해 말씀하시는데……, 우리가 그 드래곤들에 대해 좀 더 알아낼 수 있다면 그분을 편하게 해드리는 데 도움이 될지도 몰라. 나 좀 도와줘."

"내일 하자. 내 결혼식 밤에는 곤란해." 대리언은 신부의 손을 잡고 일어나더니, 그 여자를 끌고 계단으로 향했다.

샘이 그 앞을 막아섰다. "넌 서약을 했어, 대리언. 맹세의 말을 했다고. 넌 내 형제야."

"웨스테로스에서나 그렇지. 여기가 웨스테로스로 보여?"

"아에몬 학사님이—"

"죽어가고 있지. 네가 우리 은화를 다 낭비해버린 그 줄무늬 치료사가 말한 대로야." 대리언의 입매가 굳었다. "여자를 안든가 꺼져, 샘. 내 결혼식을 망치고 있잖아."

"갈게." 샘이 말했다. "하지만 너도 같이 가."

"싫어. 난 이제 질렸어. 검은 옷도 질렸고." 대리언이 벌거벗은 신부가 걸치고 있던 망토를 뜯어내더니 샘의 얼굴에 내던졌다. "옜다. 노인에게 그 넝마나 던져주든지. 조금이라도 더 따뜻해질지 모르지. 난 필요 없어. 난 이제 곧 벨벳 옷을 입을 거야. 내년이면 모피를 걸치고 호의호식—"

샘은 대리언을 쳤다.

생각도 하지 않았다. 손이 저절로 올라가서 주먹을 부르쥐더니, 대리언의 입가를 때렸다. 대리언은 욕을 했고 그의 벌거벗은 아내는 빽 소리를 질렀으며 샘은 대리언에게 달려들어서 낮은 탁자 위로 넘어뜨렸다. 둘은 키가 거의 같았지만, 샘이 몸무게가 두 배는 더 됐고, 이번만은 겁도 나지 않을 만큼 화가 나 있었다. 샘은 대리언의 얼굴을 때리고, 배를 때리고, 두 손으로 어깨 부근을 계속 때렸다. 대리언이 두 손목을 잡아채자 샘은 박치기를 해서 대리언의 입술에 피를 냈다. 대리언이 손을 놓자 코도 으깨놓았다. 어딘가에서 어떤 남자가 웃어대고, 어떤 여자가 욕을 하고 있었다. 싸움이 느려지는 것 같았다. 그들은 마치 호박에 빠져 허우적대는 두 마리 파리 같았다. 그러다가 누군가가 샘을 대리언의 가슴팍에서 뜯어냈다. 샘은 그 사람도 때렸는데, 뒤이어 뭔가 단단한 것이 샘의 머리를 쳤다.

다음 순간 샘은 바깥에 있었고, 머리부터 안개 속에 내던져지고 있었다.

아주 잠깐, 아래에 도사린 검은 물이 보이더니 수로가 솟아올라 샘의 얼굴을 들이받았다.

샘은 돌덩이처럼, 바윗덩이처럼, 산처럼 가라앉았다. 물이 눈에 들어오고 코에 들어왔다. 어둡고 춥고 짰다. 살려달라고 외치려다가 물을 더 삼켰다. 샘은 발길질을 하고 허우적댔고 콧구멍에서 물거품이 터졌다. '헤엄을 쳐. 헤엄을.' 스스로를 타이르며 눈을 뜨자 소금물에 눈이 아팠고 앞이 보이지 않았다. 그는 짧은 순간 수면으로 올라가서 공기를 들이마시고는, 한 손으로 절박하게 물을 때리면서 반대쪽 손으로 수로 벽을 더듬었다. 그러나 돌벽이 미끄럽고 끈적거려서 잡을 수가 없었다. 그는 다시 가라앉았다.

물이 옷에 스며들면서 한기가 피부로 느껴졌다. 검대는 다리를 타고 내려가서 발목을 얽어맸다. '난 익사할 거야.' 샘은 앞이 보이지 않는 시커먼 공포 속에서 생각했다. 수면 위로 다시 올라가려고 몸부림을 쳤지만, 정반대로 얼굴이 수로 바닥을 때렸다. '거꾸로야. 난 빠져 죽어가고 있어.' 허우적거리는 손 아래로 뭔가가, 장어인지 물고기인지가 움직이며 그의 손가락 사이를 스쳐 지나갔다. '여기서 빠져 죽을 순 없어. 내가 없으면 아에몬 학사님도 죽을 거고, 길리에겐 아무도 없게 돼. 헤엄을 쳐야 해. 헤엄을…….'

커다랗게 첨벙 소리가 나더니 뭔가가 그를 감싸고, 양쪽 겨드랑이와 가슴을 휘감았다. '장어야.' 처음엔 그렇게 생각했다. '장어에게 잡힌 거야. 날 끌고 내려갈 거야.' 비명을 지르려 입을 벌렸다가 물이 더 들어갔다. '익사하는구나.' 마지막 생각은 그것이었다. '아, 신들이시여 제발. 내가 익사하다니.'

눈을 떴을 때 샘은 등을 대고 누워 있었고, 덩치 큰 검은 피부의 여름 군도인 하나가 햄 덩어리만 한 주먹으로 샘의 배를 치고 있었다. '그만해. 아프다고.' 샘은 악을 쓰고 싶었지만, 그 대신 물을 게워내고 숨을 들이마셨다. 그는 물에 흠뻑 젖어서 벌벌 떨며 수로 물이 고인 자갈길에 누워 있었다. 여름 군도인이 다시 한번 샘의 배를 치자 코로 물이 더 뿜어져 나왔다. "그만." 샘이 숨을 몰아쉬었다. "이제 됐어요, 이제 됐어요."

"그래." 샘을 구한 사람이 거대한 검은 몸에서 물을 뚝뚝 흘리며 그를 굽어보았다. "넌 숀도에게 깃털을 잔뜩 빚졌다. 물이 숀도의 멋진 망토를 망쳤어."

샘의 눈에도 보였다. 검은 남자의 널찍한 어깨에 물에 젖어 망가진 깃털 망토가 늘어져 있었다. "전 정말……."

"……헤엄칠 줄 모른다고? 숀도도 봤다. 물을 너무 튀기더군. 뚱뚱하면 물에 떠야지." 그는 거대한 검은 주먹으로 샘의 더블릿을 움켜쥐고 일으켜 세웠다. "숀도는 시나몬윈드호 항해사다. 많은 언어를 하지. 조금. 안에서 숀도 웃었다. 그 가수 때리는 거 보고. 그리고 숀도 들었다." 그는 이를 드러내며 활짝 웃었다. "숀도가 그 드래곤들 안다."

제이미

“지금쯤이면 그 한심한 수염에 질리길 바랐는데. 털을 그렇게 기르니 꼭 로버트 같아.” 누이는 상복을 치우고 은색 미르 레이스 소매가 달린 비췻빛 가운을 입고 있었다. 목에 걸린 황금 사슬 목걸이에는 비둘기알만 한 에메랄드가 달렸다.

“로버트의 수염은 검은색이었지. 내 수염은 금색이고.”

“금색? 은색 아니고?” 세르세이는 그의 턱에서 수염을 하나 뽑아 들어 보였다. 회색이었다. “온몸에서 색깔이 빠져나가고 있네, 동생. 넌 예전 너의 유령이 됐어. 흐릿한 불구. 게다가 늘 하얀 옷만 입으니 생기도 없고.” 그녀는 뽑은 수염을 버렸다. “난 네가 진홍색과 금색으로 차려입는 게 더 좋아.”

‘난 맨몸에 방울방울 물을 묻힌 채로 햇빛을 받는 네가 더 좋아.’ 누이에게 입을 맞추고, 침실까지 안고 가서 침대에 던지고 싶었다……. ‘란셀과 오스먼드 케틀블랙, 문보이하고도 잤어…….’ “거래를 하지. 내게서 이 일을 거둬주면, 내 면도칼은 네 명대로 움직일 거야.”

세르세이의 입매가 굳었다. 그녀는 향료를 넣어 뜨겁게 데운 와인을 마시고 있었고 육두구 향을 풍겼다. “나하고 흥정을 하자는 거야? 다시 일깨워주겠는데, 넌 복종한다고 맹세했어."

"난 왕을 보호하겠다고 맹세했어. 내가 있을 곳은 내 왕 옆이야."

"네가 있을 곳은 왕이 가라는 곳이야."

"토멘은 네가 앞에 내미는 서류마다 인장을 찍지. 이건 네가 하는 짓이고, 어리석은 짓이야. 그렇게 믿음이 없다면 왜 대븐을 서부의 관리자로 임명했지?"

세르세이는 창 아래 자리에 앉았다. 그 뒤로 시커멓게 탄 수관의 탑 잔해가 보였다. "왜 그렇게 꺼리는 거지, 경? 손과 함께 용기도 잃었나?"

"난 스타크 부인에게 다시는 스타크나 툴리를 상대로 무기를 들지 않겠다고 맹세했어."

"술에 취해서, 검 끝이 목에 닿은 채로 한 약속이야."

"내가 토멘 곁에 있지도 못하면서 어떻게 토멘을 지킬 수가 있겠어?"

"그 아이의 적을 쓰러뜨리면 돼. 아버지는 언제나 빠른 공격이 어떤 방패보다 나은 방어라고 했지. 검으로 공격을 하려면 대개 손이 필요하다는 점은 인정해. 그렇지만 불구의 사자라 해도 두려움을 일으킬 순 있지. 난 리버런을 원해. 브린덴 툴리를 사슬에 묶거나 죽이길 원해. 그리고 누군가는 하렌홀을 정리해야 해. 우리에겐 윌리스 맨덜리가 시급하게 필요한데, 물론 아직 살아 있고 잡혀 있다면 말이지만, 하렌홀 수비군은 까마귀를 아무리 보내도 대답을 하지 않아."

"하렌홀에 있는 건 그레고르의 부하들이야." 제이미는 세르세이를 일깨웠다. "산더미는 잔인하고 멍청한 놈들을 좋아했지. 아마 그놈들은 네가 보낸 까마귀를 편지째로 먹어버렸을 거야."

"그래서 널 보내는 거야. 물론 그놈들이 내 용감한 형제도 먹어치울지 모르지만, 그래도 너라면 놈들에게 소화불량쯤은 선사하겠지." 세르세이가 치맛자락을 가다듬었다. "네가 없는 동안엔 오스먼드 경이 킹스가드를 지휘했으면 해."

'……내가 아는 한 누나는 란셀과 오스먼드 케틀블랙에 문보이와도 잤어…….' "그건 네가 선택할 문제가 아니야. 내가 꼭 가야 한다면, 나 대신 로라스 경이 지휘할 거야."

"농담해? 내가 로라스 경을 어떻게 생각하는지 알면서."

"네가 발론 스완을 도르네로 보내지만 않았다면—"

"스완은 거기 있어야 해. 도르네인들은 믿을 수가 없어. 붉은 뱀이 티리온의 대전사였다는 사실을 잊어버린 거야? 그놈들의 자비에 내 딸을 맡겨두진 않을 거야. 그리고 로라스 티렐이 킹스가드를 지휘하는 것도 용납 못 해."

"로라스 경이 오스먼드 경보다 세 배는 나은 남자야."

"남자다움에 대한 생각이 좀 바뀌었나 봐, 동생."

제이미는 분노가 치미는 것을 느꼈다. "그래, 로라스가 오스먼드 경처럼 네 젖꼭지를 흘끔거리진 않지. 하지만 내 생각엔—"

"이거나 생각해." 세르세이가 그의 뺨을 때렸다.

제이미는 그 손을 막으려고도 하지 않았다. "우리 왕대비님의 애정 어린 손길에 대비해서 수염을 더 덥수룩하게 길러야겠군." 그녀의 가운을 찢어버리고 그녀의 공격에 입맞춤으로 돌려주고 싶었다. 예전에는, 성한 손이 둘이었을 때는 그렇게 하기도 했었다.

왕대비의 두 눈은 녹색 얼음 같았다. "가보는 게 좋겠군, 경."

'……란셀, 오스먼드 케틀블랙, 그리고 문보이…….'

"손만 잃은 게 아니라 귀도 먹었나? 문은 등 뒤에 있네, 경."

"분부대로 하지요." 제이미는 획 돌아서 세르세이를 떠났다.

어딘가에서 신들이 웃고 있었다. 세르세이는 제 뜻을 방해하는 자를 관대하게 받아들인 적이 없었다. 제이미도 알았다. 좀 더 부드럽게 말했다면 흔들 수도 있었으련만, 최근에는 세르세이를 보기만 해도 화가 났다.

마음속 한구석에서는 킹스랜딩을 떠나게 되어 기뻤다. 그는 세르세이를 둘러싼 아첨꾼과 바보와 함께하기가 싫었다. 플리바텀에서는 그들을 '작디작은 소협의회'라고 부른다고, 아담 마브랜드가 전해줬다. 그리고 콰이번은……. 콰이번은 제이미의 목숨을 구했을지는 모르지만, 그래도 피투성이 극단이었다. "콰이번에겐 비밀의 악취가 나." 그렇게 경고하기도 했건만, 세르세이는 웃어넘겼다. "비밀은 우리 모두에게 있어." 그게 그녀의 답이었다.

'……내가 아는 한 누나는 란셀과 오스먼드 케틀블랙, 문보이와도 잤어…….'

레드킵의 마구간 바깥에서는 기사 마흔 명과 같은 수의 종자가 그를 기다리고 있었다. 절반은 라니스터 가문에 충성을 맹세한 서부인이었고, 나머지는 최근까지 적이었다가 미심쩍은 친구로 돌아선 이들이었다. 비 숲의 더못 경이 토멘의 군기를 들고, 붉은 로넷 코닝턴이 킹스가드의 하얀 깃발을 들었다. 페이지 한 명, 파이퍼 한 명, 페클던 한 명이 킹스가드 단장의 종자라는 영광을 나눠 가졌다. "친구는 등 뒤에 두고, 적은 볼 수 있는 곳에 두어라." 섬너 크레이크홀이 예전에 했던 조언이었다. 아니면 아버지의 조언이었던가?

제이미의 승용마는 적갈색 구렁말이었고, 군마는 위풍당당한 회색 종마였다. 제이미는 말에게 이름을 붙이지 않은 지 오래였다. 전투 중에 죽는 말을 너무 많이 보았고, 이름을 붙인 말이 죽으면 더 힘들었다. 하지만 파이퍼 소년이 두 마리를 '명예'와 '영광'이라고 부르기 시작했을 때 제이미는 큰 소리로 웃고는 그대로 이름을 유지했다. 영광은 라니스터의 진홍색 장식을 달았고, 명예는 킹스가드의 하얀색 마갑을 입었다. 제이미 경이 승용마에 오르는 동안 고삐를 잡은 것은 조스민 페클던이었다. 창대처럼 깡마른 데다 팔다리가 길고, 쥐 털 같은 기름진 갈색 머리에, 뺨에는 솜털이 있는 종자였다. 외투는 라니스터의 진홍색이었지만, 전포에는 노란색 바탕에 도열한 페클던 가문의 자주색 숭어 열 마리가 보였다. "새로운 손을 갖다드릴까요?" 소년이 물었다.

"그래, 손을 껴요, 제이미." 케이스의 케노스 경이 부추겼다. "평민들에게 그 손을 흔들면서 대대손손 전할 이야깃거리를 주는 거죠."

"그건 아닌 것 같아." 제이미는 군중들에게 금빛 거짓말을 보이고 싶지 않았다. '잘린 팔을 보게 하자. 불구자를 보게 해.' "하지만 얼마든지 내 부족함을 보충해줘도 좋아, 케노스 경. 두 손을 다 흔들고 혹시 내키면 발도 흔들도록 해." 그는 왼손으로 고삐를 모아 잡고 말 머리를 돌렸다. "페인." 그는 나머지가 대열을 갖추는 사이에 외쳤다. "내 옆을 달리게."

무도회에 뛰어든 거지 행색의 일린 페인 경이 제이미 옆으로 다가왔다. 가죽을 끓여서 만든 민소매 상의는 얼룩이 졌고, 그 위에 걸친 고리 갑옷은 낡아서 녹이 슬었다. 사람에게도 말에게도 문장이라곤 없었다. 방패는 너무 해지고 너덜너덜해서 예전에 어떤 색깔이 칠해져 있었을지조차 알아보기 힘들었다. 음울한 얼굴과 푹 꺼진 눈의 일린 경은 죽음 그 자체라고 할 법했다……. 실제로 몇 년이나 죽음 그 자체였고 말이다.

'하지만 이젠 아니지.' 일린 경은 제이미가 말 잘 듣는 단장이 되라는 소년 왕의 명령을 받아들이는 대신 요구한 대가의 절반이었다. 나머지 절반은 아담 마브랜드 경이었다. "그 둘이 필요해." 제이미가 그렇게 말하자, 세르세이는 맞서지 않았다. 오히려 그들을 떼어내어 기뻤을 것이다. 아담 경은 제이미의 어린 시절 친구였고, 말 못 하는 처형인은 누구의 사람이라고 말할 수 있다면 그들의 아버지에게 속한 사람이었다. 칠왕국을 통치하고 아에리스 왕에게 이래라저래라 하는 사람은 타이윈 공이라고 큰소리치다가 걸렸을 당시, 일린 페인은 수관의 위병대장이었다. 아에리스 타르가르옌은 그런 말을 한 대가로 그의 혀를 잘랐다.

"문을 열어라." 제이미가 말하자 힘센 멧돼지가 우렁찬 목소리로 외쳤다. "문을 열어라!"

메이스 티렐이 북과 깽깽이 소리에 맞추어 진흙 문으로 행진해 나갈 때는 길거리에 수천 명이 나와서 환호했었다. 어린 소년들은 행진 틈을 비집고 들어가서 고개를 높이 들고 발을 쿵쿵대며 티렐 병사들 옆을 걸었고, 그 누이들은 창문에서 입맞춤을 날렸다.

오늘은 그렇지 않았다. 창녀 몇이 지나가는 일행에게 놀러오라고 외쳤고, 고기 파이 장수가 파이를 외쳤다. 신발 수선 광장에서는 초라한 옷을 입은 참새 두 명이 수백 명의 평민을 상대로 신을 믿지 않는 자들, 악마를 섬기는 자들에게 파멸이 내리리라 열변을 토하고 있었다. 군중들은 대열 앞에서 갈라졌고, 참새들이나 구두장이들이나 흐린 눈으로 바라만 봤다.

"저들은 장미 향기는 좋아하지만 사자는 좋아하지 않아." 제이미가 말했다. "내 누이가 그 점을 명심해야 할 텐데." 일린 경은 대꾸하지 않았다. 긴 여정에 완벽한 동행이었다. '이 친구와의 대화는 즐겁겠군.'

제이미가 지휘할 군대 대부분은 성벽 바깥에서 기다리고 있었다. 아담 마브랜드 경과 그의 별동대, 스테폰 스위프트 경과 보급 수송대, 선량한 보니퍼 경의 '성스러운 백인대(the Holy Hundred)', 사스필드의 기마궁수들, 길리안 학사와 새장 네 개를 채운 까마귀들, 플레멘트 브락스 경 아래 중기병 200명까지. 다 합쳐도 대군은 아니고, 천 명이 못 되는 수였다. 리버런에 필요한 건 숫자가 아니었다. 라니스터 군대가 이미 투입되었고, 프레이 군대는 그보다 더 컸다. 그들이 받은 마지막 전서조에 따르면 포위군은 보급에 어려움을 겪고 있었다. 브린덴 툴리가 성벽 안으로 물러나기 전에 주변을 깨끗이 치워둔 탓이었다.

'치울 것도 별로 없었지만 말이지.' 제이미가 강역을 본 바에 따르면 아직 불타지 않은 들판, 약탈당하지 않은 마을, 더렵혀지지 않은 처녀가 거의 없었다. '그리고 이제 내 사랑하는 누이는 아모리 로치와 그레고르 클리게인이 시작한 일을 끝내라고 날 보내지.' 입맛이 썼다.

이런 시절에도 킹스랜딩 가까이에서는 왕의 가도가 안전했지만, 그래도 제이미는 마브랜드와 그의 별동대를 앞쪽으로 정찰 보냈다. "롭 스타크는 속삭이는 숲에서 날 불시에 습격했지. 그런 일은 두 번 다시 없을 거야."

"약속드리지요." 마브랜드는 도시 경비대의 금빛 모직 옷 대신 자기 가문의 연기색 망토를 다시 걸치고 말에 오르자 눈에 띄게 마음이 편안해 보였다. "어떤 적이든 백 리 안에 들어오면 먼저 아시게 될 겁니다."

제이미는 누구도 그의 허락 없이 대열에서 벗어나지 말라고 엄히 명령해 두었다. 그러지 않았다간 젊은 귀족들이 들판을 질주하며 시합을 벌이고, 가축을 흩어놓고 작물을 밟아버리는 것을 참아야 하리라. 도시 주변에는 아직 소와 양이 보였다. 사과나무와 덤불에 열매가 열렸고, 보리와 귀리와 겨울 밀도 자라고 있었으며, 길에는 짐마차와 우차들이 다녔다. 싸움터에 더 가까이 가면 이렇게 희망적이지 않을 터였다.

말 없는 일린 경을 옆에 두고 군대 앞을 달리려니 만족스럽기까지 했다. 등에 떨어지는 햇살이 따뜻했고 머리카락을 헤집는 바람은 여인의 손길 같았다. 어린 루 파이퍼가 검은딸기가 가득 담긴 투구를 들고 말을 달려오자 제이미는 한 줌을 집어 먹고, 나머지는 동료 종자들과 일린 페인 경과 나눠 먹으라고 일렀다.

페인은 녹슨 고리 갑옷과 가죽옷 못지않게 침묵에도 편하게 적응한 듯했다. 일린 페인이 내는 소리라곤 타고 있는 거세마의 발굽 울리는 소리와 앉은 자세를 바꿀 때마다 검집에 든 장검이 덜그럭거리는 소리뿐이었다. 흉터투성이 얼굴은 음울했고 눈동자는 겨울 호수에 깔린 얼음처럼 차가웠지만, 제이미는 일린 페인이 나와서 기뻐하고 있음을 감지했다. 그는 스스

로에게 상기시켰다. '난 선택권을 줬어. 페인은 내 제의를 거절하고 집행관으로 남을 수도 있었어.'

일린 경을 집행관으로 임명한 것은 로버트 바라테온이 신부의 아버지에게 주는 결혼 선물이었다. 그 한직은 라니스터 가문을 섬기다가 잃어버린 혀에 대한 보상으로 주어졌다. 그는 훌륭한 처형인이 되었다. 집행을 망친 적이 한 번도 없었고, 칼을 두 번 내리칠 일도 거의 없었다. 그리고 그의 침묵은 어쩐지 공포를 불러일으켰다. 그보다 더 직무에 잘 맞는 집행관도 거의 없었다.

제이미는 일린 페인을 데려가기로 결심했을 때 '반역자의 길' 끝에 있는 일린 경의 처소를 찾아갔었다. 반원형의 땅딸막한 탑 위층은 약간의 안락을 필요로 하는 죄수들, 사로잡혀 몸값이나 포로 교환을 기다리는 기사나 귀족을 위한 감옥으로 구획되어 있었다. 감옥다운 지하감옥의 입구는 1층에 있었는데, 망치로 두드려 만든 철문과 결이 깔쭉깔쭉한 회색 나무 문을 지나야 했다. 높은 층과 지하층 사이에 간수장과 심문관, 그리고 왕의 집행관이 묵는 방들이 있었다. 집행관은 처형인이었으나 전통적으로 지하감옥과 그곳에서 일하는 사람들을 관장하기도 했다.

그리고 그 직무에 있어서 일린 페인 경은 유난히 맞지 않는 사람이었다. 읽지도 쓰지도 말하지도 못했기에 일린 경은 지하감옥 관리를 아랫사람들에게 맡겼다. 그러나 두 번째 다에론 왕 이후 왕국에는 심문관이 없었고, 지난번 간수장은 로버트 재위 시절에 리틀핑거에게서 그 관직을 산 옷감 상인이었다. 분명 몇 년 동안은 그 직무로 짭짤한 수익을 얻었겠지만, 그러다가 철왕좌를 스타니스에게 주자고 다른 부유한 바보들과 공모하는 실수를 저질렀다. 이 바보들은 스스로를 '사슴뿔의 사람들'이라 불렀기에, 조프리는 그들의 머리에 사슴뿔을 박아 도시 벽 너머로 날려버렸다. 그리하여 감옥 관리는 제 몸에 '드래곤의 피'가 조금이나마 섞였다고 줄기차게 지껄이는 하급간수장 레니퍼 롱워터스에게 떨어졌고, 그는 제이미를 위해 지하 감옥 문의 자물쇠를 열고는 벽 안에 있는 좁은 계단을 올라 일린 페인이 15년간 지낸 장소로 안내했다.

그의 거처에서는 썩은 음식 냄새가 났고, 바닥에 깔린 골풀에는 해로운 것들이 돌아다녔다. 제이미는 들어가다가 쥐를 밟을 뻔했다. 페인의 대검은 가대 탁자 위에 놓여 있었고, 그 옆에는 숫돌과 기름천이 있었다. 강철 칼은 티 없이 깨끗했고, 칼날은 흐릿한 빛을 받아 푸르게 번득였으나, 그 외 바닥에는 더러운 옷이 널렸고, 여기저기 흩어진 갑옷 조각들은 벌겋게 녹이 슬었다. 제이미는 부서진 와인병의 수를 헤아릴 수도 없었다. '죽이는 것 외엔 아무 데도 신경을 안 쓰는군.' 제이미가 그런 생각을 하는데 일린 경이 요강이 넘친 듯한 악취를 풍기는 침실에서 걸어 나왔다. 제이미는 그에게 말했다. "전하께서 강역을 되찾아오라시는군. 난 자네를 데려갔으면 해……. 자네가 이 모든 걸 포기할 수 있다면 말이지만."

침묵, 그리고 눈도 깜박이지 않는 긴 응시가 그의 대답이었다. 하지만 제이미가 몸을 돌려 나가려 했을 때 페인이 고개를 끄덕였다. '그리고 이젠 말을 달리고 있지.' 제이미는 동행을 흘긋 보았다. '어쩌면 우리 둘 다 아직은 희망이 있을지 몰라.'

그날 밤 그들은 언덕 위에 있는 헤이포드의 성 아래에서 야영했다. 해가 지는 사이 언덕 아래에는 그 옆을 지나는 개울둑을 따라 백 개의 천막이 솟아올랐다. 제이미가 직접 보초를 섰다. 이렇게 도시 가까운 곳에서 말썽이 일어나리라 생각하지는 않았지만, 스태퍼드 숙부도 옥스크로스에서 안전하다고 생각했었으니, 위험에 대비하는 것이 최선이었다.

성에서 헤이포드 부인의 수호성주와 함께 저녁 식사를 하자는 초대가 내려오자, 제이미는 아담 마브랜드 경, 보니퍼 헤이스티 경, 붉은 로넷 코닝턴, 힘센 멧돼지, 그 외 십여 명의 기사와 귀족은 물론이고 일린 페인도 데려갔다. “그 손을 껴야겠구나.” 그는 언덕을 오르기 전에 페클던에게 말했다.

소년은 바로 손을 가져왔다. 황금으로 만들어서 진주층으로 손톱을 넣고, 엄지손가락과 다른 네 손가락을 반쯤 오므려서 뿔잔 아래쪽을 끼워 넣을 수 있게 해둔 살아 있는 듯한 손이었다. ‘싸울 순 없지만 술은 마실 수 있지.’ 제이미는 소년이 잘린 팔에 황금 손을 묶고 끈을 조이는 동안 생각했다. “이제부턴 사람들이 나리를 황금 손이라고 부를 겁니다.” 무기제조인은 제이미의 손목에 이 손을 처음 맞춰봤을 때 그렇게 장담했다. ‘틀렸어. 난 죽는 날까지 킹슬레이어일 거야.’

그 황금 손은 저녁 식사 시간에 많은 찬사를 받았다. 적어도 제이미가 와인 잔을 넘어뜨리기 전까지는 그랬다. 그때는 제이미도 성질을 누르지 못했다. “그렇게나 이 망할 물건이 감탄스러우면 검을 쥐는 손을 잘라버리시게나. 그러면 경도 가질 수 있으니.” 그는 플레멘트 브락스에게 그렇게 말해버렸고, 그 후에는 그의 손에 대해 아무도 더 말하지 않았으며 제이미는 평화롭게 와인을 마실 수 있었다.

헤이포드성의 주인은 혼인으로 라니스터 가문의 일원이 되었는데, 한 살도 되기 전에 제이미의 사촌 타이렉과 결혼한 통통한 어린아이였다. 우호를 다지기 위해 자리에 나오게 된 에메산드 부인은 아주 작은 비취 구슬로 헤이포드 가문의 녹색 뇌문 문양과 연녹색 물결 문양을 넣은 자그마한 금란 가운을 차려입고 있었다. 하지만 아이는 곧 빽빽거리며 울기 시작해서, 유모가 서둘러 침대로 데려가야 했다.

“우리 타이렉 공 소식은 없습니까?” 송어 요리가 나올 때쯤 수호성주가 물었다.

“없소.” 타이렉 라니스터는 제이미가 아직 리버런의 포로로 잡혀 있을 때 벌어진 킹스랜딩 폭동 중에 사라졌다. 아직 살아 있다면 열네 살이었다.

"타이윈 공의 명을 받아 제가 직접 수색을 했습니다." 아담 마브랜드가 생선 뼈를 발라내며 말했다. "하지만 앞서 수색한 바이워터보다 나을 게 없었어요. 마지막으로 목격된 타이렉은 밀려든 폭도가 황금 망토들의 대열을 무너뜨렸을 때 말 위에 타고 있었어요. 그 후에는…… 말은 찾았지만, 말 위에 있던 사람은 찾지 못했지요. 폭도가 끌어 내려 죽였을 가능성이 큽니다. 하지만 그렇다면 시신은 어디 있는 걸까요? 폭도가 다른 시신은 다 내버려뒀는데 왜 타이렉은 아니었을까요?"

"살아 있는 쪽이 더 가치 있을 텐데." 힘센 멧돼지가 말했다. "라니스터라면 누구나 두둑한 몸값을 내니까."

"그야 분명하지." 마브랜드가 수긍했다. "그런데 몸값 요구는 오지 않았어. 타이렉은 그냥 사라졌어."

"그 녀석은 죽었어." 제이미는 와인을 세 잔 마셨고, 황금 손이 갈수록 무겁고 어색해지고 있었다. '갈고리를 다는 게 더 나았겠어.' "놈들이 누굴 죽였는지 알았다면 내 아버지의 분노가 두려워 강물에 던져버렸을 테지. 킹스랜딩 사람들은 그 분노가 어떤 건지 알아. 타이윈 공은 언제나 빚을 갚았지."

"언제나 그랬지요." 힘센 멧돼지가 맞장구를 쳤고, 그것으로 그 이야기는 끝났다.

그러나 나중에, 밤을 보내도록 제공받은 탑방에 혼자 남았을 때 제이미는 저도 모르게 생각하고 있었다. 타이렉은 란셀과 함께 로버트 왕의 종자로 일했었다. 정보는 금보다 더 가치 있을 수 있고, 단검보다 더 치명적일 수도 있다. 그때 제이미가 생각한 사람은 미소 지으며 라벤더 향을 풍기는 바리스였다. 그 내시에게는 도시 전역에 첩보원과 정보원이 있었다. 혼란 통에 타이렉을 낚아챌 준비를 하는 것도 바리스에게는 간단한 일이었으리라……. 미리 폭도가 날뛸 것을 알았다면 말이다. '그리고 바리스는 모든 걸 알았지. 적어도 우리에겐 그렇게 믿게 만들었어. 그런데 세르세이에게 그 폭동에 대해 경고하지 않았어. 미르셀라를 전송하러 배까지 내려가지도 않았고.'

제이미는 덧창을 열었다. 밤은 추워지고 있었고, 초승달이 떠올랐다. 황금 손이 달빛을 받아 흐릿하게 빛났다. '내시들의 목을 조르기엔 쓸모가 없지만, 그 교활한 미소를 짓뭉개서 보기 좋은 피투성이로 만들 만큼은 무겁군.' 누군가를 때리고 싶었다.

제이미가 찾아냈을 때 일린 경은 대검을 갈고 있었다. "시간 됐네." 제이미가 말하자 처형인은 일어서서 따라왔다. 계단을 내려가는 동안 일린 경의 갈라진 가죽 장화가 가파른 돌계단을 계속 스쳤다. 작은 안뜰이 무기고와 이어졌다. 제이미는 그곳에서 방패 두 개, 반투구 두 개, 그리고 끝이 뭉툭한 시합용 장검 두 개를 찾아냈다. 하나는 페인에게 주고 나머지는 왼손에 쥐면서 방패 끈을 오른손에 끼웠다. 그의 황금 손은 뭔가를 걸기에는 충분해도 쥘 수는 없었기에, 방패를 헐겁게 잡을 수밖에 없었다. 제이미가 말했다. "자넨 예전에 기사였지. 나도 그랬고. 지금은 우리가 무엇인지 알아보자고."

일린 경이 대답 대신 검을 들어 올렸고, 제이미는 즉시 공격에 나섰다. 페인은 입고 있는 고리 갑옷만큼이나 녹이 슬었고, 브리엔느처럼 힘이 세지도 않았지만, 그래도 제이미의 모든 공격을 검으로 받아치거나, 방패로 막았다. 그들은 뭉툭한 장검으로 강철의 노래를 울리며 초승달 아래에서 춤을 췄다. 말 없는 기사는 한동안 제이미가 그 춤을 이끌게 두더니, 마침내 찌르기에 찌르기로 응하기 시작했다. 일단 공격으로 전환하자 그는 제이미의 허벅지를, 어깨를, 팔뚝을 찔렀다. 세 번은 투구를 맞아서 머리가 울렸다. 칼을 한 번 긋자 오른팔에 붙어 있던 방패가 떨어져 나갔고, 황금 손을 묶어둔 끈도 끊어질 뻔했다. 둘 다 검을 내렸을 때 제이미는 멍투성이로 너덜너덜해졌지만, 술기운은 다 타서 날아갔고 머릿속이 깨끗했다. "우린 다시 춤을 출 거야." 그는 일린 경에게 다짐했다. "내일도, 모레도. 매일 춤을 출 거야. 내가 왼손으로도 오른손만큼 잘 싸울 때까지."

일린 경이 입을 벌리더니 딱 소리를 냈다. '웃음소리로군.' 제이미는 알아차렸다. 배 속이 뒤틀렸다.

아침이 왔을 때 다른 사람들은 감히 그의 멍 자국에 대해 말도 꺼내지 못했다. 밤에 벌어진 검술시합 소리를 들은 사람도 없는 모양이었다. 그러나 야영지로 내려가자 어린 루 파이퍼가 기사와 귀족이 묻지 못한 질문을 던졌다. 제이미는 씩 웃었다. "헤이포드 가문엔 기운 넘치는 여자들이 있어서 말이다. 깨물기를 좋아하더라."

흐린 날 다음에는 바람이 심하고 눈부신 날이 왔고, 그 후에는 사흘 동안 비가 내렸다. 바람이든 비든 상관없었다. 대열은 속도를 유지하며 왕의 가도 북쪽으로 향했고, 제이미는 매일 밤 외진 장소를 찾아서 멍 자국을 더 만들었다. 애꾸눈 노새가 지켜보는 마구간 안에서도 싸우고, 와인과 에일 통이 가득한 여관 지하실에서도 싸웠다. 불타버린 대형 석조 창고의 시커먼 껍데기 안에서도, 얕은 개울의 수풀 우거진 섬에서도, 빗방울이 투구와 방패를 조용히 때리는 들판에서도 싸웠다.

제이미는 야간 활동에 대해 이런저런 변명을 댔으나, 사람들이 그 말을 믿을 거라 여길 만큼 멍청하지는 않았다. 아담 마브랜드야 제이미가 뭘 하는지 확실히 알았고, 다른 이들도 낌새를 채고 있었다. 하지만 아무도 제이미가 듣는 곳에서 말하지는 않았다……. 그리고 유일한 목격자에게는 혀가 없었기에, 그는 킹슬레이어가 얼마나 서투른 검사가 되었는지 누가 알게 될까 두려워할 필요가 없었다.

곧 사방에서 전쟁의 징후를 볼 수 있었다. 가을 밀이 익고 있어야 할 밭에는 잡초와 가시덤불과 관목이 말 머리 높이만큼 크게 자랐고, 왕의 가도에는 여행자가 사라졌으며, 늑대들이 해 질 녘부터 해 뜰 녘까지 이 피곤한 세상을 지배했다. 대부분의 짐승들은 거리를 둘 만큼 조심스러웠으나, 마브랜드의 별동대 한 명이 오줌을 싸려고 등에서 내려오자 달아난 말이 늑대들에게 죽고 말았다. "이렇게 대담한 짐승은 없어." 엄하고 슬픈 얼굴의 선량한 보니퍼 경이 단언했다. "이것들은 우리의 죄를 벌하기 위해 늑대 가죽을 뒤집어쓰고 온 악마들이오."

"드물게 지은 죄가 많은 말이었겠군." 제이미는 가엾은 말의 잔해를 굽어보며 말했다. 그리고 남은 사체를 잘라서 소금에 절이라고 명령했다. 그들에게도 고기가 필요해질 수 있었다.

그들은 '소스혼(Sow's Horn, 암퇘지 뿔)'이라는 곳에서 로저 호그 경이라는 억센 노기사를 만났는데, 그는 중장병 여섯 명, 노궁수 네 명, 그리고 스무 명가량의 소작농을 거느리고 거주탑에 완고하게 틀어박혀 있었다. 로저 경은 이름에 걸맞게(Hogg는 hog(돼지)와 비슷하다) 덩치가 크고 성마른 남자였고, 케노스 경은 그가 얼룩 멧돼지를 문장으로 삼은 크레이크홀 가문의 방계일 수도 있지 않겠냐고 말했다. 힘센 멧돼지는 그 말을 믿었는지 로저 경에게 열심히 조상들에 관한 질문을 하면서 한 시간을 보냈다.

제이미는 호그가 늑대들에 대해 하는 말에 더 관심이 있었다. "우리가 그 하얀 별 늑대 한 무리와 말썽이 있긴 했지요." 노기사는 그에게 말했다. "놈들은 킁킁대며 뒤를 추적해옵니다, 경. 하지만 우리가 쫓아버렸고, 세 놈은 순무밭 옆에 묻었어요. 그 전에는, 이렇게 말해 미안하지만, 망할 사자 한 무리도 있었지요. 그놈들을 이끄는 남자는 방패에 만티코어를 그렸더이다."

"아모리 로치 경이로군." 제이미가 말했다. "내 아버님께서 놈에게 강역을 약탈하라고 명하셨지."

"여긴 강역도 아닙니다." 로저 호그 경은 완강하게 말했다. "제 충성 맹세는 헤이포드 가문을 향하고, 에메산드 부인은 그 작은 무릎을 킹스랜딩 쪽으로 굽히시죠……. 뭐 적어도 걸을 수 있는 나이가 되면 그러실 겁니다. 그놈한테도 그렇게 말했는데, 그 로치라는 놈은 도무지 듣질 않더군요. 제 양 떼 절반을 도살하고 젖 짜는 튼튼한 염소도 세 마리를 죽이더니 절 탑째로 구워버리려 했습니다. 하지만 제 탑은 단단한 돌인 데다 벽 두께가 2미터가 넘으니까요. 불이 꺼져버린 후엔 질렸는지 떠나더군요. 그 후에 늑대들이 왔지요. 네 다리 달린 늑대들요. 놈들은 만티코어가 남기고 간 양 떼를 다 먹어버렸습니다. 보상으로 좋은 가죽을 몇 개 얻긴 했지만, 모피로 배를 채우진 못하잖습니까. 저희가 어찌해야 할까요?"

"씨를 뿌리게나." 제이미가 말했다. "그리고 마지막 추수를 할 수 있길 기도해." 희망찬 대답은 아니었지만, 달리 대답할 말이 없었다.

다음 날, 대열은 킹스랜딩에 충성을 맹세한 땅과 리버런을 바라보는 땅의 경계선에 해당하는 개울을 건넜다. 길리안 학사가 지도를 보더니 여기 언덕들은 하렌홀에 서약한 두 명의 지주기사 워드 형제에게 속한다고 말했다……. 그러나 흙과 나무로 지은 그들의 저택들은 시꺼멓게 탄 기둥만이 남아 있었다.

워드 형제도, 그들의 땅에 사는 평민도 나타나지 않았지만 동생 쪽의 요새 밑 지하 저장실에는 무법자들이 피신해 있었다. 한 명은 너덜너덜해진 진홍색 망토를 걸치고 있었지만, 제이미는 나머지와 함께 그자도 교수형에 처했다. 기분이 좋았다. 이건 정의였으니까. '정의를 습관 삼아봐, 라니스터. 그러면 언젠가는 사람들이 널 황금 손이라고 부를지도 몰라. 정의의 황금 손.'

하렌홀에 다가가면 갈수록 세상이 더 잿빛으로 변해갔다. 그들은 청회색 하늘 아래, 두드려 편 철판처럼 낡고 차가운 빛을 발하는 물가를 달렸다. 제이미는 저도 모르게 브리엔느가 이 길을 먼저 달렸을까 생각하고 있었다. '산사 스타크가 리버런으로 갔다고 생각했다면…….' 다른 여행자와 마주치기라도 했다면 그는 말을 멈추고 혹시 적갈색 머리의 예쁜 처녀를 보았는지, 아니면 우유라도 삭힐 듯한 얼굴을 한 못생기고 덩치 큰 여자를 봤는지 물어봤을지 몰랐다. 하지만 길에는 늑대들밖에 없었고, 늑대들의 울부짖음에 대답은 담겨 있지 않았다.

백랍 같은 호수 건너편에 드디어 검은 하렌의 어리석은 탑들이 나타났다. 시커멓게 뒤틀린 다섯 개의 돌 손가락이 하늘을 향해 뻗어 있었다. 리틀핑거가 하렌홀의 영주로 임명받기는 했으나 딱히 새로운 권좌에 서둘러 앉으려 들지는 않았기에, 리버런으로 가는 길에 하렌홀을 '정리'하는 일은 제이미 라니스터에게 떨어졌다.

정리가 필요하다는 점은 제이미도 의심치 않았다. 그레고르 클리게인은 세르세이가 킹스랜딩으로 불러들이기 전에 이 거대하고 우울한 성을 피투성이 극단으로부터 빼앗았다. 보나 마나 산더미의 부하들이 아직도 철판 갑옷에 든 마른 콩알들처럼 성 안팎에서 달그락대고 있을 테지만, 그들은 트라이던트에 왕의 평화를 되찾아주기에 걸맞은 병사들은 아니었다. 그레고르 경의 패거리가 누군가에게 평화를 줬다면 오직 무덤의 평화뿐이었다.

아담 경의 별동대는 하렌홀 성문이 닫혀 있고 빗장까지 질렀다고 보고했다. 제이미는 성문 앞에 부하들을 멈춰 세우고, 케이스의 케노스 경에게 '헤록의 나팔'을 불라고 명령했다. 오래된 금테를 두른 찌그러진 검은 나팔이었다.

세 번의 나팔 소리가 성벽에 메아리치자, 쇠돌쩌귀가 삐걱대는 소리가 들리더니 성문이 천천히 열렸다. 검은 하렌이 세운 어리석은 성벽이 어찌나 두꺼운지, 제이미는 열 개가 넘는 살인 구멍 밑을 지나고 나서야 겨우 머지않은 과거에 피투성이 극단에게 작별을 고했던 안뜰의 햇볕 속에 설 수 있었다. 단단하게 다진 흙바닥에는 잡초가 돋고 있었고, 말 한 마리의 사체에 파리 떼가 윙윙거렸다.

탑 밖으로 나온 그레고르 경의 부하들 한 줌이 제이미가 말에서 내리는 모습을 보았다. 눈도 냉혹하고, 입매도 냉혹한 사내들이었다. 산더미 옆을 달리려면 그럴 수밖에 없었다. 그레고르의 부하들에 대해 해줄 수 있는 제일 좋은 말은, 그래봤자 용감한 형제단만큼 비열하고 폭력적인 놈들은 아니라는 정도였다. "좆 됐네, 제이미 라니스터라니." 반백의 중장병 하나가 불쑥 말했다. "망할 놈의 킹슬레이어다, 얘들아. 나를 창으로 쑤실 놈이다!"

"그러는 너는 누구지?" 제이미가 물었다.

"경은 걸레 입이라고 불렀지. 이런 소리 해도 괜찮다면 말이지만." 그는 두 손에 침을 뱉더니 뺨을 닦았다. 그렇게 하면 좀 단정해지기라도 한다는 듯이.

"매력적인 이름이군. 네가 여길 지휘하나?"

"나요? 젠장, 설마요. 창대로 쑤실 놈이지 내가." 걸레 입의 수염에는 수비대를 다 먹이고도 남을 만큼 빵 부스러기가 많이 붙어 있었다. 제이미는 웃을 수밖에 없었다. 그자는 그 웃음을 더 해도 된다는 뜻으로 받아들였는지 "창대로 쑤실 놈이지 내가"라고 다시 말하고 웃기 시작했다.

"저놈 하는 말 들었지." 제이미는 일린 페인에게 말했다. "길고 튼튼한 창을 하나 찾아서 저놈 엉덩이에 꽂아줘."

일린 경에겐 창이 없었지만, 맨턱 존 베틀리가 기꺼이 창을 넘겨줬다. 걸레 입의 술에 취한 웃음 소리가 갑자기 멎었다. "그 망할 것 저리 치워."

"마음을 정해." 제이미가 말했다. "여기 지휘관은 누구지? 그레고르 경이 수호성주를 임명했나?"

"폴리버요." 다른 남자가 대답했다. "그런데 사냥개가 그놈을 죽여버렸어. 폴리버와 티클러, 사스필드 꼬맹이까지 다."

'또 사냥개로군.' "산도르가 확실한가? 직접 봤나?"

"우리야 못 봤지. 여관 주인이 그렇게 말했소."

"교차로 여관에서 벌어진 일입니다." 이번에 말한 것은 대걸레 같은 모랫빛 머리의 젊은이였다. 목에는 예전에 바고 호트가 걸고 다녔던 주화 목걸이를 걸고 있었다. 머나먼 도시 50군데에서 가져온 주화들, 은화와 금화, 구리와 청동, 네모난 주화와 동그란 주화, 삼각형과 고리 모양과 뼛조각까지 있었다. "여관 주인이 그놈 얼굴 반쪽이 불타 있었다고 장담했습니다. 여관 창녀들도 같은 소릴 했어요. 산도르가 남루한 농민 소년을 하나 데리고 있었다는데요. 둘이서 폴리와 티클러를 갈가리 찢어놓고 트라이던트 하류로 달아났다고 들었습니다."

"추적은 보냈나?"

걸레 입이 그 생각만 해도 고통스럽다는 듯 얼굴을 찌푸렸다. "아뇨. 다 망할 것들이지. 안 했어요."

"개가 미치면 목을 자르는 법이거늘."

"음." 걸레 입은 입가를 문지르며 말했다. "폴리버 그 쓰레기는 마음에 든 적이 없는 데다가, 그 개는, 그레고르 경의 동생이니……."

"형편없는 짓이지요." 주화 목걸이를 건 청년이 끼어들었다. "하지만 미치지 않고서야 사냥개에게 맞설 수가 없어요."

제이미는 그를 살펴보았다. '나머지보다 대담하고, 걸레 입처럼 취하지도 않았군.' "그놈이 두려웠다는 거군."

"두려웠다곤 안 하겠습니다. 그저 좀 더 뛰어난 분들 몫으로 남겨놓은 거죠. 그레고르 경이나, 나리 같은 분께요."

'내가 두 손 성할 때였다면 그랬겠지.' 제이미는 스스로를 기만하지 않았다. 산도르는 지금 그에게 벅찬 상대였다. "이름이 있나?"

"라포드입니다. 대개 라프라고 부르지요."

"라프, 수비군을 백 개의 난로가 놓인 방에 한데 모아라. 너희 포로들도.

내가 확인하고 싶다. 교차로 여관에서 데려온 창녀들도. 아, 그리고 바고 호트도. 그놈이 죽었다는 소식은 당황스럽더군. 그놈의 머리통을 보고 싶다."

가져온 바고 호트의 머리통은 입술이 잘려 나가고, 양쪽 귀와 코 대부분도 잘려 나간 상태였다. 눈은 까마귀들이 파먹었다. 그래도 아직 바고 호트라는 점은 알아볼 수 있었다. 제이미는 어디에서라도 그 수염을 알아보았을 것이다. 뾰족한 턱 끝에 60센티 길이로 늘어진 우스꽝스러운 털 밧줄. 그 외에는 이 코호르인의 두개골에 가느다란 살 조각 몇 점만 붙어 있었다.

"나머지 몸은 어디 있나?" 제이미는 물었다.

아무도 대답하고 싶어 하지 않았다. 결국 걸레 입이 눈을 내리깔고 중얼거렸다. "썩었습니다. 그리고 먹혔죠."

"포로 하나가 노상 먹을 것을 달라고 해대서 말입니다." 라포드가 인정했다. "그레고르 경이 그놈에게 구운 염소를 주라고 하셨습니다. 그렇지만 이 코호르 놈에겐 살이 별로 없었어요. 경께서 이놈의 손과 발을 먼저 자르고, 그다음엔 팔과 다리를 잘랐습니다."

"그 뚱뚱한 놈이 거의 다 먹었습니다." 걸레 입이 말했다. "하지만 경께서, 포로들은 전부 다 한 입이라도 맛을 보게 하라고 했어요. 바고 호트도요. 우리가 먹여줬더니 그 새끼가 침을 줄줄 흘리더라고요. 그 빼빼 수염에 기름기가 떨어졌죠."

'아버지, 당신의 개는 둘 다 미쳐버렸습니다.' 제이미는 생각했다. 캐스털리록에서 지내던 어린 시절에 처음 들었던 이야기들, 바로 이 성벽 안에서 피를 채운 욕조에 목욕을 하고 인간의 살점으로 만찬을 열었다는 미친 로스스톤 부인의 이야기가 떠올랐다.

어쩐지 복수할 생각이 사라졌다. "가져가서 호수에 던져라." 제이미는 바고 호트의 머리통을 페클던에게 던지고, 수비군에게 돌아섰다. "피터 공이 권좌에 앉으러 올 때까지는 보니퍼 헤이스티 경이 왕실의 이름으로 하렌홀을 접수한다. 원하는 놈들은 그 밑에 남아라. 헤이스티 경이 받아준다면. 나머지는 나와 같이 리버런으로 간다."

산더미의 부하들은 서로를 쳐다보았다. 한 놈이 말했다. "저흰 받을 빚이 있습니다. 경께서 약속했어요. 두둑한 보상을요."

"직접 한 말씀입니다." 걸레 입이 맞장구를 쳤다. "나와 같이 달리는 놈들에겐 두둑한 보상이 있을 거다 하고요." 십여 명이 찬동의 소리를 내기 시작했다.

보니퍼 헤이스티 경이 장갑 낀 손을 들어 올렸다. "내 밑에 남는 자는 경작할 땅 한 하이드(옛 영국에서 한 가족을 부양할 넓이로 삼은 땅 크기. 지역에 따라 60~120에이커에 달했다)를 받고, 아내를 맞으면 또 한 하이드를, 첫 자식을 두면 또 한 하이드를 받는다."

"땅요?" 걸레 입이 침을 뱉었다. "오줌이나 갈기라지. 망할 흙 따위를 파고 싶었으면 망할 집에 남아 있었겠죠. 실례지만 말입니다. 두둑한 보상이라고 했다니까요. 금 말입니다."

"불만 있거든 킹스랜딩에 가서 내 사랑스러운 누이에게 말해라." 제이미는 라포드를 돌아보았다. "이제 포로들을 보겠다. 윌리스 맨덜리 경부터 시작하지."

"뚱뚱한 놈 말씀입니까?" 라포드가 물었다.

"부디 그랬으면 좋겠군. 맨덜리 경의 죽음에 대한 슬픈 이야기를 늘어놓진 말아라. 그랬다간 너희들도 똑같은 꼴이 될 테니까."

지하감옥에 처박힌 섀그웰이나 피그, 졸로를 보게 되리라는 희망을 조금이라도 품었다면, 안타깝게도 실망이었다. 용감한 형제단은 전원이 바고 호트를 버리고 간 모양이었다. 휀트 부인의 사람들 중에서는 셋밖에 남지 않았다. 그레고르 경에게 샛문을 열어줬던 요리사, 검은 엄지 벤이라고 불리는 등이 굽은 무기제조인, 그리고 피아라는 여자였는데, 제이미가 지난번에 봤을 때처럼 예쁘지 않았다. 누군가가 피아의 코를 부러뜨리고 치아의 절반을 날려버린 상태였다. 피아는 제이미를 보자 그의 발치에 무너지더니, 흐느끼면서 다리에 매달렸다. 발작하듯 힘을 써서, 그녀를 떼어내는 데 힘센 멧돼지가 나서야 할 정도였다. "이젠 아무도 널 해치지 않을 거다." 제이미가 말했지만, 그 말에 피아는 더 크게 울기만 했다.

다른 포로들은 그보다 나은 처우를 받고 있었다. 트라이던트 여울 싸움에서 달리는 산더미가 포로로 잡은 지체 높은 북부인들 몇 명과 더불어 윌리스 맨덜리 경도 그랬다. 유용한 인질들, 하나같이 몸값이 꽤 나가는 이들이었다. 모두 남루하고 지저분하며 덥수룩했고, 새로 생긴 멍 자국이 있거나 이가 깨졌거나 손가락이 없어지긴 했어도, 상처 자국은 씻어서 붕대를 감았고 굶주리지도 않았다. 제이미는 이들이 이제까지 뭘 먹었는지 알고 있을까 궁금해졌지만, 묻지 않는 게 낫겠다고 생각했다.

반항심이 남은 사람은 없었다. 눈은 흐릿하고 턱살은 누렇게 늘어져 털이 돋아난 기름 덩어리 꼴인 윌리스 경은 특히 더 그랬다. 제이미가 메이든풀까지 함께 가서 화이트하버로 가는 배에 태워주겠다고 하자 윌리스 경은 바닥에 철퍼덕 주저앉더니 피아보다 더 크게, 더 오래 울었다. 다시 일으켜 세우는 데 남자 넷이 필요했다. '구운 염소 고기를 너무 먹었군.' 제이미는 생각했다. '신들이시여, 난 이 망할 성이 정말 싫어.' 하렌홀은 300년 동안 캐스털리록이 3000년간 목격한 것보다 더 많은 참상을 보았다.

제이미는 백 개의 난로가 놓인 방에 불을 지피라고 명하고, 요리사는 주방으로 돌려보내어 함께 온 병사들이 먹을 뜨거운 식사를 준비하게 했다. "염소만 빼고 뭐든."

제이미 본인은 '사냥꾼의 방'에서 보니퍼 헤이스티 경과 함께 저녁을 먹었다. 매사에 일곱 신에게 호소하는 말을 더하는 경향이 있는 근엄한 황새 같은 노인이었다. "그레고르 경의 추종자들은 하나도 거두고 싶지 않습니다." 그는 자기 가문을 나타내는 하얀 사선을 수놓은 깨끗한 자주색 더블릿에 혹시나 있을 과즙이 튈까 싶어 본인처럼 쪼글쪼글한 배를 칼로 자르면서 그렇게 말했다. "그런 죄인들을 밑에 두진 않겠어요."

"내 성사는 모든 사람이 죄인이라고 했는데."

"그 말이 틀리진 않지요." 보니퍼 경은 인정했다. "하지만 어떤 죄악은 다른 죄악보다 더 나쁘고, 일곱 신의 코에도 더 지독한 악취를 풍깁니다."

'그리고 당신은 내 동생보다 더 냄새를 맡을 줄 모르는군. 코가 제대로 붙어 있다면 내 죄악의 냄새에 숨이 막혀서 그 배를 먹다가 죽을 텐데 말이야.' "좋소. 그레고르의 패거리는 경의 손에서 빼내주지." 제이미는 언제나 싸움꾼들의 쓸모를 찾을 수 있었다. 마땅한 일이 없으면 리버런 성벽을 강습해야 할 경우 제일 먼저 사다리로 올려 보낼 수도 있겠고.

"그 창녀도 데려가십시오." 보니퍼 경이 재촉했다. "경이 아는 여자였지요. 지하감옥에서 나온 여자요."

"피아 말이오?" 제이미가 여기 있었을 때, 콰이번이 그를 기쁘게 해주려는 생각에 피아를 그의 침대에 넣었었다. 하지만 지하감옥에서 꺼낸 피아는 그의 담요 속에 기어들었던 그 단순하고 사랑스럽고 잘 웃는 여자와는 다른 생물이었다. 그레고르 경이 조용함을 원했을 때 말을 하는 실수를 저지르는 바람에, 산더미가 쇠장갑을 낀 주먹으로 쳐서 이를 박살내고 예쁘고 작은 코를 망가뜨렸다. '세르세이가 붉은 독사의 창에 맞서라고 킹스랜딩으로 소환하지 않았다면 그보다 더한 짓도 했겠지.' 제이미는 그레고르를 애도하지 않았다. "피아는 이 성에서 태어났고, 제 고향밖에 모르오." 그는 보니퍼 경에게 말했다.

"그 여자는 타락의 온상입니다." 보니퍼 경이 말했다. "그 여자가 제 부하들 가까이에서 그…… 몸을 과시하게 두진 않겠어요."

"그 여자가 몸을 과시하던 시절은 끝났지 싶은데. 그래도 그렇게 불쾌하다면 내가 데려가리다." 아마 세탁부로 쓸 수 있으리라. 그의 종자들은 천막을 세우고, 말을 돌보고, 갑옷을 닦는 일은 마다하지 않았으나 그의 옷을 다루는 일은 남자답지 못하다고 여겼다. "경의 성스러운 백인대만으로 하렌홀을 지킬 수 있겠소?" 제이미가 물었다. 블랙워터에서 열네 명을 잃었으니 정확히는 성스러운 86인대라고 해야겠지만, 보니퍼 경은 신실한 병사들을 찾아내는 대로 백 명을 채울 게 뻔했다.

"어려움은 없을 겁니다. 노파께서 저희의 길을 비추시고, 전사께서 저희의 팔에 힘을 주실 겁니다."

'아니면 당신들 모두에게 이방인이 나타나겠지.' 제이미는 누가 세르세이에게 보니퍼 경을 하렌홀의 수호성주로 임명해야 한다는 생각을 불어넣었는지 알 수 없었지만, 아무래도 오턴 메리웨더의 냄새가 풍겼다. 희미한 기억이지만 보니퍼 헤이스티가 예전에 메리웨더의 조부를 섬겼던 것 같았다. 그리고 그 당근 머리 사법대신이야말로 루스 볼턴, 바고 호트, 그레고르 클리게인이 강역에 남긴 상처를 치유하려면 '선량한' 기사라고 불리는 인물이 딱이라고 생각할 만한 어수룩한 바보였다.

'하지만 그 생각이 틀리지 않을 수도 있어.' 헤이스티는 폭풍 땅 출신으로, 트라이던트에는 친구도 적도 없었다. 피비린내 나는 갈등도, 갚아야 할 빚도, 보상을 해줘야 할 벗도 없었다. 그는 진지하고 공정하며 의무에 충실했고, 그의 성스러운 86인대는 칠왕국에 견줄 병사들이 없이 규율이 잡혔고, 그들이 키 큰 회색 거세마를 타고 활보하는 모습은 제법 멋이 있었다. 그들의 명성에 얼마나 티끌 한 점 없었던지, 리틀핑거는 언젠가 보니퍼 경이 그 말에 오른 기수들도 다 거세한 게 틀림없다고까지 했었다.

그렇다 해도, 제이미는 자기들이 죽인 적보다 타고 다니는 멋진 말로 더 유명한 병사들에 대해 의구심이 있었다. '기도야 잘하겠지만, 싸울 줄은 알까?' 제이미가 아는 한 그들이 블랙워터에서 망신을 당하지는 않았으나, 그렇다고 활약이 두드러지지도 않았다. 보니퍼 경 본인은 젊은 날에 유망한 기사였지만, 패배인지, 망신인지, 아니면 죽을 뻔한 경험인지는 몰라도 무슨 일인가가 일어났고 그 후부터는 마상시합은 공허한 허영이라고 여기며 기마창을 영영 치워버렸다.

'그래도 하렌홀은 반드시 사수해야 하고, 세르세이가 여길 지키라고 고른 건 이 바엘로르 똥구멍이야.' 제이미는 그에게 경고했다. "이 성은 악명이 높고, 그럴 만한 성이기도 하다오. 아직도 밤이면 하렌과 그 아들들이 불에 타면서 돌아다닌다고 하지. 그 유령을 보는 사람도 불타버린다나."

"그림자 따윈 두렵지 않습니다. 《칠각별》에도 신앙으로 무장하고 있는 한 악령과 시귀, 망령은 신실한 사람을 해칠 수 없다고 적혀 있습니다."

"그렇다면 신앙으로 무장하되, 사슬과 판금 갑옷도 입으시오. 이 성을 차지한 사람은 다 안 좋은 결말을 맺는 모양이니 말이오. 산더미에 염소, 심지어 내 아버지까지……."

"이렇게 말하면 실례일지 모르겠습니다만, 그분들은 저희같이 신실한 신자가 아니었지요. 전사께서 저희를 보호하시는 데다가, 가공할 적이 위협하기라도 한다면 도움이 늘 가까이 있습니다. 길리안 학사가 까마귀들과 함께 남으실 테고, 란셀 공이 수비군과 함께 가까운 대리에 계시고, 랜딜 공은 메이든풀에 계시지요. 저희 셋이 함께라면 이 부근을 어슬렁대는 어떤 무법자들이든 추적해서 부술 겁니다. 일단 그 일이 마무리되고 나면 일곱 신께서 선량한 주민들을 마을로 다시 이끄시어 밭을 갈고 씨를 뿌리고 집을 다시 짓게 하실 테고요."

'적어도 염소가 안 죽인 사람들은 그러겠지.' 제이미는 황금 손가락으로 와인이 담긴 뿔잔을 쥐었다. "혹시 바고 호트의 용감한 형제단이 하나라도 경의 손에 떨어지거든 즉시 나에게 알려주시오." 바고 호트는 제이미가 잡기 전에 이방인이 데려갔을지 몰라도, 뚱보 졸로와 섀그웰, 로지, 신실한 어스윅은 아직 저 바깥에 있었다.

"경이 놈들을 고문해서 죽일 수 있게 말입니까?"

"경이라면 그자들을 용서하시겠구려?"

"자기들의 죄에 대해 진심으로 뉘우친다면…… 예, 형제로서 포용하고 같이 기도한 후에 단두대로 보내겠습니다. 죄는 용서받을 수 있습니다만, 범죄에는 처벌이 필요하지요." 헤이스티가 두 손을 첨탑 모양으로 모으자 제이미는 불편한 마음으로 아버지를 떠올릴 수밖에 없었다. "산도르 클리게인과 마주친다면 어떻게 할까요?"

'열심히 기도하고 도망쳐.' 제이미는 생각했다. "그놈을 제 사랑하는 형님 곁으로 보내주고 신들께서 일곱 지옥을 만드셨음을 기뻐해야겠지. 지옥 하나로는 클리게인 둘을 감당할 수 없을 테니." 제이미는 어색하게 몸을 일으켰다. "베릭 돈다리온은 다른 문제요. 혹시 그자를 잡거든 내가 돌아올 때까지 기다리시오. 그 목에 밧줄을 걸고 킹스랜딩까지 행군시킨 후에 왕국의 절반이 볼 수 있는 곳에서 일린 경이 목을 치게 하고 싶군."

"그러면 그자와 같이 다니는 미르의 사제는요? 사방에 거짓 믿음을 전파한다는데요."

"죽이든, 입을 맞추든, 같이 기도하든 마음대로 해요."

"그자에게 입을 맞추고 싶진 않습니다."

"그자도 경에 대해 그렇게 말할 테지." 제이미는 미소 짓다가 말고 하품을 했다. "실례. 이의 없다면 먼저 자리를 뜨겠소."

"그러시지요." 헤이스티가 말했다. 기도를 하고 싶은 게 분명했다.

제이미는 싸우고 싶었다. 그는 한 번에 두 계단씩 내려가서 차갑고 상쾌한 밤공기 속으로 나갔다. 횃불 밝힌 훈련장에서는 힘센 멧돼지와 플레멘트 브락스 경이 서로를 공격하고, 빙 둘러싼 중장병들이 환호하고 있었다. 힘센 멧돼지 라일 경이 이길 터였다. '일린 경을 찾아야 해.' 손가락이 다시 근질거렸다. 발이 소음과 빛을 피해 움직였다. 그는 지붕 다리 아래를 지나고 흐름돌 마당을 통과한 후에야 자신이 어디로 향하고 있는지 깨달았다.

곰 구덩이에 다가가자 등잔 불빛이 보였다. 희미하고 냉담한 불빛이 가파른 계단식 돌 좌석들을 비췄다. '누군가가 먼저 온 모양이군.' 곰 구덩이는 칼춤을 추기 딱 좋은 장소였다. 어쩌면 일린 경이 그를 기다리고 있는지도 몰랐다.

그러나 구덩이 앞에 선 기사는 일린 경보다 더 컸다. 그리핀으로 장식한 붉은색과 흰색 전포를 걸치고 수염을 기른 건장한 남자였다. '코닝턴. 코닝턴이 여기서 뭘 하는 거지?' 구덩이 모래밭에는 아직도 곰 사체가 누워 있었으나, 이제는 뼈다귀와 너덜너덜한 털가죽만 남아서 모래에 반쯤 묻힌 상태였다. 제이미는 문득 그 짐승에게 연민을 느꼈다. '그래도 저 녀석은 싸우다가 죽었어.' 그는 외쳤다. "로넷 경, 길을 잃은 건가? 워낙 큰 성이긴 하지."

붉은 로넷이 등잔을 들어 올렸다. "곰이 썩 아름답진 않은 처녀와 춤을 춘 자리를 보고 싶었습니다." 불빛을 받은 수염이 불붙은 것처럼 반짝였다. 제이미는 로넷의 입김에 섞인 술 냄새를 맡을 수 있었다. "그 계집이 벌거벗고 싸웠다는 게 사실입니까?"

"벌거벗고? 아니야." 그는 어쩌다가 그 이야기에 그런 양념이 들어갔을까 궁금했다. "피투성이 극단이 분홍색 비단 가운을 입히고 손에는 시합용 검을 쥐여주고 밀어 넣었지. 염소 놈은 그 여자의 죽음을 즐기고 싶어 했어. 그러지 않았다면……."

"……벌거벗은 브리엔느의 모습을 봤다면 그 곰도 무서워서 달아났을지 모르는데요." 코닝턴이 소리 내어 웃었다.

제이미는 웃지 않았다. "그 여자를 아는 것처럼 말하는군."

"약혼자였습니다."

이건 충격이었다. 브리엔느는 약혼에 대해 말도 꺼낸 적이 없었다. "그 여자의 아버지가 짝을 맺어줬나 보군……."

"세 번이었죠." 코닝턴이 말했다. "제가 두 번째였습니다. 제 아버지 생각이었죠. 그 여자가 못생겼다는 말을 듣고 아버지에게 그렇게 전했는데, 여자들이란 촛불을 끄고 나면 다 똑같다고 하시더군요."

"자네 아버지라면." 제이미는 붉고 하얀 바탕에 서로 마주 보고 있는 두 마리 그리핀이 들어간 붉은 로넷의 전포를 바라보았다. '춤추는 그리핀.' "고인이 된 우리 수관의…… 형제였던가?"

"사촌입니다. 존 공에겐 형제가 없었어요."

"그랬지." 이제 다 떠올랐다. 존 코닝턴은 라에가르 왕자의 벗이었다. 메리웨더가 로버트의 반란을 봉쇄하는 데 형편없이 실패하고 라에가르 왕자는 찾을 수가 없자, 아에리스는 그다음으로 쓸 만한 인물을 찾아서 코닝턴을 수관의 자리에 올렸다. 그러나 미친 왕은 언제나 제 '손'을 자르는 인물이었기에, 종울림 전투 이후 존 공을 자르고 명예와 영지와 재산을 다 빼앗은 후 유배지에서 죽으라고 바다 건너로 보내버렸다. 존 코닝턴은 그곳에서 술을 마시다가 죽었다. 그러나 그 사촌은, 그러니까 붉은 로넷의 아버지는 반란에 가담했고 트라이던트 전투 이후 그리핀스루스트로 보상받았다. 하지만 받은 것은 성뿐이었다. 돈은 로버트가 차지했고, 코닝턴 영지의 큰 부분은 좀 더 열렬했던 지지자들에게 돌아갔다.

로넷 경은 기껏해야 지주기사였다. 그런 입장에서 타스의 처녀는 실로 달콤한 열매였으리라. "어쩌다 결혼을 못 한 건가?" 제이미가 물었다.

"그야 타스에 가서 그 꼴을 봤으니까요. 제가 여섯 살이 위인데도 같은 높이에서 제 눈을 보더군요. 비단옷 입은 암퇘지 꼴이었어요. 암퇘지는 젖가슴이라도 더 크지. 말을 하려고 하면 자기 혀에 숨이 막힐 지경이었고 말입니다. 전 계집에게 장미를 한 송이 건네고, 제게 받을 건 이게 전부라고 말했지요." 코닝턴은 구덩이 속을 흘긋 보았다. "곰도 그 괴물보단 털이 적었을걸요. 제가—"

제이미의 황금 손이 그 입가를 어찌나 세게 때렸던지, 로넷이 계단을 구를 정도였다. 들고 있던 등잔이 떨어져 깨어지더니 불타는 기름이 쏟아졌다. "경이 귀족 숙녀에 대해 말하고 있다는 걸 잊었나. 이름으로 부르게. 브리엔느라고 불러."

코닝턴은 번져가는 불길 속에서 기어 나왔다. "브리엔느. 원하신다면 그렇게 부르죠." 그는 제이미의 발치에 피를 뱉었다. "미녀 브리엔느라고."

세르세이

비세니아 언덕 꼭대기까지 오르는 길은 느렸다. 말들이 힘겹게 올라가는 동안 왕대비는 푹신한 붉은 쿠션에 등을 기댔다. 바깥에서 오스먼드 케틀블랙 경의 목소리가 날아왔다. "비켜서라. 길을 비워라. 왕대비 전하 앞에서 물러나라."

"마저리는 궁중을 활기 넘치게 유지하지요." 메리웨더 부인이 말하던 중이었다. "곡예사에, 배우에, 시인에, 인형사에……."

"가수들도 있겠지?" 세르세이가 유도했다.

"얼마나 많은지 몰라요, 전하. 2주에 한 번은 하프쟁이 해미시가 연주를 하고, 가끔은 저녁 시간에 에이슨의 알라릭이 공연을 하지만, 마저리가 제일 좋아하는 가수는 '푸른 음유시인'이랍니다."

세르세이는 토멘의 결혼식 때 보았던 그 음유시인을 떠올렸다. '젊고, 보기에도 예뻤지. 거기에 뭔가 있을 수도 있을까?' "다른 남자들도 있다고 들었네. 기사들과 조신들, 숭배자들. 자네 생각을 솔직히 말해봐. 마저리가 아직 처녀일까?"

"본인은 그렇다고 합니다, 전하."

"그러겠지. 자네 생각은 어떤가?"

타에나의 검은 눈동자가 장난스럽게 반짝였다. "하이가든에서 마저리가 렌리 공과 결혼했을 때, 제가 잠자리를 위해 렌리 공의 옷을 벗기는 일을 거들었죠. 렌리 공은 몸도 좋고 원기 왕성한 분이었어요. 신부가 태어난 날처럼 알몸이 되어 이불을 덮고 예쁘게 얼굴을 붉히고 기다리던 혼인 침대에 밀어 넣을 때 그 증거를 봤답니다. 마저리는 로라스 경이 직접 안아 들고 계단을 올라갔고요. 마저리는 그 결혼이 절대 제대로 성립하지 않았다고, 렌리 공이 결혼 축하연에서 너무 취한 상태였다고 말할지 모르지만, 장담하는데 제가 봤을 때 그분 다리 사이 물건은 조금도 시들어 있지 않았어요."

"혹시 다음 날 아침에 결혼 침대를 봤나?" 세르세이가 물었다. "피를 흘렸던가?"

"시트는 보이지 않았어요, 전하."

'안타깝군.' 그렇다 해도 피 묻은 시트가 없다는 사실 자체는 별 의미가 없었다. 평범한 소작농 여자애들은 결혼식 날 밤에 돼지처럼 피를 흘린다는 말을 들었으나, 마저리 티렐 같은 귀족 처녀의 경우는 그렇지도 않았다. 영주의 딸은 남편이 아니라 애마에게 처녀성을 줘버린다는 말도 있거니와, 마저리는 걸을 수 있게 되고부터 승마를 했다. "우리 가신기사들 사이엔 어린 왕비의 숭배자가 많을 줄 아네. 레드와인 쌍둥이나 탤러드 경…… 또 누가 있지?"

메리웨더 부인은 어깨를 으쓱였다. "안대로 멀쩡한 눈을 가리고 다니는 멍청이 램버트 경이 있죠. 바야드 노크로스. 코테나이 그린힐. 우드라이트 형제…… 포티퍼는 가끔 오고 루칸틴은 자주 오고요. 아, 그리고 파이셀 대학사가 빈번히 드나드세요."

"파이셀이? 정말인가?" 그 비틀거리는 늙은 벌레가 사자를 저버리고 장미에게 붙었나? '그렇다면 후회하게 될 거야.' "또 누가 있지?"

"깃털 망토 걸친 여름 군도인요. 잉크처럼 새까만 피부인데 어떻게 제가 그 사람을 잊을 수가 있었죠? 마저리의 사촌들에게 구애하러 오는 사람들도 있어요. 엘리너는 앰브로즈 가문 청년과 약조가 되어 있지만 시시덕거리길 좋아하고, 메가는 2주마다 하나씩 새 구혼자를 두죠. 한번은 주방에 있는 잡일꾼에게 입을 맞추기도 했다니까요. 듣기로는 메가가 불워 아가씨의 오빠와 결혼할 거라는데, 아마 직접 고를 수 있다면 분명 마크 멀런도어를 택할 거예요."

세르세이는 소리 내어 웃었다. "블랙워터에서 팔을 잃은 나비 기사 말인가? 반쪽짜리 남자가 뭐가 좋아서?"

"메가는 멀런도어가 다정하다고 생각해요. 마저리 부인에게도 멀런도어에게 줄 원숭이를 찾게 도와달라고 했었죠."

"원숭이라." 세르세이도 여기엔 무슨 말을 해야 할지 몰랐다. '참새들에 원숭이까지. 왕국이 미쳐가긴 하나 보군.' "우리 용감한 로라스 경은 어떤가? 누이를 얼마나 자주 찾아가지?"

"다른 누구보다 더 자주 오죠." 타에나가 얼굴을 찌푸리자 까만 두 눈 사이에 잔주름이 졌다. "책무가 끼어들지만 않으면 매일 아침, 매일 밤에 와요. 누이에게 헌신하는 오라비라, 모든 걸 같이 하고…… 오……." 잠시 미르 출신 여인은 충격받은 듯한 표정을 짓더니, 슬그머니 미소를 지었다. "제가 아주 못된 생각을 했습니다, 전하."

"그 생각은 혼자 간직하게. 이 언덕엔 참새들이 우글거리고, 우리 모두 참새들이 못된 생각을 얼마나 혐오하는지 알지 않나."

"참새들은 비누와 물도 싫어한다고 들었습니다, 전하."

"기도를 너무 많이 하다 보면 냄새 맡는 능력도 빼앗기나 보지. 최고성사 성하에게 물어봐야겠어."

휘장이 이리저리 흔들리며 진홍색 비단 물결을 쳤다. "오턴이 그러는데 최고성사에겐 이름이 없다면서요. 정말 그럴 수가 있나요? 미르에선 모두에게 이름이 있거든요." 타에나 부인이 말했다.

"아, 최고성사에게도 예전엔 이름이 있었지. 다들 그래." 세르세이는 손을 내저어 일축했다. "성사들은 고귀한 피를 타고났다 해도 일단 서약을 하고 나면 성 없이 이름으로만 통하게 돼. 그리고 최고성사까지 올라가게 되면 그 이름도 버리는 거야. 종단에 따르면 신들의 분신이 되었기에 인간의 이름은 필요가 없어지는 거라더군."

"그러면 최고성사들을 어떻게 구별하지요?"

"어렵게 구별하지. '뚱뚱한 최고성사'라고 하거나 '그 뚱뚱한 최고성사 이전 사람' 아니면 '자다가 죽은 사람 있지' 이런 식이야. 꼭 부르고 싶다면 원래 이름을 알아낼 순 있지만, 그 이름을 썼다간 불쾌하게 받아들일 거야. 이름을 들으면 자기들이 평범한 사람으로 태어났다는 걸 돌이키게 되는데, 그걸 싫어하거든."

"제 남편은 이번 최고성사는 손톱 밑에 때가 낀 채로 태어났다고 하던데요."

"내가 보기에도 그래. 최고신관단이 자기네 중에 하나를 뽑는 게 규칙이긴 한데, 늘 예외는 있었지." 파이셀 대학사가 그 역사에 대해 지루하도록 길게 알려준 바 있었다. "성왕 바엘로르 재위기에는 천한 석공이 최고성사로 뽑히기도 했다네. 돌을 어찌나 아름답게 깎는지, 바엘로르가 이건 인간으로 다시 태어나신 대장장이 신이 분명하다고 했다나. 그 남자는 읽지도 쓰지도 못했고, 아주 간단한 기도문도 외우지 못했는데 말이야." 아직까지도 왕국의 망신을 피하기 위해 바엘로르의 수관이 그 석공을 독살했다고 주장하는 사람들이 있었다. "그 최고성사가 죽은 후에는 여덟 살짜리 소년이 뽑혔는데, 이번에도 바엘로르 왕이 몰아대서였지. 바엘로르 전하께선 그 소년이 기적을 행한다고 선언했지만, 그 작은 치유의 손도 최후의 단식에 들어간 바엘로르를 구하진 못했어."

메리웨더 부인이 소리 내어 웃었다. "여덟 살짜리요? 제 아들도 최고성사가 될 수 있겠네요. 이제 일곱 살이 다 됐는데."

"그 아이가 기도를 많이 하나?" 세르세이가 물었다.

"장검을 들고 놀기를 좋아하죠."

"사내아이답군. 일곱 신의 이름을 다 읊을 수 있나?"

"그럴걸요."

"그렇다면 그 아이도 고민해봐야겠군." 세르세이는 최고신관단이 수정관을 씌우겠다고 뽑은 그 비열한 작자보다 명예로운 일을 할 만한 소년이야 많고도 많으리라는 점을 의심하지 않았다. '바보와 겁쟁이를 자기들끼리 놔두면 이런 일이 벌어지지. 다음에는 내가 대신 뽑아주겠어.' 그리고 새로운 최고성사가 계속 짜증 나게 군다면 그다음 차례가 오래지 않아 찾아올 것이다. 그런 방면에서 세르세이는 바엘로르의 수관에게 배우지 않아도 됐다.

"길을 비켜라!" 오스먼드 케틀블랙 경이 외치고 있었다. "왕대비 전하 앞에서 물러나라!"

가마가 느려지는 것이, 언덕 꼭대기에 다 온 모양이었다. "자네 아들을 궁정에 데려오게나." 세르세이는 메리웨더 부인에게 말했다. "여섯 살이면 그렇게 어리지도 않아. 토멘에겐 또래 친구가 필요해. 자네 아들이 괜찮지 않겠나?" 그러고 보니 조프리에겐 친한 또래 친구가 전혀 없었다. '가엾게도, 그 아이는 언제나 혼자였어. 내가 어렸을 땐 제이미가 있었는데……. 그리고 멜라라도 있었지. 우물에 빠지기 전까지는.' 조프리는 사냥개를 좋아했었지만, 그건 우정이 아니었다. 로버트에게서 찾을 수 없는 아버지를 찾고 있었다. '토멘을 마저리와 마저리의 암탉들에게서 떼어놓으려면 양동생이 적임일지도 몰라. 시간이 지나면 로버트와 어린 시절 친구였던 네드 스타크처럼 친밀하게 자랄 수도 있고. 네드가 바보이긴 해도, 충성스러운 바보였지. 토멘에게도 등을 지켜줄 충성스러운 친구가 필요할 거야.'

"전하의 친절하신 말씀 감사합니다만, 러셀은 롱테이블 말고 다른 곳에 가본 적이 없어서요. 이 큰 도시에서는 길을 잃을까 두렵네요."

"처음엔 그렇지." 세르세이도 인정했다. "하지만 곧 극복할 거야. 나도 그랬거든. 아버지가 날 궁정으로 보냈을 때 난 울었고 제이미는 격분했지만, 고모님이 날 '돌 정원'에 앉혀놓고 킹스랜딩에 내가 두려워해야 할 사람은 없다고 알려주셨다네. '넌 암사자야. 네가 아니라 너보다 못한 짐승들 모두가 널 두려워해야지'라고. 자네의 아들도 용기를 찾을 것이야. 물론 자네도 매일 아들을 볼 수 있게 가까이 두고 싶겠지? 자식이 그 아이 하나뿐 아닌가?"

"지금은 그렇습니다. 남편이 아들을 하나만 더 내려주십사 신들에게 빌기는 하지요. 혹시나……."

"알아." 그녀는 제 목을 긁던 조프리를 생각했다. 마지막 순간에 조프리는 절박한 호소를 담아 그녀를 보았고, 갑작스러운 기억에 세르세이의 심장이 멎었었다. 촛불에 떨어져 쉭 소리를 내던 붉은 핏방울, 왕관과 수의에 대해, 발롱카의 손이 내리는 죽음에 대해 말하던 쉰 목소리의 기억에.

가마 바깥에서 오스먼드 경이 뭐라고 소리를 치고, 누군가가 마주 소리를 지르고 있었다. 가마가 덜컥 멈춰 섰다. "다 죽었나?" 케틀블랙이 노성을 질렀다. "썩 비켜서란 말이다!"

세르세이는 휘장을 살짝 걷고 메린 트랜트 경에게 손짓했다. "무슨 문제인가?"

"참새들입니다, 전하." 메린 경은 망토 아래에 하얀 미늘 갑옷을 입고 있었고, 투구와 방패는 안장에 묶어놓은 상태였다. "길거리에 진을 치고 있습니다. 움직이도록 하겠습니다."

"그렇게 하되, 부드럽게 다루도록. 또 폭동에 휩쓸리고 싶진 않아." 세르세이는 휘장을 떨구고 말했다. "어처구니없군."

"그러게 말입니다, 전하. 최고성사가 직접 전하를 찾아왔어야지요. 게다가 이 한심한 참새들은……."

"최고성사는 저들을 먹이고, 돌보고, 축복을 내리면서 왕에게는 축복을 내리지 않아." 세르세이도 그 축복이 공허한 의식인 줄은 알았지만, 무지한 자들의 눈에는 의식과 의례 같은 것들이 힘을 발휘했다. 정복자 아에곤만 해도 올드타운에서 최고성사에게 축성받은 날을 통치의 시작일로 꼽았다. "이 비열한 사제는 복종하든가, 아니면 자기가 아직도 얼마나 인간에 지나지 않고 약한지 알게 될 것이야."

"오턴은 그자가 정말로 원하는 건 황금이랍니다. 왕실이 값을 치를 때까지 축복을 보류한다는 거죠."

"종단은 우리가 평화를 되찾는 대로 황금을 받게 될 거야." 토버트 성사와 레이나드 성사는 그녀의 처지를 잘 이해했다……. 불쌍한 자일스 공을 어찌나 무자비하게 몰아세웠던지, 자일스가 피 섞인 기침을 해대며 자리에 눕게 만든 그 비열한 브라보스인과는 달리 말이다. '우리에겐 그 배들이 필요해.' 세르세이는 해군을 아버에 의지할 수 없었다. 레드와인은 티렐과 지나치게 가까웠다. 바다에서 움직일 그녀의 세력이 필요했다.

강에 나타난 드로몬드선들이 그만한 힘을 줄 터였다. 그녀의 기함은 '로버트 왕의 망치'보다 두 배 많은 노를 저을 것이다. 오레인은 그 배에 '타이윈 공'이라는 이름을 붙이도록 허락해달라고 했고, 세르세이는 기쁘게 허락했다. 사람들이 타이윈 공이라는 이름을 여자로 취급하는 때가 기대가 됐다. 다른 배 한 척은 '아름다운 세르세이'라고 불릴 것이고, 사슬 갑옷과 사자 투구 차림에 창을 든 세르세이 모습의 금도금 선수상을 달 것이다.

'용감한 조프리', '조안나 부인', '암사자'가 '마저리 왕비', '황금 장미', '렌리 공', '올레나 부인', '미르셀라 왕녀'와 함께 바다로 나갈 것이다. 토멘에게 마지막 다섯 척의 이름을 붙여도 좋다고 말한 건 실수였다. 토멘은 한 척에 문보이라는 이름을 붙이려고까지 했다. 왕은 오레인 공이 사람들이 어릿광대의 이름을 딴 배에서 복무하기를 싫어할 수도 있다고 하고 나서야 마지못해 자기 누이의 이름을 붙이는 데 동의했다.

"그 누더기 성사가 토멘의 축복을 돈 받고 팔 생각이라면, 곧 교훈을 얻게 될 거야." 세르세이는 타에나에게 말했다. 사제들에게 아첨할 마음은 추호도 없었다.

가마가 다시 멈춰 섰다. 이번에는 너무 갑작스러워서 세르세이가 비틀거릴 정도였다. "아, 이건 화가 나는군." 다시 한번 가마 밖으로 고개를 내밀어 보니 비세니아 언덕 꼭대기에 도착해 있었다. 앞쪽에 웅장한 돔과 반짝이는 일곱 탑을 거느린 바엘로르 대성소가 우뚝 서 있었으나, 세르세이와 성소의 대리석 계단 사이에는 씻지도 않은 갈색 넝마 조각 같은 인간의 바다가 넘실거렸다. '참새들이군.' 세르세이는 냄새를 맡고 생각했지만, 이렇게 지독한 악취를 풍기는 참새들은 처음이었다.

오싹했다. 콰이번이 참새들의 숫자에 대해 보고했지만, 말로 듣는 것과 직접 보는 것은 전혀 달랐다. 수백 명이 광장에, 또 수백 명이 정원에 진을 치고 있었다. 그들의 요리불이 내는 연기와 악취가 가득했다. 거친 천으로 만든 천막들, 진흙과 나뭇조각으로 지은 비참한 판잣집들이 깨끗한 하얀 대리석을 더럽혔다. 심지어 우뚝 솟은 대성소의 문 아래 계단에까지 참새들이 옹기종기 앉아 있었다.

오스먼드 경이 말을 달려 돌아왔다. 그 옆에는 제 망토처럼 금빛으로 빛나는 준마에 오른 오스프리드 경이 있었다. 오스프리드는 케틀블랙 삼형제 중 가운데로, 다른 둘보다 말수가 적었고 미소보다는 험상궂은 표정을 잘 지었다. '그리고 들리는 말이 사실이라면 더 잔혹하기도 하지. 아무래도 저놈을 장벽으로 보냈어야 했나 봐.'

파이셀 대학사는 황금 망토를 지휘하기에는 "전쟁에 좀 더 경험이 많고" 더 나이 많은 남자가 어울린다고 여겼고, 다른 협의회원 몇 명도 그 의견에 찬성했다. "오스프리드 경은 충분히 경험이 많소." 세르세이가 그렇게 말해도 그들의 입을 다물게 하지 못했다. '그것들은 짜증 나는 소형견처럼 나한테 짖어댄단 말이지.' 세르세이는 파이셀에 대해 인내심이 다한 상태였다. 파이셀은 감히 도르네에 훈련대장을 보내달라고 하려는 세르세이의 의견에도 반대하면서, 그랬다간 티렐의 감정이 상할 수 있다고 했다. "내가 왜 이런다고 생각하나?" 세르세이는 경멸을 담아 그렇게 되물었었다.

"죄송합니다, 전하." 오스먼드 경이 말했다. "제 동생이 황금 망토를 더 불러오는 중입니다. 길을 틀 테니 두려워 마십시오."

"시간이 없네. 그냥 걸어가지."

"제발요, 전하." 타에나가 그녀의 팔을 잡았다. "전 무섭습니다. 수백 명이나 있는 데다, 너무 더러워요."

세르세이는 타에나의 뺨에 입을 맞췄다. "사자는 참새를 두려워하지 않는다네……. 하지만 마음 써줘서 고맙군. 자네가 날 사랑하는 걸 알아. 오스먼드 경, 내가 내리도록 도와주게."

'걸어야 할 줄 알았더라면 거기 맞춰 입었을 텐데.' 그녀는 안쪽으로 길게 금란이 엿보이는 하얀 가운을 입었는데, 레이스가 달리긴 했어도 얌전한 옷이었다. 이 옷을 마지막으로 입은 게 몇 년 전이라, 몸통 부분이 불편하게 끼었다. "오스먼드 경, 메린 경, 함께 가지. 오스프리드 경, 내 가마가 해를 입는 일이 없도록 하게." 참새들 중에는 그녀의 말을 먹어치우고도 남을 만큼 여위고 눈이 푹 꺼진 자들이 있었다.

세르세이는 남루한 군중 사이를 뚫고 요리불과 짐마차, 조잡한 피난처들을 지나치면서 저도 모르게 예전에 이 광장에 모였던 다른 군중을 떠올렸다. 그녀가 로버트 바라테온과 결혼하던 날, 수천 명이 와서 환호를 보냈다. 여자들은 모두 제일 좋은 옷을 입고, 남자들 절반은 아이를 목말 태우고 있었다. 세르세이가 젊은 왕과 손을 잡고 성소 밖으로 나오자, 군중은 라니스포트에서도 들릴 법한 엄청난 환성을 올렸다. "다들 부인을 좋아한다오." 로버트가 그녀의 귓가에 속삭였다. "보시오, 모든 얼굴이 웃고 있군." 그 짧은 순간만은 그녀의 결혼도 행복했었다……. 제이미를 보게 되기 전까지는. '아뇨. 모든 얼굴은 아니에요'라고 생각했던 기억이 났다.

지금은 아무도 웃지 않았다. 참새들이 그녀에게 던지는 눈빛은 흐릿하고, 음침하고, 적대적이었다. 그들은 마지못해 길을 비켰다. '이들이 진짜 참새라면 고함 한 번에 우르르 날아갈 텐데. 장대와 장검과 철퇴를 든 황금망토 백 명이면 이 참새 떼도 순식간에 치울 수 있을 테고.' 타이윈 공이라면 그렇게 했을 것이다. '아버지라면 이들 사이를 걷는 대신 말을 타고 밟고 지나갔겠지.'

그들이 사랑받은 왕 바엘로르에게 무슨 짓을 했는지 보았을 때는 세르세이도 자신의 여린 마음을 후회했다. 백 년 동안 고요히 미소 지으며 그 광장을 굽어보았던 거대한 대리석상은 허리까지 뼈 무더기에 묻혀 있었다. 아직 살점이 붙어 있는 두개골까지 보였다. 그런 뼈 하나에 까마귀가 앉아서 물기 없고 질긴 만찬을 즐기고 있었다. 사방이 파리 떼였다. "이게 무슨 의미지?" 세르세이가 군중에게 물었다. "시체의 산으로 성왕 바엘로르를 묻으려는 건가?"

다리가 하나뿐인 남자가 나무 목발에 의지해서 앞으로 나섰다. "전하, 이는 신앙 때문에 살해당한 성인들의 뼈입니다. 남자 성사, 여자 성사, 갈색 형제, 회갈색 형제, 녹색 형제, 흰색 자매, 파란색 자매, 회색 자매 할 것 없이요. 목매달린 분도 있고, 내장이 쏟아진 분도 있었지요. 성소는 더럽혀지고, 처녀고 어머니고 할 것 없이 신심 없는 자들과 악마 숭배자들에게 강간당했습니다. 침묵의 자매들마저도 희롱당했어요. 하늘에 계신 어머니께서 비통하여 소리치십니다. 저희는 신성한 종단의 고통을 증명하기 위해 왕국 전역에서 그분들의 뼈를 가져왔습니다."

세르세이는 자신을 바라보는 눈빛들의 무게를 느낄 수 있었다. "이런 잔학 행위에 대해서는 국왕도 아실 것이다." 그녀는 엄숙하게 답했다. "토멘 왕께서도 그대들과 같이 분노하실 것이야. 이는 스타니스와 그자의 붉은 마녀가 한 짓이고, 나무와 늑대를 숭배하는 야만스러운 북부인들의 짓이다." 그녀는 목소리를 높였다. "선량한 백성들이여, 그대들의 죽음에 복수해줄 것이다!"

일부가 환호하기는 했지만, 적은 수였다. 외다리 사내가 말했다. "저희는 죽은 사람들에 대한 복수를 청하지 않습니다. 그저 산 자들을 보호해주십사 할 뿐입니다. 성소와 성지를요."

"철왕좌는 종단을 지켜야 합니다." 이마에 칠각의 별을 그려 넣은 덩치 좋은 무지렁이가 으르렁대듯 말했다. "제 백성을 지키지 않는 왕은 왕이 아니지요." 주변 사람들이 찬동의 말을 중얼거렸다. 한 남자는 무모하게도 메린 경의 손목을 잡고 말했다. "축성을 받은 기사라면 세속의 주인을 버리고 우리 성스러운 종단을 지켜야 할 때요. 일곱 신을 사랑한다면 우리와 함께 섭시다, 경."

"이 손 놓게." 메린 경이 손목을 빼며 말했다.

"알아들었네." 세르세이가 말했다. "내 아들은 어리지만, 일곱 신을 사랑하지. 그대들은 왕의 보호를 받게 될 것이야. 나의 보호도 받을 것이고."

이마에 별을 그려 넣은 남자는 수그러들지 않았다. "전사께서 우리를 지키실 겁니다. 뚱뚱한 소년 왕이 아니라."

메린 트랜트가 검자루에 손을 뻗었지만, 장검을 뽑기 전에 세르세이가 막았다. 여기에 참새들은 바다처럼 많은데 기사는 둘뿐이었다. 세르세이의 눈에 장대와 낫, 곤봉과 몽둥이에 도끼도 몇 자루 보였다. "이 성스러운 곳에 피를 흘리진 않겠네, 경." '왜 남자들은 하나같이 이렇게 어린애 같지? 저 놈을 베었다간 나머지가 우리를 갈가리 찢어버릴 거야.' "우린 모두 어머니의 아이들이야. 가세, 성하께서 우리를 기다리시네." 하지만 세르세이가 군중을 헤치고 성소 계단으로 향하자 이번에는 무기를 든 남자들이 문을 막아섰다. 그들은 사슬 갑옷과 가죽 갑옷을 입고, 여기저기 찌그러진 판금 갑옷 조각까지 걸치고 있었다. 창을 든 남자도, 장검을 든 남자도 있었다. 그보다 많은 수는 도끼를 쥐었고, 하얗게 표백한 전포에 붉은 별을 수놓았다. 두 명은 무례하게도 창을 교차하여 세르세이 앞을 막았다.

"왕대비를 이렇게 맞이하는 건가?" 세르세이가 물었다. "레이나드와 토버트는 어디 있지?" 그 둘이 세르세이에게 아첨을 떨 기회를 놓칠 리가 없었다. 토버트는 언제나 무릎을 꿇고 그녀의 발이라도 씻길 시늉을 했다.

"전 말씀하시는 자들이 누군지 모릅니다." 전포에 붉은 별을 단 남자 하나가 말했다. "하지만 종단 사람이라면 필시 일곱께 봉사할 일이 있겠지요."

"레이나드 성사와 토버트 성사는 최고신관이고, 자네가 날 막았다는 사실을 알면 크게 화를 낼 거야. 내가 바엘로르 성소에 들어가지 못하게 할 작정인가?"

굽은 어깨에 회색 수염을 기른 남자가 말했다. "전하, 전하는 환영입니다만 데려오신 자들은 검대를 풀어놓아야 합니다. 최고성사님의 명으로 성소 안에는 무기를 들일 수 없습니다."

"킹스가드 기사는 국왕이 계신 곳이라 해도 검을 풀지 않아."

"왕의 집에서는 왕의 말씀에 따라야겠지요." 나이 든 기사가 대꾸했다. "그러나 여기는 신들의 집입니다."

세르세이의 뺨이 붉어졌다. 메린 트랜트에게 한마디만 하면 이 등이 굽은 회색 수염은 생각보다 빨리 신들을 만나게 되리라. '하지만 여기선 안 돼. 지금은 안 돼.' "기다리게." 그녀는 킹스가드에게 무뚝뚝하게 말하고 홀로 계단을 올랐다. 창잡이들이 창을 치웠다. 다른 두 명이 무게를 실어 문을 밀자, 크게 삐걱 소리가 나며 문이 안으로 열렸다.

등불 회당으로 들어가자 무릎을 꿇은 성사 스무 명이 보였는데, 기도를 하는 게 아니었다. 그들은 비누와 물통을 가지고 바닥을 문질러 닦고 있었다. 세르세이는 그들의 거친 로브와 샌들을 보고 참새들이려니 했다가, 한 명이 고개를 들자 놀라고 말았다. 그의 얼굴은 비트처럼 시뻘겠고, 두 손에 생긴 물집이 터져서 피가 흐르고 있었다. "전하."

"레이나드 성사?" 세르세이는 지금 보고 있는 장면을 믿을 수가 없었다. "무릎을 꿇고 뭘 하고 있는 거요?"

"바닥 청소를 하고 있지요." 말한 사람은 세르세이보다 10센티 가까이 작았고 빗자루처럼 말랐다. "노동은 기도의 한 종류입니다. 대장장이께서 가장 기꺼워하시는 기도지요." 그는 손에 청소용 솔을 들고 있었다. "전하. 기다리고 있었습니다."

희끗희끗한 갈색 수염을 깔끔하게 다듬고, 머리는 단단히 묶어 올렸다. 로브는 깨끗하기는 했지만 올이 풀리고 기운 자국이 있었다. 바닥을 닦느라 소매는 팔꿈치까지 걷어 올렸지만, 무릎 아래는 물에 푹 젖은 상태였다. 얼굴은 턱이 뾰족했고, 진흙 같은 갈색 눈이 우묵했다. 세르세이는 이 남자가 맨발이라는 사실을 알고 경악했다. 굳은살이 두껍게 박여서 흉하기도 했다. "최고성사 성하?"

"맞습니다."

'아버지, 제게 힘을 주세요.' 세르세이는 무릎을 꿇어야 한다는 사실을 알았으나, 바닥이 비누칠과 더러운 물에 젖어 있었고 가운을 망치고 싶지 않았다. 그녀는 무릎을 꿇고 있는 노인들을 흘긋 보았다. "내 친구인 토버트 성사가 보이지 않는군요."

"토버트 성사는 빵과 물만 먹으며 참회실에 갇혀 있습니다. 왕국 절반이 굶주리는데 그렇게 살이 찌다니 죄스러운 일이에요."

세르세이는 오늘 하루 겪을 만큼 겪었기에, 분노를 숨기지 않았다. "날 이런 식으로 맞이하시는 건가요? 손에 솔을 들고, 물을 떨어뜨리면서? 내가 누군지 아십니까?"

"전하께선 칠왕국의 섭정대비이시지요. 하지만《칠각별》에 쓰여 있기를 남자들이 영주에게 고개를 숙이고 영주들이 왕에게 고개를 숙이듯이, 왕과 왕비는 하나이신 일곱 앞에 고개를 숙여야 합니다."

'나보고 무릎을 꿇으라는 건가?' 그런 거라면 그는 세르세이를 잘 알지 못했다. "최고성사께선 응당 가장 좋은 로브를 입고, 수정관을 쓴 채로 계단에서 날 맞이하셔야 하는 것을요."

"제겐 관이 없습니다, 전하."

세르세이가 얼굴을 더욱 찌푸렸다. "내 아버지가 전임자 되는 분에게 수정과 황금으로 만든 보기 드물게 아름다운 관을 선사하셨는데요."

"그 선물에 대해서는 기도로 경의를 바칩니다만, 제 머리에 얹을 황금과 수정보다는 가난한 이들의 배 속에 들어갈 음식이 더 필요합니다. 그 수정관은 팔았습니다. 금고에 든 다른 수정관들도, 반지들도, 금란과 은란으로 만든 로브들도 다 팔았어요. 모직물은 몸을 따뜻하게 해줍니다. 일곱께서 우리에게 양을 내려주신 것도 그래서이지요."

'완전히 미쳤군.' 이런 작자를 뽑다니 최고신관단도 다 미친 게 분명했다……. 미쳤거나, 아니면 문 앞에 몰려든 거지들에게 겁먹었거나. 콰이번의 첩보원들은 그 문이 열리고 참새들이 손에 도끼를 들고 자기들의 지도자를 어깨 위에 앉힌 채 대성소 안으로 쏟아져 들어왔을 때, 루시언 성사가 아홉 표를 받은 상태였다고 주장했다.

세르세이는 자그마한 남자를 얼음장 같은 눈빛으로 노려보았다. "좀 더 조용히 이야기할 수 있는 장소가 있을까요, 성하?"

최고성사는 청소용 솔을 최고신관 한 명에게 넘겼다. "따라오시겠습니까, 전하?"

그는 앞장서서 안쪽 문을 지나, 정식 성소 안으로 들어갔다. 대리석 바닥에 발소리가 울려 퍼졌다. 거대한 돔의 색유리를 통과하여 비스듬히 떨어진 색색의 빛기둥 속에서 먼지가 춤을 췄다. 피워놓은 향 냄새가 달았고, 일곱 제단에 켜둔 촛불 빛이 별처럼 빛났다. 어머니 앞에는 천 개의 초가 반짝였고 처녀 앞에도 비슷했으나, 이방인의 초는 두 손으로 다 헤아리고도 손가락이 남았다.

심지어 여기에도 참새들이 침입해 있었다. 남루한 방랑기사 십여 명이 전사 앞에 무릎을 꿇고 전사의 발치에 장검을 쌓아둔 채 축복을 빌었다. 어머니의 제단 앞에서는 성사 하나가 백 명 남짓한 참새들을 이끌고 기도하고 있었는데, 그들의 목소리가 바닷가에 밀려오는 파도처럼 아득했다. 최고성사는 세르세이를 이끌고 노파가 등잔을 높이 든 앞으로 갔다. 최고성사가 그 제단 앞에 무릎을 꿇으니, 세르세이로서도 그 옆에 무릎 꿇을 수밖에 없었다. 다행히도 뚱뚱했던 예전 최고성사처럼 장황하지는 않았다. '그 점만은 고마워해야겠지.'

최고성사는 기도를 끝내고도 일어날 기색이 없었다. 무릎을 꿇은 채로 의논을 해야 할 모양이었다. '소인배의 계략이로군.' 세르세이는 재미있어하며 생각했다. "성하, 이 참새들은 도시에 겁을 주고 있어요. 사라져줬으면 좋겠군요."

"어디로 가란 말씀입니까, 전하?"

'지옥이 일곱 개 있으니 하나 정도는 맞겠지.' "왔던 곳으로 돌아가면 되겠지요."

"온갖 곳에서 온 사람들입니다. 참새가 새 중에서 가장 초라하고 흔하듯, 이들도 사람 중에 가장 초라하고 흔합니다."

'그것만은 같은 생각이야.' "저들이 성왕 바엘로르의 조각상에 무슨 짓을 했는지 봤나요? 저들이 돼지와 염소와 오물로 광장을 더럽히고 있어요."

"오물이 피보다는 씻기 쉽습니다, 전하. 광장이 더럽혀졌다면, 여기에서 행해진 처형으로 더럽혀진 것입니다."

'감히 내 면전에 네드 스타크 일을 꺼내?' "그 일은 우리 모두 후회하는 바이지요. 조프리는 어렸고, 기대만큼 현명하지 못했어요. 성왕 바엘로르에 대한 공경의 뜻으로 스타크 공을 다른 곳에서 처형해야 했는데……. 하지만 그자가 반역자였다는 사실은 잊지 맙시다."

"바엘로르 왕께서는 그분께 반하는 음모자들을 용서하셨습니다."

'바엘로르 왕은 제 누이들을 감옥에 넣었지. 지은 죄라고는 아름답다는 것밖에 없던 이들을.' 처음 그 이야기를 들었을 때 세르세이는 티리온이 있는 아기방에 가서 울 때까지 동생을 꼬집었다. '그때 코를 꽉 잡고 내 양말을 그 녀석 입에 처넣었어야 했는데.' 세르세이는 억지 미소를 지었다. "토멘 왕께서도 참새들을 용서하실 겁니다. 다들 집으로 돌아가고 나면 말이지만."

"대부분 집을 잃었습니다. 사방이 고통입니다……. 그리고 슬픔과 죽음이지요. 킹스랜딩으로 오기 전에 저는 성사 하나를 두기에도 너무 작은 마을 50여 곳을 돌보았습니다. 이 마을, 저 마을을 돌아다니며 결혼식을 집전하고, 죄인들의 죄를 사하고, 새로 태어난 아이들에게 이름을 붙였지요. 그 마을들은 이제 없습니다, 전하. 한때 풍성하던 정원에는 잡초와 가시나무만 자라고, 길가에는 뼈가 널려 있어요."

"전쟁이라는 게 끔찍하지요. 그런 참상은 다 북부인들, 그리고 스타니스 공과 그 악마 숭배자들이 한 짓이에요."

"제 참새들 중에는 자기들을 약탈한 사자 무리에 대해 말하는 이들이 있습니다……. 그리고 전하의 부하였던 사냥개 이야기도 하지요. 솔트팬스에서 그자는 나이 든 성사를 베어 죽이고 열두 살짜리 소녀를, 종단에 들어오기로 했던 무구한 어린아이를 망가뜨렸습니다. 갑옷을 입은 채로 그 아이를 강간하여, 그 여린 살이 쇠사슬에 찢어지고 으스러졌지요. 끝나고 나서는 그 아이를 부하들에게 던져줬고, 그자들은 그 아이의 코와 젖꼭지를 잘라냈습니다."

"국왕 전하께서 라니스터 가문을 섬겼던 모든 이의 범죄에 책임을 지실 순 없어요. 산도르 클리게인은 배신자요 짐승입니다. 내가 왜 그자를 해고했다고 생각하시나요? 지금 그놈은 토멘 왕이 아니라 무법자 베릭 돈다리온을 위해 싸워요."

"말씀대로입니다. 그러나 물어볼 수밖에 없군요. 이런 일이 일어나는 동안 왕의 기사들은 어디에 있었습니까? 조정자 재해리스 왕이 과거 왕실은 언제나 종단을 지키고 보호할 것이라고 철왕좌에 대고 맹세하지 않았습니까?"

세르세이는 조정자 재해리스가 무슨 맹세를 했는지 전혀 몰랐다. 그래도 그녀는 수긍했다. "그랬지요. 그리고 최고성사는 그분을 축복하고 왕으로 축성했어요. 새로운 최고성사라면 누구나 왕을 축복하는 것이 전통이에요……. 그런데 성하는 토멘 왕에 대한 축복을 거절했지요."

"전하께서 잘못 아셨습니다. 거절한 게 아니에요."

"성하께선 오지 않았어요."

"아직 때가 무르익지 않았습니다."

'댁이 사제야, 과일 장수야?' "그렇다면 때가…… 무르익게 하기 위해 내가 뭘 할 수 있겠습니까?" '감히 황금을 요구한다면 이놈도 지난번처럼 처리해버리고 수정관을 쓸 만한 신실한 여덟 살짜리를 찾고 말겠어.'

"왕국에 왕이 가득합니다. 종단이 한 분의 왕을 나머지보다 위로 올리려면 확신이 있어야 합니다. 300년 전, 드래곤 아에곤이 이 언덕 아래에 내려섰을 때 최고성사는 올드타운의 별빛 성소에 자신을 가두고 빵과 물만 먹으면서 7일 낮, 7일 밤을 기도했습니다. 밖으로 나왔을 때 최고성사는 노파께서 등잔을 들어 올려 앞길을 보여주셨으니, 종단은 아에곤과 그 누이들에게 대적하지 않으리라 선언했지요. 올드타운이 드래곤에 맞서 무기를 들었다면 올드타운은 불타고, 하이타워와 시타델과 별빛 성소는 무너졌을 것입니다. 하이타워 공은 신심이 깊었지요. 예언을 들은 하이타워 공은 병력을 움직이지 않고, 아에곤이 오자 도시 문을 열었습니다. 그리고 최고성사는 일곱 기름으로 정복자를 축성했습니다. 저도 300년 전처럼 해야 합니다. 단식하면서 기도해야 합니다."

"7일 낮, 7일 밤을 말입니까?"

"필요한 시간만큼."

세르세이는 그 신실하고 엄숙한 얼굴을 한 대 치고 싶어 손이 근질거렸다. '단식은 내가 도와줄 수 있지. 널 어느 탑에 가두고 신들이 말을 할 때까지 아무도 음식을 갖다주지 못하게 할 수 있어.' 그녀는 최고성사를 일깨웠다. "이 거짓 왕들은 거짓 신들을 섬겨요. 성스러운 종단을 지키는 건 토멘 왕뿐입니다."

"그럼에도 사방에서 성소가 불타고 약탈당하고 있지요. 심지어 침묵의 자매들마저 강간당하여, 하늘에 고통을 부르짖고 있습니다. 전하께선 우리 성자들의 뼈와 해골을 보셨지요?"

"봤지요." 대답할 수밖에 없었다. "토멘을 축복하면, 토멘 왕이 이 참상을 끝낼 겁니다."

"어떻게 그리하신단 말입니까, 전하? 탁발 형제가 다니는 길마다 기사를 보내실까요? 늑대와 사자로부터 여자 성사들을 보호할 군사를 보내주실까요?”

‘사자라는 말은 네가 입에 담지 않은 척하겠어.’ “왕국은 전쟁 중입니다. 국왕 전하께는 모든 병력이 다 필요해요.” 세르세이는 토멘의 병력으로 참새들을 돌보거나, 불쾌한 성사 천 명의 주름진 아랫도리를 지키게 할 마음이 추호도 없었다. ‘어차피 그것들 절반은 강간이라도 당하게 해달라고 빌고 있을걸.’ “성하의 참새들에겐 곤봉과 도끼가 있으니, 스스로 지키게 하시지요.”

“전하께서도 아시겠지만, 마에고르 왕의 법이 금지하는 일입니다. 마에고르 왕의 포고령에 따라 종단은 검을 내려놓았지요.”

“지금 왕은 마에고르가 아니라 토멘입니다.” 잔혹 왕 마에고르가 300년 전에 무슨 포고를 내렸든 무슨 상관이란 말인가? ‘신자들의 손에서 검을 빼앗을 게 아니라 제 목적에 맞게 이용했어야지.’ 세르세이는 붉은 대리석 제단 위에 선 전사를 가리켰다. “전사께서 들고 있는 게 뭡니까?”

“장검입니다.”

“전사 신이 장검 쓰는 법을 잊었습니까?”

“마에고르의 법은—”

“무효로 돌릴 수 있어요.” 세르세이는 그 말을 뱉고 나서 ‘대장 참새’가 미끼를 물기를 기다렸다.

실망할 일은 없었다. “무장 종단(the Faith Militant)의 부활이라……. 그거라면 300년의 기도에 대한 응답이 되겠습니다, 전하. 전사께서 빛나는 검을 다시 들어 올려 이 죄 많은 왕국의 모든 악을 청소하시겠군요. 국왕께서 제게 축복받은 고대의 ‘검과 별’ 조직을 되살릴 것을 허락하신다면, 칠왕국의 신앙심 깊은 이들 모두가 그분이 우리의 정당하고 진실한 주인임을 아실 것입니다.”

듣기 감미로운 말이었으나, 세르세이는 너무 열렬히 달려들지 않으려 했다. "성하께서 아까 용서에 대해 말씀하셨지요. 이 심란한 시절, 성하께서 왕실의 빚을 용서하실 수 있다면 토멘 왕이 더욱더 고마워할 겁니다. 우리가 종단에 금화 90만 닢을 빚진 것 같은데요."

"90만 674닢입니다. 굶주린 이들을 먹이고 성소 천 개는 다시 지을 수 있는 돈이지요."

"원하는 게 돈입니까?" 세르세이는 물었다. "아니면 마에고르의 칙칙한 법을 치우고 싶으십니까?"

최고성사는 잠시 고민하다가 말했다. "원하시는 대로 하지요. 빚은 탕감하고, 토멘 왕을 축복하겠습니다. '전사의 아들(Warrior's Sons)'이 영광스러운 신앙으로 빛나며 저를 그분께 인도할 것이며, 제 참새들은 과거 '가난한 동료(Poor Fellows)'의 재림이 되어 약하고 미천한 이들을 지키러 나갈 겁니다."

세르세이는 일어서서 치맛자락을 폈다. "제가 서류를 준비하고, 국왕께서 서명하고 왕실 인장을 찍으실 겁니다." 토멘이 국왕의 업무 중에 사랑하는 게 하나 있다면 바로 인장을 가지고 노는 것이었다.

"일곱께서 전하를 보우하사 오래도록 통치하시기를." 최고성사가 두 손끝을 모으고 하늘을 올려다보았다. "사악한 자들이 떨게 하소서!"

'들리나, 스타니스 공?' 세르세이는 미소를 누를 수 없었다. 아버지라 해도 이보다 더 잘하지는 못했을 것이다. 그녀는 한 방에 킹스랜딩에 들끓는 참새들을 없애고, 토멘을 위한 축복을 받아내고, 왕실의 빚을 금화 100만 닢 가까이 탕감했다. 최고성사의 안내를 받아 등불 회당으로 돌아가는 마음이 날아갈 듯 가벼웠다.

메리웨더 부인도 그녀와 같이 기뻐했으나, 전사의 아들이나 가난한 동료에 대해서는 들어본 적이 없다고 했다. "둘 다 아에곤의 정복 시절로 거슬러 올라간다네." 세르세이는 설명했다. "전사의 아들이란 영지와 재산을 포기하고 최고성사 성하에게 검을 바치겠다고 맹세한 기사 조직이었지. 가난한 동료는…… 그보다 초라한 이들이었지만, 숫자는 훨씬 더 많았어. 일종의 탁발 수사들인데, 그릇 대신 도끼를 들고 다녔다네. 길을 떠돌며 여행자들을 성소에서 성소로, 마을에서 마을로 호위했지. 그들이 단 휘장이 하얀 바탕에 붉은색의 칠각별이었기에 평민들은 '별'이라고 불렀어. 전사의 아들은 거친 모직 셔츠 위에 은상감 갑옷과 무지개 망토를 걸쳤으며, 장검 손잡이 끝에는 별 모양의 수정을 달았지. 이들은 '검'이라고 불렸어. 성자니, 고행자니, 광신도니, 주술사니, 드래곤슬레이어(dragonslayer, 드래곤을 죽이는 자)니, 악마 사냥꾼이니…… 이들에 대해 수많은 이야기들이 있었지. 하지만 이들이 성스러운 종단의 적이라면 무자비하게 증오했다는 사실만은 누구나 동의한다네."

메리웨더 부인은 바로 알아들었다. "스타니스 공과 그 붉은 여사제 같은 적이라든가요?"

"그러고 보니 딱 그렇지." 세르세이는 소녀같이 까르륵 웃었다. "돌아가는 길에 히포크라스를 한 병 열어서 전사의 아들들이 품은 열정에 건배를 할까?"

"전사의 아들들이 품은 열정과, 섭정대비님의 슬기에 건배해야지요. 세르세이 1세 만세!"

히포크라스는 세르세이의 승리감 못지않게 달고 맛있었으며, 왕대비의 가마는 도시를 날 듯이 가로질렀다. 그러나 아에곤의 높은 언덕 아래에서 그들은 말을 달리고 돌아오는 마저리 티렐과 그 사촌들을 만났다. '내가 가는 곳마다 따라다니는군.' 세르세이는 어린 왕비에게 시선을 던지며 짜증스럽게 생각했다.

마저리 뒤로 신하와 위병, 하인이 길게 따라왔는데 상당수는 새로 딴 꽃바구니를 들고 있었다. 마저리의 사촌들도 각각 숭배자들을 거느렸는데,

껑충한 종자 알린 앰브로즈는 약혼자인 엘리너와 함께 말을 달렸고, 탤러드 경은 수줍음 많은 앨라와, 외팔의 마크 멀런도어는 통통하고 잘 웃는 메가와 함께였다. 레드와인 쌍둥이는 마저리의 다른 말벗 두 명, 메레디스 크레인과 잔나 포소웨이 곁에 있었다. 여자들은 모두 머리에 꽃을 꽂았다. 잘라바르 쇼도 이 무리에게 붙어 있었으며, 안대를 한 램버트 턴베리 경도, 푸른 음유시인이라 알려진 잘생긴 가수도 마찬가지였다.

물론 킹스가드 기사도 한 명은 어린 왕비와 동행해야 했으며, 당연하게도 그 킹스가드는 꽃의 기사였다. 황금으로 돋을새김한 하얀 미늘 갑옷 차림의 로라스 경은 빛이 났다. 이제는 로라스도 토멘에게 무기 훈련을 시키겠다는 주제넘은 짓은 하지 않았지만, 그래도 왕은 여전히 로라스 경과 너무 많은 시간을 같이 보냈다. 토멘은 어린 아내와 같이 오후를 보낼 때마다 돌아와서 로라스가 이런 일을 했다거나, 저런 말을 했다거나 하는 새로운 이야기를 풀어놓았다.

두 행렬이 마주치자 마저리는 손을 흔들더니 왕대비의 가마 옆에 붙어 섰다. 두 뺨은 붉게 상기되고, 갈색 곱슬머리는 어깨 위로 느슨하게 흘러내려 바람이 불 때마다 흔들렸다. "저희는 왕의 숲에서 가을꽃을 따고 있었답니다." 마저리가 말했다.

'네가 어디 있었는지는 나도 알아.' 세르세이는 생각했다. 그녀의 정보원들은 마저리의 움직임을 놓치지 않고 따라다녔다. '우리 어린 왕비는 참으로 가만히 있을 줄을 모르지.' 마저리는 사흘 이상 가만히 있지를 못했다. 어떤 날은 로스비 길을 따라 말을 달리면서 조개를 잡아 바닷가에서 먹었고, 또 어떤 때에는 벗들을 데리고 강을 건너가서 오후 한나절 매사냥을 했다. 어린 왕비는 뱃놀이를 나가는 것도 좋아해서, 특별한 목적도 없이 블랙워터 급류를 왔다 갔다 하곤 했다. 신심이 솟을 때는 성을 떠나 바엘로르 성소에서 기도를 하기도 했다. 그녀는 십여 군데 다른 재봉사의 단골이었고, 시내의 금세공인들 사이에서도 유명했으며, 진흙 문 옆에 있는 어시장에도 그날 잡힌 물고기를 보러 간다고 알려져 있었다. 마저리가 어디를 가든 평민들은 열렬히 따랐고, 마저리도 그들의 열의를 부채질하기 위해 할 수 있는 일은 뭐든지 했다. 거지들에게는 언제까지라도 구호품을 주고, 제빵사들이 손수레에 담아 파는 뜨거운 파이를 샀으며, 평범한 상인들과 대화하기 위해 고삐를 당겼다.

마저리는 제 뜻대로 할 수 있었다면 토멘도 이 모든 일을 하게 했을 것이다. 마저리는 제 암탉들과 함께 모험에 나가자고 끈질기게 토멘을 초대했고, 토멘도 어머니에게 같이 가게 해달라고 끈질기게 졸랐다. 세르세이도 몇 번은 허락해줬는데, 오스니 경이 마저리와 몇 시간이라도 더 같이 있게 해줄 요량이었다. 그게 다 무슨 소용이랴. 오스니는 크나큰 실망만 안겼다.

"누나가 도르네행 배를 탔던 날 기억하니?" 세르세이는 아들에게 물었다. "우리가 성으로 돌아오는 길에 울부짖던 폭도 기억해? 날아오던 돌멩이며, 욕설은?"

그러나 어린 왕비 덕분에 왕은 어머니의 말을 들으려 하지 않았다. "우리가 평민들과 섞이면, 평민들도 우릴 더 사랑할 거예요."

"폭도가 뚱뚱한 최고성사를 어찌나 사랑했던지 사지를 찢어버렸지. 성사인데도." 세르세이는 아들을 일깨웠다. 덕분에 토멘이 삐지기만 했다. '마저리가 원하는 대로겠지. 저 아이는 매일, 온갖 수단으로 토멘을 내게서 훔쳐가려 해.' 조프리였다면 마저리의 책략가다운 미소를 꿰뚫어 보고 제 분수를 일깨웠겠지만, 토멘은 잘 속아 넘어갔다. '조프리는 자기에게 너무 세다는 걸 알았던 거지.' 세르세이는 쾨이번이 발견한 금화를 떠올리며 생각했다. '티렐 가문이 지배하려면 조프리를 제거해야 했던 거야.' 세르세이는 마저리와 마저리의 끔찍한 할머니가 산사 스타크를 어린 왕비의 불구자 오빠인 윌라스와 결혼시키려고 계획했던 일도 떠올렸다. 타이윈 공이 앞질러서 산사를 티리온과 결혼시킴으로써 그 계획을 막기는 했지만, 연결 고리는 거기에 있었다. '다 한패야.' 세르세이는 흠칫 그 사실을 깨달았다. '티렐이 간수들에게 뇌물을 먹여 티리온을 풀어주고, 장미 가도로 티리온을 빼돌려서 그의 못돼먹은 신부와 합류시킨 거야. 지금쯤은 둘 다 안전하게 하이가든에 도착해서, 장미 벽 뒤에 숨어 있겠지.'

"전하께서도 같이 가셨으면 좋았을 텐데요." 어린 책략가는 아에곤의 높은 언덕을 같이 오르면서 재잘거렸다. "그랬다면 같이 멋진 시간을 보낼 수 있었을 거예요. 나무들이 금빛, 붉은빛, 오렌지빛을 걸친 데다가 사방에 꽃이 만발했어요. 밤도 떨어져 있고요. 오는 길에 구워 먹었답니다."

"내겐 숲을 달리고 꽃을 딸 시간이 없구나." 세르세이가 말했다. "내겐 다스릴 왕국이 하나 있거든."

"하나뿐인가요, 전하? 다른 여섯 왕국은 누가 다스리죠?" 마저리는 명랑하게 웃었다. "부디 제 농담을 용서하세요. 어떤 짐을 지고 계신지 알아요. 저도 그 짐을 나눠 지게 해주세요. 제가 도와드릴 수 있는 일이 뭔가 있을 거예요. 그러면 전하와 제가 왕을 두고 경쟁한다는 소리들도 다 잦아들 테고요."

"사람들이 그렇게 말한다니?" 세르세이는 미소 지었다. "어리석기도 하지. 난 너를 경쟁자로 본 적이 없단다. 단 한순간도."

"그 말씀을 들으니 정말 기쁘네요." 그 아이는 자기가 공격당한 줄도 깨닫지 못하는 것 같았다. "다음번엔 대비님도 토멘도 같이 가셔야 해요. 국왕 전하께서 좋아하실 거예요. 푸른 음유시인이 연주하고, 탤러드 경은 지팡이로 평민들이 싸우는 방법을 보여줬죠. 가을 숲은 너무 아름다워요."

"죽은 내 남편도 그 숲을 사랑했지." 결혼 초기에 로버트가 같이 사냥을 나가자고 끝도 없이 졸라댔지만, 세르세이는 언제나 거부했었다. 로버트의 사냥 여행 덕분에 제이미와 함께 있을 시간이 났으니까. 황금빛의 낮과 은

빛의 밤. 분명 그들이 춘 건 위험한 춤이었다. 레드킵 안에는 어디에나 눈과 귀가 있었고, 로버트가 언제 돌아올지는 아무도 확실히 알 수 없었다. 어째선지 그런 위험 때문에 함께하는 시간이 훨씬 더 짜릿해지기만 했다.

"그렇지만 아름다움이란 때로 치명적인 위험을 가릴 수 있어." 세르세이는 어린 왕비에게 경고했다. "로버트는 그 숲에서 목숨을 잃었다."

마저리는 로라스 경을 보고 미소 지었다. 애정이 가득한, 상냥하고 누이다운 미소였다. "전하께서 걱정해주시다니 친절하세요. 하지만 오라버니가 절 잘 지켜준답니다."

'가서 사냥을 해요.' 세르세이는 50번도 넘게 로버트를 부추겼었다. '오라버니가 절 잘 지켜준답니다.' 그러고 보니 타에나가 했던 말이 떠올랐고, 세르세이의 입술 사이로 웃음이 새어 나왔다.

"전하께선 참 어여쁘게 웃으시네요." 마저리가 호기심 어린 미소를 던졌다. "무슨 재미있는 생각을 하시는지 알 수 있을까요?"

"알게 될 거야." 세르세이는 말했다. "약속하마. 알게 될 거라고."

약탈자

강철 승리호는 전투의 북소리가 울리는 가운데 파도 이는 녹색 바닷물을 충각으로 가르면서 전진했다. 앞에 있던 그보다 작은 배가 노로 바다를 때리며 방향을 돌리고 있었다. 깃발에 수놓인 장미가 물결쳤다. 뱃머리와 꼬리에는 붉은 방패 모양의 장식쇠에 하얀 장미가, 돛대 위에는 풀밭 같은 초록 바탕에 금빛 장미가 들어가 있었다. 강철 승리호가 뱃전을 어찌나 세게 긁고 지나갔는지 배에 타고 있던 이들 절반이 넘어졌다. 노가 부러지고 꺾이는 소리가 선장의 귀에는 달콤한 음악이었다.

그는 황금 망토를 휘날리며 뱃전을 훌쩍 뛰어넘어, 상대편 갑판에 내려섰다. 하얀 장미들이 물러섰다. 갑옷을 입고 무장을 하고 얼굴을 크라켄 투구로 가린 빅타리온 그레이조이를 본 이들은 언제나 그랬다. 그들은 검과 창과 도끼를 그러쥐고 있었으나 열 명 중 아홉은 갑옷이 없었고, 나머지 하나도 미늘을 꿰어 붙인 셔츠 차림이었다. '이들은 강철인이 아니야. 아직도 익사를 두려워하지.' 빅타리온은 생각했다.

"잡아!" 한 명이 외쳤다. "혼자잖아!"

"와라!" 그가 마주 외쳤다. "할 수 있다면 와서 죽여봐라."

사방에서 손에는 회색 강철을 들고 눈에는 공포를 담은 장미 전사가 모여들었다. 두려움이 어찌나 무르익었는지 빅타리온은 맛을 느낄 수 있을 것만 같았다. 그는 왼쪽 오른쪽으로 공격을 퍼부으며 첫 번째 남자의 팔꿈치 아래를 잘라버리고, 두 번째 남자의 어깨를 쪼갰다. 세 번째 남자는 빅타리온의 부드러운 소나무 방패에 도끼날을 박았다. 그는 방패로 그 멍청이의 얼굴을 쳐서 때려눕히고, 다시 일어서려는 놈을 찍었다. 빅타리온이 죽은 놈의 갈비뼈에 박힌 도끼를 뽑으려는 찰나 창 하나가 그의 견갑골 사이를 찔렀다. 누군가가 등을 한 대 친 듯한 감각이었다. 빅타리온은 홱 돌아서서 그 창잡이의 머리통에 도끼를 찍었고, 강철이 투구와 머리털과 두개골을 으스러뜨리면서 팔에 전해지는 충격을 느꼈다. 그 남자는 강철 함대장이 강철 도끼를 뽑기 전까지 심장이 반 번 뛸 동안 휘청댔고, 죽은 몸뚱이는 죽었다기보다는 술에 취한 듯한 몰골로 흐느적흐느적 갑판 위를 걸었다.

그 무렵에는 강철인들이 부서진 장선 갑판 위로 따라 내려와 있었다. 짝귀 울프가 작업에 나서며 내지르는 소리가 들리고, 녹슨 사슬 갑옷을 입은 라그노 파이크가 언뜻 지나갔으며, 이발사 누트가 던진 도끼가 허공을 빙빙 돌아 어느 남자의 가슴팍에 꽂히는 게 보였다. 빅타리온은 또 한 놈을 베고, 또 베었다. 세 번째 놈도 빅타리온이 죽일 수 있었지만 라그노가 먼저 쓰러뜨렸다. "잘했다." 빅타리온이 라그노에게 외쳤다.

다음 도끼 상대를 찾으려고 몸을 돌리던 그는 갑판을 가로지르는 선장을 보았다. 하얀 전포에 피가 흐르고 엉긴 피로 얼룩졌지만, 그래도 빅타리온은 그 가슴의 문장을 알아볼 수 있었다. 붉은 방패 모양 안에 하얀 장미였다. 방패도 하얀색 바탕에 가장자리를 붉은색으로 두르고 같은 문장을 넣었다. "너!" 강철 함대장은 시체 너머로 외쳤다. "거기 장미! 네가 사우스실드(Southshield, 남쪽 방패섬)의 영주냐?"

상대방은 면갑을 올리고 수염 없는 얼굴을 드러냈다. "그분의 아들이자 후계자다. 탤버트 세리 경이지. 그러는 너는 누구냐, 크라켄?"

"네놈의 죽음이다." 빅타리온이 그에게 달려들었다.

세리가 그를 맞이하려 뛰어올랐다. 성에서 만든 질 좋은 강철 장검이었고, 젊은 기사는 그 검을 제대로 쓸 줄 알았다. 첫 공격은 낮게 들어왔고, 빅타리온은 도끼로 그 공격을 받아냈다. 두 번째 공격은 방패를 올리기도 전에 강철 함대장의 투구를 때렸다. 빅타리온은 도끼를 옆으로 쳐서 화답했다. 세리의 방패가 도끼를 막았다. 나무 파편이 날았고, 하얀 장미가 날카로운 도끼 자국에 길게 쪼개졌다. 젊은 기사의 장검이 빅타리온의 허벅지를 한 번, 두 번, 세 번 두드리며 강철 부딪치는 소리를 울렸다. '이 녀석은 빠르군.' 강철 함대장은 알아차리고는, 방패로 세리의 얼굴을 밀어 쳐 뱃전까지 비틀비틀 물러서게 만들었다. 빅타리온은 도끼를 들어 올리고 온몸의 무게를 실어서 청년의 목에서 사타구니까지 쪼개버리려 했지만, 세리는 몸을 틀어 피했다. 도끼날이 난간을 부수면서 나뭇조각이 날았고, 그대로 박혀서 빠지질 않았다. 발밑에서 갑판이 출렁였고, 빅타리온은 비틀거리다 한쪽 무릎을 꿇었다.

탤버트 세리 경이 부서진 방패를 던져버리고 장검을 내리쳤다. 빅타리온이 비틀거리는 사이 방패가 반쯤 옆으로 틀어져 있었다. 그는 쇠주먹으로 세리의 검날을 잡았다. 가재갑이 우그러졌고 날카로운 통증에 신음이 나왔지만, 그래도 빅타리온은 놓지 않았다. "나도 빠르단다, 꼬마야." 그는 기사의 손에서 장검을 빼앗아 바다에 던져버리며 말했다.

탤버트 경이 눈을 크게 떴다. "내 검……."

빅타리온은 피투성이 주먹으로 그 청년의 목을 때렸다. "가서 잡든가." 그는 청년을 밀어서 피에 물든 바닷물로 넘겨버리며 말했다.

덕분에 도끼를 뽑을 틈이 생겼다. 하얀 장미들은 강철 물결 앞에 후퇴하고 있었다. 아래 갑판으로 도망치려는 놈도, 자비를 부르짖는 놈도 있었다. 빅타리온은 사슬과 가죽과 가재갑 속으로 손가락을 따라 흘러내리는 더운 피를 느낄 수 있었지만, 그건 아무것도 아니었다. 돛대 주변에는 적이 밀집해 서서 어깨를 맞대고 원을 그린 채 싸우고 있었다. 적어도 이 몇 명만은 사나이였다. 그들은 항복하느니 죽을 작정이었다. 빅타리온이 그 소원은 이뤄주리라. 그는 도끼로 방패를 때리면서 그쪽으로 돌격했다.

익사한 신은 빅타리온 그레이조이를 킹스무트에서 말로 싸우거나, 끝없는 늪지대에서 은밀하게 움직이는 적과 씨름하도록 빚어내지 않았다. 이것이 빅타리온이 이 땅에 난 이유였다. 강철로 몸을 감싸고 붉은 도끼를 쥐고 서서, 손에서는 핏방울을 떨구며, 칠 때마다 죽음을 전하기 위해서였다.

적들이 앞뒤에서 그를 베었으나, 그들이 끼친 해만 두고 보자면 장검이 아니라 버드나무 가지를 들었다 해도 믿을 정도였다. 어떤 칼날도 빅타리온 그레이조이의 중장갑을 뚫지 못했고, 빅타리온이 적들에게 갑옷 연결부를, 사슬과 가죽만이 보호하는 부위를 찾아낼 시간을 주는 일도 없었다. 세 명, 아니 네 명, 다섯 명이 공격해도 상관없었다. 그는 강철이 그를 지켜주리라 믿고 한 번에 하나씩 베어나갔다. 하나가 쓰러지면 다음 적에게 격노를 돌렸다.

마지막으로 그와 맞선 남자는 대장장이였음이 분명했다. 어깨가 황소 같았고, 다른 이들보다 훨씬 근육질이었다. 징 박힌 브리간딘을 입고 가죽 투구를 썼다. 그 남자가 내리친 단 한 번의 공격으로 빅타리온의 망가진 방패는 끝장이 났지만, 보답으로 빅타리온이 선사한 공격은 그자의 머리를 쪼갰다. '까마귀 눈도 이렇게 단순하게 처리할 수 있다면 좋으련만.' 빅타리온이 다시 도끼를 뽑자 대장장이의 두개골이 폭발하는 것 같았다. 뼈와 피와 뇌수가 사방에 튀고, 시체는 앞으로 허물어져 빅타리온의 다리에 기댔다. '자비를 빌기엔 너무 늦었어.' 빅타리온은 죽은 남자에게서 몸을 떼어내며 생각했다.

이제 발아래 갑판은 미끄러웠고, 사방에 죽은 자와 죽어가는 자들이 쌓였다. 그는 방패를 던져버리고 공기를 들이마셨다. "함대장님." 이발사 누트가 옆에서 말했다. "승리는 우리 것입니다."

사방 바다에 배가 가득했다. 불타는 배도, 가라앉는 배도 있었고 산산조각이 난 배도 있었다. 선체와 선체 사이 바닷물은 스튜처럼 걸쭉했고 시체와 부러진 노, 난파선에 매달린 남자들이 가득했다. 멀리서 남부의 장선 여섯 척이 맨더강으로 질주해 돌아가고 있었다. '보내줘. 가서 이야기를 퍼트리게 해.' 빅타리온은 생각했다. 일단 꼬리를 말고 전투에서 도망친 사내는 사내이길 그만둔 것이다.

싸우는 도중에 흘러든 땀 때문에 눈이 따끔거렸다. 노잡이 두 명의 도움으로 크라켄 투구를 들어 올릴 수 있었다. 빅타리온은 미간을 찌푸렸다. "그 기사." 그가 그르렁대는 목소리로 말했다. "하얀 장미 기사 말이다. 그놈을 건진 사람 있나?" 영주의 아들은 몸값을 제법 받을 수 있을 터였다. 세리 영주가 살아남았다면 그에게, 아니라면 그 주군인 하이가든에서라도.

그러나 그 기사가 뱃전을 넘어간 후 어떻게 되었는지 본 사람이 없었다. 익사했을 가능성이 높았다. "익사한 신의 물속 궁전에서, 전사답게 잔치를 즐기기를." 방패 군도 사람들은 뱃사람을 자칭하면서도 두려움 속에 바다를 건넜고, 익사할까 봐 전투에도 가볍게 입고 나왔다. 젊은 세리는 달랐다. '용감한 놈이었어. 강철인이라고 해도 될 정도야.' 빅타리온은 생각했다.

그는 획득한 배를 라그노 파이크에게 주고, 그 배를 몰 선원 십여 명을 지명한 후에 강철 승리호로 돌아갔다. "포로들의 무기와 갑옷을 빼앗고 상처는 감아줘라." 그가 이발사 누트에게 말했다. "죽어가는 놈은 바다에 던져. 자비를 비는 놈이 있으면 그것들 목부터 긋고." 그는 그런 자들에게는 경멸밖에 느끼지 않았다. 피 흘리며 죽기보다는 소금물에 익사하는 게 더 낫거늘. "우리가 획득한 배와 포로로 잡은 기사와 귀족을 다 헤아려라. 깃발도 다 거둬 오고." 언젠가는 그 깃발들을 연회장에 걸 생각이었다. 늙고 약해져도 젊고 강했을 때 죽인 적들을 모두 기억할 수 있게 말이다.

"암요." 누트가 히죽 웃었다. "대승입니다."

'그래. 까마귀 눈과 그놈 마법사들의 대승이지.' 그는 생각했다. 소식이 오큰실드(Oakenshield, 참나무 방패섬)에 도달하면 다른 선장들은 까마귀 눈의 이름을 새로이 연호할 것이다. 유론은 말주변 좋은 혓바닥과 웃는 눈으로 선장들을 홀리고 머나먼 땅 수십 곳에서 가져온 약탈품으로 그들을 잡아맸다. 금과 은, 화려한 갑옷, 손잡이 끝에 금을 입힌 구부러진 칼, 발리리아 강철로 만든 단검, 호랑이 가죽과 점박이 고양이 가죽, 비취로 만든 만티코어와 오래된 발리리아 스핑크스, 육두구와 정향과 사프란이 든 궤짝, 상아와 유니콘 뿔, 여름 군도에서 나온 초록색 오렌지색 노란색 깃털들, 섬세한 비단과 반짝이는 새마이트……. 그러나 그 모든 것도 여기에 비하면 사소하고 보잘것없었다. '이제 까마귀 눈이 정복을 선사했으니, 다들 영원히 그놈의 사람이야.' 빅타리온은 생각했다. 입맛이 썼다. '이건 그놈이 아니라 나의 승리였어. 그놈은 어딨었지? 오큰실드에 남아서, 성 안에서 빈들거리고 있지. 그놈이 내 아내를 훔쳤고 내 왕좌를 훔치더니, 이젠 내 영광도 훔치는구나.'

빅타리온 그레이조이에게 복종은 자연스러웠다. 그렇게 태어났다. 형들의 그늘 속에서 어른이 되어, 발론이 하는 모든 일에 충실히 따랐다. 그 후에, 발론의 아들들이 태어난 후에는 언젠가 그중에 하나가 제 아버지의 뒤를 이어 해석좌에 앉으면 조카들에게 무릎을 꿇게 된다는 것도 받아들였다. 하지만 익사한 신은 발론과 그 아들들을 물속 궁전으로 불러들였고, 빅타리온도 목구멍에 쓴맛을 느끼지 않고 유론을 '왕'이라고 부르는 것만은 무리였다.

바람은 상쾌해지는데, 그의 갈증은 심해졌다. 전투를 끝내면 언제나 와인을 마시고 싶었다. 그는 갑판을 누트에게 맡기고 아래로 내려갔다. 고물 쪽 비좁은 선실에 들어가자 '어스름 여인'이 준비하고 기다리고 있었다. 전투가 그녀의 피도 끓게 한 모양이었다. 그는 연거푸 두 번 그녀를 품었다. 끝났을 때 그녀의 젖가슴과 허벅지와 배에 핏자국이 남았지만, 그건 빅타리온의 피였다. 손바닥에 난 상처 때문이었다. 어스름 여인은 끓인 식초로 그의 손을 씻어주었다.

"작전이 좋았던 건 나도 인정해." 빅타리온은 그녀가 옆에 무릎 꿇는 사이에 말했다. "이제 맨더강은 예전처럼 우리에게 열려 있지." 맨더는 폭이 넓고 물살이 느리며 숨은 유목과 모래톱이 위험한, 활기 없는 강이었다. 바다를 오가는 배는 대부분 하이가든 너머를 항해하지 않았지만, 흘수가 얕은 장선은 비터브리지까지도 거슬러 올라갈 수 있었다. 고대에는 강철인들이 대담하게 그 강을 오가며 맨더와 그 지류들 근처를 모두 약탈했었다……. 초록 손의 왕들이 맨더강 어귀에 위치한 작은 섬 네 곳의 어민들을 무장시키고 그들을 자신의 방패라고 이름하기 전까지는.

2000년이 흘렀으나, 그 바위투성이 해안에 늘어선 감시탑들에서는 아직도 회색 수염들이 옛 방식으로 파수를 섰다. 장선이 보인 순간 노인들이 봉화에 불을 붙이면 언덕에서 언덕으로, 섬에서 섬으로 통보가 됐다. '무서워라! 적이다! 습격자다! 습격자다!' 어민들은 높은 곳에서 타는 불을 보면 그물과 쟁기를 치우고 검과 도끼를 들었다. 그들의 영주들은 기사들과 중장병들을 데리고 성에서 뛰쳐나왔다. 전투 나팔이 그린실드(Greenshield, 녹색 방패섬)와 그레이실드(Greyshield, 회색 방패섬), 오큰실드와 사우스실드에서 바다로 울려 퍼지고, 그들의 장선들은 바닷가를 따라 자리한 이끼 덮인 돌 우리를 빠져나와 노를 번득이며 해협을 가로질러 모여들었다. 맨더강을 봉쇄하고 습격자들을 상류로 몰아 파멸시키기 위해서.

유론은 썩은 이 토월드와 붉은 노잡이가 빠른 장선 십여 척으로 맨더강을 거슬러 올라가게 해 방패 군도의 영주들이 그 뒤를 쫓게끔 했다. 강철인 주력 함대가 도착했을 때에는 군도 자체를 지킬 병력이 한 줌밖에 남아 있지 않았다. 강철인들은 저녁 물살을 타고 접근했기에, 때가 늦을 때까지 지는 햇살이 감시탑의 노인들로부터 그들을 숨겨주었다. 바람이 그들의 등을 밀었다. 올드윅에서부터 내내 그랬다. 함대에는 유론의 마법사들이 한 일이라고, 까마귀 눈이 피의 제물로 폭풍 신을 달랬다고 하는 소곤거림이 돌았다. 그게 아니고서야 어찌 감히 관습대로 바닷가를 따라 항해하지 않고 머나먼 서쪽까지 배를 몰 수 있었겠는가?

강철인들은 자갈 해안에 장선을 대고, 손에는 강철을 번쩍이면서 자줏빛 땅거미 속으로 쏟아져 나갔다. 그때쯤에는 언덕 위에 봉화가 타고 있었지만, 무기를 들 사람이 얼마 남아 있지 않았다. 그레이실드, 그린실드, 사우스실드는 해가 뜨기 전에 함락됐다. 오큰실드는 반나절을 더 버텼다. 그리고 토월드와 붉은 노잡이를 추격하기를 멈추고 하류로 돌아온 네 방패섬의 남자들은 맨더강 입구에서 기다리는 강철 함대를 보았다.

"모두 다 유론이 말한 대로 됐어." 빅타리온은 리넨을 그의 손에 감는 어스름 여인에게 말했다. "그놈의 마법사들이 미리 본 게 분명해." 퀠론 험블이 속삭이기로는 침묵호에 마법사가 세 명 있었다. 기묘하고 무시무시한 자들이었으나, 까마귀 눈이 그들을 노예로 삼았다. "그래도 전투를 하려면 내가 필요해." 빅타리온은 그렇게 주장했다. "마법사들이 쓸모 있을진 몰라도, 전쟁에 이기려면 피와 강철이 필요해." 식초가 닿자 상처가 전보다 훨씬 더 쓰라렸다. 그는 여인을 밀어내고 험상궂은 얼굴로 주먹을 쥐었다. "와인을 가져와."

그는 형에 대해 골똘히 생각하며 어둠 속에서 와인을 마셨다. '내 손으로 직접 치지 않아도 내가 친족살해자일까?' 빅타리온은 어떤 인간도 두려워하지 않았으나, 익사한 신의 저주에는 멈칫했다. '다른 누군가가 내 명에 따라 그놈을 쓰러뜨린다면, 그래도 그놈의 피는 내 손에 묻는 걸까?' 젖은 머리 아에론이라면 답을 알 테지만, 그는 아직도 새로운 왕에 대항하여 강철인들을 일으킬 수 있다는 희망을 품고 강철 군도 어딘가에 남아 있었다. 이발사 누트는 20미터 떨어진 곳에서도 도끼를 던져서 면도를 해줄 수 있는 남자였다. 그리고 유론의 잡종 자식 중에 짝귀 울프나 웃지 않는 안드릭에게 맞설 수 있는 자는 없었다. 그중 누구든 유론을 죽일 수 있었다. 그러나 그는 할 수 있다고 해서 정말로 그 일을 한다는 뜻이 아님을 알았다.

"유론의 신성모독 때문에 우리 모두에게 익사한 신의 분노가 내릴 겁니다." 아에론은 올드윅에서 그렇게 예언했다. "우리가 유론을 막아야 해요, 형님. 우린 여전히 발론의 핏줄이에요."

"유론도 그렇지." 빅타리온은 그렇게 대답했었다. "나도 너 못지않게 마음에 안 든다만, 유론이 왕이다. 네가 연 킹스무트가 유론을 일으켜 세웠고, 네가 직접 그 머리에 유목 왕관을 씌웠어!"

"제가 그 머리에 왕관을 씌웠죠." 해초가 사제의 머리카락을 적셨다. "그리고 기꺼이 그 왕관을 다시 들어 형님에게 씌울 겁니다. 유론과 싸울 만큼 강한 사람은 형님밖에 없어요."

"그놈을 옹립한 건 익사한 신이야." 빅타리온은 불평했다. "끌어내리는 것도 익사한 신이 하시라고 해."

아에론이 불길한 눈으로 그를 보았다. 우물물을 썩히고 여자들을 불임으로 만든다고 알려진 눈빛이었다. "신이 말씀하신 게 아니에요. 유론은 그 붉은 배에 마법사들과 더러운 주술사들을 두고 있다고들 합니다. 그자들이 바다의 소리를 듣지 못하게 우리에게 주문을 건 거예요. 선장들과 왕들은 드래곤에 대한 이야기로 취해 있었어요."

"취했고, 그 나팔을 무서워했다. 너도 그 나팔 소리를 들었지. 상관없어.

유론이 우리의 왕이야."

"제 왕은 아닙니다." 사제는 선언했다. "익사한 신은 폭풍이 일 때 갑판 아래 숨는 자가 아니라 대담한 자를 도우세요. 형님이 까마귀 눈을 해석좌에서 끌어내리지 않겠다면, 제가 직접 그 일을 맡아야겠군요."

"어떻게? 네겐 배도, 검도 없어."

"제겐 목소리가 있지요." 사제가 대꾸했다. "그리고 신이 저와 함께하십니다. 저의 힘은 바다의 힘, 까마귀 눈이 이길 엄두도 못 낼 힘이에요. 파도가 산에 부딪쳐 부서질진 몰라도 파도는 계속 계속 오고, 결국엔 한때 산이 서 있던 곳에 조약돌들밖에 남지 않아요. 그리고 곧 그 조약돌마저 쓸려가서 영원토록 바다 밑을 구르죠."

"조약돌?" 빅타리온은 툴툴거렸다. "파도와 조약돌 이야기로 까마귀 눈을 끌어내릴 수 있다고 생각한다면 넌 미친 거야."

"강철인이 파도가 될 겁니다." 젖은 머리가 말했다. "대단하고 훌륭한 이들이 아니라 단순한 사람들, 땅을 경작하고 바다에서 고기를 잡는 사람들이. 선장들과 왕들이 유론을 왕위에 올렸지만, 평범한 사람들이 끌어내릴 거예요. 제가 그레이트윅에, 할로우에, 오크몬트에, 파이크에 가겠습니다. 마을마다, 도시마다 제 말을 듣게 될 테지요. 신심 없는 자가 해석좌에 앉아선 안 됩니다!" 그는 덥수룩한 머리를 흔들더니 밤공기 속으로 걸어 나갔다. 다음 날 해가 떴을 때, 아에론 그레이조이는 올드윅에서 사라지고 없었다. 익사한 남자들마저도 그가 어디로 갔는지 몰랐다. 그들에 따르면 까마귀 눈은 그 소식을 듣고 소리 내어 웃기만 했다.

그러나 사제는 사라졌어도 그의 불길한 경고는 남아 있었다. 빅타리온은 바엘로르 블랙타이드의 말도 한 번씩 떠올랐다. "발론은 미쳤었고, 아에론은 더 미쳤고, 유론이 그중 제일 미쳤소." 그 젊은 영주는 킹스무트가 끝난 후 유론을 주군으로 받아들이기를 거부하고 집으로 배를 몰아 돌아가려

했다. 그러나 강철 함대가 만을 봉쇄한 상태였고, 빅타리온 그레이조이에게는 복종의 습관이 깊이 뿌리박혀 있었으며, 유론이 유목 왕관을 쓰고 있었다. 야간 비행호는 붙잡혔고, 블랙타이드 공은 사슬에 묶여 왕 앞에 끌려갔다. 유론의 벙어리들과 잡종견들이 그를 일곱 조각 내어 그가 섬기는 초록색 땅의 일곱 신에게 먹였다.

충실한 봉사에 대한 보상으로, 새로 왕관을 쓴 왕은 빅타리온에게 어스름 여인을 선물했다. 리스로 향하는 어느 노예선에서 빼앗은 여자였다. "네 쓰레기는 받고 싶지 않다." 빅타리온은 경멸을 담아 그렇게 말했지만, 까마귀 눈이 받지 않으면 그 여자를 죽이겠다고 하자 마음이 약해졌다. 그녀는 혀가 잘렸으나 그 외에는 손상된 곳이 없었고, 살갗은 기름 먹인 티크나무 같은 갈색이었으며 아름다웠다. 그래도 가끔 그 여자를 볼 때면 그를 남자로 만들어주려고 형이 선사했던 첫 번째 여자가 떠올랐다.

빅타리온은 어스름 여인을 한 번 더 안고 싶었지만, 그럴 수가 없었다. "와인을 한 부대 더 가져오고, 나가." 여인이 시큼한 레드와인 부대를 가지고 돌아오자 그는 그걸 들고 깨끗한 바다 공기를 마실 수 있는 갑판으로 올라갔다. 그리고 와인을 절반쯤 마시고 나머지는 죽은 자들 모두를 위해 바다에 뿌렸다.

강철 승리호는 맨더강 입구에 몇 시간을 머물렀다. 그리고 강철 함대 대부분이 오큰실드로 향하는 사이 빅타리온은 '비탄', '다곤 공', '강철 바람', '처녀의 재앙'호를 후위로 가까이에 두었다. 그들은 바다에서 생존자들을 끌어 올렸고, '매서운 손'호가 들이받았던 난파선에 끌려 천천히 가라앉는 모습을 지켜보았다. 매서운 손이 물속으로 사라질 때쯤 빅타리온은 지시했던 숫자 파악 결과를 받았다. 잃어버린 배는 여섯 척, 포로는 서른여덟 명이었다. "그만하면 되겠군." 그는 누트에게 말했다. "노를 저어라. '휴엣 공의 마을'로 돌아간다."

노잡이들이 오큰실드섬으로 돌아가기 위해 등을 구부렸고, 강철 함대장은 다시 갑판 아래로 내려갔다. "난 그놈을 죽일 수 있어." 그가 어스름 여인에게 말했다. "하지만 왕을 죽이는 건 큰 죄이고, 형을 죽이는 건 더 나쁜 죄야." 그는 얼굴을 찌푸렸다. "아샤가 나에게 목소리를 더했어야 했는데." 어떻게 솔방울과 순무로 선장들과 왕들의 마음을 얻겠다는 희망을 품을 수가 있었을까. '발론의 피를 잇긴 했지만 아샤는 그래도 여자야.' 아샤는 킹스무트가 끝난 후에 달아났다. 유목 왕관이 유론의 머리에 올라간 그날 밤, 아샤와 아샤의 선원들은 사라져버렸다. 빅타리온은 마음 한구석으로는 기뻐했다. '그 아이에게 머리가 있다면 북부 영주와 결혼해서 그놈의 성에서 살겠지. 바다와 까마귀 눈 유론에게서 멀리 떨어져서.'

"휴엣 공의 마을입니다, 함대장님." 선원이 외쳤다.

빅타리온은 일어섰다. 와인 덕분에 손의 욱신거림이 둔해졌다. 휴엣의 학사가 죽지만 않았어도 아마 그에게 보였을 터였다. 그는 배가 곶 주위를 도는 사이에 갑판으로 돌아갔다. 항구 위에 선 휴엣 공의 성을 보자 로드스포트가 떠올랐지만, 이 마을이 두 배는 컸다. 장선 20여 척이 항구 너머를 돌아다녔는데, 돛에 그려진 금빛 크라켄이 꿈틀거렸다. 다른 수백 척은 자갈 해변에 올라가 있기도 하고, 항구를 따라 이어지는 부두에 정박해 있기도 했다. 돌로 만든 선창에는 약탈품과 식량을 실은 대형 상선 세 척과 그보다 작은 상선 십여 척이 서 있었다. 빅타리온은 강철 승리호의 닻을 내리라고 명령했다. "작은 배를 준비해라."

점점 가까워지는 마을이 이상하리만치 고요했다. 부서진 문과 깨진 덧창들이 증언하다시피 대부분의 상점과 집이 약탈당하기는 했지만, 불탄 곳은 성소밖에 없었다. 길거리에는 시체들이 널려서 까마귀들을 떼로 거느리고 있었다. 음침한 생존자들 무리가 그 사이를 돌아다니며 까마귀들을 쫓아버리고, 묻어주기 위해 시체를 수레에 싣고 있었다. 매장을 생각하면 빅타리온은 속이 메스꺼웠다. 바다의 진정한 아들이라면 땅속에서 썩고 싶어 할 리 없었다. 그래서야 어떻게 익사한 신의 물속 궁전을 찾아서 영원토록 먹고 마신단 말인가?

지나친 배들 사이에 침묵호가 있었다. 빅타리온의 시선이 뱃머리에 달린 철제 선수상에 이끌렸다. 바람에 흩날리는 듯한 머리에 두 팔을 벌리고 있는 입 없는 처녀의 자개 눈동자가 그를 따라 움직이는 것 같았다. '저 여자에게도 다른 여자처럼 입이 있었지. 까마귀 눈이 꿰매어버리기 전까지는.'

해변이 가까워지자 대형 상선 하나의 갑판 위로 떠밀려 올라가는 여자들과 아이들이 보였다. 등 뒤로 손이 묶이기도 했고, 모두가 목에 밧줄을 걸고 있었다. "저들은 뭐냐?" 그는 배를 묶게 거드는 남자들에게 물었다.

"과부와 고아입니다. 노예로 판다나요."

"판다고?" 강철 군도에는 노비가 있을 뿐, 노예는 없었다. 노비는 종이긴 해도 재산이 되지는 않았다. 노비의 자식들은 익사한 신을 믿는 한 자유인으로 태어났다. 그리고 노비는 돈으로 사고팔 수 없었다. 노비를 얻으려면 금이 아니라 쇠로 값을 치러야 했다. "노비로 삼든가 소금 아내로 삼아야지." 빅타리온은 불평했다.

"왕의 칙령이랍니다."

"강자들은 언제나 약자에게서 빼앗아 가지요." 이발사 누트가 말했다. "노비든 노예든 다를 것 없습니다. 여기 사내들이 지켜주지 못했으니 이제 저것들은 우리 것이고, 우리 마음대로 하는 거죠."

'그건 옛 방식이 아니야.' 그렇게 말할 수도 있었겠지만 그럴 시간이 없었다. 빅타리온의 승리 소식이 먼저 도착했기에, 남자들이 축하 인사를 하러 모여들고 있었다. 빅타리온은 그들이 아첨을 떨게 내버려두었지만 누군가가 유론의 대담함을 찬양하기 전까지만이었다. 빅타리온이 으르렁대듯이 말했다. "우리가 온다는 소식이 군도에 먼저 닿지 않게 육지가 보이지 않는 곳으로 항해한 건 대담하지. 하지만 드래곤을 잡겠다고 세상 절반을 가로지르는 건 다른 문제야." 그는 대답을 기다리지 않고 모여든 사내들을 밀치며 아성으로 향했다.

휴엣 공의 성은 작지만 튼튼했다. 벽은 두꺼웠고 징 박힌 참나무 문은 휴엣 공의 가문이 오랫동안 쓴 문장, 파란색과 흰색 바탕에 쇠를 박은 참나무 방패 문양을 떠올리게 했다. 그러나 지금 그 녹색 지붕을 얹은 탑 꼭대기에 휘날리는 깃발은 그레이조이 가문의 크라켄이었고, 정문은 불타고 부서진 채였다. 성벽 위에는 창과 도끼를 든 강철인들이 걸어 다녔고, 유론의 잡종견도 몇 돌아다녔다.

성 안뜰에서 빅타리온은 고롤드 굿브러더와 드럼 늙은이와 마주쳤는데, 그들은 로드릭 할로우와 조용히 이야기하던 중이었다. 이발사 누트가 그들을 보더니 야유를 던졌다. "독서가, 왜 그렇게 우울한 얼굴이쇼? 괜한 불안이었소. 승리는 우리 것이고, 상도 우리 것이라오!"

로드릭 공은 입술을 오므렸다. "이 바윗덩이 말인가? 네 개 섬을 다 합쳐도 할로우에 댈 게 못 돼. 우린 돌멩이와 나무와 잡동사니와 더불어 티렐 가문의 원한을 샀네."

"장미들?" 누트가 소리 내어 웃었다. "어떤 장미가 심해의 크라켄을 해칠 수 있다고? 우린 그놈들의 방패를 빼앗아서 박살을 내줬소. 이젠 누가 그놈들을 지킬까?"

"하이가든이 지키지." 독서가가 대꾸했다. "곧 리치 평원의 전력이 우릴 상대로 결집할 걸세, 이발사. 그러면 자네도 어떤 장미에는 강철 가시가 있다는 걸 알게 될지 모르겠군."

드럼이 '붉은 비'의 손잡이에 한 손을 올린 채 고개를 끄덕였다. "탈리 공에겐 발리리아 강철로 연마한 대검 심장의 파멸이 있고, 언제나 티렐 공의 선봉을 맡지."

빅타리온의 굵주림에 불이 붙었다. "오라고 해. 당신의 선조가 붉은 비를 빼앗았듯이 나도 그놈의 검을 빼앗아 갖겠소. 다들 오라고 해. 라니스터도 데려오라지. 사자가 육지에선 사나울지 몰라도 바다에선 크라켄이 최고요." 킹슬레이어나 꽃의 기사에게 도끼를 시험해볼 기회가 온다면 치아의 절반을 내어줄 마음도 있었다. 그것이 빅타리온이 이해하는 종류의 전투였다. 친족살해자는 신들과 인간들이 다 저주하지만, 전사는 영예와 경외를 얻었다.

"걱정 마시게, 함대장." 독서가가 말했다. "그자들은 올 거야. 전하께서 그걸 원하니 말이지. 그러지 않고서야 왜 우리더러 휴엣의 까마귀들이 날아가게 두라고 명했겠나?"

"댁은 너무 많이 읽고 싸움은 너무 적게 해." 누트가 말했다. "피가 우유로 되어 있나." 그러나 독서가는 들은 척도 안 했다.

빅타리온이 연회장에 들어섰을 때는 소란스러운 연회가 한창이었다. 강철인들이 식탁을 메우고는 술을 마시고 고함을 지르고 서로를 밀쳐가며 자기가 죽인 자들, 해낸 일들, 노획한 물건들에 대해 허풍을 떨었다. 상당수가 약탈품으로 화려하게 꾸미고 있었다. 왼손잡이 루카스 코드와 퀠론 험블은 벽에 걸려 있던 태피스트리를 뜯어내어 망토로 둘렀다. 저먼드 보틀리는 도금한 라니스터 흉갑 위에 진주와 석류석 목걸이를 걸었다. 웃지 않는 안드릭은 양쪽 팔에 여자를 끼고 비틀거렸다. 여전히 웃지는 않았지만, 손가락마다 반지도 끼고 있었다. 선장들은 낡고 퀴퀴한 빵을 파낸 그릇이 아니라 단단한 은접시로 먹고 있었다.

안을 둘러보는 이발사 누트의 얼굴이 분노로 어두워졌다. "까마귀 눈이 우리는 장선들을 상대하라고 보내놓고 제 부하들은 성과 마을을 차지하고 약탈품과 여자를 다 쥐게 해놨군요. 우리에게 뭘 남겨놨을까요?"

"우리에겐 영광이 있다."

"영광 좋지요. 하지만 금이 더 좋습니다." 누트가 말했다.

빅타리온은 어깨를 으쓱였다. "까마귀 눈이 우리가 웨스테로스를 다 가질 거라잖나. 아버, 올드타운, 하이가든……. 거기선 자네 금을 찾게 되겠지. 말은 그만 됐네. 난 배가 고파."

핏줄로 따지자면 빅타리온은 연단에 앉을 수도 있었지만, 굳이 유론과 그의 노예들과 같이 먹고 싶지 않았다. 그는 켈론 공호의 선장인 절름발이 랄프 옆자리를 선택했다. "대승이라면서, 함대장." 절름발이가 말했다. "영주 자리쯤은 받을 만한 승리였어. 함대장은 섬을 하나 가져야 마땅해."

'빅타리온 공이라. 그래, 안 될 것 있나?' 해석좌는 아닐지 몰라도 의미는 있을 것이다.

호토 할로우가 맞은편에서 뼈에 붙은 고기를 빨고 있었다. 그는 뼈다귀를 던져버리고 몸을 앞으로 내밀었다. "'기사'가 그레이실드섬을 갖는다는군. 내 사촌이 말이야. 들었나?"

"아니." 빅타리온은 연회장 너머로 해라스 할로우 경이 황금 잔으로 술을 마시고 있는 곳을 보았다. 키가 크고 얼굴은 음침한 데다 엄격한 사내였다. "왜 유론이 그놈에게 섬을 주지?"

호토가 빈 와인 잔을 내밀자 파란 벨벳과 금박 레이스로 만든 가운 차림의 창백한 젊은 여자가 잔을 채웠다. "기사가 혼자서 그림스톤을 빼앗았거든. 그 성 아래에 군기를 꽂아놓고 그림에게 대항해보라고 도발했어. 하나가 나오고, 또 하나가 나오고, 또 하나가 나오고, 기사가 그놈들을 다 베어버렸지……. 흠, 다는 아니군. 둘은 항복했으니까. 일곱 번째 사내가 쓰러졌을 때 그림 공의 성사가 신들이 말했다고 판단하고 성을 바쳤다네." 호토는 웃음을 터뜨렸다. "기사가 그레이실드섬의 영주가 되다니, 환영이야. 기사가 없으면 내가 독서가의 후계자거든." 그는 와인 잔으로 가슴팍을 두드렸다. "할로우의 영주, 곱사등이 호토라 이거야."

"일곱이라." 빅타리온은 '땅거미'가 그의 도끼를 어떻게 상대할지 궁금했다. 그는 발리리아 강철검을 지닌 상대와 싸워본 적이 없었지만, 젊은 해라스 할로우라면 그 역시 젊었던 시절에 여러 번 때려눕혔었다. 소년 할로우는 발론의 맏아들, 시가드 성벽 아래에서 죽은 로드릭과 친한 친구였다.

연회는 훌륭했다. 와인이 최고였고, 피가 배어나게 구운 황소며 속을 채운 오리가 있었고 신선한 게가 들통으로 나왔다. 함대장은 시중드는 계집들이 질 좋은 모직물과 고급스러운 벨벳 옷을 입었다는 사실을 놓치지 않았다. 처음에는 하녀들에게 휴엣 부인과 그 가족의 옷을 입힌 줄 알았으나, 호토가 그들이 바로 휴엣 부인과 그 가족이라고 말했다. 까마귀 눈은 그 여자들이 대기하고 있다가 술을 따르게 만들고 즐거워했다. 총 여덟 명이었는데, 휴엣 부인은 살이 쪘어도 여전히 잘생겼고, 딸과 며느리 일곱 명은 스물다섯 살부터 열 살까지 있었다.

휴엣 공 본인은 의전용 의상을 다 갖춰 입고 익숙한 연단 위 자리에 앉아 있었다. 팔다리는 의자에 묶여 있었고, 말을 하지 못하게 잇새에 커다란 하얀 무를 물려놓았다……. 그래도 보고 들을 수는 있었다. 까마귀 눈은 영주 오른쪽의 귀빈석을 차지했다. 그의 무릎에는 열일곱이나 열여덟 살쯤 된 예쁘고 풍만한 처녀가 앉았는데, 맨발에 부스스한 상태로 그의 목에 두 팔을 감고 있었다. "저건 누구야?" 빅타리온이 주변 사람들에게 물었다.

"영주 나리의 서녀라네." 호토가 소리 내어 웃었다. "유론이 성을 차지하기 전에는 식탁 앞에서 내내 기다리다가 하인들과 같이 식사를 해야 했다지."

유론이 그 여자의 목에 푸른 입술을 대자 그녀는 키득거리며 그의 귓가에 무슨 말인가를 속삭였다. 그는 웃으면서 다시 그녀의 목에 입을 맞췄다. 그녀의 하얀 목에 그의 입이 닿은 자리마다 붉은 자국이 빼곡했다. 목과 어깨에 장밋빛 목걸이가 걸린 것 같았다. 그녀가 또 귓가에 뭐라고 속삭이자 이번에는 까마귀 눈이 큰 소리로 웃더니 와인 잔을 쾅 소리 나게 내리쳐서 연회장을 조용히 시켰다. "숙녀분들." 그는 시중드는 귀족 여인들에게 외쳤다. "팔리아가 너희들의 좋은 가운을 걱정하는군. 연회가 끝난 후에 너희 옷장에서 옷을 골라 가져도 좋다고 팔리아에게 약속했는데, 기름과 와인과 지저분한 손자국이 남은 옷은 싫다는 거야. 그러니 다들 옷을 벗는 게 좋겠어."

요란한 웃음소리가 대연회장을 뒤덮었고, 휴엣 공의 얼굴이 어찌나 시뻘게지는지 빅타리온은 저러다 머리가 터질 수도 있겠다 싶었다. 여자들은 복종할 수밖에 없었다. 제일 어린 아이가 조금 울었지만, 어미가 달래고 등에 묶인 끈을 풀게 도왔다. 그 후에 여자들은 전과 마찬가지로 와인이 가득 담긴 병을 들고 식탁을 돌아다니며 빈 잔을 채웠다. 다만 이제는 벌거벗은 몸으로 일할 뿐이었다.

'나에게 수치를 줬을 때처럼 휴엣에게 수치를 주는군.' 함대장은 자신의 주먹에 맞으면서 아내가 울던 모습을 떠올렸다. 그는 강철인과 마찬가지로 네 방패 섬 사람들도 서로서로 결혼할 때가 많음을 알았다. 이 벌거벗은 시중꾼들 중 하나가 탤버트 세리 경의 아내일 수도 있었다. 적을 죽이는 건 그렇다 치지만, 적의 명예를 더럽히는 건 다른 문제였다. 빅타리온은 주먹을 쥐었다. 상처가 붕대를 적신 자리가 시뻘겠다.

연단 위에서는 유론이 무릎에 앉은 여자를 밀어내고 식탁 위로 올라갔다. 선장들이 잔을 내리치고 바닥에 발을 구르기 시작했다. "유론!" 다들 외쳤다. "유론! 유론! 유론!" 킹스무트의 재연이었다.

"내 너희들에게 웨스테로스를 주겠다고 맹세했다." 까마귀 눈은 소란이 잦아들자 말했다. "그리고 이제 첫 맛을 보았다. 한 입일 뿐이지만…… 밤이 끝나기 전에 잔치를 벌여야지!" 벽을 따라 늘어선 횃불이 환하게 타올랐고, 푸른 입술에 푸른 눈을 지닌 유론도 타올랐다. "크라켄은 잡은 것을 놓치지 않는다. 이 섬들은 과거 우리 것이었고, 이제 다시 우리 것이 됐다……. 하지만 이 섬들을 지키려면 강한 남자들이 필요하지. 그러니 일어서게, 해라스 할로우 경, 그레이실드섬의 영주." '기사'가 한 손을 땅거미의 자루 끝 문스톤에 얹은 채 일어섰다. "일어서게, 웃지 않는 안드릭, 사우스실드섬의 영주." 안드릭이 여자들을 밀어내고 바다에서 솟아오르는 산처럼 일어섰다. "일어서게, 마론 볼마크, 그린실드섬의 영주." 수염도 없는 열여섯 살 소년 볼마크는 토끼들의 영주처럼 머뭇거리며 일어섰다. "그리고 일어서게, 이발사 누트, 오큰실드의 영주."

잔인한 농담의 대상이 된 게 아닌가 걱정하는 듯 누트의 눈이 조심스러워졌다. "영주?" 그가 쉰 목소리로 말했다.

빅타리온은 까마귀 눈이 영주 자리를 자기 사람들에게, 돌 손과 붉은 노잡이와 왼손잡이 루카스 코드에게 줄 줄 알았다. '왕은 관대해야 해.' 스스로를 타일러보려 했지만, 다른 목소리가 속삭였다. '유론의 선물엔 독이 들었어.' 머릿속으로 굴려보니 선명하게 보였다. '기사'는 독서가가 고른 후계자였고, 웃지 않는 안드릭은 던스턴 드럼의 힘센 오른팔이었다. 볼마크는 애송이일지 몰라도 모계를 통해 검은 하렌의 피를 이었다. 그리고 이발사는…….

빅타리온은 누트의 팔뚝을 잡았다. "거절해!"

누트는 미친 놈 보듯 그를 보았다. "거절? 영지와 영주 자리를? 함대장님이 날 영주로 만들어줄 겁니까?" 그는 빅타리온의 손을 뿌리치고 환호를 받으며 일어섰다.

'이젠 내 사람들을 훔쳐 가는군.' 빅타리온은 생각했다.

유론 왕은 휴엣 부인을 불러서 와인 잔을 채우게 하더니 머리 위로 높이 들어 올렸다. "선장이자 왕들이여, 네 방패 섬의 영주들에게 건배!" 빅타리온도 나머지와 함께 술을 마셨다. '적에게서 빼앗은 와인만큼 달콤한 와인은 없지.' 누군가가, 언젠가 그에게 했던 말이었다. 아버지였는지 발론 형이었는지 기억나지 않았다. '언젠가 네놈의 와인을 마실 거다, 까마귀 눈. 그리고 네가 소중하게 움켜쥔 모든 것을 빼앗겠어.' 하지만 유론이 소중하게 여기는 게 있기는 할까?

"내일은 다시 한번 항해할 준비를 한다." 왕이 말하고 있었다. "물통에 샘물을 새로 채우고, 모든 곡식 자루와 소고기 통을 챙기고, 실을 수 있는 양과 염소는 모두 실어라. 노를 저을 만한 기운이 있는 부상자는 노를 젓는다. 나머지 부상자들은 여기 남아서 새로운 영주들을 위해 이 섬들을 지킨다. 토월드와 붉은 노잡이가 곧 보급을 더 싣고 돌아올 것이다. 동쪽으로 향하는 우리의 갑판에선 돼지와 닭 냄새가 풍기겠지만, 돌아올 때는 드래곤이 함께다."

"언제 말이오?" 로드릭 공의 목소리였다. "우리가 언제 돌아오는 거요, 전하? 1년? 3년? 5년? 전하의 드래곤은 세계 저편에 있고, 가을이 닥쳤소." 독서가가 앞으로 나서며 온갖 위험을 읊었다. "갤리선들이 레드와인 해협을 지키고 있소. 도르네 해변은 메마르고 황량한 데다, 4000리에 걸쳐 소용돌이와 절벽, 어디에도 안전하게 상륙하기 힘들게 하는 숨겨진 모래톱이 이어지지. 그 너머엔 폭풍과 더불어 리스와 미르 해적들이 둥지를 튼 징검돌 군도가 기다리고. 천 척의 배가 항해에 나선다면 협해 저편에는 300척이나 닿을까……. 그리고 그 후에는? 리스는 우릴 환영하지 않을 테고, 볼란티스도 마찬가지요. 물과 먹을 것은 어디에서 찾을 거요? 첫 번째 폭풍이 우릴 세상 절반에 흩어놓을 거요."

유론의 푸른 입술에 미소가 스쳤다. "내가 바로 폭풍이라네. 첫 번째 폭풍이자 마지막 폭풍이지. 난 침묵호를 몰고 이보다 더 긴 항해도 했고, 훨씬 더 위험한 항해도 했어. 잊었나? 난 연기 바다를 항해해서 발리리아를 보았어."

그 자리에 있는 모두가 '파멸'이 아직도 발리리아를 지배하고 있음을 알았다. 발리리아의 바다는 끓어오르며 연기를 내뿜었고, 땅에는 악마가 들끓었다. 뱃사람이 파도 위로 솟아오른 발리리아의 불타는 산들을 흘긋 보기만 해도 끔찍하게 죽는다는 말이 있었건만, 까마귀 눈은 그곳에 갔다가 돌아왔다.

"그랬소?" 독서가가 너무나 부드럽게 물었다.

유론의 푸른 미소가 사라졌다. "독서가." 그는 정적 속에 대고 말했다. "책에나 코를 파묻고 있는 게 좋겠군."

빅타리온은 연회장에 감도는 불편한 기운을 느낄 수 있었다. 그는 일어서서 우렁찬 목소리로 말했다. "형제여, 할로우의 질문에 대답하지 않았소."

유론은 어깨를 으쓱였다. "노예값이 오르고 있어. 우린 리스와 볼란티스에서 노예를 팔 거야. 그 값과 여기에서 거둔 약탈품이면 보급품을 사기에 충분한 돈이 될 거야."

"이제 우린 노예상이 된 거요?" 독서가가 물었다. "뭘 위해서? 여기 아무도 본 적 없는 드래곤을 위해? 우리가 술 취한 선원의 공상을 좇아 세상 끝으로 가는 거요?"

로드릭의 말에 찬동하는 중얼거림이 일었다. "노예상만은 너무 멀어." 절름발이 라프가 외쳤다. "그리고 발리리아에 너무 가깝지." 켈론 험블이 외쳤다. 장사 프랄레그가 말했다. "하이가든이 가깝소. 거기서 드래곤을 찾읍시다. 금화에 그려진 걸로!" 앨빈 샤프가 말했다. "맨더강이 우리 앞에 있는데 뭐하러 세상을 항해하나?" 붉은 랄프 스톤하우스가 일어섰다. "올드타운이 더 부유하고, 아버는 그보다 더 부유해. 레드와인 함대는 멀리 떨어져 있고. 손만 뻗으면 웨스테로스에서 제일 잘 익은 과일을 딸 수 있어."

"과일?" 왕의 눈동자는 푸르다기보다 검었다. "과수원을 빼앗을 수 있는데 과일을 훔치는 건 겁쟁이나 하는 짓이지."

"우리가 원하는 건 아버요." 붉은 랄프가 말하고, 다른 남자들이 아버를 연호했다. 까마귀 눈은 그들이 연호하게 내버려두고는, 식탁 위에서 뛰어내리더니 데리고 놀던 여자의 팔을 잡고 연회장 밖으로 끌고 나갔다.

'개처럼 도망쳤군.' 유론의 해석좌 자리가 조금 전만큼 단단해 보이지 않았다. '다들 노예상만까지 놈을 따라가진 않아. 내가 걱정한 만큼 멍청이와 개만 있는 건 아닐지도 모르겠군.' 어찌나 즐거운 생각인지, 빅타리온은 술로 그 생각을 넘겨야 했다. 그는 이발사와 함께 잔을 비웠다. 유론의 손이 내린 것이라 해도 이발사의 영주 자리를 못마땅하게 여기지 않는다는 사실을 보이기 위해서였다.

바깥에서는 해가 저물었다. 벽 너머에는 어둠이 모여들었으나, 안에서는 횃불이 불그레하게 타올랐고, 서까래 밑에는 회색 구름같이 연기가 모였다. 술 취한 남자들이 손가락 춤을 시작했다. 어느 시점엔가 왼손잡이 루카스 코드는 휴엣 공의 딸 하나에게 욕정을 품고는 자매들이 비명을 지르고 흐느끼는 가운데 식탁 위에서 그 여자를 범했다.

빅타리온의 어깨를 슬쩍 두드리는 손이 있었다. 유론의 잡종 아들 중 하나가 뒤에 서 있었다. 진흙색 피부에 양털 같은 머리의 열 살짜리 소년이었다. "아버지가 얘기하고 싶어 하시는데요."

빅타리온은 기우뚱대며 일어섰다. 그는 덩치가 컸고 주량도 셌지만, 그렇다 해도 지금은 너무 많이 마셨다. 그는 생각했다. '난 내 두 주먹으로 그 여잘 때려죽였지만, 까마귀 눈은 그 여자 안에 몸을 밀어 넣었을 때 그 여자를 죽인 거야. 내겐 선택권이 없었어.' 그는 사생아를 따라 연회장을 나서서 구불구불한 돌계단을 올랐다. 올라갈수록 강간하고 횡설망청하는 소리가 줄어들더니, 돌에 스치는 장화 소리만 남았다.

까마귀 눈은 휴엣 공의 서녀와 더불어 그의 침실도 차지했다. 안으로 들어가 보니 그 여자가 벌거벗은 채 침대에 대자로 누워서 조용히 코를 골고 있었다. 유론은 창가에 서서 은잔으로 술을 마시고 있었다. 블랙타이드에게서 빼앗은 흑담비 망토와 붉은 가죽으로 만든 안대를 제외하면 아무것도 걸치지 않았다. "어렸을 때 난 날아다니는 꿈을 꿨지." 유론이 말했다. "잠에서 깨면 날 수 없었어……. 학사가 날 수 없다고 말했지. 하지만 학사가 거짓말을 했다면?"

방 안에는 술과 피와 섹스의 악취가 가득했지만, 빅타리온은 열린 창을 통해 바다 냄새를 맡을 수 있었다. 차가운 바닷바람에 머리가 조금 맑아졌다. "무슨 뜻이야?"

유론이 멍든 듯한 푸른 입술로 반쯤 미소를 지으며 돌아섰다. "어쩌면 우린 날 수 있을지도 몰라. 우리 모두 말이야. 높은 탑에서 뛰어내리기 전에야 그걸 어떻게 알겠어?" 창문으로 불어 든 돌풍이 그의 흑담비 망토를 흔들었다. 유론의 벗은 몸에는 뭔가 저속하고 심란한 구석이 있었다. "누구든 뛰어보기 전엔 자기가 뭘 할 수 있는지 제대로 모르는 법이지."

"거기 창문 있네. 뛰어." 빅타리온에겐 이럴 인내심이 없었다. 상처 입은 손이 불편했다. "뭘 원해?"

"세상." 유론의 눈에 불꽃이 번득였다. 그 웃는 눈에. "휴엣 공의 와인 한 잔할래? 때려눕힌 적에게서 빼앗은 와인만큼 달콤한 와인은 없지."

"됐어." 빅타리온은 시선을 돌렸다. "몸이나 가려."

유론은 앉아서 망토를 슬쩍 매만져 중심을 가렸다. "나의 강철인들이 얼마나 소심하고 시끄러운 것들인지 잊고 있었어. 내가 드래곤을 데려오겠다는데 포도를 달라 외치다니."

"포도는 진짜야. 포도는 실컷 먹을 수 있지. 즙은 달고, 와인도 만들어. 드래곤으로 뭘 만드는데?"

"재앙." 까마귀 눈이 은잔에 담긴 와인을 마셨다. "난 드래곤알을 이 손에 쥔 적이 있다, 동생아. 미르의 마법사가 1년의 시간과 필요한 황금을 다 주면 그 알을 부화시킬 수 있다고 맹세했지. 난 그놈의 변명이 지겨워져서 죽여버렸어. 그놈은 내장이 손가락 사이로 쏟아지는 걸 보면서 이러더군. '하지만 1년이 안 됐습니다.'" 그가 소리 내어 웃었다. "크래곤이 죽었다."

"누구?"

"내 드래곤 나팔을 분 녀석. 학사가 몸을 열어보니 폐가 숯덩이처럼 새까매져 있었어."

빅타리온은 몸을 떨었다. "그 드래곤알이란 걸 보여줘봐."

"기분이 나빴을 때 바다에 던져버렸어." 유론은 어깨를 으쓱였다. "그러고 보니 독서가의 말이 틀리진 않아. 너무 큰 함대는 그렇게 먼 거리까지 유지해 갈 수가 없지. 너무 길고, 너무 위험한 항해야. 제일 좋은 배와 선원만이 노예상만까지 갔다가 돌아올 수 있어. 강철 함대만이."

'강철 함대는 내 거야.' 빅타리온은 생각했지만, 아무 말도 하지 않았다.

까마귀 눈은 잔 두 개에 꿀처럼 걸쭉하게 흐르는 기묘한 검은 와인을 채웠다. "같이 마시자, 동생. 맛을 한번 봐." 그가 잔 하나를 빅타리온에게 내밀었다.

함대장은 유론이 내밀지 않은 잔을 받아 들고 의심스럽다는 듯 냄새를 맡았다. 가까이에서 보니 검다기보다는 파랬다. 걸쭉하고 기름졌으며, 썩은 생선 같은 냄새가 났다. 빅타리온은 조금 마셔보았다가 바로 뱉었다. "썩었잖아. 날 독살할 셈이야?"

"네 눈을 뜨이게 해줄 생각이지." 유론은 잔에 든 와인을 쭉 마시고 미소 지었다. "저녁 어스름이라고, 흑마법사들의 와인이야. 콰스에서 나오는 갈레아스선을 잡았을 때 한 통 얻었지. 정향과 육두구, 녹색 비단 40필, 그리고 재미있는 이야기를 하는 흑마법사 네 명과 함께 말이야. 하나는 날 위협하려 들기에 죽여서 다른 셋에게 먹였어. 처음엔 친구의 살을 먹지 않겠다고 거부하더니, 굶주릴 만큼 굶주리자 마음을 바꾸더군. 인간이란 고깃

덩이야."

'발론은 미쳤었고, 아에론은 더 미쳤고, 유론이 그중 제일 미쳤다.' 빅타리온이 몸을 돌려 나가려 하자 까마귀 눈이 말했다. "왕에겐 후계자를 낳아줄 아내가 있어야 해. 동생, 나에겐 네가 필요해. 노예상만에 가서 내 사랑을 데려와줄래?"

'내게도 한때는 사랑이 있었지.' 빅타리온이 두 손을 말아 쥐자 핏방울이 바닥에 떨어져 튀었다. '널 맨손으로 두들겨 패서 피떡을 만들어 게들에게 먹여야겠어. 내 사랑에게 했던 것처럼.' "아들들은 있잖아." 그가 형에게 말했다.

"천출 잡종들, 창녀와 과부에게서 태어난 것들이지."

"네 몸에서 난 자식이야."

"그거야 내 요강에 든 것도 그렇고. 철왕좌는커녕 해석좌에 앉을 만한 놈도 없어. 안 돼, 후계자 삼을 만한 놈을 만들려면 다른 여자가 필요해. 크라켄이 드래곤과 결혼하면 온 세상이 조심해야겠지."

"무슨 드래곤?" 빅타리온이 얼굴을 찌푸리며 물었다.

"그 집안 마지막 핏줄. 세상에서 제일 아름다운 여자라더군. 머리는 금은색이고, 눈은 자수정……. 하지만 내 말을 믿을 필요는 없어, 동생. 노예상만에 가서 그 여자의 아름다움을 보고, 나에게 데리고 돌아와."

"내가 왜 그래야 하지?" 빅타리온이 물었다.

"사랑을 위해서. 의무를 위해서. 네 왕이 명령하니까." 유론이 쿡쿡거렸다. "그리고 해석좌를 위해서. 내가 철왕좌를 차지하면, 해석좌는 네 것이야. 내가 발론 뒤를 이었듯이 네가 내 뒤를 잇는 거야……. 그리고 언젠가는 네 아들들이 네 뒤를 잇겠지."

'나의 아들들.' 하지만 적자를 두려면 아내부터 맞이해야 한다. 빅타리온에겐 아내 복이 없었다. '유론의 선물엔 독이 들어 있어.' 스스로를 일깨웠지만, 그렇다 해도…….

"선택은 네가 해, 동생. 노비로 살든가 왕으로 죽든가. 한번 날아보겠어? 뛰어보지 않는 한은 절대 몰라."

유론의 웃는 눈이 비웃음으로 반짝였다. "아니면 내가 지나친 요구를 하는 건가? 발리리아 너머로 배를 모는 건 무서운 일이지."

"필요하다면 난 강철 함대를 지옥에도 몰고 갈 수 있어." 빅타리온이 주먹을 풀자 손바닥에 피가 흥건했다. "그래, 노예상만에 가주지. 그 드래곤 여자를 찾아서 데리고 돌아오겠어." '하지만 널 위해서가 아니야. 네가 내 아내를 훔쳐서 망가뜨렸으니, 나도 네 아내를 갖겠어. 세상에서 제일 아름다운 여자는 내 거야.'

제이미

대리 성벽 밖의 들판은 다시 경작 중이었다. 불타버린 농작물은 갈아엎었고, 아담 경의 척후대 보고에 따르면 여자들이 밭고랑에서 잡초를 뽑는 동안 황소들이 가까운 숲 가장자리에 새로 땅을 갈고 있다고 했다. 그러는 동안 도끼를 든 수염 긴 남자 십여 명이 호위를 섰다.

제이미와 그 일행이 성에 다다랐을 때는 그 모두가 성벽 안으로 달아난 뒤였다. 하렌홀이 그랬듯이 대리도 닫혀 있었다. '내 혈육의 싸늘한 환영이란.'

"나팔을 불게." 그의 명령에 케이스의 케노스 경이 헤록의 나팔을 풀어 불었다. 제이미는 성에서 돌아오는 답을 기다리는 동안 사촌의 외성 위에 휘날리는 갈색과 진홍색 깃발을 유심히 보았다. 란셀은 라니스터의 사자와 대리의 농부를 같이 쓰기로 한 모양이었다. 란셀의 신부 선택과 마찬가지로 이 깃발에서도 숙부의 손길이 보였다. 대리 가문은 안달인이 최초인을 쫓아낸 이후 줄곧 이 땅을 다스렸다. 케반 경은 아들이 농민들 눈에 왕명으로 이 땅을 차지한 게 아니라 결혼을 통해 정당하게 오래된 가계를 이었다고 보이면 더 수월하리라는 점을 알았으리라. '케반 숙부가 토멘의 수관

이 됐어야 했어. 하리스 스위프트는 두꺼비 같은 자야. 혹시 달리 생각한다면 내 누이가 바보지.'

성문이 천천히 열렸다. "내 사촌에게 천 명을 수용할 공간은 없을 거야." 제이미는 힘센 멧돼지에게 말했다. "서쪽 벽 아래에 진을 치겠다. 경계 도랑을 파고 말뚝을 박아. 이 지역엔 아직 무법자 무리가 있으니."

"미치지 않고서야 우리같이 강한 군세를 공격하겠습니까."

"미쳤거나 굶어 죽어가면 가능하지." 제이미는 이 무법자들의 세력을 더 잘 알기 전까지는 어떤 위험도 감수하지 않을 작정이었다. "도랑을 파고 말뚝을 박아." 그는 다시 한번 말하고 나서 '명예'에 박차를 가해 성문으로 다가갔다. 수사슴과 사자가 그려진 왕기를 든 더못 경이 옆을 달렸고, 킹스가드의 하얀 군기를 든 휴고 밴스 경도 뒤따랐다. 붉은 로넷은 윌리스 맨덜리를 메이든풀까지 데려가는 임무를 맡았기에 더 볼 필요가 없었다.

피아는 페클던이 찾아 준 거세마를 타고 제이미의 종자들과 함께 말을 달렸다. "장난감 성 같네요." 피아의 목소리가 들렸다. '피아는 평생 하렌홀밖에 몰랐지.' 제이미는 생각했다. 이 왕국의 모든 성이 피아에게는 작아 보일 터였다. 예외라면 캐스털리록 정도일까.

조스민 페클던이 같은 말을 하고 있었다. "하렌홀을 기준으로 다른 성을 판단해선 안 돼. 검은 하렌이 너무 크게 지은 거야." 피아는 성사에게 가르침을 받는 다섯 살배기처럼 진지하게 귀를 기울였다. '실제로도 그래. 여자 몸속에 든 상처 입고 겁에 질린 어린아이야.' 페클던은 피아에게 푹 빠졌다. 제이미는 그 녀석이 여자를 처음 안 게 아닐까 싶었고, 피아는 입만 다물고 있으면 여전히 제법 예뻤다. '뭐, 피아가 꺼리지 않는다면 같이 자서 해될 건 없겠지.'

산더미의 부하 하나가 하렌홀에서 피아를 강간하려 들었는데, 제이미가 일린 페인에게 목을 치게 하자 그자는 진심으로 당혹하는 것 같았다. "전에도 가졌던 여잔데요. 백 번은 했을걸." 그는 억지로 무릎 꿇리자 계속 말했다. "백 번은 했단 말입니다. 우리 모두가 가졌다고요." 일린 경이 피아에게 그자의 머리통을 내밀자 피아는 망가진 이를 드러내며 미소를 지었다.

대리는 전쟁 중에 편을 몇 번이나 바꿨고, 성이 한 번 불타고 최소 두 번은 약탈을 당했지만, 란셀은 시간을 거의 허비하지 않고 상황을 바로잡은 것 같았다. 막 자른 참나무 판자를 쇠못으로 강화해서 새 문을 달았고, 예전 마구간이 불타버린 곳에 새로운 마구간이 올라가고 있었다. 아성으로 올라가는 계단은 교체했고, 많은 창문에 덧창이 달렸다. 새까맣게 탄 돌들이 불길이 핥은 자리를 드러냈지만, 그 자국도 시간이 흐르고 비가 내리면 흐려질 터였다.

벽 안으로 들어가니 노궁수들이 성벽 위를 걷고 있었는데, 일부는 진홍색 망토에 사자 장식 투구 차림이었고 일부는 프레이 가문의 파란색과 회색 차림이었다. 제이미가 속보로 안뜰을 가로지르는 동안 닭들이 '명예'의 발굽 아래서 도망치고 양들은 매애거렸으며 소작농들은 음침한 눈으로 그를 노려보았다. 제이미는 그 소작농들이 무장했다는 사실을 놓치지 않았다. 큰 낫을 든 자도 있고, 장대를 든 자도 있었으며, 끝을 날카롭게 간 괭이도 보였다. 도끼도 보였으며, 너덜너덜하고 지저분한 튜닉에 붉은색으로 칠각별을 수놓은 수염 긴 남자들이 몇 명 보였다. '또 망할 놈의 참새들이군. 다 어디서 오는 거야?'

케반 숙부는 흔적도 보이지 않았다. 란셀도 마찬가지였다. 학사만이 회색 로브를 펄럭이며 깡마른 다리로 달려 나와 그를 맞이했다. "단장님, 대리에 이런…… 예기치 못한 방문을 해주셔서 영광입니다. 준비가 되어 있지 않음을 용서하십시오. 단장님은 리버런으로 가시는 줄만 알았습니다."

"가는 길에 들렀네." 제이미는 거짓말을 했다. 리버런은 기다릴 것이다. 그리고 혹시나 제이미가 도착하기 전에 포위전이 끝난다면, 툴리 가문을 상대로 무기를 들 필요가 없어지는 셈이었다.

그는 말에서 내려서 '명예'를 마구간지기에게 넘겼다. "숙부님은 여기 계신가?" 이름은 굳이 말하지 않았다. 그에게 남은 숙부는 케반 경밖에 없었다. 타이토스 라니스터의 아들 중에 유일하게 살아남은 아들.

"아닙니다. 케반 경은 결혼식 이후에 떠나셨습니다." 학사는 목이 조인다는 듯이 사슬 목걸이를 잡아당겼다. "란셀 공께선 단장님과…… 단장님의 용맹한 기사들을 만나면 기뻐하실 겁니다. 다만 대리성은 이렇게 많은 분들을 먹일 수 없다는 점을 고백하기가 고통스럽군요."

"식량은 가져왔네. 학사의 이름은?"

"오토모어 학사라고 합니다. 애머레이 부인께서 직접 환영하고 싶어 하셨으나, 귀빈을 대접할 연회를 준비하고 계셔서요. 단장님과 단장님의 최고 기사들과 지휘관들은 오늘 저녁 식탁에 함께하셨으면 하십니다."

"뜨거운 식사라면 반갑기 그지없겠네. 오는 길이 춥고 궂었거든." 제이미는 안뜰을, 참새들의 수염 난 얼굴들을 쓱 둘러보았다. 너무 많았다. 그리고 프레이도 너무 많았다. "'센 돌'은 어디에서 찾아야 하지?"

"트라이던트 너머에 무법자들이 있다는 보고를 받았습니다. 하르윈 경은 기사 다섯과 궁수 스물을 데리고 그리로 가셨지요."

"란셀 공은?"

"기도 중이십니다. 영주님께서 기도 중에는 절대 방해하지 말라고 명령하셔서요."

'보니퍼 경과 죽이 잘 맞겠군.' "알았네." 사촌 동생과 이야기할 시간은 나중에 충분히 있으리라. "내 거처로 안내하고 목욕물을 올려 보내게."

"단장님만 괜찮으시다면, '농부의 아성'에 묵으시면 어떨까 합니다. 제가 안내하겠습니다."

"길은 나도 알아." 제이미도 처음 오는 성이 아니었다. 제이미와 세르세이는 이 성에 두 번 손님으로 묵었다. 로버트와 함께 윈터펠로 가는 길에, 그리고 킹스랜딩으로 돌아가는 길에 다시. 성이 작기는 해도 여관보다는 컸고, 강을 따라 사냥하기가 좋았다. 로버트 바라테온은 영주들에게 환대를 강요하는 데 질리는 법이 없었다.

농부의 아성은 거의 기억 그대로였다. "벽은 아직도 휑하군." 제이미는 학사를 따라 회랑을 걸으며 말했다.

"란셀 공께서도 언젠가는 벽걸이로 채우고자 하십니다." 오토모어가 말했다. "경건하고 독실한 그림들로요."

경건과 독실. 제이미는 웃지 않기 위해서만도 최선을 다해야 했다. 회랑 벽은 처음 여기 왔을 때도 휑했었다. 티리온이 태피스트리가 걸렸던 자리에 남은 어두운 색의 사각형을 지적했었다. 레이먼 경이 벽걸이는 제거했어도 벽걸이가 남긴 자국은 없애지 못했다. 나중에 꼬마 악마 티리온은 대리의 하인 하나에게 은화를 몇 닢 찔러주고 사라진 태피스트리가 숨겨진 지하창고로 가는 열쇠를 얻어냈다. 그리고 촛불 빛에 의지하여, 히죽거리며 제이미에게 그 그림들을 보여줬다. 아에곤 1세부터 아에니스 2세까지 이어지는 모든 타르가르옌 왕의 초상화였다. "이걸 로버트에게 말하면 날 대리의 영주로 삼을지도 모르겠는데." 티리온이 낄낄대며 말했었다.

오토모어 학사는 제이미를 아성 꼭대기까지 안내했다. "여기라면 편안하게 지내실 겁니다. 자연의 부름이 있을 경우에는 변소도 있고, 창문에서는 신의 숲이 내다보이지요. 침실은 하인 방을 끼고 마님 방과 붙어 있습니다."

"여긴 대리 공의 거처였는데."

"맞습니다."

"사촌이 지나치게 친절하군. 란셀을 자기 침실에서 내쫓을 생각은 없었어."

“란셀 공은 쭉 성소에서 주무셨습니다.”

문 너머에 따뜻한 몸의 아내를 두고서 ‘어머니’와 ‘처녀’와 같이 잔다고? 제이미는 웃어야 할지 울어야 할지 몰랐다. ‘어쩌면 성기가 단단해지길 비는지도 모르겠군.’ 킹스랜딩에서는 란셀이 부상 때문에 불능이 됐다는 소문이 돌았지만, 설령 그렇다 해도 시도할 분별은 있어야 했다. 반쪽짜리 대리 가문의 아내에게서 아들을 두지 못한다면 사촌 동생은 새로운 영지를 공고히 유지하지 못할 터였다. 제이미는 충동적으로 여기에 온 것이 후회되려 했다. 그는 오토모어에게 고맙다고 인사하고, 목욕물을 상기시킨 후에 페클던을 딸려서 내보냈다.

영주의 침실은 지난번 방문했을 때와 달라졌는데, 좋은 변화는 아니었다. 예전에 질 좋은 미르산 카펫이 깔려 있던 바닥에 오래되어 퀴퀴한 골풀이 덮였고, 가구는 모두 새것이면서 조잡했다. 레이먼 대리 경의 침대는 여섯 명은 자도 될 만큼 컸고, 갈색 벨벳 휘장을 드리웠으며 참나무 기둥에는 넝쿨과 잎사귀가 새겨져 있었다. 란셀의 침대는 울퉁불퉁한 짚자리인 데다가, 창문 아래 있어서 해가 뜨면 바로 깰 것이 확실했다. 원래 침대는 타버렸거나 부서졌거나 강탈당했을 테지만, 그렇다 해도…….

욕조가 도착하자 어린 루가 제이미의 장화를 벗기고 황금 손을 떼어냈다. 페클던과 가렛은 물을 날랐고, 피아가 마실 만큼 깨끗한 물을 찾아 줬다. 그녀는 제이미의 더블릿을 털면서 수줍게 그를 흘끔거렸다. 제이미는 피아의 거친 갈색 옷 속 엉덩이와 가슴 곡선을 불편한 마음으로 의식했다. 하렌홀에서, 콰이번이 피아를 그의 침대에 넣었던 밤에 그녀가 속삭였던 말들이 저도 모르게 떠올랐다. ‘전 가끔 다른 남자와 있을 때 눈을 감고 제 위에 있는 게 경이라고 상상한답니다.’

목욕물이 그의 흥분을 감춰줄 만큼 깊어서 다행이었다. 김이 오르는 물 속에 잠기면서 그는 다른 목욕을, 브리엔느와 함께 했던 목욕을 떠올렸다.

그때 그는 열에 들떴고 피를 너무 잃어서 약해져 있었으며, 뜨거운 물 때문에 어지러운 나머지 말하지 않는 편이 나았을 것들을 지껄여댔다. 이번엔 그런 변명거리가 없었다. '서약을 기억해. 피아는 너보다 티리온의 침대에 더 어울려.' "비누와 억센 솔을 가져와라." 그는 페클던에게 말했다. "피아, 너는 나가봐도 좋아."

"예, 나리. 감사드립니다, 나리." 피아는 깨진 이를 감추기 위해 입을 가리고 말했다.

"저 여자를 원하느냐?" 제이미는 피아가 나가고 나자 페클던에게 물었다.

종자의 얼굴이 시뻘게졌다.

"피아가 받아들인다면 그렇게 해라. 분명히 네 결혼식 밤에 써먹을 만한 재주를 몇 가지는 가르쳐줄 테고, 네가 저 여자에게 사생아를 둘 일도 없을 거다." 피아는 그의 아버지의 군대 절반에게 다리를 벌렸는데도 임신하지 않았다. 그러니 불임일 가능성이 높았다. "하지만 잘 거라면 친절하게 대해줘라."

"친절하게요? 어떻게…… 어떻게 하면……?"

"다정한 말. 부드러운 손길. 저 여자와 결혼하고 싶지야 않겠지만, 잠자리에 들 때만큼은 네 신부처럼 대우해줘."

소년은 고개를 끄덕였다. "저어, 제가…… 어디에서 해야 하죠? 도무지 그럴…… 그럴 장소가……."

"……둘만 있을 곳?" 제이미는 씩 웃었다. "우린 몇 시간 동안 저녁 식사를 할 거다. 짚자리가 울퉁불퉁해 보이긴 한다만, 괜찮겠지."

페클던의 눈이 커다래졌다. "영주님 침대요?"

"피아가 제대로 할 줄 안다면, 끝났을 때 네가 영주가 된 기분일 거다." '그리고 누군가는 저 비참한 짚자리를 쓸모 있게 써먹어야지.'

그날 밤 연회 자리에 내려갈 때 제이미 라니스터는 사선으로 금란이 보이는 붉은 벨벳 더블릿을 입고, 검은 다이아몬드가 박힌 금목걸이를 걸었다. 반짝반짝하게 닦은 황금 손도 붙였다. 여기는 하얀 옷을 입을 자리가 아니었다. 맡은 임무는 리버런에서 그를 기다렸고, 여기에 온 것은 더 어두운 욕구 탓이었다.

대리의 대연회장은 이름만 대형이었다. 이쪽 벽에서 저쪽 벽까지 가대 탁자가 꽉 찼고, 천장 서까래는 연기에 까맣게 그을렸다. 제이미는 연단 위, 란셀의 빈 의자 오른쪽에 앉았다. "내 사촌은 저녁 식사에 함께하지 않습니까?" 그가 앉으면서 물었다.

"제 남편은 금식을 선호하세요." 란셀의 아내, 애머레이 부인이 말했다. "안타깝게 돌아가신 최고성사 때문에 슬픔에 잠기셨어요." 그녀는 다리가 길고, 가슴이 풍만한 열여덟 살쯤의 훤칠한 처녀였다. 보기 좋은 여자였지만, 턱이 짧고 홀쭉한 얼굴을 보자 제이미는 슬퍼해주는 사람도 없이 죽은 사촌 클레오스가 떠올랐다. 클레오스도 언제나 족제비 같았다.

'금식이라? 내 생각보다 더 심한 바보로군.' 그의 사촌은 굶어 죽기보다는 지금쯤 족제비 얼굴을 한 어린 후계자를 만드는 데 바빠야 했다. 케반 경이 아들의 새로운 열정에 대해 뭐라고 말할지 궁금했다. 숙부가 갑자기 떠나버린 것도 그래서일까?

애머레이 부인은 콩과 베이컨 수프 그릇을 사이에 두고 제이미에게 어쩌다가 첫 번째 남편이 그레고르 클리게인에게 살해당했는지 이야기했다. 아직 프레이가 롭 스타크 밑에서 싸울 때의 일이었다. "가지 말라고 매달렸지만, 페이트는 아 어쩌면 그렇게 용감했는지, 자기가 그 괴물을 죽일 남자라고 장담하지 뭐예요. 그이는 크게 이름을 떨치고 싶어 했지요."

'우리 모두 그렇지.' "제가 종자였을 때는 나야말로 '웃는 기사'를 죽일 남자라고 생각했지요."

"웃는 기사요?" 그녀는 갈피를 잃은 목소리였다. "그게 누구죠?"

'내 어린 날의 산더미였지. 몸집은 절반이지만 두 배는 더 미친.'

"오래전에 죽은 무법자입니다. 부인에게 걱정을 끼칠 사람은 아니에요."

애머레이의 입술이 떨렸다. 갈색 눈에 눈물이 차올랐다.

"제 딸을 용서하세요." 나이 많은 여자가 말했다. 애머레이 부인은 프레이 가문 20여 명을 대리성으로 데려왔는데, 여동생과 숙부, 아버지의 이복형제, 여러 사촌들과…… 대리 가문으로 태어난 어머니까지 있었다. "아직도 아버지 때문에 슬퍼하고 있답니다."

"무법자들이 아버질 죽였어요." 애머레이 부인이 흐느꼈다. "아버지는 여드름 피터의 몸값을 내러 가셨을 뿐인데. 놈들이 요구한 돈을 가져갔는데도 목을 걸었어요."

"건 게 아니라 매달았다고 해야지, 애미. 네 아버지가 태피스트리도 아니고." 마리야 부인이 제이미를 돌아보았다. "경도 그이를 아셨지요."

"예전에 같이 종자로 있었지요. 크레이크홀에서." 친구였다고까지 주장할 생각은 없었다. 제이미가 크레이크홀에 도착했을 때 메렛 프레이는 그 성의 깡패로, 그보다 어린 소년들 위에 군림하고 있었다. '그러다가 나도 괴롭히려고 들었지.' "메렛은…… 아주 강했어요." 떠오르는 칭찬이라곤 그것뿐이었다. 메렛은 굼뜨고 서툴고 어리석었지만, 힘은 셌다.

"같이 왕의 숲 형제단과 싸우셨죠." 애머레이 부인이 코를 훌쩍였다. "아버지께서 이야기해주시곤 했어요."

'아버지가 허풍 치고 거짓말을 하곤 했다는 거겠지.' "그랬지요." 그 싸움에서 메렛 프레이가 주로 한 공헌이라고는 어느 종군 매춘부에게 매독이 옮고 '흰 사슴'에게 사로잡힌 것 정도였다. 무법자들의 여왕이었던 흰 사슴은 그의 엉덩이에 자기 문장을 낙인 찍고 몸값을 받은 후에 섬너 크레이크홀에게 돌려보냈다. 메렛은 2주 동안 앉지도 못했지만, 제이미는 시뻘겋게 달아오른 낙인도 크레이크홀에 돌아온 후 동료 종자들이 그자에게 억지로 먹인 똥에 비하면 별것 아니었을 듯싶었다. '사내아이들이란 세상에서 가장 잔인한 존재지.' 제이미는 황금 손으로 와인 잔을 쥐고 들어 올렸다. "메렛을 기억하며." 메렛에 대해 이야기하기보다는 그에게 술잔을 바치는 게 쉬웠다.

건배 이후 애머레이 부인은 울음을 그쳤고 식탁의 대화는 늑대들로 옮겨 갔다. 네 발 달린 늑대였다. 댄웰 프레이 경은 늑대들이 제 조부가 기억하는 그 어느 때보다 더 대담하다고 주장했다. "인간에 대한 두려움을 싹 잃었어요. 트윈스에서 내려오는 길에 늑대 무리가 우리 보급 수레를 공격했습니다. 궁수들이 십여 마리를 쏘고 나서야 나머지가 달아났어요." 아담 마브랜드 경이 자기네 일행도 킹스랜딩에서 올라오는 길에 비슷한 곤란을 겪었다고 고백했다.

제이미는 앞에 놓인 요리에 집중하여 왼손으로 빵을 찢고 오른손으로 더듬더듬 와인 잔을 잡았다. 그는 아담 마브랜드가 옆에 앉은 처녀를 홀리는 모습을 지켜보고, 스테폰 스위프트가 빵과 견과와 당근으로 킹스랜딩 전투를 재연하는 모습을 보았다. 케노스 경은 하녀 하나를 무릎에 끌어당겨 앉히고 제 나팔을 쓰다듬어보라 부추겼고, 더못 경은 비 숲에서의 기사 수련에 대한 이야기로 종자들을 즐겁게 해주고 있었다. 식탁 저편에서는 휴고 밴스가 눈을 감고 있었다. '삶의 수수께끼를 곱씹나 보지.' 제이미는 생각했다. '그게 아니면 다음 요리가 나오기 전에 조는 것이거나.' 그는 마리아 부인을 돌아보았다. "부인의 남편을 살해한 무법자들 말인데…… 베릭 공의 무리였습니까?"

"저희도 처음엔 그렇게 생각했지요." 마리아 부인은 머리가 희끗희끗하게 세긴 했어도 여전히 잘생긴 여자였다. "살인자들은 올드스톤스를 떠난 후에 흩어졌어요. 바이프렌 공이 한 무리를 페어마켓까지 추적했다가 놓쳤습니다. 검은 왈더는 사냥개들과 사냥꾼들을 이끌고 다른 무리를 따라 해그스마이어로 갔어요. 농민들은 처음엔 못 봤다고 하더니만, 날카롭게 추궁하자 다른 말을 했답니다. 애꾸눈의 사내와 노란 망토를 걸친 사내 이야기를 했다지요……. 그리고 망토를 입고 두건을 눌러쓴 여자 이야기도요."

"여자?" 흰 사슴이 메렛에게 무법자 여자들에게서는 멀찍이 떨어지라고 가르쳐줬을 텐데. "왕의 숲 형제단에도 여자가 하나 있었지요."

"알아요." 마치 '그 여자가 내 남편에게 낙인을 남겼는데 어떻게 모르겠어요?'라는 듯한 말투였다. "흰 사슴은 젊고 아름다웠다더군요. 이 두건 쓴 여자는 젊지도 아름답지도 않아요. 농민들의 말을 믿는다면 얼굴은 흉터투성이이고, 눈은 바라보기도 무섭다고 해요. 또 농민들은 그 여자가 무법자들을 이끌었다고 주장해요."

"이끌어요?" 제이미로서는 믿기 힘든 말이었다. "베릭 돈다리온과 붉은 사제는……."

"……보이지 않았어요." 마리야 부인은 확신하는 것 같았다.

"돈다리온은 죽었어요." 힘센 멧돼지가 말했다. "산더미가 그놈의 눈에 칼을 쑤셔 넣었습니다. 그 모습을 본 자들이 우리 일행에도 있어요."

"그런 이야기가 있는가 하면……." 아담 마브랜드가 말했다. "베릭 공은 죽일 수 없다고 말할 자들도 있네."

"하르윈 경이 그런 이야기는 거짓말이래요." 애머레이 부인이 땋은 머리를 손가락에 휘감았다. "제게 베릭 공의 머리통을 가져오겠다 약속했어요. 하르윈 경은 정말 용맹해요." 그녀는 눈물이 남은 얼굴을 붉혔다.

제이미는 피아에게 줬던 머리통을 돌이켜 생각했다. 동생의 웃음소리를 들을 수 있을 것만 같았다. '여자들에게 꽃을 주는 전통은 어떻게 된 거야?' 티리온이라면 그렇게 물었으리라. 하르윈 플럼에 대해서도 적당한 표현을 몇 가지 골랐겠지만, 용맹하다는 말은 그중에 없었을 것이다. 그의 형제들은 덩치가 크고 목이 굵고 얼굴이 붉으며 살집이 있는 친구들이었다. 목소리가 크고 욕정 가득한 데다 잘 웃고 화도 잘 내고 용서도 잘했다. 하르윈은 플럼치고는 좀 달랐다. 매서운 눈에 과묵했고, 용서를 몰랐으며…… 손에 망치를 쥐면 치명적이었다. 수비군을 지휘하기엔 좋은 남자였지만 사랑할 남자는 아니었다. 그렇다 해도……. 제이미는 애머레이 부인을 응시했다.

하인들이 생선 요리를 내오고 있었다. 향초와 으깬 견과로 빽빽하게 덮어 구운 강꼬치고기였다. 란셀의 부인이 내놔도 좋을지 맛을 본 후 제이미에게 가장 먼저 덜어주도록 지시했다. 하인들이 생선을 제이미 앞에 놓자, 그녀는 남편의 빈자리 너머로 몸을 기울여 그의 황금 손을 건드렸다. "제이미 경이라면 베릭 공을 죽일 수 있어요. 웃는 기사도 베셨잖아요. 제발 부탁이니 여기 남아서 저희가 베릭 공과 사냥개를 해치우게 도와주세요." 그녀의 하얀 손가락이 그의 황금 손가락을 어루만졌다.

'내가 저걸 느낄 수 있다고 생각하나?' "웃는 기사를 벤 건 '아침의 검'이었습니다, 부인. 아서 데인 경이었지요. 나보다 나은 기사였어요." 제이미는 황금 손가락을 거두고 다시 한번 마리야 부인에게 고개를 돌렸다. "검은 왈더가 그 두건 쓴 여자와 그 부하들을 얼마나 멀리 추적했습니까?"

"왈더의 사냥개들이 해그스마이어 북쪽에서 그자들의 냄새를 다시 맡았어요." 나이 든 여자가 말했다. "반나절 거리도 떨어지지 않은 데까지 쫓았는데 그자들이 넥 지역으로 사라졌다고 맹세하더군요."

"거기서 썩으라고 합시다." 케노스 경이 쾌활하게 선언했다. "신들이 자비로우시다면 유사에 빨려 들어가거나 도마뱀사자에게 잡아먹힐 겁니다."

"아니면 개구리 먹는 것들이 받아주겠죠." 댄웰 프레이 경이 말했다. "호상민이 무법자들을 숨겨주지 못할 것도 없어요."

"그 사람들만인가요." 마리야 부인이 말했다. "강역 영주들 중에도 베릭 공의 부하들과 친밀한 자들이 있어요."

"평민들도 그래요." 애머레이가 코를 훌쩍였다. "하르윈 경이 그러는데 평민들이 무법자들을 숨겨주고 먹여주고는, 놈들이 어디로 갔냐고 물어보면 거짓말을 한대요. 자기네 주인들에게 거짓말을 하다니!"

"혀를 잡아 뽑게 하시죠." 힘센 멧돼지가 부추겼다.

"그 후엔 대답을 듣기 위해 행운이 필요하겠군." 제이미가 말했다. "평민들의 도움을 받으려면, 그자들이 자넬 사랑하게 만들어야 해. 왕의 숲 형제단을 상대로 싸웠을 때 아서 데인 경이 그렇게 했지. 평민들에게 우리가 먹은 음식 값을 지불하고, 그들의 고충을 아에리스 왕에게 전달하고, 마을 주위 방목지를 넓히고, 심지어는 매년 나무를 몇 그루씩 쓰러뜨릴 권리와 가을에 왕의 사슴을 몇 마리 잡을 권리까지 따내줬다네. 숲 사람들은 토인이 자기들을 지켜주리라 여겼지만, 아서 데인 경이 형제단이 해주리라곤 꿈도 꿀 수 없을 만큼 잘해줘서 그들을 우리 편으로 돌려놨어. 그러고 나니 나머지는 쉬웠지."

"단장님 말씀이 현명하시네요." 마리야 부인이 말했다. "평민들이 한때 내 아버지와 할아버지를 사랑했던 만큼 란셀을 사랑하게 되기 전까지는 이 무법자들을 없애지 못할 겁니다."

제이미는 사촌의 빈자리를 흘긋 보았다. '하지만 란셀이 기도로 평민들의 사랑을 얻진 못해.'

애머레이 부인이 입을 삐죽거렸다. "제이미 경, 제발 저희를 버리지 마세요. 제 남편에겐 경이 필요하고, 제게도 경이 필요해요. 너무나 무서운 시절이에요. 어떤 밤에는 두려움에 잠을 이룰 수가 없어요."

"제가 있을 자리는 왕의 곁입니다."

"제가 오겠습니다." 힘센 멧돼지가 말했다. "일단 리버런을 끝내고 나면 전 또 싸우고 싶어 근질거릴 겁니다. 베릭 돈다리온이 싸울 만한 상대라는 건 아닙니다만. 과거 마상시합에서 본 기억이 있는데, 예쁜 망토를 걸친 예쁜 청년이었지요. 마르고 미숙하고."

"그건 죽기 전 이야기지요." 젊은 아우드 프레이 경이 말했다. "평민들은 죽음이 베릭 공을 바꿔놓았다고 합니다. 죽일 순 있는데, 죽은 채로 있질 않는 거예요. 그런 자와 어떻게 싸웁니까? 게다가 사냥개도 있지요. 솔트팬스에서 그놈이 스무 명을 베었어요."

힘센 멧돼지가 큰 소리로 웃었다. "뚱뚱한 여관 주인 스물이었겠지. 바지에 오줌을 지리는 하인 스물이나. 그릇으로 무장한 탁발 형제 스물. 기사 스물은 아니었어. 나도 아니고."

"솔트팬스에 기사가 하나 있어요." 아우드 경이 주장했다. "그 기사는 클리게인과 그놈의 미친개들이 마을을 약탈하는 동안 벽 속에 숨어 있었죠. 경은 그놈이 한 짓을 못 보셨습니다. 트윈스에 보고가 도달했을 때 제가 하리스 하이와 그 동생인 도넬, 그리고 50명의 궁수와 중장병과 함께 달려갔습니다. 베릭 공의 짓인 줄 알고, 그자의 흔적을 찾을 수 있을까 했지요. 솔트팬스에 남은 것이라곤 성뿐이었고, 늙은 퀸시 경은 어찌나 겁에 질렸는지 성문을 열지도 않고 성가퀴에서 우리에게 소리만 지르더군요. 나머지는 뼈와 잿더미뿐이었어요. 마을 전체가요. 사냥개는 건물에 불을 붙이고 사람들은 베어 죽이거나 웃으면서 말로 짓밟았습니다. 여자들은…… 그자가 몇몇 여자들에게 무슨 짓을 했는지 못 믿으실 겁니다. 식탁에서 굳이 말하진 않겠습니다. 보기만 해도 역겨웠어요."

"전 소식을 듣고 울었답니다." 애머레이 부인이 말했다.

제이미는 와인을 마셨다. "뭣 때문에 사냥개였다고 확신하시오?" 그들이 묘사하는 내용은 산도르보다는 그레고르에게 어울렸다. 산도르가 냉혹하고 무자비한 건 사실이지만, 클리게인 집안의 진짜 괴물은 그의 형이었다.

"본 사람들이 있어요." 아우드 경이 말했다. "그의 투구는 쉽게 헷갈리거나 잊을 물건이 아니고, 살아남아서 이야기를 전한 사람이 몇 명 있었습니다. 그놈이 범한 여자, 숨어 있던 소년들, 새까맣게 탄 들보 밑에 갇혀 있던 여자, 도축하는 듯한 장면을 배에서 지켜본 어민들……."

"도축이라 하지 말아요." 마리야 부인이 조용히 말했다. "그건 곳곳의 정직한 도축업자들에 대한 모욕입니다. 솔트팬스는 인간의 가죽을 뒤집어쓴 잔인한 짐승의 짓이었어요."

'짐승들의 시대이긴 하지.' 제이미는 생각했다. '사자와 늑대와 성난 개, 썩은 고기 먹는 까마귀들의 시대.'

"사악한 일이로세." 힘센 멧돼지가 잔을 다시 채웠다. "마리야 부인, 애머레이 부인, 두 분의 곤란이 제 마음을 움직였습니다. 약속하는데 리버런이 함락되고 나면 제가 돌아와서 두 분을 위해 사냥개를 사냥해 죽이겠습니다. 전 개들이 무섭지 않습니다."

'이 개는 무서워해야 할걸.' 두 사람 다 크고 강력했지만, 산도르 클리게인이 훨씬 빨랐고 라일 크레이크홀은 꿈도 못 꿀 만큼 잔인하게 싸웠다.

그러나 애머레이 부인은 전율했다. "곤란에 빠진 숙녀를 도우시다니 진정한 기사시군요, 라일 경."

그녀는 그래도 '처녀'를 자칭하지는 않았다. 제이미는 잔에 손을 뻗었다가 잔을 넘어뜨렸다. 리넨 식탁보가 와인을 마셨다. 같이 있던 사람들 모두 붉은 얼룩이 번지는 모습을 못 본 척했다. '고급스러운 식탁 예절이지.' 그렇게 생각하긴 했지만 동정받는 느낌이 났다. 그는 벌떡 일어섰다. "부인. 이만 실례하겠습니다."

애머레이 부인은 충격받은 얼굴이었다. "벌써 자리를 뜨시게요? 사슴 고기도 나올 테고, 리크와 버섯을 채운 수탉도 있는데요."

"분명히 아주 맛있을 테지만, 전 한 입도 더 못 먹겠군요. 사촌을 봐야겠습니다." 제이미는 목례하고 식탁을 떠났다.

마당에서도 남자들이 식사를 하고 있었다. 참새들이 십여 개의 요리불을 에워싸고 서서 해 질 녘 추위에 곱은 손을 녹이며 꼬챙이에 꿰여 불 위에서 지글거리는 뚱뚱한 소시지를 지켜보았다. 백 명은 되지 싶었다. 쓸모없는 입이었다. 제이미는 사촌이 소시지를 얼마나 많이 비축해두었는지, 그걸 다 먹고 나면 참새들을 어떻게 먹일 작정인지 궁금했다. 추수를 할 수 없다면 겨울에는 쥐를 잡아먹게 될 것이다. 이렇게 가을이 깊어서는 추수를 한 번 더 할 확률이 높지 않았다.

그는 성 안뜰에 외따로 선 성소를 찾아냈다. 창문도 없고, 칠각의 벽에, 조각을 새긴 나무 문과 타일 지붕이 있는 반목조 건물이었다. 참새 셋이 계단에 앉아 있었다. 그들은 제이미가 다가가자 일어섰다. "어디 가십니까요?" 하나가 물었다. 셋 중 제일 작았지만, 수염은 제일 길었다.

"안에."

"영주님이 안에서 기도 중이십니다."

"그 영주님이 내 사촌이다."

"뭐, 그렇다면……." 다른 참새가, 한쪽 눈 위에 칠각별을 그려 넣은 덩치 큰 대머리 남자가 말했다. "사촌의 기도를 방해하고 싶지 않겠네요."

"란셀 공은 하늘에 계신 아버지께 인도를 청하고 계십니다." 수염이 없는 세 번째 참새가 말했다. 소년이라고 생각했는데, 목소리를 들으니 몸매가 드러나지 않는 누더기를 입고 녹슨 사슬 셔츠를 걸친 여자였다. "최고성사의 영혼과 다른 모든 죽은 사람의 영혼을 위해 기도하고 계시죠."

"그 사람들은 내일도 여전히 죽어 있을 거야." 제이미가 말했다. "하늘에 계신 아버지께선 나보다 시간이 많으시고. 내가 누군지 아나?"

"어느 귀족 나리겠지." 별 칠한 눈의 거한이 말했다.

"어느 불구겠지." 수염이 긴 작은 남자가 말했다.

"킹슬레이어(Kingslayer, 왕을 죽인 자)." 여자가 말했다. "하지만 우린 왕이 아니라 그냥 가난한 동료들이고, 댁은 영주님이 들어와도 좋다고 하기 전까진 못 들어가." 여자는 가시 곤봉을 들고, 작은 남자는 도끼를 들어 올렸다.

그들 뒤에서 문이 열렸다. "내 사촌을 평화로이 들여보내요, 친구들." 란셀이 조용히 말했다. "나도 기다리고 있었으니까."

참새들이 비켜섰다.

란셀은 킹스랜딩에 있을 때보다 더 말라 보였다. 맨발이었고, 염색도 하지 않은 단순한 거친 천 튜닉을 입어서 영주라기보다는 거지 같았다. 정수리를 매끈하게 밀었지만, 수염은 조금 길었다. 그걸 복숭아 솜털이라고 부른다면 복숭아에게 모독일 터였다. 그 수염은 귀 주위 흰머리와 괴상하게 어울렸다.

"사촌." 제이미는 성소 안에 둘만 남자 말했다. "정신이 나간 거냐?"

"신앙을 찾았다는 쪽이 좋습니다만."

"네 아버진 어디 계셔?"

"가셨어요. 저흰 싸웠어요." 란셀은 다른 '아버지'의 제단 앞에 무릎을 꿇었다. "같이 기도하실래요, 제이미?"

"내가 착하게 기도하면 아버지가 나한테 새 손이라도 주신대?"

"아뇨. 하지만 전사께서 용기를 주시고, 대장장이께서 힘을 빌려주시고, 노파께서 지혜를 주실 겁니다."

"나에게 필요한 건 손이야." 일곱 신이 조각 제단 위에 우뚝 서 있었다. 검은 나무가 촛불 빛에 빛났다. 희미한 향 냄새가 감돌았다. "여기서 잔다고?"

"매일 밤 다른 제단 밑에 잠자리를 만들면, 일곱께서 제게 예견을 보내주십니다."

성왕 바엘로르도 그런 걸 봤었다. 특히 단식 중에는. "뭘 먹은지는 얼마나 된 거냐?"

"신앙으로 제게 필요한 영양분은 충분합니다."

"신앙은 포리지 같은 거야. 젖과 꿀을 더하면 더 좋지."

"오실 거란 꿈을 꿨습니다. 꿈속에서 형님은 제가 무슨 짓을 했는지 알고 있었어요. 제가 어떤 죄를 지었는지를요. 그것 때문에 절 죽였고."

"이렇게 단식을 하다가는 네가 혼자 죽겠는데. 성왕 바엘로르가 단식하다가 무덤에 들어가지 않았던가?"

"우리의 생명은 촛불 빛과 같다고 《칠각별》에도 나옵니다. 바람만 불어도 우린 꺼질 수 있어요. 죽음은 이 세상에서 멀 때가 없고, 죄를 회개하지 않는 죄인들을 일곱 지옥이 기다립니다. 같이 기도해요, 제이미."

"내가 같이 기도한다면 포리지 한 그릇을 먹을래?" 사촌 동생이 대답하지 않자 제이미는 한숨을 내쉬었다. "넌 저 '처녀'가 아니라 네 아내와 동침해야 해. 이 성을 지키고 싶다면 대리 핏줄을 이은 아들이 필요하다."

"성이란 차가운 돌 더미에 불과하죠. 제가 달라고 한 적도 없어요. 원한 적도 없고. 제가 원한 건 오직……." 란셀이 몸서리를 쳤다. "일곱이여 저를 구하소서. 전 그저 형님이 되고 싶었어요."

제이미는 웃을 수밖에 없었다. "성왕 바엘로르보다야 내가 되고 싶은 게 낫지. 대리엔 사자가 필요해, 사촌. 그러니 네 귀여운 프레이 부인과 자라. 누가 '센 돌' 녀석을 언급만 해도 다리 사이가 젖는 모양이던데, 아직 안 잤다면 곧 그놈과 잘걸."

"부인이 그 사람을 사랑한다면 서로에게 기쁨을 찾길 빌죠."

"사자에게 뿔이 나는 건 곤란해(아내가 바람을 피우는 경우에 남편 입장에서 'have horns'라고 하는 데 빗댄 표현이다). 넌 그 여자를 아내로 맞이했어."

"제가 몇 마디 말을 하고 그 여자에게 붉은 망토를 둘러주긴 했지만, 그건 아버지를 기쁘게 해드리기 위해서였을 뿐이에요. 결혼을 하려면 실제 결합이 있어야죠. 바엘로르 왕도 누이인 대나와 결혼해야 했지만 남자와 아내로 산 적은 없었고, 왕관을 쓰자마자 누이를 치웠어요."

"그자가 눈 딱 감고 누이와 했다면 왕국엔 더 나았을걸. 나도 그 정도 역사는 알아. 어쨌든 네가 성왕 바엘로르로 여겨질 것 같진 않구나."

"그렇죠." 란셀은 수긍했다. "그분은 순수하고 용감하고 무구한, 보기 드문 영혼이었어요. 세상의 어떤 악에도 물들지 않았었죠. 전 속죄할 게 많고도 많은 죄인이에요."

제이미는 사촌의 어깨에 손을 올렸다. "네가 죄에 대해 뭘 알아? 난 내 왕을 죽였어."

"용감한 남자는 검으로 죽이지만, 비겁한 남자는 술 부대로 죽이죠. 우린 둘 다 킹슬레이어예요, 경."

"로버트는 진정한 왕이 아니었어. 심지어 수사슴은 원래 사자의 먹잇감이라고 말할 사람도 있을 거다." 사촌의 살가죽 바로 아래 뼈가 느껴졌다……. 그리고 다른 것도. 란셀은 튜닉 속에 털 셔츠(털이 피부에 닿아 쓸리는 셔츠로, 종교적인 이유에서 스스로를 벌하려는 사람들이 입었다)를 입고 있었다. "그렇게 많이 속죄를 해야 할 일을 또 뭘 한 거냐? 말해봐."

사촌은 뺨에 눈물을 흘리면서 고개를 숙였다.

제이미에게 필요한 대답은 그 눈물이 다였다. "네가 왕을 죽이고, 왕비와 뒹굴었구나."

"전 절대로……."

"……내 사랑스러운 누이와 자지 않았다고?" 말해. 말해!

"절대로 제 씨앗을 흘리지 않았어요."

"……그 음부에 말이냐?"

"……자궁에는요." 란셀이 말했다. "안에서 끝내지만 않으면 반역이 아니에요. 전 왕이 죽은 후에 누님에게 위안을 드렸어요. 형님은 포로였고, 형님의 아버지는 전장에 계셨고, 형님의 동생은…… 누님은 그 사람을 두려워했어요. 그럴 만도 했죠. 그 사람이 제가 누님을 배신하게 만들었으니."

"그랬나?" 란셀과 오스먼드 경과 또 얼마나 많이? 문보이에 대한 언급은 그냥 조롱이었나? "네가 강제로 했나?"

"아뇨! 전 누님을 사랑했어요. 지키고 싶었어요."

'넌 내가 되고 싶었어.' 존재하지 않는 손가락이 근질거렸다. 그의 누이는 서약을 포기하라고 애걸하러 하얀 기사 탑으로 찾아왔던 날, 거절한 그를 비웃으며 천 번은 그에게 거짓말을 했다고 장담했었다. 제이미는 그게 그녀가 상처받은 만큼이나 그에게 상처 입히려는 서툰 시도라고 생각했었다. '그게 세르세이가 나에게 한 유일한 참말이었을지도 모르겠군.'

"왕비님을 나쁘게 생각 마세요." 란셀이 호소했다. "모든 육신은 약해요, 제이미. 저희의 죄는 어떤 해도 미치지 않았어요. 사…… 사생아도 없어요."

"그래. 배 위에서 사생아가 태어나는 일은 잘 없지." 제이미가 자신의 죄를, 세르세이가 조프리와 토멘과 미르셀라라고 이름 붙인 세 번의 반역을 고백한다면 사촌이 뭐라고 할까 궁금했다.

"전 전투가 끝난 후에 왕비님께 화가 났지만, 최고성사께서 다 용서해야 한다고 하셨어요."

"최고성사 성하에게 네 죄를 고백했다고?"

"그분은 제가 부상을 입었을 때 절 위해 기도해주셨어요. 좋은 분이셨어요."

'죽은 놈이지. 그를 위해 조종이 울렸고.' 그는 사촌이 자기가 한 말이 어떤 결과를 낳았는지 알기나 할까 궁금했다. "란셀, 넌 지독한 바보다."

"틀린 말씀은 아니지만, 전 제 어리석음을 뒤로했어요. 하늘에 계신 아버지께 길을 보여달라고 했더니 그렇게 해주셨어요. 전 이 영주 자리와 아내를 포기할 겁니다. 센 돌이 원한다면 둘 다 가지라고 해요. 내일이면 전 킹스랜딩에 돌아가서 새로운 최고성사님과 일곱에게 제 검을 바칠 겁니다. 서약을 하고 전사의 아들에 합류할 거예요."

말이 안 되는 소리였다. "전사의 아들은 300년 전에 금지됐어."

"새로운 최고성사님께서 부활시키셨어요. 자격 있는 기사들에게 일곱을 섬기는 데 목숨과 검을 바치겠다고 맹세해달라는 요청을 돌리셨어요. 가난한 동료도 복구될 거예요."

"철왕좌가 그걸 왜 허락하겠어?" 초창기 타르가르옌 왕 중에 하나가 그 두 군사 조직을 억누르느라 몇 년을 싸웠는데, 정확히 어느 왕이었는지 기억이 나지 않았다. 마에고르 아니면 재해리스 1세였을 것이다. '티리온이라면 알 텐데.'

"성하께서 쓰시길 토멘 왕이 허락하셨답니다. 원하신다면 제가 편지를 보여드리죠."

"설령 그게 사실이라 해도…… 넌 캐스털리록의 사자야. 영주고. 네겐 아내와 성, 지켜야 할 영지, 보호해야 할 사람들이 있다. 신들이 자비로우시다면 네 아들들로 혈통을 이을 것이고. 왜 그 모든 걸…… 서약 때문에 다 던져버리겠다는 거냐?"

"형님은 왜 그러셨는데요?" 란셀이 조용히 물었다.

'명예를 위해서.' 제이미는 그렇게 말할 수도 있었다. '영광을 위해서.' 그러나 그런다면 거짓말이었다. 명예와 영광도 제 몫을 했지만, 대부분은 세르세이 때문이었다. 제이미의 입술 사이로 웃음소리가 새어 나왔다. "네가 달려가려는 상대가 최고성사냐, 내 사랑스러운 누이냐? 그 점에 대해 기도해봐라, 사촌. 열심히 기도해."

"같이 기도하실래요?"

제이미는 성소 안을 보고, 신들을 흘긋 보았다. 자비 가득한 어머니. 엄한 심판자 아버지. 한 손을 장검에 올린 전사. 그늘 아래 반만 인간인 얼굴을 두건 속에 감춘 이방인. '난 내내 내가 전사이고 세르세이가 처녀라고 생각했지만, 세르세이는 내내 내게 진정한 얼굴을 숨긴 이방인이었어.' 그는 사촌에게 말했다. "괜찮다면 대신 기도해다오. 난 기도의 말을 다 잊었다."

제이미가 밤공기 속으로 다시 나가자 참새들이 여전히 계단 주위에 서성거리고 있었다. "고맙군." 그는 그들에게 말했다. "이제 훨씬 경건해진 기분이야."

그는 일린 경과 장검 두 개를 찾았다.

성 안마당에는 눈과 귀가 가득했다. 그들을 피하기 위해 두 사람은 대리의 신의 숲을 찾아 나섰다. 그곳에는 참새들이 없이, 헐벗은 채 생각에 잠겨 검은 가지로 하늘을 긁고 있는 나무들뿐이었다. 바닥에 깔린 낙엽이 발밑에서 바스러졌다.

"저 창문 보이나, 경?" 제이미는 검 끝으로 창을 가리켰다. "저게 레이먼 대리의 침실이었다네. 윈터펠에서 돌아오다가 로버트 왕이 잔 곳이지. 네드 스타크의 딸이, 자기 늑대가 조프리를 공격한 후에 달아났던 일 기억할 거야. 내 누이는 그 아이의 손 하나를 자르고 싶어 했어. 왕실의 핏줄을 공격한 자에게 내리는 옛 형벌이지. 로버트는 누이더러 잔인하고 미쳤다고 했지. 그 일로 밤늦도록 싸웠어……. 아니, 세르세이는 싸웠고, 로버트는 술을 마셨지. 자정이 지나자 세르세이는 날 안으로 불러들였어. 왕은 미르산 카펫 위에 코를 골며 곯아떨어져 있었지. 누이더러 왕을 침대로 옮길까 물었네. 누이는 자기를 침대로 안고 가라며 로브를 떨쳐 벗었어. 난 로버트의 몸을 타 넘어 레이먼 대리의 침대에서 누이를 안았어. 왕이 깨어났다면 난 그때 그 자리에서 놈을 죽여버렸을 거야. 내 검에 죽는 첫 번째 왕도 아니었을 것이고……. 그 이야긴 자네도 알지?" 그는 칼을 휘둘러 나뭇가지 하나를 잘라버렸다. "내가 몸을 밀어 넣는 동안 세르세이는 '난 원해'라고 외쳤어. 날 원한다는 건 줄 알았지만, 세르세이가 원한 건 스타크의 딸을 죽이거나 불구로 만드는 거였어." '내가 사랑 때문에 하는 짓들이란.' "스타크의 부하들이 나보다 먼저 그 애를 찾아낸 건 순전히 운이었어. 만약 내가 먼저 찾았다면……."

횃불 빛 속에서 일린 경의 얼굴에 남은 얽은 자국들은 제이미의 영혼처럼 시커먼 구멍이었다. 일린 경이 딱딱 소리를 냈다.

'날 비웃고 있군.' 제이미 라니스터는 알아차렸다. "어쩌면 자네도 내 누이와 했을지 모르지, 이 마맛자국 개자식." 그가 뱉어내듯 말했다. "자, 이제 그 망할 입 닫고 할 수 있다면 날 죽여봐."

브리엔느

그 수도원은 해안에서 800미터 정도 떨어진 섬 위에 서 있었다. 넓은 트라이던트 강어귀가 꽃게만과 만나기 위해 더 넓게 팔을 벌리는 지점이었다. 해안에서도 수도원의 번영을 알아볼 수 있었다. 계단식 밭이 경사면을 뒤덮었고, 아래쪽에는 양어지가 있고 위쪽에는 풍차가 있어 나무와 돛천으로 만든 날개가 만에 부는 산들바람을 받아 천천히 돌고 있었다. 브리엔느는 언덕 비탈에서 풀을 뜯는 양 떼와 연락선 선착장 주위 얕은 물을 걸어 다니는 황새들을 볼 수 있었다. "솔트팬스는 물만 건너면 나와요." 메리발드 성사가 만 건너 북쪽을 가리키며 말했다. "형제들이 우리를 아침 밀물에 연락선으로 건네다 줄 테지만, 거기서 뭘 보게 될지는 걱정이군요. 그 광경에 직면하기 전에 든든하게 뜨거운 식사라도 즐깁시다. 형제님들은 언제나 '개'에게 줄 뼈다귀 하나쯤은 챙겨두거든요." 개가 짖으며 꼬리를 흔들었다.

이제 썰물이 빠르게 빠지고 있었다. 섬과 해안을 분리하던 바닷물이 물러나자 반짝이는 드넓은 갈색 진흙탕 여기저기에 흩어진 웅덩이들이 오후 햇살을 받아 금화처럼 빛났다. 브리엔느는 벌레에게 물린 목덜미를 긁었다.

머리를 묶어 올렸더니 햇살에 피부가 뜨거워졌다.

"왜 저길 고요섬이라고 부르죠?" 포드릭이 물었다.

"여기 사는 사람들은 참회자로, 명상과 기도와 침묵으로 속죄를 하려 하지. 오직 원로 형제님과 대리자들만이 말을 할 수 있고, 대리자들은 7일마다 하루씩만 말을 하게 되어 있다네."

"침묵의 자매들은 아예 말을 안 하죠." 포드릭이 말했다. "혀가 없다고 들었어요."

메리발드 성사가 미소 지었다. "어머니들은 내가 자네 나이 때부터 그런 이야기로 딸들에게 겁을 줬지. 그때나 지금이나 사실이 아니라네. 침묵 서약은 참회의 행위이고, 하늘에 계신 일곱에 대한 우리의 헌신을 증명하는 희생이야. 벙어리가 침묵을 서약한다면 다리 없는 남자가 춤을 포기하는 것과 비슷할 테지." 성사는 당나귀를 끌고 경사면을 내려가면서 따라오라 손짓했다. "오늘 밤 지붕 아래에서 자려면, 반드시 말에서 내려서 나와 함께 진흙탕을 건너야 합니다. 우린 '신앙의 길'이라고 부르지요. 신앙심 있는 자들만이 안전하게 건널 수 있거든요. 사악한 자는 유사에 빠지거나, 밀물이 쇄도할 때 빠져 죽어요. 이 중에 사악한 사람은 없겠지요? 그렇다 해도 나라면 발 디딜 때 조심하겠습니다. 내가 걷는 데로만 걸으면 반대편에 도착할 겁니다."

브리엔느는 신앙의 길이 뒤틀린 길이라는 생각을 하지 않을 수 없었다. 해안선을 떠났을 때는 섬이 북동쪽에 솟아오른 듯 보였건만, 메리발드 성사는 그리로 똑바로 가지 않았다. 그는 동쪽으로, 멀리 은청색으로 아른거리는 더 깊은 바닷물을 향해 걷기 시작했다. 성사의 맨발가락 사이로 부드러운 진흙이 밀려 올라왔다. 그는 걷다가 한 번씩 멈추고 육척봉으로 앞쪽을 탐색했다. 개는 성사의 발꿈치쯤에서 계속 따라가면서 돌멩이와 조개껍질, 해초 덩어리마다 킁킁거렸다. 이번만은 개도 앞으로 깡충깡충 뛰어가거나 옆으로 새지 않았다.

브리엔느는 개와 당나귀와 사제가 남긴 발자국을 주의 깊게 보면서 그 뒤를 따랐다. 그다음에 포드릭, 그리고 마지막이 하일 경이었다. 100미터쯤 가서 메리발드가 갑자기 남쪽으로 방향을 틀어 수도원에 등을 돌리다시피 했다. 그는 그 방향으로 또 100미터쯤 가면서 일행을 얕은 썰물 웅덩이들 사이로 이끌었다. 개가 그런 웅덩이 하나에 코를 처박더니 게의 집게발에 물려 낑낑거렸다. 짧지만 격렬한 싸움이 뒤따랐고, 개는 젖은 몸에 진흙이 튄 채 입에 게를 물고서 총총히 돌아왔다.

"우리가 가려는 건 저기 아니오?" 하일 경이 뒤쪽에서 수도원을 가리키며 외쳤다. "딱 저쪽만 빼고 계속 다른 방향으로 걷는 것 같은데."

"믿음을 가지세요." 메리발드 성사가 권했다. "믿고, 지속적으로 따르면 우리가 구하는 평화를 얻을 것입니다."

사방에서 축축하게 번들거리는 평지는 수십 가지 색조로 얼룩덜룩했다. 진흙은 시커멓게 보일 정도로 짙은 갈색이었지만, 띠 모양의 금빛 모래톱도 있었고, 회색과 붉은색으로 튀어나온 바위들, 검은색과 초록색으로 엉킨 해초 더미도 있었다. 황새들이 썰물 웅덩이들을 걸어 다니며 사방에 발자국을 남겼고, 게들은 얕은 바닷물 수면을 돌아다녔다. 공기에서 소금물 냄새와 썩은 내가 났고, 땅은 그들의 발을 잡아당겼다가 퐁 하는 질척한 한숨과 함께 마지못해 겨우 놓아주었다. 메리발드 성사는 방향을 돌리고 또 돌리고 또 돌렸다. 성사가 발을 떼자마자 발자국에 물이 고였다. 땅이 단단해지고 점점 높아진다 싶었을 무렵에는 이미 2.5킬로미터 가까이 걸은 후였다.

섬의 해안선을 빙 두른 잡석밭을 따라 올라가자 세 남자가 그들을 기다리고 있었다. 종 모양의 넓은 소매와 고깔 두건이 달린 황갈색 로브를 입었는데, 둘은 얼굴 아래쪽도 모직물을 둘둘 감아서 눈밖에 보이지 않았다.

말한 사람은 세 번째 형제였다. "메리발드 성사님. 1년 가까이 지났군요. 환영합니다. 같이 오신 분들도요."

개가 꼬리를 흔들었고, 메리발드는 발에서 진흙을 털어냈다. "하룻밤 환대를 부탁드려도 되겠습니까?"

"그럼요, 물론입니다. 오늘 저녁엔 생선 스튜가 나옵니다. 아침에 연락선을 타셔야 하나요?"

"지나친 요청이 아니라면요." 메리발드가 동행자들을 돌아보았다. "나버트 형제는 이곳의 대리자라서, 7일에 하루씩 말씀을 하실 수 있어요. 형제님, 이 선량한 분들이 제가 오는 길을 도와주셨습니다. 하일 헌트 경은 리치에서 온 용맹한 분이십니다. 이 소년은 포드릭 페인이라고, 서부 출신이지요. 그리고 이쪽은 타스의 처녀라 알려진 브리엔느 아가씨입니다."

나버트 형제가 흠칫했다. "여자분이군요."

"그렇습니다, 형제님." 브리엔느가 머리카락을 풀어 흐트러뜨렸다. "여기엔 여자가 없습니까?"

"현재는 없습니다." 나버트가 말했다. "저희를 찾아오는 여자분들은 다쳤거나, 아프거나, 만삭이지요. 일곱께서 저희 원로 형제님께 치유하는 손의 축복을 내리셨거든요. 그분은 학사들도 치료하지 못하는 남자들을 많이 회복시키셨고, 여자들도 많이 고치셨습니다."

"저는 아프지도 다치지도 않았고, 만삭도 아닙니다."

"브리엔느 아가씨는 전사 처녀랍니다." 메리발드 성사가 털어놓았다. "사냥개를 추적하고 계시지요."

"그래요?" 나버트는 깜짝 놀란 것 같았다. "무슨 결말을 내시려고요?"

브리엔느는 '서약의 수호자' 칼자루를 매만졌다. "그자의 결말을요."

대리자는 그녀를 찬찬히 보았다. "당신은…… 여자치고 건장한 건 사실입니다만……. 어쩌면 원로 형제께 모시고 가야 할지도 모르겠군요. 당신이 진흙을 건너는 모습을 보셨을 겁니다. 오시지요."

나버트는 그들을 이끌고 자갈 깔린 소로를 걸어 사과나무 숲을 통과하더니 뾰족한 이엉 지붕을 이고 회반죽을 바른 마구간으로 갔다. "짐승들은 여기 두시면 됩니다. 길람 형제님이 먹이고 물을 주실 겁니다."

마구간은 4분의 3이 넘게 비어 있었다. 한쪽 끝에서는 브리엔느가 길람인가 보다 여긴 안짱다리의 키 작은 수도사가 노새 여섯 마리를 돌보고 있었다. 다른 짐승들과 멀찍이 떨어져 반대쪽 끝에는 거대한 검은색 종마 한 마리가 있어, 그들의 목소리를 듣고 길게 소리를 지르더니 칸막이 문을 걷어찼다.

하일 경은 길람 형제에게 고삐를 넘기면서 그 큰 말에 감탄의 시선을 보냈다. "잘생긴 놈이로군요."

나버트 형제가 한숨을 쉬었다. "일곱께서는 우리에게 축복을 보내시고, 또 우리에게 시험을 보내시지요. 잘생겼을지는 몰라도 저 '유목(流木)' 녀석은 지옥에서 태어난 게 틀림없습니다. 쟁기에 매려고 했더니 로니 형제님을 걷어차서 정강이뼈를 두 군데나 부러뜨렸지요. 거세를 하면 저 짐승의 성질을 좀 다스릴까 싶었습니다만……. 길람 형제님, 이분들에게 보여주시겠습니까?"

길람 형제가 두건을 젖혔다. 두건 안에는 금발 머리털 한 뭉치와 삭발한 두피, 그리고 귀가 있어야 할 자리에 감긴 피 묻은 붕대가 있었다. 포드릭이 헉 소리를 냈다. "말이 귀를 물어뜯은 건가요?"

길람은 고개를 끄덕이더니 다시 머리를 가렸다.

"할 말은 아니지만 말입니다, 형제님." 하일 경이 말했다. "그렇지만 제게 가위를 들고 접근해 오신다면 반대쪽 귀를 물어뜯을지도 모르겠습니다."

나버트 형제는 이 농담을 잘 받아들이지 못했다. "경은 기사입니다. 유목은 짐덩이이고요. 대장장이께선 인간의 노동을 도우라고 말을 주셨어요."

그는 몸을 돌렸다. "괜찮다면 가시지요. 분명히 원로 형제님께서 기다리실 겁니다."

진흙밭 건너편에서 봤을 때보다 경사면이 가팔랐다. 수도사들이 어려움을 덜기 위해 세운 나무 계단이 비탈을 이쪽저쪽으로 지르고 건물들 사이를 통과했다. 안장 위에 오래 앉아 있었던 후라, 브리엔느는 다리를 뻗을 기회가 기꺼웠다.

그들은 올라가는 길에 수도사 십여 명을 지나쳤다. 황갈색 고깔 두건을 쓴 남자들은 일행이 지나가면 호기심 어린 눈빛을 보냈으나, 인사는 하지 않았다. 한 명은 젖소 두 마리를 지붕에 떼를 올린 낮은 헛간으로 끌고 가는 중이었고, 또 한 명은 버터 교유기를 돌렸다. 더 올라가자 양 떼를 모는 소년 셋이 보였고, 또 더 올라가자 묘지에서 브리엔느보다 덩치가 큰 수도사 하나가 힘겹게 무덤을 파고 있었다. 움직이는 모습을 보니 발을 저는 게 분명했다. 그 남자가 돌 섞인 흙 한 삽을 어깨 너머로 던지자 일부가 일행의 발치에 튀었다. "좀 더 조심하시게." 나버트 형제가 잔소리를 했다. "메리발드 성사님 입에 흙이 들어갈 뻔했구먼." 무덤을 파던 남자가 고개를 숙였다. 개가 냄새를 맡으러 다가가자 그는 삽을 떨구고 개의 귀 뒤를 긁었다.

"수련자랍니다." 나버트가 설명했다.

"누구 무덤입니까?" 일행이 다시 나무 계단을 오르기 시작하자 하일 경이 물었다.

"클레멘트 형제님입니다. 아버지께서 그분을 공정하게 심판하시기를."

"나이가 많았나요?" 포드릭 페인이 물었다.

"48세를 많다고 한다면 많겠지만, 노환으로 죽은 건 아니었어요. 솔트팬스에서 입은 부상 때문에 죽었지요. 우리가 만드는 꿀술을 솔트팬스 장에 가져갔는데, 하필 무법자들이 덮친 날이었습니다."

"사냥개?" 브리엔느가 말했다.

"다른 자였지만, 똑같이 악랄했어요. 가엾은 클레멘트 형제님이 말을 하지 않으려 하자 혀를 잘랐습니다. 침묵 서약을 했으니 혀는 필요 없을 거라면서요. 원로 형제님께서 더 아실 겁니다. 그분은 수도원의 평온을 방해하지 않으려고, 바깥소식 중에 제일 나쁜 소식은 혼자만 알고 계시거든요. 여기 있는 우리 형제들은 세상의 끔찍함을 곱씹기 위해서가 아니라 벗어나려고 왔어요. 부상을 입은 사람이 클레멘트 형제님만은 아니었습니다. 어떤 상처는 드러나지 않지요." 나버트 형제가 오른쪽을 가리켰다. "저쪽에 저희 여름 수목이 있습니다. 포도가 작고 시큼하긴 해도 마실 만한 와인을 만들지요. 에일도 저희가 직접 만들고, 꿀술과 사과주는 상당히 유명하답니다."

"전쟁이 미친 적은 없습니까?" 브리엔느가 말했다.

"이번 전쟁은 미치지 않았습니다. 일곱을 찬양하라. 기도가 저희를 지켰어요."

"조수간만도 거들었죠." 메리발드가 말하고, 개가 찬성하듯 짖었다.

언덕 꼭대기에는 모르타르 없이 쌓은 낮은 돌벽이 왕관처럼 얹혀서, 큰 건물들 주위를 감싸고 있었다. 돛이 삐걱대며 돌아가는 풍차, 형제들이 잠을 자는 생활관, 그리고 식사하는 공동 회관, 기도와 명상을 위한 목조 성소가 있었다. 성소에는 장식 유리창, 어머니와 아버지를 본떠 조각한 넓은 문, 그리고 꼭대기에 걸을 수 있는 길이 나 있는 칠각 첨탑이 있었다. 그 뒤는 채소밭으로, 나이 많은 형제들이 잡초를 뽑고 있었다. 나버트 형제는 방문객들을 이끌고 밤나무 옆을 돌아서 언덕 옆에 박힌 나무 문으로 향했다.

"문 달린 동굴인가요?" 하일 경이 놀라서 말했다.

메리발드 성사가 미소 지었다. "'은자의 굴'이라고 하지요. 여기로 오는 길을 찾은 첫 번째 성자가 저 안에 살면서 대단한 경이를 이루어냈기에 다른 이들이 함께하러 오게 된 겁니다. 그게 2000년 전이라고들 하지요. 저 문은 나중에 달렸습니다."

아마 2000년 전 은자의 굴은 축축하고 어두웠으며 바닥에는 흙이 깔리고 똑똑 떨어지는 물소리가 메아리를 쳤을 테지만, 이제는 아니었다. 브리엔느와 일행이 들어간 동굴은 따뜻하고 아늑한 서재로 탈바꿈해 있었다. 모직 카펫이 바닥을 덮고, 벽에는 태피스트리가 걸렸다. 키 높은 밀랍초는 충분한 정도 이상의 빛을 선사했다. 가구는 기묘하지만 간소해서, 긴 탁자 하나, 긴 등받이 의자(settle, 장의자의 초기 형태로, 나무 소재에 등받이가 높고 아래에는 물건을 넣을 수 있게 만들었다) 하나, 궤짝 하나, 책이 가득 든 높은 책장 몇 개와 의자들뿐이었다. 모두 유목으로 만들었는데, 기묘한 형태의 나뭇조각들을 교묘하게 짜 맞추어 결합하고 반들반들하게 닦아서 촛불 빛에 깊은 금빛으로 반짝였다.

원로 형제는 브리엔느가 기대한 바와 달랐다. 우선 원로라고 불릴 만한 나이도 아니었다. 텃밭에서 잡초를 뽑던 형제들은 노인처럼 어깨가 굽고 등이 구부러져 있었지만, 원로 형제는 곧은 몸에 키가 컸으며, 움직임에는 한창때 남자의 활력이 있었다. 게다가 브리엔느가 치유자에게 기대한 온화하고 친절한 얼굴도 아니었다. 머리는 크고 각졌으며, 눈은 기민했고, 코는 실핏줄이 터져 붉었다. 부분 삭발을 하기는 했지만 두피에는 각진 턱과 마찬가지로 짧고 억센 털이 자라 있었다.

'뼈를 고치는 사람이라기보다는 부러뜨리는 사람같이 생겼는데.' 타스의 처녀는 원로 형제가 성큼성큼 방을 가로질러 메리발드 성사를 끌어안고 개를 토닥거리자 생각했다. "우리 친구 메리발드와 개가 또 한 번 우리를 방문하는 영광을 주는 날은 언제나 기쁜 날이지요." 원로 형제는 그렇게 선언하고 나서야 다른 손님들을 돌아보았다. "그리고 새로운 얼굴은 언제나 환영입니다. 좀처럼 볼 일도 없고."

메리발드는 관습에 따른 예절을 갖추고 나서 긴 등받이 의자에 앉았다.

나버트 성사와 달리 원로 형제는 브리엔느의 성별에 당황하는 것 같지 않았으나, 나버트 성사가 왜 브리엔느와 하일 경이 찾아왔는지를 말하자 미소가 흔들리다가 사라져버렸다. "그렇군요." 그는 그렇게만 말하고 나서 화제를 돌렸다. "목이 마르실 텐데요. 부디 우리의 달콤한 사과주로 목구멍에 낀 여행의 먼지를 씻으시지요." 그는 직접 사과주를 따라줬다. 잔도 유목을 깎아서 만든 것으로, 같은 모양이 하나도 없었다. 브리엔느가 그 점을 칭찬하자 그는 말했다. "과한 말씀입니다. 우리가 하는 일이라곤 나무를 깎고 닦는 것뿐입니다. 여기 있는 우리는 축복받았어요. 강이 만과 만나는 곳에서는 물살과 조수가 서로 씨름을 하고, 이상하고 놀라운 물건들이 많이 밀려와 우리 바닷가에 올라오지요. 유목은 그중 제일 보잘것없는 물건입니다. 우린 은잔과 쇠냄비, 모직물 자루와 비단 다발, 녹슨 투구와 반짝이는 장검을 주웠답니다……. 아, 그리고 루비도 있었지요."

이 말은 하일 경의 관심을 끌었다. "라에가르의 루비입니까?"

"그럴지도 모르지요. 누가 알겠습니까? 그 전투는 멀리 떨어진 곳에서 벌어졌지만, 강은 지치지 않고 끈기 있게 흐르니까요. 루비 여섯 개가 발견됐습니다. 우리 모두가 일곱 번째 루비를 기다리고 있지요."

"뼈보다야 루비가 낫지요." 메리발드 성사는 발을 문지르며 손가락 아래로 진흙을 부슬부슬 떨구고 있었다. "강의 선물이 다 기분 좋은 건 아닙니다. 선량한 형제님들은 죽은 것들도 거두시지요. 물에 빠져 죽은 암소와 사슴, 죽어서 잔뜩 부풀어 오른 돼지. 아, 그리고 사람 시체도요."

"요새는 시체가 너무 많아요." 원로 형제는 한숨을 내쉬었다. "우리 무덤 파는 형제가 쉴 틈이 없어요. 강역 사람들에 서부인들, 북부인들이 다 여기 밀려 올라옵니다. 기사와 깡패를 가리지 않지요. 우린 스타크와 라니스터, 블랙우드와 브라켄, 프레이와 대리를 나란히 묻어줍니다. 그건 강이 우리에게 주는 온갖 선물의 대가로 요구하는 일이니, 우리도 최선을 다해야지요. 하지만 가끔은 여자도 밀려옵니다……. 더 나쁜 경우에는 어린아이도 있지요. 그게 가장 잔인한 선물이에요.” 그는 메리발드 성사를 돌아보았다. “성사님에게 우리의 죄를 사해줄 시간이 있었으면 좋겠군요. 약탈자들이 베넷 노성사를 베어버린 후에는 고해를 들어주실 분이 없었어요.”

“시간을 내겠습니다.” 메리발드가 말했다. “지난번보다는 더 나은 죄들을 저지르셨기를 빌지만 말입니다.” 개가 짖었다. “보셨지요? 개마저도 지루해했어요.”

포드릭 페인이 어리둥절해했다. “전 아무도 말을 못 하는 줄 알았는데요. 그게, 아무도는 아니고요. 형제님들요. 형제님 말고, 다른 형제님들요.”

“고해할 때는 침묵을 깨도 된답니다.” 원로 형제가 말했다. “손짓과 고갯짓으로 죄를 고백하기란 힘든 일이라서요.”

“놈들이 솔트팬스의 성소를 불태웠습니까?” 하일 헌트가 물었다.

원로 형제의 미소가 사라졌다. “성만 빼고 솔트팬스의 모든 것을 불태웠습니다. 성은 돌로 만들어졌으니까요……. 그래봐야 마을에는 기름 덩어리로 만든 성만큼이나 쓸모가 없었습니다만. 생존자들의 치료는 제 몫으로 떨어졌었지요. 불길이 꺼지고 상륙해도 안전하겠다 싶어지자 어민들이 만을 건너서 제게 생존자들을 실어 날랐어요. 어느 가엾은 여인은 열 번을 강간당했고, 젖가슴은……. 아가씨, 아가씨는 남자의 갑옷을 입고 계시니 굳이 끔찍한 말을 삼가지 않겠습니다……. 그 여자의 가슴은 마치…… 마치 어느 잔인한 짐승에게 당한 것처럼 씹히고 먹히고 찢어져 있었습니다. 제가 할 수 있는 일을 다 하기는 했지만, 그걸로는 너무 부족했어요. 그 여자가 죽어가면서 제일 저주한 상대는 자기를 강간한 남자들도, 그 여자의 살을 산 채로 씹어 먹은 괴물도 아니고, 무법자들이 마을에 들어오자 대문에 빗장을 지르고 영지민들이 비명을 지르고 죽어가는 동안 돌벽 속에 안전하게 앉아 있었던 퀸시 콕스 경이었습니다.”

"퀸시 경은 노인이에요." 메리발드 성사가 온화하게 말했다. "그 아들들과 사위들은 멀리 있거나 죽었고, 손자들은 아직 어리고, 딸도 둘 있습니다. 한 남자가 그렇게 많은 이들을 상대로 뭘 할 수 있었겠습니까?"

'시도는 해볼 수 있었겠지.' 브리엔느는 생각했다. '죽을 수는 있었겠지. 늙었든 젊었든 상관없이 진정한 기사라면 자신보다 약한 이들을 지키겠다고, 그러다가 죽는 한이 있어도 그러겠다고 맹세하잖아.'

"사실일뿐더러 현명한 말씀입니다." 원로 형제가 메리발드 성사에게 말했다. "솔트팬스로 건너가시면 보나 마나 퀸시 경이 성사님께 용서를 구할 겁니다. 마침 용서를 내릴 성사님이 와주셔서 기쁩니다. 저는 못 하겠거든요." 그는 유목 잔을 치우고 일어섰다. "곧 저녁 식사 종이 울릴 겁니다. 친구분들, 앉아서 빵을 쪼개고 고기와 술을 함께하기 전에 같이 성소에 가서 솔트팬스의 선량한 영혼들을 위해 기도하시겠습니까?"

"기꺼이 그러지요." 메리발드가 말하고, 개가 짖었다.

수도원에서의 저녁 식사는 브리엔느 평생에 가장 기묘한 식사였지만, 불쾌하지는 않았다. 음식은 소박했지만 훌륭했다. 오븐에서 막 꺼내어 아직도 따뜻한 껍질 딱딱한 빵 덩이들, 막 만든 버터 단지, 수도원의 벌집에서 얻은 벌꿀, 그리고 게와 홍합과 적어도 세 종류의 생선이 들어간 걸쭉한 스튜까지. 메리발드 성사와 하일 경은 이곳 형제들이 만든 꿀술을 마셔보고는 극찬을 했고, 브리엔느와 포드릭은 좀 더 단 사과주로 만족했다. 음침한 식사도 아니었다. 음식이 차려지기 전에 메리발드가 기도를 했고, 형제들이 긴 가대 식탁 네 개를 둘러싸고 먹는 동안 한 명이 하프를 튕기며 부드럽고 듣기 좋은 소리로 식당 안을 채웠다. 원로 형제가 음악가에게 식사할 시간을 주자 나버트 형제와 다른 대리자가 번갈아가며 《칠각별》을 읽었다.

낭독이 끝났을 때는 봉사하는 일을 맡은 수련자들이 마지막 음식을 치운 후였다. 수련자는 대부분 포드릭 또래 아니면 더 어린 소년이었지만, 어른도 몇 명 있었고 그중에는 언덕 위에서 마주쳤던 덩치 큰 무덤 파는 남자도 있었다. 그는 반불구 특유의 어색하게 비틀거리는 걸음걸이를 보였다. 식당이 비자 원로 형제는 포드릭과 하일 경에게 생활관 안에 누울 잠자리를 안내해달라고 나버트에게 부탁했다. "한 방을 쓰셔도 괜찮겠지요? 큰 방은 아니지만 편안할 겁니다."

"저는 기사님과 같이 있고 싶은데요." 포드릭이 말했다. "아니, 아가씨 와요."

"다른 곳에서 브리엔느 아가씨와 어떻게 지내시는지야 두 분과 일곱 신의 문제입니다만, 고요섬에서는 남자와 여자가 결혼한 사이가 아닌 이상 같은 지붕 아래에서 자지 않습니다." 나버트 형제가 말했다.

"이곳을 찾는 여자들을 위해 따로 마련해둔 검소한 오두막집이 몇 채 있습니다. 고귀한 숙녀든 평범한 마을 여자든 상관없이요." 원로 형제가 말했다. "자주 사용하지는 않지만 깨끗하고 건조하게 유지하지요. 브리엔느 아가씨, 제가 안내해도 되겠습니까?"

"예, 감사드립니다. 포드릭, 하일 경과 함께 가거라. 우린 여기 형제님들의 손님이야. 이분들 지붕 밑이니 이분들 규칙대로 해야지."

여자들용 오두막은 섬 동쪽 면에서 드넓은 갯벌과 먼 꽃게만의 바닷물을 바라보고 있었다. 이곳은 비바람이 들이치지 않는 서쪽 면보다 추웠고, 더 넓었다. 언덕은 더 가팔랐고, 길은 잡초와 들장미, 바람에 깎인 바위들, 돌투성이 비탈에 끈질기게 달라붙은 비틀리고 가시 많은 나무들 사이로 꼬불꼬불 이어졌다. 원로 형제가 등불을 들고 내려가는 길을 비췄다. 그는 어느 굽잇길에서 한 번 멈춰 섰다. "맑은 밤이면 여기에서 솔트팬스의 불빛을 볼 수 있었습니다. 만 건너편, 바로 저기예요." 그가 손가락으로 가리켰다.

"아무것도 없군요." 브리엔느가 말했다.

"성만 남았습니다. 어민들도, 습격자들이 왔을 때 운 좋게 바다에 나가 있었던 얼마 안 되는 어민들도 떠났어요. 그 사람들은 겁에 질려서 배를 대지 못한 채 자기네 집이 불타는 걸 보고 항구 건너편까지 흘러오는 비명과 울음소리를 들었지요. 마침내 물가에 배를 댔을 때는 친구와 혈육을 묻어주기 위해서였습니다. 이제 그 사람들에게 솔트팬스에 뼈와 쓰라린 기억 외에 무엇이 남았겠습니까? 다들 메이든풀이나 다른 마을로 갔지요." 그는 등불로 아래를 가리키고 다시 내려갔다. "솔트팬스가 중요한 항구였던 적은 없지만, 배들은 가끔 들렀습니다. 습격자들이 원한 것도 그것이었어요. 협해로 타고 갈 갤리선이나 상선요. 배를 손에 넣지 못하자 그자들은 분노와 절망을 마을 사람들에게 풀었습니다. 궁금하군요, 아가씨……. 그곳에서 무엇을 찾으려 하십니까?"

"여자애를 찾습니다. 아름다운 얼굴과 적갈색 머리의 열세 살 귀족 처녀지요."

"산사 스타크로군요." 그 이름이 조용히 나왔다. "그 가엾은 아이가 사냥개와 함께 있다고 믿으십니까?"

"그 도르네인은 산사가 리버런으로 가는 길이었다고 했습니다. 티미온이라는 자가요. 용병이고, 용감한 형제단의 일원으로, 살인자이자 강간범이자 거짓말쟁이였지만, 그 말은 거짓이 아니었다고 생각합니다. 사냥개가 그 아이를 빼앗아 갔다고 했어요."

"그렇군요." 길이 또 굽어지더니 앞에 오두막집들이 나타났다. 원로 형제가 검소하다고 표현했는데, 실제로 그랬다. 낮고 둥근 모양에 창문도 없는 것이, 돌로 만든 벌집 같았다. "여깁니다." 그는 제일 가까운 오두막을 가리키며 말했다. 지붕 가운데에 뚫린 연기 구멍으로 연기가 오르고 있는 유일한 오두막이었다. 브리엔느는 상인방에 머리를 찧지 않게 허리를 숙이고 들어가야 했다. 들어가 보니 흙바닥에 짚으로 만든 잠자리, 몸을 덮혀줄 모피와 담요, 물이 담긴 대야, 사과주 한 병, 빵과 치즈, 작게 피운 불과 낮은 의자 두 개가 있었다. 원로 형제가 한쪽에 앉더니 등불을 내려놓았다. "제가 잠시 머물러도 괜찮을지요? 우리가 할 이야기가 있는 것 같습니다."

"얼마든지요." 브리엔느는 검대를 풀어 두 번째 의자에 건 후, 짚자리에 다리를 접고 앉았다.

"말씀하신 도르네인은 거짓말을 하지 않았습니다." 원로 형제가 운을 뗐다. "하지만 잘못 이해하신 것 같습니다. 아가씨께선 엉뚱한 늑대를 쫓고 계세요. 에다드 스타크에겐 딸이 둘 있었지요. 산도르 클리게인이 데리고 달아난 딸은 다른 아이, 더 어린 쪽입니다."

"아리아 스타크요?" 브리엔느는 놀라서 입을 벌리고 그를 바라보았다. "그걸 아신다고요? 산사 아가씨의 동생이 살아 있어요?"

"그때는 그랬습니다." 원로 형제가 말했다. "지금은…… 모릅니다. 솔트팬스에서 살해당한 아이들 사이에 있었을 수도 있어요."

브리엔느의 배를 쑤시는 칼날 같은 말이었다. '아니야. 그건 너무 잔인해.' 브리엔느는 생각했다. "그럴 수도 있다는 건…… 확실하지는 않다는 말씀이신지……?"

"그 아이가 교차로 옆 여관에서 산도르 클리게인과 같이 있었다는 건 확실히 압니다. 사자들에게 교수형 당하기 전까지는 늙은 마샤 헤들이 지키던 여관이지요. 두 사람이 솔트팬스로 가던 길이었다는 것도 확실히 압니다. 그다음은…… 그래요, 그 아이가 어디 있는지, 살아 있기는 한 건지 저는 모릅니다. 하지만 한 가지 더 아는 게 있군요. 아가씨가 추적하는 남자는 죽었습니다."

또 다른 충격이었다. "어떻게 죽었습니까?"

"살아온 방식대로, 검에 찔려 죽었지요."

"그걸 확실히 아신다고요?"

"제가 직접 묻었습니다. 원하신다면 무덤이 어디 있는지도 알려드릴 수 있습니다. 제가 시체 먹는 짐승들이 파내지 않게 돌로 그 몸을 덮고, 마지막 안식처를 표시하기 위해 그 돌무덤 위에 투구를 올려놓았습니다. 끔찍한 실수였지요. 다른 여행자 누군가가 그 표지를 발견하고는 차지했습니다. 솔트팬스에서 강간하고 살해한 자는, 그 못지않게 위험할지는 몰라도 산도르 클리게인이 아니었습니다. 강역에는 그런 꺼림칙한 청소동물이 넘치지요. 늑대라고 부르고 싶지도 않습니다. 늑대들은 그보다 고결해요……. 개들도 그렇고.

그 남자, 산도르 클리게인에 대해 많이 알지는 못합니다. 여러 해 동안 조프리 왕자의 호위였고, 이곳에서도 그자가 한 일을 듣고는 했지요. 좋은 일도, 나쁜 일도요. 우리가 들은 이야기의 절반만 사실이라 해도 그자는 괴롭고 쓰라린 영혼이요, 신과 인간 양쪽을 조롱하는 죄인이었습니다. 봉사했지만, 그 봉사에서 자부심을 얻지 못했지요. 싸웠지만, 승리에서 즐거움을 얻지 못했어요. 술을 마셨지만, 와인의 바다에 고통을 묻기 위해서였습니다. 누굴 사랑하지도 않았고, 스스로를 사랑하지도 않았습니다. 그자를 움직인 건 증오였습니다. 수많은 죄를 저질렀으면서도 결코 용서를 구한 적이 없었습니다. 다른 남자들이 사랑이나 재산이나 영광을 꿈꿀 때 이 남자, 산도르 클리게인은 자기 형을 죽이는 꿈을 꿨습니다. 이렇게 말하기만 해도 제 몸이 떨릴 정도로 끔찍한 죄지요. 그러나 그것이 그 남자를 먹여 살린 빵이요, 불을 계속 태우게 만든 연료였습니다. 비열한 꿈일지는 몰라도, 이 슬프고 성난 짐승은 제 형의 피를 칼날에 묻히고 말겠다는 희망만으로 살았습니다……. 그리고 도르네의 오베린 공자가 독 묻은 창으로 그레고르 경을 찔렀을 때, 그 희망마저 빼앗겼지요."

"그자를 연민하는 듯한 말씀이군요." 브리엔느가 말했다.

"맞습니다. 마지막 그 모습을 보았다면 아가씨도 연민하셨을 겁니다. 저는 트라이던트 강가에서, 그 남자의 고통스러운 외침에 이끌려 갔습니다. 제게 자비의 선물을 배풀어달라 애걸했지만, 저는 두 번 다시 누굴 죽이지 않겠다고 맹세한 몸입니다. 그래서 대신 강물로 열에 들뜬 이마를 닦아주고, 와인을 마시게 하고 상처에 습포제를 발라주었습니다. 그러나 제 노력은 너무 보잘것없고 너무 늦었어요. 사냥개는 그곳에서, 제 품에 안겨 죽었습니다. 우리 마구간에서 커다란 검은 종마를 보셨을 테지요. 그게 사냥개의 군마, '이방인'이었습니다. 불경스러운 이름이지요. 저희는 '유목'이라 부르고 있습니다. 강가에서 발견했으니까요. 아무래도 그 말은 원래 주인과 성정이 같은 모양입니다."

'그 말.' 브리엔느는 그 종마를 보았고 발길질 소리도 들었지만, 이해하지 못했었다. 군마는 본래 걷어차고 깨물도록 훈련받았다. 전쟁에서 그 말들은 무기였다. 그 말을 타는 남자들과 마찬가지로. '사냥개'와 마찬가지로. 그녀는 멍하니 말했다. "그렇다면 사실이로군요. 산도르 클리게인이 죽은 거군요."

"휴식에 들어갔지요." 원로 형제가 말을 멈췄다. "아가씨는 어려요. 나는 명명일을 마흔네 번 헤아렸습니다……. 아가씨의 두 배가 넘는 나이지요. 내가 한때는 기사였다고 하면 놀라실까요?"

"아닙니다. 보기에도 사제보다는 기사처럼 보이세요." 그의 가슴팍과 어깨, 각진 턱에 그렇게 쓰여 있었다. "왜 기사직을 포기하셨습니까?"

"애초에 내가 택한 길이 아니었습니다. 내 아버지도, 그분의 아버지도 기사였지요. 형제들도 전원이 다 기사였어요. 난 가족들이 이제 목검을 들 만한 나이가 됐다고 여긴 순간부터 전투 훈련을 받았습니다. 전투를 적지 않게 보았고, 부끄럽지 않게 싸웠지요. 여자들도 있었는데, 강제로 취한 경우가 있었으니 수치스러운 짓을 했습니다. 결혼하고 싶은 여자가 어느 소영주의 차녀였는데, 나는 셋째 아들로 태어나서 그 여자에게 내밀 영지도 재산도 없었어요……. 오직 장검과 말과 방패뿐이었지요. 종합하자면 난 후줄근한 남자였습니다. 싸우지 않을 때는 술에 취했지요. 내 삶은 붉은색으로, 피와 와인으로 적혔어요."

"언제 그게 바뀐 겁니까?" 브리엔느가 물었다.

"트라이던트 전투에서 죽었을 때지요. 난 라에가르 왕자 편에서 싸웠습니다. 왕자는 내 이름도 몰랐을 텐데. 왜 그랬는지 이유를 나도 말할 수가 없군요. 내가 섬기던 영주가 섬기던 영주가 섬기던 영주가 수사슴이 아니라 드래곤을 지지하기로 결정했다는 이유밖에 없었어요. 그 사람이 달리 결정했다면 난 강 반대편에 있었을지도 모르지요. 유혈이 낭자한 전투였습니다. 가수들만 믿는다면 그게 라에가르와 로버트가 둘 다 사랑하던 한 여자를 두고 물속에서 싸운 전투라고 믿을지 모르지만, 다른 남자들도 그곳에서 싸웠고 나도 그중 하나였습니다. 난 허벅지에 화살을 한 대 맞고 또 한 대를 발에 맞았고, 타고 있던 말이 죽은 채로도 계속 싸웠어요. 아직도 다른 말을 찾으려고 얼마나 필사적이었는지 기억할 수 있습니다. 새 말을 살 돈은 없었는데 말이 없으면 기사가 아니기 때문이었지요. 솔직히 말하자면 내가 생각한 건 그것뿐이었습니다. 날 쓰러뜨린 공격은 아예 보지도 못했어요. 등 뒤에서 말발굽 소리가 들리자 '말이다!' 생각했는데, 몸을 돌리기도 전에 뭔가가 내 머리를 후려쳐서 강물 속에 쓰러뜨렸고, 거기서 난 빠져 죽었어야 마땅했습니다.

그런데 죽질 않고 여기, 고요섬에서 깨어났지요. 원로 형제님께선 내가 태어난 날처럼 벌거벗은 채 밀물에 밀려 올라왔다고 하시더군요. 누군가가 여울물에서 날 발견하고는 갑옷과 장화, 바지를 다 벗긴 후에 더 깊은 물속으로 밀어 넣었다고밖에 생각할 수 없습니다. 그다음은 강물이 한 일이지요. 우리 모두는 알몸으로 태어나니, 같은 방식으로 두 번째 삶을 맞이

한 것도 어울리는 일일 겁니다. 그 후 10년을 침묵 속에 보냈습니다."

"알겠습니다." 브리엔느는 이 남자가 왜 이 모든 이야기를 해주는지, 달리 어떻게 반응해야 할지 알지 못했다.

"정말 그런가요?" 그는 커다란 두 손을 무릎에 올린 채 몸을 앞으로 내밀었다. "이해한다면 지금의 탐색을 포기하세요. 사냥개는 죽었고, 어차피 산사 스타크를 데리고 있지도 않았습니다. 사냥개의 투구를 쓰고 다니는 짐승은 발각되어 교수형을 당할 겁니다. 전쟁은 끝나가고 있고, 무법자들은 평화기를 살아내지 못해요. 랜딜 탈리가 메이든풀에서, 왈더 프레이가 트윈스에서 무법자들을 사냥하고 있고 대리에 새로 온 젊은 영주는 신심이 강한 사람이라 분명 대리 영지를 바로잡을 겁니다. 집으로 가세요. 아가씨에겐 집이 있습니다. 이 어두운 시절에 집이 있다는 말을 할 수 있는 사람도 많지 않아요. 당신에겐 당신을 사랑할 게 분명한 고결한 아버지가 있습니다. 당신이 돌아가지 못할 경우 아버지가 겪을 슬픔을 생각해요. 어쩌면 당신이 쓰러진 후에 사람들이 당신의 검과 방패를 아버지에게 가져다 줄지 모르지요. 어쩌면 그분도 그 검과 방패를 연회장에 걸어놓고 자랑스럽게 바라볼지 모르지요……. 하지만 직접 물어본다면 그분은 부서진 방패보다 살아 있는 딸을 원한다고 하실 겁니다."

"딸이요." 브리엔느의 눈에 눈물이 차올랐다. "아버지에겐 그럴 자격이 있지요. 아버지에게 노래를 불러드리고 집을 꾸미고 손자들을 낳아줄 딸을 가질 자격이요. 아들도, 힘세고 용맹하여 가문의 이름에 명예를 더할 아들도 두실 자격이 있고요. 갈라돈 오빠는 제가 네 살, 오빠가 여덟 살이었을 때 물에 빠져 죽었지만, 알리산느와 아리안느는 요람에서 죽었습니다. 신들이 아버지에게 남겨준 자식은 저뿐입니다. 아들이라기에도, 딸이라기에도 맞지 않는 괴물 같은 자식이지요." 그 모든 말이 상처가 토해내는 검은 피처럼 쏟아져 나왔다. 배신과 약혼, 붉은 로넷이 줬던 장미, 렌리 공이 그녀와 추었던 춤, 그녀의 첫 경험을 두고 벌어진 내기, 그녀의 왕이 마저리 티렐과 결혼했던 밤에 흘린 쓰디쓴 눈물, 비터브리지에서 벌어진 난전, 그녀가 그토록 자랑스럽게 여겼던 무지개 망토, 왕의 천막 안에 숨어든 그림자, 그녀의 품에서 죽어가던 렌리, 리버런과 캐틀린 부인, 트라이던트를 따라 내려온 여행, 숲속에서 제이미와 벌인 결투, 피투성이 극단, 제이미가 "사파이어"라고 외친 일, 제이미가 하렌홀의 욕조 안에서 수증기를 피워 올리던 모습, 귀를 물어뜯었을 때 입속에 느껴졌던 바고 호트의 피 맛, 곰 구덩이, 모래밭에 뛰어내리던 제이미, 킹스랜딩으로의 긴 여정, 산사 스타크, 그녀가 제이미에게 했던 맹세, 그녀가 케틀린에게 했던 맹세, 서약의 수호자, 더스큰데일, 메이든풀, 민첩 딕과 크랙클로와 위스퍼스, 그녀가 죽인 남자들…….

"전 산사를 찾아야 합니다." 그녀는 말을 맺었다. "다른 이들도 산사를 찾고 있고, 모두가 사로잡아 왕대비에게 보내고 싶어 해요. 제가 먼저 찾아야 합니다. 제이미에게 약속했어요. 제이미는 이 검에 '서약의 수호자'란 이름을 붙였습니다. 전 산사를 구해야만 합니다……. 구하려다가 죽는 한이 있어도."

세르세이

"천 척의 배라니요!" 어린 왕비의 갈색 머리는 빗지도 않은 채 헝클어져 있었고, 횃불 빛을 받은 두 뺨은 마치 조금 전까지 남자에게 안겨 있기라도 했던 것처럼 붉었다. "전하, 이 일에는 반드시 맹렬하게 응수를 해야 합니다!" 마지막 말이 서까래에 부딪쳐 동굴 같은 알현실 안에 메아리쳤다.

철왕좌 아래에 놓인 금색과 진홍색의 상좌에 앉은 세르세이는 목이 조이는 느낌을 받을 수 있었다. '반드시라. 감히 나에게 '반드시 해야 한다'고 말하다니.' 마저리 티렐의 얼굴을 한 대 치고 싶어 손이 근질거렸다. '무릎을 꿇고 내 도움을 빌지는 못할망정. 제가 섬겨야 할 섭정대비에게 반드시 뭘 해야 한다고 말하다니.'

"천 척의 배라니요?" 하리스 스위프트 경이 헐떡거렸다. "그럴 리가 없습니다. 천 척의 배를 지휘하는 영주는 없어요."

"겁에 질린 바보가 수를 두 배로 세었겠지요." 오턴 메리웨더가 맞장구를 쳤다. "그게 아니면 티렐 공의 휘하 봉신들이 태만하게 보이지 않으려고 적의 숫자를 불려서 거짓말을 하고 있는 겁니다."

뒷벽에 꽂힌 횃불들이 철왕좌의 가시 돋친 긴 그림자를 알현실 절반에드리웠다. 알현실 문이 있는 반대편은 어둠 속에 잠겼고, 세르세이는 그 어둠이 자신의 주위로 몰려들고 있음을 느낄 수밖에 없었다. '적은 사방에 있고, 친구들은 쓸모가 없구나.' 소협의회원들을 흘긋 보기만 해도 알 수 있었다. 깨어 있는 사람은 콰이번 공과 오레인 워터스뿐인 듯했다. 나머지는 마저리의 전령들이 문을 두드려대자 침대에서 일어났고, 지금도 구겨진 옷차림에 어리둥절한 상태로 서 있었다. 바깥은 고요하고 칠흑 같은 밤이었다. 성도 도시도 잠들어 있었다. 보로스 블런트와 메린 트랜트도 선 채로 자는 것 같았다. 심지어 오스먼드 케틀블랙은 하품을 했다. '하지만 로라스는 달라. 우리의 꽃의 기사는.' 그는 옆구리에 장검을 찬 하얀 그림자처럼 여동생 뒤에 서 있었다.

"그 절반이라 해도 500척입니다." 워터스가 오턴 메리웨더에게 지적했다. "그만한 함대에 맞설 만한 해군력이라면 아버밖에 없습니다."

"공의 새 범선들은요?" 하리스 경이 물었다. "강철인들의 장선은 우리 범선 앞에 버티지 못하겠지요? '로버트 왕의 망치'는 온 웨스테로스에서 가장 강력한 군선입니다."

"그랬지요." 워터스가 말했다. "아름다운 세르세이호가 완성되면 그에 맞먹을 테고, 타이윈 공호는 그 두 배 크기가 될 겁니다. 하지만 준비가 반밖에 되지 않았고, 양쪽 다 선원이 다 차지 않았습니다. 준비가 다 된다 해도 적의 숫자가 엄청납니다. 평범한 장선은 우리의 갤리선에 비해 작은 게 사실입니다만, 강철인들에게도 큰 배가 있어요. 발론 공의 '대(大)크라켄'호와 강철 함대의 군선들은 약탈이 아니라 전투를 위해 만들어졌습니다. 이 배들의 속도와 힘은 우리의 조금 작은 전투 갤리선과 맞먹고, 대부분 더 노련한 선원과 선장을 두고 있습니다. 강철인들은 평생을 바다에서 사니까요."

'로버트는 발론 그레이조이가 반란을 일으켰을 때 그 섬들을 싹 태워버렸어야 했어.' 세르세이는 생각했다. 그는 강철인들의 함대를 부수고, 마을을 불태우고, 성을 무너뜨렸지만 모두의 무릎을 꿇리더니 또 용서했다. '그 놈들의 머리뼈로 다른 섬을 만들었어야지.' 그녀의 아버지라면 그렇게 했을 테지만, 로버트에겐 왕이 왕국의 평화를 유지하려면 해야 하는 짓을 해낼 배짱이 없었다. "강철인들은 다곤 그레이조이가 해석좌에 앉은 이후 감히 리치를 습격하지 못했소." 세르세이가 말했다. "왜 지금 나선 거지? 무엇 때문에 대담해진 거지?"

"새로운 왕 때문입니다." 쿼이번은 두 손을 소매 속에 감추고 서 있었다. "발론 공의 동생으로, '까마귀 눈'이라고 불리지요."

"시체 먹는 까마귀들은 죽었거나 죽어가는 몸뚱이에 몰려들어 잔치를 벌이지요." 파이셀 대학사가 말했다. "기운차고 건강한 짐승에게는 내려앉지 않습니다. 유론 공이 게걸스럽게 황금과 약탈품에 탐닉하기는 하겠지만, 우리가 진군하면 다곤 공이 그랬듯 파이크로 물러날 겁니다."

"틀렸어요." 마저리 티렐이 말했다. "약탈자들은 그런 군세로 몰려오지 않아요. 천 척의 배라니! 휴엣 공과 체스터 공은 참살당했고, 세리 공의 아들이자 후계자도 마찬가집니다. 세리는 그나마 남은 배 몇 척을 몰고 하이가든으로 도망쳤고, 그림 공은 자기 성의 죄수가 됐어요. 윌라스 말에 따르면 강철 왕은 자기네 사람 넷을 그들 자리에 영주로 올렸다 합니다."

'윌라스, 그 불구. 그놈 탓이야.' 세르세이는 생각했다. '멍청이 메이스 티렐이 리치의 방어를 불운한 약골의 손에 맡기고 떠났어.' "강철 군도에서 방패 군도까지는 먼 항해길인데." 그녀가 지적했다. "어떻게 천 척이 눈에 띄지 않게 그 먼 길을 올 수 있었단 말이오?"

"윌라스는 그자들이 해안을 따라 움직이지 않았다고 보고 있습니다." 마저리가 말했다. "육지가 보이지 않는 곳으로 항해한 겁니다. 일몰해 멀리까지 나간 후에 서쪽에서부터 돌아온 거죠."

'그보다는 그 불구자가 감시탑에 군사를 배치하지 않았다가, 이제 와서 우리가 알게 될까 두려워하는 거겠지. 어린 왕비는 제 오라비를 위해 변명을 하고 있고.' 세르세이는 입이 말랐다. '아버 골드가 한 잔 필요해.' 강철인들이 다음 순서로 아버를 빼앗는다면 왕국 전체가 곧 갈증에 시달리게 될지 몰랐다. "스타니스가 이 일에 관여했을지도 모르오. 발론 그레이조이는 내 아버님께 동맹을 제안했었소. 어쩌면 그 아들은 스타니스에게 동맹을 제안했을지도 몰라."

파이셀이 얼굴을 찌푸렸다. "스타니스 공이 무엇을 얻는다고……."

"또 다른 발판을 얻지요. 그리고 약탈품도 얻겠고. 스타니스에겐 용병들에게 지불할 금이 필요하니. 서부를 습격함으로써 드래곤스톤과 스톰스엔드에서 우리 눈을 돌릴 수 있길 바랄 테지."

메리웨더 공이 고개를 끄덕였다. "양동작전이라. 스타니스는 우리 생각보다 더 교활하군요. 그런 계략을 꿰뚫어 보시다니 명민하십니다, 전하."

"스타니스 공은 북부인들을 끌어들이기 위해 분투하고 있는데요." 파이셀이 말했다. "강철인들과 손을 잡으면 북부인에 대해서는 희망을……."

"북부인들은 스타니스를 받아들이지 않을 거요." 세르세이는 그렇게 많이 배웠다는 학사가 어찌 이리 멍청할 수 있나 생각하며 말했다. "맨덜리 공이 양파 기사의 머리와 두 손을 잘랐고, 프레이가 이를 확인해주었으며, 다른 북부 영주 대여섯이 볼턴 공과 연합했소. 내 적의 적은 내 친구인 법. 스타니스가 북부의 적인 강철인과 야인들 외에 누구에게 기댈 수 있겠소? 하지만 자기가 놓은 덫에 내가 걸어 들어갈 줄 안다면 학사보다 더 바보겠지." 그녀는 어린 왕비를 다시 돌아보았다. "방패 군도는 리치에 속한 지역. 그림과 세리와 나머지는 하이가든에게 충성을 맹세했지. 이 일에 대한 응답도 하이가든이 해야겠구나."

"하이가든은 응답할 겁니다." 마저리 티렐이 말했다. "윌라스가 올드타운의 레이톤 하이타워에게 전언을 보내어, 방어를 살필 수 있게 했습니다. 갈란은 군도를 되찾을 병사들을 모으고 있습니다. 하지만 저희 군세의 가장 큰 부분은 제 아버지 곁에 남아 있습니다. 스톰스엔드에 계신 아버지에게 전언을 보내야 합니다. 즉시요."

"그래서 포위를 풀라고?" 세르세이는 마저리의 주제넘은 태도가 마음에 들지 않았다. '나에게 '즉시' 같은 소릴 하다니. 내가 제 시녀인 줄 아나?' "보나 마나 스타니스 공이 기뻐하겠구나. 내 말을 듣고는 있었느냐? 스타니스가 우리의 눈을 드래곤스톤과 스톰스엔드로부터 이 돌덩이들로 돌릴 수 있다면……."

"돌덩이요?" 마저리가 숨을 들이켰다. "돌덩이라고 하셨습니까?"

꽃의 기사가 누이의 어깨에 한 손을 올렸다. "전하께 한 말씀 올려도 괜찮다면, 강철인들이 그 돌덩이들에 있으면 올드타운과 아버를 위협하게 됩니다. 방패 군도의 요새에 자리를 잡으면 약탈자들이 옛날처럼 맨더강을 타고 리치의 심장부까지 항해할 수 있습니다. 숫자만 충분하다면 하이가든도 위협할지 모릅니다."

"정말인가?" 세르세이는 전혀 몰랐다는 듯 말했다. "그렇다면 경의 용감한 형제들이 그 돌덩이들에서 강철인을 끌어내는 게 좋겠군. 그것도 빨리."

"배가 충분치 않은데 어떻게 그런 일을 해내길 기대하십니까?" 로라스 경이 물었다. "윌라스와 갈란은 2주 안에 만 명을, 한 달이면 그 두 배의 군사를 일으킬 수 있지만, 물 위를 걸어갈 수는 없습니다, 전하."

"하이가든은 맨더강 위에 있지." 세르세이는 로라스를 일깨웠다. "하이가든과 그 봉신들은 만 리에 달하는 해안을 지배하고 있어. 그 해안에 어민이 하나도 없나? 유람선이나 연락선, 강 갤리선, 소형 범선도 없나?"

"그야 많지요." 로라스 경이 인정했다.

"그만하면 군대를 태우고 짧은 해역쯤은 건너기에 충분하지 않겠나."

"저희 오합지졸 함대가 말씀하시는 '짧은 해역'을 건너는 사이에 강철인의 장선들이 덮친다면, 그때는 저희에게 어떻게 하라는 겁니까?"

'물에 빠져 죽어.' 세르세이는 생각했다. "하이가든엔 황금도 있지. 협해 너머에서 용병선을 고용해도 좋다고 허락하네."

"미르와 리스의 해적들 말씀이십니까?" 로라스가 경멸을 담아 말했다. "자유도시의 쓰레기들요?"

'제 동생과 똑같이 버릇없는 놈.' "슬프지만 우리 모두 가끔씩은 쓰레기를 상대해야 하지." 세르세이는 독을 담아 다정하게 말했다. "더 좋은 생각이라도 있나?"

"강철인들로부터 맨더강 입구를 탈환하고, 제 형들이 물을 건너는 동안 놈들의 장선으로부터 보호할 정도의 갤리선을 가진 곳은 아버뿐입니다. 전하께 청하옵건대, 드래곤스톤에 전언을 보내어 레드와인 공에게 즉시 돛을 올리라 명령해주십시오."

'그나마 이 녀석은 빌 정도 분별은 있군.' 팍스터 레드와인에게는 200척의 군선과 그 다섯 배에 달하는 무장 상선에 와인 판매선, 무역 갤리선, 포경선까지 있었다. 그러나 레드와인은 드래곤스톤 성벽 아래에 진을 쳤고, 함대의 배 상당수는 드래곤스톤을 공격하기 위해 병사들을 블랙워터만 너머로 실어 나르는 데 쓰이고 있었다. 나머지는 남쪽 십브레이커만을 돌아다녔는데, 그곳에 함대가 있어야 스톰스엔드가 바다에서 재보급을 받지 못했다.

오레인 워터스가 로라스 경의 제안에 발끈했다. "레드와인 공이 돛을 올리고 그 자리를 떠나면 우리가 드래곤스톤에 병사들을 어떻게 보낸단 말인가? 아버의 갤리선들이 없으면 스톰스엔드 포위는 어떻게 유지하고?"

"포위는 나중에 재개할 수 있습니다. 우선—"

세르세이가 말을 끊었다. "스톰스엔드가 방패 군도의 백 배는 가치 있는 곳이고, 드래곤스톤은…… 드래곤스톤은 스타니스 바라테온의 손에 남아 있는 한 내 아들의 목을 겨눈 단검이나 다름없어. 성이 함락되면 레드와인 공과 그 함대를 풀어주겠네." 세르세이는 몸을 일으켰다. "접견은 끝났소. 파이셀 대학사, 잠시 이야기를."

노인은 세르세이의 목소리에 젊은 날의 꿈에서라도 깬 듯 화들짝 놀랐지만, 그가 대답하기 전에 로라스 티렐이 성큼성큼 앞으로 나섰다. 세르세이가 경계심에 물러설 정도로 빠른 속도였다. 세르세이가 신변 보호를 위해 오스먼드 경을 외쳐 부르려는데 꽃의 기사가 한쪽 무릎을 꿇었다.

"전하, 제가 드래곤스톤을 탈취하게 해주십시오."

마저리가 입가에 손을 올렸다. "로라스, 안 돼."

로라스 경은 동생의 애원을 무시했다. "팍스터 공의 생각대로 드래곤스톤을 굶겨서 항복을 받아내려면 반 년 이상이 걸릴 겁니다. 제게 지휘권을 주십시오, 전하. 제가 그 성을 맨손으로 뜯어내는 한이 있어도 2주 안에 전하의 것이 되게 하겠습니다."

산사 스타크가 달려와서 에다드 공의 계획을 알린 이후 세르세이에게 이렇게 멋진 선물을 준 사람은 없었다. 그녀는 마저리의 얼굴이 창백해지는 꼴을 보며 기뻐했다. "로라스 경의 용기에 숨이 멎는군. 워터스 공, 바다에 나갈 만한 새 범선이 있소?"

"아름다운 세르세이호가 준비되어 있습니다, 전하. 빠른 데다, 그 이름에 걸맞게 강하지요."

"훌륭해. 아름다운 세르세이호가 즉시 우리 꽃의 기사를 드래곤스톤으로 실어 가도록 해요. 로라스 경, 지휘권은 경의 것이네. 드래곤스톤이 토멘의 것이 되기 전까지는 돌아오지 않겠다고 맹세하게."

"그러겠습니다, 전하." 로라스가 일어섰다.

세르세이는 그의 양 뺨에 입을 맞췄다. 그리고 그의 누이동생에게도 입을 맞추며 속삭였다. "용맹한 오라비를 두었구나." 마저리는 대답할 예의가 없거나 두려움에 말을 잃은 모양이었다.

세르세이가 철왕좌 뒤에 난 국왕 전용문으로 빠져나갔을 때는 아직 동이 트려면 몇 시간이 남아 있었다. 오스먼드 경이 횃불을 들고 앞장섰고 콰이번이 어슬렁어슬렁 뒤따라왔다. 파이셀은 보조를 맞추려고 애를 써야 했다. 그가 씨근대며 말했다. "외람되오나 전하, 젊은이들은 지나치게 대담하고 전투의 영광만 생각할 뿐, 위험은 생각하지를 않습니다. 로라스 경은…… 로라스 경의 계획에는 위험이 가득합니다. 드래곤스톤 성벽을 강습한다는 건……."

"아주 용감하지."

"용감하기는 하오나……."

"우리 꽃의 기사가 제일 먼저 흉벽에 올라서리라는 데 한 점 의심도 없네." '그리고 제일 먼저 떨어지겠지.' 스타니스가 성을 지키라고 두고 간 마맛자국투성이 개자식은 풋내기 마상시합 우승자가 아니라 노련한 살인자였다. 신들이 자비롭다면 그 남자가 로라스 경에게 본인이 원하는 영광스러운 결말을 선사할 것이다. '그 녀석이 가는 길에 빠져 죽지 않는다면 말이야.' 바로 어젯밤에도 사나운 폭풍이 불었다. 몇 시간 동안이나 비가 검은색 판처럼 퍼부었다. '그건 좀 슬프지 않을까?' 세르세이는 생각했다. '익사는 평범하니 말이야. 로라스 경은 진짜 사내들이 여성을 탐내듯이 영광을 탐내는데, 아무리 그래도 신들이 노래로 만들 만한 죽음은 선사해주실 수 있겠지.'

드래곤스톤에서 로라스가 어떻게 되든, 승자는 세르세이일 것이다. 로라스가 성을 탈취한다면 스타니스는 심각한 타격을 입을 테고, 레드와인 함대는 강철인들을 상대하러 갈 수 있다. 로라스가 실패한다면, 책임은 다 로라스에게 돌아가도록 하리라. 실패만큼 영웅의 이름을 더럽히는 것은 없으니까. '그리고 혹시 로라스가 피와 영광에 뒤덮인 채 방패에 실려 집으로

돌아온다면, 슬픔에 빠진 누이동생을 위로해줄 오스니 경이 있겠지.'

더는 웃음을 참을 수가 없었다. 세르세이의 입술 사이로 터져 나온 웃음소리가 메아리쳤다.

"전하?" 파이셀 대학사가 입을 떡 벌린 채로 눈을 껌벅였다. "왜…… 왜 웃으십니까?"

"왜라니. 웃지 않으면 울까. 우리 로라스 경과 그 무용에 대한 사랑으로 심장이 터질 것 같은데."

그녀는 구불구불한 계단에 대학사를 내버려두고 걸었다. '저놈은 예전 같은 쓸모도 없이 너무 오래 사는군.' 파이셀이 최근에 한 일이라고는 반대와 경고로 그녀를 괴롭히는 것뿐이었다. 심지어 그녀가 최고성사와 이룬 합의마저 반대했다. 그녀가 필요한 서류를 준비하라고 명하자 눈곱이 잔뜩 낀 흐릿한 눈으로 그녀를 보면서 오래전에 죽은 역사에 대해 떠들어대는 바람에, 세르세이가 말을 끊어야 했다. "마에고르 왕의 시절은 지나갔고, 당시의 칙령도 끝났네." 그녀는 단호하게 말했다. "지금은 토멘 왕의 시대이고, 나의 시대야." '저놈을 그냥 검은 감옥에서 썩힐 걸 그랬어.'

"로라스 경이 쓰러진다면 킹스가드에 어울리는 다른 기사를 찾으셔야 하겠군요." 콰이번 공이 마에고르 성채를 두른 대못 해자를 건너면서 말했다.

"훌륭한 기사여야겠지." 그녀는 수긍했다. "토멘이 로라스 경을 다 잊을 정도로 젊고 빠르고 강한 기사. 좀 화려한 거야 나쁘지 않지만, 머릿속에 멍청한 생각이 가득해선 안 돼. 그런 기사를 아는가?"

"안타깝게도, 모릅니다." 콰이번이 말했다. "전 다른 종류의 대전사를 생각하고 있었습니다. 화려함은 없지만 열 배로 대비 전하께 헌신할 겁니다. 전하의 아드님을 보호하고, 전하의 적들을 죽이고, 전하의 비밀을 지킬 것이며, 살아 있는 자는 그 누구도 그 앞에서 버티지 못할 겁니다."

"말은 좋지. 말은 공허해. 때가 무르익으면 공이 말하는 그 기사의 귀감을 내놓을 수 있을 테고, 그러면 공이 장담한 대로인지 알게 되겠군."

"사람들이 이 기사에 대해 노래하리라 맹세하지요." 콰이번 공의 눈이 즐겁게 반짝거렸다. "갑옷에 대해 여쭤봐도 되겠습니까?"

"공의 주문은 넣어두었네. 무기제조인이 내가 미친 줄 알더군. 그렇게 무거운 판금을 입고 싸우기는커녕 움직일 만큼 강한 남자도 없다고 장담하던데." 세르세이는 사슬 목걸이가 없는 학사에게 경고의 눈빛을 보냈다. "날 바보로 만들면 비명을 지르며 죽게 될 거야. 그 점은 잘 알고 있겠지?"

"언제나 명심하고 있습니다, 전하."

"좋아. 그 문제는 더 말하지 말게."

"대비님께선 현명하십니다. 이 벽에는 귀가 달렸지요."

"그러하지." 밤이면 가끔 세르세이의 거처 안에서도 작은 소리가 들렸다. '벽 속을 돌아다니는 쥐야. 그것뿐이야.' 그녀는 스스로를 그렇게 타이르곤 했다.

침대 옆에 촛불이 하나 타고 있었지만, 벽난로의 불은 꺼졌고 다른 불빛은 없었다. 방은 어두울 뿐 아니라 춥기도 했다. 세르세이는 가운을 벗어 바닥에 팽개쳐둔 채 담요 속으로 들어갔다. 침대 저편에서 타에나가 뒤척이더니 조용히 웅얼거렸다. "전하, 몇 시인가요?"

"부엉이의 시간이야." 세르세이가 대답했다.

세르세이는 자주 혼자 잤지만, 혼자 자는 것을 좋아하지는 않았다. 그녀의 제일 오래된 기억은, 아직 너무 어려서 아무도 둘을 구분하지 못했던 시절에 제이미와 한 침대를 쓰던 것이었다. 그 후에, 제이미와 따로 지내게 되고 나서는 시녀와 말벗이 주렁주렁 있었는데, 대부분 같은 나이 또래의 여자애들로 아버지의 가신기사와 휘하 봉신의 딸들이었다. 마음에 드는 아이는 아무도 없었고, 오래 같이 있었던 아이도 몇 없었다. '거의 다 어린 고

자질쟁이였지. 맨날 거짓말을 하고 나와 제이미 사이를 이간질하려 들던, 지루한 징징이들.' 그렇다 해도 캐스털리록의 시커먼 배 속 깊이 잠긴 밤이면 옆에 누운 그 아이들의 온기가 반가울 때도 있었다. 텅 빈 침대는 추웠다.

여기는 특히 더 그랬다. 이 방에는 한기가 돌았고, 그녀의 한심한 남편이자 왕은 바로 이 침대 덮개 아래에서 죽었다. '로버트 바라테온 1세여, 부디 2세는 절대 나오지 않기를. 우둔하고 술에 취한 짐승 같은 남자. 지옥에서나 울라지.' 타에나는 침대를 로버트보다 더 따뜻하게 데워주었고, 세르세이의 다리를 강제로 벌리려 드는 일도 없었다. 최근 타에나는 메리웨더 공보다 왕대비와 같이 잘 때가 더 많았다. 오턴은 신경 쓰지 않는 것 같았다……. 신경을 쓴다 해도 그런 말을 하지 않을 분별이 있거나.

"깨어났다가 안 계셔서 걱정했어요." 메리웨더 부인이 허리께에 이불을 감은 채 베개에 기대어 앉으며 말했다. "뭔가 잘못됐나요?"

"아니야." 세르세이는 말했다. "다 잘됐어. 내일이면 로라스 경이 배를 타고 드래곤스톤으로 갈 거야. 성을 점령하고, 레드와인 함대를 풀어주고, 자신의 남성성을 우리 모두에게 증명하기 위해서지." 그녀는 일렁이는 철왕좌의 그림자 아래에서 일어난 모든 일을 미르 여인에게 말했다. "용맹한 오라비가 없으면 우리 어린 왕비도 벌거벗은 것이나 다름없지. 위병들이야 있지만, 위병대장은 성 안 여기저기 돌아다니게 해뒀어. 전포에 다람쥐가 그려진 수다스러운 노인이지. 다람쥐는 사자에게서 달아나는 법. 그자에겐 철왕좌에 거역할 용기가 없어."

"마저리에겐 다른 검사들도 있어요." 메리웨더 부인이 경고했다. "궁정 안팎에 친구도 많고, 마저리나 마저리의 어린 사촌들 모두에게 숭배자들이 있죠."

"구혼자 몇 명은 걱정거리가 아니야. 하지만 스톰스엔드의 군대는……."

"어떻게 하시려고요, 전하?"

"왜 그걸 묻지?" 방금 질문은 조금 지나치게 파고들었다. "내 열없는 생각들을 우리 가엾은 어린 왕비와 공유할 생각은 아니길 바라네만?"

"그럴 리가요. 전 세넬레가 아니에요."

세르세이는 세넬레에 대해 생각하고 싶지 않았다. '그 아이는 내 친절을 배신으로 갚았어.' 산사 스타크도 똑같았다. 어렸을 때 멜라라 헤더스푼과 제인 파먼도 그랬다. '걔들이 아니었으면 난 결코 그 천막에 들어가지 않았을 거야. 개구리 매기가 내 핏방울로 미래를 맛보게 하지도 않았을 거야.' "자네가 내 믿음을 배신한다면 정말 슬플 거야, 타에나. 그때는 콰이번 공에게 넘기는 수밖에 없을 텐데, 그러면서 울게 되겠지."

"전하께서 저 때문에 우실 일은 절대 없을 거예요. 제가 그렇게 만든다면 말씀만 하세요. 직접 콰이번에게 몸을 바칠게요. 전 오직 전하와 가까이 있고 싶을 뿐이에요. 무슨 요구를 하시든 전하를 섬기고 싶어요."

"그렇게 섬겨서 어떤 보상을 받길 기대하나?"

"아무것도요. 전하가 기쁘시면 저도 기뻐요." 타에나는 촛불 빛에 올리브빛 피부를 반짝이며 세르세이 옆으로 다가왔다. 젖가슴이 세르세이보다 더 컸고, 젖꼭지는 뿔처럼 크고 검었다. '타에나는 나보다 젊어. 아직 가슴이 처지지도 않았고.' 그녀는 다른 여자에게 입 맞추면 어떤 기분일까 궁금했다. 고귀한 태생의 숙녀들끼리 흔히 나누는 예절대로 뺨에 가볍게 입 맞추는 게 아니라, 입술에 제대로 입을 맞춘다면. 타에나의 입술은 도톰했다. 그 젖가슴을 빨면 어떤 기분일지, 미르 여인을 눕히고 다리를 벌려 남자가 이 여인을 취할 때처럼, 로버트가 술에 절어 덤비는데 손이나 입으로 해결하고 끝낼 수 없었을 때처럼 범하면 어떤 기분일지 궁금했다.

그런 밤이 최악이었다. 로버트가 와인 냄새를 풍기고 멧돼지처럼 그르렁대면서 자기 좋을 대로 쾌락을 얻는데 무력하게 그 밑에 누워 있었던 밤들. 보통 로버트는 끝나자마자 몸을 굴려 잠들었고, 그녀의 허벅지에 묻은 정액이 말라붙기도 전에 코를 골았다. 그럴 때면 언제나 다리 사이가 쓰라렸고, 로버트가 거칠게 다룬 젖가슴이 아팠다. 세르세이가 흥분해서 젖었던 때는 오직 결혼식 밤뿐이었다.

막 결혼했을 때의 로버트는 꽤 잘생겼었고 키가 크고 힘세고 튼튼했지만, 시커먼 털이 무성해서 가슴팍에도 빽빽했고 성기 주위에도 거칠게 나 있었다. 그녀는 로버트가 자신에게 몸을 밀어댈 때면 가끔 트라이던트에서 엉뚱한 남자가 돌아왔다는 생각을 하곤 했다. 처음 몇 해 동안, 로버트가 자주 그녀에게 올라타던 시절에는 눈을 감고 라에가르와 성교한다고 상상하기도 했었다. 제이미라고는 생각할 수가 없었다. 너무 다르고, 너무 생소해서. 심지어 냄새마저도 잘못됐었다.

로버트에게 그런 밤은 존재하지도 않았다. 아침이 오면 로버트는 아무것도 기억하지 못하거나, 세르세이가 그렇게 믿게 만들었다. 결혼 첫해에 한 번은, 세르세이가 다음 날에 밤의 불쾌함을 말한 적이 있었다. "날 아프게 해요." 그녀는 불평했다. 로버트에게도 부끄러운 얼굴을 할 염치는 있었다. "내가 아니라오, 부인." 그는 부엌에서 사과 케이크를 훔치다가 걸린 어린아이처럼 부루퉁한 목소리로 말했다. "와인이 한 짓이지. 난 와인을 너무 마셔." 그는 자백을 씻어내기 위해 에일 뿔잔에 손을 뻗었다. 로버트가 잔을 입가에 들어 올리자 세르세이는 자기 뿔잔으로 그의 얼굴을 때렸다. 어찌나 세게 쳤는지, 이가 하나 부러질 정도였다. 몇 년이 지나 어느 연회에서 그녀는 로버트가 하녀에게 난전에서 이가 부러진 경위를 늘어놓는 것을 들었다. '우리 결혼이 난전이긴 했지. 그러니 거짓말은 아니야.' 세르세이는 그렇게 생각했다.

하지만 나머지는 전부 다 거짓말이었다. 세르세이는 로버트가 밤에 자기가 한 짓을 분명히 기억하고 있었다고 확신했다. 눈을 보면 알 수 있었다.

잊은 척할 뿐이었다. 자신의 수치를 직시하기보다는 잊은 척하기가 더 쉬웠으니까. 로버트 바라테온은 마음 깊은 곳에서 겁쟁이였다. 시간이 지나자 그런 폭행은 점점 뜸해졌다. 첫해에는 적어도 2주에 한 번은 그녀를 범했지만, 끝에 가서는 1년에 한 번도 안 됐다. 그러나 완전히 멈춘 적도 없었다. 늦든 빠르든 언제나 로버트가 너무 취해서 제 권리를 주장하고 싶어하는 밤은 왔다. 환한 낮에는 부끄러워하는 일이 밤에는 그에게 즐거움을 선사했다.

"왕대비님?" 타에나 메리웨더가 말했다. "이상한 표정을 짓고 계시네요. 몸이 좋지 않으세요?"

"그냥…… 기억을 떠올리고 있었어." 목이 말랐다. "자넨 좋은 친구야, 타에나. 나에게 진정한 친구가 있었던 게……."

누군가가 문을 쾅쾅 두드렸다.

'또야?' 다급한 소리에 몸이 떨렸다. '또 다른 천 척의 배가 우릴 덮쳤나?' 세르세이는 잠옷 가운을 걸쳐 입고 누군지 보러 갔다. "폐를 끼쳐 정말 죄송합니다, 전하. 하지만 스토크워스 부인께서 아래에 와서 알현을 청하고 있습니다." 위병이 말했다.

"이 시간에?" 세르세이는 날카롭게 받아쳤다. "팔리스가 정신이 나갔나? 내가 침소에 들었다고 전해. 방패 군도의 평민들이 도살당하고 있다고 말해. 내가 밤새 깨어 있었다고도 전하고. 내일 만나겠다."

위병이 머뭇거렸다. "외람되오나 전하, 스토크워스 부인은…… 상태가 좋지 않습니다."

세르세이는 얼굴을 찌푸렸다. 팔리스가 찾아온 건 브론이 죽었다고 전하기 위해서라고 생각하고 있었다. "알겠다. 옷을 갖춰 입어야 하니, 내 개인방으로 안내해서 기다리게 해." 메리웨더 부인이 일어나서 같이 가려고 하자 세르세이는 만류했다. "아니, 여기 있게. 한 명이라도 쉬어야지. 오래 걸리진 않을 거야."

팔리스 부인은 얼굴이 멍든 데다 부어 있었고, 눈은 울어서 시뻘겠다. 아랫입술이 터졌고, 옷은 찢어지고 더러웠다. "이런 세상에." 세르세이는 팔리스를 개인방에 들이고 문을 닫았다. "얼굴이 대체 왜 이렇게 된 건가?"

팔리스는 그 질문을 듣지 못한 것 같았다. "죽였어요." 그녀는 떨리는 목소리로 말했다. "어머니시여 자비를 베푸소서. 그…… 그이……." 그녀는 온몸을 떨면서 울기 시작했다.

세르세이는 와인을 한 잔 따라서 울고 있는 여자에게 건넸다. "마시게. 진정이 될 거야. 그렇지. 조금만 더 마시게. 울음을 그치고 왜 왔는지 말을 해."

세르세이는 남은 와인병을 다 비우고 나서야 팔리스 부인을 구슬려 통탄할 이야기 전체를 들을 수 있었다. 듣고 나서는 웃어야 할지 화를 내야 할지 알 수 없었다. "일대일 결투라니." 그녀는 중얼거렸다. '칠왕국에 내가 기댈 수 있는 사람이 아무도 없나? 조금이라도 머리가 도는 사람이 웨스테로스에 나밖에 없어?' "발만 경이 브론에게 일대일 결투를 신청했다고?"

"그 편이 가, 가, 간단할 거랬어요. 기마창은 기, 기사의 무기고 브, 브론은 진짜 기사가 아니라면서요. 발만은 브론을 말에서 떨어뜨리고 나서 누, 누, 누워 있는 놈을 끝낼 거랬어요."

브론이 기사가 아니기는 했다. 브론은 전투로 다져진 살인자였다. '네 천치 남편이 제 사형 선고서를 썼구나.' "장한 계획이었군. 어쩌다 틀어졌는지 물어도 될까?"

"브, 브론이 기마창으로 발만의 가엾은 마, 마, 말을 찔렀어요. 발만은, 그이는…… 말이 쓰러지면서 다리가 뭉개졌어요. 너무나 애처롭게 비명을……."

'용병들에게는 동정심이 없어.' 세르세이는 그렇게 말할 수도 있었다. "사냥 사고를 꾸며보라고 했잖나. 화살이 빗나갔다거나, 말에서 떨어졌다거나, 성난 멧돼지가 덤볐다거나…… 숲에서 남자가 죽을 수 있는 길은 많고도 많아. 기마창과는 상관도 없고."

팔리스는 그 말을 듣지도 못하는 것 같았다. "제가 발만에게 달려가려고 했더니 그, 그, 그놈이 제 얼굴을 쳤어요. 제 남편에게 자, 자, 자백을 요구했어요. 발만이 프렌켄 학사를 불러 치료해달라고 울부짖었는데 그 용병이, 그놈이, 그놈이……."

"자백?" 세르세이는 그 말이 마음에 들지 않았다. "우리 용감한 발만 경이 입을 꾹 다물었으리라 믿네."

"브론이 그이의 눈에 단검을 찌르고는, 저보고 해가 지기 전에 스토크워스를 떠나지 않으면 저도 같은 꼴을 당할 거라고 했어요. 저를 수, 수, 수비군에게 돌리겠다고 했어요. 인기도 없겠지만 그럴 거라고요. 제가 브론을 잡으라고 명령했더니, 그놈의 기사 하나가 무례하게도 저더러 스토크워스 공이 하라는 대로 하라는 거예요. 그놈을 스토크워스 공이라고 불렀어요!" 팔리스 부인은 왕대비의 손을 움켜쥐었다. "전하께서 제게 기사들을 내어주셔야 해요. 기사 백 명을요! 제 성을 되찾게, 노궁수들도요. 스토크워스는 제 거예요! 그놈들은 심지어 제가 옷도 챙기지 못하게 했어요! 브론이 이제 제 비, 비단옷과 벨벳 옷은 다 자기 아내 거라고 했어요."

'네 넝마 조각들은 지금 걱정거리도 아니야.' 세르세이는 끈적거리는 팔리스의 손아귀에서 손가락을 뺐다. "난 자네에게 왕을 지키기 위해 촛불 하나를 불어 꺼달라고 했어. 그런데 자넨 그 촛불 위에 와일드파이어 단지를 던졌군. 어리석은 발만이 이 일에 내 이름을 끌어들였나? 아니라고 해줘."

팔리스가 입술을 핥았다. "그…… 그이는 고통스러웠어요. 다리가 부러졌으니까요. 브론이 그이에게 자비를 보이겠다고 했지만……. 제 가엾은 어, 어, 어머니는 어떻게 될까요?"

'아마 죽겠지.' "자네 생각은 어때?" 탠다 부인은 이미 죽었을 수도 있었다. 브론은 엉덩이 골절로 누워 있는 늙은 여자를 돌보는 데 많은 노력을 들일 남자 같지 않았다.

"전하께서 도와주셔야 해요. 제가 어디로 가야 하죠? 뭘 해야 하죠?"

'문보이와 결혼하는 게 좋을지도 모르겠군.' 세르세이는 그렇게 말해버릴 뻔했다. '문보이도 네 죽은 남편처럼 엄청난 바보는 아니야.' 킹스랜딩 지척에서 전쟁을 일으키는 위험을 감수할 순 없었다. 지금은 아니었다. "침묵의 자매들은 언제나 과부를 기쁘게 환영하지. 평온한 삶, 기도와 명상과 좋은 일로 이루어진 삶이야. 산 사람에게는 위안을 주고 죽은 사람에게는 평화를 주는." '그리고 말도 안 하지.' 팔리스가 칠왕국을 돌아다니면서 위험한 이야기를 퍼뜨리게 둘 순 없었다.

팔리스는 분별 있는 말에 귀 기울이지 않았다. "저희가 한 모든 일은, 전부 다 전하를 위해서였어요. '신의를 자랑으로.' 전하께서 말씀하셨……."

"나도 기억나." 세르세이는 억지 미소를 지었다. "자네 성을 되찾을 방법을 찾을 때까지 우리와 여기에 머물도록 하지. 와인을 한 잔 더 따라주겠네. 잠을 자는 데 도움이 될 거야. 지치고 상심한 게 보여. 불쌍한, 친애하는 팔리스. 자, 쭉 마시게."

손님이 와인병을 비우는 사이, 세르세이는 문가로 가서 시녀들을 불렀다. 도카스에게는 쾨이번 공을 찾아서 즉시 데려오라고 일렀다. 조슬린 스위프트는 주방으로 보냈다. "빵과 치즈, 고기 파이와 사과를 가져와라. 와인도. 목이 마르구나."

쾨이번이 음식보다 먼저 도착했다. 팔리스 부인은 그때까지 와인을 세 잔 더 마셨고 고개를 꾸벅거리기 시작했지만, 가끔씩 깨어나서 또 울어댔다. 세르세이는 쾨이번을 한쪽으로 데려가서 발만 경의 어리석은 짓을 전했다. "팔리스가 시내 여기저기에 이야기를 퍼뜨리게 둘 순 없어. 슬픔 때문에 무분별해졌네. 그대의…… 작업에 아직 여자가 필요한가?"

"필요합니다, 전하. 인형극 공연자들이 상당히 지쳤어요."

"그렇다면 저 여자를 데려가서 원하는 대로 하게. 하지만 일단 저 여자가 검은 감옥으로 내려가면…… 더 말해야 할까?"

"아닙니다, 전하. 이해합니다."

"좋아." 세르세이는 다시 한번 억지 미소를 지었다. "사랑스러운 팔리스, 여기 콰이번 학사가 왔네. 자네가 쉬도록 도와줄거야."

"아." 팔리스는 흐리멍텅하게 말했다. "아, 잘됐네요."

두 사람이 나가고 문이 닫히자 세르세이는 스스로에게 와인을 한 잔 더 따랐다. "난 적들과 얼간이들에게 둘러싸여 있어." 이젠 혈연과 친척도, 예전에는 그녀의 반쪽이었던 제이미조차도 믿을 수가 없었다. '제이미는 내 검이자 방패, 내 힘센 오른팔이어야 했어. 왜 계속 날 짜증 나게 하는 거지?'

브론은 성가신 문제 정도에 지나지 않았다. 세르세이도 브론이 꼬마 악마를 숨기고 있다고 정말로 믿은 건 아니었다. 그녀의 배배 꼬인 남동생은 세르세이의 분노를 불러올 줄 뻔히 알면서 롤리스가 잘못 얻은 비참한 사생아에게 자기 이름을 붙이게 놓아두기엔 너무 영리했다. 메리웨더 부인도 그 점을 지적했었고, 그녀가 옳았다. 그 조롱은 용병 브론의 짓이 거의 확실했다. 세르세이는 브론이 와인 잔을 들고 건방진 미소를 지으면서 빨갛고 주름진 제 수양아들이 롤리스의 부푼 젖가슴을 빠는 모습을 지켜보는 장면을 그려볼 수 있었다. '얼마든지 웃어, 브론 경. 곧 비명을 지르게 될 거야. 네 반편이 부인과 훔친 성을 실컷 즐겨라. 때가 오면 내가 널 파리처럼 때려죽일 테니까.' 해치우라고 로라스 티렐을 보낼 수도 있었다. 꽃의 기사가 드래곤스톤에서 살아 돌아온다면 말이지만. 감미로운 일이 되리라. 신들이 자비로우시다면 과거 아릭 경과 에릭 경처럼 서로를 죽일지도 몰랐다. 스토크워스에 대해서는…… 아니, 이젠 스토크워스에 대해 생각하기도 지겨웠다.

세르세이가 빙빙 도는 머리로 침실에 돌아갔을 때 타에나는 다시 잠들어 있었다. '와인을 너무 마신 데다 잠은 너무 못 잤어.' 이렇게 긴급한 소식 때문에 두 번이나 잠을 방해받는 밤이 매일 있는 것은 아니었다. '그래도 난 깰 수나 있지. 로버트는 너무 취해서 통치는 고사하고 일어나지도 못했겠지. 이 모든 일 처리는 존 아린에게 떨어졌을 테고.' 자신이 로버트보다 나은 왕이라고 생각하니 기분이 좋았다.

창밖 하늘이 벌써 밝아지기 시작했다. 세르세이는 메리웨더 부인 옆에 앉아서 그녀의 조용한 숨소리에 귀를 기울이며, 가슴팍이 오르내리는 모습을 지켜보았다. '타에나는 미르에 대한 꿈을 꿀까?' 궁금했다. '아니면 흉터가 있다는 그 연인, 거절을 참지 못하는 위험한 검은 머리 남자를 꿈꿀까?' 세르세이는 타에나가 오턴 공 꿈을 꾸고 있진 않을 거라고 확신했다.

세르세이는 타에나의 젖가슴을 가만히 감쌌다. 처음에는 부드럽게, 거의 건드리지도 않고 손바닥에 온기만 느꼈다. 피부가 새틴처럼 부드러웠다. 그러고는 살짝 쥐었다가, 엄지손톱으로 크고 검은 젖꼭지를 가볍게 앞뒤로 문질렀다. 젖꼭지가 단단해지는 느낌이 날 때까지 문질렀다. 눈을 들어 보니 타에나가 눈을 뜨고 있었다. "기분이 좋은가?" 세르세이가 물었다.

"네." 메리웨더 부인이 대답했다.

"그럼 이건?" 세르세이는 젖꼭지를 꼬집고 세게 잡아당겼다가, 손가락 사이에 끼워 비틀었다.

미르 여인이 아픔에 헉하고 숨을 쉬었다. "아파요."

"그냥 와인 때문이야. 저녁 식사를 하면서 한 병을 마셨고, 스토크워스 과부와 또 한 병을 마셨거든. 그 여자를 진정시키기 위해 마셔야 했어." 그녀는 타에나가 헐떡거릴 때까지 반대쪽 젖꼭지도 비틀고 당겼다. “난 여왕이야. 내 권리를 누리겠어.”

“원하는 대로 하세요.” 타에나의 머리카락은 로버트처럼 검었고, 다리 사이도 그랬다. 세르세이가 건드려보니 로버트의 털이 거칠고 말라 있었던 반면 타에나의 털은 촉촉하게 젖어 있었다. “제발.” 미르 여인이 말했다. “계속하세요, 여왕님. 절 원하는 대로 하세요. 전 여왕님 거예요.”

하지만 소용없었다. 로버트가 그녀를 범한 밤들에 뭘 느꼈든 간에, 세르세이는 그걸 느낄 수 없었다. 그 행위에 즐거움이라곤 없었다. 그녀에겐 없었다. 타에나에게는 있었지만. 타에나의 젖꼭지는 두 개의 검은 다이아몬드였고, 성기는 매끈하고 관능적이었다. ‘로버트라면 널 사랑했을 거야. 한 시간 동안은.’ 세르세이는 미르의 늪에 손가락을 하나, 또 하나 미끄러뜨리고 넣었다 빼며 움직였다. ‘하지만 네 안에 씨앗을 쏟아내고 나면 네 이름도 제대로 기억 못 했겠지.’

그녀는 언제나 쉽게 로버트를 만족시킬 수 있었던 것처럼 여자도 쉽게 만족시킬 수 있을지 알고 싶었다. ‘당신 자식 만 명이 내 손바닥에서 죽었지요, 전하.’ 그녀는 세 번째 손가락을 미르 여인에게 밀어 넣으며 생각했다. ‘당신이 코를 고는 동안 내 얼굴과 손가락에서 당신 아들들을 하나씩 하나씩 핥아냈답니다. 그 창백하고 끈적거리는 왕자들 전부를요. 당신은 권리를 주장했지만, 어둠 속에서 난 당신 후계자들을 먹어치웠어.’ 타에나가 몸을 떨었다. 이국의 말로 몇 마디를 헐떡거리더니 다시 몸을 떨고는, 등을 휘면서 비명을 질렀다. ‘뿔에 받힌 것 같은 소리를 내는군.’ 세르세이는 생각했다. 그녀는 잠깐 동안 그녀의 손가락이 멧돼지의 엄니이고, 미르 여인을 샅에서 목까지 찢어버리는 상상을 했다.

여전히 소용이 없었다.

제이미가 아니면 누구와도 소용이 없었다.

세르세이가 손을 치우려 하자 타에나가 그 손을 붙들고 손가락에 입을 맞췄다. "아름다우신 여왕님, 제가 어떻게 즐겁게 해드릴까요?" 그녀는 세르세이 쪽으로 손을 내려 성기를 건드렸다. "절 어떻게 가질지 말씀만 하세요, 내 사랑."

"내버려두게." 세르세이는 몸을 굴려 타에나에게서 멀어지고는, 떨면서 이불을 덮어썼다. 동이 트고 있었다. 곧 아침이 될 테고, 이 모든 일은 잊힐 것이었다.

일어난 적도 없는 일이었다.

제이미

트럼펫의 요란한 금속음이 해 질 녘의 고요하고 푸른 공기를 갈랐다. 조스민 페클던이 벌떡 일어서서 제이미의 검대로 돌진했다.

'제법 소질이 있군.' "무법자들은 트럼펫을 울려서 도착을 알리지 않아." 제이미는 페클던에게 말했다. "내 검이 필요하진 않을 거다. 내 사촌인 서부의 관리자일 거야."

제이미가 천막을 나섰을 때는 기수들이 말에서 내리고 있었다. 기사가 여섯 명, 기마궁수와 중장병이 마흔 명이었다. "제이미!" 도금한 고리 갑옷과 여우 털 망토를 입은 덥수룩한 남자가 우렁차게 외쳤다. "심하게 수척한 데다가 머리끝부터 발끝까지 하얗군! 게다가 수염도 있고!"

"이거? 네 갈기에 비하면 짧은 그루터기지." 대븐 경의 억센 수염과 무성한 콧수염은 산울타리처럼 빽빽한 구레나룻과 이어지고, 또 머리에 난 헝클어진 노란색 덤불로 이어졌다. 벗어 든 투구 때문에 납작하게 눌리기는 했지만. 그 엄청난 털 무더기 사이 어딘가에 들창코와 활기 넘치는 개암색 눈동자가 있었다. "어느 무법자가 네 면도칼을 훔쳐 가기라도 했나?"

"난 아버지의 복수를 이루기 전까지는 털을 깎지 않겠다고 맹세했어." 그토록 사자 같은 외모인데도 대븐 라니스터는 양처럼 겸연쩍어했다. "하지만 카스타크는 젊은 늑대가 먼저 잡았지. 내 복수를 강탈해 갔어." 그는 종자에게 투구를 넘기고 투구에 눌린 머리를 손가락으로 쓱쓱 빗었다. "털이 좀 있는 게 좋아. 갈수록 밤이 추워지는데, 털이 무성하면 얼굴 보온에 도움이 되거든. 뭐, 그리고 젠나 종고모님은 언제나 내 턱이 벽돌 같다고 했고." 그는 제이미의 양팔을 잡았다. "속삭이는 숲 이후에 네가 어떻게 됐을지 걱정했어. 스타크의 다이어울프가 네 목을 찢었다는 소문도 있었고."

"날 위해 비통한 눈물을 흘려준 거야, 사촌?"

"라니스포트의 절반이 애도했지. 여자들 쪽 절반만." 대븐 경의 시선이 제이미의 잘린 팔로 향했다. "사실이었군. 그 개자식들이 네 검 쓰는 손을 잘랐어."

"황금으로 만든 새로운 손이 있어. 손이 하나면 좋은 점도 많아. 흘릴까 봐 와인도 적게 마시고, 궁정에서 엉덩이를 긁는 일도 드물어지고."

"하하. 나도 손을 하나 떼어내야 할지도 모르겠군." 사촌이 소리 내어 웃었다. "캐틀린 스타크가 한 짓이야?"

"바고 호트가." '대체 이런 헛소문은 다 어디에서 오는 거야?'

"그 코호르 놈이?" 대븐 경이 침을 뱉었다. "그놈과 그놈의 용감한 형제단. 네 아버지께 징발은 내가 하겠다고 했더니 거절하셨지. 어떤 일은 사자들에게 어울리지만, 징발은 염소와 개한테 맡기는 게 최선이라고 하셨어."

타이윈 공이 했던 말이었다. 아버지의 목소리가 들리는 것만 같았다. "안으로 들어가자. 이야기할 게 있어."

가렛 페이지가 화로에 불을 붙여놓아, 달아오른 석탄이 불그레한 열기로 제이미의 천막 안을 채우고 있었다. 대븐 경이 망토를 떨쳐 어린 루에게 던졌다. "너, 파이퍼냐?" 그가 으르렁대듯이 말했다. "왜소하게 생겼는걸."

"르위스 파이퍼 맞습니다."

"언젠가 난전에서 네 형을 피투성이로 때려눕혔지. 방패에서 벌거벗고 춤추고 있는 게 네 누이냐고 물었더니 그 왜소한 어린 바보 녀석이 발끈하지 뭐냐."

"그 여자는 저희 가문 문장입니다. 저희에겐 누이가 없습니다."

"더더욱 안타깝군. 너희 문장엔 멋진 가슴이 달렸는데 말이야. 그렇지만 대체 어떤 남자가 벌거벗은 여자 뒤에 숨나? 네 형의 방패를 두들길 때마다 영 기사답지 못한 기분이 들더라고."

"그만해." 제이미가 웃어대며 말했다. "루는 내버려둬." 피아가 두 사람을 위해 와인을 데우며 숟가락으로 주전자 안을 젓고 있었다. "리버런에서 뭘 보게 될지 알아야겠어."

사촌이 어깨를 으쓱였다. "포위전은 늘어지고 있어. 검은 물고기는 성 안에 앉아 있고, 우린 숙영지에 앉아 있지. 진실을 알고 싶다면, 죽도록 지루해." 대븐 경은 등받이 없는 숙영지용 접의자에 앉았다. "툴리는 출격을 해서 우리 모두에게 아직 전쟁 중이라는 사실을 일깨워줘야 해. 프레이도 좀 추려 없애주면 좋겠지. 우선 라이먼부터. 그놈은 노상 취해 있어. 아, 에드윈도 없애주고. 제 아비처럼 미련하진 않지만 종기에 꽉 찬 고름처럼 증오심만 가득해. 그리고 우리 에몬 경은…… 아니지, 에몬 공이지. 일곱이시여, 우리가 그자의 새 호칭을 잊지 않게 하소서……. 우리 리버런 영주님은 나한테 어떻게 포위전을 벌일지 말하는 것 말고는 아무것도 안 해. 이젠 거기가 자기 권좌니까, 상처 하나 입히지 말고 그 성을 탈취하라는 거야."

"그 와인 안 데워졌나?" 제이미는 피아에게 물었다.

"다 됐습니다, 나리." 피아는 입을 가리고 대답했다. 페클던이 금쟁반에 와인 잔을 담아 왔다. 대븐 경은 장갑을 벗고 잔을 쥐었다. "고맙다. 그런데 넌 누구냐?"

"조스민 페클던이라고 합니다."

"페클던은 블랙워터에서 영웅이었다네." 제이미가 말했다. "기사 둘을 죽이고 둘을 사로잡았지."

"보기보다 훨씬 위험한 놈이겠구나. 그건 수염이냐, 아니면 얼굴에 묻은 흙을 씻어내지 않은 거냐? 스타니스 바라테온의 마누라에게도 그것보단 짙은 수염이 있겠네. 몇 살이라고?"

"열다섯 살입니다."

대븐 경은 코웃음을 쳤다. "영웅들의 제일 좋은 점이 뭔지 알아, 제이미? 다 일찍 죽어서 남은 우리들 몫의 여자가 늘어난다는 거야." 그는 종자에게 잔을 돌려줬다. "다시 꽉 채워 오면 내가 너도 영웅이라 불러주마. 목이 마르다."

제이미는 왼손으로 잔을 들어 한 모금 삼켰다. 가슴팍에 따뜻한 기운이 퍼졌다. "그래서, 죽었으면 좋겠다는 프레이들 이야기를 하고 있었지. 라이먼, 에드윈, 에몬……."

"그리고 왈더 리버스도 있지." 대븐이 말했다. "그 사생아 놈. 제가 사생아라는 사실을 싫어하고, 사생아가 아닌 모든 사람을 증오해. 하지만 퍼윈 경은 괜찮은 친구 같으니 살려둬도 좋겠지. 여자들도. 나도 그쪽 여자 하나와 결혼해야 한다고 들었어. 너희 아버지가 이 결혼에 대해 나와 상의하실 수도 있었을 텐데 말이야. 내 아버지는 옥스크로스 전투 전에 팍스터 레드와인과 논의 중이었다는 거, 알고 있었어? 레드와인에겐 지참금 두둑한 딸이 하나 있거든……."

"데스메라?" 제이미는 웃음을 터뜨렸다. "주근깨 좋아하나?"

"프레이냐 주근깨냐 중에 선택이라면, 흠……. 왈더 공의 딸들 절반은 족제비처럼 생겼단 말이지."

"절반만? 고맙게 여겨. 대리에서 란셀의 신부를 보고 왔거든."

"'문루' 애미 말이지. 신들이시여 맙소사. 란셀이 그 여자를 골랐다니 믿을 수가 없다. 그 녀석 어디가 잘못된 거야?"

"신실해졌지." 제이미가 대답했다. "하지만 고른 건 란셀이 아니야. 애머레이 부인의 어머니가 대리 가문이야. 숙부님은 란셀이 대리의 평민들 인심을 얻는 데 그 여자가 도움이 되리라 생각했어."

"어떻게, 그놈들이랑 뒹굴기라도 해서? 왜 그 여자 별명이 문루 애미인 줄 알아? 들르는 기사마다 자기 쇠창살문을 올려줘서야. 란셀은 무기제조인을 찾아서 뿔이 달린 투구를 만들어두는 게 좋을걸."

"그럴 필요 없을 거야. 우리 사촌은 최고성사의 검이 되겠다는 서약을 하려고 킹스랜딩으로 갈 테니까."

제이미가 란셀이 극단 원숭이가 되기로 했다고 말했어도 대븐 경이 그보다 더 놀란 표정을 지을 순 없었을 것이다. "거짓말이지? 농담하는 거겠지. 그 녀석을 그런 길로 몰아넣을 정도라면 문루 애미가 내가 들었던 것보다 더 족제비 같은가 본데."

제이미가 애머레이 부인에게서 벗어날 때, 그녀는 파경 문제로 조용히 울면서도 라일 크레이크홀에게 위로를 받고 있었다. 그녀의 눈물보다는 안뜰에 둘러선 애머레이 부인의 친족들이 짓는 매서운 표정이 두 배는 더 심란했다. "너까지 서약을 할 작정은 아니었으면 좋겠군." 그가 대븐에게 말했다. "프레이는 결혼 계약에 관해서는 민감하단 말이지. 또 프레이를 실망시키긴 싫어."

대븐 경은 코웃음을 쳤다. "난 내 족제비와 결혼해서 잠자리를 할 테니 걱정 마셔. 롭 스타크가 어떻게 됐는지 알아. 하지만 에드윈에게 들은 바에 따르면 아직 꽃이 피지 않은 여자를 고르는 게 좋겠어. 안 그랬다간 검은 왈더가 먼저 다녀갔을 가능성이 높겠더라고. 분명히 문루 애미도 세 번 이상은 방문했을걸. 란셀의 신앙심이나 란셀 아버지의 기분도 그걸로 설명이 될지 모르겠군."

"케반 경을 봤어?"

"응. 서쪽으로 가는 길에 여길 지나갔지. 우리가 성을 탈취하게 도와달라고 했는데, 신경도 쓰지 않았어. 여기 있는 내내 생각에 잠겨 있었지. 예의는 갖췄지만 싸늘했고. 내가 난 서부의 관리자가 되게 해달라고 한 적 없다고, 그런 영예는 마땅히 케반 경에게 가야 했다고 했더니 나에게 앙심은 없다고 했는데, 말투만 들어서는 전혀 모르겠더라고. 사흘을 머물면서 나에게 세 마디도 안 했어. 그래도 케반 경이 여기 남았다면 조언을 구했을 거야. 케반 경이 상대라면 우리 프레이 친구들도 이렇게 괴롭히진 못했을 텐데."

"나에게 말해봐." 제이미가 말했다.

"말하긴 하겠지만, 어디서부터 시작하지? 내가 충차와 공성탑을 만드는 동안 라이먼 프레이는 교수대를 지었어. 매일 동틀 녘이면 에드무어 툴리를 끌고 나와서 목에 올가미를 걸고는, 항복하지 않으면 목매달아버리겠다고 협박하지. 검은 물고기는 라이먼의 연극에 신경도 쓰지 않아서, 저녁이면 에드무어 공은 다시 내려와. 에드무어의 아내가 임신 중인 거 알았어?"

몰랐다. "에드무어가 피의 결혼식 이후에 그 여자와 잠자리를 했다고?"

"피의 결혼식 때 잠자리 중이었어. 로슬린은 전혀 족제비 같지 않은 예쁘고 귀여운 여자야. 그리고 이상하게도 에드무어를 좋아하지. 퍼윈 말이 로슬린은 딸이길 기도하고 있대."

제이미는 잠시 생각해보았다. "에드무어의 아들이 태어나면 왈더 공에겐 에드무어가 필요 없겠지."

"내 생각도 그래. 우리 종고모부 에몬…… 아, 에몬 공이지……, 에몬 공은 에드무어를 바로 목매달고 싶어 해. 리버런의 툴리 영주가 존재한다는 사실 자체가 다른 툴리가 태어난다는 전망 못지않게 괴로운가 봐. 매일같이 라이먼 경에게 툴리를 목매달도록 하라고 나한테 호소해. 방법은 신경도 안 쓰고 말이야. 또 내 반대쪽 소매는 가웬 웨스털링 공이 잡고 있지. 검은 물고기가 성 안에 웨스털링 부인과 코흘리개 망아지 셋을 잡아두고 있거든. 프레이가 에드무어를 목매달았다간 툴리가 그 사람들을 죽여버릴까 봐 걱정인 거야. 그 셋 중 하나는 젊은 늑대의 어린 왕비고."

제이미는 제인 웨스털링을 만난 적이 있다고 생각했지만, 어떻게 생겼는지는 떠올릴 수 없었다. '왕국 하나의 가치가 있을 정도면 분명 아름답겠지.' 그는 사촌을 안심시켰다. "브린덴 경은 아이들을 죽이지 않아. 그렇게 시키면 물고기는 아니야." 이제 슬슬 왜 리버런이 아직도 함락되지 않았는지 알 것 같았다. "배치 상황을 말해봐, 사촌."

"우린 성을 잘 에워쌌어. 라이먼 경과 프레이들이 텀블스톤 북쪽에 있고, 레드포크 남쪽에는 에몬 공이 폴리 프레스터 경과 네 예전 군대의 잔존 병력과 함께 진 치고 있어. 피의 결혼식 이후에 우리에게 넘어온 강역 영주들도. 솔직히 음침한 집단이야. 자기네 천막 안에 부루퉁하게 있기만 잘하지 더 하는 게 별로 없어. 내 숙영지는 두 강 사이, 해자와 리버런 정문을 바라보고 있지. 우린 성 하류 레드포크에 방책을 놓았어. 맨프리드 유와 레이나드 러티거가 방어를 맡고 있어서 아무도 배로는 도망 못 쳐. 거기에 내가 물고기를 낚을 그물도 줘서, 우리 식량 문제에 도움이 되지."

"성을 굶겨서 항복시킬 수 있나?"

대븐 경은 고개를 저었다. "검은 물고기가 쓸모없는 입은 다 리버런에서 내쫓고, 이쪽 땅은 깨끗하게 쓸어 갔어. 병사와 말 양쪽 모두 2년은 족히 먹일 저장량이 있어."

"우리 쪽 식량 공급은 어때?"

"강에 물고기가 있는 한 굶진 않겠지만, 말을 어떻게 먹일지를 모르겠어. 프레이가 트윈스에서 식량과 사료를 실어 오기는 하는데, 라이먼 경이 우리 나눠줄 것까진 없다고 주장하니 우리는 알아서 징발해야 해. 내가 식량을 찾아오라고 내보낸 부하들 절반은 돌아오질 않아. 탈영하는 놈들도 있고, 목이 밧줄에 걸려 나무 아래에서 익어가는 놈들도 있지."

"그저께 우리도 몇 명 봤어." 제이미가 말했다. 아담 마브랜드의 척후병들이, 어느 야생 능금나무 아래에 시커먼 얼굴로 매달린 병사들을 발견했었다. 옷을 다 벗겨낸 알몸에, 입에는 능금이 하나씩 물려져 있었다. 상처는 하나도 없었다. 누가 봐도 항복한 모양새였다. 힘센 멧돼지는 그 사실에 격분해서, 전사들을 새끼 돼지처럼 묶어 죽이는 놈들의 머리통에 피의 복수를 내리겠다고 맹세했다.

제이미가 그 이야기를 하자 대븐 경이 말했다. "그건 무법자들 소행일 수도 있고, 아닐 수도 있어. 아직 북부인들도 돌아다니거든. 그리고 트라이던트의 영주들이 무릎은 굽혔을지 모르지만, 솔직히 마음속은 아직…… 늑대에 가깝다고 생각해."

제이미는 화로 근처를 맴돌면서 듣지 않는 척하고 있는 어린 종자 둘을 흘긋 보았다. 르위스 파이퍼와 가렛 페이지는 둘 다 강역 영주의 아들이었다. 제이미는 그 둘을 좋아하게 되었고, 일린 경에게 넘겨줘야 하는 상황은 겪고 싶지 않았다. "난 그 밧줄로 봐서는 돈다리온 같아."

"올가미를 묶을 줄 아는 게 그 번개 영주만은 아니지. 베릭 공에 대해서는 말도 꺼내기 싫다. 여기 번쩍, 저기 번쩍, 사방에 나타나는데 병사들을 보내서 쫓으면 이슬처럼 녹아 없어진다니까. 강역 영주들이 그놈을 돕고 있다는 사실은 의심할 여지가 없어. 정말이지, 그 빌어먹을 변경지 영주 놈. 하루는 그놈이 죽었다는 소식이 들리다가, 다음 날이면 그놈을 죽이는 게 얼마나 불가능한 일인지 떠들고들 있고." 대븐 경이 와인 잔을 내려놓았다. "내 척후병들은 밤에 높은 곳에서 타는 불을 본다고 보고해. 봉화로 보인다는데…… 마치 사방에 철야 감시자들이 있는 것처럼 말이야. 그리고 마을에서도 불이 타고 있지. 무슨 새로운 신인지가……."

'아니, 오래된 신이야.' "토로스가 돈다리온과 같이 있어. 예전에 로버트와 술을 마시던 뚱뚱한 미르 사제 말이야." 황금 손이 탁자 위에 놓여 있었다. 제이미는 그 손을 툭 치고 화로에서 나오는 흐릿한 빛에 금이 반짝이는 모습을 지켜보았다. "필요하다면 돈다리온도 처리하겠지만, 검은 물고기가 먼저야. 자기 명분에 희망이 없다는 걸 알아야 해. 교섭은 시도해봤고?"

"라이먼 경이 했지. 반쯤 취해서 말을 타고 성문으로 달려가서는 고함을 지르며 위협을 했어. 검은 물고기가 성벽 위에 잠시 나타나긴 했는데 더러운 자들에게 낭비할 말이 없다고만 하더니, 라이먼의 승용마 엉덩이에 화살을 하나 박았지. 말이 뒷발로 일어서면서 프레이는 진흙에 떨어졌고, 난 너무 웃다가 오줌을 쌀 뻔했지 뭐야. 성 안에 있었던 게 나였다면 거짓말이나 해대는 라이먼의 목에 화살을 박아줬을 텐데."

"내가 교섭을 할 땐 목가리개를 차야겠군." 제이미가 반쯤 웃으면서 말했다. "난 검은 물고기에게 관대한 조건을 내밀어보려고 해." 피를 흘리지 않고 이 포위전을 끝낼 수 있다면, 그가 툴리 가문을 상대로 무기를 들었다고 말할 수 없으리라.

"시도는 환영이지만, 말로 이길 수 있을지는 의심스럽군. 우린 그 성을 강습해야 해."

멀지 않은 과거에는 제이미도 똑같은 충동을 느꼈을 게 틀림없었다. 검은 물고기를 굶겨 죽이겠다고 2년이나 여기 죽치고 있을 수는 없었다. "뭘 하든 간에 빨리 해야 해. 내가 있을 자리는 킹스랜딩이고, 국왕 곁이야." 그는 대븐 경에게 말했다.

"그래." 사촌이 말했다. "누이에게 네가 필요하겠지. 세르세이는 왜 케반을 보내버린 거야? 당연히 수관으로 삼을 줄 알았는데."

"숙부가 받아들이지 않았어." '나처럼 눈이 멀지 않았거든.'

"케반이 서부의 관리자가 되어야 해. 아니면 너나. 이런 영예가 고맙지 않다는 건 아니지만, 케반 경은 나이가 내 두 배에 지휘 경험도 더 많잖아. 제발 케반 경이 내가 이런 자리를 얻고 싶지 않았다는 걸 알아줬으면 좋겠는데."

"숙부는 알아."

"세르세이는 어때? 변함없이 아름답고?"

"눈이 부시지." '변덕스럽고.' "황금 같아." '황철광 같은 가짜지만.' 어젯밤 제이미는 문보이와 뒹굴고 있는 세르세이를 발견하는 꿈을 꾸었다. 그는 어릿광대를 죽여버리고, 황금 손으로 누이의 이를 깨버렸다. 그레고르 클리게인이 가엾은 피아에게 한 것처럼……. 꿈속에서는 제이미에게 언제나 두 손이 달려 있었는데, 하나는 황금 손이었지만 반대쪽 손과 똑같이 움직였다. "리버런을 빨리 끝내면 끝낼수록 빨리 세르세이 곁으로 돌아갈 수 있어." 돌아가서 어떻게 할지는 제이미도 알지 못했다.

서부의 관리자인 그의 사촌은 한 시간을 더 이야기하고 나서 물러났다. 대븐이 가고 나자 제이미는 천막들 사이를 걸으려고 황금 손을 끼우고 갈색 망토를 걸쳤다.

솔직히 말하자면, 그는 이런 생활이 좋았다. 궁정보다는 전장에서 병사들과 함께 있을 때가 더 편안했다. 그리고 그의 부하들도 그를 편하게 여기는 것 같았다. 어느 요리불에서는 노궁수 세 명이 제이미에게 자기들이 잡은 토끼를 같이 먹자고 제안했다. 또 다른 요리불에서는 어린 기사 하나가 전투 망치를 상대로 최선의 방어법이 무엇일지 조언을 구했다. 강을 따라 내려가다 보니 세탁부 두 명이 중장병의 어깨 위에 올라앉아서 얕은 물속에서 마상시합을 하고 있었다. 남자들 십여 명이 부추기는 가운데 여자들은 반쯤 취하고 반쯤 벌거벗은 채 깔깔대며 둘둘 만 망토로 서로를 때려댔다. 제이미는 친절한 라프에게 올라탄 금발 여자에게 동화 한 닢을 걸었는데, 그 둘이 물보라를 튀기며 갈대밭에 쓰러져서 내기에 졌다.

강 건너편에서는 늑대들이 울부짖고, 바람이 거세게 흔들고 지나가면서 버드나무 한 그루가 나뭇가지를 비틀며 속삭여댔다. 제이미가 찾아갔을 때 일린 페인 경은 제 천막 바깥에서 숫돌로 대검을 갈고 있었다. "가지." 제이미가 말하자 말 없는 기사는 희미하게 웃으며 일어섰다. '즐기고 있군.' 그는 깨달았다. '매일 밤 나에게 굴욕을 주는 게 즐거운 거야. 날 죽이면 더 즐거울지도 모르지.' 제이미는 실력이 늘고 있다고 믿고 싶었지만, 진전은 느렸고 대가가 따랐다. 겹겹으로 걸친 강철과 모직물과 삶은 가죽 아래 제이미 라니스터의 몸은 멍과 딱지와 상처로 이루어진 태피스트리였다.

두 사람이 말을 끌고 숙영지를 나서자 보초병이 막아섰다. 제이미는 황금 손으로 그 병사의 어깨를 두드렸다. "계속 경계해. 주위에 늑대들이 있네." 그들은 레드포크를 따라 달려서 그날 오후에 지나쳤던 불타버린 마을 폐허로 돌아갔다. 그곳, 시커멓게 탄 돌들과 오래전에 차가워진 잿더미 속에서 그들의 한밤중 춤을 추었다. 잠시 동안은 제이미가 유리했다. 그는 어쩌면 예전 기술이 돌아오는지도 모른다고 생각했다. 어쩌면 오늘 밤에 멍과 상처투성이로 잘 사람은 일린 페인일지도 모른다고.

일린 경이 그 마음의 소리를 들은 모양이었다. 마지막 공격을 느긋하게 피하더니 반격해서 제이미를 강물 속으로 몰아넣었고, 제이미의 신발이 진흙에 미끄러졌다. 그는 장검을 갈대밭에 잃고, 말 없는 기사의 장검이 목에 닿은 채 무릎 꿇고 말았다. 달빛 속에서 페인의 얼굴에 남은 마맛자국이 분화구처럼 커 보였다. 페인은 웃음소리일지도 모르는 딸깍이는 소리를 내더니 제이미의 목에 댄 검을 올려서 칼끝이 입술 사이까지 이르게 했다. 그는 그러고 나서야 물러서서 검을 검집에 넣었다.

'차라리 등에 창녀를 짊어지고 친절한 라프에게 도전하는 게 나았겠군.' 제이미는 진흙이 묻은 황금색 손을 털며 생각했다. 그 물건을 떼어 강물에 던져버리고 싶기도 했다. 그 손은 아무짝에도 쓸모가 없었고, 왼손도 썩

나을 게 없었다. 일린 경은 제이미가 혼자 일어서게 내버려두고 말들이 있는 곳으로 돌아가버렸다. '그래도 아직 발은 두 개 있군.'

여행 마지막 날은 춥고 바람이 심했다. 돌풍이 헐벗은 갈색 숲의 나뭇가지들을 뒤흔들고 레드포크 강가의 갈대밭을 낮게 눕혔다. 사촌인 대븐 옆을 달리면서, 제이미는 킹스가드의 겨울 모직 망토를 두르고도 바람의 강철 이빨을 느낄 수 있었다. 늦은 오후가 되어서야 텀블스톤이 레드포크에 합류하는 좁은 지점에 솟아오른 리버런이 보였다. 툴리의 거성은 뱃머리가 하류로 향한 거대한 석조 배 같았다. 적금색 햇빛에 물든 사암 벽은 제이미의 기억보다 더 높고 두꺼워 보였다. '이 열매는 쉽게 깨지지 않을 거야.' 그는 음울하게 생각했다. 검은 물고기가 말을 듣지 않는다면 캐틀린 스타크에게 한 맹세를 깰 수밖에 없을 것이다. 왕에게 한 맹세가 우선하니 말이다.

강을 가로지르는 방책과 세 군데 거대한 포위군 숙영지는 사촌이 설명한 그대로였다. 텀블스톤 북쪽에 자리 잡은 라이먼 프레이 경의 숙영지가 제일 크면서 제일 무질서했다. 트레뷰셋 투석기만큼 높고 큰 회색 교수대가 천막들 위로 솟아 있었다. 그 교수대에는 밧줄을 목에 건 인물이 하나 서 있었다. 에드무어 툴리였다. 제이미는 찌르는 듯한 연민을 느꼈다. '매일매일 목에 올가미를 걸어 저기 세워두다니……. 차라리 목을 자르고 끝내는 게 낫겠군.'

교수대 아래로 천막과 요리불이 무질서하고 불규칙하게 뻗어나갔다. 프레이 일족과 기사들은 편안하게 변소용 도랑 상류 쪽에 천막을 세웠다. 하류에는 진흙투성이 막집과 짐수레와 우차가 있었다. "라이먼 경은 자기 부하들이 지루해져선 안 된다면서 창녀를 주고 닭싸움과 멧돼지 놀리기도 시켜." 대븐 경이 말했다. "심지어 그자는 망할 놈의 가수도 데리고 있지. 믿을 수 있을지 모르겠지만, 우리 종고모님께서 라니스포트에서 하얀 미소

왓을 데려왔기 때문에 라이먼도 가수를 거느려야 했다지. 그냥 저 강에 둑을 쌓아서 모조리 익사시켜버릴 순 없을까, 사촌?"

제이미는 성곽 요철 뒤로 움직이는 궁수들을 볼 수 있었다. 그 위로 툴리 가문의 깃발인, 파란색과 빨간색 줄무늬 바탕 위에서 도전적으로 노니는 은빛 송어가 휘날렸다. 그러나 제일 높은 탑에는 다른 깃발이 날렸다. 스타크의 다이어울프가 박힌 길고 하얀 군기였다. "처음 리버런을 보았을 때 난 여름풀처럼 풋풋한 종자였지." 제이미는 대븐에게 말했다. "늙은 섬너 크레이크홀이 까마귀에게 믿고 맡길 수가 없다면서 나한테 전언을 맡겨 보냈었어. 호스터 공은 2주 동안 답변을 고심하면서 끼니 때마다 날 자기 딸 라이사 옆에 앉혔다네."

"네가 하얀 옷을 입은 것도 놀랍지 않군. 나라도 그랬을 거야."

"아, 라이사가 그렇게 무섭진 않았어." 사실 라이사도 그때는 예쁜 소녀였다. 긴 적갈색 머리에 보조개가 팬 섬세한 소녀. 하지만 소심했다. 세르세이 같은 불꽃은 없이, 혀가 묶인 듯한 침묵과 가끔 터져 나오는 웃음소리뿐이었다. 라이사보다는 그 언니 쪽이 좀 더 흥미로웠지만, 캐틀린은 윈터펠의 후계자라는 북부 소년 누군가와 혼약을 한 상태였다……. 하지만 당시 어떤 여자애도 호스터 공의 유명한 동생, 징검돌 군도에서 아홉 닢 왕들과 싸워 명성을 얻은 그 기사만큼 제이미의 관심을 끌지 못했다. 식탁에서 그는 가엾은 라이사를 무시하고 브린덴 툴리에게 괴물 마엘리스와 흑단 왕자에 대해 이야기해달라고 졸랐다. '그때 브린덴 경은 지금의 나보다 젊었고, 난 페클던보다 어렸지.' 제이미는 생각했다.

레드포크를 건널 제일 가까운 여울은 성 상류에 있었다. 대븐 경의 숙영지에 가기 위해서는 에몬 프레이의 숙영지를 통과하고, 왕에게 무릎을 굽혀 왕의 평화 안에 받아들여진 강역 영주들의 천막을 지나쳐야 했다. 제이미는 리체스터와 밴스, 루트와 굿브룩의 깃발을 보았고 스몰포드 가문의 도토리와 파이퍼 공의 춤추는 처녀도 보았지만, 멈칫하게 된 건 보이지 않는 깃발 때문이었다. 말리스터의 은독수리는 어디에도 없었고, 브라켄의 붉은 말도, 라이거의 버드나무, 페이지의 서로 꼬인 뱀들도 없었다. 모두 철왕좌에 새로 충성 맹세를 한 가문들이었건만, 포위전에는 아무도 합류하지 않았다. 브라켄이야 블랙우드와 싸우고 있으니 부재를 설명할 수 있겠으나, 나머지는…….

'우리의 새 친구들은 전혀 친구라 할 수 없군. 그자들의 충성심은 얄팍하기 그지없구나.' 리버런을 탈취해야 했다. 그것도 빨리. 포위전이 늘어질수록 타이토스 블랙우드 같은 다른 저항자들은 고무될 것이다.

여울에 이르자 케이스의 케노스 경이 헤록의 나팔을 불었다. 그 나팔 소리가 검은 물고기를 성곽으로 불러낼 터였다. 휴고 경과 더못 경이 제이미 앞에서 강을 건넜고, 킹스가드의 하얀 군기와 토멘의 수사슴과 사자 군기를 바람에 휘날리며 적갈색 진흙탕 물을 튀겼다. 나머지 대열이 바싹 따라갔다.

라니스터 숙영지에는 새로운 공성탑이 올라가는 나무망치 소리가 요란했다. 다른 공성탑 두 채가 완성되어, 생말가죽을 반쯤 덮고 있었다. 두 공성탑 사이에 충차가 하나 있었는데, 나무 몸통 끝을 불로 달구어 뾰족하게 만들어서 나무 지붕 아래 쇠사슬로 매달아둔 물건이었다. '내 사촌이 게으르진 않았군.'

"사령관님 천막은 어디에 칠까요?" 페클던이 물었다.

"저기, 저 오르막 위에." 황금 손으로 방향을 가리켰지만, 위치를 지시하기에 잘 어울리는 손은 아니었다. "짐은 저기에, 말들은 저기에. 변소는 내 사촌이 친절하게 파준 도랑을 그대로 쓸 거다. 아담 경, 어디 약점이라도 없나 경계선을 점검해보게." 제이미도 공격이 있으리라 보지는 않았지만, 속삭이는 숲 때도 그랬었다.

"군사 회의를 위해 족제비들을 부를까?" 대븐이 물었다.

"내가 검은 물고기와 대화를 해보기 전까진 안 돼." 제이미는 맨턱 존 베틀리를 손짓해 불렀다. "화평 깃발을 흔들면서 성에 전달해. 브린덴 툴리 경에게 내일 동틀 녘에 내가 경과 말을 나누려 한다고 알려라. 해자 가장자리로 가서 도개교 위에서 만나겠다고."

페클던이 불안한 표정을 지었다. "그러시면 궁수들이……."

"안 그럴 거다." 제이미는 말에서 내렸다. "내 천막을 세우고 군기를 꽂아라." '그러면 누가 달려올지, 얼마나 빨리 나타날지 보게 되겠지.'

오래 걸리지는 않았다. 피아는 화로 앞에서 수선을 떨며 석탄에 불을 붙이고 있었다. 페클던은 피아를 도우러 갔다. 최근 제이미는 그 둘이 천막 구석에서 엉겨 붙는 소리를 들으며 잠들 때가 많았다. 가렛 페이지가 제이미의 정강이받이 잠금쇠를 풀고 있을 때, 천막 문이 열렸다. "드디어 왔구나. 안 그러니?" 고모가 큰 소리로 말했다. 고모는 천막 문을 꽉 채웠고, 고모의 프레이 남편은 그 뒤에서 보고 있었다. "진작 왔어야지. 네 늙고 뚱뚱한 고모에게 포옹도 안 해줄 거니?" 고모가 두 팔을 벌리니 제이미로서는 끌어안을 수밖에 없었다.

젠나 라니스터는 젊었을 때 늘 보디스가 넘칠 위협에 시달리는 맵시 좋은 여자였다. 지금 그녀는 네모나기만 했다. 얼굴은 넓고 매끄러웠고, 목은 두꺼운 분홍색 기둥이었으며, 가슴은 거대했다. 살만 해도 남편 몸집의 두 배였다. 제이미는 충실하게 고모를 끌어안고 고모가 귀를 비틀기를 기다렸다. 그녀는 기억할 수 없을 만큼 오래전부터 그의 귀를 비틀었는데, 오늘은 참았다. 대신 제이미의 양 뺨에 부드럽고 질척하게 입을 맞췄다. "정말 안타깝구나."

"황금으로 만든 새 손이 있는걸요." 그는 고모에게 손을 보였다.

"멋지구나. 그래서 황금으로 아버지도 만들어준다던?" 젠나 부인의 목소리가 날카로웠다. "내가 애도를 표하려던 건 타이윈 일이야."

"타이윈 라니스터 같은 남자는 천 년에 한 번 날까 말까 하지." 젠나의 남편이 말했다. 에몬 프레이는 두 손을 불안하게 움직이며 조바심을 내는 남자였다. 몸무게가 60킬로그램은 나갈까……. 그것도 사슬 갑옷을 입었을 때 이야기였다. 그는 모직 옷을 입은 갈대 같았고, 턱은 없다시피 했으며, 두드러진 목울대는 더 우스꽝스럽기만 했다. 머리카락은 서른도 되기 전에 절반이 빠졌다. 지금 그는 예순이었고 하얀 털 오라기 몇 가닥만 남아 있었다.

"최근에 괴상한 이야기들이 들려왔다만." 젠나 부인은 제이미가 피아와 종자들을 물린 후에 말했다. "뭘 믿어야 할지 알아야 말이지. 티리온이 타이윈을 죽였다는 게 사실일 수가 있나? 아니면 네 누이가 퍼뜨린 비방이냐?"

"사실입니다." 황금 손의 무게가 괴로워지고 있었다. 그는 손목에 비끄러맨 끈을 더듬었다.

"아들이 아버지를 치다니." 에몬 공이 말했다. "끔찍하군. 웨스테로스에 어두운 시절이 닥쳤어. 타이윈 공이 가시다니 우리 모두가 걱정일세."

"당신이야 타이윈이 있었을 때도 모두를 걱정했고." 젠나가 큰 엉덩이를 접의자에 얹자 무게 때문에 의자가 위험하게 삐걱거렸다. "조카야, 우리 아들 클레오스가 어떻게 죽었는지 말해다오."

제이미는 마지막 매듭을 풀고 황금 손을 내려놓았다. "우린 무법자들의 공격을 받았지요. 클레오스 경이 놈들을 흩어놓았지만, 목숨을 잃고 말았습니다." 거짓말이 술술 나왔다. 두 사람을 기쁘게 할 거짓말이었으니까.

"그 녀석에겐 용기가 있었다니까. 내 늘 그렇게 말했잖소. 핏줄에 흐른다고." 에몬 공이 말을 하자 입술에 분홍색 거품이 반짝였다. 에몬이 즐겨 씹는 초엽의 흔적이었다.

"클레오스의 뼈는 캐스털리록 아래, '영웅들의 회당'에 안치해야 해." 젠나 부인이 선언했다. "어디에 누워 있지?"

'아무 데도요. 피투성이 극단이 클레오스의 시체를 털고 몸뚱이는 까마귀들이 먹게 내버려뒀죠.' "어느 개울 옆에요." 제이미는 거짓말을 했다. "이 전쟁이 끝나면 제가 찾아가서 집으로 돌려보내죠." 뼈는 뼈였다. 최근에는 그보다 더 쉽게 구할 수 있는 물건이 없었다.

"이 전쟁은……." 에몬 공이 목청을 가다듬자 목울대가 위아래로 움직였다. "자네도 공성 기계들은 보게 될 텐데. 충차니, 트레뷰셋이니, 공성탑이니…… 그래선 안 되네, 제이미. 대븐은 내 성벽을 부수고, 내 성문을 깰 작정이야. 불타는 역청으로 성을 불태우겠다는 소리도 하더군. 내 성을 말이야." 그는 한쪽 소매 안에 손을 넣어 양피지를 꺼내더니 제이미의 얼굴을 찌를 듯 내밀었다. "난 칙령을 받았네. 토멘 왕이 서명도 하시고, 여기 보이지, 수사슴과 사자 인장도 찍은 명령서야. 내가 리버런의 정당한 주인이고, 난 내 성을 연기 오르는 폐허로 만들게 놓아둘 수 없어."

"아, 그 바보 같은 물건 치워." 그의 아내가 날카롭게 말했다. "검은 물고기가 리버런에 앉아 있는 한 당신은 그 쓸모없는 종이로 엉덩짝이나 닦을 수 있을 뿐이야." 50년을 프레이로 살았으면서도 젠나 부인은 여전히 아주 라니스터다웠다. '라니스터 그 자체지.' "제이미가 당신에게 저 성을 넘겨줄 거야."

"그렇고말고." 에몬 공이 말했다. "제이미 경, 경의 아버님이 나에게 보여 주신 믿음이 헛되지 않았음을 알게 될 걸세. 난 새로운 봉신들에게 단호하지만 공정하려 하네. 블랙우드와 브라켄, 제이슨 말리스터, 밴스와 파이퍼는 에몬 프레이가 공정한 대영주임을 배우게 될 것이야. 내 아버지도 물론이지. 아버지는 크로싱의 영주지만, 나는 리버런의 영주야. 아들이 아버지에게 복종해야 마땅함은 사실이지만, 휘하 봉신들은 자기네 대영주에게 복종해야 해."

'아, 신들이시여 제발.' "공은 부친을 지배하는 대영주가 된 게 아닙니다. 문서를 읽어보세요. 공은 리버런과 그 영지와 수입만 받은 겁니다. 트라이던트의 지배자는 피터 베일리시예요. 리버런은 하렌홀의 지배하에 들어갈 겁니다."

에몬 공은 좋아하지 않았다. "하렌홀은 유령이 나오는 저주받은 폐허야." 그가 반박했다. "그리고 베일리시는…… 그 남자는 제대로 된 영주가 아니라 돈이나 세는 놈이야. 출신이……."

"이 합의가 마음에 안 드시면 킹스랜딩에 가서 제 사랑스러운 누이와 이야기하세요." 세르세이는 분명 에몬 프레이를 잡아먹고 그의 뼈로 이를 쑤실 터였다. '오스먼드 케틀블랙과 붙어먹느라 너무 바쁘지 않다면 말이야.'

젠나 부인이 코웃음을 쳤다. "그런 허튼소리로 전하를 성가시게 할 필요는 없지. 에몬, 밖에 잠시 나가서 신선한 공기를 마시지 그래?"

"신선한 공기?"

"아니면 오줌을 길게 싸고 오든가. 조카와 나에겐 의논해야 할 가족 문제가 있어."

에몬 공이 얼굴을 붉혔다. "그래, 이 안은 텁텁하구먼. 밖에서 기다리리다, 부인. 그럼." 영주 나리는 양피지를 돌돌 말고 제이미에게 목례 비슷한 것을 하더니 종종걸음으로 천막을 나갔다.

에몬 프레이에게 경멸을 느끼지 않기란 힘들었다. 그는 열네 살에 캐스털리록에 와서 제 나이의 절반밖에 안 된 암사자와 결혼했다. 티리온은 타이윈 공이 그에게 결혼 선물로 과민성 대장을 선물했다고 하곤 했다. '젠나 고모도 한몫했지.' 제이미는 수많은 연회에서 에몬이 뚱하니 음식을 찔러대는 동안 젠나는 누구든 왼쪽에 앉은 가신기사와 야한 농담을 나누던 모습을 기억했다. 그들의 대화 사이사이에 커다랗게 터져 나오던 웃음소리도. '고모가 프레이에게 아들을 넷 낳아준 건 사실이야. 어쨌든 고모님은 남편 자식이라고 주장하지.' 캐스털리록에서 그렇지 않다는 말을 꺼낼 용기가 있는 사람은 아무도 없었고, 에몬 경은 특히나 그럴 수 없었다.

남편이 나가자마자 젠나 부인은 눈을 굴렸다. "세상에 맙소사. 저이를 리버런의 영주로 임명하다니, 네 아버지는 무슨 생각이었다니?"

"고모님 아들들을 생각하고 계셨겠죠."

"나도 자식들을 생각한다. 에몬은 비참한 영주가 될 거야. 타이는 나을 수도 있겠지. 제 아비가 아니라 나를 본받을 분별이 있다면 말이지만." 젠나는 천막 안을 둘러보았다. "와인 있니?"

제이미는 와인을 한 병 찾아내어 한 손으로 따랐다. "왜 여기 계신 겁니까? 싸움이 끝날 때까지 캐스털리록에 남아 계셨어야죠."

"에몬은 영주가 됐다는 소식을 듣자마자 당장 제 권리를 주장하러 와야 했어." 젠나 부인은 와인을 한 모금 마시고 소매로 입가를 닦았다. "네 아버지는 우리에게 대리를 줬어야 했어. 클레오스가 그 집안 딸과 결혼한 걸 기억할 거다. 슬픔에 잠긴 클레오스의 과부는 제 아들들이 아버지의 영지를 받지 못했다고 격분했어. 문루 애미는 어머니 쪽으로 대리잖니. 내 며느리 제인은 애미의 이모고, 마리야 부인의 자매야."

"마리야 부인의 동생이죠." 제이미가 그 사실을 상기시켰다. "그리고 타이는 리버런을 갖게 될 겁니다. 대리보다 큰 상이죠."

"독이 든 상이지. 대리 가문은 남자가 다 죽었지만, 툴리 가문은 아니야. 머저리 라이먼 경이 에드무어의 목에 올가미를 걸긴 하지만, 목을 매달진 않을 거야. 그리고 로슬린 프레이는 배 속에 송어를 키우고 있지. 툴리의 후계자가 하나라도 살아 있는 한 내 손자들은 절대 리버런에 단단히 자리 잡지 못해."

그 말이 틀리지 않는다는 건 제이미도 알았다. "로슬린이 딸을 낳으면—"

"그 아이가 타이와 결혼할 수도 있겠지. 노(老) 왈더 공이 허락한다면 말이다만. 그래, 나도 생각해봤다. 하지만 남자애가 나올 가능성도 있고, 그 아이의 성기는 논점을 흐려버리겠지. 게다가 브린덴 경이 이 포위전에 살아남는다면 자기 이름으로 리버런을 차지하고 싶어질지도 몰라……. 아니면 어린 로버트 아린의 이름이나."

제이미는 킹스랜딩에서, 네 살인데도 아직 어미젖을 빨던 어린 로버트를 기억했다. "아린은 씨를 뿌릴 만큼 오래 살지 못할 겁니다. 게다가 이어리의 영주에게 리버런이 왜 필요하겠어요?"

"왜 황금 한 단지를 가진 남자에게 황금이 더 필요할까? 인간은 탐욕스러워. 타이윈 오라버니는 리버런을 케반에게 주고 대리를 에몬에게 줬어야 했다. 나한테 물어보기라도 했다면 그렇게 말했을 텐데, 언제 네 아버지가 케반 말고 다른 사람과 상의라는 걸 하던?" 젠나는 깊은 한숨을 내쉬었다. "케반 오라버니가 아들에게 더 안전한 자리를 주고 싶어 한 걸 탓하는 건 아니야. 난 케반을 너무 잘 알지."

"케반 숙부가 원한 바와 란셀이 원하는 바는 달랐나 봐요." 제이미는 고모에게 아내와 영지와 영주 자리를 무르고 신앙을 위해 싸우겠다는 란셀의 결정을 알렸다. "아직 대리를 원하신다면 세르세이에게 편지를 써서 주장하세요."

젠나 부인은 됐다는 듯 잔을 내저었다. "아니, 이미 끝난 얘기야. 에몬은 자기가 강역을 지배할 거라는 생각으로 가득 찼지. 그리고 란셀은……. 멀리서도 이런 사태를 예견했어야 하는데. 최고성사를 지키는 삶이란 왕을 지키는 삶과 별로 다르지 않아. 케반이 격노할 게 걱정이구나. 네가 하얀 옷을 입겠다는 생각을 했을 때의 타이윈만큼이나 격노하겠지. 그래도 케반에겐 아직 마틴이 후계자로 남아 있다. 란셀 대신 마틴을 문루 애미와 결혼시킬 수도 있겠지. 일곱이여 우리 모두를 구하소서." 고모가 한숨을 쉬었다. "일곱 말이 나오니 말인데, 세르세이는 대체 왜 종단이 다시 무장을 하게 허락한 거냐?"

제이미는 어깨를 으쓱였다. "분명 그럴 만한 이유가 있었겠지요."

"이유?" 젠나 부인이 무례한 소리를 냈다. "좋은 이유여야 할 거다. '검'과 '별'은 심지어 타르가르옌조차도 곤란하게 했었어. 정복자 본인도 종단이 반대하지 않게 조심스럽게 다뤘다. 그리고 아에곤이 죽고 영주들이 아에곤의 아들들을 상대로 일어났을 때는 두 조직 다 반란의 가장 격렬한 자리에 있었지. 좀 더 신실한 영주들, 그리고 많은 평민들이 그들을 지지했고. 마에고르 왕은 결국 그들에게 현상금을 걸어야 했어. 내가 역사를 제대로 기억한다면 포기하지 않은 '전사의 아들' 머리통 하나에 금화 한 닢, '가난한 동료'의 머리 가죽 하나에 은화 한 닢은 지불했을걸. 수천 명이 죽었지만 비슷한 숫자가 여전히 왕국 안을 돌아다니며 저항했다. 철왕좌가 마에고르를 죽이고 재해리스 왕이 검을 내려놓기만 하면 모두 사면해주겠다고 동의할 때까지."

"전 그 역사를 대부분 잊고 있었어요." 제이미는 고백했다.

"너와 네 누이 둘 다 잊었겠지." 젠나는 와인을 또 한 모금 마셨다. "타이윈이 관대 위에서 미소 짓고 있었다는 건 사실이냐?"

"관대 위에서 썩느라 입이 비틀린 겁니다."

"그게 다라?" 젠나는 그 사실에 슬퍼진 것 같았다. "사람들은 타이윈이 미소 한 번 지은 적이 없다고 하지만, 네 어머니와 결혼했을 때나 아에리스가 수관에 임명했을 때는 웃었지. 타벡홀이 그 계략이나 꾸미던 엘린 부인 위로 무너져 내렸을 때, 그때도 웃었다고 타이겟이 주장했었어. 그리고 제이미 네가 태어났을 때도 웃었다. 내가 두 눈으로 똑똑히 봤어. 콩깍지에 든 콩알 두 개처럼 꼭 닮은 완벽하고 분홍빛이었던 너와 세르세이……. 다리 사이 물건은 둘이 달랐다만. 너는 또 목청이 얼마나 좋던지!"

"우리의 포효를 들으라." 제이미가 씩 웃었다. "다음번엔 아버지가 소리 내어 웃기를 얼마나 좋아했는지 말씀해주시겠군요."

"아니. 타이윈은 웃음소리를 믿지 않았어. 네 조부를 비웃는 웃음소리를 너무 많이 들었으니까." 젠나가 얼굴을 찌푸렸다. "장담하는데, 타이윈은 이 광대극 같은 포위전을 좋아하지 않았을 거다. 이제 여기 왔으니, 어떻게 끝낼 작정이냐?"

"검은 물고기와 협상을 해서요."

"안 통할걸."

"좋은 조건을 내밀 겁니다."

"조건에는 신뢰가 필요하지. 프레이는 자기네 지붕 밑에 든 손님들을 살해했고, 너는…… 나쁜 뜻은 없다만, 사랑하는 조카야, 너는 네가 지키겠다고 맹세한 왕을 죽였지."

"그리고 항복하지 않는다면 검은 물고기도 죽일 겁니다." 말투가 생각보다 더 세게 나왔지만, 아에리스 타르가르옌 문제를 얼굴에 맞고 참을 기분이 아니었다.

"어떻게, 혀로?" 고모의 목소리에 경멸이 느껴졌다. "내가 늙고 뚱뚱한 여자일진 몰라도 머릿속에 치즈가 든 건 아니다, 제이미. 검은 물고기도 그건 마찬가지지. 공허한 위협에 주눅 들진 않을 거야."

"어떤 조언을 하시려는 겁니까?"

젠나는 생각에 잠겨 어깨를 으쓱였다. "에몬은 에드무어의 머리를 자르고 싶어 하지. 이번만은 그이가 옳을지도 몰라. 라이먼 경은 그놈의 교수대로 우릴 웃음거리로 만들었어. 넌 브린덴 경에게 네 위협에는 이빨이 달려 있다는 걸 보여줘야 해."

"에드무어를 죽이면 브린덴 경의 결의만 굳어질지 모릅니다."

"어차피 결의라면 검은 물고기 브린덴 평생에 부족했던 적이 없다. 그 점은 호스터 툴리가 말해줄 수 있었을걸." 젠나 부인이 와인을 마저 마셨다. "흠, 네게 전쟁에서 어떻게 싸울지 말할 생각은 없었다. 난 내 분수를 알지……. 네 누이와는 달리 말이다. 세르세이가 레드킵을 불태웠다는 건 사실이냐?"

"수관의 탑만 태웠습니다."

고모가 눈을 굴렸다. "탑은 놔두고 수관만 불태우는 게 나았을 텐데. 하리스 스위프트라? 파란 수탉 같은 문장을 받아 마땅한 남자가 있다면 하리스 경이겠지. 그리고 자일스 로스비라니, 일곱이시여 맙소사, 몇 년 전에 죽은 줄 알았는데 말이다. 메리웨더는……. 네 아버지는 그자의 조부를 '낄낄이'라고 불렀지. 타이윈은 메리웨더가 잘하는 거라곤 왕의 재담에 낄낄대는 것뿐이라고 했어. 그러고 보니 메리웨더 공은 낄낄거리다가 유배도 당했지. 세르세이가 소협의회에는 웬 서자를 넣고, 킹스가드에는 주전자(kettle, 케틀)를 넣었다면서. 종단은 무장시키고 브라보스인들은 웨스테로스 전역에서 대출을 회수하게 하고. 네 숙부를 왕의 수관으로 임명할 간단한 분별력만 있었어도 일어나지 않았을 일들뿐이다."

"케반 경이 거절했어요."

"오라버니도 그렇게 말하더구나. 이유는 말하지 않았지. 케반이 말하지 않은 게 많아. 앞으로도 말하지 않을 것들도." 젠나 부인은 얼굴을 찡그렸다. "케반은 언제나 주어진 일을 했지. 어떤 의무든 외면한다는 건 케반답지가 않아. 뭔가가 틀어졌어. 난 냄새를 맡을 수 있다."

"지쳤다고 하셨습니다." '숙부가 알아.' 세르세이는 아버지의 시체를 내려다보고 서서 말했었다. '우리에 대해 알아.'

"지쳐?" 고모가 입술을 오므렸다. "그럴 권리는 있겠지. 평생 타이윈의 그림자 속에서 살았으니, 케반에겐 힘들었을 거야. 내 형제들 모두 힘들었지. 타이윈이 드리우는 그림자는 길고 어두웠고, 모두들 햇빛을 조금이라도 찾기 위해 발버둥 쳐야 했어. 타이겟은 홀로 서려고 했지만 결코 네 아버지의 상대가 되지 못했고, 그래서 해가 갈수록 더 화를 냈지. 제리온은 농담을 했어. 게임에 뛰어들었다가 지느니 비웃는 게 나았던 게지. 하지만 케반은 초반부터 일이 어떻게 되는지 알고, 네 아버지 옆자리에 섰다."

"고모님은요?" 제이미는 젠나에게 물었다.

"그건 여자애들에게 허락된 게임이 아니었다. 난 아버지의 소중한 공주님이었지……. 타이윈에게도 그랬고. 내가 실망시키기 전까지는 그랬어. 오라버니는 실망의 맛을 좋아하는 법을 절대 배우지 못했지." 젠나가 몸을 일으켰다. "하러 온 말은 했으니, 시간을 더 빼앗진 않으마. 타이윈이 했을 법한 일을 해라."

"아버지를 사랑하셨어요?" 제이미는 저도 모르게 물었다.

고모는 이상한 눈으로 그를 보았다. "왈더 프레이가 아버지를 설득해서 날 에몬과 결혼시키기로 했을 때 난 일곱 살이었다. 심지어 후계자도 아닌 둘째 아들인데. 아버지 본인도 셋째 아들이었고, 손아래 형제로 태어난 사람은 나이 많은 사람의 인정을 갈구하게 되어 있어. 프레이는 아버지에게서 그런 약점을 감지했고, 아버지는 프레이를 기쁘게 한다는 것 말고는 좋은 이유도 없이 동의했다. 내 약혼은 서부의 절반이 참석한 연회에서 발표됐다. 엘린 타벡은 웃어댔고 '붉은 사자'는 화가 나서 밖으로 나갔지. 나머지는 입 다물고 있었어. 오직 타이윈만이 이 결합에 반대하는 말을 했지. 열 살짜리가 말이다. 아버지는 창백해졌고, 왈더 프레이는 몸을 떨었어." 젠나는 미소 지었다. "그런 일이 있었는데 어떻게 내가 타이윈을 사랑하지 않을 수 있었겠니? 그렇다고 오라버니가 한 모든 일에 찬성했다거나, 나중에 냉정해진 오라버니와 같이 있는 게 즐거웠다는 뜻은 아니다만……. 어린 소녀에겐 지켜줄 크고 든든한 오라비가 필요하단다. 타이윈은 어렸을 때도 큰 사람이었어." 그녀는 한숨을 내쉬었다. "이젠 누가 우릴 지켜줄까?"

제이미는 고모의 뺨에 입을 맞췄다. "아버지는 아들을 남기셨어요."

"그래, 그랬지. 실은 그 점이 난 제일 두렵단다."

기묘한 말이었다. "왜 두려우시다는 겁니까?"

"제이미." 젠나 고모는 그의 귀를 잡아당기며 말했다. "귀여운 조카야, 난 네가 조안나의 젖을 빨던 아기일 때부터 널 알았다. 넌 제리온처럼 미소 짓고 타이겟처럼 싸우는 데다, 케반을 닮은 구석도 조금 있지. 그렇지 않았다면 그 망토를 걸치지 않았을 테니까……. 하지만 타이윈의 아들은 네가 아니라 티리온이야. 언젠가 네 아버지 면전에서 그 말을 했더니 반년 동안 나와 말도 하지 않더구나. 남자들이란 정말이지 엄청난 바보들이야. 천 년에 한 번 나올 법한 남자조차도 그래."

수로의 고양이

그녀는 해가 뜨기 전에, 브루스코의 딸들과 함께 쓰는 처마 밑 작은 방에서 깨어났다.

캣은 언제나 제일 먼저 깨어났다. 탈리아와 브리아와 함께 덮은 담요 속은 따뜻하고 아늑했다. 두 사람의 조용한 숨소리를 들을 수 있었다. 캣이 일어나서 슬리퍼를 찾자 브리아가 졸음 가득한 불평을 중얼거리고는 몸을 돌렸다. 회색 돌벽에서 새어 나오는 한기에 소름이 돋았다. 캣은 어둠 속에서 잽싸게 옷을 입었다. 캣이 머리 위로 튜닉을 뒤집어쓰는 사이에 탈리아가 눈을 뜨더니 말했다. "캣, 내 옷도 좀 가져다줄래?" 탈리아는 볼품없는 소녀로, 뼈와 가죽만 있는 몸에 팔꿈치가 두드러졌고 언제나 춥다고 투덜거렸다.

캣이 옷을 가져다주자 탈리아는 담요 속에서 꿈틀꿈틀 옷을 꿰었다. 그리고 둘이 같이 잠결에 위협하는 말을 웅얼대는 탈리아의 언니 브리아를 침대에서 끌어냈다.

셋이 처마 밑 방에서 사다리를 타고 아래로 내려갔을 때, 브루스코와 그의 아들들은 집 뒤로 흐르는 작은 수로에 대어놓은 배에 나가 있었다. 브루스코는 매일 아침 그랬듯이 소녀들에게 서두르라고 짖어댔다. 브루스코의 아들들이 탈리아와 브리아가 배에 타는 것을 도왔다. 배를 묶은 밧줄을 말뚝에서 풀어 브리아에게 던진 다음, 장화 신은 발로 선창에서 배를 밀어내는 것은 캣이 할 일이었다. 브루스코의 아들들이 장대에 몸을 기댔다. 캣은 달리다가 점점 멀어져가는 선창과 갑판 사이를 훌쩍 뛰어넘었다.

그 후에는 브루스코와 그의 아들들이 동트기 전의 어둠 속에서 배를 밀고 나가며 혼란스러운 작은 수로들 사이를 누비는 동안 배에 앉아서 하품하는 것 외에 할 일이 없었다. 오늘은 드물게 맑고 청명한 날 같았다. 브라보스에는 날씨가 세 종류밖에 없었다. 안개 낀 나쁜 날씨, 비가 오는 더 나쁜 날씨, 얼어붙도록 차가운 비가 내리는 최악의 날씨. 하지만 때때로 날이 분홍색과 파란색으로 밝아오고 짠 내를 머금은 공기는 얼얼한 아침이 찾아왔다. 캣은 그런 날들이 제일 좋았다.

'긴 수로'의 넓은 직선 물길에 다다른 그들은 남쪽 어시장으로 방향을 돌렸다. 캣은 다리를 접고 앉아서 하품을 누르며 꿈을 자세히 기억해보려 했다. '또 내가 늑대가 된 꿈을 꿨어.' 무엇보다도 냄새를 선명하게 기억할 수 있었다. 나무와 땅, 무리 형제들, 말과 사슴과 인간의 각기 다른 냄새, 그리고 늘 그랬듯 톡 쏘는 공포의 냄새. 어떤 밤이면 늑대 꿈이 어찌나 선명한지 깨어나면서도 형제들이 울부짖는 소리를 들을 수 있을 정도였고, 한번은 브리아가 주장하기를 캣이 담요 속에서 몸부림치며 으르렁댔다고도 했다. 멍청한 거짓말이라고 생각했지만, 탈리아도 들었다고 했다.

'늑대 꿈을 또 꾸면 안 되는데.' 소녀는 스스로에게 말했다. '이제 난 늑대가 아니라 고양이야. 수로의 고양이. 늑대 꿈은 스타크 가문의 아리아가 꾸는 거고.' 하지만 노력한다 해도 아리아를 없앨 수는 없었다. 신전 지하에서 자든 브루스코의 딸들과 함께 처마 밑 작은 방에서 자든 아무 차이 없이, 밤이면 여전히 늑대 꿈이 찾아왔다……. 그리고 때로는 다른 꿈도.

늑대 꿈은 좋은 꿈에 속했다. 늑대 꿈 속에서 그녀는 빠르고 강했으며, 무리를 이끌고 사냥감을 쫓았다. 싫은 건 다른 꿈, 네 발이 아니라 두 발 달린 존재로 꾸는 꿈이었다. 그런 꿈속에서 그녀는 언제나 진흙과 피와 불만 남은 황량한 땅을 비틀거리며 어머니를 찾아다녔다. 그런 꿈에선 언제나 비가 왔고, 어머니의 비명을 들을 수 있었지만, 개 머리가 달린 괴물이 어머니를 구하러 가지 못하게 했다. 그 꿈속에서 그녀는 언제나 겁에 질린 어린아이처럼 울었다. '늑대만이 아니라 고양이도 눈물을 흘리지 않아. 바보 같은 꿈일 뿐이야.'

긴 수로를 따라가던 브루스코의 배는 '진실의 궁'의 초록색 구리 돔과 프레스타인과 안타리온의 높은 사각 탑들 아래를 지나고 단물강의 거대한 회색 아치 아래를 통과하여, '토사 마을(Silty Town)'로 알려진, 건물들이 좀 더 작고 웅장함도 덜한 구역으로 들어갔다. 낮이면 이 수로도 뱀 머리 배와 유람선이 메우겠지만, 동트기 전 어둠 속에서는 그들의 배가 물길을 거의 독차지했다. 브루스코는 '거인'이 포효로 일출을 알리는 때에 맞춰 어시장에 도착하기를 좋아했다. 석호를 가로질러 울리는 거인의 포효는 거리 때문에 희미해지긴 했어도 여전히 잠든 도시를 깨우기에 부족함 없이 컸다.

브루스코와 그의 아들들이 어시장 옆에 배를 묶을 때쯤에는 청어 장수와 대구 장수, 굴 장수, 조개잡이, 집사, 요리사, 주부, 갤리선에서 내린 선원이 왁자지껄 실랑이를 하면서 아침에 잡힌 어물을 살피고 있었다. 브루스코는 배에서 배로 걸어 다니며 온갖 조개류를 살피다가 한 번씩 지팡이로 이 통 아니면 저 상자를 두드렸다. "이거." 이런 식이었다. "그렇지." 탁탁. "이거." 탁탁. "아니, 그거 말고. 여기." 탁. 그는 말을 많이 하지 않았다. 탈리아는 아버지가 돈을 아끼는 만큼이나 말을 아낀다고 했다. 굴, 대합, 게, 홍합, 새조개, 가끔은 새우……. 브루스코는 날마다 제일 좋아 보이는 것들을 다

샀다. 브루스코가 두드린 상자와 통을 배에 실어 나르는 건 그들의 몫이었다. 브루스코는 허리가 아파서, 갈색 에일 잔보다 무거운 건 들지 못했다.

다시 집으로 향할 때쯤이면 캣의 몸에선 언제나 소금물과 생선 냄새가 풍겼다. 워낙 익숙해져서 이제 스스로는 그 냄새를 거의 맡지도 못할 정도였다. 일은 싫지 않았다. 상자를 드느라 근육이 당기거나, 통의 무게 때문에 허리가 아플 때면 힘이 점점 세어지고 있다고 생각했다.

통을 다 실은 후에 브루스코는 다시 배를 움직이게 했고, 그의 아들들은 장대를 밀어 긴 수로로 돌아갔다. 브리아와 탈리아는 뱃머리에 앉아서 소곤거렸다. 캣은 그들이 브리아의 남자 친구에 대해 말하고 있다는 걸 알았다. 아버지가 잠든 후에 브리아가 지붕에 기어올라서 만나는 남자.

"세 가지 새로운 것을 배운 후에 우리에게 돌아와라." 친절한 남자는 캣을 도시로 내보내면서 그렇게 명령했다. 캣은 언제나 그렇게 했다. 때로는 새로운 브라보스 단어 셋만 배워 가기도 했다. 때로는 선원들의 이야기, 브라보스 섬들 너머 넓은 바다에서 일어난 기묘하고 놀라운 일들, 전쟁과 두꺼비 비와 알을 깨고 나온 드래곤들의 이야기를 듣고 가기도 했다. 때로는 세 가지 새로운 농담이나 세 가지 새로운 수수께끼, 이런저런 장사 수법을 배우기도 했다. 그리고 꽤 자주 비밀을 배웠다.

브라보스는 비밀로 이루어진 도시, 안개와 가면과 속삭임의 도시였다. 소녀는 도시의 존재 자체가 1세기 동안 비밀이었음을 알게 됐다. 이 도시의 위치는 3세기 동안이나 감춰져 있었다. "아홉 자유도시는 과거 발리리아의 딸들이지." 친절한 남자는 그렇게 가르쳤다. "하지만 브라보스는 고향에서 도망친 사생아야. 우린 노예와 창녀와 도둑의 아들들이고, 잡종이다. 우리 선조들은 자기들을 노예로 삼은 드래곤 군주들을 피해 오십 개의 땅에서 이 도피처로 왔지. 오십 신이 함께 왔지만, 모두가 공유하는 신이 하나 있다."

"다면의 신이죠."

"얼굴도 많고, 이름도 많지." 친절한 남자가 말했다. "코호르에서는 검은 염소요, 이-티에서는 밤의 사자, 웨스테로스에서는 이방인이라고 불린다. 모든 인간은 일곱을 숭배하든, 빛의 군주를 섬기든, 달 어머니나 익사한 신이나 위대한 양치기를 섬기든 상관없이 마지막엔 그분에게 고개를 숙여야 해. 모든 인류가 그분에게 속한다……. 세상 어딘가에 영원히 사는 사람들이 있다면 모르지만. 혹시 영원히 사는 사람들을 아느냐?"

"아뇨." 소녀는 대답했다. "모든 사람은 죽습니다."

달이 없는 어두운 밤에 언덕 위 신전에 살그머니 돌아가 보면 언제나 친절한 남자가 캣을 기다리고 있었다. "네가 나갈 때는 몰랐다가 지금은 알게 된 것이 무엇이냐?" 그는 언제나 그렇게 묻곤 했다.

"눈먼 베쿼가 굴 요리에 쓰는 핫소스에 뭘 넣는지 알아요. '파란 등잔'의 단원들은 〈비참한 얼굴의 영주〉를 공연할 계획이고 '배'의 단원들은 〈술 취한 일곱 노잡이〉로 응수할 거란 걸 알아요. 책 장수 로토 로넬은 상인 선장 모레도 프레스타인이 항해를 떠날 때마다 그 집에서 자다가, 암여우호가 귀항할 때마다 나간다는 걸 알아요."

"알게 되어 좋구나. 너는 누구지?"

"아무도 아니에요."

"거짓말. 너는 수로의 고양이다. 나는 너를 잘 안다. 가서 자거라, 아이야. 내일은 섬겨야 한다."

"모든 사람은 섬겨야 합니다." 그리고 그녀는 30일에 사흘씩 신전에서 일했다. 달이 없어지는 날에 그녀는 아무도 아닌 자, 흑백의 로브를 입은 다면신의 종이었다. 그녀는 철제 등잔을 들고 친절한 남자 곁에서 향기로운 어둠을 걸었다. 시체를 씻기고, 죽은 사람의 옷을 뒤지고, 동전을 세었다. 어떤 날은 전처럼 요리사 움마를 도와서 커다란 흰 버섯을 자르고 물고기

뼈를 발랐다. 하지만 달이 없는 날에 한해서였다. 다른 날들에는 발에 너무 큰 낡은 장화를 신고 가장자리가 너덜너덜한 갈색 망토를 걸치고서 넝마주이 항만에 수레를 밀고 다니며 "홍합, 대합, 새조개 있어요"라고 외치는 고아 소녀였다.

오늘 밤엔 달이 없을 것이다. 어젯밤에 뜬 달은 가느다란 선에 지나지 않았다. "네가 나갈 때는 몰랐다가 지금은 알게 된 것이 무엇이냐?" 친절한 남자는 그녀를 보자마자 물어볼 것이다. '난 브루스코의 딸 브리아가 아버지가 잘 때 지붕에서 남자를 만난다는 걸 알아.' 그녀는 생각했다. '탈리아는 브리아가 그 남자의 손길을 허용한다고 해. 그 남자는 지붕 쥐에 불과하고 지붕 쥐는 다 도둑인데도.' 하지만 그거 하나만 알았고, 캣은 두 가지를 더 알아야 했다. 걱정은 하지 않았다. 배들 사이에 내려와 있으면 배울 만한 새로운 것은 언제나 있었다.

집으로 돌아간 캣은 브루스코의 아들들을 도와서 배에 실린 짐을 내렸다. 브루스코와 딸들은 조개류와 갑각류를 수레 세 개에 나누어 담고 쌓아놓은 해초 위에 늘어놓았다. "다 팔리면 돌아와라." 브루스코는 매일 아침 그랬듯이 여자애들에게 말했고, 그들은 판매를 하러 나섰다. 브리아는 수레를 밀고 자줏빛 항만으로 가서 닻을 내린 브라보스 선원들에게 팔 것이었다. 탈리아는 달 웅덩이를 빙 도는 골목길들에서 시도해보거나, '신들의 섬'에 있는 신전들 사이에서 팔 터였다. 캣은 열흘 중 아흐레는 그랬듯이 넝마주이 항만으로 향했다.

'가라앉은 마을'에서부터 '바다군주의 궁전'까지 이르는 자줏빛 항만을 쓸 수 있는 것은 브라보스인들뿐이었다. 자매 도시들과 다른 넓은 세계에서 온 배들은 자줏빛 항만보다 낙후되고 거칠고 지저분한 항구인 넝마주이 항만을 이용해야 했다. 50여 개의 땅에서 온 선원들과 상인들이 부두와 골목길을 메우고, 그들을 섬기는 사람들과 약탈하는 사람들이 뒤섞여 있었기에 훨씬 더 시끄럽기도 했다. 캣은 브라보스에서 그곳이 제일 좋았다. 소음도, 이상한 냄새도 좋았고 저녁 물살을 타고 어떤 배가 들어왔으며 어떤 배가 떠났는지 보는 것도 좋아했다. 선원들도 좋았다. 우렁찬 목소리에 염색한 구레나룻의 떠들썩한 티로시인들, 언제나 값을 깎으려 드는 금발의 리스인들, 낮고 거친 목소리로 으르렁대며 욕을 하는 이벤 항구의 땅딸한 털투성이 선원들. 제일 좋은 건 티크나무처럼 매끈한 검은 피부를 지닌 여름 군도 사람들이었다. 그들은 빨간색 초록색 노란색 깃털 망토를 입었고, 그들이 모는 백조선의 높은 돛대와 하얀 돛은 장관이었다.

그리고 가끔은 웨스테로스인들도 있었다. 올드타운에서 온 무장 상선, 더스큰데일이나 킹스랜딩이나 걸타운에서 온 무역용 갤리선, 아버에서 온 뚱뚱한 와인 거래선의 노잡이들과 선원들이었다. 캣은 브라보스어로 홍합과 새조개와 대합을 어떻게 말하는지 알았지만, 넝마주이 항만에서는 무역 언어로 상품 이름을 외쳤다. 이는 부두와 선창과 선원들 선술집의 언어로, 십여 가지 언어의 단어와 구절을 대충 섞어서 손짓이며 몸짓을 덧붙인 것이었다. 대부분 모욕적이었고, 캣이 제일 좋아하는 부분이기도 했다. 캣을 귀찮게 하는 남자는 경멸의 엄지손가락을 보게 되거나, 당나귀 성기 주름 아니면 낙타 거시기에 비교당해야 했다. "내가 낙타를 본 적이 없을진 몰라도, 낙타 거시기 냄새는 맡으면 알죠." 캣은 그렇게 말하곤 했다.

아주 가끔 그러다가 누군가의 화를 돋울 때도 있었지만, 그럴 때는 손가락 칼이 있었다. 캣은 그 칼을 아주 날카롭게 갈아두었고, 사용 방법도 알았다. 어느 날 오후, 행복한 항구에서 라나가 시간이 나길 기다리던 붉은 로고가 방법을 가르쳐줬다. 어떻게 소매 속에 숨기고 있다가 필요할 때 빼내지는지도, 주인이 알아차리기도 전에 주화를 다 빼낼 정도로 매끄럽고 빠르게 지갑을 긋는 방법도 가르쳐줬다. 좋은 기술을 배웠다고 친절한 남자도 동의했다. 특히 자객과 지붕 쥐들이 돌아다니는 밤에는 더 쓸모가 있었다.

캣은 부둣가 친구들을 사귀었다. 짐꾼과 배우, 밧줄 만드는 사람과 돛 수리공, 선술집 사람, 맥주 만드는 사람, 빵 굽는 사람, 그리고 거지와 창녀까지. 그들은 캣에게서 대합과 새조개를 사고 브라보스에 실제로 있었던 일을 이야기해주고 자기 삶에 대해 거짓말을 했으며, 캣이 브라보스어를 해보려고 하면 웃기게 말한다고 놀렸다. 캣은 그런 놀림에 심란해하지 않았다. 대신 그들에게 온갖 무례한 손짓을 보여주고 낙타 거시기 같다고 말하면, 다들 시끄럽게 웃음을 터뜨렸다. 길로로 도타레는 자기가 아는 지저분한 노래를 가르쳐줬고, 그의 남동생 길레노는 장어를 잡기에 제일 좋은 자리를 알려줬다. '유랑극단의 배'에 있는 배우들은 영웅의 자세를 보여주고, 〈로인의 노래〉나 〈정복자의 두 아내〉, 〈상인의 원기 왕성한 부인〉에 나오는 대사들을 가르쳐줬다. '배'를 위해서 온갖 음탕한 익살극을 쓰는 슬픈 눈의 자그마한 남자 '깃펜'은 캣에게 여자가 어떻게 입을 맞추는지 가르쳐주겠다고도 했지만, 타가나로가 대구로 후려쳐서 수작질을 끝냈다. 요술쟁이 코소모는 캣에게 손기술을 가르쳤다. 그는 쥐를 삼켰다가 캣의 귀에서 꺼낼 수 있었다. "마법이지." 코소모의 말에 캣은 대꾸했다. "아니. 쥐는 내내 당신 소매에 있었잖아. 움직이는 거 봤어."

"굴, 대합, 새조개 있어요"는 캣의 마법 주문이었고, 좋은 마법 주문이 다 그렇듯 그 말을 하면 거의 어디든 갈 수 있었다. 캣은 리스와 올드타운과 이벤 항구에서 온 배에 올라 갑판 위에서 굴을 팔았다. 어떤 날에는 수레를 굴리며 권세가들의 탑을 지나쳐서 정문을 지키는 위병들에게 구운 대합을 팔아보기도 했다. 한번은 '진실의 궁' 계단에서 조개 사라고 외치다가, 다른 행상이 쫓아버리려고 하자 그의 수레를 엎어서 자갈밭에 굴을 다 흩어놓기도 했다. 체키항의 세관원들도, 석호의 초록색 물 위로 돔과 탑이 삐져나온 가라앉은 마을에서 나온 쪽배 모는 사람들도 그녀에게 조개를 사곤 했다. 한번은 브리아가 월경 때문에 드러누워서 캣이 자줏빛 항만으로 수레를 밀고 가서 바다군주의 놀잇배 노잡이들에게 게와 새우를 팔기도 했다. 그런 놀잇배는 뱃머리부터 꼬리까지 지붕이 덮였고 웃는 얼굴이 가득했다. 또 가끔은 단물강을 따라 달 웅덩이까지 가기도 했다. 줄무늬 새틴 옷을 입고 거들먹대는 자객들에게도 팔고, 갈색과 회색의 칙칙한 외투를 입은 사무원과 사법관에게도 팔았다. 하지만 그녀는 언제나 넝마주이 항만으로 돌아갔다.

"굴, 대합, 새조개 있어요." 소녀는 부둣가에서 수레를 밀며 외쳤다. "홍합, 새우, 새조개 있어요." 그 목소리에 이끌린 지저분한 오렌지색 고양이 한 마리가 터벅터벅 따라왔다. 더 걸어가자 짧은 꼬리에 후줄근한 회색 고양이가 나타났다. 고양이들은 캣의 냄새를 좋아했다. 어떤 날에는 해가 지기 전까지 십여 마리가 따라오기도 했다. 캣은 가끔 고양이들에게 굴을 하나 던져주고 어느 녀석이 낚아채는지 지켜보았다. 제일 큰 수고양이들은 오히려 이기는 날이 드물었다. 좀 더 작고 빠른 녀석, 마르고 사납고 배고픈 고양이가 낚아채는 경우가 많았다. '나랑 비슷하네.' 캣이 제일 좋아하는 고양이는 한쪽 귀가 씹힌 앙상한 늙은 수고양이로, 그 녀석을 보면 언젠가 레드킵에서 사방으로 쫓아다녔던 고양이가 생각났다. '아니, 그건 내가 아니라 다른 여자애였어.'

캣은 어제 있던 배 두 척이 사라졌지만, 새로운 배 다섯 척이 들어와 있음을 알아보았다. '놋쇠 원숭이'호라는 작은 무장 상선 한 척, 타르와 피와 고래 기름을 흘리는 거대한 이벤 포경선 한 척, 펜토스에서 온 낡은 상선 두 척, 그리고 고(古)볼란티스에서 온 늘씬한 녹색 갤리선 한 척이었다. 캣은 각 배의 건널 판자 앞에 멈춰 서서 대합과 굴이 있다고, 한 번은 무역 언어로 한 번은 웨스테로스 공용어로 외쳤다. 포경선 선원은 따라오던 고양이들이 다 도망갈 만큼 큰 소리로 욕을 했고, 펜토스 노잡이 하나는 다리 사이 조개는 얼마나 받느냐고 물었지만, 다른 배들에선 그보다 나았다. 녹색 갤리선의 항해사는 굴을 여섯 개쯤 게걸스레 먹으면서 징검돌 군도 근처에서 배에 오르려던 리스 해적들에게 선장이 살해당한 이야기를 해줬다. "그 개자식 살라도르 산이었어. '노모(老母)의 아들'과 그 큰 '발리리안' 호가 있었어. 도망치긴 했지만 가까스로였다."

작은 '놋쇠 원숭이'는 걸타운에서 온 배였고, 웨스테로스인 선원들은 공용어로 말할 상대가 있다는 사실에 기뻐했다. 한 명이 어쩌다가 킹스랜딩 출신의 여자애가 브라보스 부둣가에서 홍합을 팔게 된 거냐고 묻는 바람에 캣은 사연을 이야기해야 했다. 또 다른 선원이 말했다. "우린 여기 나흘 낮, 나흘 밤을 있을 건데 말이다. 남자가 좀 즐기려면 어디로 가야 하냐?"

"'유랑극단의 배'에선 〈술 취한 일곱 노잡이〉를 해요." 캣은 그들에게 말했다. "그리고 가라앉은 마을 문 옆의 '얼룩무늬 지하실'에선 장어 싸움을 벌이고요. 아니면 달 웅덩이 옆에 가볼 수도 있겠네요. 밤이면 자객들의 결투가 벌어지거든요."

"그래, 그거 좋네." 다른 선원이 말했다. "하지만 왓이 정말 원하는 건 여자야."

"최고의 매춘부들은 행복한 항구에 있어요. 유랑극단의 배가 정박해 있는 바로 근처예요." 캣은 알려줬다. 부둣가 창녀들 중에는 잔인한 사람이 있었고, 막 바다에서 내린 선원들은 절대 어떤 매춘부가 위험한지 알지 못했다. 시브론이 최악이었다. 다들 시브론이 열 명 넘게 강탈하고 죽인 후에 시체는 수로에 빠트려서 장어 밥이 되게 했다고 했다. '술고래 딸'은 맨정신일 때는 상냥할 수 있었지만, 와인이 들어가면 달랐다. 그리고 '궤양 제인'은 실제로는 남자였다. "메리를 찾아요. 진짜 이름은 메랄린이지만 다들 메리라고 부르는데, 정말로 명랑한 사람이에요." 메리는 캣이 매춘굴 근처를 지날 때마다 굴을 열 개 넘게 사서 다른 여자들과 나눠 먹었다. 다들 메리가 착한 사람이라는 데 동의했다. "게다가 젖가슴도 브라보스에서 제일 크죠." 메리 본인도 자랑하기를 좋아했다.

메리가 데리고 있는 여자들도 착했다. 홍당무 베타니와 선원의 마누라, 피 한 방울만 주면 운명을 말해줄 수 있는 애꾸눈 이나, 예쁘고 귀여운 라나, 심지어 콧수염이 있는 이벤 여자 아사도라도 괜찮았다. 그들은 아름답진 않을지 몰라도 캣에게 친절했다. "짐꾼들은 다 행복한 항구로 가요." 캣은 놋쇠 원숭이호 사람들에게 장담했다. "메리는 이렇게 말하거든요. '남자들은 배에서 짐을 덜고, 내 아가씨들은 배를 모는 남자들의 짐을 덜어주지.'"

"가수들이 노래하는 고급 창녀들은 어때?" 열여섯이나 됐을까, 주근깨가 있는 붉은 머리의 막내가 물었다. "정말로 노랫말처럼 예뻐? 어딜 가면 그런 여자가 있지?" 같은 배 동료들이 소년을 보고 웃어댔다. 한 명이 말했다. "일곱 지옥이여 맙소사. 인마, 선장님이라면 코르티잔을 얻을 수도 있겠지만 그것도 빌어먹을 배를 팔아야 될 거다. 그런 가랑이는 우리 같은 것들이 아니라 귀족 나리들 거야."

브라보스의 코르티잔들은 전 세계에 유명했다. 가수들은 노래를 바치고, 금세공인과 보석상이 선물을 쏟아부었으며, 공예 장인들은 그들에게 주문 제작의 영예를 구걸했고, 상인 왕자들은 무도회와 연회와 연극 공연에서 그들을 품에 안기 위해 왕의 몸값 수준을 지불했고, 자객들은 그들의 이름을 걸고 서로를 죽였다. 캣은 수로 옆으로 수레를 밀고 가다가 가끔 연인과 저녁을 함께 보내기 위해 수로를 흘러가는 코르티잔을 보곤 했다. 코르티잔에겐 모두 너벅선이 한 척씩 있었고, 밀회 자리까지 데려다줄 하인들도 있었다. '시인'은 언제나 손에 책을 들고 있었고, '달그림자'는 흰색과 은색밖에 입지 않았으며, '인어 여왕'은 언제나 인어들을 거느리고 다녔다. 그 인어들이란 갓 꽃을 피운 어린 처녀들로, 인어 여왕의 옷자락을 들고 머리를 손질했다. 다들 막상막하로 아름다운 코르티잔이었다. 심지어 연인으로 받아들인 사람들만 얼굴을 볼 수 있는 '베일의 숙녀'도 아름다웠다.

"어느 코르티잔에게 새조개를 세 개 팔았는데요." 캣은 선원들에게 말했다. "너벅선에서 내리면서 날 부르는 거예요." 브루스코는 코르티잔이 먼저 말을 걸지 않는 한 절대 말을 걸지 말라고 단단히 가르쳤지만, 그 여자는 미소를 짓고 있었고 새조개값의 열 배는 될 은화를 지불했다.

"어느 코르티잔이었는데? 새조개의 여왕?"

"흑진주요." 캣은 말했다. 메리는 흑진주야말로 가장 유명한 코르티잔이라 주장하며 이렇게 말했었다. "드래곤들의 자손이야, 그 여자는. 초대 흑진주는 해적 여왕이었지. 어느 웨스테로스 왕자가 그 여자를 연인 삼아서 딸을 얻었는데, 그 딸이 자라서 코르티잔이 됐어. 그 딸이 다시 대를 잇고, 또 그 딸이 대를 이어서 지금까지 이어진 거야. 그 여자가 네게 뭐라고 했니, 캣?"

"'새조개를 세 개 다오'라고 하더니, '핫소스 있니, 꼬마야?'라고 물었어요." 캣은 메리에게 대답했었다.

"그래서 넌 뭐라고 했고?"

"'아뇨, 없어요'라고 하고는, '날 꼬마라고 부르지 말아요. 내 이름은 캣이에요'라고 했죠. 핫소스를 가지고 다닐걸. 베쿼는 핫소스가 있는데 굴을 브루스코의 세 배는 팔아요."

캣은 친절한 남자에게도 흑진주에 대해 말했었다. "흑진주의 원래 이름은 벨레지어 아더리스예요." 그게 캣이 배운 세 가지 사실 중 하나였다.

"그래." 사제는 조용히 대꾸했다. "그 어머니는 벨로나라였지만, 초대 흑진주도 벨레지어였지."

하지만 캣은 놋쇠 원숭이의 선원들이 코르티잔의 어머니 이름에 신경 쓸 리 없다는 것을 알았기에, 그 얘기를 하는 대신 칠왕국 소식과 전쟁에 대해 물었다.

“전쟁?” 한 명이 웃었다. “무슨 전쟁? 전쟁은 없어.”

“걸타운엔 없지.” 다른 선원이 말했다. “협곡엔 없어. 어린 영주님이 우릴 전쟁에서 지켜주고 계셔. 영주님 어머니가 그랬듯이.”

‘영주님 어머니가 그랬듯이.’ 협곡의 여주인은 어머니의 여동생이었다. “라이사 부인이 혹시……?”

“죽었냐고?” 코르티잔 생각이 가득한 주근깨 소년이 말을 받았다. “그래. 자기 가수한테 살해당했어.”

“아.” ‘나에겐 아무 일도 아니야. 수로의 고양이에겐 이모 같은 거 없어. 있었던 적도 없고.’ 캣은 수레를 들어 올리고 자갈길을 덜컹거리며 놋쇠 원숭이호에서 멀어졌다. “굴, 대합, 새조개 있어요. 굴, 대합, 새조개 있어요.” 대합은 대부분 아버에서 온 커다란 와인 상선에서 짐을 내리던 짐꾼들에게 팔았고, 나머지는 폭풍에 상한 미르의 갤리선을 수리하는 남자들에게 팔았다.

부둣가를 더 내려간 캣은 ‘바다표범 왕’ 카소 옆 말뚝에 등을 기대고 앉은 타가나로와 마주쳤다. 그는 캣에게서 홍합을 몇 개 샀고, 카소는 빽빽 소리를 지르며 캣이 자기 지느러미를 흔들게 해줬다. “나랑 같이 일하자, 캣.” 타가나로가 껍질에 붙은 홍합을 빨아 먹으며 말했다. 그는 술고래 딸이 작은 나보의 손에 칼을 박은 이후 줄곧 새로운 파트너를 찾고 있었다. “내가 브루스코보다 돈도 더 줄 테고, 생선 냄새도 나지 않을 거야.”

“카소는 내 냄새를 좋아해.” 캣이 말하자 바다표범 왕이 맞장구치듯 소리를 질렀다. “나보의 손은 나아지지 않았어?”

“손가락 세 개가 구부러지지 않아.” 타가나로는 홍합을 먹으면서 투덜거렸다. “손가락을 못 쓰는 소매치기가 무슨 쓸모가 있어? 나보는 주머니 털기만 잘했지, 매춘부 고르는 덴 젬병이었어."

"메리도 그렇게 말하더라." 캣은 슬펐다. 도둑이긴 해도 캣은 작은 나보를 좋아했다. "나보는 이제 뭘 하지?"

"노나 젓겠단다. 두 손가락으로도 노 젓기엔 충분하다는 거야. 게다가 바다군주는 언제나 노잡이를 더 구하니까 말이지. 나야 이렇게 말했지. '아서라, 나보. 바다는 처녀보다 차갑고 창녀보다 더 잔인해. 차라리 손을 자르고 구걸하는 게 나을걸.' 카소도 내 말이 맞는다는 걸 알아. 그렇지, 카소?"

바다표범이 소리를 질렀고, 캣은 웃을 수밖에 없었다. 그녀는 새조개 하나를 바다표범에게 던져주고 나서 다시 움직였다.

캣이 유랑극단의 배가 닻을 내린 자리에서 골목길만 건너면 있는 행복한 항구에 도착했을 때는 낮이 거의 끝나가고 있었다. 기울어진 선체 위에 배우 몇 명이 올라앉아서 와인 주머니를 주고 받다가, 캣의 수레를 보더니 굴을 사러 내려왔다. 캣은 〈술 취한 일곱 노잡이〉는 어떻게 됐냐고 물었다. 우울한 조스가 고개를 내저었다. "퀜스가 결국 알라쿼가 슬로이와 잔다는 걸 알아냈지 뭐냐. 소품 장검으로 싸우더니 둘 다 우릴 떠나버렸어. 오늘 밤엔 술 취한 노잡이가 다섯 명뿐일 것 같아."

"노잡이가 모자라니 술 취하는 데서 메꾸도록 애써봐야지." 미르멜로가 선언했다. "적어도 이 몸은 그런 과업을 감당할 만하다네."

"작은 나보가 노잡이가 되고 싶어 한다는데요." 캣이 말했다. "나보를 받아들이면 여섯이네요."

"메리를 보러 가는 게 좋겠다." 조스가 말했다. "굴을 못 먹으면 메리가 얼마나 뚱해지는지 알잖아."

하지만 캣이 매춘굴 안으로 들어갔을 때 메리는 휴게실에 눈을 감고 앉아서 대리언의 나무 하프 연주에 귀 기울이고 있었다. 이나도 그 자리에서 라나의 긴 금빛 머리채를 땋고 있었다. 또 바보 같은 사랑 노래였다. 라나는 언제나 가수에게 바보 같은 사랑 노래를 불러달라 졸랐다. 라나는 이곳 창녀들 중 제일 어려서, 겨우 열네 살이었다. 캣은 메리가 다른 여자보다 라나를 세 배는 더 많이 찾는다는 사실을 알고 있었다.

대리언이 그토록 뻔뻔하게 거기 앉아서, 라나를 쳐다보며 하프 줄 위로 손가락을 놀리는 모습을 보니 화가 났다. 창녀들은 대리언을 '검은 가수'라고 불렀지만, 이제 그에게 검은 부분이라곤 남지도 않았다. 그 까마귀는 노래해서 버는 돈을 가지고 공작으로 변신했다. 오늘은 다람쥐 모피를 댄 자주색 플러시 천 망토에 하얀색과 라일락색 줄무늬 튜닉, 그리고 자객이 입는 알록달록한 바지를 입었지만, 그에게는 비단 망토도 있었고, 금란으로 가장자리를 두른 새빨간 벨벳 망토도 있었다. 검은색이라고는 장화뿐이었다. 캣은 이전에 대리언이 라나에게 나머지 검은 옷은 다 수로에 던져버렸다고 말하는 걸 들었다. "어둠은 이제 됐어." 그렇게 선언하면서.

'밤의 경비대 사람이면서.' 캣은 대리언이 멍청한 왕자가 죽었다는 이유로 어느 멍청한 탑에서 몸을 던진 멍청한 아가씨에 대해 노래하는 동안 생각했다. 그 아가씨는 자기 왕자를 죽인 놈들을 죽이러 갔어야 했다. 그리고 가수는 장벽에 있어야 했다. 대리언이 처음 행복한 항구에 나타났을 때, 아리아는 이스트워치에 돌아갈 때 데려가달라고 부탁할 뻔했다. 그런데 그가 베타니에게 자기는 절대 돌아가지 않는다고 하는 소리를 들었다. "딱딱한 침대에, 소금에 절인 대구, 끝이 없는 감시, 그게 장벽이야. 게다가 이스트워치엔 자기의 반도 예쁜 사람이 없어. 내가 어떻게 자기 곁을 떠날 수 있겠어?" 캣은 대리언이 같은 소리를 라나에게도 하고, '고양이집'에서 일하는 다른 여자에게도 하고, 심지어 '일곱 등잔의 집'에서 연주하던 밤에 나이팅게일에게도 하는 걸 들었다.

'그 뚱보가 저놈을 때린 밤에 여기 있었으면 좋았을걸.' 메리의 창녀들은 아직도 그 일로 웃어댔다. 이나는 자기 손이 닿을 때마다 그 뚱뚱한 소년이 홍당무처럼 빨개졌는데, 말썽을 일으키니 메리로서는 밖으로 끌어내서 수로에 던져버리게 할 수밖에 없었다고 했다.

캣이 그 뚱보에 대해 생각하고, 어떻게 그치를 테로와 오벨로에게서 구해줬던가 돌이키고 있으려니 '선원의 마누라'가 옆에 나타났다. "예쁜 노래를 부르지." 그녀는 웨스테로스 공용어로 조용히 중얼거렸다. "저런 목소리에다 매력적인 얼굴까지 주시다니, 신들이 저이를 많이 사랑했나 봐."

'얼굴은 예쁘고 심장은 썩었지.' 아리아는 생각했지만, 입 밖에 내지는 않았다. 대리언은 선원의 마누라와 한 번 결혼했는데, 그녀는 결혼한 남자들하고만 잠자리에 들기 때문이었다. 행복한 항구에서는 하룻밤에 서너 번 결혼식이 열리기도 했다. 주로 와인에 절어 있는 쾌활한 사제 에젤리노가 결혼식을 주관했다. 아니면 한때 바다 너머 성소의 성사였던 유스터스가 했다. 사제도 성사도 없을 때는 창녀 하나가 '배'로 달려가서 배우를 한 명 데려왔다. 메리는 언제나 배우들이 사제들보다 훨씬 사제답다고 주장했는데, 미르멜로가 특히 그랬다.

그런 결혼식은 요란하고 즐거웠으며, 다들 술을 많이 마셨다. 어쩌다 캣이 수레를 밀고 지나갈 때면 선원의 마누라는 새 남편이 결합을 위해 단단해지려면 굴을 좀 사야 한다고 주장하곤 했다. 그런 면에서 그녀는 좋은 사람이었고, 잘 웃기도 했지만, 캣은 그녀에게 어딘가 슬픈 면이 있다고 생각했다.

다른 창녀들이 말하길 선원의 마누라는 월경일이면 신들의 섬을 찾는데, 그곳에 거하는 모든 신을 다 안다고, 브라보스가 잊은 신들까지도 안다고 했다. 그녀가 라나만큼 어렸을 때 바다에서 실종된 첫 번째 남편, 즉 진짜 남편을 위해 기도하러 간다고도 했다. "신을 제대로 찾기만 하면 그 신이 바람을 보내어 옛 사랑을 돌려보내줄지 모른다고 생각하는 거야." 그녀와 제일 오래 알고 지낸 애꾸눈 이나가 그렇게 말했다. "하지만 난 그런 일이 영영 일어나지 않길 기도해. 그 사랑은 죽었어. 걔 피를 맛보면 알 수 있어. 그 남자가 혹시라도 돌아온다면, 그건 시체일 거야."

대리언의 노래가 마침내 끝나갔다. 마지막 선율이 스러지자 라나가 한숨을 내쉬었고, 대리언은 하프를 내려놓고 라나를 무릎에 앉혔다. 대리언이 막 라나를 간질이기 시작할 때 캣이 큰 소리로 말했다. "굴 있어요. 먹고 싶은 사람 있으면." 메리가 눈을 번쩍 뜨더니 말했다. "잘됐구나. 가지고 들어오렴. 이나, 빵과 식초 좀 가져와."

캣이 두둑한 지갑을 들고 소금과 해초만 남은 수레를 밀면서 행복한 항구를 떠났을 때는 줄줄이 늘어선 돛대 뒤편 하늘에 부풀어 오른 붉은 해가 걸려 있었다. 대리언도 떠나는 참이었다. 그는 캣과 같이 걸으면서 오늘 저녁에는 '초록 장어 여관'에서 노래하기로 했다고 말했다. "장어에서 연주하면 늘 은화가 나오지." 그는 큰소리를 쳤다. "어떤 밤이면 선장들에다 선주들까지 있거든." 그들은 땅거미가 짙어지는 가운데 작은 다리를 건너서 구불구불한 뒷길을 내려갔다. "곧 난 자줏빛 항만에서 연주하게 될 거고, 그 후엔 바다군주의 궁전에서 노래를 할 거야." 대리언이 계속 떠들었다. 캣의 빈 수레가 자갈길 위에서 덜그럭거리며 나름 활기찬 음악을 연주했다. "어제 난 창녀들과 같이 청어를 먹었지만, 1년 안에 코르티잔들과 황제게를 먹게 될 거라 이거야."

"네 형제는 어떻게 됐어?" 캣이 물었다. "그 뚱뚱한 사람. 올드타운으로 가는 배는 찾았대? 우샤노라 부인호를 타고 가기로 되어 있었다던데."

"우리 모두가 그랬지. 스노우 나리의 명이었어. 내가 샘더러 노인장을 버리라는데 그 뚱뚱한 바보가 말을 안 듣잖아." 마지막 햇살에 대리언의 머리카락이 반짝였다. "흠, 이젠 너무 늦었어."

"그렇네." 캣은 꼬불꼬불한 작은 골목길의 어둠 속으로 들어서면서 말했다.

캣이 브루스코의 집으로 돌아왔을 때는, 작은 수로 위에 저녁 안개가 깔리고 있었다. 캣은 수레를 치워놓고 사무실에 있는 브루스코를 찾아서 탁자 위에 쿵 소리 나게 지갑을 내려놓았다. 그리고 장화도 쿵 소리 나게 내려놓았다.

브루스코는 지갑을 두드렸다. "좋아. 그런데 이건 뭐냐?"

"장화요."

"좋은 장화는 찾기 힘들지. 하지만 이건 내 발에 너무 작아." 브루스코는 장화 한짝을 들어 올리더니 실눈을 뜨고 보았다.

"오늘 밤은 달이 없을 거예요." 캣이 그에게 상기시켰다.

"그렇다면 넌 기도를 하는 게 좋겠군." 브루스코는 장화를 치우고 돈을 세어보려고 쏟아부었다. "발라 도하에리스."

'발라 모르굴리스.' 캣은 생각했다.

브라보스 길거리를 걸어가는 캣의 사방에 안개가 일었다. 영목 문을 밀고 흑백의 집 안으로 들어갔을 때 캣은 살짝 몸을 떨고 있었다. 오늘 저녁에는 촛불이 몇 개만 타면서 떨어지는 별들처럼 깜박이고 있었다. 어둠 속에서는 모든 신이 이방인이었다.

지하로 내려간 그녀는 캣의 올 풀린 망토를 풀고, 캣의 비린내 나는 갈색 튜닉을 머리 위로 벗어 던지고, 캣의 소금 얼룩진 장화를 걷어차 벗고, 캣의 속옷을 내리고 레몬수에 목욕을 해서 수로의 고양이 냄새를 싹 씻어냈다. 그녀가 비누칠을 하고 박박 문질러 분홍빛이 된 피부에, 갈색 머리를 뺨에 늘어뜨린 채 방을 나섰을 때 캣은 사라지고 없었다. 그녀는 깨끗한 로브를 입고 부드러운 천 슬리퍼를 신고 터벅터벅 부엌으로 걸어가서 움마에게 먹을 것을 달라고 했다. 사제와 보조사제들은 이미 식사를 한 후였지만, 요리사는 그녀를 위해 잘 튀긴 대구 한 조각과 으깬 노란 순무를 남겨두었다. 그녀는 그걸 게걸스럽게 먹고, 접시를 닦은 후에 물약을 준비하는 부랑아를 도우러 갔다.

그녀가 맡은 일은 주로 사다리를 오르내리며 부랑아가 가져오라는 풀과 잎사귀를 찾는 것이었다. "단잠은 독 중에 제일 친절한 독이야." 부랑아는 사발과 절구로 단잠을 갈면서 말했다. "몇 알이면 쿵쿵 뛰던 심장을 늦춰주고 손 떨림을 멎게 하고, 차분하고 강인한 기분을 느끼게 해주지. 한 자밤이면 하룻밤 꿈도 없이 깊이 잘 거야. 세 자밤이면 그 잠이 끝나지 않게 되지. 맛은 아주 달기 때문에, 케이크와 파이와 꿀을 탄 와인에 넣는 데 최적이야. 자, 단 냄새를 맡을 수 있지." 그녀는 한번 냄새를 맡게 해주더니, 사다리를 올라가서 붉은 유리병을 찾아오게 했다. "이건 더 잔인한 독이지만, 맛도 냄새도 없어서 숨기기가 더 쉬워. 리스의 눈물이라고 부르지. 와인이나 물에 녹이면 사람 배 속을 먹어치우고, 장기가 병들어 사람을 죽여. 냄새 맡아봐." 아리아는 킁킁거렸고, 아무 냄새도 맡지 못했다. 부랑아가 리스의 눈물을 한쪽으로 치우고 뚱뚱한 돌단지를 열었다. "이 연고에는 바실리스크 피가 더해져 있어. 요리한 살코기에 풍미를 더하지만, 먹었다간 짐승이나 인간이나 격렬한 광기를 겪게 되지. 바실리스크의 피를 맛보면 쥐도 사자를 공격해."

아리아는 입술을 씹었다. "개들에게도 듣나?"

"따뜻한 피가 도는 동물이라면 뭐든." 부랑아가 그녀의 뺨을 때렸다.

그녀는 아프기보다는 놀라서 뺨에 손을 올렸다. "왜 그래?"

"생각에 잠길 때마다 입술을 씹는 건 스타크 가문의 아리아야. 넌 스타크 가문의 아리아인가?"

"난 아무도 아니야." 화가 났다. "넌 누구지?"

대답을 들으리라 기대하지 않았건만, 부랑아는 대답했다. "나는 오래된 가문의 유일한 자식이며, 내 고귀한 아버지의 후계자로 태어났지. 어머니는 내가 어렸을 때 죽었어. 기억도 안 나. 내가 여섯 살이 되자 아버지가 다시 결혼을 했어. 아버지의 새 아내는 날 친절하게 대했지만, 그것도 자기 딸을 낳기 전까지였지. 딸을 낳고 나자 자기 혈육이 내 아버지의 재산을 물려받을 수 있게 내가 죽기를 바랐고. 그 여자는 다면신의 은총을 구해야 했지만, 다면신이 요구할 희생을 견딜 수가 없었어. 그래서 날 직접 독살하려고 생각했지. 그 독 덕분에 난 지금 네가 보는 모습이 됐지만, 죽지는 않았어. 붉은 손의 집에 있는 치료사들이 그 여자가 무슨 짓을 했는지 말해주자 아버지는 여기로 와서 희생을 치렀어. 전 재산과 나를 내놓았지. 다면신께서는 아버지의 기도를 들어주셨고. 난 신전에서 봉사하게 됐고, 내 아버지의 아내는 선물을 받았어."

아리아는 신중하게 상대를 살폈다. "사실이야?"

"사실이 들어 있기는 해."

"거짓도 들어 있고?"

"진실이 아닌 부분이 있고, 과장도 있지."

이야기를 하는 부랑아의 얼굴을 내내 지켜보고 있었건만, 이렇다 할 신호는 조금도 보이지 않았다. "다면신께서는 네 아버지의 재산 전부가 아니라 3분의 2만 받았어."

"맞아. 그건 내 과장이었어."

아리아는 씩 웃다가, 웃고 있음을 깨닫고 뺨을 꼬집었다. '네 얼굴을 지배해.' 스스로에게 말했다. '미소는 내 하인이야. 내가 명령하면 와야 해.' "어느 부분이 거짓말이었어?"

"어느 부분도 아니야. 거짓말에 대해선 거짓말했어."

"그랬어? 아니면 지금 거짓말을 하는 거야?"

그러나 부랑아가 대답하기 전에 친절한 남자가 미소 띤 얼굴로 걸어 들어왔다. "우리에게 돌아왔구나."

"달이 없는 밤이에요."

"그러하다. 네가 나갈 때는 몰랐다가 지금은 알게 된 것이 무엇이냐?"

'새로운 것을 서른 가지는 알아요.' 그렇게 대답할 뻔했다. "작은 나보의 손가락 세 개가 구부러지지 않아요. 노잡이가 될 생각이에요."

"알게 되어 좋구나. 또?"

아리아는 하루를 돌아보았다. "퀜스와 알라퀴가 싸우고 '배'를 떠났지만, 돌아올 것 같아요."

"아는 거냐, 생각만 하는 거냐?"

"생각만요." 말은 그렇게 했지만, 확신했다. 배우들도 여느 사람과 마찬가지로 먹어야 살았고, 퀜스와 알라퀴는 '파란 등잔'에서 일할 만큼 뛰어나지 못했다.

"그렇구나. 세 번째는?" 친절한 남자가 물었다.

이번에는 망설이지 않았다. "대리언은 죽었어요. 행복한 항구에서 잠을 자는 검은 가수요. 그 남자는 사실 밤의 경비대 탈영병이었어요. 누군가가 그의 목을 긋고 수로에 밀어 빠뜨렸지만, 장화는 간직했어요."

"좋은 장화는 찾기 힘든 물건이지."

"그렇지요." 그녀는 표정을 유지하려 했다.

"누가 그런 짓을 했을까 궁금하다만?"

"스타크 가문의 아리아요." 그녀는 그의 눈, 입, 턱의 근육을 지켜보았다.

"그 아이가? 브라보스를 떠난 줄 알았다만. 너는 누구냐?"

"아무도 아니에요."

"거짓말." 그는 부랑아를 돌아보았다. "목이 마르구나. 친절을 베풀어 나에게 와인 한 잔을, 예기치 않게 우리에게 돌아온 우리 친구 아리아에게는 따뜻한 우유 한 잔을 가져다다오."

도시를 가로질러 돌아오면서 아리아는 대리언에 대해 말하면 친절한 남자가 뭐라고 할까 궁금했었다. 아리아에게 화를 낼 것도 같았고, 가수에게

다면신의 선물을 줬다는 사실에 기뻐할지도 모른다고 생각했다. 공연에 나가는 배우처럼 이 대화를 머릿속으로 50번은 그려보았다. 그러나 따뜻한 우유는 생각지도 못했다.

우유가 도착하자 아리아는 마셨다. 약간 탄 냄새가 났고, 뒷맛이 썼다. "이제 자러 가거라, 얘야." 친절한 남자가 말했다. "내일은 섬겨야 한다."

그날 밤 아리아는 다시 늑대가 된 꿈을 꾸었지만, 다른 꿈과는 달랐다. 그 꿈속에서는 무리가 없었다. 그녀는 홀로 배회하며 지붕 위를 뛰어다니고, 수로 둑 옆을 조용히 걷고, 안개 속 그림자들을 따라다녔다.

다음 날 잠에서 깨어났을 때는 눈이 멀어 있었다.

샘웰

'시나몬윈드'호는 남자들은 까맣고, 여자들은 농탕을 치며, 신들도 기묘한 여름 군도의 톨트리스타운에서 나온 백조선이었다. 이 배에는 애도의 기도를 주도할 성사가 타고 있지 않았기에, 태양 빛 쏟아지는 도르네 남쪽 해안 어딘가에서 기도하는 일은 샘웰 탈리에게 떨어졌다. 샘은 기도를 드리기 위해 검은 옷을 갖춰 입었지만, 오후 날씨는 따뜻하고 후텁지근한 데다 바람 한 점 불지 않았다. "좋은 분이었습니다." 샘은 운을 뗐다가…… 말하자마자 틀린 말이었음을 알았다. "아니, 위대한 분이었습니다. 사슬 목걸이를 걸고 서약을 한 시타델의 학사이자, 가장 충직한 밤의 경비대 결의형제였습니다. 태어났을 때 사람들은 이분에게 너무 젊은 나이에 죽은 영웅의 이름을 붙였고, 아주 오래 살기는 했어도 이분의 삶 역시 영웅적이었습니다. 그보다 더 현명하거나, 온화하거나, 친절한 사람은 없었습니다. 장벽에서 학사님이 봉직하는 동안 열 명이 넘는 총사령관이 왔다 갔으나, 학사님은 늘 그 자리에서 사령관에게 조언을 했습니다. 왕들에게도 조언했지요. 스스로도 왕이 될 수 있었으나, 사람들이 왕관을 내밀자 동생에게 줘야 마땅하다고 대답하셨습니다. 그럴 사람이 얼마나 될까요?" 샘은 눈에 눈물이 고이는 것을 느끼고, 길게 말하지 못할 것을 알았다. "학사님은 드래곤의 핏줄이었으나, 이제 그 불은 꺼졌습니다. 학사님은 아에몬 타르가르옌이었습니다. 그리고 이제 이분의 감시는 끝났습니다."

"그리고 이제 이분의 감시는 끝났습니다." 길리가 품에 안은 아기를 어르며 따라 했다. 코자 모가 웨스테로스 공용어로 그 말을 따라 한 후, 그녀의 아버지와 숀도와 다른 선원들을 위해 여름 군도 말로 되풀이했다. 샘은 고개를 숙이고 큰 소리로 울기 시작했다. 고통스러운 울음에 온몸이 다 흔들렸다. 길리가 다가와서 옆에 서더니 자기 어깨에 기대어 울게 했다. 그녀의 눈에도 눈물이 고여 있었다.

공기는 무더우면서도 차분하기 그지없었고, 시나몬윈드는 육지가 까마득히도 보이지 않는 깊고 푸른 물 위에 떠 있었다. "검은 샘이 좋은 말을 했다." 숀도가 말했다. "이제 그의 삶을 마시자." 숀도가 여름 군도 말로 뭐라고 외치자 선원들이 향신료를 넣은 럼주 한 통을 굴려 후갑판으로 올리더니 구멍을 뚫었다. 당직 중인 사람들이 늙고 눈먼 드래곤을 추억하며 한 잔씩 마실 수 있도록. 선원들은 그를 짧은 시간밖에 알지 못했으나, 여름 군도인들은 노인을 공경했고 죽은 자를 기렸다.

샘은 럼주를 처음 마셔보았다. 이상하고 자극적인 술이었다. 처음에는 달다가 뒷맛이 화끈하니 혀를 태웠다. 샘은 지쳤다. 너무나 지쳐 있었다. 근육이란 근육은 다 아팠고, 근육이 있는 줄도 몰랐던 자리까지 아팠다. 무릎은 뻣뻣했고, 두 손은 새로 잡힌 물집과 오래된 물집이 터져 끈적하고 쓰라린 자리로 얼룩덜룩했다. 그런데도 럼주와 슬픔이 아픔을 다 씻어내는 것 같았다. "올드타운까지 모시고 갈 수만 있었다면 최고학사들이 구할 수 있었을지도 몰라요." 샘은 시나몬윈드호의 높은 선수루에서 럼주를 마시며 길리에게 말했다. "시타델의 치료사들은 칠왕국 최고거든요. 한동안은 나…… 희, 희망이……"

브라보스에서는 아에몬이 회복할 수 있을 것도 같았다. 숀도가 해준 드래곤 이야기가 노인을 회복시킨 것만 같았다. 그날 밤 학사는 샘이 차려놓은 음식을 다 먹었다. "아무도 여자아이를 기대하진 않았지. 약속된 건 왕녀가 아니라 왕자였어. 난 라에가르라고 생각했다……. 라에가르가 태어난 날 서머홀을 집어삼킨 불에서 연기가 올랐고, 죽은 사람들을 위해 흘린 눈물엔 소금이 있었으니까. 라에가르도 어렸을 때는 나와 같은 믿음을 품더니, 나중에는 예언을 수행할 사람은 제 아들이라고 믿기에 이르렀지. 아에곤이 잉태된 밤에 킹스랜딩 위에 혜성이 보였고, 라에가르는 피 흘리는 별이라는 게 혜성이라고 확신했거든. 스스로가 무척이나 현명한 줄 알다니, 우린 얼마나 바보였느냐! 번역에 실수가 있었던 거야. 바스가 옳게 보았어. 드래곤은 남성도 여성도 아니고 불꽃처럼 이랬다가 저랬다가 하는 존재였어. 천 년 동안이나 언어가 우리 모두를 잘못 이끌었던 거야. 소금과 연기 속에서 태어난 존재란 대너리스야. 드래곤들이 그걸 증명해." 아에몬은 대너리스 이야기만 해도 힘이 나는 것 같았다. "그 아이에게 가봐야겠다. 가야 해. 내가 열 살만 젊었더라도……."

노인의 의지가 얼마나 굳었던지, 샘이 뱃삯을 합의하고 나자 자기 발로 '시나몬윈드' 건널 판자를 걸어 올라갈 정도였다. 물에 빠진 샘을 구하다가 망가뜨린 깃털 망토를 물어주느라 이미 장검과 검집을 덩치 큰 항해사, 숀도에게 준 후의 일이었다. 그 후에 남은 가치 있는 물건이라고는 캐슬블랙 지하실에서 싣고 나온 책들뿐이었다. 샘은 우울한 심정으로 그 책들과 헤어졌다. "시타델에 가져갈 책이었어." 숀도가 뭐가 문제냐고 묻자 샘은 그렇게 대답했다. 항해사 숀도가 그 말을 통역해주자 선장은 큰 소리로 웃었다. 숀도가 말을 전했다. "쿠후루 모는 회색 사람들이 여전히 그 책들을 갖게 될 거라고 한다. 다만 쿠후루 모에게서 사야겠지. 학사들은 자기들한테 없는 책에 은화를 잘 쳐주고, 가끔은 붉고 노란 금화도 주거든."

선장은 아에몬의 사슬 목걸이도 받고 싶어 했지만, 그건 샘이 거절했다. 어떤 학사든 사슬 목걸이를 내놓는 것은 큰 수치라고 설명도 했다. 쿠후루모는 숀도가 그 부분을 세 번이나 전달하고 나서야 받아들였다. 거래가 성사됐을 때쯤 샘에게는 장화와 검은 옷과 속옷, 그리고 존 스노우가 최초인의 주먹에서 발견한 깨진 나팔밖에 남지 않았다. '선택의 여지가 없었어. 브라보스에 머물 순 없었고, 도둑질이나 구걸을 빼면 뱃삯을 지불할 다른 방법이 없었어.' 아에몬 학사를 안전하게 올드타운으로 모셔 갈 수만 있다면, 그 값의 세 배를 치렀더라도 싸게 먹힌 것이리라.

그러나 남쪽으로 가는 항해에는 폭풍이 가득했고, 돌풍은 매번 노인의 체력과 정신력에 값을 물렸다. 펜토스에서는 갑판 위로 데려가달라고, 샘이 말로 도시 풍경을 그려줬으면 좋겠다고 했지만 노인이 선장의 침대를 떠난 건 그게 마지막이었다. 그 후에는 곧 정신이 다시 오락가락하기 시작했고, 시나몬윈드가 '피 흘리는 탑'을 지나 티로시 항만으로 들어갔을 때쯤에는 동쪽으로 데려가줄 배를 찾아보라는 말도 더 하지 않았다. 대신 다시 올드타운과 시타델의 최고학사들에 대해 이야기하기 시작했다.

"네가 전해야 한다, 샘. 최고학사들. 그분들을 이해시켜야 해. 내가 어렸을 때 시타델에 있던 분들은 죽은 지 50년은 됐겠지. 지금의 최고학사들은 날 전혀 몰라. 내 편지도……, 올드타운에선 분명히 정신 나간 늙은이의 미친 소리로 읽었을 게다. 내가 못하면 네가 설득해야 해. 그분들에게 전해라, 샘……. 장벽에 어떤 공격이 있었는지…… 시귀와 백귀들, 한기를 흘리는 그……."

"그럴게요." 샘은 약속했다. "제가 학사님을 거들어서 말씀드릴게요. 우리 둘이 다, 우리 둘이 같이 말하는 거예요."

"아니다." 노인이 말했다. "너여야 해. 최고학사들에게 전해라. 그 예언…… 내 동생의 꿈…… 멜리산드레 여사제가 신호를 잘못 읽은 거야. 스타니스는…… 스타니스도 드래곤의 피를 조금 잇기는 했지. 스타니스의 형제들도 그랬고. 에그의 딸, 라엘레…… 라엘레한테서 피를 이었어……. 그 아이가 스타니스 형제의 할머니가 되지……. 라엘레가 어렸을 땐 나를 학사 삼촌이라고 부르곤 했는데 말이다. 그게 기억이 나서 나도 희망을 품었지……. 어쩌면 그냥 사실이길 원했는지도 몰라……. 누구나 믿고 싶을 때는 스스로를 기만하는 법. 멜리산드레가 특히 그런 것 같구나. 그 검은 아니다. 멜리산드레는 그걸 알아야 해……. 열기 없이 빛만 나는…… 텅 빈 후광……. 그 검은 아니야. 그리고 잘못된 빛은 우리를 더 깊은 어둠으로 이끌 뿐이다, 샘. 대너리스가 우리의 희망이야. 시타델에서, 최고학사들에게 말하거라. 듣게 만들어. 반드시 대너리스에게 학사를 보내야 한다. 대너리스는 반드시 조언과 가르침을 받고 보호를 받아야 해. 이렇게 오랜 세월을 버티면서 기다리고 지켜봤건만, 이제 날이 밝았는데 나는 너무 늙었구나. 난 죽어간다, 샘." 그 사실을 인정하는 보이지 않는 하얀 눈에서 눈물이 흘렀다. "나처럼 늙으면 죽음도 두렵지 않아야 하건만, 그래도 두렵구나. 바보스럽지 않으냐? 내가 있는 곳은 언제나 어두웠는데, 내가 왜 어둠을 두려워한단 말이냐? 그런데도 마지막 온기가 내 몸을 떠나고 나면 무엇이 따라올지 궁금할 수밖에 없구나. 내가 성사들 말대로 '아버지'의 황금 궁전에서 언제까지나 잔치를 벌이게 될까? 에그와 다시 이야기하고, 온전한 몸으로 행복해하는 다에론을 보고, 내 누이들이 자식들에게 해주는 노래를 듣게 될까? 혹시 기마전사들의 믿음이 사실이라면? 나도 불꽃으로 만든 준마를 타고 언제까지나 밤하늘을 달리게 될까? 아니면 다시 이 슬픔의 계곡으로 돌아와야 할까? 누가 알 수 있으랴? 누가 죽음의 벽 너머를 보았으랴? 그런 이들이라곤 시귀뿐인데, 우린 시귀가 어떤지 알지. 우린 알아."

샘에게는 대답할 말이 없었지만, 그래도 그는 노인에게 조금이라도 위안을 주려고 노력했다. 그리고 길리가 나중에 와서 노래를 불러줬다. 크래스터의 다른 아내들에게 배운 터무니없는 노래였는데, 노인에게 미소를 선사했고 잠드는 데 도움을 줬다.

그게 아에몬이 마지막으로 누린 좋은 시간이었다. 그 후에 노인은 깨어 있기보다는 선장실에서 모피 더미를 덮고 몸을 웅크린 채 자면서 보내는 시간이 많아졌다. 자면서 중얼거리기도 했다. 깨어나면 샘을 찾으면서 해줘야 할 말이 있다고 고집했지만, 정작 샘이 도착할 때쯤이면 무슨 말을 하려고 했는지 잊는 일이 잦았다. 생각이 났을 때도 하는 말이 지리멸렬했다. 꿈에 대해 이야기하면서도 꿈꾼 사람은 언급하지 않고, 불을 붙일 수 없는 유리초와 부화하지 않는 알들에 대해 이야기했다. 무슨 의미인지는 모르지만 스핑크스는 수수께끼를 내는 존재가 아니라 수수께끼라고도 했다. 샘에게 바스 성사가 쓴 책을 읽어달라고도 주문했는데, 바스 성사의 글은 성왕 바엘로르 시대에 모두 불탔다. 한번은 울며 깨어나서 말하기도 했다. "드래곤에겐 머리가 셋 있어야 해. 하지만 난 너무 늙고 약해서 그중 하나가 될 수가 없구나. 내가 곁에 있으면서 그 아이에게 길을 보여줘야 하는데, 내 몸이 나를 저버렸구나."

시나몬윈드호가 징검돌 군도를 통과하는 사이, 아에몬 학사는 샘의 이름을 잊을 때가 많았다. 어떤 날에는 샘을 죽은 형제로 여기기도 했다. "긴 항해를 견디기엔 너무 약해진 상태였어요." 선수루에 올라선 샘은 럼주를 한 모금 더 마시고 나서 길리에게 말했다. "존도 그걸 알았어야 했어요. 아에몬 학사님은 102세이고, 바다에 나오시면 안 되는 거였어요. 캐슬블랙에 남았다면 10년은 더 사셨을지도 몰라요."

"아니면 그 여자가 그분을 태워버렸을지도 모르죠. 그 붉은 여자요." 장벽에서 만 리나 떨어진 이 바다에서도 길리는 멜리산드레의 이름을 큰 소리로 말하고 싶어 하지 않았다. "그 여자는 불에 왕의 피를 떨구고 싶어 했어요. 발은 알고 있었어요. 스노우 나리도요. 그래서 내 아이를 두고 댈라의 아기를 데리고 떠나게 한 거예요. 아에몬 학사님은 잠들어서 깨어나지 않으시지만, 거기 머무셨다면 그 여자가 그분을 불태웠을 거예요."

'지금도 불타기는 마찬가지야.' 샘은 비참한 심정으로 생각했다. '다만 지금은 내가 불을 붙여야 하지.' 타르가르옌은 언제나 죽은 사람을 불태웠다. 쿠후루 모가 시나몬윈드호 위에서 장작더미를 태우는 것을 허락하지 않았기에, 아에몬의 시신은 배가 올드타운에 도착할 때까지 럼주가 든 검은색 술통에 밀어 넣어 보관해야 했다.

"돌아가시기 전날 밤에, 아기를 안아볼 수 있겠냐고 하셨어요." 길리가 말을 이었다. "전 혹시 아기를 떨어뜨리지 않을까 걱정이었는데, 그런 일은 없었어요. 아기를 흔들면서 흥얼흥얼 노래를 불러주셨고, 댈라의 아들은 손을 뻗어 학사님 얼굴을 만졌죠. 아이가 학사님 입술을 잡아당기기에 아플지도 모르겠다 생각했는데, 웃기만 하셨어요." 그녀는 샘의 손을 어루만졌다. "우리가 아기에게 학사라는 이름을 붙여줄 수도 있어요. 지금은 말고, 나이가 좀 더 들면요. 그럴 수도 있어요."

"학사는 이름이 아니에요. 하지만 아에몬이라고 부를 순 있겠네요."

길리는 생각해보더니 말했다. "댈라는 전투 중에, 사방에서 검이 노래하는 가운데 이 아이를 낳았어요. 그게 이 아이 이름이 되어야 해요. 전투의 아들 아에몬. 강철 노래 아에몬."

'내 아버지도 좋아할 만한 이름이네요. 전사의 이름.' 그 아이는 만스 레이더의 아들이자 크래스터의 손자였다. 겁쟁이 샘의 피는 조금도 섞이지 않았다. "그래요. 그렇게 불러요."

"두 살이 되면요." 길리가 말했다. "그 전엔 안 돼요."

"아이는 어디 있어요?" 이제야 물어볼 생각이 들었다. 럼주와 슬픔 때문에 길리가 아기를 데리고 있지 않다는 사실을 깨닫는 데 오래 걸렸다.

"코자가 데리고 있어요. 한동안 맡아달라고 부탁했어요."

“아.” 코자 모는 선장의 딸로, 샘보다 키가 컸고 창대처럼 늘씬했으며 피부는 흑옥처럼 검고 매끄러웠다. 그녀는 이 배의 붉은 궁수대를 지휘하기도 했으며, 황금심장목으로 만든 쌍봉활을 구부려 화살을 400미터 가까이 날릴 수 있었다. 해적들이 징검돌 군도에서 공격해 왔을 때, 샘의 화살은 바닷물에 떨어지는 사이 코자의 화살은 해적을 열 명 넘게 죽였다. 코자 모가 자기 활보다 더 좋아하는 게 하나 있다면 댈라의 아들을 무릎에 앉혀 흔들면서 여름 군도 말로 노래를 불러주는 일이었다. 야인 왕자는 이 배의 여자들이 아끼는 귀염둥이가 되었고, 길리는 어떤 남자도 믿지 않았지만 그 여자들에게는 아이를 믿고 맡기는 것 같았다.

“코자가 친절하네요.” 샘이 말했다.

“처음엔 코자가 무서웠어요. 워낙 새까맣고, 이는 아주 크고 하얗고, 그러니까 괴물이나 짐승이 아닐까 했는데, 아니었어요. 좋은 사람이에요. 난 코자가 좋아요.”

“알아요.” 길리는 거의 평생 동안 무시무시한 크래스터 말고는 아는 남자가 없었다. 크래스터를 뺀 나머지 세계는 여자들이었다. ‘남자들은 길리에게 겁을 주지만, 여자들은 안 그래.’ 샘은 깨달았다. 이해할 수 있었다. 혼힐에 있을 때 샘도 여자들과 같이 있는 쪽을 더 좋아했다. 누이들은 그에게 상냥했고, 다른 여자애들은 놀리기도 했지만 그래도 성에 사는 다른 남자애들의 주먹질과 발길질에 비하면 잔인한 말들 쪽이 털어내기 쉬웠다. 지금 시나몬윈드호에서도 샘은 선장보다 코자 모와 함께 있을 때가 더 편했는데, 그건 코자 모는 공용어를 할 줄 알고 선장은 아니기 때문일 수도 있었다.

“난 샘도 좋아요.” 길리가 속삭였다. “그리고 이 술도 좋아요. 불 같은 맛이 나요.”

‘그래. 드래곤들을 위한 술이지.’ 샘은 생각했다. 두 사람 다 잔이 비었기에, 샘은 술통이 있는 곳으로 가서 잔을 다시 채웠다. 서쪽 낮게 걸린 태양은 원래 크기의 세 배쯤으로 부풀어 있었다. 불그레한 햇빛 때문에 길리가 빨갛게 얼굴이 달아오른 것처럼 보였다. 그들은 코자 모를 위해 한 잔, 댈라의 아들을 위해 한 잔, 그리고 장벽에 남은 길리의 아들을 위해 한 잔을 마셨다. 그 후에는 타르가르옌 가문의 아에몬을 위해 두 잔을 마실 수밖에 없었다. "아버지께서 그분을 공정하게 심판하시기를." 샘은 코를 훌쩍이며 말했다. 아에몬 학사를 위한 술을 다 마셨을 때는 해가 거의 떨어진 후였다. 서쪽 수평선에는 하늘에 난 상처 같은 길고 가느다란 붉은 선만 빛나고 있었다. 길리가 술 때문에 주위가 빙빙 돈다고 했기에, 샘은 길리를 부축해서 뱃머리에 위치한 여자들 숙소로 통하는 사다리를 내려갔다.

선실 안에는 등잔이 걸려 있었는데, 샘은 들어가다가 그 등에 머리를 부딪쳤다. "아야." 샘이 중얼거리자 길리가 말했다. "다쳤어요? 어디 봐요." 길리는 몸을 가까이 기울이더니……

……샘에게 입을 맞췄다.

샘은 저도 모르게 입맞춤에 응하고 있었다. '난 서약을 했어.' 그렇게 생각했지만, 길리의 손이 그의 검은 옷을 잡아당기고, 바지춤을 풀고 있었다. 그는 입술을 겨우 떼고 말했다. "이러면 안 돼요." 그러나 길리는 "돼요"라고 말하고 다시 입술로 그의 입을 막았다. 사방에서 시나몬윈드호가 빙빙 돌고 길리의 혀에서 럼주 맛이 나더니 다음 순간 길리의 젖가슴이 드러나고 샘이 그 가슴을 만지고 있었다. '난 서약을 했어.' 샘은 다시 생각했지만, 정신을 차려보니 젖꼭지가 그의 입술에 물려 있었다. 분홍색이었고 단단했으며 물고 빨자 젖이 입안을 채우면서 럼주 맛과 섞이는데, 평생 그렇게 달고 맛있는 걸 먹어본 적이 없었다. '이러면 나도 대리언보다 나을 게 없어.' 샘은 생각했지만, 멈추기엔 너무 기분이 좋았다. 갑자기 샘의 성기가 튀어나와 뚱뚱한 분홍색 돛대처럼 바지 위로 고개를 쳐들었다. 그렇게 서 있는 모습이 너무 바보 같아서 샘은 웃음을 터뜨릴 뻔했지만, 길리가 그를 요 위에 밀어뜨리더니 치맛자락을 허벅지까지 걷어 올리고서 흐느끼는 듯한 소리를 내며 샘에게 몸을 내렸다. 그건 젖꼭지보다 더 좋았다. '이렇게 젖어 있다니.' 샘은 헐떡이며 생각했다. '여자의 아랫도리가 이렇게 젖을 수 있는 줄은 몰랐어.' "난 이제 당신 아내예요." 길리가 몸을 위아래로 움직이며 속삭였다. 샘은 신음하며 생각했다. '아니, 아니에요. 그럴 순 없어요. 난 서약을 했어요. 난 서약을 했어.' 그러나 입에서 나오는 말은 "그래요"뿐이었다.

그 후에 길리는 샘을 끌어안고, 그의 가슴에 얼굴을 기댄 채 잠들었다. 샘도 자야 했지만, 럼주와 모유와 길리에게 취해 있었다. 남자 숙소에 있는 해먹으로 기어 돌아가야 한다는 사실은 알았지만, 길리가 너무 기분 좋게 그에게 기대어 몸을 말고 있어서 움직일 수가 없었다.

다른 사람들이, 남자와 여자 양쪽 모두가 들어왔고, 그는 사람들이 입을 맞추고 웃고 짝짓기하는 소리를 들었다. '여름 군도인들이야. 이 사람들은 애도를 이렇게 해. 삶으로 죽음에 답하는 거야.' 어딘가에서, 오래전에 읽은 내용이었다. 길리도 그걸 알고 있었을지, 코자 모가 알려준 것일지 궁금했다.

그는 길리의 머리카락에서 나는 향기를 들이마시고 머리 위에서 흔들리는 등잔을 응시했다. '노파 신이 직접 나서도 내가 이 상황에서 안전하게 빠져나가게 해주진 못할 거야.' 최선의 길은 빠져나가서 바다에 뛰어드는 것 정도였다. '내가 익사한다면 아무도 내가 수치스러운 짓을 하고 서약을 깼다는 사실을 모를 테고, 길리는 더 나은 남자를 찾을 수 있겠지. 크고 뚱뚱한 겁쟁이가 아닌 남자를.'

다음 날 깨어났을 때 그는 남자 숙소의 해먹에 있었고, 숀도가 바람에 대해 소리를 지르고 있었다.

"바람이 분다." 항해사는 계속 외쳤다. "일어나서 일해라, 검은 샘. 바람이

분다." 숀도는 아는 어휘가 적은 대신 소리를 크게 질렀다. 샘은 해먹에서 몸을 굴려 일어났고, 그러자마자 후회했다. 머리가 쪼개지려고 했고, 손바닥에 잡힌 물집 하나가 밤사이에 터졌으며, 토할 것 같았다.

그러나 숀도에게는 자비가 없었기에, 샘으로서는 검은 옷을 힘겹게 주워 입는 수밖에 없었다. 옷은 해먹 밑에 한 덩어리로 엉켜서 축축하게 쌓여 있었다. 얼마나 지저분한가 싶어 킁킁 냄새를 맡아보니 소금과 바다와 타르, 젖은 돛천과 흰곰팡이, 과일과 생선과 검은 통의 럼주, 이상한 향신료와 이국적인 나무 냄새, 그리고 자신의 식은 땀에서 풍기는 날카로운 냄새가 났다. 하지만 길리의 냄새도 있었다. 깨끗한 머리 냄새와 달콤한 젖 냄새가 났고, 그래서 그 옷을 입는 게 기뻐졌다. 그래도 따뜻하고 잘 마른 양말이 있었으면 좋았으리라. 발가락 사이에 곰팡이가 자라기 시작한 후였다.

책이 든 궤짝들만으로는 브라보스에서 올드타운까지 네 명이 건너갈 뱃삯을 치를 수 없었다. 시나몬윈드호는 일손이 달렸기에, 쿠후루 모는 일을 한다면 태워주겠다고 했다. 샘이 아에몬 학사는 너무 약하고, 아이는 젖먹이이며, 길리는 바다를 무서워한다고 항변하자 숀도는 웃기만 했다. "검은 샘은 크고 뚱뚱한 남자다. 검은 샘이 네 명 일한다."

솔직히 말하면 샘은 손재주가 하도 엉망이라서 자신이 남자 한 명 몫이라도 일할까 의심스러웠지만, 그래도 시도는 했다. 그는 갑판을 닦고 돌로 매끄럽게 문질렀으며, 닻줄 사슬을 나르고, 밧줄을 감고, 쥐를 잡고, 찢어진 돛을 깁고, 끓어오르는 타르로 새는 곳을 때우고, 요리사를 위해 물고기 뼈를 바르고 과일을 썰었다. 길리도 노력했다. 삭구는 길리가 샘보다 잘 다뤘지만, 가끔 그녀는 아무것도 없이 물만 가득한 풍경에 아직도 눈을 질끈 감곤 했다.

'길리.' 샘은 생각했다. '길리와 뭘 어떻게 해야 하지?'

길고 덥고 끈적한 날이었고, 머리가 아파 더 길게 느껴졌다. 샘은 숀도가 던져준 밧줄과 돛과 다른 일들로 바빴고, 아에몬 학사의 시신이 든 럼주 통이나…… 길리에게 눈을 돌리지 않으려 했다. 지금은, 어젯밤에 그런 일을 하고 난 지금은 길리를 마주할 수가 없었다. 길리가 갑판 위로 올라오면 그는 아래로 내려갔다. 길리가 배 앞으로 오면 그는 뒤로 갔다. 길리가 그에게 미소를 짓자 그는 비참한 기분으로 시선을 돌렸다. '길리가 아직 자고 있었을 때 바다에 몸을 던졌어야 했어. 난 언제나 겁쟁이였지만, 지금까지 서약을 깬 적은 없었는데.'

아에몬 학사가 죽지 않았다면 어떻게 해야 할지 물어볼 수 있었으리라. 존 스노우가 타고 있었다면, 핍이나 그렌이라도 있었다면 그 친구들에게 기댈 수 있었으리라. 그에게는 숀도밖에 없었다. '숀도는 내가 무슨 소릴 하는지 이해 못 할 거야. 아니 이해한다 해도 길리와 또 붙어먹으라고 하고 말 거야.' '붙어먹는다'는 숀도가 처음 배운 공용어 단어 중 하나였고, 숀도는 그 말을 무척 좋아했다.

시나몬윈드가 워낙 큰 배라 다행이었다. 검은 새호였다면 언제든 길리와 마주칠 수 있었을 것이다. 여름 군도의 거대한 선박을 칠왕국에서 '백조선'이라고 부르는 이유는 부풀어 오른 흰 돛과, 주로 새 모양으로 만드는 선수상 때문이었다. 이 배들은 크기가 컸고, 자기들만의 우아함을 선보이며 파도를 탔다. 상쾌한 바람이 등을 밀어줄 때 시나몬윈드는 어떤 갤리선이라도 앞지를 수 있었지만, 바다가 잔잔할 때는 무기력했다. 그리고 겁쟁이가 숨을 곳이 잔뜩 있었다.

샘은 당직 시간이 끝날 때쯤에 결국 궁지에 몰렸다. 사다리를 내려가다가 숀도에게 멱살을 잡힌 것이다. "검은 샘은 숀도와 같이 간다." 그는 그렇게 말하고 샘을 갑판 위로 질질 끌고 가더니 코자 모의 발치에 팽개쳤다.

북쪽 저 멀리 수평선에 낮게 걸린 안개가 보였다. 코자는 그쪽을 가리켰다. "저게 도르네 해변이다. 모래와 돌과 전갈이 있고, 수천 리 거리에 정박지가 없다. 원한다면 저기까지 헤엄쳐 가서 올드타운으로 걸어가라. 깊은 사막을 건너고 산맥을 오르고 토렌틴강을 헤엄쳐야 할 거다. 아니면 길리에게 가라."

"당신은 이해 못 해요. 어젯밤 우린……."

"……죽은 자를 기리고, 두 사람 모두를 만든 신들을 기렸지. 숀도도 똑같이 했어. 나도 아이를 데리고 있지만 않았다면 숀도와 같이 있었을 거야. 너희 웨스테로스인들은 하나같이 사랑을 수치로 여기지. 사랑에 수치스러울 건 없어. 너희 성사들이 그렇지 않다고 말한다면, 너희들의 일곱 신은 악마가 틀림없어. 군도에 사는 우리가 더 잘 알아. 우리의 신들은 뛰어다닐 다리와 냄새 맡을 코, 만지고 느낄 손을 주셨지. 어떤 잔인하고 미친 신이 남자에게 눈을 주면서 평생 감고 다녀야 하고, 세상의 온갖 아름다움을 절대 봐선 안 된다고 하지? 괴물 신, 어둠의 악마만 그래." 코자 모가 샘의 다리 사이에 손을 올렸다. "신들이 네게 이걸 준 데에도 이유가 있어. 그…… 웨스테로스 말로 뭐라고 하지?"

"붙어먹는다." 숀도가 기꺼이 도왔다.

"그래. 붙어먹기 위해서야. 즐거움을 주고 자식을 만들기 위해서지. 거기엔 부끄러울 게 없어."

샘은 뒷걸음쳤다. "난 서약을 했어요. 아내도 두지 않고, 자식도 두지 않겠다고 맹세했어요."

"길리는 네가 한 말을 알아. 어떤 면에선 어린아이지만, 눈이 멀진 않았거든. 길리는 네가 왜 검은 옷을 입는지, 왜 올드타운으로 가는지 알아. 널 가질 수 없다는 걸 알아. 그저 잠시 동안만 널 원할 뿐이야. 길리는 아버지와 남편, 어머니와 자매들, 집과 세계를 잃었어. 가진 건 너과 아기뿐이야. 그러니까 길리에게 가든가, 아니면 헤엄쳐."

샘은 절망적인 심정으로 아득히 먼 해안선을 알리는 안개를 보았다. 그렇게 멀리까지 헤엄쳐 갈 순 없었다.

그는 길리에게 갔다. "우리가 한 일은……. 내가 아내를 맞을 수 있다면 어떤 공주나 귀족 처녀도 마다하고 당신을 아내로 맞겠지만, 그럴 수가 없어요. 난 아직 까마귀예요. 난 서약을 했어요, 길리. 난 존과 함께 숲속에 들어가서 심장 나무 앞에서 서약을 했어요."

"나무들은 우릴 내려다보죠." 길리는 샘의 뺨에 흐른 눈물을 닦아주며 속삭였다. "숲속에서 나무들은 모든 걸 다 봐요……. 하지만 여기엔 나무가 없어요. 물밖에 없어요, 샘. 물밖에 없어요."

세르세이

춥고 흐리고 축축한 날이었다. 오전 내내 비가 쏟아졌고, 비가 그친 오후에도 구름은 개지 않았다. 태양은 보이지도 않았다. 이렇게 형편없는 날씨라면 어린 왕비라 해도 의욕이 꺾일 만했다. 마저리는 거느리고 다니는 암탉들과 위병들과 숭배자들과 함께 말을 달리는 대신 하루 종일 암탉들과 함께 메이든볼트에서 푸른 음유시인의 노래에 귀 기울였다.

세르세이의 하루도 별로 나을 것은 없었다. 저녁때까지는. 회색 하늘이 검은색으로 스러져가자, '아름다운 세르세이'호가 저녁 물살을 타고 들어왔으며 오레인 워터스가 밖에서 알현을 청한다는 소식이 당도했다.

세르세이는 즉시 불러들였다. 오레인 워터스가 개인방으로 성큼성큼 들어오는 모습에서 좋은 소식임을 알았다. "전하." 그가 활짝 웃으며 말했다. "드래곤스톤은 전하의 것입니다."

"그런 멋진 일이." 세르세이는 그의 두 손을 잡고 뺨에 입을 맞췄다. "토멘도 기뻐할 거요. 이렇게 되면 레드와인 공의 함대를 풀어주어 방패 군도에서 강철인들을 내쫓을 수 있지." 리치에서 까마귀가 가져오는 소식은 갈수록 어두워지는 것 같았다. 강철인들은 새로 얻은 바윗덩어리에 만족하지 않는 듯했다. 상당한 군세로 맨더강 주변을 습격하고, 아버와 그 주위 작은 섬들까지 공격하기도 했다. 레드와인의 근해에는 배가 십여 척도 없었고, 전부 다 제압당하거나 빼앗기거나 가라앉았다. 그리고 이제는 자칭 까마귀 눈 유론이라는 미치광이가 심지어 올드타운까지 장선을 보낸다는 보고가 들어왔다.

"아름다운 세르세이호가 돛을 올릴 때 팍스터 공은 귀항을 위해 보급 중이었습니다." 워터스 공이 보고했다. "지금쯤이면 주력 함대가 바다에 나섰을 겁니다."

"빠르게 항해하고, 오늘보다는 좋은 날씨를 누렸으면 좋겠군." 왕대비는 워터스를 창가 자리로 끌고 가서 옆에 앉혔다. "이 승리에 대해 로라스 경에게 고마워해야 할까?"

워터스의 미소가 사라졌다. "그렇게 말하는 사람들이 있을 겁니다, 전하."

"사람들?" 그녀는 의아하다는 듯한 시선을 던졌다. "공은 아니고?"

"그보다 더 용감한 기사는 본 적이 없습니다만, 로라스 경은 피 흘리지 않는 승리가 될 수도 있었을 일을 살육전으로 바꿔놓았습니다. 천 명 가까이 죽었습니다. 대부분 우리 쪽입니다. 그것도 평범한 병사가 아니라 제일 뛰어나고 용감한 기사와 젊은 귀족입니다, 전하."

"로라스 경 본인은?"

"천한 명째가 되겠지요. 전투 이후에 성 안으로 들려 오기는 했으나, 부상이 심각합니다. 피를 너무 잃어서 학사들이 거머리도 붙이지 못할 지경입니다."

"저런, 그런 슬픈 일이. 토멘이 상심하겠군. 우리 용맹한 꽃의 기사를 많이 존경했는데."

"평민들도 그렇지요." 세르세이의 해군 제독이 말했다. "로라스가 죽으면 왕국 전역에서 처녀들이 와인 잔에 눈물을 떨굴 겁니다."

그 말이 틀리지 않는다는 사실을 세르세이도 잘 알았다. 로라스 경이 출항하는 모습을 보기 위해 진흙 문에 모여든 평민이 3000명이었고, 그중 4분의 3은 여자였다. 그 광경에 세르세이는 경멸만 느꼈다. 모여든 여자들에게 너희는 양이라고 외치고, 너희가 로라스 티렐에게 얻을 수 있는 건 미소와 꽃밖에 없다고 말해주고 싶었었다. 그러는 대신 그녀는 로라스가 칠왕국에서 제일 대담한 기사라고 선언하고, 토멘이 전투에 들고 갈 보석 박힌 장검을 수여하는 동안 미소 짓고 있었다. 왕이 로라스를 끌어안은 것은 세르세이가 계획한 바가 아니었지만, 이젠 상관없었다. 세르세이도 관대해질 여유가 있었다. 로라스 티렐이 죽어가고 있으니까.

"말해보게." 세르세이는 명령했다. "처음부터 끝까지, 낱낱이 알고 싶군."

워터스 공이 설명을 끝냈을 때는 방 안이 어두워져 있었다. 세르세이는 초를 몇 개 켜고 도카스를 주방에 보내어 빵과 치즈, 삶은 소고기 조각에 고추냉이를 곁들여 가져오게 했다. 식사를 하면서 그녀는 모든 세부사항을 정확하게 기억하기 위해 오레인 워터스에게 했던 이야기를 다시 한번 해달라고 일렀다. "우리 소중한 마저리가 이런 소식을 낯선 사람에게 듣게 하고 싶진 않아서 말이오. 내가 직접 전해야겠어."

"친절하시군요, 전하." 오레인 워터스는 미소 지으며 말했다. '고약한 미소로군.' 세르세이는 생각했다. 오레인은 처음 생각만큼 라에가르 왕자를 닮지 않았다. 금은색 머리카락은 같지만, 전해지는 이야기로는 리스의 창녀 절반은 머리색이 그랬다. '라에가르는 남자였지. 이 녀석은 교활한 사내아이에 지나지 않아. 하지만 나름대로 쓸모는 있어.'

마저리는 메이든볼트에서 와인을 마시며, 세 사촌 자매와 같이 볼란티스에서 들여 온 새로운 놀이에 골몰해 있었다. 시간이 늦었지만 위병들은 세르세이를 즉시 받아들였다. 그녀가 운을 뗐다. "왕비 전하, 이 소식은 나에게 듣는 게 제일 낫겠군요. 오레인이 드래곤스톤에서 돌아왔어요. 전하의 오라비는 영웅입니다."

"그거야 언제나 알고 있었지요." 마저리는 놀라는 것 같지 않았다. '왜 놀라겠어?' 로라스가 지휘권을 청할 때부터 예상하고 있었을 터였다. 그러나 세르세이가 이야기를 끝냈을 때쯤에는 어린 왕비의 뺨에 눈물이 반짝였다. "레드와인이 광부들을 시켜 성벽 아래로 굴을 파고 있었지만, 꽃의 기사에게는 너무 느린 작업이었어. 분명 방패 군도에서 고통받고 있을 자네 아버님의 영지민들을 생각했겠지. 워터스 공에게 들으니 지휘권을 접수하고 반나절도 지나지 않아서 공격 명령을 내렸다는군. 스타니스 공의 수호 성주가 일대일 결투로 포위전을 끝내자는 경의 제안을 거절한 후 바로 말이야. 충차가 성문을 깼을 때 그 틈으로 제일 먼저 들어간 것도 로라스였네. 새하얀 옷을 입고 가시 철퇴를 머리 위로 휘두르며 드래곤의 입속으로 달려들어서 왼쪽 오른쪽으로 적을 죽였지."

그때쯤 메가 티렐은 대놓고 흐느끼고 있었다. "어떻게 죽은 거죠? 누가 죽였나요?"

"그런 명예를 누릴 사람은 없어." 세르세이가 말했다. "로라스 경은 화살을 허벅지에 한 대, 어깨에 한 대 맞고서도 용맹하게 계속 싸웠지만, 피를 흘리고 있었다지. 그러다가 철퇴에 맞아서 갈비뼈가 몇 대 부러졌고, 그 후에…… 아니야, 최악의 부분은 넘어가겠네."

"말해줘요." 마저리가 말했다. "명령입니다."

'명령?' 세르세이는 멈칫했다가, 넘어가기로 했다. "수비군은 외벽을 빼앗기자마자 내성으로 후퇴했지. 로라스는 내성 공격에도 앞장을 섰어. 그러다가 끓는 기름을 맞았다네."

앨라가 얼굴이 새하얘지더니 방 밖으로 뛰쳐나갔다.

"학사들이 최선을 다하고 있다고 워터스 공이 장담하기는 하네만, 자네 오라비가 아무래도 너무 심각한 화상을 입은 모양이야." 세르세이는 마저리를 품에 안고 위로했다. "꽃의 기사는 왕국을 구했어." 어린 왕비의 뺨에 입 맞추자 눈물의 짠맛을 느낄 수 있었다. "제이미가 하얀 책에 그 업적을 모두 적을 것이고, 가수들은 천 년 동안 노래할 거야."

마저리는 그녀의 포옹을 뿌리쳤다. 어찌나 험악한 기세인지, 세르세이가 넘어질 뻔했다. "죽어간다고 죽은 건 아니죠."

"그래. 하지만 학사들이—"

"죽어간다고 죽은 건 아니에요!"

"난 그저 네게—"

"뭘 원하시는지 알아요. 나가요."

'이제 너도 조프리가 죽은 밤에 내가 어떤 기분이었는지 알겠지.' 세르세이는 서늘하고 공손한 가면 같은 얼굴로 허리를 굽혔다. "사랑스러운 내 며느리. 정말 안타깝구나. 슬퍼하게 이만 나가보마."

그날 밤에는 메리웨더 부인이 나타나지 않았고, 세르세이는 들썩이는 기분에 잠을 잘 수가 없었다. '타이윈 공이 지금 날 볼 수만 있다면 후계자가 있었다는 걸, 캐스털리록에 걸맞은 후계자가 있었다는 걸 알 텐데.' 세르세이는 다른 베개에 대고 조용히 코를 골고 있는 조슬린 스위프트와 한 침대에 누워서 생각했다. 마저리는 곧 조프리를 위해 흘려야 마땅했던 쓰디쓴 눈물을 흘리게 될 것이다. 메이스 티렐도 눈물을 흘릴지 모르지만, 세르세이는 동맹을 깰 명분은 주지 않았다. 세르세이가 명예롭게도 로라스를 믿어준 것 외에 뭘 했단 말인가? 궁정 절반이 보는 가운데 로라스가 직접 무릎을 굽히고 지휘권을 달라고 했는데.

'로라스가 죽으면 어딘가에 그놈의 동상을 세우고, 킹스랜딩이 본 적 없는 성대한 장례를 치러줘야겠지.' 평민들은 좋아할 것이다. 토멘도 좋아할 것이다. '메이스는 심지어 나에게 고마워할지도 몰라, 가엾게도. 메이스의 어머니는, 이 소식이 그 여자를 죽여버린다면 신들에게 고마운 일이고.'

다음 날 일출은 몇 년 동안 세르세이가 본 일출 중에 가장 아름다웠다. 타에나가 곧 도착하더니, 와인을 마시면서 울고불고 로라스 이야기를 하는 마저리와 그 사촌들을 위로하느라 밤을 샜다고 고백했다. "마저리는 아직도 로라스가 죽지 않을 거라 믿고 있어요." 타에나는 세르세이가 궁정에 나갈 옷을 입는 동안 보고했다. "자기 학사를 보내어 돌볼 계획이랍니다. 사촌들은 어머니 신의 자비를 빌고 있고요."

"나도 기도할 거라네. 내일 나와 같이 바엘로르 성소에 가지. 우리 용맹한 꽃의 기사를 위해 백 개의 초에 불을 붙일 거야." 세르세이는 시녀를 돌아보았다. "도카스, 내 왕관을 가져와라. 새 것으로." 예전 왕관보다 가벼웠고 옅은 색깔의 금을 꼬아 만들었으며 머리를 돌리면 박혀 있는 에메랄드들이 반짝거렸다.

"오늘 아침에는 꼬마 악마 건으로 온 자들이 넷입니다." 조슬린이 안으로 들인 오스먼드 경이 말했다.

"넷?" 기분 좋은 놀라움이었다. 티리온에 대해 안다고 주장하는 정보원들이 꾸준히 레드킵에 찾아오기는 했지만, 하루에 넷은 이례적이었다.

"예." 오스먼드가 말했다. "하나는 전하께 바칠 머리통을 가져왔습니다."

"그자를 먼저 보겠네. 내 개인방으로 데려와." '이번에는 실수가 없게 해주소서. 마침내 복수를 해서 조프리가 평화롭게 쉴 수 있게 해주소서.' 성사들은 일곱이라는 숫자가 성스러운 수라고 했다. 그렇다면 일곱 번째로 나타난 이번 머리통이 그녀의 영혼이 갈구하는 연고를 발라줄지 몰랐다.

찾아온 남자는 티로시인이었다. 땅딸하고 땀투성이인 데다 바리스가 생각나는 번지르르한 미소를 짓고 있었고, 갈래 수염은 초록색과 분홍색으로 염색했다. 세르세이는 그자의 모습이 마음에 들지 않았으나, 들고 온 궤짝 속에 진짜 티리온의 머리통이 있다면 그 정도 흠은 기꺼이 넘어갈 수 있었다. 삼나무로 만들어서 상아로 덩굴과 꽃 문양을 새겨 넣고, 경첩과 잠금쇠는 백금으로 만든 궤짝이었다. 아름다웠지만, 세르세이의 관심은 오직 그 안에 있을지도 모르는 물건에만 있었다. '일단 크기는 충분하군. 티리온은 작고 왜소한 몸에 어울리지 않게 머리통이 컸으니까.'

"전하." 티로시인이 깊이 허리를 숙이며 중얼거렸다. "전해지는 말들처럼 아름다우시군요. 협해 너머의 저희들도 전하의 엄청난 미모와 전하의 보드라운 심장을 찢은 슬픔에 대해서 들었습니다. 그 누구도 전하의 용감한 어린 아드님을 되살릴 수는 없겠지만, 전하의 상처에 바를 연고라도 드릴 수 있었으면 합니다." 그는 궤짝에 손을 얹었다. "제가 정의를 구현하고, 전하의 발롱카 머리통을 가져왔나이다."

'발롱카'라는 옛 발리리아어를 듣자 한기를 느꼈지만, 또한 작은 희망도 피어올랐다. "꼬마 악마는 이제 내 동생이 아니야. 전에도 그렇긴 했지만." 그녀는 선언했다. "그놈의 이름을 말하지도 않겠네. 그놈이 더럽히기 전 옛날에는 자랑스러운 이름이었으니."

"티로시에서는 그놈을 '붉은 손'이라고 부릅니다. 그놈의 손가락 사이로 피가 흘러내리니 말입니다. 왕의 피에, 아버지의 피. 그놈이 어머니까지 죽였다는 사람들도 있지요. 야만적인 발톱으로 어머니의 자궁을 찢고 나왔다고요."

'말도 안 되는 소리.' 세르세이는 그렇게 생각하고는 말했다. "사실이야. 그 꼬마 악마의 머리통이 궤짝 안에 있다면 내 너를 귀족으로 만들고 부유한 땅과 성을 내리지." 작위야 흙보다 싼 것이었고, 강역에는 돌보지 않은 밭과 타버린 마을 사이에 폐허가 된 채 서 있는 텅 빈 성들이 가득했다. "나랏일이 기다리네. 궤짝을 열어 안을 보지."

티로시인은 자랑스럽게 궤짝을 열더니, 미소 띤 얼굴로 물러섰다. 그 안에는 부드러운 파란색 벨벳 위에 올라앉은 난쟁이 머리통 하나가 세르세이를 올려다보고 있었다.

세르세이는 오랫동안 보았다. "내 동생이 아니군." 입맛이 썼다. '지나친 기대였겠지. 특히나 로라스 일도 잘된 후였는데 말이야. 신들이 그렇게 자비로울 때는 없어.' "이 남자는 눈이 갈색이군. 티리온은 한쪽 눈이 검고 한쪽은 녹색이야."

"눈은, 그게 말입니다…… 전하, 전하의 동생은 눈알이…… 썩어버려서 말입니다. 제가 유리로 갈아 끼웠는데 그만……. 말씀대로 색깔을 잘못 골랐습니다."

짜증만 더 나는 변명이었다. "네 머리통에 달린 눈알은 유리일지 몰라도 나는 아니야. 이것보다는 차라리 드래곤스톤의 가고일이 더 꼬마 악마를 닮았다. 이놈은 대머리인 데다 내 동생의 두 배는 늙었지 않나. 치아는 어떻게 된 거지?"

티로시인은 그녀의 목소리에 깃든 분노 앞에서 쪼그라들었다. "멋들어진 금니가 있어서 말입니다, 전하. 그게 저희가…… 제가 참 후회……."

"아, 아직은 그러지 말게. 하지만 후회하게 될 거야." '저놈을 목 졸라 죽이라 해야겠군. 내 사랑하는 아들이 그랬듯이 얼굴이 시꺼메질 때까지 헐떡거리게 해줘야지.' 그 말이 입술 밖으로 나오기 전이었다.

"모르고 저지른 실수입니다. 난쟁이야 다 비슷하게 보이니까요. 더군다나…… 전하께서도 보시다시피, 코가 없어서……."

"그야 네가 잘라내서 없는 거겠지."

"아닙니다!" 이마에 맺힌 땀방울이 거짓을 드러냈다.

"그래." 세르세이의 목소리에 맹독과도 같은 달콤함이 스며들었다. "적어도 그 정도 재치는 있었군. 지난번에 찾아온 바보는 방랑마법사가 코를 다시 키워줬다고 변명하려고 했는데 말이야. 그렇다 해도 넌 이 난쟁이에게 코를 빚진 것 같군. 라니스터 가문은 빚을 갚고, 너도 빚을 갚을 것이야. 메린 경, 이 사기꾼을 콰이번에게 데려가게."

메린 트랜트 경이 티로시인의 팔을 잡고 저항하려는 놈을 끌고 나갔다. 그들이 나가고 나자 세르세이는 오스먼드 케틀블랙을 돌아보았다. "오스먼드 경, 이 물건을 내 앞에서 치우고, 꼬마 악마에 대해 안다고 주장하는 다른 셋을 들이게."

"예, 전하."

안타깝게도 정보원이 되고 싶어 한 다른 세 명 역시 티로시인보다 나을 게 없었다. 하나는 꼬마 악마가 올드타운 매춘굴에 숨어서 입으로 남자들을 상대하고 있다고 했다. 재밌는 그림이긴 했지만, 세르세이는 단 한순간도 그 말을 믿지 않았다. 두 번째는 브라보스의 연극에서 난쟁이를 보았다고 주장했다. 세 번째는 티리온이 강역의 은자가 되어 빈 언덕 속에 살고 있다고 주장했다. 세르세이는 셋 모두에게 같은 대답을 했다. "내 용감한 기사들을 이끌고 그 난쟁이에게 안내한다면 보상을 두둑하게 받을 것이다." 그녀는 약속했다. "그 난쟁이가 꼬마 악마라면 말이다. 만약 아니라면…… 내 기사들은 속임수에도, 그림자나 쫓게 만든 바보들에게도 인내심이 없지." 그렇게 말하자마자 셋 다 믿음을 잃더니, 자기들이 본 건 다른 난쟁이일지도 모르겠다고 인정했다.

세르세이는 세상에 이렇게 난쟁이가 많은 줄 몰랐다. "이 작고 뒤틀린 괴물들이 온 세상에 넘쳐나는 건가?" 그녀는 마지막 정보원을 쫓아내며 불평했다. "대체 난쟁이가 얼마나 많은 거야?"

"전보다는 적어졌지요." 메리웨더 부인이 말했다. "제가 전하와 함께 법정에 나가는 영예를 누릴 수 있을까요?"

"지루함을 참을 수 있다면야." 세르세이가 말했다. "로버트는 대부분의 일에 바보였지만, 한 가지만은 옳았어. 왕국을 다스린다는 건 지겨운 일이야."

"전하께서 이리 초췌해지신 모습을 보니 슬픕니다. 벗어나서 좀 노시고 이런 지겹고 하찮은 호소를 듣는 일은 왕의 수관에게 맡기시지요. 하녀처럼 입고 평민들 사이에 섞여서 하루를 보내면서 드래곤스톤 함락에 대해 뭐라고들 하는지 들을 수도 있습니다. 제가 푸른 음유시인이 어린 왕비 앞에서 노래하지 않을 때 연주하는 여관도 알고, 어떤 요술쟁이가 납을 금으로, 물을 와인으로, 여자애를 남자애로 바꾼다는 지하실도 압니다. 그 남자가 우리에게 주문을 써 줄 수도 있을 거예요. 하룻밤 남자가 된다면 전하도 재미있으시겠지요?"

'내가 남자라면 제이미가 되겠지.' 세르세이는 생각했다. '내가 남자라면 토멘이 아니라 내 이름으로 이 왕국을 다스릴 수 있겠지.' "그대가 여자로 남는다면 그렇겠지." 그녀는 타에나가 듣고 싶어 하는 말인 줄 알면서 그렇게 말했다. "그런 식으로 날 유혹하다니 짓궂구나. 하지만 내 왕국을 하리스 스위프트의 떨리는 손에 내려놓는대서야 내가 무슨 섭정대비이겠나?"

타에나가 뾰로통하게 입술을 내밀었다. "전하께선 너무 근면하세요."

"맞아." 세르세이는 인정했다. "그리고 하루가 끝날 때쯤이면 그 점을 후회하겠지." 그녀는 메리웨더 부인과 팔짱을 꼈다. "가세."

그날 첫 번째 청원자는 잘라바르 쇼였는데, 망명 중인 왕자라는 지위 덕분이었다. 화려한 깃털 망토를 입은 모습이 눈부시기는 했으나, 그는 구걸하러 왔을 뿐이었다. 세르세이는 '붉은 꽃 협곡'을 되찾게 도와줄 군대와 무기를 달라는 노상 하는 청을 듣고 나서 말했다. "국왕 전하께서도 전쟁을 치르고 계십니다, 잘라바르 왕자. 지금은 왕자에게 내어줄 병사가 없어요. 내년에는 혹시 모르지요." 로버트도 늘 하던 말이었다. 내년이면 어림도 없다고 말할 터였지만, 오늘은 아니었다. 드래곤스톤이 그녀의 것이었다.

연금술사 길드의 할린 공이 나타나서는, 드래곤스톤이 이제 안전하게 왕실의 손에 돌아왔으니 혹시라도 드래곤알이 나온다면 화염술사들이 부화시키게 해달라고 청했다. "그런 알이 남아 있었다면 스타니스가 반란에 쓸 돈을 위해 팔아버렸을 텐데." 세르세이는 그렇게 답했다. 미친 계획이라는 말은 참았다. 마지막 타르가르옌 드래곤이 죽은 후 그런 시도들은 모조리 죽음, 재난, 아니면 망신으로 끝났다.

상인 한 무리가 앞에 나타나더니 왕좌가 브라보스 강철은행과 상인들 사이를 중재해달라고 빌었다. 브라보스인들이 남은 빚의 상환을 요구하면서, 새로운 대출은 모두 거절하는 모양이었다. '우리에게도 우리 은행이 필요해. 라니스포트의 황금은행.' 세르세이는 생각했다. 토멘의 왕좌가 안전해지면 만들 수도 있으리라. 당장은 상인들에게 알아서 브라보스 고리대금업자들에게 빚을 갚으라고 말할 수밖에 없었다.

종단 대표단을 이끌고 온 것은 세르세이의 옛 친구인 레이나드 성사였다. '전사의 아들' 여섯 명이 도시를 가로지르는 그를 호위했다. 합치면 일곱 명으로, 성스럽고 길한 숫자였다. 새로운 최고성사, 또는 문보이가 붙인 별명대로 대장 참새는 모든 것을 일곱에 맞춰 행했다. 기사들은 종단의 일곱 색깔 줄무늬가 들어간 검대를 찼다. 장검 자루 끝과 대투구 장식에는 수정을 박았다. 그들은 '정복' 이후 흔히 볼 수 없었던 연 모양 방패(kite shield, 크기는 크고, 위쪽이 둥글고 아래가 뾰족한 모양의 방패)를 들고 칠왕국에 몇 세기 동안 보인 적 없었던 문장을 담았다. 암흑 바탕에 밝게 빛나는 무지갯빛 장검 문장이었다. 콰이번은 이미 전사의 아들에 목숨과 검을 바치겠다고 맹세하고 나선 기사가 백 명에 달하고, 매일 더해지고 있다고 했다. '신들에게 취한 자들이라니. 왕국에 그런 자들이 이렇게 많을 줄 누가 생각이나 했을까?'

대부분은 가신기사와 방랑기사들이었지만, 한 줌 정도는 고귀한 태생이 있었다. 영주의 차남 이하 아들들, 하찮은 소영주들, 오래된 죄를 덜고 싶어 하는 노인들. 그리고 란셀이 있었다. 그녀의 모자란 사촌이 성과 영지와 아내를 버리고 여기로 돌아와서 고결하고 강대한 전사의 아들 조직에 합류하려 한다는 말을 콰이번에게 들었을 때는 농담을 하는 줄 알았지만, 란셀이 정말로 다른 신실한 바보들과 같이 서 있었다.

세르세이는 그 사실이 아주 마음에 들지 않았다. 대장 참새의 끝없는 호전성과 배은망덕도 달갑지 않았다. "최고성사님은 어디 계십니까?" 그녀는 레이나드에게 물었다. "제가 호출한 건 그분인데요."

레이나드 성사가 유감스럽다는 투로 말했다. "성하께서 저를 대신 보내시며 전하께는 일곱 신께옵서 악과 싸우기 위해 성하를 보내셨다고 전하라 부탁하셨습니다."

"어떻게요? 비단 거리에서 순결에 대해 설교해서 말입니까? 기도를 드리면 창녀들이 처녀로 돌아가기라도 한답니까?"

"우리의 몸뚱이는 '아버지'와 '어머니'께서 남성이 여성과 결합하여 적통 아이들을 얻을 수 있게 만드신 것입니다." 레이나드가 대꾸했다. "여자들이 그런 성스러운 부위를 돈에 판다는 것은 천하고도 죄스러운 일이지요."

세르세이가 레이나드 성사가 비단 거리의 모든 매춘굴에 특별한 친구들을 두고 있다는 사실을 몰랐더라면 이 신실한 감상이 좀 더 설득력이 있었을지 모른다. 그는 바닥을 문질러 닦느니 대장 참새의 지저귐을 반복하는 쪽이 더 낫다고 판단한 모양이었다. "감히 나에게까지 설교할 생각은 말아요. 매춘굴 주인들이 불평하고 있는데, 그럴 만도 합니다."

"죄인들이 말하는데 왜 정의로운 이들이 들어야 합니까?"

"이 죄인들은 왕실에 돈을 내니까요." 세르세이는 쌀쌀맞게 말했다. "그리고 그 돈은 내 황금 망토들에게 월급을 주고 우리 해안을 방어할 갤리선을 만드는 데 도움이 됩니다. 무역도 생각해야지요. 킹스랜딩에 매춘굴이 하나도 없다면 무역선들은 더스큰데일이나 걸타운으로 갈 거예요. 성하께선 내 도시의 거리에 평화를 내리겠다고 약속하셨습니다. 매춘은 그 평화를 유지하는 데 도움이 된답니다. 창녀들을 빼앗긴 평민 남자들은 강간에 눈을 돌리곤 하거든요. 그러니 성하께서 기도는 원래 기도해야 할 성소에서 하시면 좋겠군요."

자일스 공에게서도 보고를 받을 생각이었으나, 그 대신 파이셀 대학사가 나타났다. 그는 얼굴이 잿빛이 되어 사과를 하며 로스비는 침대를 떠나지 못할 정도로 약해졌다고 했다. "안타까운 말씀이지만, 자일스 공은 곧 고귀한 선조들 곁으로 가시지 싶습니다. 아버지께서 그분을 공정하게 심판하시길."

'로스비가 죽어버리면 메이스 티렐과 어린 왕비가 또 가스를 들이밀려고 할 텐데.' "자일스 공이 기침병을 앓은 지가 몇 년인데, 지금껏 그걸로 죽지는 않았소." 그녀는 불평했다. "로버트의 재위 절반 동안 기침을 해댔고 조프리의 재위 기간에도 마찬가지였지. 지금 죽는다면 누군가가 자일스 공의 죽음을 원해서일 수밖에 없소."

파이셀 대학사는 못 믿겠다는 듯 눈을 껌벅였다. "전하? 누, 누가 자일스 공의 죽음을 원한단 말입니까?"

"후계자일 수도 있지." '아니면 어린 왕비나.' "공이 예전에 업신여겼던 여자라거나." '마저리와 메이스와 가시 여왕일 수도 있어. 자일스가 방해물이니까.' "예전의 적이라든가, 새로운 적. 대학사일 수도 있겠군."

노인의 얼굴이 새하얘졌다. "저, 전하께서 농담을. 제…… 제가 자일스 공에게 하제를 쓰고, 피를 뽑고, 습포제와 달인 약으로 치료했습니다……. 현탁액이 고통을 덜어주고 단잠이 심한 기침에 도움이 되기는 합니다만, 지금 토하는 피에 폐 조각이 같이 나오고 있어요."

"아무튼. 자일스 공에게 돌아가서 내가 죽음을 허락하지 않는다고 알리시오."

"분부대로 하겠습니다." 파이셀이 뻣뻣하게 고개를 숙였다.

청원이 계속, 계속, 계속 있었고 청원자들은 갈수록 더 지루해졌다. 저녁이 되어 마지막 청원자가 드디어 사라졌고 세르세이는 아들과 함께 간단한 저녁 식사를 하면서 말했다. "토멘, 자기 전 기도를 드릴 때 '어머니'와 '아버지' 신께 아직 어린아이여서 고맙다고 하거라. 왕이 된다는 건 힘든 일이야. 장담하는데 너도 싫어질 거다. 다들 까마귀 떼처럼 사람을 쪼아댄단 말이지. 각각이 살점을 한 조각씩 뜯어내고 싶어 하고."

"네, 어머니." 토멘이 슬픈 목소리로 말했다. 어린 왕비가 로라스 경에 대해 이야기한 모양이었다. 오스먼드 경은 토멘이 울었다고 했다. '아직 어려. 조프리 나이가 되면 로라스가 어떻게 생겼는지도 기억 못 할 거야.' "그치만 전 쪼아대도 상관 안 할 거예요." 아들이 계속해서 말했다. "저도 어머니와 같이 매일 나가서 청원을 들을래요. 마저리가—"

"간섭이 과하지." 세르세이는 날카롭게 말했다. "내 기꺼이 그 혀를 뽑아버릴 텐데 말이다."

"그런 말 하지 말아요." 토멘이 동그랗고 작은 얼굴을 붉히며 빽 소리를 질렀다. "마저리의 혀를 내버려둬요. 손도 대지 말아요. 왕은 어머니가 아니라 나예요."

세르세이는 못 믿겠다는 듯 아들을 응시했다. "뭐라고 했지?"

"내가 왕이에요. 누구 혀를 뽑을지 말할 사람도 어머니가 아니라 나예요. 어머니가 마저리를 해치게 두지 않을 거야. 절대 안 돼. 금지야."

세르세이는 토멘의 귀를 잡고 빽빽거리는 아들을 문으로 끌고 갔다. 문밖에는 보로스 블런트 경이 지키고 서 있었다. "보로스 경, 전하께서 자제심을 잃으셨군. 부디 침실로 모셔 가고 페이트도 데려가게. 이번에는 토멘이 직접 그 아이를 때리게 해야겠어. 페이트의 양 뺨에서 피가 날 때까지 계속 때리게 해. 전하께서 거절하거나 한마디라도 항의하면 콰이번을 불러서 페이트의 혀를 뽑게 하도록. 그러면 전하께서도 무례함의 대가를 배우시겠지."

"분부대로 하겠습니다." 보로스 경이 불편한 표정으로 왕을 보며 입김을 내뿜었다. "전하, 부디 저와 같이 가시지요."

레드킵에 밤이 내렸다. 조슬린이 세르세이의 벽난로에 불을 지피는 동안 도카스는 침대 옆에 촛불을 켰다. 세르세이가 신선한 공기를 마시려고 창을 열어 보니 구름이 다시 모여들어 별을 가리고 있었다. "정말이지 깜깜한 밤이에요, 전하." 도카스가 중얼거렸다.

'그래. 하지만 메이든볼트 안이나, 로라스 티렐이 화상에 시달리며 피 흘리고 죽어가는 드래곤스톤만큼 캄캄하진 않지. 성 아래 검은 감옥만큼 캄캄하지도 않고.' 세르세이는 왜 그 생각이 떠올랐는지 알지 못했다. 팔리스에 대해서는 다시 생각하지 않기로 마음먹고 있었는데. '일대일 결투라니. 팔리스도 그런 바보와 결혼하지 않을 분별은 있었어야지.' 스토크워스에서 온 소식에 따르면 탠다 부인은 엉덩이 골절 때문에 가슴에 한기가 들어 죽었다고 했다. 반편이 롤리스가 스토크워스의 여주인이 되었고, 브론 경이 그 남편이었다. '탠다는 죽었고 자일스는 죽어가. 우리에게 문보이가 있어 망정이지, 궁정에 어릿광대가 다 사라질 뻔했군.' 세르세이는 베개에 머리를 대며 미소 지었다. '마저리의 뺨에 입을 맞췄을 때, 눈물의 짠맛이 느껴졌지.'

그녀는 오래된 꿈을, 갈색 망토를 뒤집어쓴 세 소녀와 목살이 늘어진 노파, 그리고 죽음의 냄새가 나는 천막이 나오는 꿈을 꿨다.

노파의 천막은 어두웠고, 지붕은 높고 뾰족했다. 열 살 때만큼이나 이번에도 들어가고 싶지 않았지만 다른 여자애들이 보고 있어서 몸을 돌릴 수가 없었다. 꿈속에서도 예전 그대로 세 명이었다. 뚱뚱한 제인 파먼은 언제나처럼 망설였다. 여기까지 온 것도 놀라운 일이었다. 멜라라 헤더스푼은 좀 더 대담했고 좀 더 나이가 많았으며, 주근깨가 많긴 해도 예뻤다. 거친 천으로 만든 망토를 두르고 두건을 깊이 눌러쓴 세 명은 그 마녀를 찾아가려고 침대를 몰래 빠져나와 마상시합장을 가로질렀다. 멜라라가 남자에게 저주를 걸거나 사랑에 빠지게 만들고, 악마를 소환하고 미래를 예지하는 여자 주술사에 대해 소곤대는 하녀들의 말을 들은 탓이었다.

실제로는 세 여자애 모두 겁먹은 만큼 흥분하기도 했고, 숨이 차고 들뜬 상태로 서로서로 소곤거리면서 갔었다. 꿈속에서는 달랐다. 꿈속에서는 마상시합용 천막들이 다 어두웠고, 지나치는 기사들과 하인들은 안개로 이루어져 있었다. 그들은 한참을 헤매고 나서야 노파의 천막을 찾았다. 그때쯤에는 횃불이 다 꺼져갔다. 세르세이는 세 여자애가 한 덩어리가 되어 소곤거리는 모습을 보았다. '돌아가.' 그 아이들에게 말해주려 했다. '돌아서. 여기엔 너희에게 좋을 게 없어.' 그러나 입을 움직여도 한마디도 나오지 않았다.

타이윈 공의 딸이 첫 번째로 천막 문을 통과했고, 멜라라가 바로 뒤따랐다. 제인 파먼이 마지막이었고, 언제나처럼 둘 뒤에 숨으려 했다.

천막 안에는 온갖 냄새가 가득했다. 시나몬과 육두구. 빨갛고 하얗고 까만 후추. 아몬드유와 양파. 정향과 레몬그라스와 귀한 사프란, 그리고 그보다 더 낯설고 진기한 향신료들의 냄새. 빛이라고는 바실리스크 머리 모양을 한 철화로의 불빛뿐으로, 그 흐릿한 녹색 빛 때문에 천막 벽이 차갑고 죽어 썩어가는 듯한 느낌이 났다. '실제로도 이랬던가?' 세르세이는 기억이 가물가물했다.

꿈속에서 여자 주술사는 자고 있었다. 실제로도 그랬었다. '그 여자를 내버려둬.' 세르세이는 외치고 싶었다. '이 어린 바보들아, 잠자는 주술사를 깨우지 마.' 말을 할 수가 없으니 여자애가 망토를 벗어 던지고 마녀의 침대를 발로 차는 모습을 지켜볼 수밖에 없었다. "일어나. 우리 미래를 듣고 싶다."

개구리 매기가 눈을 뜨자 제인 파먼은 겁에 질려 빽 소리를 지르더니, 천막에서 도망쳐서 밤공기 속으로 뛰쳐나갔다. 창백한 얼굴에 살이 찌고 그림자마다 무서워하던, 통통하고 멍청하고 소심한 어린 제인. 그러나 제인이 현명했다. 제인은 아직도 미의 섬에 살아 있었다. 영주가 된 아버지의 휘하 봉신 하나와 결혼해서 자식을 열 명도 넘게 낳았다.

노파의 눈은 노란색이었고, 온갖 나쁜 것들로 뒤덮여 있었다. 라니스포트에 도는 말로는 남편이 향신료와 함께 동쪽 땅에서 데려왔을 때는 그녀도 젊고 아름다웠다는데, 나이와 사악함이 그 외모를 변화시켰다. 작은 키에 통통하고 무사마귀투성이에다, 턱살은 초록빛이 돌고 울퉁불퉁하게 늘어졌다. 이는 다 빠지고 젖가슴은 무릎까지 처졌다. 노파에게 너무 가까이 서면 질병의 냄새를 맡을 수 있었고, 노파가 말을 하면 입 냄새가 기묘하고 강력하고 지독했다. "꺼져라." 노파는 쉰 목소리로 개골거렸다.

"우린 예언을 들으러 왔다." 어린 세르세이가 말했다.

"꺼져라." 노파가 한 번 더 개골거렸다.

"네가 미래를 볼 수 있다는 말을 들었어." 멜라라가 말했다. "우린 어떤 남자와 결혼하게 될지 알고 싶을 뿐이야."

"꺼져." 매기가 세 번째로 개골거렸다.

'저 말을 들어.' 혀만 있었다면 그렇게 외쳤을 것이다. '아직 도망칠 시간이 있어. 도망치란 말이야, 이 어린 바보들아!'

금빛 곱슬머리의 소녀가 옆구리에 양손을 올렸다. "미래를 말해. 안 그러면 내 아버님께 가서 무례한 죄로 채찍질 당하게 해주마."

"제발 부탁이야." 멜라라는 간청했다. "우리의 미래만 말해주면 갈게."

"여기 미래가 없는 아이가 있구나." 매기는 낮고 듣기 싫은 목소리로 말하더니, 로브를 어깨에 두르고 두 여자애에게 가까이 오라 손짓했다. "가지 않을 거라면 와라. 바보들. 그래, 와라. 난 너희 피를 맛봐야 한다."

멜라라는 창백해졌지만, 세르세이는 아니었다. 아무리 나이가 많고 추하다 해도 사자가 개구리를 두려워하는 일은 없다. 세르세이는 그 자리를 떠났어야 했다. 말을 들었어야 했다. 도망쳤어야 했다. 그러나 그 대신 매기가 내민 단검을 받아서 뒤틀린 쇠날로 엄지손가락을 베었다. 그런 다음에는 멜라라의 엄지손가락에도 피를 냈다.

어두운 초록색 천막 속에서는 핏방울이 붉다기보다 검어 보였다. 매기의 이 빠진 입이 그 광경을 보고 경련했다. "이리로." 매기가 속삭였다. "이리로 다오." 세르세이가 손을 내밀자 매기는 갓난아기처럼 부드러운 잇몸으로 손가락을 물고 피를 빨았다. 그 입이 얼마나 기괴하고 차가운 느낌이었는지 아직도 기억할 수 있었다.

"질문을 세 개 할 수 있다." 노파는 피를 마시고 나서 말했다. "내 답이 마음에 들지 않을 거다. 물어보든가, 꺼져라."

'가.' 꿈꾸는 왕대비는 생각했다. '입 다물고 달아나.' 하지만 어린 세르세이에게는 두려워할 분별력이 없었다.

"내가 언제 왕자와 결혼하게 될까?" 세르세이가 물었다.

"그런 일 없다. 너는 왕과 결혼하게 된다."

금빛 곱슬머리 아래 얼굴이 어리둥절해하며 인상을 썼다. 그 후 몇 년 동안 그녀는 그 말이 아에리스가 죽기 전까지는 라에가르와 결혼하지 못한다는 뜻이라고 여겼다. "그렇지만 왕비는 되는 거지?" 어린 그녀가 물었다.

"그래." 매기의 노란 눈에 악의가 번득였다. "너는 왕비가 될 거다…… 다른, 더 어리고 더 아름다운 여자가 와서 너를 꺾고 네가 소중하게 여기는 모든 것을 빼앗아가기 전까지는."

소녀의 얼굴에 분노가 스쳐 지나갔다. "그러려고 하면 내 동생을 시켜서 죽여버릴 거야." 그때도 그녀는 멈출 줄을 모르고 고집이 셌다. 아직 소녀에겐 질문이 하나 남아 있었다. 앞으로 올 인생을 한 번 더 엿볼 수 있었다. "그 왕과 나 사이에 아이들이 있을까?"

"아, 그럼. 왕에게는 열하고도 여섯, 너에게는 셋이다."

세르세이에겐 말이 안 되는 소리였다. 칼로 벤 엄지손가락이 욱신거렸고, 핏방울이 카펫에 뚝뚝 떨어졌다. '어떻게 그럴 수가 있지?' 묻고 싶었지만, 질문을 다 한 뒤였다.

그러나 노파의 말은 끝나지 않았다. "그 아이들의 왕관도 금빛, 수의도 금빛일 것이다. 그리고 네가 눈물에 잠기면, 발롱카가 네 하얀 목에 두 손을 감고 네 목을 졸라 죽일 것이다."

"발롱카가 뭐지? 괴물인가?" 금빛 소녀는 그 예언이 마음에 들지 않았다. "넌 거짓말쟁이에 사마귀투성이 개구리고 냄새나는 늙은 야만인이야. 네가 하는 말은 한마디도 안 믿어. 가자, 멜라라. 들을 가치도 없어."

"나도 질문을 세 개 할 수 있어." 멜라라가 주장했다. 그리고 팔을 잡아끄는 세르세이의 손을 뿌리치고 노파를 돌아보며 물었다. "내가 제이미와 결혼하게 될까?"

'이 멍청한 게.' 그 생각을 하면 세르세이는 지금도 화가 났다. '제이미는 네게 관심도 없어.' 그 무렵 제이미는 오직 검과 개와 말…… 그리고 쌍둥이인 세르세이를 위해서만 살았다.

"제이미도, 다른 어느 남자도 아니야." 매기가 말했다. "네 첫 경험은 벌레들이 가져갈 거다. 네 죽음은 오늘 밤이다. 죽음의 냄새를 맡을 수 있나? 아주 가까이 와 있는데."

"우리에겐 네 입 냄새밖에 안 나는데." 세르세이가 말했다. 탁자 위, 그녀의 팔꿈치 근처에 걸쭉한 물약병이 하나 놓여 있었다. 세르세이는 그 병을 낚아채어 노파의 눈에 던졌다. 실제 과거에서 노파는 이상한 외국어로 그들에게 소리를 질러댔고, 천막 밖으로 달아나는 그들에게 저주를 퍼부었다. 그러나 꿈속에서는 노파의 얼굴이 녹아내려 회색 안개 띠 속으로 사라지더니 가늘게 찢어진 노란 두 눈만 남았다. 죽음의 눈이었다.

'발롱카가 네 하얀 목에 두 손을 감고 네 목을 졸라 죽일 것이다.' 그 소리가 들렸지만, 노파의 목소리는 아니었다. 꿈속의 안개에서 두 손이 튀어나와 그녀의 목을 감았다. 두껍고 힘센 손이었다. 그 위로 그놈의 얼굴이 둥둥 떠서 짝짝이 눈으로 그녀를 내려다보았다. '안 돼.' 소리를 지르고 싶었지만, 난쟁이의 손가락이 목을 깊이 파고들며 반항하는 소리를 집어삼켰다. 그녀는 소용도 없이 발길질을 하고 비명을 질렀다. 오래지 않아 그녀는 아들이 냈던 것과 같은 소리를, 조프리가 지상에서 마지막으로 호흡할 때처럼 끔찍하고 가느다랗게 공기 빨아들이는 소리를 내고 있었다.

그녀는 헉하고 어둠 속에서 깨어났다. 담요가 목에 감겨 있었다. 세르세이는 담요가 뜯어지도록 거칠게 풀어헤치고는 숨을 몰아쉬며 일어나 앉았다. '꿈이야. 오래된 꿈과 엉킨 담요일 뿐이었어. 그게 다야.'

타에나는 오늘 밤도 어린 왕비와 함께 보내고 있었기에, 옆에서 자는 것은 도카스였다. 세르세이는 도카스의 어깨를 거칠게 흔들었다. "일어나서 파이셀을 찾아라. 아마 자일스 공과 같이 있을 거다. 즉시 이리로 데려와." 도카스는 잠에 취한 채로 비틀거리며 침대에서 일어나더니 날쌔게 옷을 입으러 움직였다. 도카스의 맨발에 바닥에 깔린 골풀이 바스락거렸다.

영겁과도 같은 시간이 흐른 후에, 파이셀 대학사가 발을 끌며 들어오더니 세르세이 앞에 고개를 조아리고 섰다. 그는 무겁게 내려앉은 눈꺼풀을 껌벅이며 하품을 참고 있었다. 살이 늘어진 목에 걸린 학사의 무거운 사슬 목걸이가 몸을 바닥으로 잡아당기는 듯한 모양새였다. 파이셀은 세르세이가 기억하는 한 언제나 늙은이였지만, 늙었으면서도 위풍당당하던 시절이 있었다. 옷도 화려하게 입고, 위엄을 지니고, 우아한 예의를 갖췄던 시절이. 그리고 풍성한 하얀 수염 덕분에 지혜로운 분위기를 풍기기도 했었다. 하지만 티리온이 그 수염을 밀어버렸고, 그 후에 돋아난 수염은 초라하니, 늘어진 턱 아래 분홍색 살덩어리를 감추기도 힘든 가늘고 뻣뻣한 털 뭉치 몇 개뿐이었다. '이건 남자가 아니야. 남자의 잔해일 뿐.' 세르세이는 생각했다. 검은 감옥은 파이셀에게 있었던 힘을 강탈해 갔다. 검은 감옥과 꼬마 악마의 면도칼이.

"나이가 몇이지?" 세르세이가 불쑥 물었다.

"외람되오나 여든넷이옵니다."

"외람되기는, 좀 젊은 남자였다면 또 모를까."

파이셀의 혀가 입술을 핥았다. "콘클라베가 지명했을 때 저는 마흔둘밖에 안 됐었습니다. 캐스는 선택받았을 때 여든이었고, 엘렌도어는 아흔이었지요. 집무 부담에 짓눌려 둘 다 뽑히고 1년도 안 되어 죽었습니다. 그 후에 뽑힌 메리온은 아직 예순여섯이었지만, 킹스랜딩으로 오다가 오한으로 죽었지요. 그 후에 아에곤 왕께서는 시타델에 좀 더 젊은 사람을 보내라고 하셨습니다. 그분이 제가 섬긴 첫 번째 왕이셨지요."

'그리고 토멘이 마지막 왕이 되겠지.' "약이 필요해. 수면을 도와줄 약이."

"잠자리에 들기 전에 와인을 한 잔 마시면—"

"와인은 마셔, 이 멍청한 작자야. 그보다 센 게 필요해. 꿈을 꾸지 않고 자게 해주는 약이."

"저…… 전하, 꿈을 꾸기 싫으십니까?"

"내가 방금 뭐라고 했지? 성기만이 아니라 귀도 물렁해졌나? 나에게 그런 약을 만들어줄 수 있나, 아니면 콰이번 공에게 또 그대의 실패를 바로잡으라 해야 하나?"

"아닙니다. 굳이…… 굳이 콰이번을 관여시키실 필요 없습니다. 꿈 없는 잠이라. 물약을 만들어 드리겠습니다."

"좋아. 가봐도 돼." 그러나 파이셀이 문 쪽으로 몸을 돌렸을 때 세르세이가 등 뒤에서 그를 불렀다. "하나만 더. 시타델에서는 예언에 대해 어떻게 가르치지? 우리의 미래를 예언하는 게 가능한가?"

노인이 머뭇거렸다. 주름진 한쪽 손이 마치 그곳에 없는 수염을 쓸 듯 가슴팍을 더듬었다. "우리의 미래를 예언할 수 있느냐……." 그는 천천히 그 말을 되풀이했다. "그럴지도 모릅니다. 오래된 책들에 주문이 있기는 하지요……. 하지만 전하께서 '우리의 미래를 예언해야 하는가'라 물으신다면, 저는 '아닙니다'라 답하겠습니다. 어떤 문은 닫아두는 것이 최선입니다."

"나가면서 내 문도 닫도록 해." 파이셀이 자기 자신만큼이나 쓸모없는 답을 줄 줄 알았어야 했다.

다음 날 아침, 세르세이는 토멘과 함께 아침 식사를 했다. 토멘은 많이 수그러든 듯했다. 페이트에 대한 처벌이 목적을 이룬 모양이었다. 두 사람은 구운 계란, 구운 빵, 베이컨, 그리고 도르네로부터 배가 실어 온 블러드 오렌지를 먹었다. 토멘은 새끼 고양이들을 데리고 있었다. 아들의 발치에서 까부는 고양이들을 보고 있으려니 세르세이의 기분도 조금 나아졌다. '내가 살아 있는 한 토멘은 어떤 해도 입지 않을 거야.' 아들을 안전하게 지킬 수만 있다면 웨스테로스의 귀족 절반과 평민 전부라도 죽일 것이다. "조슬린과 같이 가거라." 그녀는 식사가 끝난 후에 아들에게 말했다.

그런 다음 콰이번을 불러들였다. "팔리스 부인은 아직 살아 있나?"

"예, 살아는 있습니다. 아주…… 편안한 상태는 아닐지 모릅니다만."

"그렇군." 세르세이는 잠시 생각했다. "그 브론이라는 자……. 적이 이렇게 가까이 있다는 게 마음에 들지 않네. 브론의 힘은 모두 롤리스에게서 나오지. 그러니 롤리스의 언니를 내보낸다면……."

"안타깝게도, 팔리스 부인은 스토크워스를 통치할 수 없을 겁니다. 아니, 자기 몸도 돌보지 못한다는 게 정확하겠군요. 그분에게서 많은 것을 알아냈다는 점을 말씀드리게 되어 기쁩니다만, 대가 없는 수업은 아니었습니다. 제가 전하의 지시를 과하게 수행한 게 아니어야 할 텐데요."

"그래." 의도가 무엇이었든 간에, 이제는 너무 늦었다. 늦은 일을 생각해봐야 소용없었다. '죽는 편이 더 나아.' 그녀는 스스로에게 말했다. '팔리스도 남편 없이 계속 살고 싶진 않을 거야. 멍청한 남자이긴 해도 그 남자를 좋아했으니.' "다른 문제가 있네. 어젯밤에 내가 끔찍한 꿈을 꿨어."

"누구나 가끔은 악몽으로 고통받지요."

"이 꿈은 내가 어렸을 때 찾아갔던 마녀와 관련이 있네."

"숲의 마녀입니까? 대개는 무해한 이들이지요. 약초와 산파 일에 대해 조금 알기는 하지만, 그 외에는……."

"이 마녀는 그 이상이었네. 라니스포트의 절반이 부적과 물약을 얻으려 찾아가곤 했지. 부유한 상인이었다가 내 조부께서 출세시켜준 하잘것없는 영주의 어머니였는데, 남편이 동쪽 땅에서 무역을 하다가 만났다고 하더군. 그 여자가 남편에게 주문을 걸었다는 사람도 있었지만, 그 여자에게 필요한 주문이야 다리 사이에 있는 것으로 충분했겠지. 언제나 흉물스러웠던 건 아니니까……. 적어도 사람들 말로는. 그 여자 이름은 기억이 나지 않네. 동쪽의 희한하고 긴 이름이었지. 평민들은 그 여자를 매기라고 불렀어."

"마기요?"

"마기라는 말이 따로 있는 건가? 그 여자는 손가락에서 낸 피 한 방울을 빨아 먹고 미래를 말해주곤 했어."

"혈마법은 가장 음습한 마법입니다. 가장 강력하다고 말하는 사람들도 있지요."

세르세이가 듣고 싶지 않았던 말이었다. "그 마기가 어떤 예언을 했네. 처음에 난 그 말을 웃어넘겼지만……. 그 여자가 당시 내 시녀 하나의 죽음을 예언했어. 예언을 했을 때 그 애는 열한 살이었고, 망아지처럼 건강한 데다 캐스털리록에 안전하게 살았지. 그런데도 곧 우물에 떨어져 죽었네." 멜라라는 그날 밤 마기의 천막 안에서 들은 이야기를 절대 말하지 말라고 애걸했었다. '절대 말하지 않으면 곧 잊게 될 거고, 잊으면 그냥 악몽을 꾼

게 될 거야.' 멜라라는 그렇게 말했었다. 악몽은 결코 현실이 되지 않는다고. 둘 다 워낙 어렸기에, 그 말이 현명하게까지 들렸었다.

"아직도 그 어릴 적 친구분 때문에 슬프십니까?" 콰이번이 물었다. "그래서 심란하신 겁니까, 전하?"

"멜라라? 아니. 어떻게 생겼는지도 잘 기억이 안 나. 다만…… 그 마기는 내가 자식을 몇이나 낳을지 알고 있었고, 로버트의 사생아 숫자도 알고 있었어. 로버트가 첫 사생아를 만든 때로부터 몇 년 전인데도 알고 있었어. 내가 왕비가 되리라 단언했지만, 다른 여자가 와서……." '더 어리고 더 아름다운 왕비라고 했지.' "……내가 사랑하는 모든 것을 빼앗으리라 말했네."

"그러면 그 예언이 실현되는 것을 방지하고 싶으십니까?"

'세상 무엇보다도 그래.' 그녀는 생각했다. "방지할 수 있을까?"

"아, 그럼요. 의심하지 마십시오."

"어떻게?"

"방법은 전하께서 아실 겁니다."

그녀는 알고 있었다. '내내 알고 있었지. 그때 그 천막에서도 알았어. 그러려고 하면 내 동생을 시켜서 죽여버릴 거라고 했지.'

하지만 해야 할 일을 아는 것과, 어떻게 해야 할지 아는 것은 다른 문제였다. 제이미는 이제 전처럼 의지할 수 없었다. 갑작스러운 병이 제일 좋겠으나, 신들이 그렇게 친절할 때는 잘 없었다. '그러면 어떻게 한다? 단검, 베개, 심장의 재앙 한 잔?' 모두 말썽이 일어날 터였다. 노인이 자다가 죽으면 아무도 두 번 생각하지 않지만, 열여섯 살 처녀가 침대에서 죽는다면 곤란한 의문이 일어날 게 분명했다. 게다가 마저리는 혼자 자는 일이 없었다. 로라스 경이 죽어가긴 해도 마저리 곁에는 낮이고 밤이고 검이 있었다.

'하지만 검에는 양날이 있지.' 마저리를 지키는 이들을 이용해서 그녀를 끌어내릴 수 있을 것이다. 마저리의 아버지조차도 처형에 동의할 수밖에 없을 만큼 강력한 증거가 있어야 했다. 쉽지는 않을 것이다. '마저리의 연인들도 자기 목까지 떨어져 나갈 줄 알면서 자백할 리가 없고. 하지만……'

다음 날 왕대비는 훈련장에서 레드와인 쌍둥이 중 하나와 대련 중인 오스먼드 케틀블랙을 찾아갔다. 쌍둥이 중 어느 쪽인지는 몰랐다. 그녀는 그 둘을 구별할 수 없었다. 그녀는 검술 대련을 잠시 지켜보다가 오스먼드 경을 한쪽으로 불러냈다. "잠시 같이 걷지. 그리고 사실대로 말하게. 이젠 공허한 호언장담을 듣고 싶지 않아. 케틀블랙이 다른 기사의 세 배는 뛰어나다는 말도 듣고 싶지 않고. 많은 것이 경의 대답에 걸려 있네. 경의 동생 오스니 말이야. 검사로서 얼마나 뛰어난가?"

"뛰어나지요. 보셨을 텐데요. 저나 오스프리드만큼 강하지는 않지만, 재빠르게 죽입니다."

"그렇다면 오스니가 보로스 블런트 경을 이길 수 있을까?"

"배불뚝이 보로스요?" 오스먼드 경이 낄낄거렸다. "그치가 몇 살이죠, 마흔? 쉰? 깨어 있는 시간의 절반은 반쯤 취해 있고, 제정신일 때라도 뚱뚱합니다. 예전에는 싸울 줄 알았을지 몰라도 감각을 잃었습니다. 예, 전하. 보로스 경을 죽이고 싶으시다면 오스니가 쉽게 해치울 수 있습니다. 그런데 왜요? 보로스가 반역이라도 저질렀습니까?"

"아니야." 세르세이는 대답했다. '반역은 오스니가 했지.'

브리엔느

그들은 교차로에서 1.5킬로미터쯤 가서 첫 번째 시신과 마주쳤다.

그 시신은 죽은 나무의 가지에 매달려 흔들렸는데, 시커멓게 탄 나무줄기는 아직도 그 나무를 죽인 번개의 흉터를 간직하고 있었다. 시체 먹는 까마귀 떼가 얼굴을 다 뜯어 먹었고, 땅 가까이 늘어져 있던 다리 아래쪽은 늑대들이 먹어치운 후였다. 무릎 아래는 뼈와 누더기뿐이었다……. 잘근잘근 씹힌 채로 진흙과 곰팡이에 반쯤 뒤덮인 신발 한 짝과 함께.

"입에 뭘 물고 있는 거죠?" 포드릭이 물었다.

브리엔느는 그 얼굴을 쳐다보기 위해 마음을 단단히 먹어야 했다. 얼굴은 회색과 녹색으로 섬뜩했는데, 입이 커다랗게 벌어져 있었다. 누군가가 잇새에 울퉁불퉁한 하얀 돌을 처넣어서였다. 돌이 아니라……

"소금이군요." 메리발드 성사가 말했다.

50미터쯤 더 가자 두 번째 시신이 나왔다. 청소동물들이 갈가리 찢어놓아, 남은 부분이 느릅나무 가지에 묶인 너덜너덜한 밧줄 아래 땅에 흩어져 있었다. '개'가 냄새를 맡고는 더 자세히 알아보려고 잡초밭에 뛰어들지 않았더라면, 브리엔느는 알아차리지도 못하고 말을 달려 지나갔을지 몰랐다.

"거기 뭐가 있냐, 개야?" 하일 경이 말에서 내려 개를 따라갔다가 반투구와 마주쳤다. 안에는 딱정벌레와 애벌레와 더불어 죽은 남자의 두개골이 남아 있었다. "질 좋은 강철이군." 하일 경이 말했다. "그리고 사자가 머리를 잃긴 했어도, 투구는 심하게 찌그러지지 않았어. 포드, 투구 쓸래?"

"그 투구는 싫습니다. 벌레가 우글거리잖아요."

"벌레야 씻어내면 되지. 계집애처럼 결벽 떨기는."

브리엔느가 험상궂은 얼굴로 그를 노려보았다. "포드에게 너무 커요."

"자라면 맞을걸."

"갖고 싶지 않습니다." 포드릭이 말했다. 하일 경은 어깨를 으쓱이더니 사자 장식이 달린 깨진 투구를 잡초밭에 다시 내던졌다. 개가 짖더니 달려가서 나무에 대고 다리를 들어 올렸다.

그 후에는 백 미터에 하나씩 시신이 나왔다. 물푸레나무와 오리나무, 너도밤나무와 자작나무, 잎갈나무와 느릅나무, 하얗게 늙은 버드나무와 위풍당당한 밤나무 아래 매달려 있었다. 하나같이 목에 올가미를 걸고 삼줄에 매달려 늘어져 있었으며, 입에는 소금이 물려 있었다. 회색이나 파란색이나 진홍색 망토를 걸친 남자들도 있었지만 비와 햇빛에 너무 심하게 바래어 색을 구별하기가 힘들었다. 가슴팍에 휘장을 수놓은 자들도 있었다. 브리엔느는 도끼들, 화살들, 연어 몇 마리, 소나무 하나, 참나무 잎 하나, 딱정벌레들, 당닭들, 멧돼지 머리, 그리고 여섯 개쯤 되는 삼지창을 보았다. '낙오자들이구나.' 브리엔느는 깨달았다. '열 개가 넘는 군대의 찌꺼기들, 영주들이 두고 간 쓰레기들.'

대머리도 있고 수염을 기른 남자도 있었으며, 젊은이도 늙은이도 있었고, 작은 키도 큰 키도, 뚱뚱한 몸도 마른 몸도 있었다. 얼굴은 갉아 먹히고 썩어버린 데다 죽어서 부어오르니 다 똑같아 보였다. '교수대에서는 모두가 형제다.' 브리엔느가 어느 책에서 읽은 구절이었는데, 어떤 책이었는지는 기억이 나지 않았다.

모두가 깨달은 바를 마침내 입 밖에 내어 말한 사람은 하일 헌트였다. "솔트팬스를 습격한 자들이로군."

"아버지께서 엄히 심판하시기를." 솔트팬스의 나이 많은 성사와 친구였던 메리발드가 말했다.

브리엔느는 그들이 누구였느냐보다는 누가 그들을 교수형에 처했는가가 훨씬 신경 쓰였다. 올가미 밧줄은 베릭 돈다리온과 그의 무법자 무리가 선호하는 처형 방식이라고 했다. 그렇다면 소위 번개 영주가 가까이 있을 수도 있었다.

개가 짖자, 메리발드 성사가 주위를 둘러보고 얼굴을 찌푸렸다. "좀 더 빨리 움직일까요? 해가 곧 떨어지는데, 밤에 시체들을 벗 삼는 건 좋지 않아요. 살아 있을 때도 사악하고 위험한 자들이었습니다. 죽었다고 나아질 것 같진 않군요."

"내 생각은 다른데." 하일 경이 말했다. "이자들이야말로 딱 죽어야 나아지는 부류지." 그렇게 말은 했지만 하일 경도 말에 박차를 가했고, 일행은 조금 더 빨리 움직였다.

더 나아가자 숲이 성글어졌지만, 시체는 줄어들지 않았다. 숲이 진흙밭에 자리를 내어주고, 나뭇가지가 교수대로 변했다. 여행자들이 다가가자 구름 같은 까마귀 떼가 요란한 소리를 내며 시체에서 날아올랐다가, 그들이 지나가고 나면 다시 내려앉았다. '사악한 자들이었어.' 브리엔느는 스스로를 일깨웠지만, 그래도 여전히 그 광경은 슬펐다. 그녀는 억지로 한 명, 한 명을 쳐다보며 혹시 낯익은 얼굴이 있나 살폈다. 몇 명은 하렌홀에서 봤던 것도 같았지만 상태가 상태인지라 확신하기는 어려웠다. 사냥개 머리 투구는 없었지만, 애초에 투구를 쓴 자가 드물었다. 대부분은 목이 매달리기 전에 무기와 방호구와 장화가 벗겨졌다.

포드릭이 밤을 보낼 여관 이름을 묻자 메리발드 성사는 열렬히 그 질문에 달려들었는데, 아마도 그들의 관심을 길가에 늘어선 소름 끼치는 파수병들로부터 돌리기 위해서였을 것이다. "어떤 사람들은 '오래된 여관'이라고 부르지. 그 자리에 몇백 년 동안 여관이 있기는 했는데, 사실 지금의 여관은 왕의 가도를 건설한 재해리스 1세 시대에 세워졌어. 재해리스 왕과 왕비가 여행 중에 거기서 묵었다고들 하지. 한동안은 그분들을 기려서 '두 개의 왕관'으로 알려졌다가, 여관 주인이 종탑을 지으면서 이름이 '종 치는 여관'으로 바뀌었다네. 그 후에는 여관이 꺽다리 존 헤들이라는 불구의 기사에게 넘어갔는데, 나이가 너무 들어서 싸울 수 없게 되자 철 다루는 일을 시작한 자였지. 그 기사가 새 간판을 직접 만들고는, 검은 철로 만든 삼두룡을 마당에 있는 나무 기둥에 걸었어. 어찌나 커다란 짐승인지 십여 개 조각으로 만들어서 밧줄과 철사로 이어야 했다네. 바람이 불면 그 드래곤이 부딪치며 철컹거리는 바람에, 여관 이름은 '철컹 드래곤'으로 널리 알려지게 되었지."

"그 드래곤은 아직 거기 있나요?" 포드릭이 물었다.

"아니." 메리발드 성사가 대답했다. "그 대장장이의 아들이 노인이 되었을 때, 아에곤 4세의 서자가 이복형제를 상대로 반란을 일으키고는 검은 드래곤을 자기 문장으로 삼았어. 그 무렵 이 땅은 대리 공의 영지였고, 대리 영주는 왕에게 열렬히 충성했지. 검은색 철 드래곤을 보고 격노한 영주는 기둥을 베어버리고, 드래곤을 산산조각 내어 강에 던져버렸다네. 드래곤 머리통 하나는 몇 년 후에 고요섬에 밀려 올라왔지만, 그 무렵엔 녹이 슬어 붉은색이었지. 여관 주인은 그 후 다시는 간판을 걸지 않았기에 사람들은 드래곤을 잊어버리고 그 여관을 '강가 여관'이라고 부르게 되었네. 그 시절에는 트라이던트가 여관 뒷문 아래를 흘렀고, 여관방 절반 정도는 물을 내려다보고 있었거든. 손님들이 창문에서 낚싯줄을 던져서 송어를 낚을 수 있었다지. 연락선 나루터도 있어서 여행자들이 '해로웨이 공의 마을'과 '화이트월'로 건너갔고 말이야."

"우린 트라이던트를 남쪽에 두고 멀어져서 북서쪽으로 달려왔습니다……. 강쪽이 아니라, 강에서 멀어지는 방향이었어요."

"맞습니다, 아가씨." 성사가 말했다. "강이 이동했거든요. 70년 전 일이었지요. 아니, 80년 전인가? 마샤 헤들의 조부가 여관을 지키던 시절이었습니다. 이 모든 역사를 제게 알려준 게 마샤 헤들이에요. 친절한 여자였죠, 마샤는. 초엽과 꿀 케이크를 좋아하는. 빈방이 없으면 벽난로 옆에 재워줬고, 제가 떠날 때는 꼭 빵과 치즈와 오래된 케이크 몇 개를 들려 보내곤 했답니다."

"그 여자가 지금 여관 주인인가요?" 포드릭이 물었다.

"아니네. 사자들이 마샤를 목매달았지. 사자들이 가버린 후에 마샤의 조카 하나가 여관을 다시 열려고 했지만, 전쟁 때문에 평민들이 여행을 하기엔 길이 너무 위험해져서 손님이 거의 없었다고 들었네. 그래서 창녀들을 들였지만, 그래도 별 소용이 없었고. 어떤 귀족이 그 조카도 죽였다지."

하일 경이 씁쓸한 표정을 지었다. "여관업이 그렇게 위험한 일일 줄은 꿈에도 몰랐는데."

"대영주들이 왕좌의 게임을 하면 평민으로 태어난 게 위험이지요." 메리발드 성사가 말했다. "그렇지 않으냐, 개야?" 개가 동의하듯 짖었다.

"그러면……." 포드릭이 말했다. "그 여관에 지금 이름은 있나요?"

"평민들은 교차로 여관이라고 부르지. 원로 형제 말씀이 마샤 헤들의 조카딸 둘이 다시 한번 여관 문을 열었다는군." 성사가 지팡이를 들어 올렸다. "신들이 자비로우시다면, 저기 목매달린 남자들 너머에서 올라가는 연기가 여관 굴뚝에서 나오는 것일 게다."

"교수대 여관이라고 불러도 되겠구먼." 하일 경이 말했다.

어떤 이름으로 부르건 간에 그 여관은 컸다. 진흙투성이 길 위로 3층이나 올라갔고, 질 좋은 하얀 돌로 만든 벽과 작은 탑들과 굴뚝들이 회색 하늘을 배경으로 유령처럼 희끄무레하게 빛났다. 남쪽 부속건물은 갈라지고 내려앉은 잡초와 죽은 갈색 풀 밭에 무거운 나무 말뚝을 박고 그 위에 들어섰다. 이엉지붕을 인 마구간과 종탑은 북쪽에 붙어 있었다. 이 모든 건물 전체를 하얀 잡석으로 쌓은 낮은 담이 둘러쌌는데, 이끼가 웃자라 있었다.

'적어도 이 여관은 불에 타지 않았군.' 솔트팬스에서는 오직 죽음과 폐허밖에 보지 못했었다. 브리엔느와 일행이 고요섬에서 연락선을 타고 건너왔을 때 생존자는 다 달아나고 죽은 자는 땅속에 묻힌 후였으나, 마을 자체의 시체는 묻히지 않고 잿빛으로 남아 있었다. 공기에서는 아직도 연기 냄새가 났고, 머리 위를 날아다니는 갈매기 울음소리가 마치 길 잃은 아이들의 애탄처럼 들렸다. 성도 버려진 듯 황량해 보였다. 주위를 둘러싼 잿더미 마을과 같은 회색의 성은 외벽을 두른 사각 아성이었고, 항만을 내려다보게 지어져 있었다. 브리엔느와 일행이 말을 끌고 연락선에서 내리는 동안에도 성은 굳게 닫혀 있었고, 흉곽 위에 움직이는 것이라곤 깃발밖에 없었다. 개가 짖어대고 메리발드 성사가 육척봉으로 정문을 두드린 지 15분은 지나서야 성 위에 여자가 하나 나타나서 무슨 용무인지 물었다.

그때쯤 연락선은 떠난 후였고 비가 내리기 시작했다. "이 몸은 성사랍니다, 아가씨." 메리발드가 위를 향해 외쳤다. "그리고 이들은 정직한 여행자들이에요. 비를 피할 곳과 밤을 보낼 불가를 찾습니다." 여자는 그의 호소에 꿈쩍도 하지 않았다. "제일 가까운 여관이 서쪽 교차로에 있어요. 우린 낯선 사람을 받아들이고 싶지 않습니다. 가세요." 여자가 그렇게 대답하고 사라지자, 메리발드의 기도도, 개가 짖는 소리도, 하일 경의 욕설도 그녀를 다시 불러올 수 없었다. 결국 그들은 숲속에서, 나뭇가지를 엮어 만든 피난처 아래에서 밤을 보냈다.

그러나 교차로 여관에는 생명이 있었다. 문 앞에 도달하기 전에도 브리엔느는 소리를 들을 수 있었다. 희미하지만 꾸준한 망치질 소리. 그것도 강철의 울림이었다.

"대장간이로군." 하일 경이 말했다. "대장장이가 있거나, 옛날 여관 주인의 유령이 철 드래곤을 또 만드는 모양이야." 그는 말에 박차를 가했다. "유령 요리사도 있었으면 좋겠군. 바삭하게 구운 닭 요리면 세상이 바로잡힐 텐데."

여관 앞마당은 말발굽을 집어삼키는 갈색 진흙의 바다였다. 여기까지 오자 쇳소리가 더 커졌고, 브리엔느는 마구간 끝을 지나, 바퀴가 부러진 우차 뒤에 있는 대장간에서 새어나오는 붉은빛을 보았다. 마구간에 든 말들도 볼 수 있었고, 마당에 우뚝 선 낡은 교수대의 녹슨 사슬에 매달려 흔들리는 작은 소년도 보였다. 여자애 넷이 여관 현관에 서서 소년을 바라보고 있었다. 제일 어린 아이는 두 살도 안 된 데다 벌거벗었다. 제일 나이 많은 여자아이는 아홉 살이나 열 살쯤으로, 어린아이를 보호하듯 끌어안고 서 있었다. "애들아." 하일 경이 외쳤다. "가서 너희 어머니 데려와라."

소년이 사슬을 놓고 떨어지더니 잽싸게 마구간 쪽으로 달려갔다. 여자애들은 안절부절못하고 서 있었다. 잠시 후에 한 명이 말했다. "어머니 없어요." 그리고 다른 아이가 덧붙였다. "난 있었는데 그놈들이 죽였어." 넷 중 제일 나이 많은 아이가 어린아이를 치마 뒤쪽으로 밀어내며 나서서 물었다. "누구예요?"

"쉴 곳을 찾는 정직한 여행자들이지. 내 이름은 브리엔느고, 이쪽은 강역에서 유명하신 메리발드 성사님이다. 저 아이는 내 종자인 포드릭 페인이고, 기사는 하일 헌트 경이야."

갑자기 망치질 소리가 멎었다. 현관에 있던 여자아이가 열 살짜리에게만 가능한 조심성을 보이며 일행을 훑어보았다. "난 윌로예요. 침대 원해요?"

"침대, 에일, 그리고 배를 채울 뜨끈한 식사." 하일 헌트 경이 말에서 내리면서 말했다. "네가 여관 주인이냐?"

소녀는 고개를 저었다. "제인 언니가 주인이에요. 여기 없어요. 먹을 건 말고기뿐이에요. 창녀를 찾아왔다면 그런 건 없고요. 언니가 내쫓았어요. 그렇지만 침대는 있어요. 깃털 침대도 몇 개 있는데, 짚자리가 더 많아요."

"그리고 보나 마나 다 벼룩이 있겠지." 하일 경이 말했다.

"낼 돈은 있어요? 은화?"

하일 경이 웃음을 터뜨렸다. "은화? 하룻밤 잠자리에 말고기 가지고 은화? 강도질을 하려는 거냐?"

"은화를 받을 거예요. 아니면 죽은 사람들이랑 같이 숲속에서 자면 돼요." 윌로는 당나귀와 그 등에 실린 통들과 꾸러미들을 슬쩍 보았다. "저거 식량이에요? 어디서 가져왔어요?"

"메이든풀." 메리발드가 말하고, 개가 짖었다.

"손님들에게 다 이런 식으로 질문을 하나?" 하일 경이 물었다.

"손님이 그리 많지 않아요. 전쟁 전 같진 않죠. 요새는 길에 참새들 아니면 더 나쁜 것들이 대부분이에요."

"더 나쁘다면?" 브리엔느가 물었다.

"도둑들." 마구간 쪽에서 소년의 목소리가 들렸다. "강도들."

브리엔느는 몸을 돌렸다가, 유령을 보았다.

'렌리.' 심장에 망치질을 했다 해도 그렇게 충격받지는 못했을 것이다. "주군?" 그녀는 숨을 들이켰다.

"예?" 소년은 눈을 덮은 검은 머리카락을 쓸어 올렸다. "전 그냥 대장장이인데요."

'렌리가 아니야.' 브리엔느는 깨달았다. '렌리는 죽었어. 내 품에서 죽었고, 스물한 살의 어른이었지. 이 녀석은 아직 소년이야.' 처음 타스에 왔을 때의 렌리처럼 생긴 소년이었다. '아니, 더 어려. 턱이 더 각졌고, 눈썹이 더 무성하고.' 렌리는 늘씬하고 유연했는데, 이 소년은 대장장이가 흔히 그렇듯이 어깨가 두껍고 오른팔이 근육질이었다. 긴 가죽 앞치마를 둘렀지만 그 속으로 가슴팍이 드러났다. 턱과 뺨에는 거무스름한 수염 흔적이 있었고, 빽빽한 검은색 머리카락이 귀 아래까지 자랐다. 렌리 왕의 머리카락도 똑같이 새까맸지만, 언제나 잘 감고 빗질을 해서 깔끔했었다. 짧게 깎기도 하고, 어깨까지 늘어뜨리기도 하고, 금색 리본으로 묶기도 했지만 헝클어지거나 땀에 절었던 적은 없었다. 그리고 똑같이 짙푸른 눈동자이긴 해도 렌리 공의 눈은 언제나 따스하고 사람을 반겼으며 웃음기가 가득했는데, 이 소년의 눈에는 분노와 의심이 가득했다.

메리발드 성사도 그 눈빛을 보았다. "우린 해 끼칠 뜻이 없다네. 마샤 헤들이 이 여관을 소유했을 때는 언제나 나에게 꿀 케이크를 챙겨줬지. 가끔, 여관이 꽉 차지 않았을 때는 침대도 내주었고."

"마샤는 죽었어요." 소년이 말했다. "사자들이 목매달았죠."

"이 동네는 목매달기를 참 좋아하나 봐." 하일 헌트 경이 말했다. "이 부근에 땅이 있었으면 좋았을걸. 그랬다면 삼을 키우고 밧줄을 팔아서 한몫 잡았을 텐데."

"이 아이들은……." 브리엔느는 윌로에게 말했다. "다 네…… 누이들, 형제들이냐? 사촌이나 친척들이냐?"

"아뇨." 윌로는 브리엔느가 잘 아는 눈빛으로 쏘아보고 있었다. "얘들은 그냥…… 몰라요……. 참새들이 가끔 이리로 데려와요. 혼자 찾아온 애들도 있고요. 여자라면 왜 남자처럼 입고 있는 건데요?"

메리발드 성사가 대답했다. "브리엔느 아가씨는 탐색에 나선 전사 처녀란다. 하지만 지금은 그저 마른 침대와 따뜻한 불이 필요하실 뿐이지. 우리 모두가 그렇듯이 말이야. 내 늙은 뼈가 또 비가 올 거라고 하는구나. 그것도 곧. 우리에게 내어줄 방이 있느냐?"

"없어요." 대장장이 소년이 말했다. "있어요." 윌로가 말했다.

소년과 윌로가 서로를 노려보았다. 그러다가 윌로가 발을 굴렀다. "이 사람들에겐 먹을 게 있어, 겐드리. 애들 배고프단 말이야." 윌로가 휘파람을 불자 마법처럼 어린아이들이 더 나타났다. 엉망으로 자란 머리를 한 남루한 남자애들이 현관 밑에서 기어 나왔고, 마당이 내려다보이는 창가에 은근슬쩍 여자애들이 나타났다. 제대로 당겨놓은 노궁을 움켜쥔 아이들도 있었다.

"노궁 여관이라고 불러도 되겠는걸." 하일 경이 말했다.

'고아 여관이 더 적절하겠어.' 브리엔느는 생각했다.

"왓, 넌 저 말들 거들어." 윌로가 말했다. "윌, 그 돌멩이 내려놔. 우릴 해치러 온 게 아니야. 탠지, 페이트, 가서 장작 좀 가져와. 존 페니, 넌 성사님 도와서 저 꾸러미들 내려. 난 방을 안내할 테니까."

결국 그들은 잇닿은 방 세 개를 받았다. 방마다 깃털 침대와 요강, 그리고 창문을 자랑했고 브리엔느의 방에는 벽난로도 있었다. 그녀는 장작값으로 몇 푼을 더 지불했다. "저는 이 방에서 잘까요, 하일 경 방에서 잘까요?" 브리엔느가 덧창을 여는데 포드릭이 물었다. "여긴 고요섬이 아니야. 내 곁에 있어도 된다." 브리엔느가 대답했다. 내일이면 둘이서만 떠날 생각이었다. 메리발드 성사는 너튼, 리버벤드, 해로웨이 공의 마을로 계속 갈 테지만 브리엔느는 이 이상 성사를 따라갈 이유가 없었다. 성사에게는 개가 함께 있었고, 원로 형제는 트라이던트 강가에서는 산사 스타크를 찾지 못하리라고 브리엔느를 납득시켰다. "난 해가 뜨기 전에, 하일 경이 아직 자고 있을 때 일어날 작정이다." 브리엔느는 하이가든의 일을 아직 용서하지 않았다……. 그리고 하일 경이 본인 입으로 말했다시피, 그는 산사에 관해 어떤 맹세도 하지 않았다.

"어디로 갑니까, 기사님? 아니, 아가씨?"

브리엔느에게 준비된 답은 없었다. 그들은 말 그대로 교차로에 와 있었다. 왕의 가도와 강역 가도, 그리고 하늘 가도가 교차하는 지점이었다. 하늘 가도를 따라가면 동쪽으로 산맥을 통과하여 아린 협곡이 나오고, 산사 아가씨의 이모가 죽기 전까지 그곳을 다스렸다. 서쪽으로 강역 가도를 달려 레드포크를 따라가면 리버런과 산사의 외종조부가 나오는데, 포위전 중이지만 아직 살아 있었다. 왕의 가도를 따라 말을 달리면 트윈스를 지나 넥 지역의 늪과 습지를 통과하여 북쪽으로 갈 수도 있었다. 모트카일린과 현재 그 성을 점령한 자들을 지나갈 방법만 찾는다면 왕의 가도를 쭉 따라서 윈터펠로 갈 수 있다.

'아니면 왕의 가도 남쪽으로 갈 수도 있겠지. 킹스랜딩에 다시 기어들어서 제이미 경에게 내 실패를 고백하고, 맡겨준 장검을 돌려주고, 타스로 돌아갈 배를 찾을 수도 있어. 원로 형제가 권한 대로.' 씁쓸한 생각이었지만, 브리엔느에게는 이븐폴과 아버지를 그리워하는 마음이 있었고, 또 그녀가 어깨에 기대어 운다면 제이미가 위로해줄까 궁금한 마음도 있었다. 남자들이 원하는 건 그게 아니었던가? 보호가 필요한 부드럽고 무력한 여자들?

"기사님? 아가씨? 어디로 갈지 여쭤봤는데요?"

"저녁 식사하러 휴게실로 내려간다."

휴게실에는 아이들이 득시글거렸다. 브리엔느는 몇 명인지 헤아려보려 했지만, 아이들이 한순간도 가만히 서 있지를 않아서 자꾸 몇 명은 두 번 세 번 헤아리고 또 몇 명은 아예 세지 못하기를 반복하다가 포기했다. 아이들은 탁자를 밀어서 길게 세 줄을 만들어놓았고, 나이가 있는 소년들은 뒤쪽에서 장의자를 붙잡고 씨름하고 있었다. 여기서 '나이가 있다'는 건 열 살이나 열두 살을 말했다. 겐드리가 어른에 제일 가까웠지만, 명령을 내리는 건 윌로였다. 마치 윌로가 자기 성의 여왕이고 다른 아이들은 하인에 지나지 않는 듯한 분위기였다.

'태생이 귀족이라면 자연스레 명령을 할 테고, 아이들도 자연스레 존중할 테지.' 브리엔느는 윌로가 혹시 보기와는 다른 존재일까 궁금해졌다. 산사 스타크라기에는 너무 어리고 수수했지만, 그 동생이라면 딱 맞는 나이였고, 캐틀린 부인도 아리아에게는 제 언니 같은 아름다움이 없다고 말했었다. '갈색 머리에 갈색 눈, 깡마른 몸…… 설마?' 아리아 스타크의 머리가 갈색이라는 건 기억이 났지만, 눈동자 색은 확실히 알지 못했다. '갈색에 갈색이었나? 아리아가 솔트팬스에서 죽지 않았을 수도 있을까?'

밖에서는 마지막 햇살이 스러지고 있었다. 안에서는 윌로가 기름진 수지초 네 대에 불을 붙이고 여자애들에게 벽난로 불을 뜨겁고 높게 유지하라고 지시했다. 남자애들은 포드릭 페인을 도와서 당나귀에 실렸던 짐을 풀고 소금에 절인 대구, 양고기, 채소, 견과류, 치즈 덩어리를 가지고 들어왔으며 메리발드 성사는 포리지를 맡으려고 주방에 들어갔다. "안타깝게도 오렌지는 다 먹었고, 봄이 오기 전까지는 또 보기 힘들 것 같구나." 그는 어린 남자애에게 말했다. "오렌지를 먹어본 적이 있느냐? 오렌지를 꾹 눌러서 맛 좋은 즙을 빨아본 적이 있어?" 어린 소년이 고개를 젓자 성사는 그 머리를 헝클어뜨렸다. "그러면 내 봄이 오면 하나 가져다주마. 네가 착하게 나를 도와서 포리지를 저으면 말이다."

하일 경은 장화를 벗고 불가에 발을 말렸다. 브리엔느가 옆에 앉자 그는 방 저편을 향해 고개를 까딱했다. "개가 킁킁거리고 있는 저기 바닥에 핏자국이 있어. 문질러 닦기는 했지만 피가 나무에 깊이 스며들어서 빠지질 않았지."

"여기가 산도르 클리게인이 제 형의 부하들 셋을 죽인 여관이오." 그녀는 하일 경의 기억을 일깨웠다.

"그렇지." 헌트는 수긍했다. "하지만 여기서 죽은 게 그놈들이 처음이라고 누가 말하겠어……. 마지막도 아닐 테고."

"아이들 몇 명이 두렵소?"

"넷 정도면 몇 명이라고 하겠지. 열 명이면 너무 많아. 지금 이건 불협화음이야. 애새끼들이란, 여자애에게 가슴이 자라고 남자애들이 면도할 나이가 될 때까지 꽁꽁 싸서 벽에 걸어놔야 해."

"난 저들이 안타깝소. 모두가 아버지와 어머니를 잃었어요. 부모가 죽는 장면을 본 아이들도 있고."

헌트는 눈을 굴렸다. "내가 여자와 말하고 있다는 걸 깜박했군. 아가씨 심장은 우리 성사의 포리지만큼이나 흐물흐물하시네. 설마 했는데 말이야. 우리의 여검사 안 어딘가에 태어나려고 꿈틀거리는 어머니가 있다니. 당신이 정말로 원하는 건 젖꼭지를 빨 사랑스러운 분홍빛 아기로군." 하일 경이 씩 웃었다. "그러려면 남자가 필요하지. 남편이면 더 좋고. 나는 어때?"

"아직도 내기에 이기고 싶은 거라면—"

"내가 얻고 싶은 건 당신이야. 셀윈 공의 살아 있는 유일한 자식. 난 타스의 10분의 1 크기 땅을 얻자고 반편이나 젖먹이와 결혼한 남자들을 알아. 내가 렌리 바라테온은 아니지만, 나에겐 살아 있다는 미덕이 있지. 그게 내 유일한 미덕이라고 할 사람도 있겠지만 말이야. 결혼은 우리 둘 다에게 이득이야. 나에겐 영지가 생기고, 당신에겐 이런 것들이 가득한 성이 생기고." 그는 아이들 쪽으로 손을 휘저었다. "내가 그럴 능력이 된다는 점은 장담하지. 내가 아는 사생아가 적어도 하나는 있거든. 내 딸을 당신에게 안기진 않을 테니 걱정 마시고. 마지막으로 그 아이를 보러 갔을 땐 애 엄마가 주전자에 든 수프를 나한테 뿌리더라고."

브리엔느의 목이 붉어졌다. "내 아버지는 아직 쉰넷밖에 안 되셨소. 다시 결혼해서 새 부인에게 아들을 얻을 수 있는 나이시지."

"위험부담이 있긴 하군……. 만일 당신 아버지가 다시 결혼하고, 그 신부가 생산력이 있으며, 태어난 아기가 남자애라면 말이야. 뭐 그보다 나쁜 내기도 해봤어."

"그리고 졌지. 게임은 다른 사람과 하시오, 경."

"누구와도 게임을 해본 적이 없는 처녀가 말씀하시는군. 한번 해보면 관점이 달라질 거야. 어둠 속에선 당신도 다른 여자와 다를 바 없이 아름다워. 당신 입술은 입맞춤을 위한 거야."

"입술은 입술이지." 브리엔느가 말했다. "입술은 다 똑같소."

"그리고 모든 입술이 입맞춤을 위해 존재하지." 헌트는 쾌활하게 맞장구쳤다. "오늘 밤 당신 방문에 빗장을 지르지 않으면, 내가 몰래 들어가서 내가 한 말이 진심임을 증명하겠어."

"그런다면 나갈 때는 내시가 되어 있을 거요." 브리엔느는 일어서서 헌트 경 옆을 떠났다.

메리발드 성사는 식탁 위를 벌거벗고 기어 다니는 어린 여자아이를 무시하고, 자기가 감사 기도를 드려도 되겠냐고 물었다. "그래요." 윌로는 그 아이가 포리지에 닿기 전에 낚아채면서 말했다. 그래서 그들은 모두 함께 고개를 숙이고 아버지와 어머니에게 풍성한 식탁을 주심에 감사를 드렸다……. 대장간에서 나온 검은 머리 소년만이 예외였는데, 다른 아이들이 기도하는 동안 팔짱을 끼고 도끼눈으로 앉아 있었다. 그걸 알아차린 사람은 브리엔느만이 아니었다. 기도가 끝나자 메리발드 성사는 식탁 맞은편을 보고 말했다. "자네는 신들에게 아무 애정이 없나?"

"당신네 신들에겐 없죠." 겐드리가 벌떡 일어섰다. "난 할 일이 있어." 그는 한 입도 먹지 않고 빠져나갔다.

"저 녀석은 다른 신을 사랑하나?" 하일 헌트가 물었다.

"빛의 군주요." 여섯 살쯤 된 앙상한 아이가 말했다.

윌로가 숟가락으로 그 아이를 때렸다. "떠버리 벤. 먹을 게 있다. 괜한 말로 나리를 귀찮게 하지 말고 먹어야지."

아이들은 상처 입은 사슴에게 달려드는 늑대들처럼 저녁 식사에 달려들어 대구를 놓고 싸우고, 보리 빵을 갈기갈기 찢고, 포리지를 사방에 튀겼다. 커다란 치즈 덩어리도 오래 살아남지 못했다. 브리엔느는 생선과 빵과 당근으로 만족했고, 메리발드 성사는 자기가 한 입 먹을 때마다 두 조각을 개에게 먹였다. 밖에서는 비가 내리기 시작했다. 안에서는 불이 타오르고, 휴게실에는 씹는 소리와 윌로가 숟가락으로 아이들을 때리는 소리가 가득했다. "저 아이는 언젠가 무시무시한 마누라가 되겠군." 하일 경이 말했다. "저 불쌍한 견습생이 그 남편 처지가 될 가능성이 높겠고."

"다 없어지기 전에 누군가가 그 아이에게 음식을 가져다줘야 할 텐데."

"당신이 그 누군가 같은데."

브리엔느는 치즈 한 조각, 빵 한 덩이, 말린 사과 하나, 그리고 얇게 옷을 입혀 튀긴 대구 두 덩이를 천 조각에 쌌다. 포드릭이 따라 나서려고 일어서자 그녀는 앉아서 먹으라고 말했다. "오래 걸리지 않을 거다."

마당에는 비가 거세게 내리고 있었다. 브리엔느는 망토 자락으로 먹을 것을 가렸다. 마구간 옆을 지나가자 말 몇 마리가 히힝거렸다. '이 녀석들도 배가 고프군.'

겐드리는 가죽 앞치마만 걸치고 대장간에서 일하고 있었다. 땀에 젖은 머리카락을 이마에 늘어뜨린 채, 마치 적을 대하듯이 장검을 두드렸다. 브리엔느는 겐드리를 잠시 지켜보았다. '눈동자도 머리카락도 렌리와 같지만, 체구는 달라. 렌리 공은 건장하다기보다는 늘씬했지……. 전설적으로 힘이 셌던 로버트와 달리.'

겐드리는 손을 멈추고 이마를 닦으면서 그제야 브리엔느를 보았다. "뭘 원해요?"

"저녁거리를 가져왔다." 브리엔느는 천을 풀어 내용물을 보였다.

"먹을 걸 원했다면 먹고 왔겠죠."

"대장장이가 힘을 유지하려면 먹어야 해."

"댁이 내 엄마예요?"

"아니." 브리엔느는 먹을 것을 내려놓았다. "네 어머니는 누구였지?"

"그게 무슨 상관인데?"

"넌 킹스랜딩에서 태어났지." 말투를 들으니 확실했다.

"나 말고도 많이 그렇죠." 겐드리는 장검을 빗물 통에 집어넣었다. 뜨겁게 달궈진 강철이 성난 소리를 냈다.

"몇 살이지?" 브리엔느가 물었다. "어머니는 아직 살아 계신가? 그리고 아버지는 누구였지?"

"질문이 너무 많네요." 겐드리는 장검을 내려놓았다. "어머니는 죽었고 아버지는 본 적도 없어요."

"사생아로군."

겐드리는 그 말을 모욕으로 받아들였다. "난 기사예요. 이 검이 완성되면 내가 쓸 거야."

'어떤 기사가 대장간에서 일을 할까?' "넌 검은 머리에 푸른 눈이고, 레드 킵의 그림자에서 태어났지. 아무도 네 얼굴에 대해 말하지 않더냐?"

"내 얼굴이 어디가 어때서? 당신처럼 못생기지도 않았는데."

"킹스랜딩에 살았다면 로버트 왕을 본 적이 있을 텐데."

겐드리는 어깨를 으쓱였다. "가끔. 마상시합 때, 멀리서는 봤죠. 바엘로르 성소에서도 한 번 보고. 왕이 지나갈 수 있게 황금 망토들이 우릴 밀어냈어요. 또 왕이 사냥하고 돌아올 때 진흙 문 근처에서 놀다가 보기도 했고. 어찌나 취했는지 날 밟고 지나갈 뻔했죠. 크고 뚱뚱한 돼지였지만, 자기 아들들보단 나은 왕이었어요."

'그의 아들들이 아니야.' 스타니스가 렌리를 만난 날 한 말이 사실이었다. 조프리와 토멘은 로버트의 아들이 아니었다. 반면에 이 소년은……. "내 말 잘 들어라." 브리엔느가 운을 뗐다가, 개가 짖는 소리를 들었다. 큰 소리로, 미친 듯이 짖고 있었다. "누가 오는구나."

"친구들입니다." 겐드리가 대수롭지 않게 말했다.

"어떤 친구들?" 브리엔느는 대장간 문으로 다가가서 빗발 사이로 밖을 내다보았다.

겐드리는 어깨를 으쓱였다. "곧 만나게 될 거예요."

'만나고 싶지 않을지도 모르지.' 브리엔느는 첫 번째 기수가 마당에 고인 물웅덩이에 물보라를 일으키며 들어서자 생각했다. 빗소리와 개 짖는 소리 사이로, 그들의 남루한 망토 아래에서 희미하게 절그렁거리는 검과 사슬 갑옷 소리를 들을 수 있었다. 브리엔느는 오는 대로 그 수를 헤아렸다. '둘, 넷, 여섯, 일곱.' 말을 타는 모습을 보니 몇 명은 부상을 입은 상태였다. 마지막으로 들어온 남자는 거대하고 육중한 것이, 다른 사람의 두 배는 컸다. 타고 있는 말은 피투성이로 녹초가 되어 그 무게에 비틀거리고 있었다. 기수들 모두가 쏟아지는 비 때문에 두건을 눌러쓰고 있었는데, 그 남자만 예외였다. 수염도 없는 넓은 얼굴은 구더기처럼 새하얬는데, 둥근 볼을 진물 흐르는 상처가 뒤덮고 있었다.

브리엔느는 숨을 들이켜며 '서약의 수호자'를 뽑았다. '너무 많아.' 찌르는 듯한 두려움과 더불어 생각했다. '수가 너무 많아.' 그녀는 낮은 목소리로 말했다. "겐드리. 네게도 장검과 갑옷이 있어야겠다. 이들은 네 친구들이 아니야. 누구의 친구도 아니지."

"무슨 소릴 하는 거예요?" 겐드리가 망치를 손에 들고 와서 옆에 섰다.

기수들이 말에서 내리는 사이 남쪽에서 번개가 쳤다. 아주 잠깐이지만 대낮처럼 환해졌다. 도끼 한 자루가 은청색으로 번득이고, 사슬과 판금 갑옷에 빛이 아른거렸으며, 무리를 이끌고 온 기수의 검은 두건 아래에 철제 주둥이와 으르렁대는 강철 이빨이 언뜻 보였다.

브리엔느만이 아니라 겐드리도 보았다. "그놈이."

"그자가 아니다. 그자의 투구지." 브리엔느는 목소리에 두려움이 드러나지 않게 말하려 했지만, 입이 바싹 말랐다. 사냥개의 투구를 쓰고 있는 게 누군지 짐작이 갔다. '아이들.' 브리엔느는 생각했다.

여관 문이 벌컥 열렸다. 윌로가 노궁을 손에 들고 빗발 속으로 걸어 나왔다. 윌로는 기수들에게 소리를 지르고 있었지만, 천둥소리가 울리면서 그 목소리를 삼켜버렸다. 천둥이 잦아들자 사냥개의 투구를 쓴 남자가 말하는 소리가 들렸다. "나한테 한 발만 쏴봐라. 그 노궁을 네 아랫도리에 쑤셔 넣고 그걸로 해주마. 그다음엔 그 빌어먹을 눈을 뽑아서 네가 먹게 할 것이고." 그 남자의 목소리에 깃든 분노에 윌로는 떨면서 한 걸음 물러섰다.

'일곱이야.' 브리엔느는 절망감을 느끼며 다시 한번 생각했다. 7대 1로는 이길 가능성이 없었다. '이길 가능성도 없고, 선택의 여지도 없어.'

그녀는 서약의 수호자를 들고 빗발 속으로 나갔다. "그 아이는 내버려둬. 누굴 강간하고 싶다면 나한테 덤벼보든가."

무법자들이 한 사람처럼 몸을 돌렸다. 하나가 웃음을 터뜨리더니, 또 하나가 브리엔느가 모르는 언어로 무슨 말인가를 했다. 넓적한 하얀 얼굴의 거한이 적개심 가득한 식식 소리를 냈다. 사냥개의 투구를 쓴 남자는 웃기 시작했다. "기억했던 것보다 더 못생겼군. 차라리 네 말을 범하고 말지."

"우리가 원하는 건 말이다." 부상을 입은 남자 하나가 말했다. "새로운 말들과 음식. 무법자 놈들이 우릴 뒤쫓고 있어. 너희들의 말을 내어주면 해치지 않고 가겠다."

"집어치워." 사냥개의 투구를 쓴 무법자가 안장에서 전투 도끼를 잡아 뺐다. "난 저년의 망할 다리를 자르고 싶다. 잘린 다리로 세워놓고 내가 저 노궁 계집애를 강간하는 걸 볼 수 있게 해줘야지."

"뭘로?" 브리엔느가 비웃었다. "섀그웰에게 들으니 놈들이 네 코를 자르면서 성기도 잘랐다던데."

도발하려고 한 말이었고, 생각대로 되었다. 그는 욕설을 내뱉고는, 검은 물보라를 일으키며 그녀에게 돌진해왔다. 다른 자들은 브리엔느가 기도한 대로 싸움을 구경하려고 물러섰다. 브리엔느는 돌처럼 가만히 서서 기다렸다. 마당은 어두웠고, 발아래 진흙은 미끄러웠다. '놈이 달려오게 내버려두는 게 나아. 신들이 자비를 베푸신다면 알아서 미끄러져 넘어질 거야.'

신들은 그렇게 자비롭지 않았지만, 브리엔느의 검은 훌륭했다. '다섯 걸음, 네 걸음, 지금.' 브리엔느가 숫자를 헤아린 뒤, 서약의 수호자가 솟아올라 상대의 돌진을 맞이했다. 강철과 강철이 부딪치는 소리가 나더니, 도끼가 그녀를 향해 내리꽂히는 사이 검날이 넝마를 가르고 사슬 갑옷에 크게 상처를 냈다. 브리엔느는 몸을 옆으로 틀어 피하고, 후퇴하면서 다시 한번 상대의 가슴을 베었다.

놈은 피를 흘리고 비틀거리면서도 격노의 고함을 지르며 따라왔다. "창녀!" 놈이 소리를 질렀다. "괴물! 개년! 이 망할 년, 널 내 개한테 줄 줄 알아!" 놈의 도끼가 무시무시하게 휘돌았고, 인정사정없는 검은 그림자가 번개가 칠 때마다 은빛으로 변했다. 브리엔느에겐 그 타격을 받아낼 방패가 없었다. 도끼가 날아올 때마다 물러서면서 이쪽저쪽으로 피하는 수밖에 없었다. 한번은 발꿈치가 진흙에 미끄러지는 바람에 넘어질 뻔했지만, 어찌어찌 자세를 바로잡을 수 있었다. 그러나 그때 도끼가 그녀의 왼쪽 어깨를 스치면서 타는 듯한 통증을 남겼다. "잡았어!" 다른 한 놈이 외치고, 또 다른 놈이 말했다. "피하느라 춤추는 꼴이나 보자."

그녀는 놈들이 계속 지켜만 본다는 사실에 안도하며 춤을 췄다. 다른 놈들이 끼어드는 것보다는 나았다. 한두 놈이 부상을 입었다 해도 혼자서 일곱과 싸울 수는 없었다. 굿윈 경이 무덤에 든 지도 오래였지만, 귓가에서 속삭이는 그의 목소리를 들을 수 있었다. '남자들은 언제나 아가씨를 얕볼 겁니다. 그리고 자존심 때문에 아가씨를 빨리 꺾고 싶어 할 거예요. 안 그러면 여자에게 제대로 시달렸다는 소리를 들을 테니까요. 놈들이 맹렬하게 공격하느라 힘을 쓰게 내버려두고, 아가씨는 힘을 보존해요. 기다리면서 지켜봐요. 기다리면서 지켜봐.' 브리엔느는 지켜보고, 옆으로 피하고, 뒤로 피하고, 다시 옆으로 피하고, 놈의 얼굴을 공격하고, 다리를 공격하고, 팔을 공격하면서 기다렸다. 놈의 도끼가 점점 무거워지며 공격이 점점 느리게 날아왔다. 브리엔느는 빗발이 놈의 눈에 들어가게 방향을 틀고 나서 잽싸게 두 걸음을 물러섰다. 놈은 욕을 하면서 다시 한번 도끼를 비틀어 올리더니, 휘청거리며 쫓아오다가 한 발이 진흙에 미끄러졌고……

……브리엔느는 칼자루를 두 손으로 잡은 채 뛰어올라 놈의 돌격을 맞이했다. 저돌적으로 달려드느라 놈은 정확히 브리엔느의 칼끝으로 향했고, 서약의 수호자는 천과 사슬과 가죽과 또 다른 천을 꿰뚫고 놈의 배 속 깊이 박혔다가, 쇳소리를 울리며 척추를 긁고 등으로 빠져나갔다. 힘이 빠진 놈의 손가락에서 도끼가 떨어졌고, 두 사람이 충돌하면서 브리엔느의 얼굴이 개 머리 투구를 들이받았다. 차갑게 젖은 금속이 뺨에 닿았다. 비가 강물처럼 철판 위를 흘러내렸고, 번개가 다시 치자 투구의 눈구멍 속으로 고통과 두려움과 더불어 못 믿겠다는 마음을 알아볼 수 있었다. "사파이어다." 브리엔느는 놈의 몸이 경련하도록 검을 세게 비틀면서 속삭였다. 닿아 있는 놈의 몸이 무겁게 늘어지더니, 다음 순간 그녀가 시커먼 빗발 속에서 끌어안고 있는 것은 시체였다. 그녀는 뒤로 물러서서 놈이 쓰러지게 내버려두었고……

……바이터가 새된 소리를 지르며 그녀를 들이받았다.

젖은 모직물과 우윳빛 살덩어리로 이루어진 바이터가 그녀를 덮치고는, 붕 떠오른 그녀를 땅바닥에 처박았다. 브리엔느가 웅덩이에 떨어지는 바람에 물보라가 일어나며 코와 눈에 물이 들어갔다. 몸에서 공기가 다 빠져나가고, 머리가 반쯤 묻혀 있던 돌에 부딪치면서 퍽 소리가 났다. "안 돼." 바이터가 몸 위로 떨어져, 그 무게에 진흙 속으로 더 깊이 파묻히기 전에 그녀가 할 수 있었던 말은 그게 다였다. 놈의 손이 그녀의 머리카락을 잡고 고개를 뒤로 젖혔다. 반대쪽 손이 그녀의 목을 더듬었다. 서약의 수호자가 손아귀에서 빠져나갔다. 놈과 싸울 무기라곤 손밖에 없었으나, 주먹을 쥐고 놈의 얼굴을 쳐봤자 젖은 밀가루 반죽 덩이를 치는 것 같았다. 놈이 식식거렸다.

브리엔느는 놈을 때리고, 때리고, 또 때리고, 손바닥으로 놈의 눈을 쳤지만 바이터는 타격을 느끼지도 못하는 것 같았다. 손목을 할퀴었지만, 상처에서 피가 흐르는데도 놈의 손은 더 단단하게 죄어들 뿐이었다. 놈은 그녀를 짓이기고 질식시키고 있었다. 떼어내려고 어깨를 밀었지만 말처럼 무거워서 움직이지가 않았다. 무릎으로 사타구니를 치려 했지만 그 타격은 배에 박혔다. 바이터는 그르렁대면서 브리엔느의 머리카락을 한 줌 뜯어냈다.

'내 단검.' 브리엔느는 떠오른 생각에 절박하게 매달렸다. 그녀는 맞붙은 두 사람의 몸 사이로 손을 밀어 넣어 놈의 숨 막히게 시큼한 몸뚱이 아래를 헤집다가 겨우 단검 손잡이를 찾아냈다. 바이터는 두 손을 다 그녀의 목에 감고서 그녀의 머리를 땅에 짓찧기 시작했다. 번개가 다시 쳤다. 이번에는 그녀의 머릿속에 쳤다. 그래도 그녀는 손가락에 더 힘을 넣어 단검을 칼집 밖으로 뽑아냈다. 바이터가 깔아뭉개고 있어서 칼날을 올려 찌를 수가 없었기에, 그녀는 단검으로 바이터의 배를 세게 그었다. 손가락 사이에서 뜨겁고 축축한 것이 솟구쳤다. 바이터는 아까보다 더 큰 소리로 식식거리더니 브리엔느의 목을 놓고 얼굴을 후려쳤다. 뼈 부러지는 소리가 들렸고, 잠시 눈이 멀 듯한 통증이 찾아왔다. 다시 놈을 베려 하자 놈은 그녀의 손에서 단검을 빼앗고는 한쪽 무릎으로 팔뚝을 내리찍어 부러뜨렸다. 그 후에는 다시 그녀의 머리를 잡고 어깨에서 비틀어 떼어내려 했다.

브리엔느는 개가 짖는 소리, 사방에서 남자들이 고함을 지르는 소리를 들었고 천둥소리 사이로 강철 부딪치는 소리를 들을 수 있었다. '하일 경.' 그녀는 생각했다. '하일 경이 합세한 거야.' 하지만 그 모든 게 아득했고 중요하지도 않게 느껴졌다. 그녀의 세상은 목에 감긴 두 손과 위에 보이는 얼굴로 좁혀졌다. 바이터가 더 가까이 다가오자 두건에서 빗물이 떨어졌다. 바이터의 입김에서 썩은 치즈 냄새가 났다.

브리엔느는 가슴이 타는 것 같았고, 눈 안쪽에 불어닥친 폭풍에 앞이 보이지 않았다. 몸 안에서 뼈와 뼈가 마찰을 일으켰다. 바이터의 입이 빼끔거리며 열렸다. 말도 안 되게 크게 열렸다. 뾰족하게 갈린 삐뚤빼뚤한 누런 치아들이 보였다. 브리엔느는 그것들이 부드러운 뺨을 깨무는 순간도 거의 느낄 수가 없었다. 어둠 속으로 빨려 들어가는 느낌이었다. '아직 죽을 순 없어.' 그녀는 스스로에게 말했다. '아직 내가 해야 할 일이 있어.'

바이터의 입이 피와 살을 가득 물고 떨어져 나갔다. 놈은 피와 살을 뱉고 씩 웃더니 뾰족한 이를 다시 브리엔느의 살에 파묻었다. 이번에는 살을 씹어 삼키기도 했다. '나를 먹고 있어.' 겨우 깨달았지만, 이젠 놈과 싸울 힘이 남아 있지 않았다. 마치 몸 위에 둥둥 떠서 그 끔찍한 광경을 내려다보는 것 같았다. 마치 다른 누군가, 자기가 기사라고 생각했던 어느 바보 같은 여자애에게 일어나는 일을 보는 것 같았다. '곧 끝날 거야. 그러고 나면 저놈이 날 먹어도 상관없을 거야.' 바이터가 머리를 뒤로 젖히고 다시 입을 벌리더니, 울부짖는 소리를 내면서 혀를 내밀었다. 사람 혀라기에는 너무 길었고, 뾰족한 끝에서 피가 뚝뚝 떨어지고 있었다. 입 밖으로 나오고 나오고 또 나오는 붉게 젖어 반짝이는 혀는 끔찍하고 역겨웠다. '혀가 30센티는 되겠군.' 브리엔느는 어둠이 삼키기 직전에 생각했다. '꼭 장검 같잖아.'

제이미

브린덴 툴리 경의 망토를 고정한 브로치는 흑옥과 금으로 만든 검은 물고기였다. 고리 갑옷은 음침한 회색이었고, 그 위에 시커메진 강철 정강이받이와 목가리개, 장갑, 견갑, 무릎받이를 찼는데, 그 색깔조차도 도개교 끝에서 붉은색과 파란색 천을 씌운 밤색 군마에 홀로 앉아 제이미 라니스터를 기다리는 그의 얼굴만큼 어둡지는 않았다.

'날 싫어해.' 뻣뻣한 회색 머리카락 아래 우락부락한 얼굴은 바람에 시달리고 깊이 주름이 졌지만, 제이미는 아직도 그에게서 한때 아홉 닢 왕들의 이야기로 종자를 매혹했던 위대한 기사를 볼 수 있었다. '명예'의 말발굽이 도개교 판자 위를 달각거렸다. 제이미는 이 만남에 금빛 갑옷을 입을지 하얀 갑옷을 입을지를 두고 오랫동안 열심히 생각했고, 결국 가죽 상의에 진홍색 망토를 선택했다.

그는 브린덴 경에게서 1미터쯤 떨어진 곳에 말을 세우고 목례를 했다. "킹슬레이어." 툴리가 말했다.

그 입에서 나온 첫마디가 그 이름이라는 사실이 많은 것을 시사했지만, 제이미는 성질을 다스리기로 굳게 마음먹었다. "검은 물고기." 그가 대꾸했다. “와줘서 고맙습니다.”

“내 조카에게 맹세한 바를 지키러 돌아온 거겠지.” 브린덴 경이 말했다. “내 기억에는 캐틀린에게 자유의 대가로 딸들을 돌려주겠다고 약속했는데.” 그의 입매에 힘이 들어갔다. “그런데 그 아이들은 보이지 않는군. 어디 있나?”

‘꼭 이 말을 하게 만들어야 하나?’ “제게 없습니다.”

“안타깝군. 그러면 다시 붙잡힐 작정인가? 자네의 예전 감옥은 아직 비어 있네. 바닥에 골풀도 새로 깔았지.”

‘그리고 내가 똥을 쌀 멋진 새 통도 가져다 놨겠지.’ “사려 깊으시군요. 그러나 거절해야겠습니다. 저는 제 천막에서 편하게 지내는 게 더 좋군요.”

“캐틀린이 무덤에서 편하게 지내는 동안 말이지.”

‘난 캐틀린 부인의 죽음에 관여하지 않았습니다. 그리고 그 딸들은 내가 킹스랜딩에 도착하기 전에 사라졌어요.’ 그렇게 말할 수도 있었다. 브리엔느와 브리엔느에게 준 장검까지 이야기하고 싶은 마음이 솟구쳤지만, 검은 물고기는 예전에 미친 왕의 피를 검날에 묻힌 채로 철왕좌에 앉아 있던 제이미를 발견한 에다드 스타크와 같은 눈빛으로 그를 보고 있었다. “전 죽은 사람이 아니라 산 사람에 대해 이야기하러 왔습니다. 죽을 필요 없는데도 죽을 사람들 말입니다.”

“내가 리버런을 넘겨주지 않으면 죽는다는 소리겠지. 에드무어를 목매달아 죽이겠다고 위협하는 건가?” 덥수룩한 눈썹 아래 툴리의 눈빛은 돌과 같았다. “내 조카는 내가 무슨 짓을 하든 죽은 목숨이야. 그러니 매달고 끝내게. 내가 교수대를 보는 데 질린 만큼 에드무어도 교수대에 서는 데 질렸을 걸세.”

‘라이먼 프레이는 빌어먹을 바보야.’ 라이먼이 에드무어와 교수대로 벌인 연극 덕분에 검은 물고기는 더 완고해지기만 했다. “시벨 웨스털링 부인과 그 자녀 셋을 데리고 계시지요. 그 사람들과 교환해서 조카를 돌려드리겠습니다."

"캐틀린 부인의 딸들을 돌려줬듯이 말인가?"

제이미는 스스로에게 분노를 허락하지 않았다. "나이 많은 여자와 세 아이를 주군과 맞바꾸는 겁니다. 이보다 더 나은 거래는 생각할 수 없을 텐데요."

브린덴 경은 딱딱한 미소를 지었다. "뻔뻔스러운 것 하나는 알아줘야겠군, 킹슬레이어. 서약을 깨는 자와 거래한다는 건 유사(流沙) 위에 건물을 짓는 꼴이지. 캣은 너 같은 놈을 믿지 말았어야 했어."

'부인이 믿은 건 티리온이었어요.' 제이미는 말할 뻔했다가 참았다. '꼬마 악마도 그 여자를 저버렸지.' "내가 캐틀린 부인에게 한 약속은 검을 겨누고 짜낸 약속입니다."

"그러면 네놈이 아에리스에게 했던 맹세는?"

이제는 없는 손가락이 씰룩거렸다. "아에리스는 이 일과 상관없습니다. 웨스털링 가문 사람들과 에드무어를 교환하시겠습니까?"

"아니. 내 왕은 왕비를 나에게 맡겼고, 난 왕비를 안전하게 지키겠다고 맹세했다. 프레이의 올가미에 내어줄 수야 없지."

"그 여자는 사면을 받았습니다. 어떤 해도 미치지 않을 거예요. 제가 약속합니다."

"네놈의 명예를 건 약속?" 브린덴 경이 한쪽 눈썹을 치켜올렸다. "명예가 뭔지 알기는 하나?"

'내 말 이름이지.' "요구하시는 어떤 맹세라도 하지요."

"난 빼주게, 킹슬레이어."

"그러고 싶습니다. 깃발을 꺾고 성문을 여시면 병사들의 목숨을 살려드리죠. 리버런에 남아서 에몬 공을 섬기고 싶은 사람들은 그렇게 할 수 있습니다. 나머지는 가고 싶은 곳 어디로든 가도 됩니다. 무기와 갑옷은 놓고 가라고 하겠지만."

"무장도 하지 않은 채로 '무법자들'의 습격을 받기 전까지 얼마나 갈까 궁금하군? 자네가 여기 병사들이 베릭 공에게 합류하게 놔두지 못한다는 건 우리 둘 다 아는 사실이지. 그리고 나는 어쩔 건가? 킹스랜딩을 행진하고 나서 에다드 스타크처럼 죽으려나?"

"검은 옷을 입게 해드리지요. 네드 스타크의 서자가 현재 장벽의 총사령관입니다."

검은 물고기가 눈을 가늘게 떴다. "그것도 자네 아버지가 손쓴 일인가? 캐틀린은 그 녀석을 믿은 적이 없었지. 테온 그레이조이를 믿지 않았듯이 말이야. 캐틀린이 둘 다 맞게 판단했던 것 같군. 아니, 난 사양하겠네, 경. 난 따뜻한 곳에서 사자의 피에 붉게 물든 검을 쥐고 죽겠어."

"툴리의 피도 똑같은 붉은색이죠." 제이미는 상기시켰다. "항복하지 않으면 제가 이 성을 강습할 테고, 수백 명이 죽을 겁니다."

"내 쪽이 수백이고, 자네 쪽은 수천이 죽겠지."

"경의 수비군은 마지막 한 명까지 다 죽을 겁니다."

"그 노래는 나도 알지. 〈카스타미어에 내리는 비〉의 가락에 붙여서 부르는 건가? 내 병사들은 처형인의 도끼 아래 무릎 꿇고 죽느니 두 발로 서서 싸우다가 죽을 거야."

'이건 잘 안 되겠군.' "이렇게 저항해봤자 소용없습니다. 전쟁은 끝났고, 경의 젊은 늑대도 죽었어요."

"모든 성스러운 환대의 법칙을 다 깨고 살해했지."

"프레이가 한 짓입니다. 제가 아니라."

"좋을 대로 말하게나. 그 짓엔 타이윈 라니스터의 악취가 나."

제이미도 그 점은 부인할 수 없었다. "제 아버지도 죽었습니다."

"하늘에 계신 아버지께서 공정하게 심판하시기를."

'그건 좀 끔찍한 전망이군.' "난 닿기만 했다면 속삭이는 숲에서 롭 스타크를 베어 죽였을 겁니다. 바보들이 내 앞을 막았지요. 그 녀석이 어떻게 죽었는지가 중요한가요? 어쨌든 죽었고, 스타크의 왕국도 같이 죽었어요."

"손만 없어진 게 아니라 눈도 멀었나 보군. 눈을 들면 우리 성벽 위에 휘날리는 다이어울프가 보일 텐데."

"봤습니다. 외로워 보이네요. 하렌홀은 함락됐어요. 시가드와 메이든풀도. 브라켄은 무릎을 굽혔고 레이븐트리에 타이토스 블랙우드를 가둬두고 있습니다. 파이퍼, 밴스, 무튼, 그쪽 봉신은 모두 항복했습니다. 리버런만 남았어요. 우리 군세가 경의 스무 배는 됩니다."

"사람이 스무 배면 식량도 스무 배가 필요하지. 보급은 얼마나 잘해 오셨나?"

"필요하다면 세상 끝날 때까지 여기 진 치고 앉아 있을 정도는 됩니다. 경이 성벽 안에서 굶어 죽을 동안에요." 그는 최대한 대담하게 거짓말을 하면서 얼굴에 드러나지 않기를 빌었다.

검은 물고기는 속지 않았다. "자네가 끝날 때까지겠지. 우리야 보급이 넉넉하네만, 아무래도 밭에 손님들 드실 걸 별로 남겨놓지 않았지 싶군."

"트윈스에서 식량을 가져올 수 있습니다. 아니면 산 너머 서부에서 가져올 수도 있고."

"자네가 그렇다면 그런 거겠지. 이토록 명예로운 기사의 말씀을 내가 의심할 주제가 되나."

그 목소리에 깃든 경멸에는 제이미도 발끈했다. "이 문제를 더 빨리 결정할 방법이 있지요. 일대일 결투 말입니다. 제 대전사와 경의 대전사로요."

"언제 그 소릴 하나 했네." 브린덴 경이 웃었다. "누굴 시키려고? 힘센 멧돼지? 아담 마브랜드? 검은 왈더 프레이?" 그는 몸을 앞으로 기울였다. "자네와 나는 어떤가?"

'예전이라면 멋진 싸움이 됐겠지. 가수들에게도 좋은 먹잇감이었을 테고.' 제이미는 생각했다. "캐틀린 부인은 절 풀어주면서 스타크나 툴리를 상대로 무기를 들지 않겠다고 맹세하게 했습니다."

"거 아주 편리한 맹세로군."

제이미의 얼굴이 어두워졌다. "제가 겁쟁이라고 하시는 겁니까?"

"아니. 불구자라고 하는 말이야." 검은 물고기는 제이미의 황금 손을 향해 고갯짓했다. "우리 둘 다 자네가 그 손으로 싸울 수 없다는 걸 알잖나."

"제겐 손이 둘 있었죠." '자존심 때문에 목숨을 팽개칠 건가?' 마음속 목소리가 속삭였다. "불구자와 노인이라면 잘 맞는 상대라고 하는 사람도 있을 겁니다. 저를 캐틀린 부인에게 한 맹세로부터 풀어주시면 검을 들고 경과 맞서지요. 제가 이기면 리버런은 우리 겁니다. 경이 절 죽인다면 포위를 풀겠습니다."

브린덴 경이 다시 웃었다. "자네에게서 그 금빛 검을 빼앗고 시커먼 심장을 도려낼 기회야 환영이지만, 자네의 약속엔 가치가 없어. 자네를 죽여봤자 자넬 죽였다는 즐거움 외엔 얻을 게 없으니, 그걸 위해 내 목숨을 위험에 빠뜨리진 않겠네……. 아무리 작은 위험이라 해도 말이야."

제이미가 검을 차고 오지 않길 다행이었다. 장검이 있었다면 뽑고 말았을 테고, 브린덴 경에게 죽지 않았다면 성벽 위 궁수들에게 확실히 죽었을 것이다. "혹시 경이 받아들일 만한 조건이 있습니까?" 그는 검은 물고기에게 물었다.

"자네에게?" 브린덴 경이 어깨를 으쓱였다. "없어."

"그러면 왜 협의를 하러 나온 겁니까?"

"포위전은 죽도록 지루하거든. 자네의 잘린 팔도 보고 최근에 저지른 극악무도한 짓들에 대해 어떤 변명을 하는지도 듣고 싶었지. 변명이 내가 기대한 것보다 약했어. 자넨 언제나 실망스럽군, 킹슬레이어." 검은 물고기는 암말을 돌려 리버런으로 말을 몰았다. 쇠창살문이 서둘러 내려와서 진흙땅에 쇠못을 깊이 박았다.

제이미는 라니스터 포위선까지 먼 길을 돌아가기 위해 명예의 머리를 돌렸다. 자신에게 꽂힌 시선들을 느낄 수 있었다. 성곽 위의 툴리 병사들, 강 건너 프레이 병사들이 보고 있었다. '눈이 먼 게 아니라면 검은 물고기가 내 제안을 면전에서 내던졌다는 걸 다 알겠지.' 성을 강습하는 수밖에 없었다. '킹슬레이어에게 깨뜨린 맹세 하나쯤 더 있어봐야 어때? 똥통에 똥이 더해질 뿐이지.' 제이미는 제일 먼저 성곽에 오르기로 마음을 굳혔다. '그리고 이 황금 손으론 제일 먼저 떨어질 가능성이 높겠지.'

숙영지로 돌아가자 어린 루가 고삐를 잡고 페클던이 그에게 안장에서 내려오라고 손을 내밀었다. '내가 혼자 말에서 내리지도 못하는 불구라고 생각하는 건가?' "어떻게 됐습니까?" 사촌 대븐 경이 물었다.

"아무도 내 말 엉덩이에 화살을 쏘진 않았어. 그것만 빼면 나나 라이먼 경이나 차이가 거의 없었지." 그는 얼굴을 찌푸렸다. "그러니 이젠 레드포크를 더 붉게 물들여야겠군." '스스로를 탓하시게나, 검은 물고기. 나에게 선택권을 남겨주지 않았잖아.' "군사 회의를 소집해. 아담 경, 힘센 멧돼지, 폴리 프레스터, 우리 편 강역 영주들……. 그리고 우리 친구 프레이도 불러야지. 라이먼 경, 에몬 공, 누구든 오고 싶은 사람은 다 오라고 해."

다들 순식간에 모였다. 곧 충성심을 시험받게 될 트라이던트의 회개한 영주들을 대표해 파이퍼 공과 두 밴스 공이 왔다. 서부는 대븐 경과 힘센 멧돼지, 아담 마브랜드, 폴리 프레스터가 대표했다. 에몬 프레이 공이 부인과 함께 왔다. 젠나 부인은 그 자리의 어떤 남자도 그녀가 왜 여기 있는지 의문을 표시하지 못할 표정으로 걸상을 요구했다. 아무도 의문을 제기하지 않았다. 프레이 진영은 일명 '서자 왈더'라 불리는 왈더 리버스 경과, 라이먼 경의 첫째 아들인 에드윈을 보냈다. 에드윈은 볼품없는 검은 머리에 좁고 가는 코를 지닌 창백하고 호리호리한 남자였다. 그는 파란색 양털 망토 속에 회색 송아지 가죽을 무두질해서 화려한 소용돌이무늬를 새긴 가죽조끼를 입고 있었다. "제가 프레이 가문을 대표합니다." 에드윈의 선언이었다. "제 아버지는 오늘 아침에 몸이 불편하십니다."

대븐 경이 코웃음을 쳤다. "만취했나, 아니면 어젯밤 술 때문에 속이 뒤집힌 건가?"

에드윈의 입은 깍쟁이스러웠다. "사령관님, 제가 저런 무례를 참아야 합니까?"

"사실인가?" 제이미가 그에게 물었다. "자네 아버지가 취하셨나?"

에드윈 프레이는 입술을 꾹 다물더니, 녹슨 사슬 갑옷을 입고 뼈가 두드러진 한쪽 어깨 위로 보이게 대검을 맨 채로 천막 문 옆에 서 있는 일린 페인 경을 보았다. "그게…… 아버지는 배앓이가 있으십니다. 레드와인이 소화를 도와주죠."

"매머드라도 소화시키는 모양이군." 대븐 경이 말했다. 힘센 멧돼지가 웃음을 터뜨렸고, 젠나 부인도 쿡쿡거렸다.

"그만하지." 제이미가 말했다. "우리에겐 손에 넣어야 할 성이 있어." 그의 아버지는 회의에 앉으면 늘 지휘관들이 먼저 이야기하게 두었다. 제이미도 똑같이 하기로 했다. "어떻게 진행하면 좋겠소?"

"우선 에드무어 툴리를 목매달지." 에몬 프레이 공이 부추겼다. "브린덴 경에게 우리가 말한 대로 할 작정이라는 사실을 가르쳐줘야해. 에드무어 경의 머리통을 보내면 항복할 마음이 생길지도 몰라."

"검은 물고기 브린덴은 그리 쉽게 움직이지 않습니다." 웨이페어러스레스트(Wayfarer's Rest, 나그네의 쉼터)의 영주인 캐릴 밴스는 구슬퍼 보이는 면이 있었다. 와인색 모반이 목 절반과 얼굴 한쪽을 덮었다. "그 형도 결혼 침대에 들여보내지 못했으니 말입니다."

대븐 경이 덥수룩한 머리를 흔들었다. "제가 내내 말했다시피 성벽을 강습해야 합니다. 공성탑, 기어오를 사다리, 성문을 부술 충차, 여기에 필요한 건 그런 거예요."

"공격은 제가 이끌겠습니다." 힘센 멧돼지가 말했다. "물고기에게 강철과 불 맛을 보여주죠."

"저건 내 성벽일세." 에몬 공이 항의했다. "그리고 자네가 부수려는 건 내 성문이야." 그는 소매에서 또 양피지를 꺼냈다. "토멘 왕께서 직접 나에게—"

"그 서류는 우리 모두 봤어요." 에드윈 프레이가 말을 끊었다. "가끔은 검은 물고기에게도 흔들어 보여주시지 그래요?"

"성벽 강습은 피비린내 나는 작업이 될 겁니다." 아담 마브랜드가 말했다. "달이 없는 밤을 기다렸다가 노 젓는 소리를 죽인 배에 선별한 병사 십여 명을 태워서 도강시킵시다. 그렇게 해서 밧줄과 갈고랑쇠로 성벽을 기어오른 후에 안에서 문을 열게 할 수 있어요. 결정만 나면 제가 이끌겠습니다."

"어리석은 짓이야." 서자 월더 리버스가 말했다. "브린덴 경은 그런 속임수에 당할 사람이 아니에요."

"검은 물고기가 장애물이죠." 에드윈 프레이가 맞장구를 쳤다. "투구 위에 검은색 송어가 붙어 있어서 멀리서도 쉽게 알아볼 수 있습니다. 그러니 공성탑을 가까이 이동시키고 그 안에 궁수들을 가득 채우고 성문을 공격하는 척합시다. 그러면 브린덴 경이 성곽으로 나올 겁니다. 궁수들 모두가 화살에 분뇨를 묻혀서 브린덴 경에게 쏘도록 하지요. 일단 브린덴 경만 죽으면 리버런은 우리 겁니다."

"우리가 아니라 내 거야." 에몬 공이 새된 소리로 말했다. "리버런은 내 성이야."

캐릴 공의 모반이 어두워졌다. "분뇨가 자네 의견인가, 에드윈? 치명적인 독이라는 점은 의심치 않네만."

"검은 물고기는 좀 더 고결한 죽음을 맞이할 자격이 있고, 내가 그런 죽음을 선사하겠습니다." 힘센 멧돼지가 주먹으로 탁자를 내리쳤다. "일대일 결투로 도전하겠습니다. 철퇴든 도끼든 장검이든 상관없습니다. 그 노인장은 내 먹이가 될 겁니다."

"그 양반이 경의 도전을 왜 받아들이겠습니까?" 폴리 프레스터 경이 물었다. "그런 결투에서 얻을 수 있는 게 뭐가 있다고요? 브린덴 경이 이기면 우리가 포위를 풀까요? 나도 그런 말은 안 믿습니다. 브린덴 경도 안 믿겠죠. 일대일 결투로는 아무것도 못 얻어요."

"이 몸은 함께 종자로서 대리 공을 섬길 시절부터 브린덴 툴리를 알았소이다." 아트란타의 눈먼 영주, 노버트 밴스가 말했다. "다들 괜찮으시다면, 내가 가서 이야기를 해보고 얼마나 희망이 없는 상황인지 이해시켜 보겠소."

"브린덴 경도 이미 잘 이해하고 있소." 파이퍼 공이 말했다. 키가 작고, 통통하고, 안짱다리에 덤불 같은 붉은 머리가 특징으로, 제이미의 종자 하나가 그의 아들이었다. 딱 봐도 닮은꼴이었다. "브린덴은 바보가 아니오, 노버트. 그치에게도 눈이 있어요……. 그리고 이런 자들에게 항복하기엔 분별력도 넘치도록 있지." 그는 에드윈 프레이와 왈더 리버스 방향으로 무례한 몸짓을 해보였다.

에드윈이 발끈했다. "파이퍼 영주께서 혹시라도—"

"혹시나 같은 거 없네, 프레이. 난 정직한 사람답게 하고 싶은 말은 대놓고 해. 하지만 자네가 정직한 사람들이 어떻게 사는지 어찌 알겠나? 자네야 친척들이 다 그렇듯이 배신자에 거짓말이나 하는 족제비인데 말이야. 내가 프레이의 말을 믿느니 오줌을 마시고 말지." 파이퍼는 탁자 위로 몸을 기울였다. "마크가 어디 있는지나 대답해보겠나? 내 아들을 어떻게 했어?

마크도 그 빌어먹을 결혼식 손님이었는데."

"그리고 앞으로도 저희의 귀빈으로 남으실 겁니다." 에드윈이 대꾸했다. "공께서 토멘 국왕 전하에 대한 충성심을 증명할 때까지요."

"기사 다섯 명과 중장병 스무 명이 마크와 함께 트윈스에 갔는데." 파이퍼가 말했다. "그 사람들도 프레이의 손님인가?"

"기사 몇 명은 그럴지도 모르겠군요. 나머지는 받아 마땅한 대접을 받았지요. 그 배신자 혓바닥 잘 간수하는 게 좋을 겁니다, 파이퍼. 후계자가 조각조각으로 돌아오길 원치 않는다면요."

'아버지의 군사 회의는 이렇게 돌아간 적이 없었는데.' 제이미는 파이퍼가 벌떡 일어나는 모습을 보며 생각했다. "손에 검을 들고 말해보지그래, 프레이." 키 작은 영주가 으르렁거렸다. "아니면 네놈은 똥으로만 싸우나?"

프레이의 야윈 얼굴이 창백해졌다. 그 옆에서 왈더 리버스가 일어섰다. "에드윈은 검을 쓰는 남자가 아니지만…… 나는 다르오, 파이퍼. 더 할 말이 있다면 나가서 하시지."

"이건 군사 회의지, 전쟁이 아니오." 제이미가 상기시켰다. "둘 다 앉으시오." 두 사람 다 움직이지 않았다. "당장!"

왈더 리버스가 앉았다. 파이퍼 공은 그리 쉽게 수그리지 않았다. 그는 욕설을 뱉고는 천막 밖으로 나가버렸다. "사람을 보내어 끌고 올까요?" 대븐 경이 제이미에게 물었다.

"일린 경을 보내시죠." 에드윈 프레이가 부추겼다. "머리통만 있으면 될 텐데요."

캐릴 밴스가 제이미를 돌아보았다. "파이퍼 공은 비통해서 저런 겁니다. 마크는 공의 첫째 아들이고, 트윈스까지 동행한 기사들은 다 조카와 사촌이었어요."

"다 배신자와 반란자란 소리겠지." 에드윈 프레이가 말했다.

제이미는 차가운 눈으로 에드윈을 보았다. "트윈스도 젊은 늑대의 대의에 합세했었지." 그는 프레이 일가를 일깨웠다. "그 후엔 배신했고. 그렇다면 자네가 파이퍼의 두 배는 배신자가 되겠군." 그는 에드윈의 희미한 미소가 굳어지다가 죽는 모습을 즐겁게 지켜보았다. '하루에 참을 만큼은 충분히 참았어.' 그는 결정을 내렸다. "이제 됐습니다. 다들 준비하세요. 해가 뜨는 대로 공격합니다."

영주들이 천막을 줄지어 나가는 사이, 북쪽에서 바람이 불어왔다. 제이미는 텀블스톤 너머에 있는 프레이 숙영지의 악취를 맡을 수 있었다. 강 건너편에 에드무어 툴리가 목에 밧줄을 감은 채 높은 회색 교수대 위에 홀로 서 있었다.

제이미의 고모가 남편과 함께 마지막까지 남았다. "조카님." 에몬이 항의했다. "내 권좌에 대한 공격은…… 이런 짓을 해선 안 되네." 에몬이 침을 삼키자 목울대가 위아래로 움직였다. "이래선 안 돼. 내…… 내가 금지하네." 초엽을 다시 씹고 있었는지, 분홍색 침방울이 입술에 반짝였다. "저 성은 내 것이야. 내가 증서를 갖고 있어. 왕이, 어린 토멘 왕이 서명한 증서야. 내가 정당한 리버런의 주인이고……."

"에드무어 툴리가 살아 있는 한은 아니지." 젠나 부인이 말했다. "마음 약하고 머리는 물렁하지만 그래도 살아 있는 한은 위험해. 어떻게 할 작정이냐, 제이미?"

'위험은 에드무어가 아니라 검은 물고기지.' "에드무어는 저한테 맡겨두세요. 라일 경, 일린 경. 수행하게. 저 교수대에 가봐야 할 때가 됐군."

텀블스톤은 레드포크보다 깊고 유속이 빨랐으며, 제일 가까운 여울도 상류로 한참 가야 나왔다. 제이미가 두 기사와 함께 도착했을 때는 왈더 리버스와 에드윈 프레이를 태운 연락선이 막 떠난 참이었다. 제이미는 배가 돌아오기를 기다리면서 두 사람에게 원하는 바를 이야기했다. 일린 경이 강에 침을 뱉었다.

세 사람이 북쪽 강둑에 내려섰을 때, 술에 취한 종군 매춘부 하나가 힘센 멧돼지에게 입으로 즐겁게 해주겠다고 제안하고 나섰다. "여기, 내 친구에게 해주든가." 라일 경이 대꾸하면서 여자를 일린 경 쪽으로 밀었다. 여자는 웃으면서 일린 페인에게 입을 맞추려고 했다가, 그의 눈빛을 보고 움츠러들었다.

요리불 사이로 난 길들은 갈색 진흙에 말똥이 섞인 땅이었고, 말발굽과 장화에 엉망이 되어 있었다. 제이미는 사방의 방패와 깃발에서 회색 바탕에 파란색으로 그려진 프레이 가문의 쌍둥이 탑을 보았고, 크로싱에 충성을 맹세한 작은 가문들의 문장도 함께 눈에 들어왔다. 에렌포드의 왜가리, 하이의 쇠스랑, 찰턴 공의 겨우살이 가지 세 개……. 킹슬레이어의 도착이 주목받지 않을 리 없었다. 바구니에 담긴 새끼 돼지를 팔던 노파 하나가 멈춰 서서 제이미를 응시했고, 낯이 익은 듯한 기사 하나가 한쪽 무릎을 꿇었으며, 도랑에 대고 오줌을 누던 중장병 두 명이 고개를 돌리다가 서로에게 오줌을 뿌리고 말았다. "제이미 경." 누군가가 뒤에서 불렀으나, 그는 돌아보지 않고 성큼성큼 걸어갔다. 프레이가 롭 스타크의 다이어울프 깃발 아래에서 싸웠던 '속삭이는 숲'에서 제이미가 죽이려고 최선을 다했던 얼굴들이 언뜻언뜻 보였다. 매달린 황금 손이 묵직했다.

라이먼 프레이의 거대한 사각형 천막은 숙영지에서 제일 컸다. 회색 벽은 돌덩이와 비슷해 보이는 사각 천을 꿰매어 만들었고, 두 개의 뾰족 지붕은 트윈스를 재현했다. 라이먼 경은 몸이 불편한 것과는 거리가 먼 상태로 오락을 즐기고 있었다. 천막 안에서 흘러나오는 여자의 술 취한 웃음소리가 나무 하프 소리와 가수의 목소리에 섞였다. '경은 나중에 처리하지.' 제이미는 생각했다. 왈더 리버스는 수수한 자기 천막 앞에 서서 중장병 두 명과 이야기 중이었다. 그의 방패에는 프레이 가문의 문장 색이 반전되어

들어갔고, 두 탑 사이로 불길한 붉은 사선이 지나갔다. 그는 제이미를 보고 얼굴을 찡그렸다. '저기 그야말로 차가운 의심의 눈초리가 보이는군. 저자는 적자로 태어난 제 형제들보다 위험해.'

교수대는 땅에서 3미터 높이였다. 창병 둘이 계단 아래를 지키고 서 있었다. "라이먼 경의 허락 없이는 올라갈 수 없습니다." 창병이 제이미에게 말했다.

"이건 내가 올라갈 수 있다는데." 제이미는 한 손가락으로 칼자루를 두드렸다. "문제는, 내가 너희 시체를 밟고 가야 할까 하는 거지."

창병들이 비켜섰다.

교수대 위에서는 리버런의 주인이 발아래 낙하 문을 보고 서 있었다. 다리가 휑하게 드러났고 발은 시커먼 데다 진흙투성이였다. 에드무어는 툴리의 붉은색과 푸른색 줄무늬가 들어간 더러워진 비단 튜닉을 입은 채였고, 목에는 밧줄 올가미가 걸려 있었다. 그는 제이미의 발소리를 듣고 고개를 들어 메마르고 갈라진 입술을 핥았다. "킹슬레이어?" 그는 일린 경의 모습에 눈을 크게 떴다. "밧줄보다는 검이 낫지. 해치워, 페인."

"일린 경. 툴리 공 말씀 들었지. 해치워." 제이미가 말했다.

말 없는 기사가 두 손으로 대검을 움켜잡았다. 그의 대검은 길고 무거울 뿐 아니라 평범한 강철치고는 더할 수 없이 날카로웠다. 에드무어의 갈라진 입술이 소리 없이 움직였다. 일린 경이 칼을 뒤로 치켜들자 에드무어는 눈을 감았다. 페인의 온 힘이 다 들어간 일격이었다.

"안 됩니다! 멈춰요. 안 돼!" 에드윈 프레이가 헉헉거리며 나타났다. "아버지가 오십니다. 최대한 빨리 오고 계세요. 제이미, 반드시……."

"사령관이라고 부르든가 단장님이라고 하게 프레이." 제이미가 말했다. "그리고 어떤 말을 하든 나에게 말할 때는 '반드시'나 '꼭' 같은 말은 빼는 게 좋겠어."

라이먼 경은 자기 못지않게 취한 지푸라기 머리의 매춘부를 거느리고 쿵쾅거리며 교수대 계단을 밟고 올라왔다. 여자가 입은 가운은 앞쪽을 끈으로 매는 방식이었는데, 누군가가 끈을 배꼽까지 풀어놓아서 젖가슴이 튀어나와 있었다. 크고 묵직한 가슴에, 커다란 젖꼭지는 갈색이었다. 머리에는 룬 문자를 새기고 작은 검은색 장검을 빙 두른 청동관이 삐뚜름히 얹혀 있었다. 그 여자는 제이미를 보더니 깔깔대고 웃었다. "일곱 지옥에 걸고, 이건 누구래?"

"킹스가드 단장이오." 제이미는 차갑게 예의를 차려 대답했다. "숙녀분에게도 같은 질문을 해야겠는데."

"숙녀? 난 숙녀 같은 거 아니야. 여왕이지."

"내 누이가 그 말을 들으면 놀라겠군."

"라이먼 공이 직접 나한테 왕관을 씌워줬어." 여자는 풍만한 엉덩이를 흔들었다. "난 창녀들의 여왕이야."

'아니. 그 칭호도 내 사랑스러운 누이 차지야.' 제이미는 생각했다.

라이먼 경이 겨우 말을 꺼냈다. "입 다물어라. 사령관께선 매춘부의 헛소리 같은 걸 듣고 싶어 하지 않아." 이 프레이는 넓적한 얼굴에 작은 눈, 부드럽고 살집 있는 턱을 지닌 떡 벌어진 몸집의 사내였다. 입김에서 와인과 양파 냄새가 났다. 제이미는 조용히 물었다. "여왕을 만들고 다니시나, 라이먼 경? 어리석군. 여기 에드무어 공의 일만큼이나 어리석어."

"난 검은 물고기에게 경고했소. 성을 내놓지 않으면 에드무어가 죽을 거라고 했지. 라이먼 프레이 경은 헛된 위협을 하지 않는다는 점을 보여주려고 이 교수대를 세웠고. 시가드에서 내 아들 왈더가 파트렉 말리스터를 두고 똑같이 했더니 제이슨 공은 무릎을 굽혔는데 말이오……. 검은 물고기는 차가운 자요. 그놈이 우리 제안을 거절했으니……."

"……그래서 에드무어 공을 목매달았나?"

라이먼의 얼굴이 시뻘게졌다. "내 할아버지께서……. 저놈을 목매달면 인질이 없어져요, 경. 그 점은 생각해봤소?"

"바보만이 수행할 준비가 안 된 위협을 하는 법이지. 내가 당신보고 입 닥치지 않으면 때리겠다고 위협을 했는데 당신이 말을 한다면, 내가 어떻게 할 것 같나?"

"경이 이해를 못 하시는데—"

제이미가 라이먼을 쳤다. 황금 손의 손등으로 쳤지만, 라이먼 경이 비틀거리며 창녀의 품에 안길 정도의 힘이 실려 있었다. "라이먼 경, 당신은 머리통도 크고 목도 굵군. 일린 경, 저 목을 잘라내려면 몇 번 내리쳐야 하나?"

일린 경이 코에 한 손가락을 댔다.

제이미는 웃어젖혔다. "허풍은. 세 번은 쳐야 할걸."

라이먼 프레이가 무릎을 꿇었다. "난 아무 짓도 안 했소……."

"……술 마시고 창녀와 자기만 했지. 알아."

"난 크로싱의 후계자요. 감히 날……."

"말 그만하라고 경고했는데." 제이미는 그의 얼굴이 새하얘지는 모습을 지켜보았다. '돼지에 바보인 데다 겁쟁이로군. 왈더 공이 이 녀석보다 오래 살지 않으면 프레이도 끝나겠어.' "경은 해임이야."

"해임?"

"말했잖나. 꺼져."

"하지만…… 어디로 가란 말이오?"

"지옥으로 가든 집으로 가든 좋을 대로. 해가 떴을 때는 숙영지에 없도록만 해. 창녀 여왕도 데려가도 되지만, 저 왕관은 두고 가고." 제이미는 라이먼 경에게서 그 아들에게로 고개를 돌렸다. "에드윈, 자네에게 자네 아버지의 지휘권을 주지. 아비만큼 멍청하게 굴진 않도록 해보게."

"그거야 그리 어렵진 않을 겁니다, 단장님."

"왈더 공에게 전언을 보내게. 왕실이 왈더 공의 포로들을 모두 요청한다고." 제이미는 황금 손을 흔들었다. "라일 경, 데려와."

에드무어 툴리는 일린 경의 칼날이 밧줄을 끊는 바람에 교수대 발판 위에 엎어져 있었다. 목에 걸린 올가미에는 아직도 30센티쯤 되는 밧줄이 달려 있었다. 힘센 멧돼지는 그 밧줄 끝을 잡아당겨서 에드무어를 일으켰다. "목줄을 맨 물고기라니." 그는 즐겁게 웃으면서 말했다. "한 번도 못 본 광경이로구먼."

프레이들이 그들 앞에서 비켜섰다. 교수대 아래로 군중이 모였는데, 차림새가 흐트러진 종군 매춘부도 십여 명 있었다. 제이미는 나무 하프를 든 남자를 보았다. "너. 가수. 따라와."

가수는 모자를 살짝 들어 올렸다. "분부 받들겠습니다."

그들이 라이먼 경의 가수를 뒤에 거느리고 연락선으로 돌아가는 동안 아무도 아무 말도 하지 않았다. 그러나 그들이 강둑을 벗어나서 텀블스톤 남쪽으로 향하자, 에드무어 툴리가 제이미의 팔을 잡았다. "왜지?"

'라니스터는 빚을 갚고, 내게 남은 동전이라곤 너뿐이거든.' 제이미는 생각했다. "결혼 선물이라고 생각해."

에드무어는 경계하는 눈으로 그를 보았다. "겨…… 결혼 선물?"

"부인이 예쁘다고 들었어. 그럴 테지. 누이와 왕이 살해당하는 동안 잠자리를 할 정도면."

"난 전혀 몰랐어." 에드무어는 갈라진 입술을 핥았다. "침실 바깥에 연주자들이 있어서……."

"게다가 로슬린 부인이 주의를 끌었겠지."

"로슬린은…… 왈더 공과 나머지가 로슬린에게 시킨 거야. 로슬린은 원치 않았어……. 그래서 울었는데, 난 그걸……."

"네 사나운 남근을 보고 우는 줄 알았다고? 그래, 어떤 여자든 울 만하겠지. 아무렴."

"로슬린은 내 아이를 배고 있어."

'아니. 그 여자가 배 속에 키우고 있는 건 네 죽음이야.' 제이미는 생각했다. 그는 천막으로 돌아가서 힘센 멧돼지와 일린 경을 물렸지만, 가수는 남겨두었다. "곧 노래가 필요할 수도 있거든." 그는 가수에게 말했다. "루, 내 손님을 위해 목욕물을 데워라. 피아, 깨끗한 옷을 좀 찾아줘. 기왕이면 사자가 들어가지 않은 옷으로. 페클던, 툴리 공에게 와인을. 배고프신가?"

에드무어는 고개를 끄덕였지만, 여전히 의심이 가득한 눈빛이었다.

제이미는 에드무어가 목욕하는 동안 걸상에 앉았다. 오물이 회색 구름처럼 떨어져 내렸다. "먹고 나면 내 부하들이 리버런까지 호위할 거야. 그 후에 일어날 일은 공에게 달렸지."

"무슨 뜻이지?"

"공의 숙부는 나이 많은 사람이야. 용맹하기야 하지만, 인생의 전성기는 끝났지. 애통해해줄 신부도, 지켜야 할 자식도 없어. 검은 물고기가 바랄 수 있는 건 멋진 죽음뿐이야……. 하지만 에드무어, 자네에겐 남은 세월이 있지. 그리고 툴리 가문의 정당한 주인은 검은 물고기가 아니라 자네야. 자네 숙부는 자네 뜻에 따라. 리버런의 운명은 자네 손에 달렸어."

에드무어가 멍하니 그를 보았다. "리버런의 운명……."

"항복하면 아무도 안 죽어. 평민들은 평화롭게 떠나거나 남아서 에몬 공을 섬길 수 있네. 브린덴 경은 검은 옷을 입을 수 있고, 수비군도 같은 선택을 한다면 그래도 돼. 장벽이 끌린다면 자네도 마찬가지야. 아니면 내 포로로 캐스털리록에 가서 자네 수준의 인질에게 걸맞은 안락함과 대우를 누릴 수도 있지. 원한다면 자네 부인도 같이 있게 보내주겠어. 자식이 아들이라면 시동과 종자로 라니스터 가문에 봉사하다가 기사 작위를 얻고 나면 영지를 내려주지. 로슬린이 딸을 낳는다면 결혼할 나이가 되었을 때 넉넉한 지참금을 주고. 자네는 전쟁이 끝나고 나면 석방해줄 수도 있어. 성만 넘기면 돼."

에드무어는 욕조에서 두 손을 빼내더니 손가락 사이로 흘러내리는 물을 바라보았다. "내가 넘기지 않는다면?"

'내가 꼭 그 말을 하게 해야 하나?' 피아가 품 안 가득 옷을 안은 채 천막 문 옆에 서 있었다. 그의 종자들도 귀를 기울이고 있었고, 가수도 마찬가지였다. '들으라지. 온 세상이 들으라고 해. 상관없어.' 제이미는 그렇게 생각하며 애써 미소를 지었다. "우리 군의 숫자를 봤을 텐데, 에드무어. 사다리도, 공성탑도, 투석기도, 충차도 봤지. 내가 명령만 내리면 내 사촌이 해자에 다리를 놓고 성문을 부술 거야. 수백 명이 죽을 테고, 대부분은 자네 쪽 병사겠지. 자네의 이전 봉신들이 첫 번째 공격을 담당할 테니, 자넨 트윈스에서 자네를 위해 죽은 사람들의 아버지와 형제를 죽이면서 하루를 시작하겠군. 두 번째 공격은 프레이가 될 거야. 프레이도 수가 부족하지 않거든. 내가 데려온 서부인들은 리버런의 궁수들에게 화살이 떨어지고 기사들이 너무 지쳐서 칼을 들어 올리지도 못할 때 뒤따를 거야. 성이 함락되면 안에 있던 사람들 모두가 처형되겠지. 가축들은 도살당하고, 신의 숲은 잘려 나가고, 아성과 탑은 불탈 거고. 내가 성벽을 다 무너뜨리고 텀블스톤이 그 폐허 위로 흐르게 만들 거야. 내가 할 일을 다 마쳤을 때는 아무도 여기에 한때 성이 있었다는 사실을 모르게 될 테지." 제이미는 일어섰다. "그 전에 자네 부인이 아이를 낳을지도 모르겠군. 자식을 보고 싶겠지. 태어나면 보내주겠네. 투석기에 실어서."

침묵이 뒤따랐다. 에드무어는 목욕물 속에 앉아 있었다. 피아는 옷 더미를 가슴팍에 끌어안고 있었다. 가수는 하프 줄을 팽팽하게 당겼다. 어린 루는 아무것도 듣지 못한 척, 퀴퀴해진 빵 속을 파서 접시를 만들었다. '투석기에 실어서라.' 제이미는 생각했다. 고모님이 여기 있었다면, 그래도 여전히 타이윈의 아들은 티리온이라고 할까?

에드무어 툴리가 마침내 목소리를 찾았다. "난 이 욕조에서 나가서 네놈을 죽일 수 있다, 킹슬레이어."

"시도해볼 순 있겠지." 제이미는 기다렸다. 그리고 에드무어가 일어서려 하지 않자 말했다. "식사를 즐기게 나가주겠네. 가수, 우리 손님이 식사하시는 동안 연주하게. 무슨 노래를 불러야 할지 알겠지."

"비에 대한 노래 말씀이십니까? 예, 압니다."

에드무어는 처음으로 그 남자를 본 것 같았다. "아니. 저놈은 안 돼. 내보내."

"왜 그러나, 노래일 뿐인데." 제이미가 말했다. "그렇게까지 지독한 목소리는 아닐 거야."

세르세이

파이셀 대학사는 세르세이가 처음 알았을 때부터 노인이었지만, 지난 사흘 밤 사이에 100년은 더 늙어버린 것 같았다. 세르세이 앞에서 삐걱거리는 무릎을 굽히는 데 영겁이 걸렸고, 일단 굽히고 나자 일어나질 못해서 오스먼드 경이 일으켜 세워야 했다.

세르세이는 불쾌한 마음으로 대학사를 살폈다. "콰이번 공에게 자일스 공이 마지막 기침을 했다고 들었네."

"예, 전하. 제가 가시는 길을 편하게 해드리려 최선을 다했습니다."

"그런가?" 그녀는 메리웨더 부인을 돌아보았다. "내가 분명히 로스비가 살아 있길 바란다고 했을 텐데. 안 그랬나?"

"그러셨습니다, 전하."

"오스먼드 경, 경이 기억하는 대화를 돌이켜보겠나?"

"전하께선 파이셀 대학사에게 자일스 공을 구하라고 명하셨습니다. 저희 모두가 들었습니다."

파이셀이 입을 삐끔거렸다. "전하께서도 아셔야 합니다. 전 그 가엾은 분을 위해 할 수 있는 일은 다 했습니다."

"조프리에게 했듯이 말인가? 그리고 조프리의 아버지이자 내 사랑하는 남편에게 했듯이? 로버트는 칠왕국에서 가장 튼튼한 남자였는데도 그대는 로버트를 멧돼지에게 잃었지. 아, 그리고 존 아린도 잊지 말아야지. 그대는 내가 길게 치료하게 해줬다면 네드 스타크도 죽였을 게 틀림없어. 말해보게, 학사. 학사가 손을 비틀면서 변명을 늘어놓는 방법을 배운 게 시타델에서인가?"

노인은 세르세이의 목소리에 움찔했다. "누구라도 그 이상 하진 못했을 겁니다, 전하. 전…… 전 언제나 성실하게 봉사했습니다."

"내 아버지의 군대가 다가오자 아에리스 왕에게 성문을 열라고 조언했던, 그런 게 그대가 생각하는 성실한 봉사인가?"

"그건…… 제가 판단을 잘못하여……."

"그게 좋은 조언이었나?"

"전하께서도 분명히 아실 터인데……."

"내가 아는 건, 내 아들이 독살당했을 때 그대는 문보이만큼도 쓸모가 없었다는 사실이야. 내가 아는 건, 왕실에 돈이 절실히 필요할 때 우리 재정대신이 죽었다는 사실이고."

늙은 바보는 그 말에 매달렸다. "제…… 제가 자일스 공 대신 소협의회에 앉기 적합한 사람들의 목록을 만들어보겠습니다."

"목록이라." 세르세이는 파이셀의 넘겨짚는 모습이 재미있었다. "학사가 나에게 어떤 목록을 들이밀지 상상이 잘 가는군. 노인들과 욕심 많은 바보들과 방귀쟁이 가스겠지." 세르세이의 입매에 힘이 들어갔다. "최근 마저리 부인과 같이 보내는 시간이 많았지."

"예. 예, 그게…… 마저리 왕비님께서 로라스 경 때문에 심란하신 상태입니다. 제가 왕비 전하께 수면제와…… 다른 물약들을 만들어 드렸지요."

"그랬겠지. 말해보게. 그대에게 자일스 공을 죽이라고 명한 게 우리 어린 왕비였나?"

"주, 죽이다니요?" 파이셀 대학사의 눈이 휘둥그레졌다. "전하 어찌 그런 생각을……. 모든 신의 이름에 걸고, 기침병 때문이었습니다……. 왕비 전하께서는 절대…… 마저리 왕비님께선 자일스 공에게 어떤 악감정도 없으셨는데, 왜 자일스 공이……."

"……죽기를 원했겠냐고? 그야 토멘의 소협의회에 장미를 하나 더 심기 위해서지. 눈이 먼 건가, 아니면 매수당한 건가? 로스비가 마저리에게 방해가 됐으니 무덤에 집어넣은 거야. 그대와 공모해서."

"전하, 맹세코 자일스 공은 기침병으로 죽었습니다." 파이셀의 입가가 떨리고 있었다. "제 충성심은 언제나 왕실과 왕국을…… 라니스터 가문을 향했습니다."

'그 순서로?' 파이셀의 두려움이 손에 잡힐 듯 느껴졌다. '충분히 익었군. 이제 과일을 쥐어짜서 과즙을 맛볼 때가 됐어.' "학사가 그렇게 성실하다면 왜 나에게 거짓말을 하는 거지? 굳이 부인할 것 없네. 그대는 로라스 경이 드래곤스톤으로 가기 전부터 처녀 마저리를 만나러 다니기 시작했으니, 내 며느리의 슬픔을 달래주고 싶었을 뿐이라는 둥 하는 이야기는 그만둬. 왜 메이든볼트에 그리 자주 다니게 됐지? 마저리와 김빠진 대화를 나누러 간 건 아닐 텐데? 마저리를 따라다니는 마맛자국 성사에게 구애라도 하고 있나? 아니면 어린 불워 아가씨에게 손장난이라도 치나? 마저리의 첩자 노릇을 하면서, 나에 대한 정보로 음모에 기여하고 있나?"

"저…… 저는 복종하는 몸입니다. 학사는 봉사하겠다는 서약을……."

"대학사는 왕국에 봉사하겠다고 서약하지."

"전하, 왕…… 왕비이신……."

"나는 왕대비야."

"제 말은…… 그분이 현 국왕의 아내이시고……."

"나도 마저리가 누군지 알아. 내가 알고 싶은 건, 마저리에게 자네가 왜 필요했는지야. 내 며느리가 몸이 불편한가?"

"불편요?" 노인은 자기가 수염이라고 부르는, 턱 아래 늘어진 분홍색 살덩이에 듬성듬성 돋아난 하얀 털을 쥐어뜯었다. "부…… 불편하진 않습니다. 전하, 그런 게 아닙니다. 제 서약 때문에 누설할 수가……."

"그 서약이 검은 감옥에서는 별 위안이 안 될 텐데." 그녀는 경고했다. "진실을 털어놓지 않으면 쇠사슬을 차게 될 거야."

파이셀이 털썩 무릎을 꿇었다. "이렇게 빕니다……. 전 선친의 사람이었고, 아린 공 문제에서 전하의 벗이었습니다. 전 지하감옥에서 살아남지 못할 겁니다. 두 번은 안 돼요……."

"마저리가 자네를 왜 부르나?"

"그게…… 그게…… 그……."

"말해!"

파이셀이 움츠러들었다. "달차입니다." 그가 속삭였다. "달차는, 그……."

"달차가 뭘 위한 건진 나도 알아." '됐어.' "좋아. 그 축 처진 무릎을 일으키고 남자라는 게 어떤 건지 기억하도록 해보게." 파이셀은 일어서려고 애를 썼지만, 너무 오래 걸리는 바람에 다시 한번 오스먼드 케틀블랙이 일으키게끔 해야 했다. "자일스 공이야 하늘에 계신 아버지께서 공정하게 심판하시겠지. 슬하에 자식이 없었지?"

"친자식은 없지만, 대자가 하나 있습니다……."

"그의 핏줄은 아니지." 세르세이는 손을 내저어 짜증을 털어냈다. "자일스는 왕실에 얼마나 돈이 필요한지 알고 있었어. 분명 그대에게 영지와 재산을 다 토멘 왕에게 바치고 싶다고 말했을 거야." 로스비의 금화는 왕실 재정에 숨통을 틔워줄 테고, 로스비의 영지와 성은 충실하게 그녀를 따른 자들에게 보상으로 내어줄 수 있을 것이다. '워터스 공이라든가.' 오레인 워터스는 권좌가 필요하다는 암시를 내비치고 있었다. '공'이라고는 해도 영지가 없이는 공허한 명예일 뿐이었다. 세르세이는 그가 드래곤스톤을 노리고 있음을 알았지만, 그건 지나치게 높은 목표였다. 로스비가 그의 출신과 지위에 더 어울릴 터였다.

"자일스 공이 온 마음으로 국왕 전하를 사랑하기는 했습니다만……." 파이셀이 말하고 있었다. "그렇지만 자일스 공의 대자는……."

"자네에게 자일스 공의 유언을 들으면 이해하겠지. 가서 처리하게."

"분부 받들겠습니다." 파이셀 대학사는 서둘러 나가다가 자기 로브를 밟고 넘어질 뻔했다.

메리웨더 부인이 파이셀 뒤에서 문을 닫았다. "달차라뇨." 그녀는 세르세이를 돌아보며 말했다. "어리석기도 해라. 왜 그런 짓을, 왜 그런 위험을 감수할까요?"

"어린 왕비에게 토멘은 너무 어려서 채워주지 못하는 욕구가 있나 보지." 성인 여성이 어린아이와 결혼했을 때는 그런 위험이 언제나 있었다. 과부라면 더욱 그랬다. '마저리는 렌리가 자길 건드리지도 않았다고 주장할지 모르지만, 난 안 믿어.' 여자들이 달차를 마시는 이유는 단 하나였다. 처녀에게는 그 차가 필요 없었다. "내 아들이 배신을 당했군. 마저리에게 연인이 있어. 그건 사형을 받을 만한 중대한 반역이야." 세르세이는 말린 자두 같은 얼굴을 한 메이스 티렐의 어머니가 오래 살아서 재판을 볼 수 있기만을 빌었다. 올레나 부인은 토멘과 마저리가 즉시 결혼해야 한다고 주장함으로써 소중한 장미를 처형인의 검 앞에 내민 셈이었다. "제이미가 일린 페인 경을 데리고 갔지. 마저리의 목을 따려면 새로운 집행관을 찾아야겠군."

"제가 하겠습니다." 오스먼드 케틀블랙이 편안하게 웃으며 말했다. "마저리에겐 예쁘고 가는 목이 달렸으니까요. 날카로운 장검이면 쑥 들어갈 겁니다."

"그렇겠지요." 타에나가 말했다. "하지만 스톰스엔드에 티렐 군대가 있고, 메이든풀에도 있어요. 그들에게도 날카로운 장검이 있습니다."

'장미가 넘쳐나는군.' 성가신 일이었다. 그녀에겐 아직 메이스 티렐이 필요했다. 그 딸은 필요 없다 해도……. '적어도 스타니스를 꺾는 날까지는 메이스 티렐이 필요해. 그때가 되면 아무도 필요 없을 테지.' 하지만 어떻게 해야 그 아비를 잃지 않으면서 딸만 없앨 수 있을까? "반역은 반역이지만, 우리에겐 증거가 필요해. 달차보다 더 실질적인 증거가. 마저리가 충실하지 않았다는 점이 증명되면 그 아비라 할지라도 딸을 규탄해야겠지. 안 그러면 딸의 허물이 자기 허물이 될 테니."

오스먼드 케틀블랙이 콧수염 한쪽 끝을 씹었다. "행위 중인 현장을 잡아야 합니다."

"어떻게? 콰이번이 낮이고 밤이고 감시하고 있어. 마저리의 하인들도 사소한 정보를 가져오고 내 돈을 받아. 그런데 아무도 그 연인을 본 적이 없네. 문밖에서 듣는 귀에는 노랫소리, 웃음소리, 아무 쓸모도 없는 수다밖에 들리지 않고."

"마저리는 워낙 약삭빨라서 그렇게 쉽게 잡히지 않아요." 메리웨더 부인이 말했다. "주위 여자들이 마저리의 성벽이죠. 같이 자고, 옷을 입히고, 같이 기도하고, 같이 읽고, 같이 바느질을 해요. 매사냥이나 승마를 하지 않을 때는 어린 알리산느 불워와 '우리 성에 놀러와' 놀이를 하고요. 남자들이 주변에 있을 때는 여자 성사도 같이 있거나, 사촌들이 같이 있어요."

"그래도 가끔은 암탉들을 물릴 거야." 세르세이는 주장을 꺾지 않았다. 문득 한 가지 생각이 들었다. "그 말벗들이 한패라면 또 모르지……. 전부는 아니겠지만, 몇 명쯤."

"사촌들요?" 타에나는 그럴 리 없다는 듯한 목소리였다. "셋 다 어린 왕비보다 더 어린 데다가, 더 순진한데요."

"처녀의 하얀 옷을 입은 음탕한 여자들이라. 더 충격적인 죄가 되겠군. 수치스러운 이름으로 길이길이 전하겠어." 세르세이가 그 맛을 다 음미할 수 있을 정도였다. "타에나, 자네 남편이 내 사법대신이지. 오늘 밤에 두 사람이 나와 저녁 식사를 함께 해야겠군." 마저리가 그 작은 머리로 하이가든에 돌아갈 생각을 하거나, 죽음의 문턱에 있는 부상당한 오라비와 함께 있기 위해 드래곤스톤에 가야겠다는 생각을 하기 전에, 빨리 해치우고 싶었다. "요리사들에게 멧돼지를 요리하라 하겠네. 물론 소화를 도울 음악도 있어야겠지."

타에나는 눈치가 빨랐다. "음악요. 그렇군요."

"가서 남편에게 말하고 가수도 준비해두게." 세르세이는 재촉했다. "오스먼드 경, 자네는 남아. 의논할 일이 아직 많군. 콰이번도 불러야겠어."

안타깝게도 주방에는 멧돼지가 없었고, 사냥꾼들을 내보낼 시간도 없었다. 대신 요리사들은 성에서 키우는 돼지를 한 마리 잡아서 정향을 박아 넣고 꿀과 말린 체리를 끼얹은 햄을 내놓았다. 세르세이가 원했던 요리는 아니지만, 그 정도로 만족해야 했다. 식사 후에는 톡 쏘는 하얀 치즈와 구운 사과를 먹었다. 타에나 부인은 한 입 한 입을 음미했다. 오턴 메리웨더는 그러지 못했고, 수프를 먹을 때부터 치즈가 나올 때까지 내내 둥근 얼굴이 창백하고 울긋불긋했다. 그는 술을 엄청나게 마시면서 계속 가수 쪽을 힐긋거렸다.

"자일스 공은 정말 안됐소." 세르세이가 마침내 말했다. "하지만 우리 중에 자일스 공의 기침 소리를 그리워할 사람은 없겠지요."

"그럼요. 그럼요, 그렇습니다."

"새로운 재정대신이 필요할 거요. 협곡이 그리 어수선하지만 않아도 피터 베일리시를 다시 불러들일 테지만……. 하리스 경을 그 자리에 앉혀볼까 해요. 자일스보다 못할 순 없을 것이고, 적어도 기침은 안 하니 말이오."

"하리스 경은 왕의 수관인데요." 타에나가 말했다.

'하리스 경은 인질이고, 그나마 인질 역할도 미미하지.' "토멘이 좀 더 강력한 수관을 둘 때가 됐어요."

오턴 공이 와인 잔에서 시선을 들어 올렸다. "강력한 수관요. 분명히 그렇지요." 그는 머뭇거렸다. "누구를……."

"오턴 공이오. 공이 타고난 혈통이지. 조부님께서 내 아버지의 자리를 이어받아 아에리스 왕의 수관을 맡지 않았던가요." 물론 타이윈 라니스터를 오언 메리웨더로 교체하는 건 군마를 당나귀로 바꾼 것과 다름없었다는 사실이 드러나기는 했지만, 아에리스가 수관으로 임명했을 때 오언은 원숙한 남자였고, 능력이 부족할진 몰라도 싹싹했다. 그 손자인 오턴은 당시의 오언보다 젊었고……. '어쨌든 강한 아내를 뒀지.' 타에나가 수관으로 일할 수 없다는 게 안타까웠다. 타에나가 남편의 세 배는 적임이었고, 훨씬 재미있기도 했다. 하지만 타에나는 미르 태생인데다가 여성이었으니, 오턴으로 만족해야 했다. "공이 하리스 경보다 유능하다는 점은 의심하지 않아요." '내 요강 물도 하리스 경보다는 유능하지.' "받아들이겠소?"

"저는…… 예, 물론입니다. 전하께서 크나큰 영광을 내려주시는군요."

'네 분에 넘치는 영광이지.' "공은 사법대신으로 잘 일해줬어요. 그리고 이제 찾아올…… 험난한 시기도 잘 헤쳐나가겠지요." 그녀는 메리웨더가 무슨 뜻인지 이해했음을 알아보고 가수에게 고개를 돌려 미소 지었다. "그리고 자네도 식사하는 동안 우리에게 들려준 달콤한 노래들의 보상을 받아야 마땅하겠군. 신들께서 자네에게 재능을 내리셨어."

가수가 허리를 굽혔다. "그렇게 말씀해주시다니 친절하십니다."

"친절한 게 아니지." 세르세이가 말했다. "사실대로 말했을 뿐이야. 타에나에게 들으니 자네를 푸른 음유시인이라고 한다고."

"그렇습니다, 전하." 가수의 장화는 유연한 파란 송아지 가죽이었고, 바지는 질 좋은 파란 모직물이었다. 입고 있는 튜닉은 연푸른색 비단으로, 반짝이는 파란색 새틴이 사선으로 들어갔다. 심지어 티로시 방식으로 머리까지 파랗게 염색했다. 길고 곱슬곱슬한 파란 머리가 어깨까지 늘어졌는데, 장미수로 감은 듯한 향기가 풍겼다. '그것도 파란 장미겠지. 그나마 이는 하얗군.' 깨진 곳 한 군데 없는 고른 치아였다.

"다른 이름도 있나?"

뺨에 발그레한 기운이 감돌았다. "어렸을 때는 왓이라고 불렸습니다. 시골 소년에겐 괜찮은 이름이지만, 가수에겐 어울리지 않지요."

푸른 음유시인의 눈동자는 로버트와 같은 색깔이었다. 그것만으로도 그자가 싫어졌다. "왜 자네가 마저리 부인의 총애를 받는지 알겠군."

"친절하신 말씀입니다. 마저리 님은 제가 즐거움을 드린다고 하시지요."

"아, 그야 분명 그럴 테지. 자네 류트를 봐도 될까?"

"전하의 분부시라면야." 예의 바르게 굴면서도 희미하게 불편해하는 기색이 있었지만, 그래도 그는 세르세이에게 류트를 건넸다. 누구든 여왕의 요구는 거부하지 않는 법이다.

세르세이는 현을 하나 퉁기고 그 소리에 미소를 지었다. "사랑처럼 달콤하고도 서글프군. 말해보게, 왓……. 자네가 처음 마저리를 침대에 데려간 게 마저리가 내 아들과 결혼하기 전이었나, 후였나?"

그는 잠시 동안 무슨 말인지 이해하지 못하는 것 같았다. 그리고 겨우 이해하자 눈이 커졌다. "전하께서 잘못 아셨습니다. 맹세코 저는 절대—"

"거짓말!" 세르세이가 류트로 가수의 얼굴을 어찌나 세게 후려쳤던지, 색칠한 나무가 산산조각이 났다. "오턴 공, 내 위병들을 불러 이자를 지하감옥에 처넣으시오."

오턴 메리웨더의 얼굴이 공포에 젖었다. "이…… 이런 악행을……. 저놈이 감히 왕비님을 유혹했습니까?"

"그 반대가 아닐까 걱정이지만, 그렇다 해도 이자는 반역자요. 이자가 콰이번 공을 위해 노래하도록 합시다."

푸른 음유시인이 창백해졌다. "아닙니다." 류트에 맞아 찢어진 입술에서 피가 떨어졌다. "전 결코……." 메리웨더가 팔을 잡자 그는 비명을 질렀다. "어머니시여 자비를, 아닙니다."

"난 네 어미가 아니다." 세르세이는 말했다.

검은 감옥에서도 그들이 푸른 음유시인에게 얻어낸 것은 아니라는 말과 기도, 자비를 구하는 애원뿐이었다. 오래지 않아 부러진 이에서 턱으로 피가 줄줄 흘러내렸고, 짙은 파란색 바지를 세 번이나 적셨지만, 그래도 그는 거짓말을 계속 되풀이했다. "우리가 엉뚱한 가수를 잡았을 가능성도 있나?" 세르세이는 물었다.

"무엇이든 가능합니다, 전하. 걱정 마십시오. 이 밤이 끝나기 전에 자백할 겁니다." 여기, 지하감옥에서 콰이번은 거친 모직 옷을 입고 대장장이의 가죽 앞치마를 두르고 있었다. 그는 푸른 음유시인에게 말했다. "위병들이 거칠게 대했다면 미안하군. 위병들이 안타까울 정도로 예의가 없어서 말이야." 친절하고 배려가 가득한 목소리였다. "우리가 원하는 건 진실뿐이야."

"전 진실을 말씀드렸습니다." 가수가 흐느꼈다. 쇠고랑이 그를 차가운 돌벽에 단단히 붙들어 매고 있었다.

"우리가 아는 게 있는데." 콰이번이 손에 쥔 면도칼이 횃불 빛을 받아 희미하게 번득였다. 그는 푸른 음유시인의 옷을 찢어, 무릎까지 오는 파란 장화 외에는 벌거벗은 몸으로 만들었다. 세르세이는 그의 다리 사이에 난 털은 갈색이라는 사실이 재미있었다. "어린 왕비를 어떻게 즐겁게 해줬는지 말하게." 세르세이가 명령했다.

"전 절대로…… 노래를 한 게 답니다. 전 노래하고 연주를 했어요. 왕비님 말벗들이 말씀드릴 겁니다. 언제나 함께 있었으니까요. 왕비님 사촌들요."

"그중에 네놈이 육체를 아는 여자가 몇이지?"

"아무도 없습니다. 전 그냥 가수예요. 제발."

콰이번이 말했다. "전하, 어쩌면 이 불쌍한 남자는 마저리가 다른 연인들과 즐기는 동안 연주만 했을지도 모릅니다."

"아닙니다. 제발. 그분은 절대……. 전 노래를, 노래만 했습니다……."

콰이번 공이 한 손으로 푸른 음유시인의 가슴을 쓸어 올렸다. "그 사랑 노래를 할 때 마저리가 자네 젖꼭지를 입에 무나?" 그는 엄지와 검지로 젖꼭지를 잡고 비틀었다. "어떤 남자들은 그런 걸 즐기지. 젖꼭지가 여자들 못지않게 민감해서." 면도칼이 번득이고, 가수가 새된 비명을 질렀다. 가슴팍에 생긴 붉게 젖은 눈에서 핏물이 흘렀다. 세르세이는 속이 울렁거렸다. 마음속 한구석은 눈을 감고 싶었고, 외면하고 싶었으며, 그만하게 하고 싶었다. 그러나 그녀는 여왕이었고 이건 반역이었다. '타이윈 공이라면 외면하지 않았을 거야.'

결국 푸른 음유시인은 태어난 날부터 살아온 평생을 다 이야기했다. 그의 아버지는 잡화상이었고 왓은 장사를 하도록 컸으나, 어렸을 때 자신이 나무통보다는 류트 만드는 데 더 재능이 있음을 알았다. 열두 살이 되었을 때 그는 가출해서 장터에서 공연을 한다는 악단에 합류했다. 그리고 리치 지역 절반을 떠돌아 다니다가 궁정에서 총애를 받을 수 있다는 희망을 품고 킹스랜딩에 왔다.

"총애?" 콰이번이 킥킥 웃었다. "이젠 여자들이 그걸 그렇게 부르나? 안됐지만 총애를 지나치게 받은 모양이군, 친구……. 그것도 엉뚱한 왕비에게 받았어. 진짜 왕비님은 자네 앞에 서 계시네."

'그래.' 세르세이는 마저리 티렐 탓이라고 생각했다. 마저리만 아니었다면 왓은 하찮은 노래를 부르고 돼지치기 소녀와 농장주의 딸과 자면서 길고 생산적인 삶을 살 수 있었을 것이다. '마저리의 계략 때문에 어쩔 수 없었어. 마저리가 반역으로 날 더럽힌 거야.'

새벽녘이 되자 가수의 파란 장화에는 피가 가득찼고, 그는 마저리의 사촌들이 입으로 그를 즐겁게 해주는 모습을 지켜보면서 마저리가 자기 몸을 애무하던 모습을 말한 후였다. 마저리가 다른 연인들로부터 욕정을 채우는 동안 노래를 불러주기도 했다고 했다. "그 연인들이 누구였나?" 세르세이가 묻자 비참한 왓은 키 큰 탤러드 경, 램버트 턴베리, 잘라바르 쇼, 레드와인 쌍둥이, 오스니 케틀블랙, 휴 클리프턴, 그리고 꽃의 기사라고 말했다.

그 답은 마음에 들지 않았다. 드래곤스톤의 영웅의 이름을 더럽힐 생각은 없었다. 게다가 로라스 경을 아는 사람이라면 아무도 믿지 않을 터였다. 레드와인 쌍둥이도 낄 수 없었다. 아버와 아버의 함대가 없으면 왕국이 까마귀 눈 유론과 그자의 저주받을 강철인들을 없앨 수가 없었다. "마저리의 방에서 본 남자들 이름은 다 뱉어내고 있구나. 짐은 진실을 원한다."

"진실." 왓은 콰이번이 남겨둔 파란 한쪽 눈으로 그녀를 보았다. 앞니가 있던 자리에 생긴 구멍으로 피가 부글거렸다. "제가…… 기억을 잘못했을지도 모르겠습니다."

"호라스와 호버는 상관없었지. 그렇지 않으냐?"

"예. 그 둘은 아닙니다." 왓이 인정했다.

"로라스 경의 경우는, 마저리가 오라비에게 자기가 하는 짓을 숨기려고 애먹었을 테지."

"그랬습니다. 이제 기억납니다. 한번은 로라스 경이 보러 왔을 때 제가 침대 밑에 숨어야 했던 적도 있습니다. 로라스 경은 절대 몰라야 한다고 했습니다."

"아까보다 이번 노래가 더 마음에 드는군." 대귀족들은 빼놓는 게 최선이었다. 하지만 나머지는…… 탤러드 경은 방랑기사였고, 잘라바르 쇼는 망명한 거지였으며, 클리프턴은 어린 왕비의 위병에 불과했다. '그리고 오스니가 푸딩에 올릴 자두야.' "진실을 말하는 편이 기분이 낫다는 걸 안다. 마저리가 재판을 받게 되면 기억해야 할 거야. 다시 거짓말을 늘어놓는다면……."

"그러지 않겠습니다. 진실만 말하겠습니다. 그러면 그 후에는……."

"……검은 옷을 입어도 좋다는 허락을 받을 것이다. 내가 약속하지." 세르세이는 콰이번을 돌아보았다. "다친 곳을 씻기고 붕대를 감아주고, 아픔을 다스릴 양귀비즙을 먹이게."

"전하께선 친절하십니다." 콰이번은 피 묻은 면도칼을 식초 통에 떨궜다. "마저리가 음유시인이 어디 갔는지 궁금해할지 모릅니다."

"가수들이야 제멋대로 오가기로 악명이 높지."

검은 감옥에서 빠져나가는 어두운 돌계단을 오르려니 숨이 찼다. '쉬어야겠어.' 진실을 캐내는 것은 지치는 일이었고, 앞으로 따라올 일이 두려웠다. '난 굳건해야 해. 다 토멘과 왕국을 위해 해야 하는 일이야.' 개구리 매기가 죽은 것이 안타까웠다. '네 예언 따윈 꺼져라, 노파야. 어린 왕비가 나보다 어릴진 몰라도 나보다 아름다웠던 적은 없고, 곧 죽게 될 거다.'

메리웨더 부인이 세르세이의 침실에서 기다리고 있었다. 깜깜한 밤이었고, 저녁보다 새벽이 더 가까웠다. 조슬린과 도카스는 자고 있었지만, 타에나는 아니었다. "끔찍했나요?" 타에나가 물었다.

"자네는 몰라. 자야겠는데 꿈을 꾸기가 두렵군."

타에나가 그녀의 머리카락을 쓸었다. "다 토멘을 위해서예요."

"그랬지. 나도 알아." 세르세이는 몸서리를 쳤다. "목이 쓰라리군. 와인을 좀 따라주겠나."

"얼마든지요. 저야 전하를 기쁘게 해드리고 싶을 뿐인걸요."

'거짓말쟁이.' 그녀는 타에나가 뭘 원하는지 알았다. 그러라지. 타에나가 그녀에게 취해 있다면, 타에나와 그 남편의 충성을 담보하는 데 도움이 될 터였다. 배신이 판치는 세상에서 그 정도면 입맞춤 몇 번 해줄 가치는 있었다. '대부분의 남자보다 못할 것도 없지. 최소한 날 임신시킬 위험은 없잖아.'

와인이 도움이 되기는 했지만, 충분하진 않았다. "더럽혀진 기분이야." 그녀는 와인 잔을 손에 들고 창가에 서서 불평했다.

"목욕을 하면 정리가 될 거예요." 메리웨더 부인은 도카스와 조슬린을 깨워 뜨거운 물을 가져오라 일렀다. 욕조에 물이 가득 차자 그녀는 세르세이가 옷을 벗게 도우며, 날랜 손가락으로 끈을 풀고 어깨에서 가운을 내렸다. 그런 다음에는 자기도 옷을 벗어 바닥에 쌓았다.

두 사람은 목욕을 함께 했다. 세르세이는 타에나의 품에 등을 기댔다. "토멘이 최악은 보지 못하게 해야 해. 마저리는 아직도 토멘을 매일 성소에 데려가. 자기 오라비를 치유해달라고 신들에게 요청하기 위해서지." 짜증스럽게도 로라스 경은 아직 삶에 매달려 있었다. "토멘은 마저리의 사촌들도 다 좋아해. 한꺼번에 다 잃으면 힘들 거야."

"셋 다 유죄는 아닐 수도 있어요." 메리웨더 부인이 제안했다. "한 명은 아무 역할도 하지 않았다고 해도 괜찮지 않을까요. 자기가 본 광경에 수치심과 역겨움을 느꼈다면……."

"……그렇다면 다른 이들에게 불리한 증언을 하도록 설득할 수도 있겠지. 그래, 좋군. 하지만 그중에 누가 결백하지?"

"앨라요."

"수줍은 많은?"

"그래 보이지만, 알고 보면 수줍음보다 교활함이 더해요. 앨라를 제게 맡겨주세요, 내 사랑."

"기꺼이 그러지." 푸른 음유시인 혼자만의 고백으로는 충분치 않았다. 가수들이란 결국 거짓말로 생계를 잇는 자들이었다. 타에나가 설득할 수 있다면, 앨라 티렐은 큰 도움이 될 터였다. "오스니 경도 자백할 거야. 다른 자들도 오직 자백을 통해서만 왕의 용서를 얻고, 장벽으로 갈 수 있다는 점을 이해하게 만들어야지." 잘라바르 쇼는 진실 쪽이 매력적이라고 여길 것이다. 나머지에 대해서는 확신할 수 없었지만, 콰이번은 설득력이 강했다…….

두 사람이 욕조에서 일어났을 때는 킹스랜딩에 날이 밝아오고 있었다. 오랫동안 물에 잠겨 있었더니 세르세이의 피부가 하얗게 주름이 졌다. 그녀는 타에나에게 말했다. "남아 있어. 혼자 자고 싶지 않군." 심지어 이불 속으로 기어들기 전에 기도까지 하며, 어머니 신에게 달콤한 꿈을 간청했다.

헛된 짓이었다. 신들은 언제나 그렇듯 귀를 막았다. 세르세이는 다시 한 번 검은 감옥에 내려가는 꿈을 꾸었고, 이번에는 가수가 아니라 그녀가 사슬에 매여 있었다. 벌거벗은 몸이었고, 꼬마 악마가 물어뜯은 젖꼭지에서 피가 떨어졌다. "제발." 그녀는 애걸했다. "제발, 내 아이들은 안 돼. 내 아이들은 해치지 마." 티리온은 그녀를 음흉하게 곁눈질할 뿐이었다. 티리온도 벌거벗은 몸이었는데, 굵은 털이 온몸을 덮어서 사람이라기보다는 원숭이같아 보였다. "넌 그 아이들이 왕관을 쓰는 모습을 볼 것이고, 그 아이들이 죽는 모습도 볼 거야." 그는 그렇게 말하더니 피가 흐르는 그녀의 젖가슴을 입에 물고 빨기 시작했다. 뜨겁게 달군 칼처럼 통증이 폐부를 찔렀다.

그녀는 타에나의 품에 안긴 채 몸서리를 치며 깨어났다. "악몽을 꿨어." 그녀는 힘없이 말했다. "내가 비명을 질렀나? 미안하군."

"꿈이야 햇살을 받으면 먼지가 되는 것을요. 또 난쟁이였나요? 그 바보 같은 난쟁이를 왜 그렇게 무서워하세요?"

"그놈이 날 죽일 거야. 내가 열 살 때 예지된 바였어. 난 누구와 결혼할지 알고 싶었던 건데, 그 여자가……."

"그 여자요?"

"마기였어." 말이 쏟아져 나왔다. 아직도 그 예언에 대해 말하지만 않는다면 실현되지 않을 거라고 주장하던 멜라라 헤더스푼의 목소리를 들을 수 있었다. '하지만 우물 속에서는 그렇게 조용하지 않았지.' 멜라라는 비명을 지르고 고함을 질렀다. "티리온이 발롱카야. 미르에선 그 말을 쓰나? 고급 발리리아어로 남동생을 뜻하지." 그녀는 멜라라가 우물에 빠져 죽은 후에 사라넬라 성사에게 발롱카가 무슨 말인지 물어보았었다.

타에나가 그녀의 손을 잡고 도닥였다. "늙고 병들고 추한 데다 증오만 가득한 여자였네요. 전하는 어리고 아름다운 데다, 생명력과 긍지가 가득했지요. 그 여자가 라니스포트에 살았다고 하셨으니, 그 난쟁이 이야기나 어떻게 그 난쟁이가 전하의 어머님을 죽였는지 알고 있었을 거예요. 전하가 누구인지 아니 직접 해칠 수야 없고, 그래서 독사 같은 혀로 상처를 입히려 한 거예요."

'그럴 수도 있을까?' 세르세이도 그렇게 믿고 싶었다. "하지만 멜라라는 그 여자가 말한 대로 죽었어. 난 라에가르 왕자와 결혼하지 못했고. 그리고 조프리는……. 그 난쟁이 놈이 내 눈앞에서 내 아들을 죽였어."

"아들 하나는 그랬죠." 메리웨더 부인이 말했다. "하지만 아들이 또 있으세요. 다정하고 강한 아들이고, 그 아이에겐 어떤 해도 미치지 않을 거예요."

"내가 살아 있는 한은 어림없지." 그렇게 말하니 그렇게 믿는 데 도움이 되었다. '꿈은 햇살을 받으면 먼지가 되는 것, 그래.' 바깥에서는 아침 해가 구름을 뚫고 빛나고 있었다. 세르세이는 담요를 빠져나왔다. "오늘 아침에는 국왕과 식사를 해야겠어. 내 아들을 보고 싶군." '다 그 아이를 위해 하는 일이야.'

토멘은 세르세이가 원기를 되찾는 데 도움이 됐다. 그날 아침, 오븐에서 갓 꺼낸 뜨거운 검은 빵에 꿀을 떨어뜨리면서 새끼 고양이들에 대해 떠드는 토멘은 그 어느 때보다 더 소중하게 느껴졌다. "맹공 기사가 쥐를 잡았어요. 근데 수염 아가씨가 그걸 훔쳤지 뭐예요."

'난 저렇게 무구하고 다정했던 적이 없어.' 세르세이는 생각했다. '저 아이가 어떻게 이 잔인한 왕국을 통치할 수 있을까?' 어머니로서의 그녀는 오직 토멘을 보호하고 싶기만 했고, 왕대비로서의 그녀는 토멘이 강해지지 않으면 철왕좌가 아들을 집어삼키고 말 것임을 알았다. "맹공 기사가 자기 것을 지키는 법을 배워야겠구나. 이 세상에서 약한 자는 언제나 강한 자의 희생자가 되거든."

토멘은 손가락에 묻은 꿀을 빨면서 생각해보더니 말했다. "로라스 경이 돌아오면 기마창과 장검과 가시 철퇴로 싸우는 방법을 배울 거예요. 로라스 경과 똑같이요."

"넌 싸우는 방법을 배울 거야." 세르세이는 약속했다. "하지만 로라스 경에게 배우진 못해. 로라스 경은 돌아오지 않는다, 토멘."

"마저리가 돌아올 거랬어요. 우리가 같이 기도하는걸요. 어머니의 자비를 청하고, 전사께서 로라스 경에게 힘을 주시길 기도해요. 엘리너가 그러는데 이게 로라스 경의 제일 힘든 싸움이래요."

세르세이는 아들의 머리를 쓸었다. 부드러운 금빛 곱슬머리가 조프리를 떠올리게 했다. "오후는 네 아내와 그 사촌들과 함께 보낼 거니?"

"오늘은 아니에요. 마저리는 단식하면서 정화해야 한대요."

'단식과 정화……, 아, 처녀의 날을 위해서군.' 세르세이가 그 성축일을 지켜야 했던 것은 오래전 일이었다. '결혼을 세 번 해놓고서도 아직까지 우리가 처녀라고 믿게 하려 드는군.' 어린 왕비는 하얀 옷을 입고 암탉들을 이끌고 바엘로르 성소에 가서 '처녀'의 발치에 키 큰 흰 양초를 켜고 그 성스러운 목에 양피지 화환을 걸 것이다. '암탉들을 다 데려가진 못하겠지만 말이지.' 처녀의 날에는 남자들뿐만 아니라 과부와 어미와 창녀도 성소 출입을 금지당했다. 성스러운 순결의 노래를 더럽히지 않기 위해서였다. 오직 숫처녀만이……

"어머니? 제가 뭐 잘못 말했나요?"

세르세이는 아들의 이마에 입 맞췄다. "네가 아주 현명한 말을 했단다, 아가야. 이제 가서 네 고양이들과 놀아라."

식사가 끝난 후에는 오스니 케틀블랙 경을 개인방으로 불렀다. 그는 훈련장에서 땀투성이가 된 채로 으스대며 들어오더니, 한쪽 무릎을 꿇으면서 언제나 그랬듯 눈으로 그녀의 옷을 벗겼다.

"일어나게, 경. 그리고 여기 내 옆에 앉아. 경은 이미 한 번 날 위해 용감한 일을 해줬지만, 이번에는 전보다 더 힘든 임무를 해줘야겠네."

"예, 저도 전하께 해드리고 싶은 게 있고요."

"그건 기다려야 해." 그녀는 손가락 끝으로 오스니의 얼굴 흉터를 가볍게 덧그렸다. "경에게 이 상처를 입힌 창녀 기억하나? 장벽에서 돌아오면 경에게 그 여자를 주지. 마음에 드나?"

"제가 원하는 건 당신입니다."

정답이었다. "우선 경은 반역을 자백해야 해. 남자의 죄가 곪게 놓아두면 영혼까지 독에 물들 수 있지. 경이 한 짓을 안고 살아가기가 힘들 거라는 걸 알아. 경이 불명예를 씻어낼 때가 지났네."

"불명예요?" 오스니는 당황한 목소리였다. "오스먼드에게 말했는데, 마저리는 장난만 칩니다. 절대로 제가 그 이상을 하게는……."

"마저리를 보호하려 하다니 기사답군." 세르세이가 말을 끊었다. "하지만 그런 범죄를 안고 살아가기엔 경은 너무 훌륭한 기사야. 그렇고말고. 오늘 밤 바로 바엘로르 대성소에 가서 최고성사와 이야기를 해야 해. 이렇게 어두운 죄를 저질렀을 때는 최고성사 성하만이 지옥의 고문으로부터 구해주실 수 있지. 그분에게 경이 어떻게 마저리와, 마저리의 사촌들과 잠자리를 했는지 말해."

오스니는 눈을 껌벅였다. "뭡니까, 사촌들도요?"

"메가와 엘리너. 앨라는 말고." 세르세이는 결정을 내렸다. 그런 사소한 세부사항이 전체 이야기를 더 그럴듯하게 만들어줄 것이다. "앨라는 울면서 앉아 있곤 했고, 다른 아이들에게 그런 죄를 짓지 말라고 호소했지."

"메가와 엘리너만입니까? 아니면 마저리도요?"

"마저리가 가장 확실히 그랬지. 이 모든 일의 배후가 마저리였어."

세르세이는 오스니에게 생각한 바를 모두 말했다. 귀를 기울이면서 듣던 오스니의 얼굴에 서서히 이해했다는 표정이 번져나갔다. 그리고 세르세이가 말을 마치자 말했다. "그 머리통을 자르신 후에는, 그 여자가 저한테 준 적 없는 입맞춤을 받고 싶군요."

"경이 원하는 입맞춤은 얼마든지 받을 수 있네."

"그리고 그다음엔 장벽입니까?"

"잠시 동안만이야. 토멘은 용서하는 왕이니까."

오스니는 흉터 진 뺨을 긁었다. "보통 제가 여자들에 대해 거짓말을 할 때는, 절대 안 했다고 하는 쪽이 저고 했다고 말하는 게 여자 쪽인데 말입니다. 이건……. 최고성사에게 거짓말을 해본 적은 없어요. 그랬다간 지옥에 갈 겁니다. 나쁜 지옥으로요."

세르세이는 깜짝 놀랐다. 케틀블랙에게 신앙심이라니 전혀 기대하지 않았던 일이었다. "내게 복종하지 않겠다는 건가?"

"아닙니다." 오스니는 그녀의 금발 머리를 매만졌다. "그게 말입니다. 최고의 거짓말은 진실이 담긴 거짓말이거든요……. 조미료 같은 거죠. 그리고 제가 왕비와 어떻게 잤는지 말하기를 원하시니……."

그 얼굴을 칠 뻔했다. 그럴 뻔했다. 그러나 세르세이는 이제 너무 멀리 왔고, 너무 많은 것이 걸려 있었다. '다 토멘을 위한 일이야.' 그녀는 고개를 돌려 오스니 경의 손을 잡고 그 손가락에 입을 맞췄다. 장검에 굳은살이 박여 거칠고 단단한 손이었다. '로버트도 손이 이랬지.'

세르세이는 오스니의 목을 끌어안았다. "경을 거짓말쟁이로 만들었다는 소리는 듣고 싶지 않군." 그녀는 잠긴 목소리로 속삭였다. "한 시간만 있다가 내 침실에서 만나지."

"우린 충분히 오래 기다렸습니다." 오스니가 그녀의 보디스에 손가락을 밀어 넣고 잡아당기자, 비단이 찢어지는 소리가 어찌나 큰지 세르세이는 레드킵의 절반은 들었을 것만 같았다. "제가 다 찢어버리기 전에 나머지 벗어요. 왕관은 쓰고 있어도 됩니다. 왕관 쓴 당신이 좋으니까."

탑에 갇힌 공녀

너그러운 감옥이었다.

아리안느는 그 점에 위안을 얻었다. 아버지가 그녀에게 반역자의 죽음을 선사할 작정이라면, 뭐하러 애써 안락하게 감금해두겠는가? '날 죽이려고 하실 리는 없어.' 아리안느는 백 번째로 되뇌었다. '그렇게 잔인한 구석은 없는 분이야. 난 아버지의 핏줄이자 씨이고, 아버지의 후계자, 아버지의 유일한 딸이야.' 필요하다면 의자 바퀴 밑에 몸을 던지고 잘못을 인정하며 사면해달라 애걸하리라. 그리고 눈물을 흘리리라. 아리안느의 얼굴에 흐르는 눈물을 보면 아버지도 용서하고 말 터였다.

그녀가 스스로를 용서할 수 있을지는 그렇게 확실하지 않았다.

"아레오." 그녀는 그린블러드에서 선스피어까지 돌아오는 길고 메마른 여행길 중에 자신을 붙잡은 위병대장에게 호소했었다. "난 결코 그 아이가 다치길 원치 않았어. 내 말을 믿어야 해."

아레오 호타는 끙 소리만 낼 뿐 대답하지 않았다. 아리안느는 그의 분노를 감지할 수 있었다. 아리안느의 계획에 가담한 소규모 무리 중에서 가장 위험한 자, 다크스타가 아레오 호타를 피해 달아났다. 검에 피를 묻힌 채로 추적자를 다 따돌리고 깊은 사막으로 사라졌다.

"날 알잖아, 대장." 아리안느는 여기까지 오면서 말했었다. "내가 어렸을 때부터 알았지. 대장은 낯선 땅에 오는 내 어머니의 방패가 되기 위해 대(大)노보스에서부터 쭉 어머니를 지켰듯, 나도 언제나 안전하게 지켜줬어. 지금 대장이 필요해. 대장의 도움이 필요해. 난 결코 그런 뜻이—"

"어린 공녀님, 공녀님의 뜻은 중요하지 않습니다." 아레오 호타가 말했다. "하신 일만이 중요하지요." 그의 얼굴은 돌 같았다. "죄송합니다. 대공께서 명하시니 호타는 따라야 합니다."

아리안느는 태양의 탑 안, 장식 유리 돔 아래 놓인 아버지의 상좌 앞에 끌려갈 줄 알았다. 그러나 호타는 그녀를 창의 탑으로 데려갔고, 아버지의 대집사 리카소와 수호성주 만프레이 경의 감독하에 두었다. 리카소는 말했다. "공녀님, 이 늙고 눈먼 놈이 같이 올라가지 않는 것을 용서하십시오. 이 놈의 다리는 그렇게 많은 계단을 감당하지 못한답니다. 방이 준비되어 있습니다. 만프레이 경이 호위해드릴 터이니, 대공님 기분이 나아지실 때를 기다리시지요."

"기분이 안 좋은 채 만나게 되겠지. 내 친구들도 다 여기에 갇히나?" 아리안느는 가린과 드레이와 다른 사로잡힌 이들과 헤어져 있었고, 호타는 그들이 어떻게 되었는지 말하지 않으려 했다. 대장이 하는 말이라곤 "대공님이 결정하실 일입니다"가 전부였다. 만프레이 경은 그보다 조금 더 밝혔다. "그분들은 플랭키타운에서 배를 타고 가스톤그레이에 간 후 도란 대공께서 결정하실 운명을 기다리게 됩니다."

가스톤그레이는 도르네해의 바위섬에 올라앉은 무너져가는 낡은 성으로, 가장 나쁜 범죄자들이 썩어가다가 죽게 되는 음울하고 끔찍한 감옥이었다. "아버지께서 그들을 죽이실 작정인가?" 아리안느는 믿을 수가 없었다. "다들 나에 대한 사랑 때문에 가담했을 뿐이야. 아버지가 피를 보셔야 한다면 내 피여야 해."

"공녀님 말씀대로입니다."

"아버지와 이야기하고 싶네."

"대공님도 그럴 줄 아셨습니다." 그녀는 만프레이 경에게 팔을 붙잡힌 채 계단을 올랐다. 오르고 또 오르다 보니 호흡이 달렸다. 창의 탑은 높이가 45미터였고, 그녀의 감방은 거의 꼭대기에 있었다. 아리안느는 지나치는 문마다 눈여겨보며 그 안에 모래뱀 중 누군가가 갇혀 있을까 생각했다.

문이 닫히고 빗장이 내려가자 아리안느는 새로운 집을 탐색했다. 그녀의 감방은 넓고 공기가 잘 통했으며, 안락했다. 바닥에는 미르산 카펫이 깔렸고, 레드와인과 읽을 만한 책이 준비되어 있었다. 한쪽 구석에는 화려한 시바스 탁자에 상아와 마노로 만든 말이 다 갖춰져 있었지만, 게임을 하고 싶다 해도 같이 할 상대가 없었다. 잠자리는 깃털 침대였고, 앉을 자리에 대리석을 깐 변소에, 바구니 가득한 향초가 향을 더했다. 이렇게 높은 데서 보니 풍경이 훌륭했다. 창문 하나는 바다 위로 떠오르는 해를 볼 수 있게 동쪽으로 났다. 또 하나의 창문으로는 태양의 탑과 굽이벽, 그리고 삼중 관문을 내려다볼 수 있었다.

감방 탐험에는 샌들 끈 매는 정도 시간도 걸리지 않았지만, 그래도 잠시 눈물을 참는 데는 도움이 됐다. 아리안느는 수반과 차가운 물병을 찾아서 손과 얼굴을 닦았지만, 아무리 문질러 닦아도 슬픔을 씻어낼 순 없었다. '아리스. 내 하얀 기사.' 눈물이 차올랐고, 그녀는 울음을 터뜨리고 말았다. 흐느낌에 온몸이 무너져 내렸다. 아레오 호타의 무거운 도끼가 아리스의 살과 뼈를 가르던 모습, 아리스의 머리통이 빙빙 돌며 허공을 날던 모습이 떠올랐다. '왜 그런 거야? 왜 목숨을 내던진 거야? 난 그러라고 한 적 없어. 그런 건 원치 않았어. 내가 원한 건 그저…… 내가 원한 건……'

그날 밤 그녀는 울다가 잠들었다……. 마지막은 아닐지 몰라도, 처음 있는 일이기는 했다. 꿈속에서도 평화는 없었다. 그녀는 자신을 애무하고, 미소를 짓고, 사랑한다고 말하는 아리스 오크하트의 꿈을 꾸었다……. 그러나 그러는 동안에도 그에게는 화살이 박혀 있었고 상처에서 피가 흘러 하얀 옷이 붉게 물들었다. 꿈을 꾸면서도 마음속 한구석에서는 그게 악몽이라는 사실을 알았다. '아침이 오면 다 사라질 거야.' 그러나 아침이 와도 그녀는 여전히 감방 안에 있었고 아리스 경은 여전히 죽은 채였으며, 미르셀라는……. '난 그런 걸 원하지 않았어. 절대로 그 아이를 해칠 생각은 없었어. 그저 그 아이가 여왕이 되길 원했을 뿐이야. 배신만 당하지 않았더라면…….'

"누군가가 말했지요." 호타는 그렇게 말했었다. 기억을 떠올리기만 해도 화가 났다. 아리안느는 그 분노에 매달려, 심장에 불길을 공급했다. 분노가 눈물보다 낫고, 슬픔보다 낫고, 죄책감보다 나았다. 누군가가 말했다. 그녀가 믿었던 누군가가. 아리스 오크하트는 그래서 죽었다. 아레오 호타의 도끼만이 아니라 배신자의 속삭임 때문에 죽었다. 미르셀라의 얼굴에 흐르던 피, 그것도 배신자가 한 짓이었다. 누군가가 말했다. 그녀가 사랑했던 누군가가. 그게 제일 잔인한 상처였다.

침대 발치에 놓인 삼나무 궤짝에 옷이 가득 들어 있었기에, 아리안느는 그대로 입고 잠들었던 여행의 때가 묻은 의복을 벗고 궤짝 안에서 가장 노출이 심한 옷을 찾아 입었다. 얇은 비단이 온몸을 가리면서 아무것도 감추지 않는 옷이었다. 도란 대공은 그녀를 어린아이처럼 대할 테지만, 그녀는 어린아이처럼 입고 싶지 않았다. 미르셀라를 데리고 달아난 죄를 꾸짖으러 왔을 때 이런 옷을 입고 있으면 아버지가 불편해할 게 뻔했다. 그녀는 그 점을 계산했다. '발밑을 기면서 울어야 한다면 아버지도 마음이 불편하게 해줘야지.'

그날은 아버지를 보게 될 줄 알았지만, 겨우 문이 열렸을 때 나타난 것은 점심 식사를 들고 온 하인들이었다. "언제 아버지를 뵐 수 있지?" 질문을 던졌으나, 아무도 대답하지 않았다. 식사는 레몬과 꿀을 더해서 구운 새끼 염소였다. 건포도와 양파, 버섯과 불 같은 드래곤 후추를 채워 넣은 포도잎도 있었다. "배고프지 않다." 아리안느는 말했다. 그녀의 친구들은 배에 실린 비스킷과 소금에 절인 소고기를 먹으면서 가스톤그레이로 가고 있을 터였다. "썩 물리고 도란 대공을 오시라 해." 그러나 하인들은 음식을 놓고 갔고, 아버지는 오지 않았다. 시간이 흐르자 허기에 결심이 약해졌기에, 그녀는 앉아서 요리를 먹었다.

먹을 것이 다 없어지자 달리 할 일이 없었다. 아리안느는 탑 안을 한 바퀴, 두 바퀴, 세 바퀴 돌고 아홉 번을 돌았다. 시바스 탁자 옆에 앉아서 괜히 코끼리를 하나 움직였다. 창가 자리에 웅크리고 앉아서 책을 읽으려고 해보았다가, 글자가 흐릿해지는 바람에 자신이 다시 울고 있음을 깨달았다. '아리스, 내 사랑, 내 하얀 기사. 왜 그랬어? 항복했어야지. 내가 말을 하려고 했는데, 입 밖으로 말이 나오질 않았어. 이 용맹한 바보, 난 당신이나 미르셀라가 죽기를 바라지 않았어……. 아, 신들이시여, 그 어린아이가…….'

결국 그녀는 깃털 침대에 다시 기어들었다. 세상이 어두워졌고, 자는 것 말고는 할 수 있는 일이 별로 없었다. '누군가가 말했어. 누군가가 말했어.' 그녀는 생각했다. 가린, 드레이, 그리고 점박이 실바는 어려서부터 친구였고 사촌인 티엔 못지않게 소중했다. 그들이 정보를 흘렸다고는 믿을 수 없었다. 하지만 그러면 다크스타밖에 남지 않는데, 그가 배신자였다면 왜 가엾은 미르셀라에게 검을 돌렸을까? '그는 왕관을 씌우는 대신 미르셀라를 죽이고 싶어 했어.' 그는 샌디스톤에서 그런 말을 했었다. '내가 원하는 전쟁을 얻을 방법은 그거라고 했지.' 하지만 제럴드 데인이 배신자라는 건 말이 되질 않았다. 제럴드 경이 사과 속 벌레였다면, 왜 미르셀라를 공격했을까?

'누군가가 말했어.' 아리스 경이었을 수도 있을까? 하얀 기사의 죄책감이 정욕을 넘어섰던 걸까? 미르셀라를 아리안느보다 더 사랑해서, 원래 섬기던 왕녀에 대한 배신의 속죄로 새로 섬긴 공녀를 배신한 걸까? 자기가 저지른 짓이 너무 부끄러운 나머지 살아서 불명예를 마주하는 대신 그린블러드에서 목숨을 내던진 걸까?

'누군가가 말했어.' 아버지가 만나러 오면 그게 누구인지 알게 되리라. 그러나 도란 대공은 다음 날에도 오지 않았다. 그다음 날에도 오지 않았다. 공녀는 홀로 남아서 방 안을 걸어 다니고, 울고, 상처를 돌봤다. 낮 동안에는 책을 읽으려고 노력했지만, 이 방에 주어진 책들은 죽도록 지루했다. 크고 무거운 옛날 역사책과 지리책, 주석이 달린 지도책, 무미건조한 도르네 법 연구서들, 《칠각별》과 《최고성사들의 삶》, 앞에 열거한 책들마저 재미있게 만들어주는 두꺼운 드래곤 책이 한 권 있었다. 《만 척의 배》나 《니메리아 여왕의 사랑》같이 생각을 다른 곳으로 돌려 한두 시간이라도 이 탑에서 벗어나게 해주는 책을 한 권 준다면 얼마든지 뭐라도 내어줄 기분이었지만, 그런 오락거리는 허락되지 않았다.

창가 자리에서는 아래에 있는 거대한 금빛 돔과 색색의 유리밖에 보이지 않았다. 아버지가 공식적으로 앉아 있는 곳이었다. '곧 날 부르실 거야.'

하인들 말고는 어떤 방문객도 허용되지 않았다. 턱에 수염 자국이 까칠한 보스, 품위를 뚝뚝 흘리는 키 큰 티모스, 모라와 멜레이 자매, 예쁘고 귀여운 세드라, 그리고 아리안느의 어머니의 시녀였던 나이 많은 벨란드라뿐이었다. 그들이 식사를 가져오고, 침대 시트를 갈고, 변소 아래에 놓인 요강을 비웠지만 아무도 그녀와 대화를 하지는 않았다. 와인을 더 가져오라고 하면 티모스가 가져왔다. 좋아하는 요리를, 무화과나 올리브나 치즈를 채운 고추 같은 것을 먹고 싶으면 벨란드라에게 말하기만 하면 대령했다. 모라와 멜레이는 더러워진 옷을 가져갔다가 깨끗하게 빨아서 가져왔다. 이틀에 한 번씩은 목욕물이 왔고, 수줍음 많은 귀여운 세드라가 등에 비누칠을 해주고 머리를 빗겼다.

그러나 아무도 한마디도 하지 않았고, 이 사암 새장 바깥 세상에서 무슨 일이 벌어지고 있는지 대답해주지도 않았다. "다크스타는 잡혔나?" 어느 날은 보스에게 물었다. "아니면 아직 추적 중인가?" 보스는 등을 돌리고 걸어 나가버렸다. "귀가 먹었어?" 아리안느는 그에게 날카롭게 외쳤다. "돌아와서 대답해. 명령이다." 대답이라고는 문 닫히는 소리밖에 돌아오지 않았다.

또 다른 날에는 다른 하인에게 시도해보았다. "티모스, 미르셀라 왕녀는 어떻게 됐지? 미르셀라에게 해가 미치게 할 생각은 없었어." 선스피어로 돌아오는 길에서 본 게 마지막이었다. 미르셀라는 말에 앉기에는 너무 약해져서 가마를 타고 움직였고, 다크스타에게 베인 머리에 비단 붕대를 감고, 녹색 눈은 열에 들떠 있었다. "제발 그 아이가 죽지 않았다고 말해줘. 내가 그걸 안다고 나쁠 게 뭐가 있어? 미르셀라가 어떤지만 말해줘." 티모시는 대답하지 않았다.

"벨란드라." 아리안느는 며칠 뒤에 말했다. "내 어머니를 사랑한 적이 있었다면, 부디 그분의 가엾은 딸을 불쌍히 여겨 아버지가 언제 날 보러 올지 좀 말해줘. 제발. 제발 부탁이야." 하지만 벨란드라도 혀를 잃은 듯 말이 없었다.

'이게 아버지가 생각하는 고문인가? 달군 쇠나 고문대가 아니라, 단순한 침묵이?' 너무나 도란 마르텔다워서 아리안느는 웃지 않을 수 없었다. '아버지는 마음 약하게 굴면서 그게 교묘한 줄 알지.' 아리안느는 침묵을 즐기고, 그 시간 동안 치유하고 앞으로 올 일에 대비하기로 했다.

아리스 경에 대해 끊임없이 생각해봐야 소용없는 일인 줄 알았다. 그래서 그녀는 모래뱀에 대해, 특히 티엔에 대해 생각했다. 아리안느는 성질 급하고 가시 돋친 오바라부터 여섯 살밖에 안 된 어린 로레자에 이르기까지, 사생아로 태어난 사촌 자매 모두를 사랑했다. 그러나 가장 사랑하는 사촌은 언제나 티엔이었다. 티엔은 아리안느가 갖지 못한 다정한 자매였다. 실제 형제들과는 친했던 적이 없었다. 쿠엔틴은 이론우드에 가 있었고, 트리스탄은 너무 어렸다. 언제나 아리안느와 티엔, 그리고 가린과 드레이와 점박이 실바였다. 니메리아도 가끔 놀이에 합세했고, 사렐라는 언제나 자기가 속하지 않은 곳에 밀고 들어오려 했지만, 대개는 그렇게 다섯이었다. 그들은 물의 정원에 있는 연못과 분수에서 같이 첨벙거렸고, 서로의 벌거벗은 등에 올라타고 전투를 벌였다. 아리안느와 티엔은 함께 글을 배우고, 함께 말타기를 배우고, 함께 춤을 배웠다. 열 살 때 아리안느가 와인을 한 병 훔쳐서 둘이 같이 취하기도 했다. 그들은 식사도 같이 했고, 침대를 같이 썼으며, 장신구를 공유했다. 첫 남자도 공유하려고 했으나, 드레이가 너무 흥분한 나머지 티엔이 바지를 벗기자마자 그 손 위에 사정하고 말았다. '티엔의 손은 위험하지.' 아리안느는 그 기억에 미소 지었다.

사촌들에 대해 생각하면 할수록 더 보고 싶어졌다. '사촌들이 내 바로 밑에 있을 수도 있어.' 그날 밤 아리안느는 샌들 굽으로 바닥을 두드려보았다. 아무도 답하지 않자 창밖으로 몸을 내밀고 아래를 보았다. 아래에 뚫린 다른 창문들을 볼 수 있었다. 이 방 창문보다는 작아서, 활 구멍 정도밖에 되지 않았다. "티엔!" 그녀는 소리쳤다. "티엔, 거기 있어? 오바라, 니메리아? 내 말 들려? 엘라리아? 누구든 없어? 티엔?" 밤이 깊도록 창문에서 몸을 내밀고 목이 아플 때까지 소리를 질렀지만, 돌아오는 목소리는 없었다. 아리안느는 그 사실에 말도 못하게 겁을 먹었다. 모래뱀들이 이 탑에 갇혀 있다면 분명 그녀의 목소리를 들었을 것이다. '왜 대답이 없지? 아버지가 걔들에게 해를 끼쳤다면 절대 용서하지 않겠어. 절대로.' 그녀는 혼자 다짐했다.

2주가 지났을 때는 인내심이 종잇장처럼 얇아져 있었다. "지금 당장 아버지와 이야기하겠다." 그녀는 가장 강한 명령조로 보스에게 말했다. "아버지께 데려다다오." 보스는 그녀를 데려가지 않았다. "대공을 뵐 준비가 됐다." 티모스에게도 말했지만, 그는 듣지 못한 것처럼 몸을 돌렸다. 다음 날 아침, 아리안느는 문 옆에 서서 문이 열리기를 기다렸다. 그리고 문이 열리자 향신료를 넣은 계란 요리 접시를 벽에 뒤엎고 화살처럼 벨란드라를 지나 뛰쳐나갔지만, 3미터도 가기 전에 위병들에게 붙잡혔다. 다 아는 위병들이었지만 그녀의 애원에는 귀가 먹은 듯했다. 그들은 발길질을 하고 몸부림치는 그녀를 다시 감방으로 끌고 갔다.

아리안느는 좀 더 교묘하게 행동해야겠다고 마음먹었다. 세드라가 어리고, 순진하고, 남의 말을 잘 믿으니 제일 희망적이었다. 그러고 보니 언젠가 가린이 세드라와 잤다고 큰소리친 일이 떠올랐다. 그녀는 다음번 목욕 중에, 세드라가 어깨에 비누칠을 해줄 때 두서없이 말을 하기 시작했다. "나에게 말 걸지 말라는 명령을 받은 거 알아. 하지만 나보고 너에게 말하지 말란 사람은 없었지." 그녀는 낮의 더위에 대해, 지난밤 저녁 식사로 무엇을 먹었는지에 대해, 가엾은 벨란드라가 얼마나 굼뜨고 둔해졌는지에 대해 말했다. 오베린 공자는 딸들 모두를 결코 무방비하지 않게 무장시켰지만, 아리안느 마르텔에게는 교활함 외에 다른 무기가 없었다. 그래서 그녀는 미소 짓고 매력을 발휘하며, 세드라에게 대답도 끄덕임도 요구하지 않았다.

다음 날 저녁 식사에도 시중을 드는 세드라에게 또 수다를 떨었다. 이번에는 일부러 가린의 이름을 언급했다. 세드라는 그 이름에 수줍게 고개를 들었고, 따르던 와인을 쏟을 뻔했다. '과연, 그렇단 말이지?' 아리안느는 생각했다.

다음에 목욕을 할 때는 감옥에 갇힌 친구들에 대해, 특히 가린에 대해 말했다. "제일 걱정스러운 게 가린이야." 그녀는 하녀에게 털어놓았다. "고아들은 자유로운 영혼이고, 떠돌면서 살아야 해. 가린에겐 햇빛과 신선한 공기가 필요해. 그런데 축축한 돌 감옥에 가뒀다면, 어떻게 살아남겠어? 가스톤그레이에선 1년도 못 버틸 거야." 세드라는 대꾸하지 않았지만, 아리안느가 욕조에서 일어났을 때는 세드라의 얼굴이 창백했고 스폰지를 너무 꽉 쥐는 바람에 미르산 카펫에 비눗물이 떨어지고 있었다.

그렇다 해도, 세드라를 손에 넣기까지는 나흘이란 시간과 두 번의 목욕이 더 필요했다. "제발요." 아리안느가 가린이 감옥 창으로 몸을 던져, 죽기 전에 마지막으로 자유를 맛보는 광경을 생생하게 그려내자 세드라는 결국 속삭였다. "가린을 도와주셔야 해요. 제발 죽지 않게 해주세요."

"나도 여기 갇혀 있는 한, 할 수 있는 일이 없어." 그녀는 마주 속삭였다. "아버지가 날 만나주지 않아. 가린을 구할 수 있는 건 너뿐이야. 가린을 사랑하니?"

"네." 세드라는 얼굴을 붉히며 속삭였다. "하지만 제가 어떻게 도울 수 있죠?"

"날 위해 편지를 한 통 내보낼 수 있지. 하겠니? 위험을 감수하겠어…… 가린을 위해?"

세드라는 눈을 크게 뜨더니 고개를 끄덕였다.

'이제 전서조가 생겼군.' 아리안느는 승리감을 느끼며 생각했다. '그렇지만 누구에게 보낸다?' 아버지의 그물에서 벗어난 공모자라고는 다크스타밖에 없었다. 하지만 지금쯤은 제럴드 경도 잡혔을지 몰랐고, 잡히지 않았다면 도르네를 벗어났으리라. 다음에 든 생각은 가린의 어머니와 그린블러드의 고아들이었다. '아니, 거긴 안 돼. 실제 힘을 가진 누군가, 우리 계획에 가담하진 않았지만 우리에게 공감할 이유가 있는 누군가여야 해.' 어머니에게 호소할 생각도 해보았지만, 대공 부인 멜라리오는 멀리 노보스에 있었다. 게다가 도란 대공이 부인의 말에 귀 기울이지 않은 지 여러 해였다. '어머니도 안 돼. 영주여야 해. 날 풀어주라고 아버지를 위협할 만큼 힘 있는 영주.'

도르네 영주 중에서 가장 힘이 센 자는 이론우드의 주인이자 돌의 길 관리자인 '왕의 피' 앤더스 이론우드였지만, 아리안느도 쿠엔틴을 대자로 키운 남자에게 도움을 구하지 않을 정도 분별력은 있었다. '아니야.' 드레이의 형인 데지엘 달트는 예전에 그녀에게 구혼한 적이 있었지만, 대공에게 거역하기엔 너무 충직했다. 게다가 레몬우드의 기사 정도로는 소영주나 위협할 수 있을까, 도르네 대공을 흔들 힘은 없었다. '아니야.' 점박이 실바의 아버지도 마찬가지였다. '아니야.' 아리안느는 마침내 제대로 희망을 걸어볼 곳은 둘뿐이라는 결론을 내렸다. 헬홀트의 영주 하먼 울러와, 스카이리치의 영주이자 대공의 고갯길 관리자인 프랭클린 파울러뿐이었다.

사람들은 울러 가문의 절반은 반쯤 미쳤고, 나머지 절반은 더 나쁘다고 했다. 엘라리아 샌드는 하먼 공의 서녀였다. 엘라리아 샌드와 그녀의 어린 딸들은 나머지 모래뱀들과 함께 갇혀 있었다. 하먼 공도 그 사실에 격분했을 테고, 격분한 울러는 위험했다. '너무 위험할지도 모르지.' 아리안느는 다른 목숨을 위험에 밀어 넣고 싶지 않았다.

파울러 공이 더 안전한 선택일 수 있었다. 그는 '늙은 매'라고 불렸는데, 앤더스 이론우드와 잘 지낸 적이 없었다. 두 가문 사이에는 천 년을 거슬러 올라가는 악감정이 있었다. 파울러가 니메리아 전쟁 당시 이론우드를 제치고 마르텔을 선택했을 때부터 쌓인 감정이었다. 파울러 쌍둥이는 니메리아 샌드의 친구로 유명하기도 했지만, 그게 늙은 매에게 얼마만 한 무게가 있을까?

아리안느는 며칠 동안 비밀 편지를 작성하면서 망설였다. "이 편지를 가져다준 사람에게 은화 백 닢을 주시오." 그녀는 편지를 그렇게 시작했다. 그러면 확실히 전달될 것이다. 그녀는 지금 어디에 있는지 쓰고, 구해달라고 호소했다. "누구든 나를 이 감방에서 내보내주는 이는 내가 결혼할 때 잊히지 않을 것이오." '이러면 남자들이 달려들겠지.' 도란 대공이 자격을 박탈하지 않는 한 아리안느는 선스피어의 정당한 후계자였다. 그녀와 결혼하는 남자는 언젠가 그녀 곁에서 도르네를 통치할 것이다. 아리안느로서는 자신을 구할 남자가 지난 몇 년간 아버지가 내민 흰 수염 노친네들보다 젊기를 기도할 수밖에 없었다. "배우자에게 음식 씹을 이는 있었으면 해요." 마지막으로 남편감을 거절했을 때 아버지에게 그렇게 말하기도 했다.

의심을 불러일으킬까 봐 양피지는 요구할 수 없었기에, 이 편지는《칠각별》에서 뜯어낸 종잇조각에 써서 다음 목욕 날에 세드라의 손에 밀어 넣었다. "삼중 관문 옆에 카라반들이 깊은 사막을 건너기 전에 보급을 하는 곳이 있어." 아리안느는 세드라에게 말했다. "대공의 고갯길로 향하는 여행자를 찾아서, 이 편지를 파울러 공 손에 전하면 은화 백 닢을 받을 거라고 해."

"그럴게요." 세드라는 그 편지를 보디스 안에 숨겼다. "해가 지기 전에 누군가 찾아낼게요, 공녀님."

"좋아. 내일 어떻게 됐는지 알려줘."

그러나 세드라는 다음 날 돌아오지 않았다. 그다음 날에도 오지 않았다. 아리안느가 목욕을 할 때가 되자 모라와 멜레이가 욕조에 물을 채우고, 아리안느의 등을 밀고 머리를 빗겼다. "세드라는 아픈가?" 공녀가 물어도 둘 다 대답을 하지 않았다. 세드라가 잡혔다고밖에 생각할 수 없었다. '달리 무슨 이유가 있겠어?' 그날 밤 그녀는 다음에 무슨 일이 생길지 생각하느라 거의 잠을 자지 못했다.

다음 날 아침에 티모스가 식사를 가져오자, 아리안느는 아버지 대신 리카소를 보게 해달라고 했다. 도란 대공에게 만남을 강요할 순 없더라도, 한 갓 집사가 선스피어의 정당한 후계자가 부르는데 무시할 리 없었다.

그런데 무시했다. "리카소에게 내 말 전했어?" 그녀는 티모스를 다시 보게 되자 물었다. "내가 만나야겠다고 전했나?" 티모스가 대답하지 않자 아리안느는 레드와인병을 움켜쥐고 그의 머리에 부어버렸다. 하인은 자존심을 다친 얼굴로 와인을 뚝뚝 떨어뜨리며 물러났다. '아버지는 날 여기서 썩힐 작정이야. 그게 아니라면 날 어느 역겨운 늙은 바보와 결혼시켜 떠나보낼 계획을 꾸미는 중이고, 잠자리를 할 때까지 가둬둘 작정이겠지.'

아리안느 마르텔은 언젠가 아버지가 고르는 대영주와 결혼하리라 생각하며 자랐다. 공녀란 그런 거라고 가르침을 받았다……. 그러나 오베린 숙부는 생각이 달랐다. "결혼하려거든 결혼해라." 붉은 독사는 자기 딸들에게 그렇게 말했다. "결혼하지 않을 거라면 쾌락을 찾는 대로 누려라. 이 세상엔 즐거운 게 별로 없거든. 하지만 잘 선택해라. 멍청이나 짐승에게 올라타더라도 나한테 없애달라고 하진 마. 직접 해결할 도구는 다 줬으니까."

오베린 공자가 결혼하지 않고 낳은 딸들에게 허락한 자유는 도란 대공의 적법한 후계자가 결코 누릴 수 없는 것이었다. 아리안느는 결혼해야만 했다. 그 사실은 그녀도 받아들였다. 그녀는 드레이가 자신을 원한다는 사실을 알았다. 그 형인 레몬우드의 기사 데지엘도 마찬가지였다. 다에몬 샌드는 직접 청혼하기도 했다. 하지만 다에몬은 사생아로 태어났고, 도란 대공은 딸을 도르네인과 결혼시킬 생각이 없었다.

아리안느는 그것도 받아들였다. 어느 해인가 로버트 왕의 동생이 찾아왔었고, 아리안느는 그를 유혹하려 최선을 다했지만, 당시 그녀는 반쯤 어린아이였고 렌리 공은 그녀의 접근에 달아오르기보다는 재미있어하는 것 같았다. 나중에 호스터 툴리가 리버런에 와서 자기 후계자를 만나보지 않겠냐고 했을 때 그녀는 '처녀'에게 촛불을 켜고 감사해했지만, 그 초대는 도란 대공이 거절했다. 아리안느는 심지어 다리 불구라는 윌라스 티렐도 고려해볼 수 있었지만, 아버지는 그녀를 하이가든에 보내는 것도 거부했다. 티엔의 도움을 받아서 몰래 가보려고도 했지만 도란 대공이 베이스에서 두 사람을 잡아들였다. 같은 해에 도란 대공은 그녀를 벤 비스버리와 약혼시키려 했는데, 나이가 80세는 됐고 이가 다 빠진 데다 눈도 먼 소영주였다.

비스버리는 몇 년 후에 죽었다. 그 점이 조금은 위안이 되었다. 죽은 남자와 결혼을 강요할 순 없을 테니까. 그리고 크로싱의 영주는 이미 다시 결혼했으니, 그자로부터도 안전했다. 하지만 엘덴 에스터몬트는 아직 살아 있는 데다 결혼도 하지 않았다. 로스비 영주와 그랜디슨 영주도 마찬가지였다. 그랜디슨은 별명이 회색 수염이었지만, 아리안느가 만났을 때는 수염이 새하얗게 세어 있었다. 그는 환영 연회에서 생선 요리와 고기 요리 사이쯤에 잠들어버렸었다. 드레이는 그랜디슨의 문장이 잠자는 사자이니 잘 어울리는 일이라고 했다. 가린은 그랜디슨을 깨우지 않고 수염을 묶을 수 있나 해보라고 했지만, 아리안느는 참았다. 그랜디슨은 상냥해 보였고, 에스터몬트보다 짜증을 덜 냈으며 로스비보다 활기가 있었다. 하지만 그자와 결혼할 마음은 없었다. '호타가 도끼를 들고 내 뒤에 서서 위협한다 해도 안 해.'

다음 날에 그녀와 결혼하러 온 사람은 없었고, 그다음 날에도 없었다. 세드라도 돌아오지 않았다. 아리안느는 모라와 멜레이의 마음을 같은 방식으로 얻어보려 했지만, 소용없었다. 둘 중 하나만 있다면 희망이 있었을지도 모르지만, 함께 있을 때 두 자매는 벽과 같았다. 그때쯤 아리안느는 차라리 달군 쇠로 몸을 지지거나 고문대에서 하룻저녁을 보내는 게 반가울 지경이었다. 고독에 미쳐버릴 것 같았다. '내가 한 짓을 생각하면 처형인의 도끼를 받아 마땅하건만, 아버지는 그것조차도 주지 않는군. 차라리 날 가둬놓고 내가 살아 있다는 사실도 잊으시려는 거야.' 칼레오트 학사가 그녀의 동생인 쿠엔틴을 도르네의 후계자로 지명하는 성명서를 작성하고 있을까 궁금했다.

하루 또 하루가 지나고 아리안느도 얼마 동안이나 갇혀 있었는지 날짜 헤아리기를 놓쳐버릴 정도로 시간이 흘렀다. 그녀는 갈수록 침대에 누워서 더 많은 시간을 보내다가 마침내는 변소를 쓸 때 외에는 아예 일어나지 않는 지경에 이르렀다. 하인들이 가져온 식사는 건드리지도 않고 식게 두었다. 아리안느는 자다가 깨다가 다시 잤고, 그렇게 자고도 일어나지 못할 만큼 피곤했다. 그녀는 어머니에게 자비를 달라 기도하고 전사에게 용기를 달라 기도한 후에 또 잤다. 새로운 식사가 도착했지만 그것도 먹지 않았다. 한번은, 유난히 힘이 돌아왔다 싶었을 때 식사를 창가로 죄다 들고 가서 유혹이 들지 않게 아예 던져버리기도 했다. 그것만으로도 녹초가 되었기에 그녀는 다시 침대에 기어들어서 반나절을 잤다.

그러다가 부드럽지 않은 손이 어깨를 흔들어 깨우는 날이 왔다. "어린 공녀님." 그녀가 어려서부터 알던 목소리가 말했다. "일어나서 옷 입으세요. 대공께서 부르십니다." 그녀의 오랜 친구이자 보호자였던 아레오 호타가 서 있었다. 아레오 호타가 그녀에게 말하고 있었다. 아리안느는 잠에 취해 미소 지었다. 그 흉 지고 주름진 얼굴을 보고, 걸걸하고 낮은 목소리와 노보스식 억양을 들으니 좋았다. "세드라를 어떻게 했어?"

"대공께서 물의 정원으로 보내셨습니다. 직접 말씀하실 겁니다. 우선 씻고 식사를 하셔야 해요."

꼴이 비참할 게 틀림없었다. 아리안느는 새끼 고양이처럼 약한 몸으로 침대에서 기어 나갔다. "모라와 멜레이에게 목욕물 준비시켜. 그리고 티모스에게 먹을 것 좀 가져오라고 해. 가벼운 걸로. 차가운 수프와 빵과 과일 정도면 돼."

"알겠습니다." 아레오 호타가 말했다. 그보다 더 달콤한 소리를 들은 적이 없었다.

아리안느가 목욕을 하고 머리를 빗고 하인들이 가져온 치즈와 과일을 조금 먹는 동안 대장은 바깥에서 기다렸다. 그녀는 와인을 조금 마셔서 속을 가라앉혔다. '내가 겁을 먹었구나.' 그녀는 깨달았다. '평생 처음으로 내가 아버지에게 겁을 먹었어.' 그녀는 웃다가 코로 와인을 뿜고 말았다. 옷을 입을 때가 오자 그녀는 소매와 보디스에 넝쿨과 자주색 포도를 수놓은 단순한 상아색 리넨 가운을 골랐다. 보석은 걸치지 않았다. '정숙하고 겸허하고 뉘우치는 모습을 보여야 해. 아버지 발치에 몸을 던지고 용서를 빌어야 해. 안 그러면 다시는 사람 목소리를 듣지 못할지도 몰라.'

준비가 다 됐을 때는 땅거미가 내리고 있었다. 아리안느는 호타가 태양의 탑으로 데려가서 아버지의 판결을 듣게 할 줄 알았다. 그러나 호타가 그녀를 데려간 곳은 대공의 개인방이었고, 도란 마르텔은 통풍에 걸린 두 다리를 쿠션이 쌓인 발판에 얹고 시바스 탁자 뒤에 앉아 있었다. 그는 붉게 부어오른 두 손으로 마노로 만든 코끼리 말을 쥐고 만지작거리고 있었다. 대공은 아리안느가 이제까지 본 중에 가장 안 좋은 모습이었다. 얼굴은 창백하니 부었고, 관절이 얼마나 부어올랐는지 보는 아리안느가 다 아플 정도였다. 이런 모습을 보니 아리안느도 마음이 쓰였다……. 그러나 어째서인지 계획대로 몸을 던지고 자비를 빌 수가 없었다. "아버지." 그녀는 그렇게만 말했다.

고개를 들어 그녀를 보는 검은 눈동자는 고통으로 흐려져 있었다. '통풍 때문일까? 아니면 나 때문일까?' 아리안느는 궁금했다. "볼란티스인들은 이상하고 교묘한 사람들이지." 그는 코끼리를 내려놓으며 중얼거렸다. "노보스로 가던 길에 볼란티스를 보았지. 멜라리오를 처음 만났을 때 말이다. 종이 울리고 있었고, 곰들이 계단에서 춤을 췄지. 아레오는 그날을 기억할 거다."

"기억합니다." 아레오 호타가 장중한 목소리로 말했다. "곰들이 춤을 추고 종이 울렸으며, 대공께서는 붉은색과 금색과 오렌지색 차림이셨지요. 저희 아가씨께서는 누가 저리 밝게 빛나느냐고 물으셨습니다."

도란 대공은 파리하게 웃었다. "나가보게, 대장."

아레오 호타는 긴자루 도끼 끝으로 바닥을 두드리더니 몸을 휙 돌려 나갔다.

"네 방에 시바스 탁자를 두라고 일렀다만." 아버지는 둘만 남자 말했다.

"누구와 게임을 하라고요?" '왜 게임 이야기를 하는 거지? 통풍 때문에 제정신이 아니신가?'

"너 자신과. 게임을 하기 전에 먼저 게임을 연구하는 게 좋을 때가 있지. 그 게임을 얼마나 잘 아느냐, 아리안느?"

"할 만큼은 알죠."

"하지만 이길 만큼은 아니지. 내 동생은 싸움 자체를 사랑했지만, 나는 오직 내가 이길 수 있는 게임만 한다. 시바스는 날 위한 게임이 아니야." 그는 오랫동안 아리안느의 얼굴을 살피다가 말했다. "왜냐? 말해보아라, 아리안느. 이유를 말해봐."

"우리 가문의 영광을 위해서였어요." 아버지의 목소리에 화가 났다. 너무나 슬프고, 지치고, 약한 목소리였다. '당신은 대공이야! 격분해야지!' 소리치고 싶었다. "아버지의 기개 없는 모습에 도르네 전체가 부끄러워합니다. 아버지의 동생이 킹스랜딩에 대신 갔다가 놈들에게 살해당했어요!"

"내가 그걸 모른다고 생각하느냐? 눈을 감을 때마다 오베린이 보인다."

"그 눈을 뜨시라고 하겠죠." 아리안느는 시바스 탁자를 사이에 두고 아버지 맞은편에 앉았다.

"앉아도 좋다고 하지 않았다."

"그럼 호타를 다시 불러서 제 무례함의 벌로 채찍질을 하시죠. 아버지는 도르네 대공이에요. 그러실 수 있어요." 그녀는 시바스 놀이말 중에 묵직한 말을 건드렸다. "제럴드 경은 잡으셨나요?"

그는 고개를 저었다. "잡았으면 좋았으련만. 그자를 끌어들이다니 어리석었다. 다크스타는 도르네에서 가장 위험한 남자야. 너와 그자가 우리 모두에게 큰 해를 입혔다."

아리안느는 묻기가 무서웠다. "미르셀라가……?"

"……죽었냐고? 아니다. 다크스타가 최선을 다하긴 했다만, 죽진 않았어. 모두의 눈이 네 하얀 기사에게 쏠려 있어서 어떻게 된 일인지 확실하지는 않은 모양이다만, 마지막 순간에 미르셀라가 탄 말이 물러섰던 모양이다. 그러지 않았다면 다크스타가 그 아이의 머리 위쪽을 쪼개버렸겠지. 그렇다곤 해도 그 공격으로 뺨이 뼈가 드러나도록 베였고 오른쪽 귀가 떨어졌다. 칼레오트 학사가 목숨은 살릴 수 있었다만, 어떤 약으로도 얼굴을 고치진 못할 게다. 미르셀라는 내 대녀였다, 아리안느. 네 동생과 약혼했고 내 보호하에 있었어. 넌 우리 모두의 명예를 손상했다."

"미르셀라를 해칠 마음은 없었어요." 아리안느는 주장했다. "호타가 끼어들지만 않았어도……."

"……넌 미르셀라를 여왕으로 만들고, 그 아이 동생에 맞서는 반란을 일으키려 했지. 그랬다면 그 아이는 귀 하나가 아니라 목숨을 잃었을 게다."

"우리가 진다면 그랬겠죠."

"진다면? 시간문제다. 도르네는 칠왕국에서 가장 인구가 적어. 젊은 드래곤이야 정복의 영광을 더하려고 책을 쓸 때 우리 군대를 부풀려 쓰며 흡족해했고, 우리는 드래곤이 뿌린 씨앗에 물을 주면서 적들이 우리를 실제보다 강하게 생각하는 데 기뻐했지만, 공녀라면 진실을 알아야지. 용맹함으로 숫자를 대신하기는 어렵다. 도르네는, 도르네 하나만으로는 철왕좌와의 전쟁에서 이길 수 없다. 그런데도 너는 우리에게 전쟁을 선사할 뻔했지. 그게 자랑스러우냐?" 대공은 딸에게 대답할 시간을 주지 않았다. "내가 널 어찌해야 할까, 아리안느?"

'용서하세요.' 마음속 한구석은 그렇게 말했지만, 아버지의 말이 너무 깊은 상처를 입힌 후였다. "왜요, 늘 하시던 대로 하시죠. 아무것도 하지 마세요."

"분노를 삼키기 어렵게 만드는구나."

"그만 삼키시는 게 좋겠네요. 그러다가 분노에 질식하시겠어요." 대공은 대답하지 않았다. "제 계획을 어떻게 알았는지 말해주세요."

"나는 도르네의 대공이다. 사람들은 내 호의를 얻으려 하지."

'누군가가 말했어.' "계획을 알고도 저희가 미르셀라를 데리고 달아나게 허용하셨어요. 왜죠?"

"그건 실수였다. 알고 보니 통탄할 실수였지. 너는 내 딸이다, 아리안느. 무릎이 까지면 나에게 달려오던 어린아이. 네가 나에게 반하는 음모를 꾸민다고는 믿기 힘들었다. 진실을 알아야만 했지."

"이제 아셨네요. 누가 아버지에게 알렸는지 알고 싶어요."

"나도 너였다면 그랬겠지."

"말해주실 건가요?"

"말해줄 이유를 떠올릴 수 없구나."

"저 혼자서는 알아낼 수 없을 거라 생각하세요?"

"시도는 환영한다. 그때까지 너는 모두를 믿지 말아야겠지……. 그리고 약간의 불신은 공녀에게 좋은 약이다." 도란 대공이 한숨을 내쉬었다. "실망스럽구나, 아리안느."

"누가 누구에게 할 말인가요. 아버지는 오랫동안 절 실망시키셨어요." 그렇게 솔직할 생각이 아니었는데, 말이 튀어나와 버렸다. '자, 이제 말했어.'

"안다. 난 너무 온순하고 약하고 조심스러운 데다가 적에게 너무 관대하지. 하지만 지금 너에겐 그 관대함이 필요해 보이는구나. 나에게 더 도발하기보다는 용서를 호소해야 할 텐데."

"제 친구들에게 관대하시길 청할 뿐이에요."

"고결하기도 하구나."

"절 사랑해서 한 일이에요. 가스톤그레이에서 죽을 이유가 없어요."

"우연히도 생각이 같구나. 다크스타를 제외한 네 동료들은 어리석은 아이들에 불과했다. 그렇다 해도 이건 무해한 시바스 놀이가 아니야. 너와 네 친구들은 반역 놀이를 했다. 내가 그 아이들의 목을 벨 수도 있어."

"그럴 수도 있지만 그러지 않으셨죠. 데인, 달트, 산타가르……. 아뇨, 아버지는 그런 가문들을 적으로 돌릴 엄두가 나지 않으실 테죠."

"난 네가 꿈도 못 꿀 짓도 한다만……. 우선 그 문제는 넘어가자. 안드레이 경은 노보스에 가서 3년간 네 어머니를 모시게 했다. 가린은 티로시에서 2년을 보낼 것이다. 가린의 고아 친족들에게서는 돈과 인질을 받았지. 실바 아가씨는 나에게 아무 처벌도 받지 않았다만, 결혼할 나이가 됐지. 실바의 아버지가 배에 태워 그린스톤으로 보내서 에스터몬트 공과 결혼시켰다. 아리스 오크하트는 자기 운명을 선택했고 용감하게 그 운명을 맞이했다. 킹스가드의 기사란……. 그에게 무슨 짓을 했느냐?"

"붙어먹었죠. 아버지께서 우리 고귀한 손님들을 즐겁게 해주라고 명령하셨던 것 같은데요."

대공의 얼굴이 붉어졌다. "필요한 게 그것뿐이었느냐?"

"미르셀라가 여왕이 되면 우리에게 결혼 허락을 내려줄 거라고 했죠. 절 아내로 맞이하고 싶어 했어요."

"분명 너도 오크하트 경이 서약을 어기는 일을 막으려고 할 수 있는 일은 다 했겠지." 아버지가 말했다.

이번에는 아리안느가 얼굴을 붉힐 차례였다. 아리스 경을 유혹하는 데 반 년이 걸렸다. 아리스 경은 하얀 옷을 입기 전에 다른 여자를 품은 적이 있다고 주장했지만, 행동만 보면 전혀 그렇지가 않았다. 애무는 서툴렀고, 입맞춤은 불안했으며, 처음 잠자리를 했을 때 그는 아리안느가 손으로 이끄는 사이에 그녀의 허벅지에 씨를 뿌리고 말았다. 더 나쁜 건 그가 내내 수치심에 휩싸여 있었다는 점이었다. 아리스 경이 "우린 이러면 안 됩니다"라고 말할 때마다 금화를 한 닢씩 받았다면 아리안느는 라니스터 가문보다 부자가 되었으리라. '아리스가 아레오 호타에게 돌진한 게 날 구하기 위해서였을까? 아니면 나에게서 도망치기 위해, 피 흘리며 죽음으로써 불명예를 씻기 위해서였을까?' 아리안느는 알 수 없었다. "아리스는 절 사랑했어요." 그녀는 저도 모르게 말하고 있었다. "절 위해 죽었어요."

"그렇다면 널 위해 죽을 무수한 사람들 중 첫 번째일지 모르겠구나. 너와 네 사촌들은 전쟁을 원했지. 네 소원이 이뤄질지도 모르겠다. 우리가 대화하고 있는 지금도 또 한 명의 킹스가드 기사가 선스피어를 향해 오고 있다. 발론 스완 경이 산더미의 머리통을 가져오고 있어. 내 휘하 봉신들이 발론 경을 지연시키고 내게 시간을 벌어주고 있다. 월 가문은 뼈의 길에서 매사냥과 수렵 놀이를 계속하며 여드레를 잡아두었고, 이론우드 공은 산맥에서 빠져나온 발론 경에게 2주 동안 연회를 베풀었지. 현재는 토르에 있는데, 조데인 부인이 그를 위해 게임을 안배해두었다. 그 후에 고스트힐에 당도하면 조데인 부인을 능가하려고 열심인 톨랜드 부인을 만나게 될 것이다. 그렇다 해도 조만간 발론 경은 선스피어에 도착하고 말 테고, 그러면 미르셀라 왕녀를 보려 하겠지……. 그리고 결의형제인 아리스 경도 만나려 할 테고. 우리가 뭐라 말할까, 아리안느? 내가 오크하트는 사냥 중 사고로 죽었다고, 아니면 미끄러운 계단에서 떨어져 죽었다고 말하랴? 아리스가 물의 정원에서 헤엄을 치다가 대리석에서 발이 미끄러져 머리를 부딪치는 바람에 빠져 죽었다고 할까?"

"아뇨." 아리안느가 말했다. "어린 왕녀를 지키다가 죽었다고 하세요. 발론 경에게 다크스타가 왕녀를 죽이려 했고 아리스 경이 끼어들어서 왕녀를 구했다고 하세요." 킹스가드의 하얀 기사들은 그렇게 죽어야 마땅했다. 자기들이 지키겠다고 맹세한 이들을 위해 목숨을 버려야 마땅했다. "라니스터가 동생과 조카들을 죽였을 때 아버지가 그랬듯이 발론 경도 그 말을 의심할지도 모르지만, 그렇다 해도 증거가 없을 테니……."

"……미르셀라와 이야기하기 전까지는 그렇겠지. 아니면 그 용감한 아이도 비극적인 사고를 당해야 할까? 그렇다면 전쟁이 될 것이다. 왕녀가 내 보호하에 있다가 죽는다면 어떤 거짓말도 도르네를 왕대비의 분노로부터 구하지 못할 것이다."

'아버지에겐 내가 필요해.' 아리안느는 깨달았다. '그래서 날 부른 거야.'

"제가 미르셀라에게 할 말을 일러줄 순 있지만, 왜 그래야 하죠?"

발작적인 분노가 아버지의 얼굴에 퍼졌다. "경고한다, 아리안느. 난 인내심이 다했다."

"제게요?" '아버지답기도 하지.' "타이윈 공과 라니스터에게는 언제나 성왕 바엘로르 같은 관용을 베푸시더니, 당신 핏줄에겐 전혀 아니군요."

"인내심을 관용으로 착각하는구나. 난 엘리아와 엘리아의 아이들이 어떻게 됐는지 들은 바로 그날부터 타이윈 라니스터의 몰락을 위해 손썼다. 그자가 아끼는 모든 것을 빼앗은 후에 죽이고 싶었는데, 그자의 난쟁이 아들이 내게서 그 즐거움을 빼앗은 것 같구나. 스스로가 만든 괴물의 손에 잔혹하게 죽었다는 사실에서 조그마한 위안이라도 받아야겠지. 어쨌든. 타이윈 공은 지옥에서 울부짖고 있다……. 네 어리석은 짓거리가 전쟁으로 비화한다면 수천 명이 그자의 곁으로 가겠지." 아버지는 그 말 자체가 고통스럽다는 듯이 얼굴을 찌푸렸다. "그게 네가 원하는 것이냐?"

공녀는 굽히지 않았다. "사촌들을 풀어줬으면 해요. 숙부의 복수를 원해요. 제 권리를 원해요."

"네 권리?"
"도르네요."
"도르네는 내가 죽은 후에 얻게 될 거다. 그렇게 날 없애고 싶으냐?"
"그 질문은 아버지에게 돌려드려야겠네요. 몇 년 동안이나 절 제거하려 하셨죠."
"사실이 아니다."
"아니라고요? 동생에게 물어볼까요?"
"트리스탄에게?"
"쿠엔틴요."
"쿠엔틴이 왜?"
"쿠엔틴이 어디 있죠?"
"이론우드 공의 군대와 함께 뼈의 길에 있다."
"거짓말 참 잘하시네요. 그 점은 인정해드리죠. 눈 하나 깜박 안 하시네요. 쿠엔틴은 리스에 갔어요."
"어쩌다 그런 생각을 하게 된 거냐?"
"친구가 말해줬어요." 그녀에게도 비밀은 있을 수 있었다.
"네 친구가 거짓말을 한 거다. 내가 확언하마. 네 동생은 리스에 가지 않았다. 태양과 창과 일곱에게 맹세하지."
아리안느는 그리 쉽게 넘어가지 않았다. "그러면 미르인가요? 티로시인가요? 쿠엔틴이 협해 건너 어딘가에서 제가 타고난 권리를 훔칠 용병을 고용하고 있다는 사실을 알아요."
아버지의 얼굴이 어두워졌다. "이런 불신은 네게 명예로울 게 없다, 아리안느. 나에게 맞서 음모를 꾸미려면 쿠엔틴이 꾸며야겠지. 난 쿠엔틴이 어린아이였을 때, 도르네의 필요를 이해하기엔 너무 어렸을 때 보내버렸지. 나보다는 앤더스 이론우드가 더 아버지 같을 텐데, 그런데도 네 동생은 충실하고 순종적인 존재로 남아 있어."

"왜 안 그러겠어요? 아버지는 쿠엔틴을 더 아끼는데요. 언제나 그랬죠. 쿠엔틴은 아버지를 닮았고, 아버지처럼 생각하고, 아버지는 그 녀석에게 도르네를 줄 작정이죠. 괜히 부정하지 마세요. 아버지의 편지를 읽었어요." 편지의 글귀는 아직도 기억 속에서 불길처럼 타올랐다. "'언젠가는 네가 내 자리에 앉아 도르네 전역을 통치할 것'이라고 쓰셨죠. 말씀해보세요, 아버지. 언제 제 상속권을 빼앗기로 결정하셨죠? 쿠엔틴이 태어난 날이었나요, 제가 태어난 날이었나요? 제가 뭘 어쨌기에 절 그렇게 미워하세요?" 분하게도 그녀의 눈엔 눈물이 고여 있었다.

"널 미워한 적 없다." 도란 대공의 목소리는 종잇장처럼 얇았고, 비통함이 가득했다. "아리안느, 너는 이해 못 해."

"그런 말을 썼다는 걸 부정하세요?"

"아니다. 쿠엔틴이 처음 이론우드로 갔을 때였지. 그래, 난 쿠엔틴이 내 뒤를 잇게 할 작정이었다. 너에게는 다른 계획이 있었고."

"아, 그래요." 아리안느는 냉소했다. "대단한 계획이 있으셨죠. 자일스 로스비. 눈먼 벤 비스버리. 회색 수염 그랜디슨. 그게 아버지의 계획이었죠."

그녀는 대꾸할 기회를 주지 않고 말했다. "도르네에 후계자를 제공하는 게 제 의무인 줄은 알아요. 그 점은 한 번도 잊은 적 없어요. 그러니 기꺼이 결혼했을 거예요. 하지만 아버지가 가져온 혼담들은 모욕이었어요. 그 남자들 하나하나로 아버지는 제게 침을 뱉었죠. 제게 사랑이라는 걸 조금이라도 느낀 적이 있다면, 왜 제게 왈더 프레이를 내미셨나요?"

"네가 퇴짜 놓을 것을 알았으니까. 네가 나이가 들면서 널 위한 구혼자를 찾는 모습을 보여야만 했다. 그러지 않으면 의심을 부를 테니까. 하지만 그렇다고 해서 네가 받아들일 만한 남자를 내밀 수는 없었다. 넌 약속이 되어 있었어, 아리안느."

'약속이 돼?' 아리안느는 의심 가득한 눈으로 아버지를 노려보았다. "무슨 소리예요? 또 거짓말인가요? 그런 말은 한 번도……."

"비밀로 봉인된 협약이다. 네가 나이가 충분히 들면 말하려고 했지……. 정작 내가 때가 되었다고 생각했을 때는, 그렇지만……."

"전 스물세 살이에요. 어른이 된 지도 7년이라고요."

"안다. 내가 널 너무 오래 무지한 상태로 두었다면 다 널 보호하기 위해서였다. 아리안느, 네 성격은…… 너에게 비밀이란 밤에 침대에서 가린과 티엔에게 속삭일 특별한 이야기에 불과했지. 가린은 고아답게 소문을 퍼트리는 아이고, 티엔은 오바라와 니메리아에게 숨기는 게 없어. 그리고 그 아이들이 알고 나면……. 오바라는 와인을 너무 좋아하고, 니메리아는 파울러 쌍둥이와 너무 가깝다. 그리고 파울러 쌍둥이가 또 누구에게 말할지 누가 알겠느냐? 난 그런 위험을 감수할 수 없었다."

아리안느는 혼란스러웠고, 갈피를 잃었다. '약속이 되어 있다니. 내가 약혼한 상태였다니.' "누구죠? 누가 내내 제 약혼자였던 거예요?"

"상관없다. 죽었으니."

아리안느는 더더욱 당황했다. "노인들은 연약하기 그지없죠. 엉덩이 골절이었나요? 아니면 오한이나 통풍?"

"녹인 금 한 단지였다. 왕자와 공자가 조심스레 계획을 짜도 신들은 그걸 다 비틀어버리지." 도란 대공은 피부가 쓸려 붉어진 손으로 지친 몸짓을 했다. "도르네는 네 것이 될 거다. 내가 약속하마. 내 말이 아직 네게 의미가 있다면 말이지만. 네 동생 쿠엔틴은 그보다 더 힘든 길을 걸어야 한다."

"무슨 길요?" 아리안느는 의심을 품고 아버지를 보았다. "뭘 숨기고 계시죠? 일곱이시여, 이제 비밀이라면 신물이 나요. 나머지를 다 말해주세요, 아버지……. 아니면 쿠엔틴을 후계자로 지명하고 호타와 호타의 도끼를 불러서 제가 사촌들 곁에서 죽게 하세요."

“정말로 내가 내 동생의 아이들을 해칠 거라 믿는 거냐?” 아버지는 얼굴을 찌푸렸다. “오바라, 니메리아, 티엔은 자유 외에는 부족한 게 없고, 엘라리아와 그 딸들은 물의 정원에 안락하게 자리 잡았다. 도리아는 가시 철퇴로 나무에서 오렌지를 떨어뜨리는 데 열중하고, 엘리아와 오벨라는 연못의 공포가 되었지.” 그는 한숨을 내쉬었다. “네가 그 연못에서 놀던 게 그리 오래전도 아니야. 넌 손위인 여자애의 어깨에 올라타곤 했지……. 힘없는 노란 머리에 키가 큰 여자애였는데…….”

“제인 파울러 아니면 제넬린 파울러였을 거예요.” 아리안느가 몇 년이나 생각하지 않은 시절이었다. “아, 그리고 프린도 있었죠. 대장장이 아버지를 둔. 갠 갈색 머리였어요. 하지만 전 가린이 제일 좋았죠. 가린을 타고 나서면 아무도 우릴 쓰러뜨릴 수 없었어요. 니메리아와 그 녹색 머리 티로시 여자애조차도.”

“그 녹색 머리 여자애는 티로시 집정관의 딸이었다. 그 아이 대신 너를 티로시에 보내려고 했지. 너는 집정관의 술잔 담당으로 일하다가 비밀리에 네 약혼자를 만나게 되어 있었지만, 네 어머니가 자식을 또 하나 훔쳐 간다면 자해하고 말겠다고 위협했고 나는……. 네 어미에게 그럴 순 없었어.”

아버지의 이야기는 갈수록 이상해졌다. “쿠엔틴이 그리로 간 건가요? 집정관의 녹색 머리 딸에게 구혼하러 티로시에 간 거예요?”

아버지는 시바스 말을 하나 집어 들었다. “네가 쿠엔틴이 바다를 건넜다는 사실을 어떻게 알았는지 반드시 알아야겠다. 네 동생은 클레투스 이론우드, 케드리 학사, 그리고 이론우드 공의 가장 뛰어난 젊은 기사 세 명과 함께 길고 위험한 항해에 나섰어. 항해 끝에 환영을 받을지 여부도 불확실하고. 쿠엔틴은 우리에게 우리의 심장이 원하는 바를 가져오기 위해 떠났다.”

아리안느는 눈을 가늘게 떴다. “우리 심장이 원하는 바가 뭐죠?”

"복수." 아버지의 음성은 누군가 들을지도 모른다고 걱정하는 것처럼 조용했다. "정의." 도란 대공은 통풍으로 부어오른 손가락으로 집어 든 마노 드래곤을 아리안느의 손바닥에 쥐여주며 속삭였다. "불과 피."

알레인

그녀는 쇠고리를 돌리고 문을 살짝만 밀어 열었다. "스위트로빈? 들어가도 될까요?"

"조심하십시오, 아가씨." 늙은 그레첼이 두 손을 움켜쥐며 경고했다. "영주님께서 학사에게 요강을 집어 던지셨습니다."

"그렇다면 나한테 던질 건 없겠네. 해야 할 일이 있지 않아? 그리고 매디, 너도…… 창문 다 닫고 덧창까지 내렸어? 가구는 다 덮었고?"

"다 했어요, 아가씨." 매디가 말했다.

"확실히 해두는 게 좋을 거야." 알레인은 어두운 침실로 들어갔다. "저 혼자예요, 스위트로빈."

어둠 속에서 누군가가 코를 훌쩍였다. "너 혼자야?"

"네, 영주님."

"그럼 가까이 와. 너만."

알레인은 등 뒤로 문을 닫았다. 두께가 10센티미터가 넘는 단단한 참나무 문이었다. 매디와 그레첼이 아무리 귀를 기울이더라도 들리는 소리는 없을 것이다. 잘된 일이었다. 그레첼이야 입단속을 할 수 있었지만, 매디는 부끄러움 없이 소문을 퍼트렸다.

"콜먼 학사가 보낸 거야?" 소년이 물었다.

"아니에요." 거짓말이었다. "우리 스위트로빈이 앓고 있다고 들었어요." 학사는 요강에 얻어맞은 후에 로소르 경에게 달려갔고, 로소르 브룬은 그녀에게 왔다. 기사는 그렇게 말했다. "아가씨께서 영주님을 잘 구슬려서 침대 밖으로 끌어낼 수 있다면 제가 질질 끌고 나올 필요가 없겠지요."

'그럴 순 없어.' 그녀는 스스로에게 말했다. 로버트는 거칠게 다루면 발작을 일으키는 경향이 있었다. "배고프세요, 영주님?" 그녀는 어린 영주에게 물었다. "매디를 내려보내서 나무 열매와 크림을 가져오게 할까요, 아니면 따끈한 빵과 버터를 가져올까요?" 따뜻한 빵이 없다는 사실이 너무 늦게 기억났다. 주방은 닫혔고, 오븐은 차갑게 식었다. '그래도, 로버트를 침대에서 끌어낼 수 있다면 불을 다시 피울 가치가 있을 거야.'

"먹고 싶지 않아." 어린 영주는 초조하고 새된 목소리로 대답했다. "난 오늘 침대 안에 있을 거야. 네가 책을 읽어주고 싶다면 그래도 돼."

"여긴 책을 읽기엔 너무 어두운데요." 침실은 창문마다 드리워진 두꺼운 커튼 때문에 밤처럼 캄캄했다. "우리 스위트로빈이 오늘이 무슨 날인지 잊은 걸까요?"

"아니. 그치만 난 안 가. 난 침대에 있고 싶어. 날개 달린 기사 이야기 읽어줘도 돼."

날개 달린 기사란 아티스 아린 경이었다. 전설에 따르면 그는 협곡에서 최초인을 몰아내고, 거대한 매를 타고 '거인의 창' 꼭대기까지 날아가서 그리핀 왕을 죽였다. 그의 모험담이 백 가지는 있었다. 어린 로버트는 그 모든 이야기를 달달 외워서 말할 수 있을 정도로 잘 알았지만, 그래도 다른 사람이 읽어주는 이야기를 듣고 싶어 했다. 그녀는 소년에게 말했다. "우리 귀염둥이, 우린 가야 해요. 그렇지만 약속할게요. 달의 관문에 도착하면 제가 날개 달린 기사 이야기를 두 개 읽어줄게요."

"세 개." 소년은 바로 대꾸했다. 로버트는 무엇을 내밀더라도 더 받고 싶어 했다.

"그래요. 세 개." 그녀는 동의했다. "햇빛을 좀 들여도 될까요?"

"안 돼. 햇빛은 눈 아파. 침대로 와, 알레인."

그래도 그녀는 깨진 요강을 피해서 창문가로 갔다. 요강이 보이진 않아도 냄새는 맡을 수 있었다. "활짝 열진 않을 거예요. 우리 스위트로빈의 얼굴이 보일 정도로만 열게요."

소년은 코를 훌쩍였다. "꼭 그래야겠으면 그래."

커튼은 호화로운 파란색 벨벳이었다. 그녀는 커튼 하나를 손가락 하나 길이만큼 당겨서 묶었다. 흐릿한 아침 햇살 속에서 먼지가 춤을 췄다. 작은 마름모꼴 유리판에 성에가 껴 있었다. 알레인은 손바닥으로 유리판을 문질러서 눈부시게 파란 하늘과 새하얀 산비탈을 볼 수 있을 정도로 닦았다. 이어리는 얼음 망토를 둘렀고, 그 위의 '거인의 창'은 허리까지 눈에 파묻혀 있었다.

몸을 돌려보니, 로버트 아린이 베개에 몸을 기대고 앉아서 그녀를 쳐다보고 있었다. '이어리의 주인이자 협곡의 방어자.' 허리 아래는 모직 담요에 덮였고, 그 위는 벗은 몸이었다. 여자애처럼 머리를 길게 기른 창백한 소년이었다. 로버트는 팔다리가 가냘프고, 가슴은 움푹 들어갔으며, 배는 작았고, 눈은 언제나 불그레하니 진물이 흘렀다. '자기가 어쩔 수 있는 게 아니야. 원래 작고 병약하게 태어났어.' "오늘 아침엔 강건해 보이시네요, 영주님." 소년은 자기가 얼마나 강건하고 튼튼한지 듣기를 좋아했다. "매디와 그레첼을 시켜서 뜨거운 목욕물을 가져올까요? 매디가 등을 문지르고 머리를 감겨서 여정에 걸맞은 깨끗하고 영주다운 모습으로 만들어드릴 거예요. 그러면 좋지 않을까요?"

“아니. 매디 싫어. 눈에 사마귀가 난 데다가 등을 너무 빡빡 문질러서 아파. 엄마는 그렇게 아프게 문지르지 않았어.”

“제가 매디에게 우리 스위트로빈의 등을 너무 세게 문지르지 말라고 할게요. 깨끗해지면 기분도 나아지실 거예요.”

“목욕 안 한다니까. 머리가 끔찍하게 아파.”

“이마에 얹을 따뜻한 천을 가져올까요? 아니면 드림와인을 한 잔 가져올까요? 하지만 아주 작은 잔만이에요. 미아 스톤이 하늘성에서 기다리고 있는데, 그대로 두고 자버리시면 힘들어할 거예요. 미아가 영주님을 얼마나 사랑하는지 아시죠.”

“난 걔 안 좋아해. 걘 그냥 노새 모는 여자야.” 로버트가 코를 훌쩍였다. “콜먼 학사가 어젯밤 내 우유에 뭔가 이상한 걸 집어넣었어. 이상한 맛이 났어. 단 우유를 먹고 싶다고 했는데 가져다주지 않았어. 내가 명령했는데도 그랬어. 내가 영주야. 학사는 내가 시키는 대로 해야 해. 근데 아무도 내 말대로 안 해.”

“제가 학사님께 말씀드릴게요.” 알레인은 약속했다. “하지만 침대에서 일어나셔야 해요. 바깥이 아름다워요, 스위트로빈. 태양이 눈부시게 빛나는게, 산을 내려가기 완벽한 날이에요. 노새들이 미아와 함께 하늘성에서 기다리고 있고…….”

로버트의 입가가 부들거렸다. “그 냄새나는 노새들 싫어. 날 물려던 녀석도 있어! 미아에게 난 여기 남는다고 해.” 울음을 터뜨릴 것만 같은 목소리였다. “여기에만 있으면 아무도 날 해칠 수 없어. 이어리는 난공불락이야.”

“누가 우리 스위트로빈을 해치고 싶어 하겠어요? 휘하 영주들과 기사들은 영주님을 흠모하고, 평민들은 영주님 이름에 환호하는데요.” 알레인은 생각했다. ‘두려운 거야. 그럴 만도 하지.’ 어머니가 추락사한 이후 소년은 발코니에도 서지 않으려 했고, 이어리에서 달의 관문까지 가는 길은 누구라도 겁먹을 만큼 위험했다. 알레인도 라이사 부인과 피터 공과 함께 올라올 때 심장이 목구멍으로 튀어나오는 줄 알았는데, 다들 내려가는 길은 그보다 더 괴롭다고 했다. 내내 아래를 내려다봐야 하니 말이다. 미아는 이 산에서 창백해지며 속옷을 더럽힌 대단한 귀족들이며 대담하다는 기사들을 여러 명 알고 있었다. 그런 데다 그중에 떨림병이 있는 사람은 없었다.

그렇다 해도, 안 될 말이었다. 계곡 바닥은 아직 따뜻한 황금빛 가을이었으나, 산봉우리에는 겨울이 왔다. 벌써 세 번의 눈보라를 견뎠고, 얼음 폭풍은 2주 동안 이 성을 수정 덩어리로 바꿔놓았었다. 이어리가 난공불락일지는 모르지만 곧 접근 자체가 불가능해질 터였고, 내려가는 길도 갈수록 험난해졌다. 성에 머물던 하인들과 병사들은 대부분 이미 내려갔다. 십여 명만이 아직까지 남아서 로버트 공을 보살피고 있었다.

그녀는 다정하게 말했다. "스위트로빈, 내려가는 길은 정말 즐거울 거예요. 로소르 경이 같이 있을 테고, 미아도 함께예요. 미아의 노새들은 이 오래된 산을 천 번은 오르내렸어요."

"난 노새가 싫어." 로버트는 고집스러웠다. "노새는 심술궂어. 말했지, 내가 어렸을 때 깨물려던 녀석이 있었다니까."

알레인은 로버트가 기승하는 방법을 제대로 배운 적이 없음을 알고 있었다. 노새든, 말이든, 당나귀든 마찬가지였다. 로버트에게는 모두 다 무서운 짐승이었고, 드래곤이나 그리핀과 다를 바가 없었다. 로버트는 여섯 살에 협곡으로 왔고, 어머니의 젖가슴에 머리를 묻은 채 말을 탔으며, 그 후로 한 번도 이어리를 떠난 적이 없었다.

그렇다 해도 그들은 얼음이 성을 영원히 가두기 전에 내려가야 했다. 지금 날씨가 얼마나 오래갈지 알 수 없었다. "미아가 노새들이 깨물지 못하게 할 거예요. 그리고 제가 바로 뒤에 타고 갈게요. 전 영주님처럼 용감하거나 강건하지 않은 여자애에 불과해요. 제가 할 수 있다면 스위트로빈도 할 수 있어요."

"할 수 있지만 안 할래." 로버트 공이 말하더니 손등으로 콧물을 훔쳤다. "미아한테 난 침대에 있겠다고 해. 혹시 기분이 나아지면 내일은 내려갈지도 몰라. 오늘은 밖이 너무 춥고, 머리가 아파. 너도 단 우유를 마셔도 돼. 그레첼에게 벌집도 가져오라고 할게. 우린 잠을 자고 입맞춤도 하고 놀이도 할 거고, 넌 날개 달린 기사를 읽어줄 수 있어."

"그럴게요. 약속대로 이야기 세 개요……. 다만 달의 관문에 도착하면 읽어드릴게요." 알레인도 인내심이 다하고 있었다. '우린 가야 해. 안 그러면 해가 떨어졌을 때 눈밭에 있게 될 거야.' "네스토 공이 영주님을 환영하는 연회를 준비하고 있어요. 버섯 수프와 사슴 고기와 케이크가 있을 거예요. 네스토 공을 실망시키긴 싫으시죠?"

"레몬 케이크야?" 로버트 공은 레몬 케이크를 좋아했다. 어쩌면 알레인이 좋아해서인지도 몰랐다.

"레모니 레모니 레몬 케이크죠." 알레인이 장담했다. "그리고 드시고 싶은 만큼 드실 수 있어요."

"백 개도?" 로버트는 알고 싶어 했다. "백 개도 먹을 수 있어?"

"그러고 싶으시면요." 그녀는 침대에 앉아서 로버트의 길고 고운 머리카락을 쓰다듬었다. 예쁜 머리였다. 라이사 부인은 매일 밤 아들의 머리를 빗겨주고 잘라야 할 때 잘라주곤 했었다. 라이사 부인이 추락해버린 후 로버트는 누가 날붙이를 가지고 가까이 오기만 하면 끔찍한 발작을 일으켰기에, 피터는 머리를 기르게 놓아두라고 명했다. 알레인은 로버트의 머리채를 손가락에 감고 말했다. "자, 침대에서 나와서 옷 입으시겠어요?"

"난 레몬 케이크 백 개를 먹고 이야기를 다섯 개 듣고 싶어!"

'난 네 엉덩이를 백 대 때려주고 따귀를 다섯 대 때리고 싶어. 피터가 여기 있었다면 너도 이렇게 굴진 못할 텐데.' 어린 영주도 제 계부를 무서워할 줄은 알았다. 알레인은 억지로 미소를 지었다. "영주님 뜻대로 하죠. 하지만 씻고 옷을 입고 나가시기 전엔 안 돼요. 자, 아침이 다 가기 전에요." 알레인은 로버트의 손을 꼭 쥐고 침대에서 끌어냈다.

알레인이 하인들을 부르기 전에 스위트로빈이 앙상한 두 팔로 그녀를 끌어안고 입을 맞췄다. 어린 소년의 입맞춤이었고, 어설펐다. 로버트 아린은 모든 게 다 어설펐다. '눈을 감으면 꽃의 기사인 척할 수도 있어.' 로라스 경은 언젠가 산사 스타크에게 붉은 장미 한 송이를 건넸지만, 그녀에게 입을 맞춘 적은 없었다……. 그리고 어떤 티렐가 남자도 알레인 스톤에게 입을 맞추진 않을 것이다. 예쁘긴 해도 잘못 태어난 여자니까.

소년의 입술이 입에 닿았지만 그녀는 저도 모르게 다른 입맞춤을 생각하고 있었다. 아직도 그 잔혹한 입이 입술을 내리눌렀을 때의 느낌을 기억할 수 있었다. 그는 녹색 불이 하늘을 가득 채우고 있을 때 어둠 속에서 산사에게 왔었다. '나에게 노래 하나와 입맞춤 한 번을 가져가고는, 피 묻은 망토만 남겨두었지.'

상관없었다. 그날은 지나갔고, 산사도 사라졌다.

알레인은 어린 영주를 밀어냈다. "이제 됐어요. 약속을 다 지킨다면 관문에 도착했을 때 다시 입 맞출 수 있을 거예요."

바깥에선 매디와 그레첼이 콜먼 학사와 함께 기다리고 있었다. 학사는 머리에 묻은 오물을 씻어내고 로브를 갈아입은 모습이었다. 로버트의 종자들도 나타났다. 테란스와 자일스는 언제나 귀신같이 말썽의 냄새를 맡았다.

"로버트 공이 좀 나아지셨어." 알레인은 하녀들에게 말했다. "목욕에 쓸 뜨거운 물을 가져와. 하지만 델 정도로 뜨겁진 않게 조심해. 그리고 빗질할 때 엉킨 부분을 잡아당기지 마. 싫어하셔." 종자 하나가 키득거리다가, 알레인이 말하자 입을 다물었다. "테란스, 영주님의 승마복과 제일 따뜻한 외투를 준비해. 자일스, 넌 깨진 요강을 씻을 수 있겠지."
자일스 그래프턴이 얼굴을 찌푸렸다. "난 청소부가 아니에요."
"알레인 아가씨 명대로 해라. 안 그러면 로소르 브룬에게 전하겠다." 콜먼 학사가 말했다. 그는 복도를 걸어 꼬불꼬불한 계단을 내려가는 알레인 뒤를 따랐다. "거들어주셔서 고맙습니다, 아가씨. 영주님을 잘 다루시는군요." 그는 멈칫했다. "같이 계실 때 조금이라도 몸이 떨리시던가요?"
"제가 손을 잡고 있을 때 손가락이 살짝 떨린 게 다예요. 학사님이 우유에 고약한 걸 넣었다고 하시던데요."
"고약한 걸요?" 콜먼이 눈을 껌벅였고 목울대가 위아래로 움직였다. "전 그저……. 혹시 코피를 흘리십니까?"
"아뇨."
"잘됐군요. 잘됐어요." 우스꽝스러울 정도로 길고 앙상한 목 위에 얹힌 머리가 끄덕거리자 사슬 목걸이가 잘그랑댔다. "이번 하산은……. 아가씨, 제가 영주님께 양귀비즙을 섞어 드린다면 훨씬 안전해질 수도 있어요. 미아 스톤이 잠든 영주님을 제일 안정적으로 움직이는 노새 등에 묶고 갈 수 있을 겁니다."
"이어리의 주인이 보릿자루처럼 묶여서 산을 내려갈 순 없어요." 알레인도 그 정도는 확실히 알았다. 로버트가 얼마나 연약하고 겁이 많은지를 널리 알릴 수는 없다고, 아버지가 경고했었다. '지금 여기 있었으면 좋겠어. 피터라면 어떻게 해야 할지 알 텐데.'
하지만 피터 베일리시는 협곡 정반대편에서 라이오넬 코브레이 공의 결혼식에 참석하고 있었다. 마흔이 넘은 데다 자식도 없이 부인을 잃은 라이오넬 공은 어느 부유한 걸타운 상인의 건장한 열여섯 살짜리 딸과 결혼하게 되었다. 피터가 직접 주선한 결합이었다. 신부의 지참금이 어마어마하다고들 했는데, 평민으로 태어났으니 그래야 할 터였다. 코브레이의 가신들과 왁슬리 공, 그래프턴 공, 린덜리 공을 비롯한 소영주들과 지주기사들이 왔을 터이고…… 최근에 아버지와 화해한 벨모어 공도 왔을 것이었다. 다른 선언자들은 이 결혼식을 기피할 테니, 피터가 꼭 참석해야 했다.

알레인도 다 이해하는 바였지만, 그것은 스위트로빈을 안전하게 산 아래로 내려보내는 임무가 그녀에게 떨어졌다는 뜻이었다. 그녀는 학사에게 말했다. "영주님에게 단 우유를 한 잔 주세요. 그거면 내려가는 길에 발작은 막을 거예요."

"한 잔 드신 지 사흘도 안 됐는데요." 콜먼이 반대했다.

"그리고 어젯밤에도 드시고 싶어 했는데 학사님이 거부하셨죠."

"너무 일렀어요. 아가씨는 이해 못 하십니다. 호국공께도 말씀드렸지만, 단잠 한 자밤은 발작을 막아주지만 몸에서 배출되질 않고, 시간이 지나면……."

"영주님이 발작을 일으켜 산에서 떨어지기라도 한다면 시간이 무슨 문제겠어요. 아버지가 여기 계셨다면 무슨 수를 써서라도 로버트 공을 차분하게 만들라고 하셨을 거예요."

"시도는 해보겠습니다만, 발작이 나날이 격렬해지는 데다 피가 너무 묽어서 거머리 치료도 더는 할 수가 없습니다. 단잠은…… 코피를 흘리지 않으신 건 확실한가요?"

"코를 훌쩍이고 있었어요." 알레인은 거기까지 인정했다. "하지만 피는 안 보였어요."

"꼭 호국공과 이야기를 해봐야겠습니다. 그리고 연회는…… 긴장해서 하산한 후에 연회라니 현명한 일일까요?"

"큰 연회는 아닐 거예요." 알레인은 학사를 안심시켰다. "마흔 명 정도밖에 참석하지 않아요. 네스토 공과 그 가솔들, 관문의 기사, 그리고 군소 영주 몇 분과 그 조신들……."

"로버트 공은 낯선 사람을 싫어한다는 거 아실 텐데요. 게다가 술도 마실 테고, 소음이…… 음악이 있을 겁니다. 로버트 공은 음악을 무서워해요."

"음악은 로버트 공을 진정시키죠." 알레인은 바로잡아 말했다. "특히 하프 소리가요. 로버트 공이 못 견디는 건 노래예요. 마릴리언이 어머니를 살해한 후부터……." 알레인은 그 거짓말을 너무나 여러 번 되풀이한 나머지, 실제로도 그랬다고 기억할 때가 많아졌다. 또 다른 기억은 가끔 잠을 설치게 만드는 악몽에 지나지 않았다. "네스토 공이 연회에 가수는 없이, 춤곡을 연주할 플루트와 깽깽이만 배치하실 거예요." 연주가 시작되면 알레인은 어떻게 할까? 가슴과 머리가 서로 다른 대답을 내놓으니 귀찮은 질문이었다. 산사는 춤을 사랑했지만, 알레인은……. "떠나기 전에 단잠을 한 잔 드리고, 연회에서 또 한 잔 드리면 아무 문제 없을 거예요."

"알겠습니다." 그들은 계단 밑에서 잠시 멈춰 섰다. "하지만 이번이 마지막이어야 합니다. 적어도 반 년, 어쩌면 그보다 더 오래 쉬어야 해요."

"그건 호국공과 이야기하시는 게 좋겠네요." 알레인은 문을 밀고 나가서 안뜰을 가로질렀다. 알레인도 콜먼이 자기 환자에게 최선인 것을 원할 뿐이라는 건 알고 있었지만, 소년 로버트에게 최선인 것과 아린 공에게 최선인 것이 늘 같지는 않았다. 피터가 그렇게 말했고, 그게 사실이었다. 하지만 콜먼 학사는 소년에게만 신경을 썼다. '아버지와 나에겐 더 큰 걱정거리가 있어.'

내린 지 오래된 눈이 안뜰을 뒤덮었고, 테라스와 탑에는 고드름이 수정으로 만든 창처럼 매달려 있었다. 이어리는 새하얀 돌로 만든 성이었고, 겨울의 망토 때문에 더 하얘졌다. '정말 아름다워. 정말 난공불락이고.' 알레인은 생각했다. 아무리 노력해도 이 성을 사랑할 수는 없었다. 위병들과 하인들이 하산하기 전에도 이어리는 무덤처럼 텅 빈 느낌이었고, 피터 베일리시가 떠나고 나자 더 그랬다. 마릴리언 사건 이후에는 아무도 노래를 하지 않았고, 아무도 너무 큰 소리로는 웃지 않았다. 신들조차도 조용했다. 이어리에 성소는 있었지만 성사는 없었다. 신의 숲은 있어도 심장 나무는 없었다. '여기선 어떤 기도도 응답받을 수 없어.' 자주 그렇게 생각했지만, 그래도 어떤 날에는 시도라도 해봐야 할 만큼 외로웠다. 돌아오는 대답은 바람 소리뿐이었다. 일곱 개의 가느다란 하얀 탑 주위를 끝없이 휘감고 한숨을 내쉬며, 돌풍을 일으킬 때마다 '달의 문'을 흔드는 바람뿐이었다. '겨울엔 더 심하겠지. 겨울이면 여기가 차갑고 하얀 감옥이 될 거야.'

그런데도 여길 떠난다고 생각하니 로버트 못지않게 겁이 났다. 다만 알레인이 더 잘 숨기고 있을 뿐이었다. 아버지는 겁을 먹는 게 부끄러울 건 없다고, 오직 두려움을 드러내는 게 부끄러운 일이라고 말했다. "누구나 두려움을 안고 살아." 그는 그렇게 말했지만, 알레인은 믿을 수 없었다. 피터 베일리시는 무서운 게 없는 사람이었다. '나에게 용기를 주기 위해 한 말일 뿐이야.' 가면이 벗겨질 위험이 훨씬 커지는 계곡 아래에서는 용감해져야 했다. 피터의 궁정 친구들이 보낸 소식에 따르면 왕대비가 꼬마 악마와 산사 스타크를 찾을 사람들을 보냈다고 했다. '발각되면 내 머리가 날아가는 거야.' 그녀는 차디찬 돌계단을 내려가면서 스스로를 일깨웠다. '난 속도 겉도 늘 알레인이어야 해.'

로소르 브룬은 권양기 방에서, 거대한 참나무 통 여섯 개에 옷 궤짝과 옷감을 밀어 넣느라 애쓰고 있는 간수 모드와 하인 두 명을 돕고 있었다. 통 하나가 사람 셋은 들어갈 만큼 컸다. 거대한 사슬 권양기는 200미터 아래에 위치한 산성인 하늘성에 가는 제일 쉬운 길이었다. 권양기를 이용하지 않으면 지하실 아래에서 암벽 틈을 타고 내려가야 했다. '아니면 마릴리언이, 그리고 그 전에 라이사 부인이 내려간 길로 가거나.'

"침대에서 나왔소?" 로소르 경이 물었다.

“목욕시키고 있어요. 한 시간 안에 준비될 거예요.”

“그러기만 바라지. 미아가 정오가 지나도록 기다리진 않을 거요.” 권양기 방에는 난방이 되지 않아, 말을 할 때마다 입김이 하얗게 일어났다.

“기다릴 거예요. 기다려야 해요.” 알레인이 말했다.

“그렇게 확신 마시오, 아가씨. 미아는 반쯤 노새나 다름없소. 자기 노새들을 위험에 빠뜨리느니 우리를 다 굶어 죽게 내버려둘걸.” 그는 말하면서 미소를 지었다. ‘미아 스톤 이야기를 할 때는 늘 웃네.’ 미아는 로소르 경보다 훨씬 어렸지만, 아버지는 코브레이 공과 상인의 딸 사이 결혼을 중개했을 때 알레인에게 어린 여자들은 나이가 많은 남자와 함께하는 편이 더 행복하다고 말했다. “순진함과 노련함이야말로 완벽한 결혼 조합이지.” 그렇게 말했다.

알레인은 미아가 로소르 경을 어떻게 생각할까 궁금했다. 찌그러진 코와 각진 턱, 양털같이 짧고 부드러운 회색 머리카락의 로소르 브룬은 곱다고는 못할 외모였지만, 추하지도 않았다. 흔하면서도 믿음 가는 얼굴이었다. 기사가 됐지만 로소르 경은 출생이 아주 비천했다. 어느 날 밤에 직접 알레인에게 말하길 그는 크랙클로포인트 출신의 오래된 기사 가문인 브라운 할로의 브룬과 친척이라고 했다. “아버지가 돌아가셨을 때 찾아갔지.” 그는 사연을 털어놓았다. “하지만 그 작자들은 날 우습게 보고 아무 관계도 아니라고 했어.” 그는 그 후에 무슨 일이 있었는지는 말하지 않고, 무기에 대해 지금 알고 있는 모든 것을 힘든 방식으로 배웠다고만 했다. 취하지 않았을 때 그는 말이 없는 남자였지만, 강한 남자였다. ‘그리고 피터가 충성스럽게 여기는 사람이지. 피터는 그 누구보다 이 사람을 믿어.’ 알레인은 로소르 브룬이 미아 스톤 같은 사생아와 좋은 짝이 될 거라고 생각했다. 미아의 아버지가 딸을 인정했다면 달랐을지 모르지만, 그런 일은 없었다. ‘그리고 매디 말이 맞는다면 처녀도 아니야.’

모드가 채찍을 들어 철썩 내리치자 첫 번째 황소 두 마리가 원을 그리며 걷기 시작해서 권양기를 돌렸다. 쇠사슬이 풀려 덜걱거리면서 돌을 스쳐 움직이고, 참나무 통이 흔들거리면서 하늘성까지의 긴 하강을 시작했다. '불쌍한 황소.' 알레인은 생각했다. 모드는 떠나기 전에 황소들의 목을 긋고 도살해서 매들의 먹이로 남기고 갈 것이다. 이어리가 다시 열렸을 때 남은 부분은 먹을 만하다면 구워서 봄의 연회에 먹을 것이고. 나이 많은 그레첼은 딱딱하게 얼어붙은 고기가 많이 남아 있으면 풍성한 여름이 온다고 했다.

로소르 경이 말했다. "아가씨, 알아두시는 게 좋겠는데요. 미아가 혼자 올라오지 않았어요. 미란다 아가씨가 같이 왔습니다."

"아." '미란다가 뭐하러 산을 다 올라왔을까? 그냥 다시 내려가기 위해서?' 미란다 로이스는 네스토 공의 딸이었다. 산사가 라이사 이모와 피터 공과 함께 이어리로 올라오는 길에 딱 한 번 달의 관문을 찾았을 때는 미란다가 없었지만, 알레인은 이어리의 병사들과 하녀들에게 그녀에 대해 많이 들었다. 어머니가 오래전에 돌아가셨기에 미란다 아가씨가 아버지의 성을 관리했으며, 소문에 따르면 그녀가 없을 때보다는 있을 때 성이 훨씬 활기차다고 했다. "늦든 빠르든 미란다 로이스를 만나게 될 거다." 피터가 경고했었다. "만나게 되면 조심하거라. 명랑한 바보인 척하길 좋아하지만 사실은 제 아비보다 더 영민해. 미란다가 있을 때는 입을 조심해라."

'그럴 거예요. 하지만 이렇게 빨리 조심해야 할지는 몰랐어요.' 그녀는 생각했다. "로버트가 좋아하겠네요." 로버트는 미란다 로이스를 좋아했다. "이만 실례할게요, 경. 짐을 마저 싸야 해서요." 알레인은 혼자서 마지막으로 방에 돌아가기 위해 계단을 올랐다. 창문은 다 잘 닫아서 덧창을 내려놓았고, 가구에는 다 천을 덮었다. 몇 가지 소지품은 이미 치웠고, 나머지는 잘 보관해두었다. 라이사 부인의 비단과 새마이트는 다 남겨두고 가야 했다.

얇디얇은 리넨과 호화롭기 그지없는 벨벳, 화려한 자수와 섬세한 미르 레이스, 모두 이어리에 남았다. 아래에 내려가면 알레인의 수수한 출신에 맞게 수수하게 입어야 한다. '상관없어. 어차피 여기에서도 제일 좋은 옷은 차마 못 입었는걸.'

그레첼이 침대보를 벗겨내고 남은 옷을 꺼내놓았다. 알레인은 이미 치마 속에 모직 스타킹을 신고, 속옷도 두 겹으로 입고 있었다. 이제는 그 위에 양털 오버튜닉과 두건이 달린 모피 망토를 걸치고, 피터가 선물한 법랑 입힌 흉내지빠귀 브로치로 망토를 고정했다. 스카프도 있었고, 승마 장화에 어울리게 모피를 덧댄 가죽 장갑도 있었다. 그걸 다 입고 끼고 나니 새끼 곰처럼 뚱뚱한 털투성이가 된 기분이었다. '산에서는 이렇게 입어서 다행이라고 생각할 거야.' 스스로에게 상기시켜야 했다. 그녀는 떠나기 전에 마지막으로 방을 둘러보며 생각했다. '여기서 난 안전했지만, 내려가면…….'

알레인이 권양기 방으로 돌아가보니 미아 스톤이 로소르 브룬과 모드와 함께 초조하게 기다리고 있었다. '왜 이렇게 오래 걸리나 싶어서 통을 타고 올라왔겠지.' 호리호리한 근육질의 미아는 은색 고리 갑옷 셔츠 속에 입은 낡은 가죽 승마복만큼이나 억세 보였다. 머리는 까마귀 날개처럼 새까맸고, 단검으로 잘랐나 싶을 정도로 짧고 덥수룩했다. 크고 파란 두 눈이 제일 아름다웠다. '여자답게 입으면 예쁠 수도 있을 거야.' 알레인은 로소르 브룬이 가죽과 철을 갖춰 입은 미아를 제일 좋아하는지, 아니면 레이스와 비단을 차려입은 미아의 모습을 꿈꾸는지 궁금했다. 미아는 아버지가 염소이고 어머니는 올빼미라고 말하곤 했지만, 알레인은 매디에게 진짜 사연을 이미 들었다. 지금 미아를 보면서 알레인은 생각했다. '맞네. 저 눈이 꼭 닮았어. 그리고 그분의 머리카락도 물려받았어. 렌리와도 똑같았던 숱 많은 검은 머리.'

"어디 있어?" 사생아 처녀가 물었다.

"영주님은 목욕하고 옷을 입으시는 중이에요."

"서둘러야 해. 추워지고 있는데, 못 느끼겠어? 해가 떨어지기 전에 눈성 아래까지 내려가야 해."

"바람이 얼마나 심해요?" 알레인이 물었다.

"이보다 더 나쁠 수도 있긴 했지……. 그리고 어두워지면 그렇게 될 거야." 미아는 눈가로 흘러내린 머리를 걷어 올렸다. "영주님이 목욕을 너무 오래 하면 우린 서로 말고는 먹을 것도 없이 겨울 내내 여기 갇히고 말 거야."

알레인은 뭐라고 말해야 할지 몰랐다. 다행히도 로버트 아린이 도착한 덕분에 대답할 필요는 없어졌다. 어린 영주는 하늘색 벨벳 옷을 입고, 금과 사파이어로 만든 목걸이를 걸고 하얀 곰 가죽 망토를 걸쳤다. 망토가 바닥에 끌리지 않게 두 종자가 한쪽씩 잡고 있었다. 콜먼 학사도 다람쥐 모피를 덧댄 닳아빠진 회색 망토를 입고 동행했다. 그레첼과 매디도 멀지 않은 곳에 있었다.

로버트는 얼굴에 찬바람이 닿자 몸을 움츠렸지만, 테란스와 자일스가 뒤에 있어서 달아나지는 못했다. "영주님, 저와 같이 타고 가시겠습니까?" 미아가 말했다.

'너무 무뚝뚝해.' 알레인은 생각했다. '미소 지으며 인사를 하고, 얼마나 강하고 용감해 보이는지 말했어야 했어.'

"난 알레인이 좋아." 로버트 공이 말했다. "알레인하고만 갈 거야."

"통에 셋 다 들어갈 수 있는데요."

"난 알레인하고만 가고 싶어. 넌 노새처럼 지독한 냄새가 나."

"분부대로 하지요." 미아의 얼굴에는 아무 감정도 드러나지 않았다.

권양기 사슬 중에 어떤 것은 고리버들 바구니에 달려 있었고, 어떤 것은 튼튼한 참나무 통에 달려 있었다. 제일 큰 통은 알레인의 키보다 컸고, 짙은 갈색 통널에 쇠테를 둘렀다. 그렇다 해도 로버트의 손을 잡고 통에 들어가게 돕는 알레인은 심장이 목으로 튀어나올 것 같았다. 일단 들어가서 문을 닫았더니 온통 나무에 둘러싸였다. 머리 위만 열려 있었다. '그게 더 나아. 아래가 안 보이잖아.' 알레인은 스스로를 타일렀다. 아래에는 하늘성과 하늘뿐이었다. 200미터에 달하는 창공. 잠시 이모가 그 거리를 떨어지는데 얼마나 걸렸을까, 솟아오르는 산에 부딪치기 전에 마지막으로 한 생각은 무엇이었을까 궁금해졌다. '안 돼, 그 생각은 하면 안 돼. 안 된다고!'

"출발!" 로소르 경이 외쳤다. 누군가가 통을 세게 밀었다. 통은 흔들흔들 기울면서 바닥을 긁다가 허공에 떠올랐다. 모드의 채찍 소리와 덜그럭거리는 쇠사슬 소리가 들렸다. 그들은 덜컹거리다가 곧 매끄럽게 내려가기 시작했다. 로버트의 얼굴은 창백했고 눈은 부어 있었지만, 두 손은 떨리지 않았다. 이어리가 머리 위로 작아졌다. 아래쪽에서 보니 밑에 붙은 하늘 감옥 때문에 성이 벌집처럼 보였다. '눈으로 만든 벌집. 눈으로 만든 성이야.' 알레인은 생각했다. 통 주위를 휘도는 바람 소리를 들을 수 있었다.

30미터쯤 내려갔을 때 갑작스러운 돌풍이 통을 붙잡았다. 통이 비스듬히 기울더니 공중에서 빙빙 돌다가 아래쪽에 있는 바위를 세게 때렸다. 얼음 조각과 눈이 그들 위로 쏟아졌고, 참나무 통이 삐걱대며 비틀렸다. 로버트가 헉 소리를 내며 달라붙더니 알레인의 가슴 사이에 얼굴을 묻었다.

"우리 영주님은 용감하시네요." 알레인은 로버트가 떠는 것을 느끼고 말했다. "전 너무 겁이 나서 말도 잘 못 하겠는데, 영주님은 아니시죠."

로버트가 고개를 끄덕이는 게 느껴졌다. "날개 달린 기사는 용감했어. 나도 그래." 로버트는 그녀의 보디스에 대고 큰소리를 쳤다. "난 아린이야."

"우리 스위트로빈, 저 좀 꼭 잡아줄래요?" 사실 로버트는 이미 알레인이 숨도 쉬기 힘들 정도로 꽉 붙들고 있었지만, 그녀는 그렇게 부탁했다.

"네가 원한다면." 로버트는 속삭였다. 그리고 두 사람은 서로에게 단단히 매달린 채 계속 하늘성으로 내려갔다.

'이걸 성이라고 부르다니, 변소 바닥에 고인 웅덩이를 호수라고 부르는 격이야.' 알레인은 통이 열리고 산성 안으로 나갈 수 있게 되자 생각했다. 하늘성은 바위 턱과 동굴 입구를 둘러싸고 모르타르도 없이 초승달 모양으로 쌓아 놓은 오래된 돌벽에 지나지 않았다. 벽 안에는 창고와 마구간, 꾸밈없는 긴 회당 하나, 그리고 이어리로 올라가는 암벽에 새긴 사다리가 있었다. 벽 바깥에는 부서진 돌덩이와 바윗덩이가 흩어져 있었다. 흙을 쌓아 만든 경사로로 벽에 올라갈 수 있었다. 200미터 위에 있는 이어리는 한 손바닥으로도 가릴 수 있을 만큼 작았지만, 한참 아래 협곡은 초록빛과 황금빛으로 뻗어나갔다.

하늘성 안에는 노새 스무 마리와 노새 구종 두 명, 그리고 미란다 로이스가 그들을 기다리고 있었다. 네스토 공의 딸은 미아 스톤과 비슷한 나이의 작고 통통한 여자였는데, 미아가 호리호리한 근육질이라면 미란다는 부드러운 몸에 달콤한 냄새가 났고, 엉덩이는 크고 허리는 굵었으며 젖가슴은 아주 풍만했다. 숱이 많은 밤색 곱슬머리 안에 동그란 붉은 뺨, 조그마한 입, 그리고 생기 넘치는 갈색 눈동자가 보였다. 로버트가 조심스럽게 통에서 내려가자 미란다는 눈밭에 무릎을 꿇고 로버트의 손과 뺨에 입을 맞췄다. "영주님. 정말 많이 자라셨네요!"

"그래?" 로버트가 기뻐했다.

"곧 저보다 더 커지시겠어요." 미란다는 거짓말을 하더니 일어나서 치마에 묻은 눈을 털었다. "그리고 네가 호국공의 딸이겠구나." 그녀는 통이 덜그럭거리며 이어리로 돌아가는 사이에 덧붙여 말했다. "네가 아름답다고 듣긴 했지. 정말 그러네."

알레인은 무릎을 굽혀 절했다. "그리 말씀해주시다니 정말 친절하세요."

"친절?" 미란다는 소리 내어 웃었다. "친절한 아가씨라니 얼마나 지루하겠어. 난 심술궂고 싶단다. 내려가는 길에 네 비밀을 다 말해줘야 해. 알레인이라고 불러도 될까?"

"아가씨 편하신 대로 하세요." '하지만 내게서 비밀을 캐내진 못할 거야.'

"관문에서는 날 아가씨라고 불러야겠지만, 여기 산 위에서는 란다라고 불러도 돼. 몇 살이니, 알레인?"

"열네 살입니다, 아가씨." 알레인 스톤은 산사 스타크보다 나이가 많아야 한다고 결정한 후였다.

"란다라니까. 내가 열네 살이었던 게 백 년 전 일 같구나. 그때는 내가 얼마나 천진했던지. 넌 아직 순결하니, 알레인?"

그녀는 얼굴을 붉혔다. "그건 안 되는……. 네, 물론입니다."

"로버트 공을 위해 아껴두는 거야?" 미란다가 놀렸다. "아니면 네 허락을 꿈꾸는 열렬한 종자라도 있니?"

"아니에요." 알레인이 대답하려는데 로버트도 말했다. "알레인은 내 친구야. 테란스와 자일스는 못 가져."

그때쯤에는 두 번째 통이 도착해서 얼어붙은 눈 더미에 쿵 소리를 내며 내려앉은 후였다. 콜먼 학사가 종자 테란스와 자일스와 함께 내렸다. 다음 차례가 매디와 그레첼이었고, 미아 스톤이 함께였다. 미아는 바로 지휘를 맡았다. "산에 묶이고 싶진 않아." 그녀는 다른 노새 구종들에게 말했다. "내가 로버트 공과 동행하는 분들을 맡는다. 오시, 넌 로소르 경과 나머지를 인솔하되, 한 시간을 두고 따라와. 캐럿, 넌 궤짝과 상자를 맡아." 그녀는 검은 머리를 휘날리며 로버트 아린을 돌아보았다. "오늘은 어느 노새를 타시겠습니까?"

"다 냄새나. 귀가 씹혀 떨어진 회색 노새를 탈래. 알레인이 같이 갔으면 좋겠어. 미란다도."

"길이 넓을 때는 그렇게 하지요. 자, 영주님, 노새에 태워드릴게요. 눈이 올 낌새가 풍깁니다."

출발 준비가 끝나기까지 30분이 더 걸렸다. 모두가 노새에 오르자 미아 스톤이 힘차게 명령을 내렸고, 하늘성의 중장병 두 명이 문을 밀어 열었다. 미아가 앞장서고, 곰 가죽 망토에 싸인 로버트 공이 바로 뒤였다. 알레인과 미란다 로이스가 뒤따르고, 그 뒤에 그레첼과 매디, 그 뒤에 테란스 린덜리와 자일스 그래프턴이 갔다. 콜먼 학사는 맨 뒤에서 노새를 타며 약초와 물약이 든 궤짝을 실은 다른 노새를 끌었다.

산성 벽을 벗어나니 바람이 날카로워졌다. 나무가 자라는 높이보다 더 위여서, 바람에 노출되어 있었다. 알레인은 따뜻하게 입고 오길 잘했다고 생각했다. 망토가 요란하게 휘날렸고, 돌풍에 두건이 젖혀졌다. 알레인은 소리 내어 웃었지만, 몇 미터 앞에 있던 로버트 공은 꿈틀거리며 말했다.

"너무 추워. 돌아가서 더 따뜻해질 때까지 기다려야겠어."

"계곡 바닥은 따뜻할 거예요, 영주님." 미아가 말했다. "내려가서 보시면 알아요."

"난 보고 싶지 않아." 로버트가 말했지만, 미아는 신경 쓰지 않았다.

그들이 가는 길은 산비탈에 새겨진 비뚤배뚤한 돌계단의 연속이었지만, 노새들은 그 계단 구석구석을 알고 있었다. 알레인은 그 점이 반가웠다. 돌계단은 헤아릴 수 없이 많은 계절 동안 얼어붙었다가 녹으면서 여기저기 부서졌다. 길 양쪽 바위에 붙은 눈밭이 눈부시게 희었다. 태양은 찬란하고, 하늘은 파랗고, 머리 위에서는 매들이 바람을 타고 맴을 돌았다.

경사가 제일 가파른 이 위에서는 계단이 똑바로 쭉 내려가기보다 지그재그로 이어졌다. '산사 스타크가 산을 올랐는데, 알레인 스톤이 내려가는구나.' 이상한 생각이었다. 올라갈 때 미아가 눈을 앞길에만 두라고 경고했던 것이 기억났다. "아래를 보지 말고, 위만 봐." 미아는 그렇게 말했었지만…… 내려갈 때는 불가능한 이야기였다. '눈을 감을 수도 있어. 노새는 길을 아니까, 내가 눈을 뜨고 있을 필요가 없어.' 하지만 그건 겁먹은 산사가 했을 법한 일 같았다. 알레인은 산사보다 나이가 많았고, 사생아답게 용감했다.

처음에는 한 줄로 가야 했지만, 더 내려가자 두 사람씩 갈 수 있을 만큼 길이 넓어졌고 미란다 로이스가 알레인 옆으로 왔다. "너희 아버지에게 편지를 받았어." 미란다는 성사와 함께 앉아서 바느질이라도 하고 있는 양 무심하게 말했다. "집으로 오는 길이고, 사랑하는 딸을 어서 보고 싶다고 하시더구나. 라이오넬 코브레이는 신부에게 만족하는 것 같고, 신부가 가져온 지참금에는 더욱 만족하는 것 같다고 쓰셨어. 라이오넬 공이 둘 중 어느 쪽과 잠자리를 해야 하는지는 기억하셨으면 좋겠네. 피터 공의 편지에 따르면 웨인우드 부인이 나인스타스의 기사와 함께 나타나서 모두가 놀랐다고 해."

"아냐 웨인우드가요? 정말요?" 선언자들은 여섯 명에서 세 명으로 줄어든 모양이었다. 산을 내려가던 날 피터 베일리시는 사이먼드 템플턴을 자기 편으로 끌어들이는 데 자신이 있었지만, 웨인우드 부인에 대해서는 그렇지 않았다. "소식이 더 있나요?" 알레인은 물었다. 이어리가 워낙 외로운 곳이었기에, 아무리 사소하거나 하찮은 소식이라도 바깥세상에 대해 알고 싶었다.

"네 아버지에게서 온 건 아니지만, 다른 전서조들은 있었지. 여기만 빼고 사방에서 전쟁이 이어지고 있어. 리버런이 항복했지만, 드래곤스톤과 스톰스엔드는 아직 스타니스 공을 위해 버티는 중이야."

"우리를 전쟁에 끼지 않게 하시다니, 라이사 부인이 참 현명하셨네요."

미란다는 심술궂게 웃었다. "그래, 그분은 지혜의 표상 그 자체였지." 그러더니 앉은 자세를 바꿨다. "왜 노새들은 이렇게 앙상한 데다 성미가 까다로워야 하는 거야? 미아가 밥을 잘 안 주나 봐. 통통하게 살찐 노새라면 타기도 더 편할 텐데. 아참, 새로운 최고성사가 나온 건 알았니? 아, 그리고 밤의 경비대에 어린 사령관이 앉았어. 에다드 스타크의 서자라나."

"존 스노우요?" 알레인은 놀라서 불쑥 말해버렸다.

"스노우? 그래, 스노우겠지."

존에 대해서 생각하지 않은 지 오래였다. 존은 이복형제에 불과했지만, 그래도…… 롭과 브랜과 리콘이 죽었으니 그녀에게 남은 오라비는 존 스노우뿐이었다. '이젠 나도 존과 같은 사생아야. 아, 존을 다시 본다면 얼마나 좋을까.' 하지만 물론 안 될 말이었다. 알레인 스톤에게는 형제가 없었다.

"우리 친척인 청동 욘은 룬스톤에서 난전을 열었어." 미란다 로이스는 신경 쓰지 않고 계속 말했다. "종자들만을 위한 작은 난전이었지. '후계자 해리'가 이기라고 연 대회고, 해리가 이겼어."

"후계자 해리요?"

"웨인우드 부인의 대자야. 해롤드 하딩. 이젠 해리 경이라고 불러야 할 거야. 청동 욘이 기사로 만들어줬거든."

"아." 알레인은 혼란스러웠다. 왜 웨인우드 부인의 대자가 그녀의 후계자가 된단 말인가? 친자식들도 있는데 말이다. 그중 하나는 피의 관문의 기사인 도넬 경이었다. 하지만 알레인은 멍청해 보이기 싫었기에 이렇게만 말했다. "훌륭한 기사였으면 좋겠네요."

미란다는 코웃음을 쳤다. "그런 놈은 매독이나 걸리라지. 그 녀석은 평민 여자한테 사생 딸을 뒀어. 우리 아버지는 날 해리와 결혼시키고 싶어 했지만, 웨인우드 부인이 듣지 않았지. 어울리지 않는다고 생각한 게 나였는지, 내 지참금이었는지 모르겠다." 그녀는 한숨을 내쉬었다. "다른 남편이 필요하긴 해. 예전에 하나 있었는데 내가 죽여버렸거든."

"그랬어요?" 알레인은 깜짝 놀랐다.

"그럼. 내 위에서 죽었지. 정확하게는 내 안에 있다가 죽었어. 결혼식 잠자리에서 뭘 하는지 너도 알겠지?"

그녀는 티리온을 생각하고, 사냥개와 그의 입맞춤을 생각하고는 고개를 끄덕였다. "정말 끔찍했겠네요. 그렇게 죽다뇨. 그, 그렇게……."

"……나한테 그 짓하다가 말이지?" 미란다는 어깨를 으쓱였다. "확실히 당황스럽긴 했지. 예의도 아니었고. 나한테 아이를 주는 정도의 예의도 못 갖췄지 뭐야. 늙은이들은 씨앗이 약하거든. 그래서 난 여기 이렇게, 과부이긴 하지만 거의 쓰지도 않은 몸으로 와 있는 거야. 해리는 더 나빴을 수도 있어. 아마 그럴 거야. 웨인우드 부인이 자기 손녀 아니면 청동 욘의 손녀와 결혼시킬 가능성이 높겠지."

"아가씨 말씀대로예요." 알레인은 피터의 경고를 떠올렸다.

"란다라니까. 자, 불러봐. 란, 다."

"란다."

"훨씬 낫네. 너에게 사과해야겠다. 날 끔찍한 잡년으로 생각할 테지만, 내가 그 이쁘장한 마릴리언과 잤거든. 그런 괴물인 줄은 몰랐어. 노래도 아름답게 불렀고, 손가락으로는 아주 달콤한 걸 할 수 있었단 말이지. 그놈이 라이사 부인을 달의 문으로 밀어버릴 줄 알았더라면 절대 그런 놈을 침대로 데려가진 않았을 거야. 괴물들과는 자지 않는 게 내 규칙이거든." 그녀는 알레인의 얼굴과 가슴을 살폈다. "네가 나보다 예쁘지만, 가슴은 내가 더 크구나. 학사들은 젖가슴이 크다고 젖이 더 나오는 건 아니라지만, 난 안 믿어. 젖가슴이 작은 유모 본 적 있니? 네 가슴도 네 나이치고는 풍만하다만, 그거야 사생아의 가슴이니까 신경 쓰지 말아야지." 미란다가 노새를 더 가까이 붙였다. "우리 미아가 처녀가 아닌 건 너도 알지?"

알고 있었다. 언젠가 미아가 보급품을 가지고 올라왔을 때, 뚱뚱한 매디가 그렇게 속삭였다. "매디가 말해줬어요."

"물론 그랬겠지. 매디는 입이 싸기가 허벅지 굵기만큼인데, 허벅지가 엄청 굵잖아. 미첼 레드포트였어. 예전에 린 코브레이의 종자였지. 린 경이 지금 종자로 받아들인 그 버르장머리 없는 놈 같지 않은, 진짜 종자. 지금 종자는 돈 때문에 받은 거라더라. 미첼은 협곡에서 제일가는 젊은 검사였고, 멋진 청년이었지……. 가엾은 미아는 그렇게 생각했어. 그놈이 청동 욘의 딸과 결혼하기 전까지는 말이야. 분명 호턴 공이 선택의 여지를 주지 않았겠지만, 그래도 미아에게는 잔인한 짓이었어."

"로소르 경이 미아를 좋아해요." 알레인은 스무 계단 아래에 있는 미아를 내려다보았다. "좋아하는 정도 이상이죠."

"로소르 브룬이?" 미란다는 한쪽 눈썹을 치켰다. "미아도 알아?" 그녀는 답을 기다리지 않았다. "안됐지만 그 사람에겐 가망 없어. 우리 아버지도 미아에게 짝을 찾아주려고 하지만, 미아는 하나도 받아들이질 않아. 걔는 반(半)노새라니까."

경계하려고 했는데도 알레인은 미란다가 좋아지려고 했다. 가엾은 제인 풀이 사라진 후 이런 수다를 떨 친구가 없었다. "로소르 경이 미아를 저 모습 그대로 좋아할까요? 사슬 갑옷과 가죽옷을 입은 모습을?" 그녀는 세상 물정에 밝아 보이는 미란다에게 물었다. "아니면 비단과 벨벳 옷을 입은 모습을 꿈꿀까요?"

"남자잖아. 벌거벗은 모습을 꿈꾸겠지."

'내가 또 얼굴을 붉히게 하려는 거야.'

미란다는 알레인의 생각을 들은 모양이었다. "정말이지 예쁜 분홍빛으로 변하는구나. 내가 얼굴을 붉히면 사과같이 되는데 말이야. 그렇지만 내가 얼굴을 붉힌 지 몇 년은 됐지." 그녀는 몸을 가까이 기울였다. "너희 아버지는 다시 결혼할 계획 있니?"

"아버지요?" 알레인은 생각도 해보지 않은 질문이었다. 어째선지 그 생각을 하자 몸이 꿈틀거렸다. 그녀는 저도 모르게 달의 문으로 떨어지던 라이사 아린의 얼굴을 떠올렸다.

"그분이 라이사 부인에게 얼마나 헌신적이었는지는 우리 모두 알아. 하지만 언제까지나 슬퍼할 순 없어. 슬픔을 씻어줄 예쁘고 젊은 아내가 필요해. 협곡의 귀족 처녀 절반은 후보가 될걸. 우리의 대담한 호국공보다 더 나은 남편감이 있겠어? 별명이 리틀핑거가 아니었으면 더 좋았겠지만 말이야. 그래서 그게 얼마나 작은지 넌 아니?"

"손가락요?" 그녀는 또 얼굴을 붉혔다. "전 몰라요…… 전 한 번도……."

미란다는 미아 스톤이 돌아볼 정도로 크게 웃어젖혔다. "신경 쓰지 마, 알레인. 충분히 클 거라는 거 알아."

그들은 바람에 깎여 생긴 아치 아래를 통과했다. 하얀 돌에 매달린 긴 고드름에서 물이 뚝뚝 떨어졌다. 더 내려가자 길이 좁아지면서 30미터 넘게 가파르게 떨어져 내려갔다. 미란다는 뒤로 물러날 수밖에 없었다. 알레인은 노새가 가고 싶은 대로 가게 놓아두었다. 길이 가파르다 보니 안장에 바싹 매달리게 되었다. 여기 계단은 이 길을 지나간 무수한 노새들의 쇠발굽에 닳고 닳아서 우묵한 돌 수반이 이어진 것처럼 보였다. 그 수반 바닥에 물이 고여서, 오후 햇살 속에 금빛으로 반짝였다. '지금은 물이지만, 어두워지면 전부 다 얼음으로 변할 거야.' 알레인은 생각했고, 그러고 보니 숨을 멈추고 있었다는 사실을 깨닫고 숨을 내뱉었다. 미아 스톤과 로버트 공은 경사가 다시 평평해지는 지점에 있는 바위 첨탑에 거의 다다른 상태였다. 알레인은 그 두 사람을, 오직 그 둘만을 보려고 애썼다. '난 떨어지지 않을 거야. 미아의 노새가 날 데려가줄 거야.' 휘몰아치는 바람 속에서 덜컹거리며 한 계단, 한 계단씩 내려가려니 평생이 걸리는 것 같았다.

그러더니 갑자기 그녀는 미아와 어린 영주와 함께 계단 밑, 배배 꼬인 돌 첨탑 아래에 옹송그리고 있었다. 앞에는 좁고 얼음 깔린 높은 돌 안장 같은 등마루가 뻗어나갔다. 알레인은 새된 바람 소리를 듣고, 망토를 잡아당기는 바람을 느낄 수 있었다. 올라갈 때 여기를 지났던 기억이 났다. 그때도 무서웠고, 지금도 무서웠다. "보기보다는 넓어요." 미아가 쾌활한 목소리로 로버트 공에게 말했다. "너비가 1미터에 길이가 8미터가 안 되니까요. 아무것도 아니에요."

"아무것도." 로버트의 손이 부들부들 떨리고 있었다.

'아, 안 돼. 제발. 여기선 안 돼. 지금은 안 돼.' 알레인은 생각했다.

"노새를 끌고 건너는 게 좋아요." 미아가 말했다. "영주님만 괜찮으시다면, 제가 먼저 제 노새를 끌고 건너갔다가 돌아와서 영주님 노새를 끌고 건널게요." 로버트 공은 대답하지 않았다. 붉게 충혈된 눈으로 좁은 등마루만 노려보고 있었다. "오래 걸리지 않을 거예요." 미아가 약속했지만, 알레인은 소년이 그 목소리를 들을 수나 있을까 의심스러웠다.

미아가 노새를 끌고 첨탑 아래를 벗어나자, 바람의 이빨이 그녀를 물어뜯었다. 망토가 부풀어 올라 이리저리 비틀리고 펄럭거렸다. 미아는 비틀거렸고, 잠깐이지만 절벽에서 날아갈 것처럼 보였다가 어찌어찌 균형을 다시 잡고 계속 나아갔다.

알레인은 로버트의 발작을 막으려고 장갑 낀 손을 잡았다. "스위트로빈, 저 무서워요. 제 손을 잡고, 제가 건너가게 도와주세요. 영주님은 겁먹지 않았다는 걸 알아요."

로버트가 그녀를 보았다. 동공이 계란처럼 커다래진 흰자위에 찍힌 까만 점 같았다. "내가?"

"그럼요. 스위트로빈 경은 제 날개 달린 기사인걸요."

"날개 달린 기사는 날 수 있어." 로버트가 속삭였다.

"산맥보다 더 높이요." 그녀는 로버트의 손을 꽉 쥐었다.

미란다가 첨탑 아래에 합류하더니, 무슨 일이 벌어지고 있는지 보고 따라 말했다. "날 수 있어요."

"스위트로빈 경이야." 로버트 공이 말했고, 알레인은 미아가 돌아올 때까지 기다릴 수 없음을 알았다. 그녀는 소년을 도와 노새에서 내리게 한 후, 손에 손을 잡고 망토 자락을 요란하게 펄럭이면서 아무것도 없는 돌 마루를 걸어갔다. 사방에 텅 빈 허공과 하늘뿐이었고, 돌 마루 양쪽으로 땅이 날카롭게 떨어져 내렸다. 발밑에는 얼음이 있었고, 발목이 접질릴 부서진 돌 조각이 기다리고 있었으며, 바람이 맹렬하게 울부짖었다. '늑대 울음소리 같네.' 산사는 생각했다. '산맥처럼 큰 유령 늑대야.'

어느 순간 그들은 등마루 건너편에 있었고, 미아 스톤이 웃으면서 로버트를 끌어안고 들어 올리고 있었다. "조심해요." 알레인은 말했다. "발버둥치다가 걷어찰 수도 있어요. 설마 싶겠지만, 아플 수 있어요." 그들은 로버트가 있을 곳을, 찬바람을 피해 있을 바위틈을 찾아냈다. 알레인이 발작이 지나갈 때까지 돌보는 동안 미아는 다른 사람들을 돕기 위해 돌아갔다.

눈성에는 새로운 노새들이 기다리고 있었고, 염소 고기와 양파를 넣은 뜨거운 스튜도 기다리고 있었다. 그녀는 미아와 미란다와 함께 먹었다. "그러니까 넌 아름답기만 한 게 아니라 용감하기도 하군." 미란다가 말했다.

"아니에요." 칭찬에 얼굴이 붉어졌다. "전 용감하지 않아요. 너무 무서웠어요. 로버트 공 없이는 건널 수 없었을 거예요." 그녀는 미아 스톤을 돌아보았다. "떨어질 뻔했죠?"

"잘못 알았어. 난 절대 떨어지지 않아." 미아의 머리카락이 뺨으로 흘러내려 한쪽 눈을 가렸다.

"그러니까요, 떨어질 뻔한 걸 봤어요. 무섭지 않았나요?"

미아는 고개를 저었다. "내가 아주 어렸을 때, 어떤 남자가 날 허공에 던졌던 걸 기억해. 하늘처럼 높았는데, 날 어찌나 높이 던지는지 날고 있는 것만 같았지. 우리 둘 다 신나게 웃었어. 숨도 못 쉬도록 웃다가 결국엔 오줌을 싸고 말았는데, 그래도 그 남자는 더 크게 웃기만 했어. 난 그 남자가 날 던질 때 무서웠던 적이 없어. 언제나 거기서 날 붙잡아줄 걸 알았으니까." 그녀는 머리카락을 걷어냈다. "그러다가 그 남자가 없어졌지. 남자들은 왔다가 가. 거짓말을 하거나, 죽거나, 떠나버리지. 하지만 산은 남자가 아니고, 돌(stone)은 산의 딸이야. 난 내 아버지를 믿고, 내 노새들을 믿어. 난 떨어지지 않아." 미아 스톤은 삐죽삐죽한 바위 돌출부에 손을 얹고 일어났다. "마저 가는 게 좋겠어. 아직 갈 길이 먼데, 폭풍의 냄새가 나."

눈은 그들이 이어리 진입로를 지키는 세 개의 산성 중에서 제일 크고 제일 낮은 곳에 위치한 돌성을 나설 때 내리기 시작했다. 땅거미가 깔리고 있었다. 미란다는 돌아가서 돌성에서 밤을 보내고 태양이 뜨면 하산을 재개하는 게 어떠냐고 했지만, 미아는 받아들이지 않았다. "내일 아침이면 눈이 1.5미터는 쌓일 수 있고, 계단은 제 노새들에게도 위험해질 거예요. 계속 가는 게 나아요. 천천히 가죠."

그 말대로 그들은 천천히 내려갔다. 돌성 밑에서부터 계단은 넓어졌고 경사도 덜 가팔랐으며, 거인의 창 아래쪽을 뒤덮은 키 큰 소나무와 회녹색 파수목 사이를 구불구불 이어져 내려갔다. 미아의 노새들은 내려가는 길에 있는 나무뿌리 하나 돌멩이 하나까지 아는 것 같았고, 노새들이 잊은 것은 미아가 기억했다. 그들이 쏟아지는 눈을 뚫고 달의 관문에 켜진 불빛을 보았을 때는 밤이 깊어진 후였다. 여정의 마지막 부분이 가장 평화로웠다. 눈은 꾸준히 내려서 온 세상을 하얗게 뒤덮었다. 스위트로빈은 안장에 앉은 채로 잠들어서 노새의 움직임에 따라 흔들거렸다. 미란다마저도 하품을 하며 지쳤다고 투덜거리기 시작했다. "모두에게 거처를 준비해뒀어." 그녀는 알레인에게 말했다. "하지만 넌 괜찮다면 오늘 밤엔 내 침대에서 같이 자도 돼. 네 명은 들어갈 정도로 크거든."

"영광입니다, 아가씨."

"란다라니까. 내가 지칠 대로 지쳐서 운 좋은 줄 알아. 지금 내가 원하는 건 몸을 말고 잠드는 것뿐이거든. 보통 여자들이 나랑 침대를 같이 쓰면 베개 세금으로 자기들이 한 못된 짓을 낱낱이 알려줘야 해."

"못된 짓을 한 적이 없다면요?"

"그렇다면야, 저질러보고 싶은 못된 짓을 다 고백해야지. 물론 넌 아니야. 그 장밋빛 뺨과 커다란 푸른 눈만 봐도 네가 얼마나 고결한지 알겠는걸." 미란다가 다시 하품을 했다. "발은 따뜻했으면 좋겠네. 난 발이 차가운 시녀들이 싫어."

겨우 그녀 아버지의 성에 도착했을 때는 미란다 아가씨도 졸고 있었고, 알레인은 침대를 꿈꾸고 있었다. '깃털 침대일 거야. 부드럽고 따뜻하고 몸이 푹 파묻히는 침대에 모피가 산더미처럼 쌓였겠지. 난 달콤한 꿈을 꿀 것이고, 깨어나면 개들이 짖고 여자들이 우물가에서 수다를 떨고 훈련장에선 장검 부딪치는 소리가 날 거야. 그리고 나중엔 음악과 춤이 있는 연회가 펼쳐지겠지.' 이어리의 죽음 같은 정적을 겪고 나니 고함과 웃음소리가 간절했다.

하지만 그들이 노새에서 내리고 있으려니, 성 안에서 피터의 위병 하나가 나타났다. "알레인 아가씨, 호국공께서 기다리고 계셨습니다."

"돌아오셨어?" 알레인은 놀라서 말했다.

"해 질 녘에 오셨습니다. 서탑으로 가시면 됩니다."

저녁보다는 새벽에 가까운 시간이었고, 성 안은 거의 잠들었지만 피터 베일리시는 깨어 있었다. 알레인이 도착했을 때 그는 탁탁 타오르는 불가에 앉아서 처음 보는 남자 세 명과 함께 뜨거운 멀드와인을 마시고 있었다. 알레인이 들어가자 셋 다 일어섰고, 피터는 따뜻하게 미소 지었다. "알레인. 들어오거라, 아버지에게 입 맞춰다오."

그녀는 공손하게 피터를 끌어안고 뺨에 입을 맞췄다. "방해해서 죄송해요, 아버지. 같이 계신 분들이 있다는 말을 못 들었어요."

"넌 절대 방해가 아니야, 아가. 마침 이 멋진 기사분들에게 내가 얼마나 순종적인 딸을 뒀는지 말하던 참이다."

"아름답기도 하군요." 숱 많은 금발이 어깨 아래까지 쏟아지는 우아한 젊은 기사가 말했다.

"그러게요." 두 번째 기사는 희끗희끗한 수염이 무성하고, 불그레한 주먹코에다 햄 덩어리처럼 커다랗고 울퉁불퉁한 손을 지닌 억센 남자였다. "그 부분을 빠뜨리셨습니다그려."

"내 딸이라면 나도 그랬겠네." 세 번째 기사는 짓궂은 미소에 뾰족코, 뻣뻣한 오렌지색 머리가 특징인 몸집은 작으나 강단 있는 남자였다. "특히나 우리 같은 망나니들 주위에선 말이야."

알레인은 웃고 말았다. "망나니들이라뇨?" 그녀는 놀림조로 말했다. "저는 세 분 다 용맹한 기사분들이라고 생각했는걸요."

"기사들은 맞다." 피터가 말했다. "용맹은 아직 입증된 적 없지만, 희망해 볼 순 있겠지. 바이런 경, 모가스 경, 셰드리치 경을 소개하마. 경들, 내 서녀이며 아주 영리한 딸이기도 한 알레인이오……. 실례지만 내가 딸과 의논할 게 좀 있구려."

세 기사는 허리를 굽히고 물러났지만, 키 큰 금발의 기사는 떠나기 전에 그녀의 손등에 입을 맞췄다.

"방랑기사들인가요?" 알레인은 문이 닫히고 나서 물었다.

"배고픈 기사들이지. 주위에 검 쓰는 자를 더 두는 게 좋겠다고 생각했다. 시절이 더욱 파란만장해지는데, 파란만장한 시절엔 무력이 아무리 많아도 지나치지 않아. '인어 왕'호가 걸타운으로 돌아왔고, 늙은 오스웰에게 이야깃거리가 좀 있었다."

그녀에겐 어떤 이야기인지 묻지 않을 분별력이 있었다. 피터가 알리고 싶었다면 말해줬을 것이다. "이렇게 빨리 돌아오실 줄 몰랐어요. 오셔서 기뻐요."

"네가 선사한 입맞춤으로는 그렇게 기뻐하는 줄 몰랐을 거다." 그는 그녀를 끌어당겨 두 손으로 얼굴을 감싸 쥐고 오랫동안 입술에 입을 맞췄다. "이거야말로 돌아온 걸 환영한다는 입맞춤이지. 다음번에는 더 잘하도록 해보렴."

"네, 아버지." 얼굴이 붉어지는 것을 느낄 수 있었다.

서툰 입맞춤에도 알레인에 대한 태도는 그대로였다. "지금 킹스랜딩에서 무슨 일이 벌어지고 있는지 반도 못 믿을 거다. 세르세이가 귀머거리와 멍청이와 장님으로 이루어진 소협의회의 도움을 받아 멍청한 짓을 차례차례 저지르고 있단다. 언제나 그 여자가 왕국을 거지로 만들고 스스로를 파멸시킬 거라고 기대하긴 했지만, 이렇게 빠를 줄은 몰랐지. 상당히 성가시구나. 씨를 뿌리고 과일이 일부라도 열리기까지 4, 5년은 있을 줄 알았는데 이제는……. 내가 혼돈 속에서 번창하는 사람이라 다행이지. 다섯 왕이 우리에게 남긴 얼마 안 되는 평화와 질서도 세 여왕 아래에선 오래 남아나지 못할 것 같아."

"세 여왕요?" 이해가 가지 않았다.

피터는 설명하려 하지 않았다. 대신 미소 지으며 말했다. "우리 사랑스러운 딸에게 선물을 가져왔다."

알레인은 놀라면서도 기뻤다. "가운인가요?" 걸타운에는 훌륭한 재봉사들이 있다고 들었고, 칙칙하게 입는 데에도 질린 참이었다.

"더 좋은 거야. 다시 맞춰보렴."

"보석인가요?"

"어떤 보석도 내 딸의 눈동자에는 견줄 수가 없지."

"레몬인가요? 레몬을 찾으셨어요?" 스위트로빈에게 레몬 케이크를 약속했는데, 레몬 케이크를 만들려면 레몬이 필요했다.

피터 베일리시는 그녀의 손을 잡고 끌어다 자기 무릎에 앉혔다. "널 위한 결혼 계약을 성사시켰다."

"결혼……." 목이 콱 막혔다. 다시 결혼하고 싶지 않았다. 지금은 아니었다. 어쩌면 영원히 아니었다. "전…… 전 결혼할 수 없어요. 아버지, 전……." 알레인은 문이 잘 닫혀 있나 확인하고 속삭였다. "전 결혼한 몸이에요. 아시잖아요."

피터는 조용히 하라는 뜻으로 그녀의 입술에 손가락을 댔다. "난쟁이는 내 딸이 아니라 네드 스타크의 딸과 결혼했다. 게다가 이건 약혼에 불과해. 결혼은 세르세이가 끝장나고 산사가 안전하게 과부가 될 때까지 기다려야 하지. 그리고 네가 그 아이를 만나서 승낙을 얻어내야 한다. 웨인우드 부인이 그 녀석 의사에 반해서 결혼시키진 않겠다고, 아주 확고하게 말했거든."

"웨인우드 부인요?" 알레인은 믿을 수가 없었다. "왜 웨인우드 부인이 아들을 이런…… 이런……."

"……사생아와 결혼시키겠냐고? 우선 너는 호국공의 사생아라는 점을 잊지 말아라. 웨인우드 가문은 아주 역사가 길고 자긍심이 대단하지만, 생각만큼 부유하지는 않아. 웨인우드가의 빚을 사들이면서 알게 됐지. 그렇다고 아냐 부인이 아들을 돈에 팔아넘길 리야 없지. 하지만 대자라면……. 어린 해리는 친척에 불과하고, 내가 제시한 지참금은 라이오넬 코브레이가 받은 돈보다 더 크다. 웨인우드 부인이 청동 욘의 격분을 감수하게 만들자면 그래야 했지. 이렇게 되면 청동 욘의 계획은 다 어그러질 거야. 넌 해롤드 하딩과 약혼했다. 물론 그 녀석의 마음을 얻을 수 있다면 말이지만……. 너에겐 어려운 일이 아닐 거다."

"후계자 해리요?" 알레인은 산에서 미란다가 했던 말들을 기억해보려 했다. "이제 막 기사가 됐죠. 그리고 어느 평민 여자에게 사생 딸을 뒀고요."

"그리고 또 다른 여자에게도 사생 딸을 뒀지. 해리는 꽤 매력적일 수 있거든. 부드러운 모랫빛 머리카락에 짙은 푸른 눈, 그리고 웃을 때면 보조개가 생기지. 게다가 아주 용맹하다 들었다." 피터는 놀리듯 미소 지었다. "아가야, 서출이든 아니든 상관없이 이 결합이 선포되면 넌 협곡의 모든 귀족 처녀들의 질투를 사게 될 게다. 널 시기할 여자가 강역과 리치에도 있을 거야."

"왜죠?" 알레인은 갈피를 잃었다. "해롤드 경이…… 어떻게 웨인우드 부인의 후계자가 될 수 있나요? 친아들들이 있잖아요?"

"셋 있지." 피터는 인정했다. 그의 숨결에서 와인과 정향, 육두구 향기를 맡을 수 있었다. "딸들도 있고, 손자들도 있어."

"그 사람들이 해리보다 먼저 아닌가요? 이해가 안 가요."

"이해가 갈 거다. 들어봐라." 피터는 알레인의 손을 잡고 손가락으로 가볍게 그녀의 손바닥을 쓸었다. "재스퍼 아린 공부터 시작하지. 존 아린의 아버지인데, 자식을 셋 뒀다. 아들 둘에 딸 하나였지. 존이 맏아들이었기에 이어리와 영주 자리는 존에게 넘어갔다. 그 누이인 알리스는 엘리스 웨인우드 경과 결혼했는데, 이 사람이 현재 웨인우드 부인의 숙부가 된다." 그는 짓궂은 표정을 지었다. "엘리스와 알리스라니, 거참 귀엽지 않으냐? 재스퍼 공의 막내아들인 로넬 아린 경은 벨모어 가문의 딸과 결혼했지만, 그 벨을 한두 번인가 울리고는 배앓이로 죽어버렸다. 그 둘의 아들 엘버트는 가엾은 로넬이 죽어가는 사이에 태어났지. 잘 듣고 있니?"

"네. 존과 알리스와 로넬이 있었는데, 로넬이 죽었어요."

"좋아. 자, 존 아린은 세 번 결혼했지만 앞선 두 아내는 자식을 낳지 못했기에, 오랫동안 조카인 엘버트가 존의 후계자였다. 그 사이 엘리스는 알리스라는 밭을 충직하게 갈았고, 알리스는 1년에 하나씩 망아지를 낳았지. 알리스는 자식을 아홉 낳았는데, 여덟은 딸이었고 소중한 어린 아들 재스퍼까지 낳은 후에 지쳐서 죽어버렸다. 자신을 낳기까지의 영웅적인 노력에 아무 생각이 없었던 어린 재스퍼는 세 살에 말에 머리를 차이고 말았다. 뒤이어 천연두로 재스퍼의 누이가 둘 죽으면서 여섯이 남았지. 제일 맏이는 이어리 영주의 먼 친척인 데니스 아린 경과 결혼했다. 협곡에는 아린 가문의 방계가 여럿 있는데, 하나같이 자부심만 강하고 가난하단다. 드물게도 상인 가문과 결혼할 분별이 있었던 걸타운의 아린 가문만 예외지. 거긴 또 부유하지만 세련되지 못해서 아무도 얘기를 안 해. 데니스 경은 가난하고 자부심 높은 방계 출신이었는데…… 유명한 마상시합자에, 잘생기고 용맹하고 예의가 철철 넘쳤어. 거기다가 아린이라는 마법의 이름까지 있었으니 웨인우드가의 맏딸에게 이상적인 남편감이 됐지. 그러면 자식들이 다 아린이 될 테고, 혹시라도 엘버트에게 나쁜 일이 생기면 협곡의 다음 후계자가 될 테니 말이다. 그리고 그런 일이 일어나서, 엘버트에게 미친 왕 아에리스라는 재난이 일어났다. 그 이야기는 아니?"

알고 있었다. "미친 왕이 엘버트를 살해했죠."

"바로 그랬지. 그리고 곧이어 데니스 경은 임신한 웨인우드 아내를 두고 전장으로 달려나갔다. 종울림 전투에서 넘치는 용맹과 도끼에 죽었지. 남편의 죽음을 들은 부인은 슬픔으로 죽어버렸고, 갓 태어난 아들도 곧 뒤따랐어. 상관없었지. 존 아린은 전쟁 중에 어린 부인을, 그것도 임신이 가능하다고 믿을 이유가 있는 아내를 맞이했거든. 분명 희망을 크게 품고 있었을 테지만, 너도 알고 나도 알다시피 존 아린이 라이사에게서 얻은 건 사산과 유산, 그리고 가엾은 스위트로빈이었다.

이제 엘리스와 알리스의 나머지 다섯 딸로 돌아가자. 둘째는 동생들을 죽인 천연두로 심한 흉터를 얻었기에 성사가 되었다. 또 하나는 용병에게 유혹을 당해서 엘리스 경이 쫓아냈고, 사생아가 어려서 죽은 후에 침묵의 자매들에 합류했다. 셋째는 팹스섬의 영주와 결혼했는데, 불임이었다. 넷째는 브라켄 가문의 누군가와 결혼하러 강역으로 가던 길에 불탄 남자 씨족들에게 잡혀갔다. 그래서 막내딸이 남는데, 웨인우드 가문에 충성을 맹세한 어느 지주기사와 결혼을 해서 아들을 낳고는 해롤드라 이름 짓고 죽었다." 그는 알레인의 손을 뒤집어 손목에 가볍게 입 맞췄다. "그럼 말해보렴, 얘야. 왜 후계자 해리일까?"

알레인의 눈이 커졌다. "웨인우드 부인의 후계자가 아니군요. 로버트의 후계자예요. 로버트가 혹시라도 죽으면……."

피터가 한쪽 눈썹을 치켰다. "그냥 '로버트가 죽으면'이겠지. 우리 불쌍하고 용감한 스위트로빈은 참으로 병약한 소년이라, 시간문제에 불과해. 로버트가 죽으면 후계자 해리가 협곡의 수호자이자 이어리의 영주인 해롤드 공이 된다. 존 아린의 휘하 봉신들이 나를 좋아하거나, 우리 바보 같은 떨림병 로버트를 사랑하진 않겠지만 자기들의 젊은 매는 사랑할 거다……. 그리고 모두가 매의 결혼식에 왔을 때 네가 긴 적갈색 머리를 늘어뜨리고, 처녀로서 등에 다이어울프를 수놓은 흰색과 회색의 망토를 입고 나오면…… 협곡의 모든 기사가 너에게 타고난 권리를 되찾아 주겠노라 맹세하겠지. 그게 내가 너에게 주는 선물이다, 사랑스러운 산사야……. 해리와 이어리, 그리고 윈터펠. 이만하면 입맞춤을 한 번 더 받을 만하지 않으냐?"

브리엔느

'이건 나쁜 꿈이야.' 그녀는 생각했다. 하지만 꿈이라면 왜 이토록 아픈 걸까?

비는 그쳤으나, 온 세상이 젖어 있었다. 망토가 사슬 갑옷처럼 무겁게 느껴졌다. 손목을 묶은 밧줄이 흠뻑 젖었지만, 그래서 오히려 더 꽉 조이기만 했다. 손을 어떻게 돌려봐도 빼낼 수가 없었다. 누가 그녀를 묶었는지, 왜 묶었는지 이해가 가지 않았다. 그림자들에게 물어보려 했지만, 그들은 대답하지 않았다. 그녀의 말을 듣지 못하는지도 몰랐다. 실제가 아닌지도 몰랐다. 젖은 모직 옷과 녹슨 사슬 갑옷 속의 몸은 열이 올라 상기되어 있었다. 혹시 이 모든 게 열에 들뜬 꿈일까 싶었다.

몸 아래에 말이 있는데, 말에 오른 기억은 나지 않았다. 그녀는 귀리 자루처럼 말 등에 엎어져 있었다. 손목과 발목이 같이 묶여 있었다. 공기는 축축하고, 땅에는 안개가 뒤덮였다. 말이 한 걸음 옮길 때마다 머리가 쿵쿵 울렸다. 목소리들을 들을 수는 있는데, 보이는 것이라고는 말발굽 아래 땅바닥뿐이었다. 몸 안에 부러진 데가 있었다. 얼굴은 부었고, 뺨은 피로 끈적거렸으며, 몸이 덜컹거릴 때마다 팔이 찔린 듯 아팠다. 멀리서 부르는 듯한 포드릭의 목소리를 들을 수 있었다. "기사님?" 포드릭이 계속 말하고 있었다. "기사님? 아가씨? 기사님? 아가씨?" 포드릭의 목소리가 희미하니 잘 안 들렸다. 결국에는 정적만 남았다.

하렌홀에서, 다시 한번 곰 구덩이에 있는 꿈을 꾸었다. 이번에 대면한 상대는 바이터였다. 대머리에 거대한 몸집으로 구더기처럼 하얀 데다 뺨의 발진에서 진물이 흘렀다. 그는 벌거벗은 채로 자기 성기를 만지작거리며 이를 갈았다. 브리엔느는 그 앞에서 도망쳤다. "내 검을." 그녀는 외쳤다. "서약의 수호자를. 제발." 구경꾼들은 응하지 않았다. 렌리가 있었고, 민첩 딕과 캐틀린 스타크도 있었다. 섀그웰, 피그, 티미온이 와 있었고, 뺨이 움푹 꺼지고 혀가 부어오른 데다 눈알이 빠진 채 나무에 매달려 있던 시체들도 있었다. 브리엔느는 그들을 보고 공포에 질려 울부짖었고, 바이터는 그녀의 팔을 잡고 끌어당기더니 얼굴 살을 물어뜯었다. "제이미." 그녀는 비명을 지르고 말았다. "제이미."

깊은 꿈속에서도 고통을 느꼈다. 얼굴이 욱신거렸다. 어깨에서 피가 났다. 숨을 쉬기가 괴로웠다. 고통이 번개처럼 팔을 타고 올라왔다. 그녀는 학사를 외쳐 불렀다.

"우리에겐 학사가 없어." 어린 여자 목소리가 대답했다. "나뿐이야."

'난 어린 처녀를 찾고 있어.' 브리엔느는 기억했다. '열세 살에, 파란 눈과 적갈색 머리의 귀족 처녀.' "아가씨? 산사 아가씨?"

어떤 남자가 웃었다. "네가 산사 스타크라고 생각하는데."

"오래 못 가요. 죽을 거예요."

"사자가 하나 줄어든다고 울 일은 아니지."

브리엔느는 누군가가 기도하는 소리를 들었다. 메리발드 성사인가 생각했지만, 기도문이 다 틀렸다. '밤은 어둡고 공포가 가득하며, 꿈 또한 그러하니.'

그들은 음울한 숲속, 소나무가 짓누르듯이 자란 눅눅하고 어두우며 조용한 곳을 달리고 있었다. 말발굽이 닿는 땅바닥이 물렀고, 발굽이 남기는 발자국마다 피가 가득 찼다. 옆에는 렌리 공과 딕 크래브, 그리고 바고 호트가 달리고 있었다. 렌리의 목에서는 피가 흘렀다. 바고 호트의 뜯겨 나간 귀에서는 고름이 흘렀다. "어디로 가는 거지?" 브리엔느가 물었다. "날 어디로 데려가는 거야?" 아무도 대답하지 않았다. '어떻게 대답을 하겠어? 다 죽었는데.' 그렇다면 그녀도 죽은 걸까?

언제나 미소 짓는 다정한 왕, 렌리 공이 앞에 있었다. 렌리 공이 그녀의 말을 이끌고 숲속을 누볐다. 브리엔느는 그를 얼마나 사랑하는지 말하려고 외쳐 불렀지만, 돌아서서 그녀를 향해 얼굴을 찌푸린 자는 렌리가 아니었다. 렌리는 그렇게 험상궂은 얼굴을 보인 적이 없었다. '그분은 언제나 미소만 보여주셨지…… 그때만 빼고…….'

"추워." 그녀의 왕이 어리둥절해하며 말했고, 주인 없는 그림자가 움직이더니 사랑하는 왕의 피가 초록색을 칠한 강철 목가리개를 뚫고 쏟아져서 그녀의 두 손을 적셨다. 따뜻한 사람이었지만, 피는 얼음처럼 차가웠다. '이건 현실이 아니야. 또 다른 악몽이야. 곧 깨어날 거야.' 그녀는 생각했다.

그녀를 태운 말이 갑자기 멈춰 섰다. 거친 손들이 그녀를 붙잡았다. 밤나무 가지를 뚫고 비스듬히 떨어지는 붉은 오후 햇살이 보였다. 말 한 마리가 낙엽을 헤치고 밤을 찾고 있었고, 근처에서 남자들이 움직이며 조용히 이야기를 나누고 있었다. 열 명, 열두 명, 어쩌면 더. 브리엔느는 그들의 얼굴을 알아보지 못했다. 그녀는 나무줄기에 등이 닿게 앉혀졌다. "이걸 마셔요." 소녀가 말하며 브리엔느의 입가에 잔을 댔다. 독하고 시큼한 맛이었다. 브리엔느는 뱉어냈다. "물." 그녀는 헐떡였다. "제발. 물."

"물은 통증에 도움이 안 될 거예요. 이건 돼요. 조금은." 소녀는 다시 브리엔느의 입가에 잔을 댔다.

마시는 것조차 아팠다. 와인이 턱으로 흘러내려 가슴팍에 떨어졌다. 잔이 비자 소녀는 가죽 부대에서 다시 와인을 채웠다. 브리엔느는 와인이 입에서 튀어나올 때까지 마셨다. "그만."

"더 마셔요. 팔이 부러졌고, 갈비뼈에 금이 갔어요. 두 개, 어쩌면 세 개쯤."

"바이터." 브리엔느는 바이터의 몸무게를, 그놈의 무릎이 가슴을 때리던 순간을 떠올렸다.

"맞아요. 그놈은 진짜 괴물이었어요."

이제 다 기억이 났다. 하늘에 치던 번개와 몸 아래 진흙, 사냥개의 검은 강철 투구를 부드럽게 두드리던 빗방울, 바이터의 끔찍하게 힘센 두 손. 갑자기 묶여 있는 것을 견딜 수가 없어졌다. 밧줄을 풀려고 몸부림을 쳤지만, 그래봤자 더 아프기만 했다. 손목이 너무 꽉 묶여 있었다. 밧줄에 피가 말라붙었다. "그놈은 죽었나?" 그녀는 몸을 떨었다. "바이터. 그놈 죽었어?" 그놈의 이빨이 얼굴을 물어뜯던 기억이 났다. 그놈이 어딘가에서 아직 살아 숨 쉬고 있을지 모른다는 생각만 해도 비명을 지르고 싶었다.

"죽었어요. 겐드리가 그놈 목덜미에 창을 꽂았어요. 마셔요. 안 그러면 목구멍에 대고 부을 거예요."

그녀는 와인을 마셨다. "난 처녀를 하나 찾고 있어." 그녀는 와인을 삼키는 사이사이 속삭였다. 처녀가 아니라 동생이라고 할 뻔했다. "열세 살의 귀족 처녀야. 파란 눈에 적갈색 머리."

"난 그 사람이 아니에요."

'그래.' 브리엔느도 알아볼 수 있었다. 이 소녀는 굶어 죽겠다 싶을 정도로 말랐다. 갈색 머리는 하나로 땋았고, 눈은 나이보다 늙었다. 갈색 머리, 갈색 눈, 평범한 얼굴. 윌로에 여섯 살을 더한. "네가 그 언니구나. 여관 주인."

"그럴 수도 있겠죠." 소녀가 눈을 가늘게 떴다. "그렇다면요?"

"이름이 있니?" 브리엔느는 물었다. 속이 부글거렸다. 토하지 않을까 걱정스러웠다.

"헤들. 윌로와 같아요. 제인 헤들이에요."

"제인. 내 손을 풀어다오. 제발. 연민을 베풀어. 밧줄에 손목이 쓸려서 피가 난다."

"그건 허락 못 받았어요. 묶여 있어야 해요……."

"……마님 앞에 설 때까지는." 렌리가 그 소녀 뒤에 서서 검은 머리를 쓸어 올렸다. '렌리가 아니야. 겐드리야.' "마님께선 당신이 저지른 범죄에 대해 대답하게 하실 거야."

"마님이라." 와인 때문에 머리가 빙빙 돌았다. 생각하기가 힘들었다. "스톤하트. 그 사람 말인가?" 랜딜 공이 메이든풀에서 그 여자에 대해 말했었다. "스톤하트 부인."

"그렇게 부르는 사람도 있지. 다른 이름도 있어. 침묵의 자매. 무자비한 어머니. 목매다는 여자."

'목매다는 여자.' 브리엔느가 눈을 감자 헐벗은 갈색 나뭇가지 아래에서 검게 부어오른 얼굴로 흔들거리던 시체들이 보였다. 그러다가 불쑥 극도의 공포가 밀려왔다. "포드릭. 내 종자. 포드릭은 어디 있지? 그리고 다른 사람들은……. 하일 경, 메리발드 성사. 개. 개를 어찌했나?"

겐드리와 소녀가 눈빛을 교환했다. 브리엔느는 일어서려고 애썼지만, 겨우 한쪽 무릎을 일으키고 나니 세상이 빙빙 돌기 시작했다. "개를 죽인 건 당신이었어." 겐드리의 말이 들리고, 바로 어둠이 그녀를 다시 집어삼켰다.

다음 순간 그녀는 '위스퍼스'에 돌아가서 폐허 한가운데 선 채로 클래런스 크래브를 마주 보고 있었다. 거대하고 험악했으며, 본인보다 더 덥수룩한 들소 위에 올라앉아 있었다. 들소는 성이 나서 바닥을 긁으며 땅바닥에 깊은 고랑을 냈다. 크래브의 이빨은 날카롭게 갈려 있었다. 브리엔느는 검을 뽑으려다가 검집이 비었음을 알았다. "안 돼." 그녀는 클래런스 경이 덤벼들자 소리쳤다. 불공평했다. 마법의 검 없이는 싸울 수 없었다. 제이미 경이 준 검이었다. 렌리 공처럼 제이미 경도 실망시킨다고 생각하니 울고 싶어졌다. "내 검. 제발. 내 검을 찾아야 해."

"저 계집이 검을 돌려받고 싶어 하는군." 어떤 목소리가 말했다.

"난 세르세이 라니스터가 내 물건을 빨았으면 좋겠다. 그래서 뭐?"

"제이미는 그 검을 서약의 수호자라 불렀어. 제발." 하지만 그 목소리들은 듣지 않았고, 클래런스 크래브는 요란한 소리를 울리며 달려들어 그녀의 머리를 후려쳤다. 브리엔느는 더 깊은 어둠 속으로 떨어졌다.

배 안에서 누군가의 무릎을 베고 누워 있는 꿈을 꾸었다. 사방에 그림자가 가득했다. 사슬 갑옷과 가죽옷을 입고 두건을 쓴 남자들이 소리를 죽인 노로 안개 낀 강을 저었다. 그녀는 땀에 흠뻑 젖은 채 열에 타면서 동시에 덜덜 떨고 있었다. 안개 속에 얼굴이 가득했다. "미녀야." 강둑의 버드나무들은 그렇게 속삭였지만, 갈대는 "괴물, 괴물"이라고 말했다. 브리엔느는 몸서리를 쳤다. "그만. 누가 저들을 좀 멈춰줘."

다음에 깨어났을 때는 제인이 뜨거운 수프 잔을 그녀의 입가에 대고 있었다. '양파 수프로구나.' 브리엔느는 생각했다. 마실 수 있는 만큼 마시다가, 당근 한 조각이 목에 걸려서 숨이 막혔다. 기침은 고통스러웠다. "진정해요." 소녀가 말했다.

"겐드리." 그녀는 쌕쌕거렸다. "겐드리와 이야기해야 해."

"겐드리는 강으로 돌아갔어요, 아가씨. 자기 대장간으로, 윌로와 어린아이들에게로 돌아갔어요. 아이들을 지키기 위해서요."

'아무도 그 아이들을 지킬 순 없어.' 그녀는 다시 기침을 하기 시작했다. "아, 질식하게 놔둬. 밧줄이나 아끼게." 그림자 하나가 소녀를 밀어냈다. 녹슨 고리 갑옷을 입고 징이 박힌 허리띠를 차고 있었다. 허리에는 장검과 비수가 걸렸고, 어깨에는 흠뻑 젖고 더러워진 거대한 노란 망토를 걸쳤다. 그 어깨 위에는 으르렁대듯 이빨을 드러낸 강철 개 머리가 올라앉았다.

"아니야." 브리엔느는 신음했다. "아니야, 넌 죽었어. 내가 죽였어."

사냥개는 소리 내어 웃었다. "거꾸로 알았어. 내가 널 죽일 거다. 당장이라도 죽이고 싶지만, 우리 마님께서 널 목매달고 싶어 하셔."

'목매단다.' 그 말에 공포가 몸을 내달렸다. 그녀는 제인을 바라보았다. '그렇게까지 매정하기엔 너무 어려.' 브리엔느는 헉헉거리며 말했다. "빵과 소금. 그 여관에서…… 메리발드 성사님이 아이들을 먹였지……. 우린 네 동생과 빵을 같이 먹었어……."

"손님의 권리는 예전처럼 큰 의미가 없어요." 제인이 말했다. "마님께서 결혼식에서 돌아오신 후부터는요. 강가에 매달려 흔들리는 그치들 중에도 자기들이 손님이라고 생각한 사람이 있었죠."

"우리 생각은 달랐지." 사냥개가 말했다. "놈들은 침대를 원했고, 우린 놈들에게 나무를 준 거야."

"그렇지만 우린 나무를 더 얻었어." 또 다른 그림자가, 녹슨 원통형 투구 아래 애꾸눈이 말했다. "우린 언제나 나무를 더 얻지."

다시 말에 오를 시간이 되자, 그들은 브리엔느의 얼굴에 가죽 두건을 덮어씌웠다. 눈구멍도 없었다. 가죽 때문에 주변 소리가 잘 들리지 않았다. 혀에 남은 양파 맛이 실패했다는 사실만큼이나 날카롭게 느껴졌다. '이들은 날 목매달 작정이야.' 그녀는 제이미를, 산사를, 타스에 있는 아버지를 생각하고 두건이 있음을 다행으로 여겼다. 눈에 차오르는 눈물을 감추는 데 도움이 됐다. 가끔 무법자들의 말소리가 들렸지만, 무슨 말인지는 알아들을 수 없었다. 잠시 후 그녀는 피곤과 느리지만 꾸준하게 움직이는 말의 흔들림에 굴복했다.

이번에는 이븐폴의 집으로 돌아간 꿈을 꾸었다. 아버지의 성에 있는 높은 아치 창문들 너머로 막 지고 있는 해를 볼 수 있었다. '난 여기서 안전했어. 안전했어.'

그녀는 전체를 4등분해서 파란색과 빨간색 바탕에 금색 태양과 은색 초승달 장식을 넣은 양단 옷을 입었다. 다른 여자가 입었다면 예뻤을지 모르지만, 브리엔느는 아니었다. 열두 살의 그녀는 어색하고 불편한 기분으로 아버지가 그녀와 결혼시키기로 한 젊은 기사를 기다리고 있었다. 여섯 살 위의 청년으로, 분명히 언젠가는 유명한 우승자가 될 기사였다. 그의 도착이 두려웠다. 그녀는 젖가슴은 너무 작고, 손과 발은 너무 컸다. 머리카락은 삐죽삐죽 섰고, 코 아래에는 여드름이 나 있었다. "네게 줄 장미 한 송이를 가져올 거다." 아버지는 그렇게 장담했으나, 장미는 쓸모가 없었다. 장미는 그녀를 안전하게 지켜줄 수 없었다. 그녀가 원하는 건 장검이었다. '서약의 수호자. 난 그 소녀를 찾아야 해. 그의 명예를 찾아야 해.'

마침내 문이 열리고, 약혼자가 성큼성큼 아버지의 성 안으로 걸어 들어왔다. 브리엔느는 가르침받은 대로 그를 맞이하려 했다가, 입에서 피만 울컥 쏟아냈다. 기다리다가 혀를 씹은 탓이었다. 그녀는 그 피를 젊은 기사의 발치에 뱉었고, 그의 얼굴에 떠오른 혐오감을 보았다. "미녀 브리엔느." 그는 조롱 조로 말했다. "너보다 예쁜 돼지도 봤다." 그는 장미를 브리엔느의 얼굴에 던졌다. 돌아서서 걸어가는 그의 망토에 그려진 그리핀에 잔물결이 일며 흐릿해지더니 사자로 변했다. '제이미!' 소리치고 싶었다. '제이미, 나에게 돌아와요!' 그러나 그녀의 혀는 피에 젖은 채, 장미와 함께 바닥에 놓여 있었다.

브리엔느는 헉하고 숨을 몰아쉬며 깨어났다.

어디인지 알 수 없었다. 공기가 차갑고도 무거웠고, 흙과 벌레와 곰팡이 냄새가 났다. 그녀는 양털 가죽 더미를 덮고 짚자리에 누워 있었고, 머리

위는 바위였으며 벽에는 나무뿌리가 튀어나와 있었다. 조명이라고는 녹아 내린 웅덩이 속에서 연기를 피워 올리는 수지초의 불빛뿐이었다.

양털 가죽을 밀어냈다. 이제 보니 누군가가 옷과 갑옷을 다 벗겨낸 후였다. 그녀는 얇지만 새로 빤 갈색 모직 원피스를 입고 있었다. 한편 팔에는 부목을 대고 리넨 천을 감아놓았다. 얼굴 한쪽이 축축하고 뻣뻣한 느낌이었다. 건드려보니 뺨과 턱과 귀를 축축한 고약 같은 것이 덮고 있었다. '바이터가…….'

브리엔느는 일어섰다. 다리가 후들거렸고, 머리는 멍했다. "누구 있습니까?"

촛불 빛 뒤쪽으로 그늘진 벽감 하나에서 뭔가가 움직였다. 누더기를 입은 늙은 회색 남자였다. 그의 몸을 덮고 있던 담요가 바닥으로 미끄러졌다. 그는 일어나 앉아서 눈을 비볐다. "브리엔느 아가씨? 깜짝 놀랐습니다. 꿈을 꾸고 있었거든요."

'아니야. 꿈을 꾸고 있었던 건 나야.' 그녀는 생각했다. "여긴 뭐하는 곳입니까? 지하감옥인가요?"

"동굴입니다. 우린 개들이 냄새를 맡고 쫓아올 때마다 쥐새끼처럼 굴속으로 도망쳐 와야 하죠. 개들은 매일같이 늘어나고요." 남자는 분홍색과 흰색으로 이루어진 오래된 로브의 누더기를 입고 있었다. 긴 머리는 회색으로 헝클어졌고, 뺨과 턱의 늘어진 살가죽에 굵은 수염 자국이 있었다. "배고프십니까? 우유 한 잔 드실 수 있겠어요? 빵과 꿀이나?"

"제 옷을 되찾고 싶습니다. 제 검도요." 사슬 갑옷이 없으니 벌거벗은 기분이었고, 서약의 수호자를 곁에 두고 싶었다. "나가는 길도 알려주시죠." 동굴 바닥은 흙과 돌이어서 발바닥에 거칠게 느껴졌다. 지금도 둥둥 떠다니는 것처럼 머리가 어지러웠다. 펄럭이는 촛불 빛은 기묘한 그림자들을 드리웠다. '죽은 자들의 영혼이 내 주위에서 춤을 추다가, 내가 쳐다보면 숨는구나.' 브리엔느는 생각했다. 보는 곳마다 구멍과 틈과 균열이었지만, 어느 통로가 밖으로 이어지는지, 어느 통로가 동굴 안으로 더 깊이 들어가는지, 어느 통로가 막다른 길인지 알 도리가 없었다. 모든 구멍이 깜깜하기만 했다.

"이마를 짚어봐도 될까요, 아가씨?" 간수의 손은 흉터 지고 굳은살이 심하게 박였는데도 희한하게 부드러웠다. "열이 내렸군요." 그는 자유도시의 억양이 묻어나는 목소리로 말했다. "잘됐습니다. 어제만 해도 불타는 것 같더니요. 제인은 우리가 아가씨를 잃을 수도 있다고 걱정했어요."

"제인이라면. 키 큰 소녀요?"

"바로 그 아이죠. 아가씨만큼 키가 크지는 않지만요. 남자들은 꺽다리 제인이라고 불러요. 학사 못지않게 아가씨 팔을 맞추고 부목을 댄 게 그앱니다. 얼굴에도 할 수 있는 치료는 했어요. 끓인 맥주로 상처를 씻어서 괴저를 막았지요. 그렇다 해도…… 인간이 물어뜯은 자리는 더러워요. 그래서 열이 오른 겁니다. 분명히." 회색 남자는 붕대가 감긴 브리엔느의 얼굴을 건드려봤다. "살을 좀 잘라내야 했습니다. 얼굴이 예뻐 보이진 않을 거예요."

'예뻤던 적도 없어.' "흉터가 남을 거란 말인가요?"

"아가씨, 그 짐승이 아가씨의 뺨을 물어뜯었습니다."

브리엔느는 움찔할 수밖에 없었다. 굿윈 경은 그녀가 검을 가르쳐달라고 했을 때, 어떤 기사에게나 전투의 흉터가 남는다고 경고했었다. '그런 걸 원하나요?' 하지만 그녀의 늙은 훈련대장이 말한 건 검에 입는 상처였다. 바이터의 뾰족한 이빨이 남긴 흉터는 생각도 못했으리라. "날 목매달아 죽일 작정이라면 굳이 왜 뼈를 맞추고 상처를 씻어준 겁니까?"

"그러게, 왜일까요?" 남자는 더는 그녀를 쳐다보지 못하겠다는 듯이 촛불을 보았다. "여관에서 용감하게 싸우셨다고 하더군요. 렘이 교차로를 떠나지 말았어야 해요. 가까이 숨어 있다가 굴뚝에 연기가 오르면 즉시 여관으로 가라는 말을 들었는데도…… 솔트팬스의 미친개가 그린포크를 따라 북쪽으로 가는 모습이 보였다는 소식을 듣자 덥석 미끼를 물었지요. 우린 정말 오랫동안 그놈을 추적하고 있었습니다……. 그렇다 해도 렘이 생각을 더 잘했어야 해요. 피투성이 극단 놈들이 개울을 이용해 흔적을 감추고 되돌아갔다는 사실을 깨닫기까지 반나절이 걸렸고, 그러고 나서도 프레이 기사들의 대열을 피해서 가느라 시간을 더 잃었습니다. 아가씨가 아니었다면 렘과 렘의 부하들이 돌아갔을 때 여관엔 시체들만 남아 있었을지 몰라요. 아마 제인도 그래서 상처를 돌본 걸 겁니다. 아가씨가 달리 무슨 일을 했든 간에, 그 부상만은 더없이 훌륭한 이유로, 명예롭게 얻은 거니까요."

'달리 무슨 일을 했든 간에.' "내가 무슨 짓을 했다고 생각하는 겁니까? 당신은 누굽니까?" 브리엔느는 물었다.

"시작할 때는 왕의 군대였지요. 하지만 왕의 군대에는 왕이 있어야 하는데, 이제 우리에겐 왕이 없습니다. 서로 형제들이기도 했지만, 이제는 형제의 유대가 무너졌습니다. 솔직히 말하면 지금 우리가 누구인지도, 어디로 가게 될지도 모르겠어요. 다만 그 길이 어둡다는 것만 압니다. 불은 그 길 끝에 무엇이 있는지 제게 보여주지 않았습니다."

'난 그 길이 어디서 끝나는지 알아. 나무에 걸린 시체들을 봤어.' "불이라." 브리엔느는 그 말을 되뇌다가 갑자기 이해했다. "당신이 그 미르 사제로군요. 붉은 마법사."

남자는 너덜너덜한 로브를 내려다보고는 슬픈 미소를 지었다. "그보다는 분홍색 흉내쟁이라고 해야겠지요. 내가 최근까지 미르인이었던 토로스이긴 합니다……. 나쁜 사제이자 그보다 더 나쁜 마법사죠."

"돈다리온과 같이 말을 달리시지요. 번개 영주와 말입니다."

"번개는 나타났다 사라지고는 더 보이지 않습니다. 사람도 마찬가지입니다. 베릭 공의 불은 아무래도 이 세상에서 꺼진 것 같습니다. 그 대신 더 어두운 그림자가 우리를 이끌고 있지요."

"사냥개입니까?"

사제는 입술을 오므렸다. "사냥개는 죽어서 묻혔습니다."

"제가 봤습니다. 숲속에서요."

"열에 들뜬 꿈입니다, 아가씨."

"절 목매달겠다고 했습니다."

"꿈도 거짓말을 할 수 있지요. 아가씨, 뭘 먹은 지 얼마나 됐습니까? 배가 많이 고프시겠지요?"

그러고 보니 그랬다. 배 속이 텅 비어 있었다. "음식…… 이라면 환영하겠습니다. 감사드립니다."

"그러면 식사를 하지요. 앉으세요. 이야기를 더 하더라도, 우선은 식사부터 합시다. 여기에서 기다리세요." 토로스는 무너져가는 초로 작은 초에 불을 붙이더니, 바위 턱 아래에 뚫린 검은 구멍 속으로 사라졌다. 브리엔느는 작은 동굴 안에 혼자 남았다. '하지만 얼마나 오래 혼자 있을까?'

그녀는 동굴 방을 돌아다니며 무기를 찾았다. 지팡이, 곤봉, 단검, 어떤 무기든 좋았다. 그러나 돌멩이밖에 찾지 못했다. 돌멩이 하나는 주먹에 딱 맞았지만……, 위스퍼스성이 떠올랐고, 섀그웰이 돌로 단검과 싸우려다가 어떻게 되었는지도 기억이 났다. 사제가 돌아오는 발소리가 들리자 그녀는 돌멩이를 동굴 바닥에 떨어뜨리고 다시 앉았다. 토로스는 빵과 치즈와 스튜 한 그릇을 가져왔다. "죄송합니다. 마지막 남은 우유는 쉬었고 꿀은 다 없어졌네요. 음식이 부족해져갑니다. 그래도 이 정도면 배는 찰 거예요."

스튜는 차갑고 기름졌으며, 빵은 딱딱했고, 치즈는 더 딱딱했다. 브리엔느는 세상에서 그보다 더 맛있는 것을 먹어본 적이 없었다. "제 동행들은 여기에 있습니까?" 그녀는 마지막 한 숟갈까지 스튜를 떠먹으며 사제에게 물었다.

“성사님은 가시던 길 가게 풀어드렸습니다. 그분에겐 해가 될 구석이 없었지요. 다른 이들은 여기에서 판결을 기다리고 있습니다.”

“판결요?” 브리엔느는 얼굴을 찌푸렸다. “포드릭 페인은 어린아이에 불과해요.”

“자기가 종자라는데요.”

“남자애들이 어떻게 허풍을 떠는지 아시잖습니까.”

“꼬마 악마의 종자였지요. 본인의 자백에 따르면 전투에서도 싸웠고요. 심지어 죽인 사람도 있다고 합니다.”

“어린아이라니까요.” 그녀는 다시 말했다. “연민을 베푸세요.”

“아가씨.” 토로스가 말했다. “분명 이 칠왕국 어딘가에서는 아직도 친절과 자비와 용서를 찾을 수 있겠지만, 여기에서는 찾지 마십시오. 여기는 사원이 아니라 동굴입니다. 어두운 땅속에서 쥐새끼처럼 살아야 하는 사람들에게 연민은 곧 떨어지고 맙니다. 우유와 꿀이 떨어지듯이요.”

“그러면 정의는요? 정의는 동굴 속에서 찾을 수 있습니까?”

“정의라.” 토로스가 지친 듯한 미소를 지었다. “정의라면 기억하지요. 맛이 좋았습니다. 베릭이 우리를 이끌 때는 우리가 정의였어요. 적어도 우리는 스스로에게 그렇게 말했지요. 우리는 왕의 병사들, 기사들이자 영웅들이었습니다……. 하지만 어떤 기사들은 어둡고 공포가 가득하답니다, 아가씨. 전쟁은 우리 모두를 괴물로 만들지요.”

“당신들이 괴물이라는 겁니까?”

“우리가 인간이라는 얘깁니다. 부상을 입은 건 브리엔느 아가씨만이 아닙니다. 제 형제들 중 몇몇은 이 일을 시작했을 때 선량한 이들이었습니다. 몇몇은…… 덜 선량했다고 해둘까요? 그러나 사람이 어떻게 시작하는지는 중요하지 않고, 어떻게 끝나는지가 중요하다고 말하는 사람들이 있지요.

남자든 여자든 마찬가지일 겁니다." 사제는 일어섰다. "아무래도 같이 있을 시간이 끝난 것 같군요. 형제들이 오는 소리가 들립니다. 우리 주인께서 당신을 부르십니다."

브리엔느는 그들의 발소리를 듣고 통로에서 깜박이는 횃불 빛을 보았다.

"페어마켓에 가셨다더니."

"실제로 그랬어. 우리가 자는 사이에 돌아오신 거야. 잠을 전혀 안 주무시니까."

'난 두려워하지 않겠어.' 브리엔느는 스스로를 타일렀지만, 그러기엔 너무 늦었다. '저들에게 내 두려움을 내보이지 않겠어.' 그래서 그녀는 대신 그렇게 다짐했다. 나타난 사람은 네 명으로, 사슬 갑옷과 미늘 갑옷, 가죽옷을 입은 초췌한 얼굴에 엄혹한 남자들이었다. 한 명은 알아볼 수 있었다. 꿈속에 나온 애꾸눈이었다.

넷 중에서 제일 덩치가 큰 남자는 얼룩지고 남루해진 노란 망토를 걸쳤다. "식사는 즐거웠나? 그랬으면 좋겠군. 살아서 먹는 마지막 음식이 될 테니까." 그는 갈색 머리에 수염을 길렀고 건장했으며, 부러진 코가 잘못 나아 비뚤어졌다. '이자를 알아.' 브리엔느는 생각했다. "네놈이 사냥개로군."

그는 히죽 웃었다. 치아가 엉망이었다. 비뚤배뚤한 데다, 썩어서 여기저기 갈색이었다. "아마 그렇겠지. 아가씨께서 지난번 사냥개를 죽이셨으니 말이야." 그는 고개를 돌리고 침을 뱉었다.

번개의 섬광과 발아래 진흙탕이 기억이 났다. "내가 죽인 건 로지였다. 그놈이 클리게인의 무덤에서 투구를 가져갔고, 그대가 그놈 시신에서 투구를 훔쳤군."

"항의하진 않던데."

토로스가 경악해서 숨을 들이마셨다. "사실인가? 죽은 사람의 투구라니? 우리가 그렇게까지 떨어졌나?"

덩치 큰 남자는 험상궂은 표정을 지었다. "좋은 강철이오."

"그 투구에나, 그 투구를 쓴 자들에게나 좋은 점이라곤 하나도 없어." 붉은 사제가 말했다. "산도르 클리게인은 고통받는 사내였고, 로지는 인간의 가죽을 뒤집어쓴 짐승이었네."

"난 다르오."

"그렇다면 왜 세상에 그자들의 얼굴을 보여주나? 자네도 비뚤어진 채로 으르렁대는 흉포한 야수가 되려나, 렘?"

"이 투구를 보면 적들이 두려워할 거요."

"그 투구를 보니 내가 두렵네."

"그럼 눈을 감으시든가." 노란 망토의 남자가 홱 손짓했다. "저 창녀를 데려와."

브리엔느는 저항하지 않았다. 상대는 네 명이었고, 그녀는 모직 원피스 아래에 아무것도 입지 않은 데다 부상을 입고 약해진 상태였다. 꼬불꼬불한 통로를 따라가려니 머리가 부딪치지 않게 계속 고개를 숙여야 했다. 앞길이 확 올라가더니, 두 번 방향을 바꾸고 나서 무법자들이 가득한 더 큰 동굴이 나왔다.

바닥 중앙에는 불구덩이가 파여 있었고, 공기가 푸른 연기로 자욱했다. 남자들이 불길 근처에 모여서 몸에서 동굴의 한기를 몰아내고 있었다. 벽 근처에 서거나 짚자리에 다리를 접고 앉은 사람들도 있었다. 여자들도 있었고, 아이들까지도 어미의 치마 뒤에서 구경하고 있었다. 브리엔느가 아는 유일한 얼굴은 꺽다리 제인 헤들이었다.

동굴 저편, 바위틈에 가대 탁자가 하나 서 있었다. 그 뒤에는 망토에 두건까지 온통 회색을 뒤집어쓴 여자가 하나 앉아 있었다. 그 손에는 원형의 청동 테에 철검을 둘러 만든 왕관이 들려 있었다. 그 여자는 왕관을 찬찬히 살피며 날카로움을 시험하듯 칼날을 어루만졌다. 두건 아래 눈동자가 희미하게 빛났다.

회색은 '이방인'의 시녀인 침묵의 자매들을 가리키는 빛깔이었다. 브리엔느의 등골을 타고 오한이 흘렀다. '스톤하트.'

"주군." 덩치 큰 남자가 말했다. "여기 대령했습니다."

"예. 킹슬레이어의 창녀입니다." 애꾸눈이 덧붙였다.

브리엔느는 움찔했다. "왜 날 그런 이름으로 부르지?"

"네년이 그놈 이름을 부를 때마다 은화를 하나씩 받았다면 내가 라니스터 놈들만큼 부자가 됐을 게다."

"그건 단지…… 이해를 못 하는데……."

"과연 우리가 이해를 못 할까?" 덩치 큰 남자가 웃었다. "난 잘 이해한 것 같은데. 댁에겐 사자의 악취가 풍겨."

"그렇지 않다."

무법자들 중에 또 한 명, 기름때가 낀 양가죽 조끼를 입은 젊은이가 나섰다. 그 손에는 서약의 수호자가 들려 있었다. "이건 그렇다는데." 북부의 억양이 서리처럼 내려앉은 목소리였다. 청년이 검집에서 칼을 빼내어 스톤하트 부인 앞에 놓았다. 불구덩이의 빛을 받은 칼날의 붉고 검은 물결무늬가 움직이는 것 같았지만, 회색 여인의 시선은 칼자루 끝에 박혀 있었다. 두 개의 붉은 별처럼 빛나는 루비 눈을 박은 황금 사자 머리.

"이것도 있지요." 미르의 토로스가 소매에서 양피지 두루마리를 꺼내어 장검 옆에 내려놓았다. "소년 왕의 인장이 찍혔고, 이 종이를 가진 사람은 왕의 임무를 수행 중이라는 내용입니다."

스톤하트 부인이 검을 치우고 편지를 읽었다.

"그 검은 좋은 목적으로 주어진 거요." 브리엔느가 말했다. "제이미 경은 캐틀린 스타크에게 서약을 하나 했……."

"……분명 그의 친구들이 스타크 부인의 목을 긋기 전이었을 테지." 노란 망토의 거한이 말했다. "우리 모두 킹슬레이어와 그놈의 서약에 대해선 알아."

'소용없어. 내가 무슨 말을 해도 저들은 흔들리지 않아.' 브리엔느는 깨달았지만, 그럼에도 계속 말했다. "그는 캐틀린 부인께 딸들을 돌려주겠다고 약속했지만, 우리가 킹스랜딩에 도착했을 때는 둘 다 그곳에 없었소. 제이미는 나에게 산사 아가씨를 찾으라고……."

"……그래서 찾으면." 젊은 북부인이 말했다. "산사 아가씨를 어떻게 하려고?"

"지킬 거요. 어딘가 안전한 곳으로 데려가야지."

거한이 웃었다. "그게 어딘데? 세르세이의 지하감옥?"

"아니오."

"얼마든지 부정해봐. 저 장검이 거짓말이라고 하고 있다. 라니스터가 금과 루비로 만든 검을 적에게 내어준다고 믿으라고? 킹슬레이어가 제 쌍둥이로부터 그 아가씨를 숨기라고 했다고 믿으라고? 소년 왕의 인장이 찍힌 편지는 어디까지나 네가 곤경에 처했을 때를 위한 거겠지? 게다가 네가 같이 다니는 동행은……." 거한이 몸을 돌려 손짓하자, 무법자들의 대열이 갈라지더니 포로 두 명이 더 나타났다. "저놈은 꼬마 악마의 종자였습니다, 주인님." 그는 스톤하트 부인에게 말했다. "다른 놈은 망할 랜딜 탈리 놈의 가신기삽니다."

하일 헌트는 어찌나 심하게 두들겨 맞았는지 알아볼 수도 없을 만큼 얼굴이 부어 있었다. 그는 놈들이 밀자 비틀거리다가 넘어질 뻔했다. 포드릭이 그의 팔을 잡았다. "기사님." 포드릭은 브리엔느를 보자 불쌍하게 말했다. "아니, 아가씨. 죄송합니다."

"죄송할 것 없다." 브리엔느는 스톤하트 부인을 돌아보았다. "부인, 제가 어떤 배신을 저질렀을 거라 생각하시는지 몰라도, 포드릭과 하일 경은 관계가 없습니다."

"저것들은 사자다." 애꾸눈이 말했다. "그걸로 충분해. 목을 매답시다. 탈리가 우리 편을 스물은 목매달았는데, 우리도 그놈 부하를 교수형에 처할 때가 됐지."

하일 경이 브리엔느를 보고 희미하게 웃었다. "아가씨. 내가 제안했을 때 나랑 결혼했어야지. 이젠 당신도 처녀로 죽고, 난 가난한 채로 죽게 생겼구먼."

"저들을 풀어주십시오." 브리엔느가 탄원했다.

회색 여인은 대답하지 않았다. 그녀는 장검과 양피지, 청동과 철로 만든 왕관을 찬찬히 보더니 마침내 턱 아래에 손을 뻗어, 마치 조를 듯 목을 움켜잡았다. 그리고 말했다……. 고통 가득한 목소리로 자꾸만 끊기면서 말을 했다. 목구멍에서 나오는 소리 같은데, 꺽꺽대고 씩씩댔으며 죽어가는 신음이기도 했다. '저주받은 자들의 언어로구나.' 브리엔느는 생각했다. "이해가 가지 않는군. 뭐라고 하신 거요?"

"이 장검의 이름을 물어보셨다." 양가죽 조끼를 입은 젊은 북부인이 말했다.

"서약의 수호자." 브리엔느가 대답했다.

회색 여인이 손가락 사이로 쉭 소리를 냈다. 그녀의 두 눈은 어둠 속에서 타오르는 두 개의 붉은 구덩이였다. 그녀가 다시 말했다.

"아니다, 서약을 깨는 자라 불러라, 라고 하신다. 배신과 살인을 위해 만들어진 검이라고. '거짓 친구'라고 이름하셔. 당신 같은."

"내가 누구에게 거짓됐다는 거요?"

"이분에게." 북부인이 말했다. "이분을 섬길 것을 맹세했다는 사실마저 잊은 건가?"

타스의 처녀가 섬기겠다고 맹세한 여인은 단 한 명뿐이었다. "그럴 리가 없어. 그분은 죽었소."

"죽음과 손님의 권리." 꺽다리 제인 헤들이 중얼거렸다. "둘 다 예전 같은 의미가 아니죠."

스톤하트 부인이 두건을 젖히고 얼굴에 감겨 있던 회색 모직 스카프를 풀었다. 새하얀 머리카락은 바싹 말라 버석거렸다. 이마는 녹색과 회색으로 얼룩덜룩했으며, 부패의 갈색 꽃이 점점이 보였다. 눈부터 턱까지 얼굴 살은 너덜너덜하게 조각조각 매달려 있었다. 피로 엉겨 붙은 살 조각들도 있었지만, 나머지는 빼끔히 머리뼈를 드러내 보였다.

'저 얼굴.' 브리엔느는 생각했다. '저 얼굴이 얼마나 강인하고 잘생겼었는데, 피부가 얼마나 매끄럽고 부드러웠는데.' "캐틀린 부인?" 눈물이 차올랐다. "다들…… 다들 부인이 사망했다고 했습니다."

"사망하셨습니다." 미르의 토로스가 말했다. "프레이 놈들이 목을 그었지요. 우리가 강가에서 발견했을 때는 죽은 지 사흘이 지난 후였어요. 하윈이 제발 생명의 입맞춤을 선사해달라고 애걸했지만, 너무 오랜 시간이 지난 후였습니다. 제가 하지 않으려 했더니 베릭 공이 대신 입술을 댔고, 생명의 불길이 베릭 공에게서 캐틀린 부인에게로 넘어갔습니다. 그리고…… 일어나셨습니다. 빛의 군주께서 우리를 지키시기를. 부인이 일어나셨어요."

'내가 아직도 꿈을 꾸는 걸까?' 브리엔느는 생각했다. '이것도 바이터에게 물려서 꾸는 악몽인가?' "전 부인을 배신한 적 없습니다. 전해주세요. 일곱에 대고 맹세합니다. 제 검에 대고 맹세합니다."

캐틀린 스타크였던 존재가 목을 다시 붙잡더니, 손가락으로 목에 남은 끔찍한 긴 상처를 붙잡고 몇 마디 더 소리를 쥐어짰다. "말은 바람이나 다름없다고 하신다." 북부인이 브리엔느에게 말했다. "신의를 증명해야 한다고 하셔."

"어떻게요?" 브리엔느가 물었다.

"검으로. 서약의 수호자라고 부르신다고? 그렇다면 부인에게 했던 맹세를 지키라고 하신다."

"뭘 원하십니까?"

"아들이 살아나거나, 아들을 죽인 자들이 죽길 원하시지." 거한이 말했다. "피의 결혼식에서 놈들이 그러했듯이 까마귀들을 포식시키고 싶어 하셔. 프레이와 볼턴, 그래. 그놈들은 우리가 부인께 얼마든지 바칠 것이다. 부인이 네게 원하는 건 제이미 라니스터야."

'제이미.' 그 이름은 그녀의 배 속을 비트는 칼날이었다. "캐틀린 부인…… 이, 이해를 못 하시는데 제이미는……. 피투성이 극단에게 잡혔을 때 제가 강간당할 뻔한 것을 구해줬고, 나중에는 저를 위해 돌아와서 빈손으로 곰 구덩이에 뛰어내렸습니다……. 제가 맹세하는데, 예전과 같은 남자가 아닙니다. 산사를 찾아서 안전하게 지키라고 저를 보냈습니다. 피의 결혼식 같은 짓에 관여했을 리 없습니다."

캐틀린 부인의 손가락이 목을 더 깊이 파고들었고, 덜컥덜컥, 띄엄띄엄 흘러나오는 말들은 얼음처럼 차가웠다. 북부인이 말했다. "선택해야 한다고 하신다. 그 검을 들고 가서 킹슬레이어를 죽이든가, 아니면 배신자로서 목이 매달리든가. 검 아니면 올가미라고. 선택하라고 하신다. 선택해."

브리엔느는 아버지의 성에서 결혼할 청년을 기다리던 꿈을 떠올렸다. 그 꿈속에서 그녀는 혀를 깨물었었다. '내 입에 피가 가득했지.' 그녀는 떨리는 숨을 들이마시고 말했다. "그런 선택은 하지 않겠습니다."

긴 침묵이 내려앉았다. 이어서 스톤하트 부인이 다시 말했다. 이번에는 브리엔느도 무슨 말인지 알아들었다. 단 두 마디였다. "저들을 목매달아." 꺽꺽거리는 소리였다.

"분부 받들겠습니다." 거한이 대답했다.

그들은 다시 브리엔느의 손목을 밧줄로 묶고, 그 동굴에서 끌고 나가더니 꼬불꼬불한 돌길을 따라 지상으로 올라갔다. 그녀는 바깥이 아침이라는 사실에 놀랐다. 희부연 햇빛이 나무들 사이로 비스듬히 떨어졌다. '고를 나무가 많기도 하구나. 우리를 멀리 데려갈 필요도 없겠어.' 그녀는 생각했다.

실제로 그랬다. 무법자들은 구부러진 버드나무 아래에서 그녀의 목에 올가미를 걸고 단단히 조인 다음, 밧줄의 반대쪽 끝을 나뭇가지 너머로 넘겼다. 하일 헌트와 포드릭 페인은 느릅나무에 걸렸다. 하일 경은 본인이 제이미 라니스터를 죽이겠노라 소리쳤지만, 사냥개가 그 얼굴을 후려치고 입 닥치라고 말했다. 그자가 사냥개의 투구를 다시 쓰고 있었다. "너희 신들에게 죄를 고백하려면 지금이다."

"포드릭은 당신들에게 해 끼친 적이 없소. 내 아버지가 몸값을 내실 거요. 타스는 사파이어 섬이라고 불리지. 포드릭에게 내 뼈를 들려 이븐폴로 보내주면, 사파이어와 은, 뭐든 원하는 대로 받게 될 거요."

"난 내 마누라와 딸을 돌려받고 싶다." 사냥개가 말했다. "네 아비가 그럴 수 있나? 그게 아니라면 꺼지라지. 저 꼬마는 네 옆에서 썩을 거다. 늑대들이 네 뼈를 갉아 먹을 테고."

"목을 매달자는 거야, 아니면 죽을 때까지 말을 시키려는 거야?" 애꾸눈이 물었다.

사냥개는 밧줄 끝을 쥐고 있던 남자에게서 낚아챘다. "저 여자가 춤을 출 줄 아나 보자." 그는 그렇게 말하고, 밧줄을 잡아당겼다.

브리엔느는 밧줄이 죄이며 피부를 파고드는 것을 느끼고 턱을 치켜들었다. 하일 경은 달변으로 욕설을 퍼붓고 있었지만, 포드릭은 아니었다. 포드릭은 발이 땅에서 뜰 때도 아래만 보았다. '이번에도 악몽이라면 지금이 잠에서 깰 때야. 이게 현실이라면, 지금이 내가 죽는 순간이고.' 브리엔느는 포드릭밖에 볼 수 없었다. 그 가느다란 목에 걸린 올가미와, 경련하는 두

다리. 브리엔느의 입이 열렸다. 포드가 발길질을 하고 컥컥대며 죽어가고 있었다. 브리엔느는 밧줄에 목이 졸리면서도 절박하게 공기를 빨아들였다. 이렇게 아픈 적이 없었다.

그녀는 외마디 소리를 질렀다.

세르세이

모엘 성사는 도끼같이 날카로운 얼굴에 언제나 못마땅한 듯 입술을 오므리고 있는 성질 나쁜 백발 노파였다. '분명히 아직도 처녀막이 그대로겠지. 다만 이젠 끓인 가죽처럼 딱딱하게 굳었을 거야.' 세르세이는 생각했다. 연 모양 방패에 다시 태어난 조직을 상징하는 무지개 검을 새긴 대장 참새의 기사 여섯 명이 모엘 성사를 호위했다.

"성사." 세르세이는 녹색 비단과 황금색 레이스로 만든 옷을 입고 철왕좌 아래에 앉아 있었다. "성하께 곤혹스럽다고 전해드리시오. 최고성사께서 너무 과하시군." 그녀의 손가락에도, 금빛 머리에도 에메랄드가 반짝였다. 궁정과 도시의 눈이 그녀에게 집중되어 있으니, 그들에게 타이윈 공의 딸을 보여줄 작정이었다. '이 광대극이 끝날 때쯤이면 다들 진정한 왕비는 하나뿐이라는 걸 알게 되겠지. 하지만 우선은 준비한 춤을 추면서 한 번 실수도 있어선 안 돼.' "마저리 부인은 내 아들의 진실하고 정다운 아내이며, 배우자이자 협력자요. 성하께서 마저리의 신변에 손을 댈 이유가 없소. 마저리와 우리 모두에게 소중한 마저리의 어린 사촌들을 가둘 이유도 없고. 풀어주시기를 요구하오."

모엘 성사의 엄한 얼굴은 꿈쩍도 하지 않았다. "전하의 말씀을 최고성사 성하께 전하기는 하겠으나, 안타깝게도 어린 왕비님과 그 말벗 되시는 분들은 결백이 증명될 때까지 풀어드릴 수 없다고 말씀드릴 수밖에 없습니다."

"결백이라니? 그 사랑스러운 어린 얼굴들만 보아도 얼마나 순수한지 알 수 있지 않소."

"사랑스러운 얼굴이 죄인의 심장을 숨기는 경우는 자주 있지요."

협의회석에 앉아 있던 메리웨더 공이 발언했다. "그 어린 처녀들이 무슨 범죄로 고발당했으며, 누구에게 고발당했소이까?"

성사가 대답했다. "메가 티렐과 엘리너 티렐은 음란함과 간음, 그리고 대역죄를 공모한 혐의입니다. 앨라 티렐은 이들의 수치스러운 행각을 목격했으며 이를 감추도록 도운 혐의입니다. 마저리 왕비께서는 앞선 모든 죄에 더하여 간통과 반역죄 혐의입니다."

세르세이가 한 손을 가슴에 올렸다. "누가 내 며느리에 대해 그런 비방을 퍼뜨리는지 말하시오! 한마디도 믿지 않겠소. 내 사랑스러운 아들이 마저리 부인을 온 마음으로 사랑하는데, 그 아이를 배신하는 그런 잔인한 짓을 했을 리가 없소."

"고발자는 전하의 기사입니다. 오스니 케틀블랙 경이 아버지의 제단 앞에서 최고성사님께 왕비의 몸을 알고 있노라 고백했습니다."

협의회석에서는 하리스 스위프트가 입을 떡 벌렸고, 파이셀 대학사는 고개를 돌려버렸다. 알현실에 말벌 천 마리가 풀려난 듯 웅성대는 소리가 가득했다. 관람석에 있던 귀부인 몇 명이 빠져나가고, 알현실 뒤쪽에 서 있던 하찮은 영주들과 기사들이 뒤이어 나가기 시작했다. 황금 망토들은 그들을 내보내줬지만, 세르세이는 이미 오스프리드 경에게 달아나는 자들을 모두 기록해놓으라고 지시해두었다. '갑자기 티렐의 장미가 썩 달콤하지 않

게 느껴지겠지.'

"오스니 경이 젊고 혈기 왕성하다는 점은 인정하지만, 그래도 충직한 기사요. 그런 기사가 이 일에 결부되었다고 한다면……. 아니야, 그럴 리가 없어. 마저리는 숫처녀요!"

"아닙니다. 성하의 명을 받들어 제가 직접 검사했나이다. 처녀막이 온전하지 않습니다. 아글란틴 성사와 멜리슨트 성사는 물론이고, 마저리 왕비의 수치를 곁에서 거든 죄로 참회실에 갇힌 니스테리카 성사도 똑같이 말할 것입니다. 메가 아가씨와 엘리너 아가씨도 검사했습니다. 둘 다 처녀막이 손상되어 있습니다."

웅성대는 소리가 어찌나 큰지, 속으로 하는 말도 듣기 힘들 지경이었다. '어린 왕비와 사촌들, 승마를 그리 좋아하더니 잘됐구나.'

메리웨더 공이 주먹으로 탁자를 내리쳤다. "마저리 부인은 왕대비 전하와 고인이 된 그 아버님 앞에서 자신이 처녀임을 엄숙하게 맹세하셨습니다. 증인이 한둘이 아니에요. 티렐 공도 딸이 순결하다고 증언했고, 모두가 나무랄 데 없다고 알고 있는 올레나 부인도 그러했지. 이토록 고귀한 분들 모두가 우리에게 거짓말을 하셨다고 믿으라는 거요?"

"그분들도 속았을지 모르지요." 모엘 성사가 말했다. "제가 말할 수 있는 바는 아닙니다. 저는 왕비님을 검사했을 때 제가 발견한 사실에 대해서만 맹세할 수 있을 뿐입니다."

세르세이는 이 심술궂은 노파가 주름진 손가락으로 마저리의 작은 분홍빛 질을 찔러대는 모습을 떠올리고 우스꽝스러워 웃음을 터뜨릴 뻔했다. "성하께서 이 중상모략에 조금이라도 진실이 섞여 있는지 확인하기 위해 우리 쪽 학사들이 내 며느리를 검사할 수 있게 허락해주셨으면 좋겠군. 파이셀 대학사, 모엘 성사와 함께 성왕 바엘로르의 성소로 가시게. 마저리의 처녀막에 대해 사실대로 알아내고 돌아오시오."

파이셀의 얼굴이 새하얘졌다. '회의에서는 저 비참한 늙은 바보가 아무리 떠들어도 부족하다는 듯이 지껄이더니만, 이제 몇 마디가 필요해지니 말하는 능력을 잃어버렸군.' 세르세이가 그렇게 생각하자마자 노인이 마침내 앞으로 나왔다. "제가 그…… 으, 음부를 검사할 필요는 없습니다." 목소리가 떨렸다. "통탄스러운 말씀이나…… 마저리 왕비께선 처녀가 아니십니다. 제게 달차를 만들어달라 요청하신 적이, 한 번이 아니라 여러 번입니다."

뒤이은 대소동은 세르세이 라니스터가 기대한 것 이상이었다.

왕실의 의전관이 지팡이로 바닥을 쾅쾅 두드려도 소란은 가라앉지 않았다. 세르세이는 잠시 동안 그 소란에 잠겨서, 어린 왕비의 오명을 음미했다. 그리고 소란이 충분히 길어지자 엄격한 얼굴로 일어나서 황금 망토들에게 알현실을 비우라 명령했다. '마저리 티렐은 끝났어.' 그녀는 의기양양해서 생각했다. 그녀의 하얀 기사들이 철왕좌 뒤편 왕의 문으로 나서는 그녀를 둘러쌌다. 도시에 남은 킹스가드인 보로스 블런트, 메린 트랜트, 그리고 오스먼드 케틀블랙이었다.

문보이가 딸랑이를 손에 쥐고 문 옆에 선 채 눈을 크게 뜨고 혼란을 바라보고 있었다. '어릿광대일진 몰라도 이 녀석은 어리석은 모습을 정직하게 보여주지. 개구리 매기도 광대 옷을 입었어야 했어. 그 여자가 미래에 대해 뭘 안다고.' 세르세이는 그 늙은 사기꾼이 지옥에서 비명 지르고 있기를 기도했다. 그 여자가 예언했던 어린 왕비는 끝났고, 그 예언이 실패할 수 있다면 나머지도 마찬가지였다. '금빛 수의도, 발롱카도 없어. 드디어 난 네 악의에 찬 쉰 목소리에서 해방된 거야.'

나머지 소협의회가 따라 나왔다. 하리스 스위프트는 멍한 얼굴이었는데, 문가에서 비틀거리다가 오레인 워터스가 팔을 잡아주지 않았다면 쓰러질 뻔했다. 오턴 메리웨더조차도 불안해 보였다. "평민들은 어린 왕비를 좋아합니다. 이 일을 좋게 받아들이지 않을 거예요. 다음에 무슨 일이 일어날지 두렵습니다, 전하."

"메리웨더 공 말이 맞습니다." 오레인 워터스 공이 말했다. "전하께서만 허락하신다면 새로 건조한 드로몬드선 나머지를 진수하겠습니다. 토멘 왕의 깃발을 돛대 높이 휘날리는 드로몬드선들이 블랙워터에 떠 있으면 누가 이 도시를 통치하는지 상기시켜줄 수 있을 테고, 폭도가 또 날뛰기로 했을 때 안전하게 그 배들을 지킬 수 있습니다."

그는 나머지 말을 삼켰다. 일단 블랙워터에 드로몬드선이 나가 있으면 메이스 티렐이 군대를 이끌고 강을 건너 돌아오는 것을 막을 수 있을 터였다. 언젠가 티리온이 스타니스를 막았던 것처럼. 하이가든은 웨스테로스 이쪽에 해군력이 없었다. 대신 레드와인 함대에 의존했는데, 그 레드와인 함대는 현재 아버로 돌아가는 중이었다.

"신중한 처사로군." 세르세이가 말했다. "이 폭풍이 지나가기 전에 그 배들에 선원을 태워 물 위에 띄우시오."

하리스 스위프트 경은 창백한 데다 식은땀이 흐르는 게 금방이라도 기절할 듯한 모양새였다. "이 소식이 티렐 공에게 전해지면, 끝 모를 분노를 보게 될 겁니다. 길거리에 피가 흐를 테고……."

'겁쟁이 닭 기사.' 세르세이는 생각했다. '경은 닭이 아니라 벌레를 문장으로 삼았어야 했어. 경에게는 닭도 너무 용감해. 메이스 티렐이 스톰스엔드조차 강습하지 못한다면 어떻게 감히 신들을 공격할까?' 스위프트 경이 지껄이기를 끝내자 그녀는 말했다. "피가 흐르는 일은 막아야지. 꼭 막을 작정이오. 내가 직접 바엘로르 성소에 가서 마저리 왕비와 최고성사와 이야기를 해보겠소. 토멘은 두 사람을 다 사랑하니, 내가 중재해서 평화를 일궈내길 바랄 거요."

"평화요?" 하리스 경이 벨벳 소매로 이마를 닦았다. "평화가 가능하다면…… 정말 용감하십니다."

"모종의 재판은 필요할지도 모르오. 이 천박한 거짓말과 허튼소리를 반박하고 세상에 우리 사랑스러운 마저리가 우리 모두가 알다시피 순수하다는 사실을 보여줄 재판."

"맞습니다." 메리웨더가 말했다. "하지만 최고성사가 직접 재판을 하고 싶어 할지도 모릅니다. 종단이 옛날 사람들을 재판했듯이요."

'그랬으면 좋겠네.' 세르세이는 생각했다. 그런 법정이라면 가수들에게 다리를 벌리고는 그 부끄러운 짓을 감추기 위해 '처녀'의 성스러운 의식을 더럽힌 반역 왕비를 좋게 보지 않을 것이었다. "중요한 건 진실을 찾아내는 거라는 데 모두 동의하리라 믿소. 그럼 이제 잠시 실례하리다. 왕을 뵈러 가야겠어요. 이런 때에 혼자 계시면 안 되지."

세르세이가 돌아가 보니 토멘은 고양이들과 낚시 놀이를 하고 있었다. 도카스가 모피 조각으로 쥐를 만들어서, 오래된 낚싯대 끝에 긴 줄을 달고 묶어줬다. 새끼 고양이들은 그 쥐를 쫓아다니기를 좋아했고, 토멘은 뛰어다니는 고양이들을 달고 바닥에서 쥐를 홱홱 움직이며 즐거워했다. 세르세이가 품에 끌어안고 이마에 입을 맞추자 깜짝 놀라는 것 같았다. "왜 그러세요, 어머니? 왜 우세요?"

'이제 네가 안전하니까.' 그렇게 말하고 싶었다. '너에겐 어떤 해도 미치지 못할 테니까.' "잘못 알았다. 사자는 절대 울지 않아." 마저리와 그 사촌들에 대해서는 나중에 이야기할 시간이 있으리라. "네가 서명해줘야 할 명령장이 몇 개 있단다."

그녀는 왕을 위해서 체포 영장의 이름을 비워두었다. 토멘은 그 자리가 빈 채로 서명을 하고, 언제나 그렇듯 행복해하며 따뜻한 밀랍에 인장을 눌러 찍었다. 그 후에 그녀는 아들을 조슬린 스위프트와 함께 내보냈다.

잉크가 마르는 사이에 오스프리드 케틀블랙 경이 도착했다. 이름은 세르세이가 직접 적어 넣었다. 키 큰 탤러드 경, 잘라바르 쇼, 하프쟁이 해미시, 휴 클리프턴, 마크 멀런도어, 바야드 노크로스, 램버트 턴베리, 호라스 레드와인, 호버 레드와인, 그리고 자칭 푸른 음유시인이라고 하는 왓이라는 이름의 미천한 놈까지.

"많기도 하군요." 오스프리드 경이 마치 양피지 위를 기어 다니는 바퀴벌레를 대하듯 글자를 조심하며 명령장을 정리했다. 케틀블랙 형제는 글을 몰랐다.

"열 명이야. 자네에겐 황금 망토 6000명이 있네. 열 명에게 그 정도면 충분하겠지. 제때 소문을 들었다면 영리한 자들은 도망쳤을지도 몰라. 그렇다 해도 상관없네. 도망쳤다는 사실 때문에 더 죄가 있는 걸로 보일 뿐이니까. 탤러드 경은 약간 미련해서 저항하려고 할지도 몰라. 자백하기 전에 죽지 않도록 주의하고, 나머지는 아예 다치지 않도록 하게. 몇 명은 죄가 없을 수도 있어." 레드와인 쌍둥이에 관한 고발이 잘못되었다는 사실을 밝히는 부분이 중요했다. 그렇게 해서 다른 이들에 대한 판결이 공정하다는 점을 보여줄 터였다.

"해가 뜨기 전에 전원 잡아들이겠습니다, 전하." 오스프리드 경이 멈칫했다. "바엘로르 성소 문밖에 군중이 모여 있습니다."

"어떤 군중?" 예기치 않은 사태는 무엇이든 경계해야 했다. 그녀는 워터스 공이 폭동에 대해 했던 말을 떠올렸다. '평민들이 어떻게 반응할지를 생각해두지 않았어. 마저리는 평민들의 귀여운 애완동물이었는데.' "얼마나 많은가?"

"백 명쯤 됩니다. 최고성사에게 어린 왕비를 풀어달라고 외치고 있습니다. 원하신다면 해산할 수 있습니다."

"아니야. 목이 쉬도록 소리 지르라고 해. 참새는 흔들리지 않을 거야. 신들의 말씀만 들으니까." 바로 그런 폭도가 지금의 최고성사에게 수정관을 씌웠다는 점을 생각하면, 그 문 앞에 성난 폭도가 진을 쳤다는 사실에 얄궂은 면이 있었다. '그 관은 곧 팔아버렸지만 말이야.' "종단에는 이제 자체 기사들이 있어. 성소 방어는 그쪽에 맡기게. 아, 그리고 도성 문을 닫도록. 이 일이 다 끝나서 정리되기 전까지 내 허락 없이는 아무도 킹스랜딩에 들어오거나 나가지 못하게 해."

"명 받들겠습니다, 전하." 오스프리드 경이 인사하고 자신에게 명령장을 읽어줄 사람을 찾으러 나갔다.

그날 해 질 무렵, 고발당한 반역자 전원이 구속되었다. 하프잴이 해미시는 병사들이 찾아갔을 때 쓰러졌고, 키 큰 탤러드 경은 황금 망토 셋에게 부상을 입히고 나서 붙잡혔다. 세르세이는 레드와인 쌍둥이에게 탑에 있는 편안한 방을 내어주라 지시했다. 나머지는 지하감옥행이었다.

"해미시가 호흡을 잘 못 합니다." 그날 밤에 호출하자 콰이번이 보고했다. "학사를 불러달라고 하고 있습니다."

"자백만 하면 바로 치료해준다고 하게." 세르세이는 잠시 생각했다. "연인이 되기에는 너무 늙었지만, 마저리가 다른 남자들과 즐길 때 노래하고 연주해줬겠지. 자세한 내용이 필요할 거야."

"제가 기억해내도록 돕겠습니다, 전하."

다음 날, 메리웨더 부인은 어린 왕비를 찾아가기 위해 세르세이가 옷을 갖춰 입는 일을 도왔다. "너무 호화롭거나 화려해선 안 돼. 최고성사를 생각하면 적당히 신실해 보이고 칙칙하게 입어야 해. 같이 기도하자고 하길 좋아하니까."

결국 그녀는 목에서 발목까지 가리는 형태에, 보디스와 소매에 금구슬로 작은 넝쿨들을 수놓아 엄격한 느낌을 중화시킨 부드러운 모직 드레스를 골랐다. 갈색이라 무릎을 꿇었을 때 묻을 먼지가 눈에 띄지 않을 테니 더 좋았다. "내가 며느리를 위로하는 동안 자네는 사촌 세 명과 이야기를 하게." 그녀는 타에나에게 말했다. "할 수 있다면 앨라의 협조를 얻어내되, 말을 조심하도록. 듣고 있는 게 신들만이 아닐 수도 있어."

제이미는 언제나 전투에서 제일 힘든 부분은 전투 직전, 대학살이 시작되기를 기다리는 시간이라고 했다. 밖으로 나서자 하늘이 황량한 회색이었다. 세르세이는 중간에 소나기를 만나 흠뻑 젖고 후줄근한 모습으로 바엘로르 성소에 도착할 위험을 감수할 수 없었다. 그렇다면 가마를 타야 했다. 호위로는 라니스터 가문의 위병 열 명과 보로스 블런트를 데려갔다. 그녀는 오스먼드 경에게 말했다. "마저리의 폭도는 케틀블랙 형제를 구별할 수 없을지도 몰라. 그러니 경이 평민들 사이를 걷게 할 순 없네. 경은 한동안 눈에 띄지 않는 게 좋겠어."

킹스랜딩을 가로지르는 사이 타에나가 갑자기 의혹을 품고는, 조용히 말했다. "그 재판 말인데요. 마저리가 무죄인지 유죄인지를 결투 재판으로 결정하자고 하면 어쩌죠?"

세르세이의 입가에 미소가 스쳤다. "왕실의 일원이니 마저리의 명예는 킹스가드 기사가 지켜야지. 웨스테로스에 모르길 경의 고발에 맞서 드래곤기사 아에몬 왕자가 누이인 나에리스 왕비의 대전사로 나선 걸 모르는 아이가 없지 않나. 하지만 로라스 경이 심각한 부상을 입었으니, 아에몬 왕자 역할은 그의 결의형제 중 누군가에게 떨어져야겠지." 그녀는 어깨를 으쓱였다. "그런데 누가 한담? 아리스 경과 발론 경은 멀리 도르네에 있고, 제이미는 리버런으로 떠났고, 오스먼드 경은 마저리를 고발한 남자와 형제이니, 남은 건…… 아, 저런……."

"보로스 블런트와 메린 트랜트뿐이군요." 타에나 부인이 웃었다.

"그래. 그리고 메린 경은 최근 몸이 좋지 않았지. 성으로 돌아가면 메린 경에게 그리 말하라고 나를 일깨워주게."

"그럴게요, 내 사랑." 타에나는 그녀의 손을 잡고 입을 맞췄다. "제가 전하를 거스르는 일은 절대 없었으면 좋겠네요. 화났을 때 전하는 무시무시해요."

"어떤 어미라도 자식들을 지키기 위해서라면 똑같이 할 거야." 세르세이가 말했다. "자네 아들은 언제 궁정으로 데려올 생각이지? 러셀이라고 했던가? 그 아이는 토멘과 함께 수련할 수 있을 거야."

"제 아들이 신이 나겠군요……. 하지만 당장은 불확실한 게 너무 많아서요. 위험이 지나갈 때까지 기다리는 게 최선이라고 생각했습니다."

"곧 그리 될 것이야." 세르세이는 장담했다. "롱테이블에 편지를 보내어 러셀에게 제일 좋은 더블릿과 목검을 챙기라고 하게. 마저리의 귀여운 머리통이 떨어지고 나면, 새로운 어린 친구를 만나는 게 토멘이 상실을 잊는 데 도움이 되겠지."

그들은 성왕 바엘로르의 조각상 밑에서 가마를 내렸다. 뼈다귀와 쓰레기 더미가 치워진 것을 보니 만족스러웠다. 오스프리드 경의 말대로, 모여든 군중은 예전 참새들만큼 많지도 않았고 그렇게 제멋대로도 아니었다. 그들은 작은 무리들을 짓고 서서 대성소 문을 뚱하니 노려보고 있었고, 그 문 앞에는 수련성사들이 육척봉을 들고 도열해 있었다. '강철 무기는 없군.' 세르세이는 그 점을 눈여겨보았다. 그게 아주 현명한 결정인지, 아주 어리석은 결정인지는 확실하지 않았다.

그녀를 방해하려 드는 자는 없었다. 평민들이나 수련성사들이나 그들이 지나가자 길을 비켰다. 문 안으로 들어가자 등불 회당에서 세 기사와 마주쳤는데, '전사의 아들'을 뜻하는 무지개 줄무늬 로브를 입고 있었다. "내 며느리를 만나러 왔네." 세르세이가 말했다.

"성하께서 기다리고 계십니다. 저는 진실의 기사 테오단입니다. 과거에는 테오단 웰스였지요. 저와 함께 가시지요, 전하."

대장 참새는 이번에도 무릎을 꿇고 있었다. 이번에는 아버지의 제단 앞에서 기도하는 중이었다. 그는 왕대비가 다가가는데도 기도를 멈추지 않고, 다 끝날 때까지 초조하게 기다리게 만들었다. 그는 기도를 끝내고 나서야 일어나서 세르세이에게 허리를 굽혔다. "전하. 슬픈 날입니다."

"아주 슬픈 날이지요. 마저리와 그 사촌들과 이야기를 해봐도 될까요?" 그녀는 온순하고 겸손한 태도를 보이기로 했다. 이 남자에게는 그렇게 구는 게 잘 먹힐 것 같았다.

"그러시지요. 나중에 절 보러 와주십시오. 같이 기도해야 합니다."

어린 왕비는 대성소의 가느다란 탑 중 하나의 꼭대기에 갇혀 있었다. 세로 2.5미터, 가로는 2미터도 안 되는 감방에 집기라곤 짚을 채운 요와 기도대, 큰 물병 하나, 《칠각별》 한 권, 그리고 그 책을 읽기 위해 필요한 양초뿐이었다. 유일한 창문은 활 구멍보다 클까 말까 했다.

마저리는 수련수녀용 거친 원피스를 입고 맨발로 벌벌 떨고 있었다. 머리카락은 엉망으로 엉켰고, 발은 지저분했다. "옷을 빼앗아갔어요." 어린 왕비는 둘만 남게 되자 말했다. "보디스에 담수 진주를 박아 넣은 상아색 레이스 가운을 입고 있었는데, 성사들이 제 몸에 손을 대더니 발가벗겼어요. 제 사촌들도요. 메가가 성사를 하나 촛불 쪽으로 밀쳐서 로브에 불이 붙었어요. 그렇지만 앨라가 더 걱정이네요. 너무 겁에 질려서 소리도 못 지르고 얼굴만 새하얘지더라고요."

"가엾게도." 의자가 없었기에 세르세이는 어린 왕비와 함께 짚자리에 앉았다. "앨라에겐 잊히지 않았다는 걸 알려주러 타에나 부인이 갔다."

"제가 사촌들을 만나게 해주지도 않아요." 마저리가 씩씩거렸다. "서로 못 만나게 해요. 전하께서 오시기 전까지는 성사들 말고는 아무도 만나지 못했어요. 성사 하나가 한 시간에 한 번씩 와서 간통죄를 고백하고 싶어졌냐고 물어봐요. 잠도 못 자게 해요. 고백하라면서 깨우죠. 어젯밤에는 우넬라 성사에게 네 눈을 할퀴고 싶다고 고백했어요."

'그렇게 하지 않아서 안타깝구나.' 세르세이는 생각했다. '불쌍한 늙은 성사의 눈을 멀게 했다면 대장 참새도 네가 유죄라고 믿었을 텐데.' "네 사촌들도 같은 방식으로 심문하고 있어."

"저주받을." 마저리가 말했다. "다들 일곱 지옥에나 떨어지라지. 앨라는 수줍고 온화한 아이인데, 어떻게 이럴 수가 있죠? 그리고 메가는…… 메가가 부둣가 창녀처럼 큰 소리로 웃는 건 저도 알지만, 내면은 아직 어린 소녀예요. 전 제 사촌들을 다 사랑하고, 걔들도 절 사랑해요. 이 참새가 제 사촌들에게 저에 대한 거짓말을 시킬 생각이라면……."

"안타깝지만 네 사촌들도 고발당했다. 셋 다."

"제 사촌들이요?" 마저리가 창백해졌다. "앨라와 메가는 아직 어린아이나 다름없어요. 전하, 이…… 이건 터무니없는 일이에요. 저희를 빼내주시겠어요?"

"그럴 수 있다면 좋으련만." 세르세이의 목소리엔 슬픔이 가득했다. "성하께서 새로 얻은 기사들로 지키고 계셔. 널 풀어주려면 황금 망토들을 불러 이 성스러운 곳을 살인으로 더럽혀야 한다." 세르세이는 마저리의 손을 잡았다. "하지만 나도 놀고만 있진 않았다. 오스니 경이 네 연인이라고 지목한 자들을 모두 모아들였어. 분명 그들이 성하에게 네 결백함을 증언하고, 재판에서 맹세도 할 거야."

"재판?" 이제 소녀의 목소리엔 진짜 공포가 깃들었다. "재판을 받아야 하나요?"

"달리 어떻게 네 결백을 증명하겠니?" 세르세이는 안심하라는 듯 마저리의 손을 꾹 쥐었다. "물론 재판 방식을 결정하는 건 네 권리야. 너는 왕비다. 킹스가드의 기사들은 널 지키겠노라 맹세했고."

마저리는 바로 알아들었다. "결투 재판요? 하지만 로라스는 다쳤어요. 그렇지만 않았다면……."

"형제가 여섯이 있잖니."

마저리는 세르세이를 응시하다가 손을 잡아 뺐다. "농담이신가요? 보로스는 비겁자에, 메린은 늙고 굼뜨고, 전하의 동생분은 불구가 됐으며, 다른 둘은 도르네로 떠났고, 오스먼드는 망할 케틀블랙이에요. 로라스에겐 형제 여섯이 아니라 둘이 있어요. 결투 재판을 해야 한다면 갈란을 대전사로 삼고 싶어요."

"갈란 경은 킹스가드의 일원이 아니야. 왕비의 명예가 걸렸을 경우, 그 대전사는 법과 관습에 따라 왕에게 충성을 맹세한 일곱 명 중 하나여야 한다. 안타깝지만 최고성사가 그렇게 주장할 거야." '내가 확실히 그렇게 만들 거야.'

마저리는 바로 대꾸하지 않았지만, 의심으로 갈색 눈을 가늘게 떴다. "블런트 아니면 트랜트라." 그녀는 한참 만에 말했다. "둘 중 하나여야 하겠군요. 그게 좋으시겠죠? 어느 쪽이든 오스니 케틀블랙이 박살을 낼 테니."

'빌어먹을.' 세르세이는 상처받은 표정을 꾸며냈다. "날 오해하는구나, 아가. 내가 원하는 건—"

"아들을 독차지하는 것뿐이죠. 토멘이 어떤 아내를 얻든 싫어하실걸요. 그리고 신들의 자비로 전 당신 아가가 아니에요. 나가세요."

"어리석게 구는구나. 난 널 도우러 왔을 뿐이야."

"제가 무덤에 들어가게 도우러 오셨겠죠. 나가달라고 했어요. 간수들을 불러서 끌고 나가게 해야 할까, 이 교활하고 야비한 나쁜 년아?"

세르세이는 치맛자락과 위엄을 그러모았다. "네겐 무척이나 무서운 상황일 테니 그런 말을 한 것은 용서하마." 궁정과 마찬가지로 여기도 누가 듣고 있을지 알 수 없었다. "같은 상황이었다면 나도 겁에 질릴 거야. 파이셀 대학사가 네게 달차를 제공했다는 사실을 인정했고, 네 푸른 음유시인은……. 내가 너라면 노파에게 지혜를, 어머니에게 자비를 기도하겠다. 곧 그 둘이 절실하게 필요해질 테니까."

주름진 여자 성사 네 명이 탑 계단을 내려가는 세르세이와 함께했다. 죄다 약해 보이는 노파들이었다. 그들은 1층까지 내려가고 나서 다시 비세니아 언덕의 심장부로 계속 내려갔다. 계단은 땅 밑으로 끝없이 이어졌고, 나부끼는 횃불이 긴 복도를 밝혔다.

최고성사는 칠각형의 작은 접견실에서 그녀를 기다리고 있었다. 벽은 휑하고, 거칠게 잘라낸 탁자 하나에 의자 세 개, 기도대만 놓인 삭막한 방이었다. 벽에는 일곱 신의 얼굴이 새겨져 있었다. 세르세이는 그 조각들이 조잡하고 거칠다고 생각했지만, 그래도 뭔가 힘은 있었다. 특히 마노, 공작석, 노란 문스톤 구슬로 만든 눈 때문에 얼굴이 활기를 띠었다.

"왕비와 이야기하셨군요." 최고성사가 말했다.

그녀는 왕비는 나라고 말하고픈 충동을 억눌렀다. "그랬습니다."

"누구나 죄를 짓지요. 왕이나 왕비라도 예외는 아닙니다. 저도 죄를 지었고, 용서를 받았습니다. 하지만 고백하지 않는다면 용서도 있을 수 없습니다. 왕비는 고백하지 않을 겁니다."

"결백한지도 모르지요."

"그렇지 않습니다. 성사들이 검사해보았고, 처녀막이 손상되었다고 증언했습니다. 자궁 속에 든 간통의 씨를 죽이기 위해 달차도 마셨습니다. 성유를 바른 기사가 왕비의 몸과 왕비의 세 사촌 중에 두 명의 몸을 알고 있다고 자기 검에 대고 맹세했습니다. 다른 이들도 왕비와 잤다면서 귀족과 하찮은 이를 가리지 않고 여러 이름을 댔습니다."

"제 황금 망토들이 모두 지하감옥에 잡아넣었습니다." 세르세이가 확언했다. "아직 하나밖에 심문하지 못했는데, 푸른 음유시인이라는 가수지요. 이자가 털어놓은 말이 심란하기는 했습니다. 그렇다 해도 제 며느리가 재판으로 가게 된다면 결백을 밝힐 수도 있다고 봅니다." 그녀는 머뭇거렸다.

"토멘은 왕비를 무척이나 사랑합니다, 성하. 토멘 왕이나 그 아래 영주들에게 왕비를 공정하게 판결한다는 건 힘든 일일지도 모르겠어요. 종단에서 재판을 맡아야 할지도 모르겠습니다만."

대장 참새는 가느다란 두 손 끝을 모았다. "이 몸도 같은 생각을 했습니다, 전하. 잔혹 왕 마에고르가 종단에서 무력을 빼앗았듯, 조정자 재해리스는 저희에게서 심판의 저울을 빼앗았지요. 그러나 하늘에 계신 일곱과 땅에 거하는 신의 종들 외에 누가 진정 왕비를 심판하기에 적합하겠습니까? 이 사건에는 일곱 판사로 이루어진 성스러운 법정이 열릴 것입니다. 셋은 여성이어야 합니다. 처녀, 어머니, 노파로요. 여성의 사악함을 판결하기에 그보다 더 적절한 이가 누가 있을 수 있겠습니까?"

"그렇다면 최적이겠군요. 물론 마저리에겐 결백 여부를 결투로 증명하겠다고 요구할 권리가 있습니다. 그렇게 될 경우, 대전사는 토멘의 일곱 기사 중 하나여야 합니다."

"킹스가드의 기사들은 정복자 아에곤의 시대 이후 줄곧 왕실의 정당한 대전사 역할을 수행했지요. 그 점에 대해서는 왕실이나 종단이나 뜻이 같습니다."

세르세이는 슬픈 척 두 손에 얼굴을 묻었다. 고개를 다시 들어 올렸을 때는 한쪽 눈에 눈물이 반짝이고 있었다. "정말 슬픈 나날입니다만, 이토록 많은 합의를 이루어내어 기쁘군요. 토멘이 여기 있었다면 성하께 감사드렸을 겁니다. 성하와 제가 함께 진실을 알아내야 합니다."

"그럴 것입니다."

"성으로 돌아가야겠군요. 허락하신다면, 오스니 케틀블랙 경을 데리고 가겠습니다. 소협의회가 그를 심문하고 고발 내용을 직접 듣고 싶어 합니다."

"안 됩니다." 최고성사가 대답했다.

한마디, 간단한 한마디에 불과했지만 세르세이는 얼굴에 찬물을 퍼부은 듯이 느꼈다. 그녀는 눈을 깜박였고, 조금이지만 확신이 흔들렸다. "오스니 경은 잘 지키겠다고 약속드립니다."

"오스니 경은 여기에 잘 있습니다. 가시지요. 보여드리겠습니다."

세르세이는 비취와 공작석과 마노로 만든 일곱 신의 눈이 자신을 바라보는 느낌을 받고 갑자기 얼음장처럼 차가운 두려움에 몸을 떨었다. '나는 왕비야. 타이윈 공의 딸이야.' 그녀는 스스로를 타이르고 마지못해 움직였다.

오스니 경은 멀지 않은 곳에 있었다. 어두운 방이었고, 무거운 철문이 달려 있었다. 최고성사가 열쇠를 꺼내어 열더니, 벽에 꽂힌 횃불을 들고 방 안을 비췄다. "먼저 들어가시지요, 전하."

들어가 보니 오스니 케틀블랙이 벌거벗은 채로 무거운 철제 수갑에 매여, 천장에 매달려 있었다. 채찍질을 당한 상태였다. 등과 어깨가 거의 가죽이 벗겨지다시피 했고, 다리와 엉덩이에도 상처와 채찍 자국이 가득했다.

세르세이는 그를 차마 제대로 볼 수가 없었다. 그녀는 최고성사를 돌아보았다. "무슨 짓을 한 거죠?"

"아주 진지하게 진실을 추적했지요."

"이자는 진실을 말했어요. 자기 의지로 찾아와서 죄를 고백했잖아요."

"예, 그랬지요. 전하, 제가 많은 남자들의 고백을 들어보았습니다만, 유죄라는 사실에 그토록 만족해하는 고백은 별로 없었습니다."

"채찍질을 하다니!"

"고통 없이는 참회도 있을 수 없습니다. 오스니 경에게도 말했지만, 그 누구도 징벌로부터 몸을 사려선 안 됩니다. 저만 해도 제 죄로 채찍에 맞을 때만큼 신에게 가까워진 기분을 느끼기 힘든데, 제 가장 어두운 죄라 해도 오스니 경에게는 한참 미치지 못해요."

"하, 하지만." 세르세이는 말을 더듬었다. "어머니의 자비에 대해 그렇게 설교를 하면서……."

"그 달콤한 것은 오스니 경이 사후에 맛보게 될 겁니다. 《칠각별》에도 죄는 모두 용서받을 수 있으나, 그래도 범죄는 처벌을 받아야 한다고 적혀 있습니다. 오스니 케틀블랙은 반역과 살인에 유죄이며, 반역의 응보는 죽음입니다."

'기껏해야 사제 주제에, 이럴 순 없어.' "죄상이 무엇이든 간에 종단에서 사형 선고를 내릴 순 없어요."

"죄상이 무엇이든이라……." 최고성사는 천천히 그 말을 되풀이하며 가늠했다. "이상한 말입니다만, 징벌을 열심히 가하다 보니 갈수록 오스니 경의 죄상이 달라지는 것 같더군요. 이제는 마저리 티렐을 건드린 적도 없다고 하려고 해요. 그렇지 않나요, 오스니 경?"

오스니 케틀블랙이 눈을 떴다. 그는 앞에 선 세르세이를 보더니 부어터진 입술을 핥으며 말했다. "장벽. 제게 장벽을 약속하셨지요."

"이자는 미쳤어요." 세르세이가 말했다. "당신들 때문에 미쳐버렸군요."

"오스니 경." 최고성사가 단호하고 명료한 목소리로 말했다. "왕비의 몸을 알았습니까?"

"예." 오스니가 수갑을 찬 채로 버둥거리자 사슬이 잘그락거렸다. "저기 저 왕비요. 제가 붙어먹은 것도, 절 보내서 예전 최고성사를 죽인 것도 저 왕비입니다. 최고성사에겐 호위병이 없었어요. 그냥 자고 있을 때 들어가서 얼굴에 베개를 대고 눌렀습니다."

세르세이는 몸을 홱 돌려 달아났다.

최고성사가 잡으려 했지만, 그는 늙은 참새였고 그녀는 바위에서 태어난 암사자였다. 그녀는 참새를 밀어내고 쾅 소리를 내며 문을 뚫고 나갔다. '케틀블랙. 케틀블랙 형제가 필요해. 오스프리드에게 황금 망토를, 오스먼드에게 킹스가드를 끌고 오라고 해야지. 오스니도 형제들이 풀어주면 했던 말을 다 부인할 것이고, 난 지난번처럼 최고성사를 없애버리는 거야.' 늙은 여자 성사 네 명이 앞길을 막고 주름진 손으로 그녀를 붙잡았다. 그녀는 하나를 바닥에 쓰러뜨리고 또 하나의 얼굴을 할퀴며 계단에 이르렀다. 그러나 반쯤 올라가다가 타에나 메리웨더가 떠올랐다. 그 생각에 숨이 차고 비틀거렸다. '일곱이시여 저를 보우하소서. 타에나는 다 알아. 놈들이 타에나까지 잡아서 채찍질을 하면…….'

성소까지는 도망쳤으나, 거기까지였다. 여기에는 더 많은 여자 성사와 침묵의 자매들이, 그것도 지하에 있었던 네 노파보다 젊은 이들이 기다리고 있었다. "나는 왕대비다." 그녀는 주춤주춤 물러서면서 외쳤다. "이 일로 너희들의 목을 치겠다. 너희들 다 목을 치고 말 거야. 길을 비켜라." 그들은 세르세이의 몸에 손을 댔다. 어머니의 제단까지 도망쳤지만, 스무 명 정도가 그녀를 붙잡아서 발길질하고 몸부림치는 그녀를 탑 계단으로 끌고 올라갔다. 감방 안에서는 침묵의 자매 세 명이 그녀를 붙잡고 있는 사이 스콜레라라는 성사가 옷을 벗겼다. 속옷까지 다 벗겼다. 또 다른 성사 하나가 거친 천으로 만든 원피스를 던졌다. "이럴 순 없어." 세르세이는 계속 소리 질렀다. "난 라니스터다. 손 떼라. 내 동생이 너희들을 죽여버릴 거야. 제이미가 목부터 사타구니까지 갈라버릴 거라고! 손 떼! 내가 왕대비야!"

"기도나 하시지요." 스콜레라 성사가 말하고는, 벌거벗은 세르세이를 차갑고 황량한 감방에 내버려두고 나갔다.

유순한 마저리 티렐도 아니고, 시키는 대로 옷을 주워 입고 굴종할 순 없었다. '사자를 우리에 넣는다는 게 어떤 의미인지 가르쳐주리라.' 세르세이는 그렇게 생각하고는 옷을 갈기갈기 찢고, 물병을 벽에 던져 깨뜨리고, 요강도 깨버렸다. 그러고도 아무도 오지 않자 주먹으로 문을 두드리기 시작했다. 호위가, 라니스터 위병 열 명과 보로스 블런트 경이 아래 광장에 있었다. '소식을 들으면 바로 날 풀어주러 올 거야. 빌어먹을 대장 참새를 사슬에 묶어서 레드킵으로 돌아가야지.'

그녀는 목에서 피가 나도록 소리를 지르고 울부짖으며 문을 걷어차고 창문에 매달렸다. 아무도 대답하지 않았고, 아무도 그녀를 구하러 오지 않았다. 감방 안이 어두워지기 시작했다. 추워지기도 했다. 몸이 벌벌 떨렸다. '어떻게 이런 꼴로 두고 갈 수가 있지? 불도 없이? 난 저들의 지배자야.' 성사들이 던지고 간 원피스를 찢어버린 게 후회스러웠다. 구석에 깔린 짚자리에 담요가 하나 있었다. 얇은 갈색 모직물로 만든 낡은 담요로, 거칠고 따끔거렸지만 있는 거라곤 그게 다였다. 세르세이는 추위를 막으려고 담요를 덮어썼고, 오래지 않아 지쳐 잠들고 말았다.

그리고 다음 순간, 두꺼운 손이 그녀를 흔들어 깨웠다. 감방 안은 깜깜했는데, 거대한 몸집의 못생긴 여자 하나가 촛불을 손에 든 채 무릎을 꿇고 내려다보고 있었다. "누구냐?" 세르세이가 물었다. "날 풀어주러 온 건가?"

"우넬라 성사라고 합니다. 고하시는 살인과 간통죄를 모두 들으러 왔습니다."

세르세이는 그 여자의 손을 쳐냈다. "네 목을 치겠다. 감히 날 건드리지 마. 꺼져."

여자가 일어섰다. "전하. 한 시간 후에 돌아오겠습니다. 그때쯤에는 고백할 준비가 되시겠지요."

한 시간, 그리고 한 시간, 또 한 시간. 세르세이 라니스터에게는 조프리의 결혼식 밤 이후 가장 긴 밤이 그렇게 지나갔다. 소리를 지르다가 목이 하도 상해서 침도 삼키기 힘들었다. 감방은 죽도록 추워졌다. 요강도 깨버렸기에, 구석에 쪼그려 앉아서 오줌을 누고 오줌이 바닥에 떨어지는 꼴을 봐야만 했다. 눈을 감을 때마다 우넬라가 다시 나타나서 흔들어 깨우고는 죄를 고백하고 싶어졌는지 물었다.

낮에도 나아지는 건 없었다. 해가 뜨자 모엘 성사가 멀건 회색 포리지를 한 그릇 가져왔다. 세르세이는 그릇을 성사의 머리에 집어 던졌다. 하지만 새로운 물병을 가져왔을 때는 너무 목이 말랐기에 마실 수밖에 없었다. 곰팡내가 나는 얇은 회색 원피스를 다시 가져왔을 때는 뒤집어썼다. 그리고 그날 저녁, 모엘이 다시 나타났을 때는 빵과 생선을 먹고 와인을 달라고 요구했다. 와인은 나오지 않았고, 우넬라 성사만 한 시간에 한 번씩 와서 고백할 준비가 되었는지 물었다.

'무슨 일이 일어나고 있지?' 세르세이는 창밖으로 보이는 얇은 하늘 조각이 다시 어두워지기 시작하자 생각했다. '왜 아무도 날 꺼내러 오지 않지?' 케틀블랙 형제가 동생을 버렸다고는 믿을 수 없었다. 소협의회는 뭘 하고 있는 걸까? '겁쟁이에 배신자들. 여기서 나가면 그것들을 다 처형하고 더 나은 놈들로 바꾸겠어.'

그날 세 번 정도는 멀리 광장에서 외치는 소리가 들렸지만, 폭도가 외치는 건 마저리의 이름이었지 그녀의 이름이 아니었다.

둘째 날 새벽, 세르세이가 그릇 바닥에 남은 포리지를 핥아 먹고 있을 때 불쑥 감방 문이 열리더니 콰이번 공이 나타났다. 세르세이는 그에게 몸을 던지고 싶을 지경이었다. "콰이번." 그녀는 속삭였다. "아, 신들이시여, 자네 얼굴을 보니 이렇게 기쁠 수가. 날 집에 데려가줘."

"그건 허락되지 않을 겁니다. 전하께서는 성스러운 일곱의 법정에서 살인, 반역, 간통죄로 재판을 받으셔야 합니다."

처음에는 너무 기진맥진한 나머지 터무니없는 소리 같았다. "토멘. 내 아들에 대해 말해줘. 아직 그 아이가 왕인가?"

"그렇습니다, 전하. 마에고르 성채 벽 안에서 킹스가드의 보호를 받으며 안전하게 잘 계십니다. 하지만 외로우시지요. 속을 태우고 계십니다. 전하와 왕비님에 대해 물어보십니다만. 아직 아무도 전하의…… 전하의……."

"……곤경을 말해주지 않았다고? 마저리는?"

"전하와 같은 법정에서 재판받을 예정입니다. 전하의 분부대로 푸른 음유시인을 최고성사에게 넘겼습니다. 지금 여기, 저 아래 어딘가에 있습니다. 제 첩보원들에게 들으니 채찍질을 당하고는 있는데, 아직까지는 우리가 가르쳐준 달콤한 노래를 부르고 있답니다."

'우리가 가르쳐준 달콤한 노래.' 잠이 부족해서 머리가 잘 돌지 않았다. '왓, 그놈의 본명은 왓이야.' 신들이 자비를 베푼다면 왓이 채찍을 맞다가 죽어서, 마저리가 그 진술에 반박할 방법이 없어질 수도 있었다. "내 기사들은 어디 있지? 오스프리드 경은……. 최고성사가 오스니를 죽일 생각인데, 황금 망토들을……."

"오스프리드 케틀블랙은 이제 도시 경비대장이 아닙니다. 왕께서 해고하고 드래곤 문을 지키던 지휘관을 경비대장으로 승진시켰습니다. 험프리 워터스라고 합니다."

세르세이는 너무 피곤해서 아무것도 이해가 가지 않았다. "왜 토멘이 그런 짓을 했지?"

"그분 탓이 아니지요. 소협의회가 명령장을 내밀면 서명하고 인장을 찍으시니까요."

"내 소협의회가……, 누가? 누가 그런 짓을 했지? 자네는 아니겠지?"

"안타깝게도 저는 소협의회에서 해임당했습니다만, 당분간 내시의 첩보원들과 함께 일해도 좋다고 합니다. 왕국은 하리스 스위프트 경과 파이셀 대학사가 통치하고 있습니다. 캐스털리록으로 까마귀를 보내어, 궁정으로 돌아와서 섭정을 맡으라고 전하의 숙부님을 초청했습니다. 그분이 받아들일 생각이라면 최대한 서두르는 게 좋겠지요. 메이스 티렐이 스톰스엔드 포위를 포기하고 군대를 이끌고 돌아오는 중이며, 랜딜 탈리도 메이든풀에서 이리로 오는 중이라고 합니다."

"메리웨더 공이 동의했단 말인가?"

"메리웨더는 사임하고 아내와 함께 롱테이블로 달아났습니다. 저희에게 전하에 대한 이…… 고발 소식을 전한 사람도 메리웨더 부인이었습니다."

"타에나는 보내줬군." 대장 참새가 '안 됩니다'라고 말한 이후 들은 가장 좋은 소식이었다. 타에나는 그녀를 파멸시킬 수도 있었다. "워터스 공은? 워터스 공의 함선은……. 선원들을 상륙시킨다면 그 병력으로 충분히……."

"워터스 공은 강에서 전하의 현재 곤경을 듣자마자 돛을 올리고 노를 내리더니 함대를 몰고 바다로 나갔습니다. 하리스 경은 그자가 스타니스 공에게 합류하려는 게 아닌가 걱정하고 있고, 파이셀은 그자가 해적이 되려고 징검돌 군도로 가고 있다고 믿습니다."

"내 멋진 드로몬드선들." 세르세이는 웃음을 터뜨릴 뻔했다. "아버지는 사생아들이란 배신자의 자질을 타고 났다고 하시곤 했지. 그 말을 들었더라면 좋았을 것을." 그녀는 몸을 떨었다. "난 길을 잃었네, 콰이번."

"아닙니다." 콰이번이 그녀의 손을 잡았다. "희망은 남아 있습니다. 전하께는 결투로 결백을 증명하실 권리가 있습니다. 여왕님, 여왕님의 대전사가 준비하고 있습니다. 칠왕국 전체에 이 기사에게 대적할 수 있는 자는 없습니다. 명령만 내려주신다면……."

이번에는 세르세이도 정말로 웃어버렸다. 우스꽝스러웠다. 끔찍하도록, 무시무시하도록 우스웠다. "신들께선 우리의 모든 희망과 계획을 농담으로 만드시지. 내게 그 누구도 이길 수 없는 대전사가 있지만, 그 전사를 쓸 수가 없다니. 난 왕대비야, 콰이번. 나의 명예는 오직 킹스가드의 결의형제만이 지킬 수 있어."

"그렇군요." 콰이번의 얼굴에서 미소가 사그라들었다. "전하, 저도 어찌할 바를 모르겠습니다. 전하를 어떻게 보좌해야 할지……."

지치고 겁먹은 상태로도 참새들의 법정에 운명을 맡길 수 없다는 정도는 알 수 있었다. 마지막 만남에서 오간 말을 생각하면 케반 경의 개입에도 기댈 수 없었다. 결투 재판이어야만 했다. 다른 방법이 없었다. "콰이번, 나를 사랑한다면 부탁이니 전언을 보내주게. 가능하다면 까마귀를, 그게 안 되면 기마병이라도 좋아. 리버런으로, 내 동생에게 보내야 해. 무슨 일이 일어났는지 전하고…… 그리고……."

"예, 전하?"

그녀는 떨면서 입술을 핥았다. "이렇게 쓰게. 바로 와줘. 도와줘. 구해줘. 그 어느 때보다 지금 네가 필요해. 사랑해. 사랑해. 사랑해. 바로 와."

"분부대로 하겠습니다. '사랑해'를 세 번입니까?"

"세 번." 그의 마음에 닿아야 했다. "올 거야. 분명히 올 거야. 와야만 해. 제이미가 내 유일한 희망이야."

"여왕님." 콰이번이 말했다. "혹시…… 잊으셨습니까? 제이미 경에겐 오른손이 없습니다. 그분이 대전사로 나섰다가 진다면……."

'그러면 같이 이 세상을 떠나겠지. 같이 태어났듯이.' "지지 않을 거야. 제이미는 지지 않아. 내 목숨이 달렸을 때는 결코."

제이미

리버런의 새 영주는 너무 화가 난 나머지 몸을 벌벌 떨었다. "우린 기만당했어. 이 남자가 우릴 배반했단 말이오!" 에드무어 툴리에게 손가락질을 하는 에몬 프레이의 입술에서 분홍색 침이 날았다. "이자의 목을 치겠어! 왕령에 의해 리버런은 내가 통치하고—"

"에몬." 그의 아내가 말했다. "사령관도 왕령이 뭔지 알아. 에드무어 경도 왕령이 뭔지 알고. 마구간 말구종들도 왕령이 뭔지 알아."

"내가 주인이야. 내가 저놈 목을 치겠어!"

"무슨 죄목으로 말이오?" 바싹 말랐어도 에드무어 툴리는 에몬 프레이보다 귀족처럼 보였다. 그는 붉은 모직물로 만들어 가슴에 뛰어오르는 송어를 수놓은 누비 더블릿을 입고 있었다. 장화는 검은색이었고, 바지는 파란색이었다. 적갈색 머리는 감아서 다듬었고, 붉은 수염은 깔끔하게 깎았다. "난 요구받은 바를 다 했소."

"그래?" 제이미 라니스터는 리버런이 문을 연 이후 한숨도 자지 못해서 머리가 아팠다. "브린덴 경이 도망치게 놔두라고 요구한 기억은 없는데."

"내 성을 내놓으라고 했지. 내 숙부가 아니라. 당신 부하들의 포위선이 뚫린 게 내 탓인가?"

제이미에게는 즐겁지 않은 상황이었다. "어디 있지?" 그는 짜증을 드러내며 물었다. 부하들이 리버런을 세 번은 뒤집어엎었지만, 브린덴 툴리는 어디에도 보이지 않았다.

"어디로 갈 작정인지 나한테 말하지 않았소."

"묻지도 않으셨겠지. 어떻게 빠져나간 건가?"

"물고기는 헤엄을 치거든. 검은 물고기라 해도." 에드무어가 미소 지었다.

제이미는 황금 손으로 그 입을 치고 싶은 충동을 느꼈다. 치아가 몇 개 날아가면 웃을 생각이 없어지리라. 에드무어는 남은 평생을 포로로 살 사람치고 꽤나 뿌듯해했다. "캐스털리록 지하에는 사람 몸에 갑옷처럼 딱 맞는 토옥이 있지. 그 안에 들어가면 몸을 돌리지도, 앉지도 못하고 쥐들이 발가락을 갉아 먹기 시작해도 발에 손을 뻗을 수가 없어. 이제 답변을 다시 생각해보겠나?"

에드무어 공의 미소가 사그라들었다. "날 내 지위에 걸맞게, 명예롭게 대우하겠다고 약속했잖아."

"그럴 거야." 제이미가 말했다. "공보다 더 고결한 기사들이 그 토옥에서 흐느끼다 죽었고, 수많은 귀족들도 그랬지. 내가 역사를 제대로 기억한다면 왕도 한두 명은 있었을걸. 원한다면 자네 아내를 옆 토옥에 넣어줄 수도 있어. 둘을 갈라놓고 싶지 않으니."

"헤엄친 거 맞아." 에드무어는 침울하게 말했다. 에드무어는 누이인 캐틀린과 똑같은 파란 눈이었고, 제이미는 그 눈 속에서 언젠가 캐틀린의 눈에서 보았던 것과 똑같은 혐오를 볼 수 있었다. "우린 물의 문 쇠창살을 올렸지. 다는 아니고 딱 1미터 정도만. 겉보기에는 문이 닫혀 있는 걸로 보이면서, 수면 아래에만 틈이 생기게. 내 숙부는 수영을 아주 잘해. 어두워진 후에 쇠창살 아래로 빠져나갔어."

'그리고 같은 방식으로 우리 방책 아래를 빠져나갔겠지.' 달도 없는 밤, 병사들은 지루해하고, 검은 강물 속에서 평화로이 하류로 떠가는 검은 물고기 한 마리. 러티거나 유나 다른 누군가가 물소리를 들었다 해도 거북이나 송어이려니 했을 것이다. 에드무어는 낮이 다 지나가기를 기다려서 항복의 표시로 스타크의 다이어울프 깃발을 내렸다. 성 주인이 바뀌는 혼란 덕분에 제이미가 검은 물고기가 포로 중에 없다는 사실을 알게 된 것은 다음 날 아침이었다.

그는 창가로 가서 강을 내다보았다. 눈부신 가을날이었고, 태양 빛에 물이 반짝였다. '지금쯤 검은 물고기는 하류로 100리는 갔을 수도 있어.'

"그놈을 찾아야 하네." 에몬 프레이가 우겼다.

"찾을 겁니다." 제이미는 본심이 드러나지 않도록 자신 있게 말했다. "지금도 사냥개들과 사냥꾼들이 뒤쫓고 있어요." 아담 마브랜드 경이 강 남쪽 수색을 맡고, 비 숲의 더못 경이 북쪽을 맡았다. 강역 영주들도 투입할까 생각해보았지만, 밴스와 파이퍼와 그 부류들은 검은 물고기에게 족쇄를 채우기보다는 달아나도록 도와줄 가능성이 높았다. 종합하자면, 별로 희망이 크지는 않았다. "한동안은 피할 수도 있겠지만, 결국엔 수면 위로 올라올 겁니다."

"그놈이 내 성을 다시 빼앗으려 하면 어쩌나?"

"수비군 200명이 있어요." 사실 수비군치고는 너무 많은 숫자였지만, 에몬 공은 불안에 떠는 사람이었다. 그나마 수비군을 먹이는 데엔 문제가 없을 터였다. 검은 물고기는 주장대로 리버런에 식량을 넉넉하게 갖춰두었다. "그렇게 힘들게 떠난 브린덴 경이 몰래 돌아올 것 같진 않군요." '무법자들 떼거리라도 이끌지 않고서는 말이야.' 제이미는 검은 물고기가 싸움을 계속하려 한다는 사실을 의심하지 않았다.

"여긴 당신 권좌야." 젠나 부인이 남편에게 말했다. "지키는 것도 당신 몫이지. 못하겠다면 불태워버리고 캐스털리록으로 도망쳐."

에몬 공이 입을 문질렀다. 초엽 때문에 손이 붉고 끈적끈적해졌다. "암, 그렇지. 리버런은 내 거야. 아무도 못 빼앗아." 그는 에드무어에게 마지막으로 의심의 눈초리를 보낸 후 젠나 부인에게 이끌려 개인방을 나갔다.

"혹시 나에게 더 하고 싶은 말이 있나?" 제이미는 둘만 남자 에드무어에게 물었다.

"여긴 내 아버지의 개인방이었어. 여기에서 강역을 현명하게, 잘 다스리셨지. 저 창문 옆에 앉기를 좋아하셨어. 빛도 잘 들고, 일하다가 눈을 들면 강을 볼 수 있으니까. 눈이 피곤해지면 캐틀린 누나에게 책을 읽어달라고 하셨지. 리틀핑거와 난 어렸을 때 저기, 저 문 옆에 나무 블록으로 성을 지었어. 이 방에 당신이 있는 모습이 얼마나 역겨운지 모를 거야, 킹슬레이어. 내가 당신을 얼마나 경멸하는지도 모를 거고."

그 점은 틀렸다. "에드무어, 경멸이라면 자네보다 훨씬 나은 남자들에게도 실컷 받아봤어." 제이미는 위병을 불렀다. "공을 탑으로 다시 모셔 가서 식사를 드리게."

리버런의 주인은 말없이 나갔다. 내일이면 서쪽으로 가게 될 것이고, 폴리 프레스터 경이 기사 스무 명을 포함한 호위병 백 명을 지휘할 것이었다. '호위를 두 배로 늘려야겠군. 베릭 공이 골든투스 이전에 에드무어를 빼돌리려고 할 수도 있어.' 제이미는 툴리를 세 번 사로잡아야 하는 사태를 피하고 싶었다.

그는 호스터 툴리의 의자로 돌아가서 트라이던트 지도를 당겨 황금 손으로 폈다. '내가 검은 물고기라면 어디로 갈까?'

"사령관님?" 위병 하나가 열린 문가에 서 있었다. "명하신 대로 웨스털링 부인과 그 따님께서 오셨습니다."

제이미는 지도를 밀어냈다. "들여보내." '그래도 여자애까지 사라지진 않았군.' 제인 웨스털링은 롭 스타크의 왕비이자, 스타크가 모든 것을 잃게 만든 여자였다. 그 배 속에 늑대가 들어 있다면 검은 물고기보다 더 위험할 수도 있었다.

위험해 보이지는 않았다. 제인은 열다섯이나 열여섯쯤 된 호리호리한 소녀로, 우아하기보다는 쭈뼛거렸다. 골반이 좁고, 가슴은 사과알만 했으며, 밤색 곱슬머리에 비둘기같이 온화한 갈색 눈이었다. '어린애치곤 예쁘지만, 왕국을 잃을 정도는 아니군.' 제이미는 생각했다. 얼굴이 부어 있었고, 이마에는 갈색 머리에 반쯤 가려진 딱지가 있었다. "그건 어떻게 된 일이오?" 그는 물었다.

소녀는 고개를 돌렸다. "아무것도 아닙니다." 소녀의 어머니가 대답했다. 녹색 벨벳 가운을 입은 엄한 얼굴의 여자였다. 길고 가느다란 목에는 황금 조개껍질 목걸이가 걸려 있었다. "반란자가 준 작은 왕관을 포기하려 들질 않아서, 벗겨내려고 했더니 고집스럽게 맞서 싸우지 뭡니까."

"내 거였어요." 제인은 흐느꼈다. "그럴 권리는 없었어요. 롭이 나한테 만들어준 거예요. 난 그이를 사랑했어요."

제인의 어머니는 딸을 때리려 했지만, 제이미가 끼어들었다. "그만둬요." 그는 시벨 부인에게 경고했다. "둘 다 앉으시오." 소녀는 겁먹은 짐승처럼 의자에 웅크리고 앉았지만, 그 어머니는 고개를 높이 들고 꼿꼿하게 앉았다. "와인 드시겠소?" 제이미가 묻자 소녀는 대답하지 않았고, 소녀의 어머니는 사양했다. "괜찮습니다."

"그러시다면야." 제이미는 딸 쪽을 돌아보았다. "조의를 표하는 바요. 그 녀석에게 용기가 있었다는 점은 나도 인정하거든. 꼭 물어야 할 질문이 있는데, 아이를 배고 있소?"

제인은 튕기듯이 의자에서 일어나서 방 바깥으로 달아나려 했다. 문 앞에 있던 위병이 그 팔을 잡았다. "아닙니다." 딸이 도망치려고 몸부림치는 사이 시벨 부인이 말했다. "제가 그런 일은 없도록 했어요. 경의 아버님께서 시키신 대로요."

제이미는 고개를 끄덕였다. 타이윈 라니스터는 그런 문제를 간과할 사람이 아니었다. "손 떼게. 일단 볼일은 끝났어." 제인이 흐느끼며 계단을 달려 내려가는 동안, 제이미는 제인의 어머니를 찬찬히 보았다. "웨스털링 가문은 사면을 받았고, 부인의 동생인 롤프는 카스타미어 성주가 됐소. 또 뭘 해야 하지?"

"경의 아버님께선 제인과 제인의 여동생에게 부유한 결혼을 약속하셨습니다. 영주, 아니면 영주 후계자와 결혼시켜 주겠다고 맹세하셨어요. 차남 이하 자식들이나 가신기사 말고."

'영주나 후계자라. 그렇겠지.' 웨스털링은 역사가 길고 긍지가 높은 가문이었지만, 시벨 부인은 벼락출세한 상인 가문에서 이어진 스파이서로 태어났다. 그러고 보니 시벨의 할머니가 동쪽 땅에서 온 반미치광이 마녀였나 그랬던 기억이 났다. 그리고 웨스털링은 가난해졌다. 원래대로 살았다면 시벨 스파이서의 딸들이 꿈꿀 수 있는 결혼 상대란 영주의 둘째나 그 아래 아들들 정도였을 테지만, 라니스터의 금이 두둑하게 붙는다면 죽은 반란자의 과부라 해도 어떤 영주에게는 매력을 발휘할 수 있을 터였다. "결혼은 원하는 대로 하게 되겠지만, 제인은 2년을 기다린 후에나 결혼해야 하오." 제이미는 말했다. 너무 급히 재혼해서 아이라도 갖게 된다면, 젊은 늑대가 아버지라는 소문이 돌 게 뻔했다.

"제겐 아들도 둘이 있어요." 웨스털링 부인이 다시 말했다. "롤럼은 여기 같이 있지만, 레이널드는 기사라 반란군과 같이 트윈스로 갔죠. 거기서 무슨 일이 일어날지 알았더라면 절대 허락하지 않았을 거예요." 그녀의 목소리엔 비난이 섞여 있었다. "레이널드는 전혀…… 공의 부친과의 합의를 전혀 몰랐어요. 트윈스에 포로로 잡혀 있을지도 몰라요."

'아니면 죽었을 수도 있지.' 왈더 프레이도 그 합의에 대해서 알지 못했을 것이다. "문의해보겠소. 레이널드 경이 아직 포로로 잡혀 있다면 우리가 몸값을 지불하지요."

"그 아이의 결혼에 대한 언급도 있었어요. 캐스털리록 출신의 신부로요. 아버님께선, 모든 일이 우리 희망대로 풀리면 레이널드가 기쁨을 얻게 되리라 하셨죠."

'타이윈 공은 무덤에서도 우리 모두를 움직이시는군.' "그 기쁨(joy)이라는 건 죽은 내 숙부 제리온의 서녀 조이(Joy)를 가리키는군. 원한다면 약혼은 준비할 수 있겠지만, 결혼은 기다려야 할 거요. 조이는 마지막으로 봤을 때 아홉 살인가, 열 살이었으니까."

"서녀라고요?" 시벨 부인은 레몬을 삼킨 듯한 표정이었다. "웨스털링에게 사생아와 결혼하라는 겁니까?"

"나도 조이를 책략 잘 꾸미는 변절자의 아들과 결혼시키고 싶진 않군요. 그보다는 좋은 대접을 받아야 할 아이인데." 제이미는 이 여자의 목을 조개껍질 목걸이로 졸라 죽이고 싶은 심정이었다. 조이는 외로울진 몰라도 상냥한 아이였고, 조이의 아버지는 제이미가 제일 좋아한 숙부였다. "당신 딸이 당신의 열 배는 나아. 내일 에드무어와 폴리 경과 함께 떠나시오. 그때까진 내 눈에 띄지 않도록 하고." 제이미가 위병들을 외쳐 부르자 시벨 부인은 입술을 꾹 다물고 나갔다. 제이미는 가웬 웨스털링 공이 아내의 책략에 대해 얼마나 알고 있었을까 궁금했다. '우리 남자들이 아는 게 대체 얼마나 있지?'

에드무어와 웨스털링 일가가 떠날 때, 병사 400명이 같이 떠났다. 제이미는 마지막 순간에 호위병을 다시 두 배 더 늘렸다. 그리고 몇 킬로미터 정도 같이 달리면서 폴리 프레스터 경과 이야기를 나눴다. 폴리 경은 전포에 황소 머리를 그려 넣고 투구에는 뿔을 달았으나, 소 같은 구석이라곤 전혀 없었다. 작고 여위었으며 산전수전 겪은 남자였다. 가느다란 코에 벗어진 정수리, 그리고 짧게 깎은 갈색 수염이 기사라기보다는 여관 주인처럼 보이기도 했다. 제이미는 그에게 거듭 당부했다. "우린 검은 물고기가 어디 있는지 모르지만, 그자는 에드무어를 풀어줄 수만 있다면 그렇게 할 거요."

"그런 일은 일어나지 않을 겁니다." 여관 주인이 으레 그렇듯, 폴리 경도 바보가 아니었다. "척후대와 별동대가 행렬을 보호할 것이고, 밤이면 야영지를 단단히 방비하겠습니다. 낮이고 밤이고 툴리 곁에 머물 병사도 열 명, 최고의 장궁수로 뽑아두었습니다. 툴리가 도망치려 한다면 길에서 한 치만 벗어나도 제 부하들이 화살을 쏘아 친어머니라도 거위인가 생각할 꼴로 만들어줄 겁니다."

"좋아." 제이미는 툴리가 캐스털리록에 안전하게 도착하기를 바랐지만, 달아나는 것보다는 죽는 편이 나았다.

"웨스털링 공의 딸 근처에도 궁수들을 대기시키시오."

폴리 경은 놀란 것 같았다. "가웬의 딸에게요? 그 아이는—"

"젊은 늑대의 과부지. 그리고 혹시라도 달아난다면 에드무어의 두 배는 더 위험해."

"말씀대로 하겠습니다. 감시하지요."

제이미는 리버런으로 돌아가느라 대열을 거슬러 달리면서 웨스털링 사람들을 지나쳐야 했다. 가웬 공은 제이미가 지나가자 엄숙하게 목례를 했지만, 시벨 부인은 얼음장 같은 눈으로 그를 쏘아보았다. 제인은 아예 그를 쳐다보지도 않았다. 그녀는 두건이 달린 망토를 뒤집어쓰고 눈을 내리깔고 말을 달렸다. 그 무거운 망토 안에 갖춰 입은 옷은 좋은 옷이었으나 찢어져 있었다. 제이미는 문득 알아차렸다. '애도의 뜻으로 직접 찢었구나. 저 여자 어머니가 좋아했을 리는 없겠군.' 제이미는 세르세이도 자신이 죽었다는 소식을 듣는다면 가운을 찢을까 궁금해졌다.

그는 곧장 성으로 돌아가지 않고 텀블스톤을 다시 건넜다. 에드윈 프레이를 찾아가서 왈더 프레이의 죄수들을 옮기는 문제에 대해 논의하기 위해서였다. 프레이군은 리버런이 항복하고 몇 시간 후에 해산을 시작했고, 왈더 공의 봉신들과 자유기수들은 집으로 가기 위해 말뚝을 뽑았다. 아직 남아 있는 프레이들은 숙영지를 해체하는 중이었지만, 에드윈은 왈더 리버스의 천막에 함께 있었다.

두 사람은 지도를 앞에 두고 열띤 토론을 벌이다가, 제이미가 들어서자 말을 멈췄다. "사령관." 왈더 리버스는 차가우나마 예의를 갖췄지만, 에드윈은 내뱉듯이 말했다. "경의 손에 내 아버지의 피가 묻었군요."

이 말에는 제이미도 움찔했다. "무슨 말이지?"

"아버지를 집으로 보낸 게 경 아니었습니까?"

'누군가는 그래야 했지.' "라이먼 경에게 안 좋은 일이 생겼나?"

"일행 모두와 함께 목매달렸소." 왈더 리버스가 말했다. "무법자들이 페어마켓 남쪽 20리 지점에서 일행을 잡았고."

"돈다리온?"

"돈다리온 아니면 토로스, 아니면 스톤하트라는 여자겠지."

제이미는 얼굴을 찌푸렸다. 라이먼 프레이는 바보에 겁쟁이인 데다 술고래였고, 라이먼을 그리워할 사람이 별로 없을 뿐만 아니라 동료 프레이들은 특히 더 그랬다. 에드윈의 메마른 눈을 보니 친자식들도 오래 애도하지는 않을 듯했다. '그렇다 해도…… 왈더 공의 후계자를 트윈스에서 하루 거리에서 목매달 정도라니, 이 무법자들이 갈수록 대담해지는군.' 그는 물었다. "라이먼 경이 병사를 몇이나 데려갔지?"

"기사 셋에 중장병 열 명 정도요." 리버스가 대답했다. "트윈스로 돌아간다는 사실도, 호위가 적다는 사실도 알고 있었던 것만 같소."

에드윈이 입매를 비틀었다. "분명 내 동생이 관여했어요. 무법자들이 메렛과 피터를 살해한 후에도 도망치게 놔두더니, 이래서였어. 아버지가 죽고 나면 검은 왈더와 트윈스 사이에 방해물이라곤 나밖에 안 남으니까."

"증거는 없다." 왈더 리버스가 말했다.

"증거는 필요 없어요. 난 내 동생을 압니다."

"네 동생은 시가드에 있어." 왈더 리버스는 굽히지 않았다. "라이먼 경이 트윈스로 돌아간다는 걸 그 녀석이 어떻게 알 수 있었겠어?"

"누군가 말한 거죠." 에드윈은 쓰게 말했다. "그 녀석이 우리 진영에 첩자를 뒀다는 건 확신하셔도 됩니다."

'그리고 넌 시가드에 첩자를 뒀지.' 제이미는 에드윈과 검은 왈더 사이의 적개심이 보통이 아니라는 사실을 알고 있었지만, 둘 중 누가 증조부를 이어 크로싱의 영주가 될지에는 조금도 신경 쓰지 않았다.

"애통해하는 데 방해해서 미안하지만." 그는 건조하게 말했다. "다른 문제가 있네. 트윈스에 돌아가거든 왈더 공에게 토멘 왕이 피의 결혼식에서 잡힌 포로들을 전원 요구한다는 사실을 알려드렸으면 좋겠군."

왈더 리버스 경이 얼굴을 찌푸렸다. "그 죄수들은 가치가 있소, 경."

"가치가 없다면 국왕 전하께서 넘겨달라고 하시지도 않겠지."

프레이와 리버스가 눈빛을 주고받더니, 에드윈이 말했다. "증조부님께선 그 죄수들에 대한 보상을 기대하실 겁니다."

'받게 될 거야. 내가 새로 손을 키우기만 하면.' 제이미는 그렇게 생각했다. "누구나 기대하는 바는 있지." 그는 온화하게 말했다. "말해보게, 레이널드 웨스털링 경이 포로 중에 있나?"

"조개껍질 기사요?" 에드윈은 코웃음을 쳤다. "그놈이라면 그린포크 밑바닥에서 물고기 밥이 되어 있을 겁니다."

"우리 병사들이 다이어울프를 쓰러뜨리러 갔을 때 마당에 있었소." 왈더 리버스가 말했다. "휠렌이 검을 내놓으라고 했더니 순순히 내어줬는데, 노궁수들이 늑대에게 화살을 날리기 시작하자 휠렌의 도끼를 움켜쥐고 그 괴물에 덮어씌웠던 그물을 잘라 끊었소. 휠렌 말이 어깨에 화살 하나, 배에 하나가 박힌 상태로도 성벽 길까지 가서 강에 몸을 던졌다더이다."

"계단에 핏자국을 남겼죠." 에드윈이 말했다.

"그 후에 시신을 찾았나?" 제이미가 물었다.

"그 후에 찾은 시신이야 천 구는 되죠. 강 속에서 며칠 보내고 나면 다 똑같아 보여요."

"목이 매달려도 그렇다더군." 제이미는 그렇게 말하고 천막을 나섰다.

다음 날 아침에는 프레이 숙영지에 남은 것이라곤 파리 떼와 말똥, 그리고 텀블스톤강 옆에 쓸쓸하게 선 라이먼 경의 교수대뿐이었다. 제이미의 사촌 대븐은 그 교수대와 자기가 지은 공성 장비들, 즉 충차와 공성탑과 대형 투석기, 공성용 보호소들을 어떻게 해야 할지 알고 싶어 했다. 대븐은 전부 다 레이븐트리까지 끌고 가서 사용하면 어떠냐고 제안했지만, 제이미는 교수대부터 시작해서 다 태워버리라고 대답했다. "타이토스 공은 내가 직접 처리할 생각이야. 공성탑은 필요 없을 거다."

대븐은 덥수룩한 수염 속에서 히죽 웃었다. "일대일 결투라도 하게? 별로 공평해 보이지 않는데. 타이토스는 노인이야."

'두 손이 달린 노인이지.'

그날 밤 제이미와 일린 경은 세 시간을 싸웠다. 비교적 괜찮은 날이었다. 진짜 싸움이었다면 페인이 제이미를 죽였을 횟수가 두 번밖에 안 됐다. 보통은 여섯 번은 죽었고, 어떤 밤에는 그보다 더 심했다. "1년만 이 짓을 더 하면 페클던만큼은 할지도 모르겠군." 제이미가 말하자 일린 경은 즐거울 때 내는 딸깍딸깍 소리를 냈다. "자, 호스터 툴리의 훌륭한 레드와인이나 좀 더 마시자고."

와인은 그들이 밤에 치르는 의식의 일부가 되어 있었다. 일린 경은 완벽한 술친구였다. 절대 말을 끊는 법이 없었고, 반대하지도, 불평하지도, 부탁을 하지도 않았으며 가치 없는 이야기를 길게 늘어놓지도 않았다. 그저 술을 마시고, 듣기만 했다.

"친구들의 혀를 다 잘라버릴 걸 그랬지." 제이미는 두 사람의 잔을 채우면서 말했다. "친족들도 마찬가지고. 말 없는 세르세이라면 사랑스러울 거야. 입을 맞출 때는 혀가 없는 게 아쉽겠지만." 그는 와인을 마셨다. 진한 붉은 빛에, 달고 묵직한 와인이었다. 몸이 따뜻해졌다. "우리가 언제 입을 맞추기 시작했는지 기억을 할 수가 없어. 처음엔 순수했지. 나중엔 그렇지 않아졌지만." 그는 와인을 비우고 잔을 옆에 내려놓았다. "티리온이 언젠가 말하길, 대부분의 창녀는 입을 맞추지 않는다고 했어. 끝내주게 성교를 하더라도 절대 입술에 입을 맞추는 일은 없다고. 내 누이가 케틀블랙에게 입을 맞출까?"

일린 경은 대답하지 않았다.

"내 손으로 내 결의형제를 죽이는 게 적절하진 않을 거야. 그놈을 거세해서 장벽으로 보내야겠지. 호색한 루카모어도 그런 처벌을 받았어. 물론 오스먼드 경이 거세를 기분 좋게 받아들이진 않겠지. 게다가 그놈의 동생들도 있어. 형제들이란 위험할 수 있지. '자격 없는 아에곤'이 자기 정부와 잤다는 이유로 테런스 토인 경을 처형한 후, 토인의 형제들은 아에곤을 죽이려고 최선을 다했거든. 그 최선도 성공할 정도에는 못 미쳤지만, 그건 드래곤 기사 덕분이었지 노력이 부족해서는 아니었어. 하얀 책에 다 적혀 있어. 세르세이를 어떻게 해야 하냐만 빼고 전부 다."

일린 경이 손가락으로 목을 그었다.

"안 돼. 토멘은 형을 잃고, 아버지라고 생각했던 남자도 잃었어. 어머니를 죽인다면 날 미워하겠지……. 그리고 그 녀석의 사랑스러운 어린 아내는 그 미움을 하이가든에 유리하게 이용할 방법을 찾아낼 거야."

일린 경이 제이미의 마음에 들지 않는 미소를 지었다. '추악한 미소에, 추악한 영혼이군.' "자넨 말이 너무 많아." 그는 일린 경에게 말했다.

다음 날에는 비 숲의 더못 경이 빈손으로 성에 돌아왔다. 뭘 찾았는지 묻자 그는 대답했다. "늑대들요. 빌어먹을 늑대들이 수백은 됩니다." 그는 보초병을 둘 잃었다. 늑대들이 어둠 속에서 튀어나와서 공격했다고 했다. "사슬 갑옷과 가죽 갑옷을 갖춰 입고 무장을 한 상대인데도 그 짐승들은 두려워하질 않더군요. 제이트가 죽기 전에 한 말에 따르면 괴물같이 큰 암늑대가 무리를 이끌고 있답니다. 말을 들어보니 다이어울프 같아요. 늑대들이 말을 묶어놓은 데까지 파고들었어요. 그 망할 것들이 제가 제일 좋아하는 구렁말을 죽였습니다."

"야영지를 빙 둘러서 불을 태우면 물러설 거야." 제이미는 말하면서도 생각했다. 더못 경이 말하는 다이어울프가 언젠가 교차로 근처에서 조프리를 공격했던 그 늑대일까?

늑대가 있든 없든, 더못 경은 새로운 말들과 더 많은 병사들을 받아서 다음 날 아침에 다시 브린덴 툴리 수색을 재개하러 나갔다. 바로 그날 오후, 트라이던트 영주들이 제이미에게 와서 자기 영지로 돌아가도 될지 허락을 구했다. 제이미는 허락했다. 파이퍼 공은 아들인 마크에 대해서도 알고 싶어 했다. "포로는 모두 몸값을 받고 풀려날 거요." 제이미는 약속했다. 강역 영주들이 나간 후에도 캐릴 밴스 공은 남아 있다가 말했다. "사령관, 레이븐트리에 가보셔야 하오. 성문 앞에 있는 게 조노스인 이상은 타이토스가 절대 항복할 리 없지만, 사령관에게라면 무릎을 굽힐 거요." 제이미는 조언 고맙다고 했다.

힘센 멧돼지가 그다음으로 떠났다. 그는 약속대로 대리에 돌아가서 무법자들과 싸우고 싶어 했다. "망할 왕국 절반을 가로질러 달려왔는데 이게 뭡니까? 에드무어 툴리가 바지에 오줌이나 싸게 해주시려고 온 겁니까? 노랫거리가 없어요. 전 싸움이 필요합니다. 전 사냥개를 원해요, 제이미. 사냥개, 아니면 돈다리온을."

"잡을 수 있다면 사냥개의 머리통은 가져도 좋아. 하지만 베릭 돈다리온은 킹스랜딩으로 끌고 갈 수 있게 꼭 사로잡아야 해. 그놈이 죽는 꼴을 수많은 사람이 보지 않고서는 죽은 채로 남아 있질 않을 거야." 힘센 멧돼지는 그 말에 툴툴거리면서도 결국 동의했다. 다음 날 그는 종자와 중장병들, 그리고 맨턱 존 베틀리와 함께 출발했다. 못생기기로 유명한 아내에게 돌아가느니 무법자들을 사냥하는 게 더 좋다고 결정한 것인데, 그 여자에겐 베틀리에게 없는 수염이 있는 모양이었다.

제이미에겐 아직 처리해야 할 수비군이 있었다. 수비군은 전원 다 브린덴 경의 계획이나 어디로 갈 생각인지에 대해 전혀 몰랐다고 맹세했다. "거짓말이야." 에몬 프레이는 그렇게 주장했지만, 제이미의 생각은 달랐다. "아무와도 계획을 공유하지 않으면, 아무도 배신할 수 없죠." 그가 지적했다. 젠나 부인은 그래도 몇 명 정도는 심문하는 게 어떠냐고 제안했지만, 제이미는 거부했다. "에드무어에게 항복만 하면 수비군은 전원 무사히 떠날 수 있다고 약속했습니다."

"그것 참 기사답구나." 고모가 말했다. "하지만 여기 필요한 건 힘이지, 기사도가 아니다."

'에드무어에게 제가 얼마나 기사다운지 물어보시죠. 트레뷰셋 투석기에 대해 물어보세요.' 제이미는 생각했다. 학사들이 역사서를 쓸 때 드래곤 기사 아에몬과 제이미를 혼동할 일은 없어 보였다. 그렇다 해도 이상하게 만족스러웠다. 전쟁은 거의 이겼다. 드래곤스톤은 함락됐고 스톰스엔드는 곧 끝날 것이 확실했으며, 스타니스가 장벽으로 간 건 환영할 일이었다. 북부인들이라 해서 폭풍 영주들과 달리 스타니스를 사랑할 리 없었다. 루스 볼턴이 스타니스를 무너뜨리지 못한다면, 겨울이 무너뜨릴 것이다.

그리고 제이미는 여기 리버런에서, 스타크나 툴리를 상대로 실제 무기를 드는 일 없이 제 몫을 다했다. 검은 물고기만 찾으면 원래 있어야 할 킹스랜딩으로 돌아갈 수 있을 것이다. '내가 있을 곳은 내 왕, 내 아들 곁이야.' 토멘이 그 사실을 알고 싶어 할까? 진실은 그 아이에게서 왕좌를 빼앗을 수 있었다. '아버지가 있는 편이 좋으냐, 왕좌에 있는 편이 좋으냐?' 제이미는 그 답을 알 수 있다면 좋겠다고 생각했다. '그 녀석이 서류에 인장 찍기를 좋아하긴 하지.' 토멘은 제이미의 말을 믿지 않을 수도 있었다. 세르세이가 거짓말이라고 하리라. '내 사랑하는, 기만자 누이여.' 토멘이 조프리처럼 변하기 전에 누이의 손아귀에서 빼낼 방법을 찾아야 했다. 그와 동시에 새로운 소협의회도 찾아줘야 했다. '세르세이만 제쳐놓을 수 있다면 케반 경이 토멘의 수관직을 수락할지 몰라.' 그렇지 않다 해도 칠왕국에 능력 있는 사람이 부족하지는 않았다. 폴리 프레스터도 좋은 선택이 될 테고, 롤란드 크레이크홀도 있었다. 티렐을 달래기 위해 서부인이 아닌 누군가가 필요하다면 마티스 로완이 있었고…… 피터 베일리시도 있었다. 리틀핑거는 영리할 뿐 아니라 사교적이지만, 출신이 너무 낮고 자기 병력이 없어서 대영주들에게는 위협이 되지 않았다. '완벽한 수관이지.'

툴리 수비군은 무기와 갑옷을 모두 내려놓고 다음 날 아침에 출발했다. 떠나기 전에 에몬 공이나 라니스터 가문을 상대로 무기를 들지 않겠다는 맹세를 한 후, 각자 사흘 치 식량과 입은 옷을 허락받았다. "운이 좋다면 열 명 중에 하나쯤은 맹세를 지킬지도 모르겠구나." 젠나 부인이 말했다.

"잘됐네요. 열 명보다는 아홉 명이 낫죠. 열 번째가 절 죽일 놈일 수도 있는데."

"다른 아홉도 똑같이 널 죽일걸."

"침대에서 죽는 것보다는 나아요." '변소에서 죽는 것보다도 낫고.'

두 명은 다른 이들과 함께 떠나는 것을 거부했다. 호스터 공 밑에서 오랫동안 훈련대장을 맡은 데스몬드 그렐 경은 차라리 검은 옷을 입고 싶어 했다. 리버런의 위병대장인 로빈 라이거 경도 마찬가지였다. 그렐이 말했다. “이 성은 40년간 내 집이었소. 자유로이 떠나라지만, 어디로 간단 말이오? 방랑기사가 되기에는 너무 늙고 뚱뚱한 몸이오. 하지만 장벽이라면 언제든 사람을 환영하지.”

“바라는 대로 하십시오.” 제이미는 그렇게 말했지만, 빌어먹게 성가신 일이었다. 그는 두 사람에게 무기와 갑옷을 허용하고, 그레고르 클리게인의 부하 십여 명을 붙여서 메이든풀로 데려가도록 했다. 지휘권은 별명이 친절한 라프라는 라포드에게 줬다. “죄수들이 무탈하게 메이든풀에 도착하도록 해. 안 그러면 그레고르 경이 염소에게 한 짓도 내가 너에게 할 짓에 비하면 장난같이 보이게 될 거다.”

또 며칠이 지났다. 에몬 공은 에드무어의 사람들과 자기 사람들을 가리지 않고 리버런에 있는 전원을 안마당에 모으더니, 이제 자기가 그들의 영주이자 주인이 되었으니 그들이 어떻게 해야 할지에 대해 세 시간 가까이 늘어놓았다. 비가 추적추적 내리는 가운데 말구종들과 하녀들과 대장장이들이 뚱하니 침묵을 지키면서 들었고, 에몬 공은 말하다가 한 번씩 양피지 명령장을 휘둘렀다.

제이미가 라이먼 프레이 경에게서 빼낸 가수도 듣고 있었다. 제이미는 비를 안 맞으려고 열린 문 안에 서 있던 가수와 마주쳤다. “영주님께서 가수가 되셔야 했겠는데요. 연설이 무슨 행군 발라드보다 더 긴데, 중간에 숨 쉬려고 멈추시는 일도 없네요.”

제이미는 웃을 수밖에 없었다. “에몬 공은 씹을 수만 있다면 숨을 안 쉬어도 되거든. 이걸로 노래를 지을 건가?”

“웃긴 노래로요. 〈물고기에게 고하니〉라고 할 겁니다.”

“내 고모님이 들을 수 있는 곳에서 부르지만 말게.” 제이미는 그 가수에게 별 관심을 두지 않았었다. 몸집은 작았고, 남루한 녹색 바지에 그보다 더 연한 녹색 튜닉을 입었는데, 갈색 가죽으로 여기저기 구멍을 때워 너덜너덜했다. 코는 길고 날카로웠고, 미소는 크고 느슨했다. 감지 않아 엉망인 가느다란 갈색 머리카락이 목깃에 닿았다. '50살쯤 됐겠군.' 제이미는 생각했다. '하프를 든 방랑가수에, 산전수전 겪은 놈이야.' "원래 라이먼 경의 사람이 아니었나?" 그는 물었다.

"고용된 지 2주밖에 안 된 상태였습니다."

"프레이와 함께 떠날 줄 알았는데."

"저기 프레이가 계신데요." 가수는 에몬 공 쪽을 고갯짓으로 가리키며 말했다. "그리고 이 성은 겨울을 보내기 아늑한 곳 같습니다. 하얀 미소 왓이 폴리 경과 함께 집으로 돌아갔으니, 제가 그 자리를 따낼 수 있을지 알아볼 생각입니다. 왓의 그 높고 달콤한 목소리에 저 같은 놈은 상대가 안 되지만 말입니다. 제가 야한 노래라면 그 녀석의 두 배는 알거든요. 실례되는 말씀입니다만."

"고모님과 아주 잘 어울리겠군." 제이미가 말했다. "여기에서 겨울을 나고 싶다면 연주로 젠나 부인을 만족시키도록 해. 중요한 건 그분이니까."

"나리는 아닙니까?"

"내 자리는 국왕 곁이야. 여기 오래 머물진 않아."

"그 말씀을 들으니 아쉽네요. 제가 〈카스타미어에 내리는 비〉보다 좋은 노래들을 아는데 말입니다. 나리께…… 온갖 노래를 불러드릴 수 있을 텐데요."

"언젠가 기회가 있겠지. 이름이 있나?"

"일곱 개울의 톰이라고 합니다." 가수는 모자를 까딱 기울였다. "대개는 그냥 일곱 톰이라고 부르지요."

"노래 잘하게, 일곱 톰."

그날 밤 꿈속에서 그는 바엘로르 대성소에 돌아가서 아직도 아버지의 시신을 지키고 서 있었다. 성소 안이 고요하고 어두웠다가, 한 여자가 그림자 속에서 나타나더니 관대를 향해 천천히 걸어왔다. "세르세이?" 그는 말했다.

그러나 세르세이가 아니었다. 온통 회색 옷을 입은 침묵의 자매였다. 두건과 베일이 얼굴을 가렸지만, 녹색 웅덩이 같은 두 눈에 타오르는 촛불 빛을 볼 수 있었다. "나한테 어쩌라는 거야, 누이?" 마지막에 던진 말이 성소에 메아리쳤다.

"난 네 누이가 아니다, 제이미." 그녀는 파리하고 부드러운 손을 들어 두건을 젖혔다. "날 잊은 건가?"

'어떻게 알지도 못하는 사람을 잊을 수 있겠어?' 나가려던 말이 목에 걸렸다. 아는 사람이 맞았다. 하지만 너무 오래전이었다…….

"네 아버지도 잊을 건가? 아버지를 제대로 안 적은 있었나 모르겠군." 그녀의 눈동자는 녹색, 머리카락은 자아낸 금실 같았다. 나이가 얼마인지는 알 수 없었다. '열다섯, 아니면 쉰.' 그는 생각했다. 여자는 계단을 걸어 올라와 관대를 내려다보고 섰다. "네 아버지는 비웃음의 대상이 되는 걸 참지 못했어. 세상에서 제일 싫어하는 일이었지."

"당신 누구야?" 그 여자의 입으로 직접 들어야 했다.

"질문해야 할 건, 너는 누구냐겠지?"

"이건 꿈이야."

"그래?" 여자는 서글프게 웃었다. "네 손이 몇 개인지 세어봐."

'하나.' 손 하나가 칼자루를 꽉 쥐고 있었다. 손이 하나뿐이었다. "꿈속에선 언제나 손이 둘인데." 그는 오른팔을 들어 올리고 이해할 수 없다는 눈으로 추하게 잘려 나간 부분을 노려보았다.

"우리 모두가 가질 수 없는 것들을 꿈꾸지. 타이윈은 아들이 위대한 기사가 되고, 딸이 왕비가 되기를 꿈꿨다. 자식들이 강하고 용감하고 아름다워서 아무도 비웃을 수 없기를 꿈꿨고."

"난 기사고, 세르세이는 왕비야." 그는 말했다.

여자의 뺨에 눈물이 한 줄기 흘러내렸다. 여자는 두건을 다시 쓰더니 등을 돌렸다. 제이미가 외쳐 불렀지만 이미 여자는 떠나가고 있었다. 바닥을 쓰는 치맛자락의 소리가 속삭이는 자장가 같았다. '떠나지 마.' 외치고 싶었지만, 물론 그 여자는 오래전에 그들을 떠났다.

깨어났을 때 그는 어둠 속에서 떨고 있었다. 방 안이 얼음처럼 차가웠다. 제이미는 잘린 오른팔로 이불을 젖혔다. 벽난로에 지폈던 불이 꺼졌고, 창문이 열려 있었다. 그는 깜깜한 방을 가로질러 더듬더듬 덧창을 내리려 했지만, 창가에 다다르자 맨발에 뭔가 축축한 것이 밟혔다. 제이미는 잠시 놀라서 흠칫했다. 처음에는 피인가 생각했지만, 피라면 이렇게 차가울 리 없었다.

열린 창문으로 날려 들어온 눈이었다.

그는 덧창을 닫지 않고 오히려 더 활짝 열었다. 아래에 보이는 마당에는 하얀 담요가 얇게 덮였는데, 지켜보는 사이에도 점점 두꺼워졌다. 성곽 요철이 하얀 고깔을 썼다. 눈송이가 고요히 떨어지다가 창문 안으로 날려 와서 그의 얼굴에 닿아 녹아내렸다. 제이미는 제 입에서 나오는 입김을 볼 수 있었다.

'강역에 눈이라.' 여기에 눈이 오고 있다면, 라니스포트에도, 그리고 킹스랜딩에도 눈이 내릴 수 있었다. '겨울이 남쪽으로 진격하는데, 우리 창고는 절반이 비었어.' 그리고 아직 밭에 남은 작물은 망했다. 더는 작물을 심을 수도 없고, 마지막 추수를 할 희망도 없었다. 그는 아버지가 왕국을 먹여 살리기 위해 어떻게 하려나 생각하다가, 뒤늦게 타이윈 라니스터가 죽었다는 사실을 기억해냈다.

아침이 밝았을 때는 눈이 발목까지 빠지도록 쌓였고, 신의 숲에서는 나무 아래로 쌓여 더 깊었다. 종자들과 말구종들, 귀족 출신 시동들이 눈의 차갑고 하얀 주문 아래 다시 어린아이들로 돌아가서 눈싸움을 벌이며 안뜰을 달리고 성곽 위를 뛰었다. 제이미는 아이들의 웃음소리를 들었다. 그에게도 바깥에 나가서 눈을 뭉쳐 뒤뚱거리며 지나가는 티리온에게 던지거나, 세르세이의 가운 등에 슬쩍 밀어 넣던 시절이 있었다. 그리 오래전도 아니었다. '하지만 눈을 제대로 뭉치려면 손이 두 개 있어야 하지.'

누군가가 문을 두드렸다. "누군지 나가보거라, 페클던."

리버런에 오래 있었던 학사로, 주름진 손에 편지를 움켜쥐고 있었다. 바이먼 학사의 얼굴은 새로 내린 눈처럼 새하얬다. 제이미는 말했다. "나도 압니다. 시타델에서 하얀 까마귀가 날아왔지요. 겨울이 왔군요."

"아니, 아닙니다. 킹스랜딩에서 온 까마귀였습니다. 제가 감히…… 제가 미처 모르고……." 그는 편지를 내밀었다.

제이미는 창가 자리에 앉아서 차갑고 하얀 아침 햇살을 받으며 그 편지를 읽었다. 콰이번의 전언은 간결하고 명료했고, 세르세이의 말은 열렬하고 정신이 없었다. '바로 와줘. 도와줘. 구해줘. 그 어느 때보다 지금 네가 필요해. 사랑해. 사랑해. 사랑해. 바로 와.'

바이먼 학사가 문가에서 기다리고 있었고, 페클던도 지켜보고 있었다. "답을 하시겠습니까?" 오랜 침묵이 흐른 후에 학사가 물었다.

눈송이 하나가 편지 위에 내려앉았다. 눈이 녹으면서 잉크가 번졌다. 제이미는 양피지를 다시 말았다. 한 손으로 가능한 한 잘 말아서 페클던에게 건넸다. "아니오." 그는 말했다. "불태워라."

샘웰

항해에서 가장 위험한 순간이 마지막 순간이었다. 티로시에서 받은 경고대로 레드와인 해협에는 장선이 우글거렸다. 아버 함대의 주력이 웨스테로스 반대편에 있는 지금, 강철인들은 리암스포트를 약탈하고 바인타운과 스타피시 항만을 점령해서 올드타운으로 향하는 배들을 덮치기 위한 기지로 쓰고 있었다.

망대에서 장선을 발견한 것이 세 번이었다. 그러나 두 번은 선미로부터 꽤 떨어져 있었고, 시나몬윈드호가 곧 거리를 벌렸다. 세 번째 배는 해 질 녘에 나타나서 그들이 속삭이는 소리만에 다가가지 못하게 차단했다. 장선의 노가 오르내리며 구릿빛 바닷물을 하얗게 때리는 모습을 본 코자 모는 거대한 황금심장목 활을 든 궁수들을 준비시켰다. 도르네의 주목 활보다 더 멀리, 더 정확하게 쏠 수 있는 활이었다. 코자 모는 장선이 200미터 안으로 들어올 때까지 기다렸다가 발사 명령을 내렸다. 샘도 같이 활시위를 놓았고, 이번에는 화살이 배에 닿았다고 생각했다. 한 번의 화살 세례로 충분했다. 장선은 더 만만한 먹잇감을 찾아 남쪽으로 방향을 틀었다.

그들은 짙푸른 땅거미가 내리는 가운데 속삭이는 소리만으로 들어갔다.

길리는 아기를 안고 뱃머리 근처에 서서 절벽 위에 선 성을 올려다보았다. "스리타워스예요." 샘이 말했다. "코스테인 가문의 권좌죠." 창문마다 횃불빛을 깜박이며 저녁 별들을 인 성의 모습이 아름다웠지만, 그 성을 보자 슬퍼졌다. 그들의 항해가 거의 끝에 다다랐다.

"엄청 높네요." 길리가 말했다.

"하이타워를 볼 때까지 기다려봐요."

댈라의 아기가 울기 시작했다. 길리는 튜닉 앞섶을 벌리고 아이에게 가슴을 내주었다. 그녀는 젖을 먹이며 미소를 짓고, 아기의 보드라운 갈색 머리를 쓰다듬었다. '남겨두고 온 아이 못지않게 이 아이도 사랑하게 된 거야.' 샘은 문득 깨달았다. 신들이 두 아이 모두에게 친절하길 빌 뿐이었다.

강철인들은 안쪽으로 차폐된 속삭이는 소리만까지도 뚫고 들어왔었다. 아침이 오자 올드타운을 향해 계속 항해하던 시나몬윈드호는 바다로 흘러가던 시체들과 부딪치기 시작했다. 까마귀 떼를 거느린 시체도 있었는데, 까마귀들은 백조선이 흉측하게 부어오른 뗏목들의 진로를 방해하자 불평하듯 시끄럽게 날아올랐다. 둑에 시커메진 밭과 불탄 마을들이 나타나고, 얕은 물과 모래톱에는 부서진 배의 잔해가 흩어져 있었다. 상선과 어선이 제일 흔했지만, 버려진 장선들도 보였고 대형 드로몬드선의 잔해도 두 척 있었다. 한 척은 흘수선까지 타버렸고, 다른 한 척은 선체 옆에 충각에 들이받혀 뚫린 구멍이 그대로 남아 있었다.

"여기 전투했다." 숀도가 말했다. "오래되지 않다."

"대체 누가 이렇게 올드타운 가까운 곳을 습격할 만큼 미친 거죠?"

숀도는 얕은 물에 반쯤 가라앉은 장선 한 척을 가리켰다. 선미에 연기에 그을리고 너덜너덜해진 깃발이 늘어져 있었다. 샘이 처음 보는 문장이었다. 두 마리 까마귀가 떠받든 검은색 철제 왕관 아래에 동공이 검은 붉은색의 눈. "저건 누구 깃발이에요?" 샘이 물었다. 숀도는 어깨만 으쓱였다.

다음 날은 춥고 안개가 심했다. 시나몬윈드가 약탈당한 어촌을 또 하나 지나치는데, 안개 속에서 전투 갤리선 한 척이 미끄러져 나오더니 그들을 향해 천천히 노를 저어왔다. 잎사귀로 만든 옷을 입고 창을 휘두르는 날씬한 처녀 모양의 선수상 뒤에 적힌 배의 이름은 '헌트리스(Huntress, 여사냥꾼)'였다. 잠시 후, 주인의 발치에 따라붙는 한 쌍의 회색 사냥개처럼 작은 갤리선 두 척이 헌트리스호 양쪽에 나타났다. 샘은 그들이 올드타운의 불꽃을 인 하얀 계단 탑 문장 위에 토멘 왕을 의미하는 수사슴과 사자 깃발을 휘날리는 것을 보고 안심했다.

헌트리스호의 선장은 가두리에 붉은 새틴 불길을 두른 회색 망토 차림의 키 큰 남자였다. 그는 갤리선을 시나몬윈드 옆에 붙이고 노를 들어 올리더니, 배에 오르겠다고 외쳤다. 그는 짧은 폭의 바닷물을 사이에 두고 자기 쪽 노궁수들과 코자 모의 궁수들이 서로를 노려보는 가운데 여섯 명의 기사와 함께 배에 오르더니, 쿠후루 모에게 목례를 하고, 선창을 보여달라고 했다. 시나몬윈드의 부녀는 잠시 상의하고 그 요청에 동의했다.

"사과드립니다." 선장은 검사가 끝나고 나자 말했다. "정직한 분들이 이런 무례를 겪어야 하다니 통탄할 일입니다만, 올드타운에 강철인을 들이느니 이편이 낫지요. 2주 전만 해도 그 빌어먹을 개자식들이 해협에서 티로시 상인을 하나 붙잡았습니다. 선원들을 다 죽이고 그 옷을 입고는, 찾아낸 염색약을 써서 수염을 형형색색으로 물들였어요. 일단 방벽 안으로 들어오면 항구에 불을 지르고 우리가 화재를 진압하는 사이에 안에서 문을 열 작정이었습니다. 그 계략이 통할 수도 있었습니다. 다만 그자들이 '탑의 숙녀'호와 마주쳤는데, 그 배의 노잡이 대장은 아내가 티로시인이라서요. 초록색, 자주색 수염이 잔뜩 있는 걸 보고 티로시어로 말을 걸었는데 한 놈도 인사에 답을 할 줄 몰랐습니다."

샘은 대경실색했다. "설마, 올드타운을 습격할 생각을 하다뇨."

헌트리스호의 선장은 호기심 어린 눈으로 샘을 보았다. "이들은 그냥 약탈자가 아니네. 강철인들은 언제나 습격할 수 있는 곳을 습격했지. 느닷없이 바다에서 튀어나와서 금과 여자를 노략질하고 달아나곤 했지만, 장선 한두 척을 넘을 때는 거의 없었고, 여섯 척이 넘는 일은 한 번도 없었어. 지금은 장선 수백 척이 우릴 괴롭히고 있다네. 방패 군도에서 오는 놈들도 있고, 아버 주변 바위섬에서 오기도 하지. 놈들은 돌게섬, 돼지섬, 인어 궁전을 빼앗았고 말굽 바위와 서자의 요람에도 둥지를 틀었어. 레드와인 공의 함대가 없으니 우리에겐 그놈들을 소탕할 배가 없네."

"하이타워 공은 뭘 하고 계십니까?" 샘이 불쑥 말했다. "제 아버지는 언제나 하이타워 공이 라니스터만큼 부유하고, 다른 하이가든 봉신들의 세 배에 달하는 병력을 지휘할 수 있다고 하셨는데요."

"다 쓸어 모으신다면야 그보다 더 되겠지." 선장이 말했다. "하지만 일반 병력은 강철인을 상대로 쓸모가 없어. 지휘관이 물 위를 걷는 방법이라도 안다면 모를까."

"하이타워가 뭐라도 하고 있을 텐데요."

"그야 물론이지. 레이톤 공은 '미친 처녀'와 함께 탑 위에서 마법서들을 찾아보고 계시네. 심연에서 군대를 일으키실지도 모르지. 아닐 수도 있고. 바엘로르는 갤리선들을 건조하는 중이고, 군터는 항만을 맡고 있고, 가스는 신병들을 훈련하고 있고, 험프리는 용병선을 고용하러 리스로 갔어. 험프리가 그 창녀 같은 누이에게서 제대로 된 함대를 짜낼 수만 있다면, 우리도 강철인들에게 같은 방식으로 갚아줄 수 있겠지. 그때까지는 이 만을 지키면서 킹스랜딩의 개 같은 왕대비가 팍스터 공의 목줄을 놓아주길 기다리는 수밖에 없다네."

샘에게는 선장이 마지막에 한 말에 실린 쓰라린 감정이 그 전에 한 말 못지않게 충격적이었다. '킹스랜딩이 올드타운과 아버를 잃는다면, 왕국 전체가 산산조각이 날 거야.' 그는 헌트리스호와 그 자매들이 멀어지는 모습을 보며 생각했다.

혼힐이라 한들 정말 안전할까 싶어졌다. 탈리 영지는 올드타운 북동쪽으로 천 리는 들어간 울창한 구릉지대 한가운데에 있었고, 해안과는 거리가 멀었다. 그러니 아버지가 강역에 싸우러 나가서 성의 방비가 약해졌다고는 해도 강철인들과 장선이 닿지 않는 곳일 터였다. '젊은 늑대도 변절자 테온이 성벽을 오른 밤 전에는 윈터펠에 대해 똑같이 생각했을걸.' 샘은 길리와 아기가 해를 입지 않도록 이렇게 먼 길을 데려왔는데, 결국 전쟁터 한복판에 버리는 꼴이 될지도 모른다는 생각을 견딜 수가 없었다.

그는 남은 항해 시간 내내 그런 의혹과 싸우며 어떻게 해야 할지 생각했다. 길리를 올드타운에 데리고 있을 수도 있으리라. 올드타운의 방벽은 아버지의 성벽보다 훨씬 더 튼튼했고, 랜딜 공이 주군의 소환에 응해 하이가든으로 행군하면서 혼힐에 남겨둔 병력이 한 줌에 불과하다면 올드타운을 지키는 병력은 수천 명이었다. 하지만 그렇게 하려면 길리를 숨겨야 했다. 시타델은 수련생들이 아내나 정부를 두는 것을 허락하지 않았다. 적어도 공개적으로는 그랬다. '게다가, 길리와 더 오래 함께한다면 과연 내가 떠날 수 있겠어?' 길리 곁을 떠나거나, 아니면 탈영해야 했다. '난 서약을 했어.' 샘은 스스로를 다시 일깨웠다. '탈영한다면 머리가 날아갈 텐데, 그렇게 되면 어떻게 길리를 돕겠어?'

코자 모 부녀에게 길리를 여름 군도로 데려가달라고 빌까 하는 생각도 들었다. 하지만 그 길에도 위험이 따랐다. 시나몬윈드호가 올드타운을 떠나면 레드와인 해협을 다시 건너야 하는데, 이번에는 올 때만큼 운이 좋지 않을 수도 있었다. '바람이 잦아들어서 여름 군도인들이 배를 못 움직이게 되면?' 샘이 들었던 이야기들이 사실이라면 길리는 끌려가서 노비가 되거나 소금 아내가 될 테고, 아기는 성가시다는 이유로 바다에 던져질 가능성이 높았다.

'혼힐로 가야 해.' 샘은 결국 마음을 굳혔다. '일단 올드타운에 도착하면 마차와 말을 빌려서 직접 데려가야지.' 그렇게 하면 성과 수비군을 확인할 수 있을 테고, 보거나 들은 내용에 아무래도 망설여지면 방향을 돌려 길리를 올드타운으로 데려올 수 있을 것이다.

그들은 춥고 눅눅한 아침에 올드타운에 도착했다. 안개가 너무 짙어서 하이타워의 불빛도 도시 일부밖에 비추지 못하는 아침이었다. 스무 척이 넘는 상한 선체를 엮어서 만든 방책이 항만 전체를 가로질렀다. 그 방책 바로 안쪽에 군선이 줄지어 섰고, 대형 드로몬드선 세 척과 하이타워 공의 높다란 4층 갑판 기함 '올드타운의 명예'호가 정박해 있었다. 시나몬윈드는 다시 한번 검사를 받아야 했다. 이번에는 레이톤 공의 아들인 군터가 직접 배에 올랐는데, 회색 법랑을 입힌 미늘 갑옷 위에 은란 망토를 두르고 있었다. 군터 경은 몇 년 동안 시타델에서 수학해서 여름 군도 말을 할 줄 알았기에, 쿠후루 모와 함께 선장실로 가서 따로 이야기를 나눴다.

샘은 그 시간 동안 길리에게 계획을 설명했다. "우선 시타델에 가서 존의 편지를 전하고 아에몬 학사님이 돌아가셨다고 보고할 거예요. 최고학사님들이 시신을 실어갈 수레를 보내주시겠죠. 그런 다음엔 말과 마차를 구해서 당신을 데리고 혼힐에 계신 어머니에게 갈 거예요. 최대한 빨리 돌아올 테지만, 그래도 내일까지는 못 올지도 몰라요."

"내일요." 길리는 그 말을 따라한 후에 그에게 행운을 비는 입맞춤을 선사했다.

마침내 군터 경이 다시 나와서 시나몬윈드호가 방책을 통과하여 부두로 갈 수 있게 쇠사슬을 풀라는 신호를 보냈다. 샘은 백조선이 밧줄을 묶고, 여름 군도인들이 상륙할 때만 입는 깃털 망토를 번쩍이는 가운데 건널판자로 가서 코자 모와 그녀의 궁수 세 명 근처에 섰다. 헐렁한 검은 옷에 빛바랜 망토, 소금물에 얼룩진 장화 차림으로 여름 군도인들 옆에 서니 초라한 기분이었다. "항구에는 얼마나 계실 건가요?"

"이틀, 열흘, 누가 알겠어? 선창을 비우고 다시 채우는 데 걸리는 시간만큼이지." 코자 모가 씩 웃었다. "아버지도 회색 학사들에게 찾아갈 거야. 팔 책이 있거든."

"제가 돌아올 때까지 길리가 배에 있어도 될까요?"

"길리는 있고 싶은 만큼 있어도 돼." 코자 모는 샘의 배를 쿡 찔렀다. "길리는 누구처럼 많이 먹지 않아."

"저도 예전처럼 뚱뚱하진 않아요." 샘은 변명조로 말했다. 남쪽으로 오는 길에 그렇게 될 수밖에 없었다. 일은 많았고, 먹을 것은 과일과 생선뿐이었다. 여름 군도인들은 과일과 생선을 좋아했다.

샘은 궁수들을 따라 판자를 건넜지만, 일단 뭍에 오르고 나서는 헤어져서 제 갈 길을 갔다. 아직 시타델로 가는 길이 기억에 남아 있길 빌었다. 올드타운은 미로였고, 샘에겐 길을 헤맬 시간이 없었다.

습기가 심한 날이었기에 발에 밟히는 자갈길은 축축하니 미끄러웠고, 골목길은 안개와 수수께끼에 싸여 있었다. 샘은 최대한 골목길을 피하고 허니와인강을 따라 구불구불 구도심을 관통하는 강길에 머물려 했다. 출렁이는 갑판이 아니라 단단한 땅을 밟게 되니 기분이 좋았지만, 걷기 불편하기는 마찬가지였다. 발코니와 창문에서 내려다보는 시선, 어두운 현관 안에서 바라보는 시선들을 느낄 수 있었다. 시나몬윈드호에서는 모든 얼굴을 알고 있었다. 여기에서는 고개를 돌릴 때마다 낯선 사람이 보였다. 누군가 샘을 아는 사람이 볼지도 모른다고 생각하면 더 마음이 불편했다. 랜딜 탈리 공은 올드타운에서 유명한 사람이었으나, 사랑받는 사람은 아니었다. 샘은 아버지의 적이 알아보는 경우와 아버지의 친구가 알아보는 경우, 어느 쪽이 더 나쁠지 알 수 없었다. 그는 망토를 여미고 걸음을 빨리했다.

시타델 정문 양옆에는 사자의 몸에 독수리의 날개, 뱀의 꼬리를 단 녹색 스핑크스 한 쌍이 우뚝 서 있었다. 하나는 남자, 하나는 여자의 얼굴이었다. 바로 그 너머에는 올드타운인들이 유언장과 편지를 대필해줄 보조학사가 필요할 때 찾아오는 '서기의 노변(Scribe's Hearth)'이 서 있었다. 지루해하는 서기 여섯 명이 개방된 자리에 앉아서 고객을 기다렸다. 책을 사고파는 자리도 있었다. 샘은 지도를 파는 자리 앞에 멈춰 서서 손으로 그린 시타델 지도를 보며 '학장의 법정(Seneschal's Court)'으로 가는 지름길을 확인했다.

길은 키 큰 석마를 타고 도르네를 향해 장검을 들어 올린 다에론 1세의 조각상 앞에서 갈라졌다. 갈매기 한 마리가 젊은 드래곤의 머리에, 두 마리는 칼날에 앉아 있었다. 샘은 강을 따라 이어지는 왼쪽 길을 선택했다. '우는 부두' 앞에서 그는 '피투성이섬'까지의 짧은 항해를 위해 노인을 부축해 배에 태우는 보조학사 두 명을 보았다. 길리의 아이와 비슷한 또래의 아기를 품에 안은 젊은 어머니 하나가 뒤따라 탔다. 부두 밑에서는 요리사 조수 몇 명이 얕은 물을 걸어 다니며 개구리를 잡았다. 빰이 발그레한 수련생이 서두르며 줄줄이 옆을 지나쳐 수도원으로 향했다. '나도 쟤들 또래였을 때 왔어야 했어. 가출해서 가명을 썼다면 다른 수련생들 사이에 몸을 숨길 수도 있었을 거야. 아버지는 아들이 디콘 하나인 척할 수 있었을 테고. 날 굳이 찾지도 않았을 거야. 내가 노새를 타고 도망쳤다면야 날 추적했을 테지만, 그것도 노새를 되찾기 위해서였겠지.'

학장의 법정 밖에서는 교직원들이 나이 많은 수련생 하나를 형틀에 묶고 있었다. "주방에서 음식을 훔친 죄." 한 명이 썩은 채소로 공격하려고 기다리고 선 보조학사들에게 설명했다. 다들 검은 망토를 돛처럼 부풀리며 지나가는 샘에게 호기심 어린 눈빛을 보냈다.

문으로 들어서자 바닥이 돌이고 아치형의 창문들이 높이 뚫린 복도가 나왔다. 복도 끝에서는 여윈 얼굴의 남자 하나가 연단에 앉아서 깃펜으로 장부를 적고 있었다. 학사의 로브를 입기는 했지만 목에 사슬 목걸이는 없었다. 샘은 헛기침을 했다. "안녕하세요."

남자는 고개를 들더니, 눈앞에 보이는 광경이 마음에 들지 않는 표정을 지었다. "수련생 냄새가 나는군."

"곧 수련생이 되려고는 합니다." 샘은 존 스노우에게 받은 편지를 꺼냈다. "아에몬 학사님과 함께 장벽에서 왔는데, 학사님은 항해 중에 돌아가셨어요. 학장님을 뵐 수 있다면……."

"이름은?"

"샘웰. 샘웰 탈리입니다."

남자는 그 이름을 장부에 적더니 깃펜을 내저어 벽에 붙은 장의자를 가리켰다. "앉거라. 때가 되면 부를 테니."

샘은 장의자에 앉았다.

다른 사람들이 오갔다. 전언을 가져왔다가 떠나는 사람들도 있었고, 연단 위의 남자에게 말을 하고 그 뒤에 있는 문으로 들어가서 나선계단을 오르는 사람들도 있었다. 샘과 함께 장의자에 앉아서 이름이 불릴 때를 기다리는 사람도 있었다. 샘은 부름을 받아 들어간 사람 중 몇 명은 자신보다 나중에 왔다고 확신했다. 그런 일이 네 번인가 다섯 번쯤 일어나자 샘은 일어나서 다시 방을 가로질렀다. "얼마나 더 기다려야 합니까?"

"학장님은 중요한 분이시다."

"전 장벽에서부터 여기까지 왔어요."

"그렇다면 조금 더 걷는 데 아무 문제도 없겠군." 남자는 깃펜을 흔들었다. "저기, 창문 아래 저 장의자까지 말이야."

샘은 장의자로 돌아갔다. 또 한 시간이 지나갔다. 다른 사람들이 들어와서 연단 위의 남자와 이야기를 하고는, 몇 분 기다렸다가 안으로 들어갔다.

문지기는 내내 샘에게는 눈길도 주지 않았다. 시간이 흐르며 바깥 안개가 걷혀가고, 희부연 햇빛이 창문을 통해 떨어져 내렸다. 샘은 저도 모르게 햇빛 속에서 춤을 추는 먼지를 보고 있었다. 하품이 나오고, 또 나왔다. 샘은 손바닥에 터진 물집을 뜯다가 머리를 기대고 눈을 감았다.

깜박 졸았나 보다. 정신을 차리니 연단에 앉은 남자가 누군가의 이름을 부르고 있었다. 샘은 벌떡 일어났다가, 자기 이름이 아니라는 사실을 깨닫고 다시 주저앉았다.

"로카스에게 동전 한 닢 쥐여주지 않으면 여기서 사흘은 기다려야 할걸요." 옆에 있던 사람이 말했다. "어쩌다가 밤의 경비대가 시타델까지 왔어요?"

말한 사람은 날씬하고 예쁘장한 청년으로, 사슴 가죽으로 만든 바지에 쇠징이 박힌 딱 맞는 녹색 브리간딘을 입고 있었다. 피부색은 연한 갈색 에일 같았고, 머리에 딱 붙는 검은색 곱슬머리가 커다란 검은 눈 위 이마에 V자를 그렸다. "총사령관님이 버려진 성들을 복구하고 계시거든요." 샘은 설명했다. "까마귀들 때문에 학사님이 더 필요해요……. 그런데, 동전 한 닢이라고요?"

"동전 한 닢이면 될 거예요. 은화를 낸다면 로카스가 당신을 업고 학장님 있는 데까지 올라갈걸요. 로카스는 50년을 보조학사로 살았어요. 수련생들, 특히 귀족 출신 수련생들을 미워하죠."

"내가 귀족 출신인 줄 어떻게 알아요?"

"당신이 내가 도르네 혼혈이라는 걸 알아볼 수 있는 것과 마찬가지죠." 그 말은 부드러운 도르네 말투로, 미소와 함께 나왔다.

샘은 동전을 뒤졌다. "수련생인가요?"

"보조학사예요. 이름은 알레라스. 스핑크스라고도 하죠."

샘은 정신이 번쩍 들었다. "스핑크스는 수수께끼를 내는 존재가 아니라 수수께끼다." 그는 불쑥 말했다. "그게 무슨 뜻인지 알아요?"

"아뇨. 수수께끼인가요?"

"저도 그걸 알았으면 좋겠네요. 전 샘웰 탈리예요. 샘."

"만나서 반가워요. 그런데 샘웰 탈리가 테오발드 최고학사님에겐 무슨 볼일이죠?"

"그분이 학장님이신가요?" 샘은 어리둥절해서 물었다. "아에몬 학사님은 학장님 성함이 노렌이라고 하셨는데요."

"지난 두 해 동안은 아니었어요. 해마다 학장님이 바뀌거든요. 최고학사님들끼리 추첨으로 학장 자리를 정하죠. 대부분 학장이란 진정한 일을 하지 못하게 하는 성가신 작업이라고 여기거든요. 올해는 월그레이브 최고학사님이 검은 돌을 뽑았는데, 그분이 오락가락하는 판이라 테오발드 학사님이 나서서 대신 하겠다고 했어요. 무뚝뚝하긴 해도 좋은 분이죠. 그런데, 아에몬 학사님이라고 했어요?"

"네."

"아에몬 타르가르옌?"

"한때는 그랬죠. 대부분은 그냥 아에몬 학사님이라고 불렀어요. 남쪽으로 오는 항해 중에 돌아가셨어요. 어떻게 그분을 알아요?"

"어떻게 모르겠어요? 살아 있는 가장 나이 많은 학사였을 뿐만 아니라 웨스테로스에서 제일 나이 많은 사람이었고, 페레스탄 최고학사님이 배운 내용보다 더 많은 역사를 직접 살았는데요. 오셨다면 선친과 숙부의 재위기에 대해서 우리에게 많은 이야기를 해주실 수 있었을 텐데. 돌아가실 때 그분이 몇 살이었는지 알아요?"

"102세요."

"그 나이에 바다에서 뭘 하고 있었던 거죠?"

샘은 잠시 그 질문을 곱씹으며, 어디까지 말해야 할까 생각했다. '스핑크스는 수수께끼를 내는 존재가 아니라 수수께끼다.' 아에몬 학사님이 이 스핑크스를 두고 한 말이었을까? 그럴 리는 없어 보였다. "스노우 총사령관님이 목숨을 구하기 위해 내보내셨거든요." 샘은 머뭇머뭇 이야기를 시작했다. 스타니스 왕과 아샤이의 멜리산드레에 대해 우물쭈물 말을 꺼낼 때까지만 해도 거기서 멈출 생각이었지만, 이야기는 계속 이어져서 정신 차리고 보니 만스 레이더와 야인들, 왕의 피와 드래곤에 대해 말하고 있었고 부지불식간에 나머지도 다 쏟아져 나왔다. 최초인의 주먹에 있었던 시귀들, 죽은 말을 타고 있던 다른자, 크래스터 요새에서 늙은 곰이 살해된 일, 길리와 샘의 도망, 화이트트리와 작은 폴, 콜드핸즈와 까마귀들, 존이 총사령관이 된 일, 검은 새호, 대리언, 브라보스, 손도가 콰스에서 봤다는 드래곤들, 시나몬윈드호, 그리고 아에몬 학사가 죽어가면서 속삭인 말들까지. 샘이 지키겠노라고 맹세한 비밀들, 그러니까 브랜 스타크와 그 일행들, 그리고 존 스노우가 바꿔치기한 두 아기만 빼고 다 말했다. 그리고 결론을 냈다. "대너리스가 유일한 희망이에요. 아에몬 학사님은 시타델이 즉시 대너리스에게 학사를 보내어, 너무 늦기 전에 웨스테로스로 데려와야 한다고 했어요."

알레라스는 열심히 들었다. 가끔 눈을 껌벅이긴 했지만, 웃지도 않았고 말을 끊지도 않았다. 샘이 이야기를 끝내자 알레라스는 가느다란 갈색 손으로 샘의 팔을 슬쩍 건드리고 말했다. "동전은 아껴둬요, 샘. 테오발드는 이 이야기의 절반도 믿지 않을 테지만, 믿을 수도 있는 사람들이 있어요. 나랑 같이 갈래요?"

"어딜요?"

"최고학사와 이야기하러요."

'그분들에게 말해야 한다, 샘. 최고학사들에게 말해야 해.' 아에몬 학사는 그렇게 말했었다. "좋아요." 학장에게는 내일 언제든 동전을 쥐고 돌아올 수 있었다. "얼마나 가야 해요?"

"멀지 않아요. 까마귀섬이니까."

까마귀섬은 배를 타지 않아도 갈 수 있었다. 동쪽 강둑에서 섬까지 가는 길을 낡은 나무 도개교가 연결했다. "'까마귀원'은 시타델에서 제일 오래된 건물이에요." 알레라스는 천천히 흐르는 허니와인강 위를 건너면서 말했다. "영웅 시대에는 여기 자리 잡고 앉아서 강을 내려오는 배를 강도질하던 어느 해적의 성채였다고 하죠."

샘의 눈에 벽을 뒤덮은 이끼와 덩굴, 그리고 궁수들 대신 성가퀴를 거니는 까마귀들이 보였다. 살아 있는 사람 중에 이 도개교가 올라간 모습을 본 사람은 없었다.

성벽 안은 서늘하고 어둑어둑했다. 오래된 영목 한 그루가 마당을 꽉 채우고 있었는데, 이 돌들이 처음 올라간 이후 줄곧 그랬을 터였다. 하얀 가지에 덕지덕지 앉은 자주색 이끼가 줄기에 조각된 얼굴까지 뒤덮었다. 나뭇가지 절반은 죽은 것 같았지만, 다른 가지 중에는 아직 붉은 잎사귀 몇 잎이 바스락거리는 가지도 있었고, 까마귀들은 그런 가지에 앉기를 좋아했다. 나무에 까마귀가 가득했고, 머리 위 아치형의 창문들에도, 마당 사방에도 까마귀가 있었다. 땅바닥에 까마귀 똥이 얼룩졌다. 두 사람이 마당을 통과하자 까마귀 한 마리가 머리 위를 날았고 까마귀들이 서로에게 깍깍대는 소리가 들렸다. "월그레이브 최고학사님의 거처는 서쪽 탑, 하얀 까마귀 장 밑이에요." 알레라스가 말했다. "하얀 까마귀와 검은 까마귀는 도르네인과 도르네 변경 지역 사람처럼 싸워대기 때문에 따로 떼어놔야 하거든요."

"월그레이브 최고학사님이 내가 하는 말을 이해하실까요?" 샘은 의아했다. "오락가락하신다면서요."

"그분이야 좋을 때도 있고 나쁠 때도 있지만, 만날 사람은 월그레이브가 아니에요." 알레라스는 북쪽 탑으로 가는 문을 열고 계단을 오르기 시작했다. 샘도 뒤따라 올라갔다. 위에서는 파닥거리고 중얼대는 소리가 들렸고, 여기저기에서 잠에서 깬 것을 불평하는 까마귀들의 성난 우짖음이 들렸다.

계단을 다 올라가자, 샘과 비슷한 또래의 옅은 금발 청년이 참나무와 쇠로 만든 문 밖에 앉아서 오른쪽 눈으로 촛불 빛을 열심히 들여다보고 있었다. 왼쪽 눈은 흘러내린 옅은 금발 머리에 가려져 있었다. "뭘 보려는 거야?" 알레라스가 청년에게 물었다. "네 운명? 네 죽음?"

금발의 청년은 촛불에서 시선을 돌리더니, 눈을 껌벅였다. "벌거벗은 여자들. 그런데 이건 누구야?"

"샘웰이야. '마법사'를 만나러 온 새 수련생이지."

"시타델도 예전 같지 않아." 금발 청년이 투덜거렸다. "요새는 아무나 받아준단 말이지. 가무잡잡한 혼혈에다 도르네인, 돼지치기, 불구, 백치를 받아주더니 이젠 시커멓게 입은 고래라니. 난 레비아탄이 회색인 줄 알았는데 말이야." 한쪽 어깨에 걸친 반망토는 초록색과 금색 줄무늬였다. 무척 잘생긴 청년이었는데, 눈은 교활했고 입매는 잔인해 보였다.

샘은 상대가 누구인지 알았다. "레오 티렐." 그 이름을 입 밖에 내자 오줌싸개 일곱 살로 돌아간 기분이 들었다. "나 샘이야. 혼힐에 살던. 랜딜 탈리 공의 아들."

"진짜야?" 레오는 샘을 다시 보았다. "그런 것 같네. 네 아버지가 우리에게 넌 죽었다고 했는데. 아니면 네가 죽었으면 하시기만 했던 건가?" 그는 씩 웃었다. "아직도 겁쟁이냐?"

"아니." 샘은 거짓말을 했다. 존이 내린 명령이었으니까. "난 장벽 너머에 가서 싸웠어. 사람들은 날 슬레이어 샘이라고 불러." 왜 그 말을 했는지 모르겠지만, 그냥 말이 나왔다.

레오는 웃음을 터뜨렸지만, 그러고 나서 뭐라고 대꾸하기 전에 그 뒤에 있던 문이 열렸다. "들어오거라, 슬레이어." 문간에 선 남자가 으르렁거리듯 말했다. "스핑크스, 너도. 당장 들어와."

"샘, 이분은 마르윈 최고학사님이에요." 알레라스가 말했다.

마르윈은 굵은 목에 수많은 금속 고리를 엮은 사슬 목걸이를 걸고 있었다. 그 점만 빼면 학사라기보다는 부둣가 깡패같이 보였다. 머리는 몸에 비해 너무 컸고, 어깨보다 앞으로 튀어나온 머리와 각진 턱 때문에 당장이라도 누군가의 머리통을 뜯어내려는 태세로 보였다. 땅딸하긴 했지만 가슴팍도 어깨도 넓었고, 배는 로브 대신 입은 가죽조끼의 끈 사이로 튀어나오는 군살도 없이 단단했다. 뻣뻣한 흰 털이 귀에서도, 콧구멍에서도 삐져나왔다. 이마는 툭 튀어나왔고, 코는 한 번 이상 부러진 티가 났으며, 초엽을 씹어서 치아가 얼룩덜룩 붉었다. 게다가 손은 샘이 본 사람 중에 제일 컸다.

샘이 머뭇거리자 그 큰 손 하나가 샘의 팔을 잡고 문 안으로 당겼다. 안은 넓고 둥근 방이었다. 사방이 책과 두루마리 천지였는데, 탁자 위에도 이리저리 흩어졌고 바닥에도 여기저기 1미터가 넘게 쌓였다. 돌벽에는 색 바랜 태피스트리들과 너덜너덜한 지도들이 걸렸다. 벽난로에는 불이 타오르고 있었고, 그 위에 구리 주전자가 하나 얹혔다. 주전자 안에 뭐가 들었는지는 몰라도 탄 냄새가 났다. 그 벽난로를 빼면, 조명이라고는 방 중앙에 놓인 높다란 검은 초 하나뿐이었다.

불편할 정도로 눈부신 촛불이었다. 기묘한 구석이 있었다. 그 촛불은 깜박거리지도 않았다. 마르윈 최고학사가 문을 쾅 닫는 바람에 가까운 탁자에 놓여 있던 종이가 날리는데도 꿈쩍하지 않았다. 그 촛불 빛이 색깔에 희한한 빛을 더해서, 하얀 색은 막 내린 눈처럼 밝아졌고 노란색은 황금처럼 반짝였으며, 붉은색은 타오르는 불길로 변했다. 동시에 그림자는 어찌나 검은지 세상에 뚫린 구멍 같아졌다. 샘은 저도 모르게 촛불을 응시하고 있었다. 초 자체는 1미터가 못 되는 길이에 장검처럼 가늘었고, 표면에 이랑이 파이고 비틀린 모양으로 까맣게 반짝였다. "저건……?"

"……흑요석이야." 방 안에 있던 다른 한 명이 대답했다. 어깨가 둥글고, 두 손은 부드러웠으며, 두 눈 사이가 좁고, 로브에는 음식 자국이 남아 있는 창백한 얼굴의 살집 있는 청년이었다.

"드래곤 유리라고 하지." 마르윈 최고학사가 잠시 초를 보더니 말했다. "타기는 하지만 초를 태우지는 않는다."

"그럼 저 불이 뭘로 타는 거죠?" 샘이 물었다.

"드래곤의 불은 뭘로 타지?" 마르윈은 등받이 없는 걸상에 앉았다. "발리리아의 마법은 모두 피나 불에 뿌리를 내렸지. 프리홀드의 마법사들은 이런 유리초로 산과 바다, 사막 너머를 볼 수 있었어. 사람의 꿈속으로 들어가서 환상을 보여주기도 하고, 초 앞에 앉은 채로 세상 반대편에 있는 사람과 이야기를 나눴지. 그럴 수 있다면 유용할 것 같으냐, 슬레이어?"

"까마귀는 필요가 없어지겠군요."

"까마귀는 전투 이후 죽은 자들에게만 필요하겠지." 최고학사는 초엽을 한 장 벗겨내어 입에 넣고 씹기 시작했다. "우리의 도르네 스핑크스에게 했던 말을 다 해다오. 대부분은 안다만, 소소한 부분은 놓쳤을지도 몰라."

그는 거부할 수 있는 남자가 아니었다. 샘은 잠시 머뭇거렸지만, 마르윈과 알레라스, 그리고 또 한 명의 수련생에게 다시 이야기를 풀어놓았다. "아에몬 학사님은 대너리스 타르가르옌이 예언의 실현이라고 믿으셨습니다……. 스타니스도, 라에가르 왕자도, 머리가 벽에 짓이겨진 어린 왕자도 아니고 대너리스가요."

"피 흘리는 별 아래, 소금과 연기 가운데에서 태어나……. 나도 그 예언을 안다." 마르윈이 고개를 돌리고 바닥에 붉은 가래침을 뱉었다. "믿는다는 건 아니지만 말이야. 옛 기스의 고르간이 쓰기를 예언이란 믿을 수 없는 여인과 같다고 했지. 그 여인이 네 물건을 입에 담으면 넌 쾌락에 신음하면서 이 얼마나 좋은가, 이 얼마나 즐거운가, 이 얼마나 아름다운가 생각하겠지만⋯⋯ 그러다가 여자가 이를 콱 깨물면 신음이 비명으로 바뀌게 되어 있어. 고르간은 예언의 본질이 그렇다고 했지. 예언은 언제나 널 씹어 버린다고." 그는 초엽을 잠시 씹었다. "그렇다 해도⋯⋯."

알레라스가 샘 옆으로 나섰다. "아에몬 님에게 힘이 있었다면 그분에게 갔을 겁니다. 우리가 그분에게 학사를 보내어 조언하고 보호하고 안전하게 집으로 모셔 오길 원하셨답니다."

"그랬나?" 마르윈 최고학사는 어깨를 으쓱였다. "올드타운에 도착하기 전에 죽어서 다행일지도 모르겠군. 무사히 왔다면 회색 양들이 그 양반을 죽여야 했을지도 모르고, 그랬다면 불쌍한 늙은이들이 주름진 손을 뒤틀었을 테니 말이야."

"죽여요?" 샘은 충격을 받았다. "왜요?"

"그 말을 해주면 그 작자들이 너도 죽여야 할지 몰라." 마르윈은 무시무시한 미소를 지었다. 초엽에서 나온 즙이 빨갛게 잇새에 흘렀다. "지난번엔 누가 드래곤을 다 죽였을 거라 생각하느냐? 장검으로 무장한 용맹한 드래곤슬레이어들?" 그는 침을 뱉었다. "시타델이 짓고 있는 세상에는 마법이나 예언이나 유리초가 설 자리도 없는데, 하물며 드래곤이야. 왜 최고학사가 되어야 마땅했을 아에몬 타르가르옌이 장벽에서 인생을 허비하게 됐을까 자문해봐라. 그 혈통 때문이야. 그자를 믿을 수 없었던 거지. 나도 마찬가지고."

"어떻게 하시겠습니까?" 스핑크스 알레라스가 물었다.

"아에몬 대신 내가 노예상만으로 가야지. 슬레이어를 태워 온 백조선이라면 딱 맞겠구나. 분명 회색 양들은 갤리선에 부하를 태워 보낼 것이다.

바람만 도와준다면 내가 먼저 당도하겠지." 마르윈은 샘을 다시 쳐다보고는 얼굴을 찌푸렸다. "너는…… 너는 여기 남아서 사슬 목걸이를 만들어야 해. 내가 너라면 빨리 해치우겠다. 장벽에 네가 필요해질 날이 올 테니." 그는 창백한 얼굴의 수련생을 돌아보았다. "슬레이어에게 축축하지 않은 방을 찾아줘라. 여기에서 자고, 널 도와서 까마귀들을 돌볼 거다."

"그, 그, 그렇지만." 샘은 말을 더듬었다. "다른 최고학사님들은…… 학장님은…… 제가 뭐라고 말씀드려야 하죠?"

"어르신들이 얼마나 현명하고 훌륭하신지 모르겠다고 해라. 아에몬이 네게 여기 어르신들에게 의탁하라고 명했다고 해. 언제나 언젠가는 사슬 목걸이를 걸고 대의를 위해 일할 수 있기를 꿈꿨다고, 봉사가 가장 큰 영예이며 복종이 가장 큰 미덕이라고 해라. 하지만 예언이나 드래곤에 대해서는 입도 벙긋하지 말아라. 그랬다간 네 포리지에 독이 들어갈 테니." 마르윈은 문 근처에 걸려 있던 지저분한 가죽 망토를 낚아채어 단단히 둘렀다. "스핑크스. 이 녀석을 돌봐줘라."

"그러지요." 알레라스가 대답했지만, 최고학사는 이미 사라지고 없었다. 계단을 내려가는 쿵쾅거리는 발소리가 들렸다.

"어디로 가신 거죠?" 샘이 당황해서 물었다.

"부두로. 마법사는 시간 낭비를 싫어하거든요." 알레라스는 미소 지었다. "고백해야겠네요. 우린 우연히 만난 게 아니에요, 샘. 당신이 테오발드와 이야기하기 전에 낚아채라고 마법사가 보낸 거였어요. 당신이 온다는 걸 알고 있었거든요."

"어떻게요?"

알레라스는 유리초를 고갯짓으로 가리켰다.

샘은 기묘한 하얀 불꽃을 잠시 보다가, 눈을 깜박이고 시선을 돌렸다. 창밖이 어두워지고 있었다.

“서쪽 탑에 있는 내 방 밑에 빈 침실이 하나 있어. 월그레이브의 거처로 바로 이어지는 계단이 있는 방이야.” 창백한 얼굴의 청년이 말했다. “까마귀들 우는 소리만 신경 쓰지 않는다면, 허니와인강이 잘 보여. 괜찮을까?”

“그럴 거예요.” 어딘가에서는 자야 했다.

“덮을 만한 모직물을 좀 갖다줄게. 여기서도 돌벽은 밤이 되면 차가워지거든.”

“고맙습니다.” 그 창백하고 순한 청년이 어딘가 마음에 들지 않았지만, 무례해 보이고 싶지는 않았기에 샘은 덧붙여 말했다. “사실 제 이름은 슬레이어가 아니에요. 샘입니다. 샘웰 탈리.”

“난 페이트야.” 청년이 말했다. “돼지치기 페이트와 같은 이름이지.”

한편, 다시 장벽에서는……

"어이, 잠깐만!" 지금쯤 이렇게 말하는 독자가 있을지도 모르겠다. "잠깐, 잠깐! 대니와 드래곤들은 어디 있어? 티리온은 어디 있고? 존 스노우는 거의 보지도 못했어. 이게 다일 리가 없어……."

물론이다. 더 있다. 이 책 못지않게 두꺼운 책이 한 권 더.

다른 등장인물들에 대해 잊고 쓰지 않은 것이 아니다. 정반대다. 그들에 대해 많이 썼다. 몇 쪽이나, 몇 챕터나 써놓았다. 쓰던 중에 그러고 보니 한 권으로 출간하기에는 너무 책이 커졌다는 생각이 들었고…… 그런데도 아직 끝내려면 멀었다는 생각도 들었다. 내가 하고 싶은 이야기를 다 늘어놓으려면 책을 둘로 쪼개야만 했다.

그렇게 할 제일 간단한 방법은 이제까지 써놓은 내용을 반토막 낸 후에 '다음 권에 계속'으로 끝맺는 것이었다. 그러나 생각하면 할수록, 모든 등장인물에 대한 이야기 반쪽을 내밀기보다는 등장인물 중 절반의 이야기만 한 권에 넣는 것이 독자들에게 낫겠다 싶었다. 그래서 그 길을 택했다.

티리온, 존, 대니, 스타니스와 멜리산드레, 다보스 시워스, 그 외에 여러분이 사랑하거나 미워하는 나머지 인물 전부는 내년(간절히 그러길 바란다)

《드래곤들의 춤》에 나올 것이다. 이번 책이 킹스랜딩에 초점을 맞췄다면, 다음 책은 장벽과 바다 건너의 사건들을 중심에 둔다.

— 조지 R. R. 마틴, 2005년 6월

부록

— 왕들과 그 궁정 —

섭정대비

토멘 왕의 깃발은 금색 바탕에 검은색으로 그려진 바라테온의 왕관 쓴 수사슴과 진홍색 바탕에 금색으로 그려진 라니스터의 사자가 서로 싸우는 형상이다.

세르세이 라니스터 세르세이 1세, {로버트 바라테온 1세}의 과부, 태후, 왕국의 수호자, 캐스털리록의 주인이자 섭정 왕대비

세르세이 대비의 자녀

{조프리 바라테온 1세} 12세 소년으로 결혼식 피로연 중 독살당함

미르셀라 바라테온 왕녀 9세 소녀로 선스피어에 도란 마르텔 대공의 대녀로 가 있음

토멘 바라테온 1세 8세의 소년 왕

› **맹공 기사, 수염 아가씨, 장화** 토멘의 새끼 고양이들

세르세이 대비의 형제들

제이미 라니스터 경 대비의 쌍둥이로 일명 킹슬레이어, 킹스가드 단장

티리온 라니스터 일명 꼬마 악마, 난쟁이, 국왕 시해와 친족 살해로 고발당했으며 유죄 선고를 받음

› **포드릭 페인** 티리온의 종자인 10세 소년

세르세이 대비의 친척

케반 라니스터 경 숙부

› **란셀 경** 케반 경의 아들이며 대비의 사촌동생, 과거 로버트 왕의 종자이자 세르세이의 연

인이었고 새로 대리의 영주에 임명됨

› **{윌렘}** 케반 경의 아들로 리버런에서 살해당함

› **마틴** 윌렘의 쌍둥이, 종자

› **제이네** 케반 경의 딸, 3세 소녀

젠나 라니스터 부인 세르세이의 고모로 에몬 프레이 경과 결혼

› **{클레오스 프레이 경}** 젠나의 아들, 무법자들에게 사망

›› **타이윈 프레이** 일명 타이, 클레오스의 아들

›› **윌렘 프레이** 클레오스의 아들, 종자

› **라이오넬 프레이 경** 젠나의 둘째 아들

› **{티온 프레이}** 젠나의 아들, 리버런에서 살해당함

› **왈더 프레이** 일명 붉은 왈더, 젠나 부인의 막내아들, 캐스털리록의 시동

타이렉 라니스터 세르세이의 사촌, 고인이 된 숙부 타이겟의 아들

› **에메산드 헤이포드 부인** 타이렉의 어린 아내

조이 힐 세르세이 대비의 실종된 숙부 제리온의 서녀, 11세 소녀

세레나 라니스터 고인이 된 스태퍼드 라니스터의 딸

미리엘 라니스터 세레나의 자매, 스태퍼드의 딸

대븐 라니스터 경 스태퍼드의 아들

다미언 라니스터 경 좀 더 먼 친척으로 시에라 크레이크홀과 결혼

› **루시온 라니스터 경** 두 사람의 아들

› **라나** 두 사람의 딸, 안타리오 재스트 공과 결혼

마고트 부인 더 먼 친척, 티투스 피크 공과 결혼

토멘 왕의 소협의회

{타이윈 라니스터 공} 왕의 수관

제이미 라니스터 경 킹스가드 단장

케반 라니스터 경 법률관

바리스 내시이자 첩보관

파이셀 대학사 조언자 겸 치료자

메이스 티렐 공, 마티스 로완 공, 팍스터 레드와인 공 협의회원들

토멘의 킹스가드

제이미 라니스터 경 단장

메린 트랜트 경

보로스 블런트 경 해임 후 복직

발론 스완 경

오스먼드 케틀블랙 경

로라스 티렐 경 꽃의 기사

아리스 오크하트 경 미르셀라 왕녀와 함께 도르네에 있음

세르세이의 킹스랜딩 가신

조슬린 스위프트 말벗

세넬레, 도카스 시녀 겸 하녀

럼, 붉은 레스터, '말 다리' 호크, 짧은 귀, 퍼킨스 위병들

마저리 왕비 티렐 가문 출신의 16세 처녀, 조프리 바라테온 1세를 여의었으며 그 전에는 렌리 바라테온 공을 잃은 과부

마저리의 킹스랜딩 조정

메이스 티렐 하이가든의 영주, 마저리의 아버지

알러리 부인 하이타워 가문 출신, 마저리의 어머니

올레나 티렐 부인 마저리의 할머니, 나이 많은 과부로 별명은 가시 여왕

› **에릭과 아릭** 경호원, 키가 2미터가 넘는 쌍둥이로 별명은 왼쪽과 오른쪽

갈란 티렐 경 마저리의 오빠, 일명 용사

› **레오넷 부인** 아내, 포소웨이 가문 출신

로라스 티렐 경 마저리의 막내 오빠, 꽃의 기사, 킹스가드 결의형제

마저리의 귀부인 말벗

› **메가 티렐, 앨라 티렐, 엘리너 티렐** 사촌

›› **알린 앰브로즈** 엘리너의 약혼자, 종자

› **알리산느 불워 아가씨** 8세 소녀

› **메레디스 크레인** 일명 메리

› **타에나 메리웨더 부인**

› **알리스 그레이스포드 부인**

› **니스테리카 성사**

팍스터 레드와인 아버의 영주

› **호라스 경과 호버 경** 쌍둥이 아들

› **발라바르 학사** 레드와인의 치료사 겸 조언자

마티스 로완 골든그로브의 영주

윌람 위더스 경 마저리의 위병대장

› **휴 클리프턴** 잘생긴 젊은 위병

포티퍼 우드라이트와 루칸틴 우드라이트 형제

세르세이의 킹스랜딩 조정

오스프리드 케틀블랙 경과 오스니 케틀블랙 경 오스먼드 케틀블랙 경의 동생들

그레고르 클리게인 경 일명 달리는 산더미, 독이 들어간 상처 때문에 고통스럽게 죽어감

아담 마브랜드 경 킹스랜딩 도시 경비대(황금 망토) 대장

잘라바르 쇼 여름 군도의 망명자로 붉은 꽃 협곡의 왕자

자일스 로스비 로스비의 영주, 기침병을 앓고 있음

오턴 메리웨더 롱테이블의 영주

› **타에나** 그의 아내, 미르 출신

탠다 스토크워스 부인

› **팔리스 부인** 탠다 부인의 맏딸이자 후계자

› › **발만 버치 경** 팔리스 부인의 남편

› **롤리스 부인** 탠다 부인의 작은딸, 임신 중이지만 백치

› › **블랙워터의 브론 경** 과거 용병으로 롤리스 부인의 남편

› › **{샤에}** 롤리스의 시녀로 일했던 종군 매춘부, 타이윈 공의 침대에서 교살됨

› **프렌켄 학사** 탠다 부인을 모심

일린 페인 경 왕의 집행관, 처형인

레니퍼 롱워터스 레드킵 지하감옥의 하급간수장

› **루겐** 검은 감옥의 하급간수

화염술사 할린 공 연금술사 길드의 현자

노호 디미티스 브라보스 강철은행의 파견원

콰이번 사령술사, 과거 시타델의 학사였으며 최근에는 용감한 형제단이었음

문보이 왕실 어릿광대

페이트 8세 소년으로 토멘 왕을 대신하여 '매 맞는 아이'

올드타운의 오몬드 왕실 하프 연주자 겸 음유시인

마크 멀런도어 경 블랙워터 전투에서 원숭이와 한쪽 팔을 잃음

오레인 워터스 드리프트마크의 서자

알레산더 스태드먼 공 일명 돈 귀신

로넷 코닝턴 경 일명 붉은 로넷, 그리핀스루스트의 기사

램버트 턴베리 경, 비 숲의 더못 경, 키 큰 탤러드 경, 바야드 노크로스 경, '선량한' 보니퍼 헤이스티 경, 휴고 밴스 경 철왕좌에 충성을 맹세한 기사들

'힘센 멧돼지' 라일 크레이크홀 경, 알린 스택스피어 경, '맨턱' 존 베틀리 경, 스테폰 스위프트 경, 험프리 스위프트 경 캐스털리록에 충성을 맹세한 기사들

조스민 페클던 종자이자 블랙워터의 영웅

가렛 페이지와 르위스 파이퍼 종자이자 인질

킹스랜딩 사람들

최고성사 종단의 아버지, 일곱 신의 지상의 목소리, 허약한 노인

› **토버트 성사, 레이나드 성사, 루시언 성사, 올리도르 성사** 바엘로르 대성소에서 일곱 신을 섬기는 최고신관단 남자 성사들

› **모엘 성사, 아글란틴 성사, 멜리슨트 성사, 우넬라 성사** 바엘로르 대성소에서 일곱 신을 섬기는 최고신관단 여자 성사들

› **참새들** 가장 초라한 이들이지만 열렬한 신앙심을 지님

차타야 값비싼 매춘굴의 소유주

› **알라야야** 그녀의 딸

› **댄시, 마레이** 차타야 아래에서 일하는 여자들

브렐라 하녀, 최근에는 산사 스타크 부인을 모심

토보 모트 무기제조 장인

하프쟁이 해미시 나이 든 가수

에이슨의 알라릭 멀리 여행 다니는 가수

왓 '푸른 음유시인'을 자칭하는 가수

테오단 웰스 경 신실한 기사, 나중에 '진실의 기사 테오단 경'으로 불림

장벽의 왕

스타니스는 빛의 군주를 뜻하는 불타는 심장을 깃발에 담았다. 노란 바탕에 오렌지색 불길에 둘러싸인 붉은 심장이다. 그 심장 안에는 검은색으로 바라테온 가문의 문장인 왕관 쓴 수사슴이 들어 있다.

스타니스 바라테온 1세 스테폰 바라테온 공과 카사나 에스터몬트 부인의 둘째 아들, 드래곤스톤의 영주, 자칭 웨스테로스의 왕

왕비 셀리스 플로렌트 그의 아내, 현재 바닷가 이스트워치에 있음

› **시린 왕녀** 두 사람의 딸, 11세 소녀

›› **패치페이스** 시린의 반편이 어릿광대

› **에드릭 스톰** 스타니스의 서출 조카, 로버트 왕이 델레나 플로렌트에게서 얻은 아들, 12세 소년, 미친 프렌도스호를 타고 협해를 항해 중

›› **앤드류 에스터몬트 경** 스타니스 왕의 사촌으로 왕의 사람, 에드릭의 호위대장

›› **제랄드 가워 경, '생선 장수' 르위스, 탤리힐의 트리스턴 경, 오머 블랙베리** 왕의 사람들로 에드릭의 호위 겸 보호자들

스타니스의 캐슬블랙 조정

아샤이의 멜리산드레 일명 붉은 여인, 빛의 군주 를로르의 여사제

만스 레이더 장벽 너머의 왕, 사형 선고를 받은 포로

› **야인 왕자** 만스 레이더의 처 (댈라)가 낳은 아들, 아직 이름이 없는 신생아

› **길리** 아기의 유모이자 야인 처녀

›› **길리의 아들** 아직 이름이 없는 신생아로 길리의 아버지인 (크래스터)의 아들

리차드 호프 경, 저스틴 매시 경, 클레이턴 서그스 경, '자이언트슬레이어' 고드리 파링 경, 하우드 펠 공, 콜리스 페니 경 왕비의 사람인 기사들

데반 시워스와 브라이엔 파링 왕의 종자들

스타니스의 바닷가 이스트워치 조정

다보스 시워스 경 일명 양파 기사, 비 숲의 영주, 협해의 제독, 왕의 수관

액셀 플로렌트 경 셀리스 왕비의 숙부로 왕비의 사람들 중 지휘자

리스의 살라도르 산 해적이자 용병, 발리리안호의 선장이며 갤리선 함대의 주인

스타니스의 드래곤스톤 수비군

롤랜드 스톰 경 일명 나이트송의 서자, 왕의 사람이며 드래곤스톤의 수호성주

필로스 학사 치료사, 교사, 조언자

포리지와 장어 간수들

드래곤스톤에 충성을 맹세한 영주

몬테리스 벨라리온 조수의 군주(Lord of the Tides)이자 드리프트마크의 주인, 6세 소년

듀람 바르 에몬 샤프포인트의 영주, 15세 소년

스타니스의 스톰스엔드 수비군

길버트 파링 경 스톰스엔드 수호성주

› **엘우드 메도스 공** 길버트 경의 부관

› **저언 학사** 길버트 경의 조언자 겸 치료사

스톰스엔드에 충성을 맹세한 영주

엘던 에스터몬트 그린스톤의 영주, 스타니스 왕의 숙부이자 토멘 왕의 종조부, 양쪽 모두와 조심스럽게 친교를 맺고 있음

› **아에몬 경** 엘던 공의 아들이자 후계자, 토멘 왕과 함께 킹스랜딩에 있음

›› **알린 경** 아에몬 경의 아들, 마찬가지로 토멘 왕과 함께 킹스랜딩에 있음

› **로마스 경** 엘던 경의 동생, 스타니스 왕의 숙부이자 지지자, 스톰스엔드에 있음

›› **앤드류 경** 로마스 경의 아들, 협해에서 에드릭 스톰을 보호 중

레스터 모리겐 크로스네스트의 영주

루코스 치터링 공 일명 꼬마 루코스, 16세 청년

다보스 시워스 비 숲의 영주

› **마리아** 그의 아내, 목수의 딸

›› **{데일, 알라드, 매토스, 매릭}** 첫째부터 넷째 아들까지, 블랙워터 전투에서 실종

›› **데반** 스타니스 왕의 종자로 캐슬블랙에 있음

›› **스타니스** 10세 소년, 마리아 부인과 함께 래스곶에 있음

›› **스테폰** 6세 소년, 마리아 부인과 함께 래스곶에 있음

군도와 북부의 왕

파이크의 그레이조이 가문은 영웅 시대 회색 왕의 후손이라고 주장한다. 전설에 따르면 회색 왕은 바다 자체를 다스리고 인어를 아내로 맞이했다. 드래곤 아에곤은 강철 군도 마지막 왕의 혈통을 끊었으나, 강철인들이 고대 관습을 되살려 자기들 중에서 으뜸을 선택하는 것은 허락했다. 그들은 파이크의 비콘 그레이조이 공을 선택했다. 그레이조이 문장은 검은색 바탕에 금색 크라켄이다. 가언은 '우리는 씨를 뿌리지 않는다'이다.

발론 그레이조이가 철왕좌에 대항하여 일으킨 첫 번째 반란은 로버트 바라테온 1세와 윈터펠의 에다드 스타크 공에 의해 진압되었으나, 발론 공은 로버트의 죽음에 뒤따른 혼란 속에서 다시 한 번 왕을 자칭하고 함대를 보내어 북부를 공격했다.

{발론 그레이조이} 회색 왕 이후로 헤아려 발론 9세, 강철 군도와 북부의 왕, 소금과 바위의 왕, 바닷바람의 아들, 파이크의 수확 영주, 추락사

알라니스 왕비 발론 왕의 과부, 할로우 가문 출신

그들의 자녀

- **{로드릭}** 그레이조이 반란 당시 시가드에서 참살
- **{마론}** 그레이조이 반란 당시 파이크 성벽에서 참살
- **아샤** 딸, 블랙윈드호의 선장이며 딥우드모트의 정복자
- **테온** 자칭 윈터펠의 왕자이며 북부인들에게는 변절자 테온으로 불림

발론 왕의 동복·이복형제

- **{할론}** 젊은 나이에 회색비늘병으로 사망

› **{퀜톤}** 어려서 사망

› **{도널}** 어려서 사망

› **유론** 일명 까마귀 눈, 침묵호의 선장

› **빅타리온** 강철 함대의 함대장, 강철 승리호의 주인

› **{유리곤}** 부상 악화로 사망

› **아에론** 일명 젖은 머리, 익사한 신의 사제

›› **러스와 노젠** 아에론의 복사, 익사한 남자들

› **{로빈}** 어려서 사망

파이크의 발론 왕 가신

웬다미르 학사 치료사 겸 조언자

헬리야 성 관리인

발론 왕의 전사와 맹약검사

다그머 일명 갈라진 턱, 거품 고래호의 선장, 토르헨스퀘어에서 강철인들을 지휘

파란 이빨 장선 선장

울러, 스카이트 노잡이 전사들

올드윅에서 벌어진 킹스무트의 해석좌 도전자

길버트 파윈드 론리라이트의 영주

› **자일스, 이곤, 욘** 길버트의 대전사, 아들들

에릭 아이언메이커 일명 모루 파괴자 에릭 또는 정의로운 에릭, 노인으로 과거에 유명한 선장이자 약탈자였음

› **유렉, 토머, 다곤** 에릭의 대전사, 손자들

던스턴 드럼 드럼, 뼈다귀 손, 올드윅의 영주

› **데니스와 도넬** 던스턴의 대전사, 아들들

› **웃지 않는 안드릭** 던스턴의 대전사, 거한

아샤 그레이조이 발론 그레이조이의 유일한 딸, 블랙윈드호 선장
› **처녀 칼, 트리스티퍼 보틀리, 해라스 할로우 경** 아샤의 대전사
› **로드릭 할로우 공, 바엘로르 블랙타이드 공, 멀드레드 멀린 공, 하문드 샤프** 아샤의 선장과 지지자들

빅타리온 그레이조이 발론 그레이조이의 동생, 강철 승리호의 주인이자 강철 함대장
› **붉은 랄프 스톤하우스, 절름발이 랄프, 이발사 누트** 빅타리온의 대전사
› **호토 할로우, 앨빈 샤프, 장사 프랄레그, 롬니 위버, 윌 험블, 작은 렌우드 타우니, 랄프 케닝, 마론 볼마크, 고롤드 굿브러더** 빅타리온의 선장과 지지자들
› **짝귀 울프, 라그노 파이크** 빅타리온의 선원들
› **어스름 여인** 빅타리온의 정부, 혀가 없어 말을 하지 못함, 유론의 선물

유론 그레이조이 일명 까마귀 눈, 발론 그레이조이의 동생이자 침묵호의 선장
› **저먼드 보틀리, 오크몬트의 오크우드 공, 도너 솔트클리프** 유론의 대전사
› **썩은 이 토월드, 눌린 얼굴 존 마이어, 로드릭 프리본, 붉은 노잡이, 왼손잡이 루카스 코드, 퀠론 험블, 하렌 하프호어, 서자 케멧 파이크, 노비 칼, 돌 손, 양치기 랄프, 로드스포트의 랄프** 유론의 선장과 지지자들
› **크래곤** 유론의 선원

발론의 휘하, 강철 군도 영주

파이크섬

{사웨인 보틀리} 로드스포트의 영주, 까마귀 눈 유론에게 익사
› **{하렌}** 맏아들, 모트카일린에서 사망
› **트리스티퍼** 둘째 아들이자 정당한 후계자, 숙부에게 추방당함
› **사이먼드, 할론, 비콘, 베나리온** 그 아래 아들들로 역시 추방당함
› **저먼드** 그의 동생, 로드스포트의 영주가 됨
›› **발론과 퀠론** 저먼드의 아들들
› **사곤과 루시모어** 사웨인의 이복동생들
›› **웩스** 사곤의 서자, 12세의 말 못 하는 소년으로 테온 그레이조이의 종자

윌든 윈치 아이언홀트의 영주

할로우섬

로드릭 할로우 일명 독서가, 할로우의 영주, 텐타워스의 주인, 할로우 중의 할로우

› **그위네스 할로우** 큰누이

› **알라니스 할로우** 작은누이, 발론 그레이조이 왕의 과부

› **시그프리드 할로우** 일명 은발의 시그프리드, 종조부, 할로우홀의 주인

› **호토 할로우** 일명 곱사등이 호토, 미광의 탑의 주인, 사촌

› **해라스 할로우 경** 일명 기사, 그레이가든의 기사, 사촌

› **보어문드 할로우** 일명 파란 보어문드, 해리단힐의 주인, 사촌

로드릭 공의 휘하 영주와 맹약 검사

› **마론 볼마크** 볼마크의 영주

› **마이어, 스톤트리, 케닝**

로드릭 공의 가신

› **세 이빨** 집사인 노파

블랙타이드섬

바엘로르 블랙타이드 블랙타이드의 영주, 야간 비행호의 선장

눈먼 벤 블랙타이드 익사한 신의 사제

올드윅섬

던스턴 드럼 드럼, 천둥소리호의 선장

노언 굿브러더 섀터스톤 출신

스톤하우스

타알 일명 세 번 익사한 타알, 익사한 신의 사제

그레이트윅섬

고롤드 굿브러더 해머혼의 영주

› **그레이던, 그랜, 고몬드** 그의 아들들, 세쌍둥이

› **가이셀라와 그윈** 그의 딸들

› **머렌무어 학사** 교사, 치료사 겸 조언자

트리스턴 파윈드 실스킨포인트의 영주

스파르

› **스테파리온** 그의 아들이자 후계자

멀드레드 멀린 페블턴의 영주

오크몬트섬

오크몬트의 오크우드

타우니 공

솔트클리프섬

도너 솔트클리프 공

선덜리 공

더 작은 섬들

길버트 파윈드 론리라이트의 영주

늙은 회색 갈매기 익사한 신의 사제

— 다른 가문들 —

아린 가문

아린은 산과 협곡의 왕들로부터 내려오는 가문이다. 문장은 하늘색 바탕에 하얀 달과 매. 아린 가문은 다섯 왕 전쟁에서 어떤 역할도 하지 않았다. 아린의 가언은 '명예만큼 드높게'이다.

로버트 아린 이어리의 영주, 협곡의 방어자, 모친이 칭하기로 진정한 동부의 관리자, 병약한 8세 소년으로 가끔 스위트로빈이라 불림

{라이사 부인} 어머니, 툴리 가문 출신으로 존 아린 공의 과부, 달의 문에서 밀려 떨어져 죽음

피터 베일리시 계부, 일명 리틀핑거, 하렌홀의 영주, 트라이던트의 지배자이자 협곡의 호국공

› **알레인 스톤** 피터 공의 서녀로 열세 살 처녀, 실제로는 산사 스타크

› **로소르 브룬 경** 피터 공을 섬기는 용병, 이어리의 위병대장

› **오스웰** 피터 공을 섬기는 머리 센 중장병, 때로는 케틀블랙이라고도 불림

로버트 공의 이어리 가신

마릴리언 라이사 부인이 총애하던 잘생긴 젊은 가수로, 그녀를 살해한 혐의로 고발당함

콜먼 학사 조언자이자 치료사, 교사

모드 금니가 특징인 잔혹한 간수

그레첼, 매디, 멜라 하녀들

로버트 공의 휘하, 협곡의 영주

네스토 로이스 공 협곡의 고위 집사이자 달의 관문 수호성주

› **알바르 경** 네스토 공의 아들이자 후계자

› **미란다** 일명 란다, 네스토 공의 딸로 과부지만 거의 처녀

네스토 공의 가신

› **마르윈 벨모어 경** 위병대장

› **미아 스톤** 노새 구종 겸 안내인, 로버트 바라테온 1세의 사생아

› **오시와 캐럿** 노새 구종

라이오넬 코브레이 하츠홈의 영주

› **린 코브레이 경** 그의 동생이자 후계자로, 유명한 검 '레이디폴론'을 휘두름

› **루카스 코브레이 경** 그의 동생

존 린덜리 스네이크우드의 영주

› **테란스** 그의 아들이자 후계자, 어린 종자

에드문드 왁슬리 위켄덴의 기사

제럴드 그래프턴 걸타운의 영주

› **자일스** 그의 막내아들, 종자

트리스턴 선덜랜드 세 자매 군도의 영주

› **고드릭 보렐** 스위트시스터의 영주

› **롤랜드 롱소프** 롱시스터의 영주

› **알레산더 토런트** 리틀시스터의 영주

선언자들

어린 로버트 공을 지키기 위해 연합한 아린 가문 휘하 세력

욘 로이스 일명 청동 욘, 룬스톤의 영주, 로이스 가문 직계

› **안다르 경** 청동 욘의 유일하게 살아남은 아들로 룬스톤의 후계자

청동 욘의 가신

› **헬리웨그 학사** 교사이자 치료사, 조언자

› **루코스 성사**

› **샘웰 스톤 경** 일명 힘센 샘 스톤, 훈련대장

청동 욘의 휘하와 맹약검사

› **로이스 콜드워터** 콜드워터번의 영주

› **데이먼 셰트 경** 걸타워의 기사

› **우토르 톨렛** 그레이글렌의 영주

아냐 웨인우드 아이언오크스의 주인

› **모턴 경** 아냐 부인의 맏아들이자 후계자

› **도넬 경** 아냐 부인의 둘째 아들, 관문의 기사

› **월러스** 아냐 부인의 막내아들

› **해롤드 하딩** 아냐 부인의 대자, 흔히 '후계자 해리'라 불리는 종자

베네다르 벨모어 스트롱송의 영주

사이먼드 템플턴 나인스타스의 기사

{이언 헌터} 롱보우홀의 영주로 최근 사망

› **길우드 경** 이언 공의 맏아들이자 후계자로 지금은 '젊은 헌터 공'이라 불림

› **유스터스 경** 이언 공의 둘째 아들

› **할란 경** 이언 공의 막내아들

젊은 헌터 공의 가신

› **윌라멘 학사** 조언자, 치료사이자 교사

호턴 레드포트 레드포트의 영주, 세 차례 결혼

› **재스퍼 경, 크레이턴 경, 존 경** 그의 아들들

› **미첼 경** 막내아들로, 막 기사가 됨, 룬스톤의 이실라 로이스와 결혼

달의 산맥 산악민 족장

돌프의 아들 샤가 달까마귀 씨족, 현재 왕의 숲에서 무리를 이끄는 중

티멧의 아들 티멧 불탄 남자 씨족

체윅의 딸 첼라 검은 귀 씨족

칼로의 아들 크론 달형제 씨족

플로렌트 가문

브라이트워터킵의 플로렌트 가문은 하이가든의 휘하에 있다. 다섯 왕 전쟁 발발 당시 알레스터 플로렌트 공은 주군을 따라 렌리 왕 지지를 선언한 반면, 그 동생인 액셀 경은 조카딸 셀리스의 남편인 스타니스를 선택했다. 렌리의 죽음 이후 알레스터 공도 브라이트워터의 전력과 함께 스타니스 편으로 옮겼다. 스타니스는 알레스터 공을 수관으로 삼고, 함대 지휘는 부인의 형제인 임리 플로렌트 경에게 맡겼다. 함대와 임리 경은 블랙워터 전투에서 사라졌고, 패배 이후 화평을 협상하려던 알레스터 공의 노력은 스타니스 왕에게 반역으로 비쳤다. 알레스터 공을 넘겨받은 붉은 사제 멜리산드레는 그를 를로르에게 바치는 제물로 불태웠다.
철왕좌 역시 플로렌트 가문이 스타니스와 그의 반역을 지지했다는 이유로 배신자로 낙인찍었다. 플로렌트는 자격을 박탈당했고, 브라이트워터킵과 그 영지는 갈란 티렐 경에게 주어졌다.
플로렌트 가문의 상징은 꽃의 원 안에 들어간 여우 머리다.

{알레스터 플로렌트} 브라이트워터의 영주, 반역자로 화형을 당함

멜라라 부인 아내, 크레인 가문

두 사람의 자녀

- **알레킨** 자격을 박탈당한 브라이트워터의 영주, 올드타운으로 달아나 하이타워에 피신
- **멜레사 부인** 랜딜 탈리 공과 결혼
- **리아 부인** 레이톤 하이타워 공과 결혼

형제

액셀 경 왕비의 사람, 바닷가 이스트워치에서 조카딸인 셀리스 왕비를 섬기고 있음

{리암 경} 낙마로 사망

› **셀리스** 그의 딸, 스타니스 바라테온 1세의 부인이자 왕비

›› **시린 바라테온** 그녀의 유일한 자식

› **{임리 경}** 리암 경의 맏아들, 블랙워터 전투에서 참살됨

› **에렌 경** 리암 경의 둘째 아들, 하이가든의 포로

콜린 경 브라이트워터킵의 수호성주

› **델레나** 콜린 경의 딸, 호스먼 노크로스 경과 결혼

›› **에드릭 스톰** 델레나의 서자로, 로버트 바라테온 1세의 아들

›› **알레스터 노크로스** 델레나의 적장자, 9세 소년

›› **렌리 노크로스** 델레나의 적차자, 3세 소년

› **오머 학사** 콜린 경의 큰아들, 올드오크에서 봉직 중

› **메렐** 콜린 경의 막내아들, 아버에서 종자로 일하는 중

라일린 알레스터 공의 누이, 리처드 크레인 경과 결혼

프레이 가문

프레이 가문은 툴리 가문의 휘하에 있지만, 언제나 의무를 성실히 수행하지는 않았다. 다섯 왕 전쟁 발발 당시 롭 스타크는 그의 딸이나 손녀딸 중 한 명과 결혼하겠다는 맹세로 왈더 공의 충성을 얻어냈다. 그가 맹세를 어기고 제인 웨스털링과 결혼하자, 프레이 가문은 루스 볼턴과 공모하여 젊은 늑대와 그 추종자들을 살해했다. 이 자리는 '피의 결혼식'으로 알려지게 되었다.

왈더 프레이 크로싱의 영주

첫 번째 아내, 로이스 가문 출신의 {페라 부인}

{스테브론 경} 그들의 맏아들, 옥스크로스 전투에서 사망

결혼 {코레나 스완} 쇠약 질환으로 사망

› **라이먼 경** 스테브론의 맏아들, 트윈스의 후계자

›› **에드윈** 라이먼의 아들, 재니스 헌터와 결혼

››› **왈다** 에드윈의 딸, 8세 소녀

›› **왈더** 라이먼의 아들, 일명 검은 왈더

›› **{피터}** 라이먼의 아들, 일명 여드름 피터, 올드스톤스에서 목매달려 죽음, 밀렌다 카론과 결혼

››› **페라** 피터의 딸, 5세 소녀

결혼 {제인 리든} 낙마로 사망

› **{아에곤}** 스테브론의 아들, 일명 징글벨이라 불리는 반편이, 피의 결혼식에서 캐틀린 스타크의 손에 죽음

› **{마에겔}** 스테브론의 딸, 대핀 밴스 경과 결혼, 출산 중 사망

›› **마리안느** 마에겔의 딸, 처녀

›› **왈더 밴스** 마에겔의 아들, 종자
›› **파트렉 밴스** 마에겔의 아들
결혼 {마르셀라 웨인우드} 출산 중 사망
› **월튼** 스테브론의 아들, 디아나 하딩과 결혼
›› **스테폰** 월튼의 아들, 일명 사탕
›› **왈다** 월튼의 딸, 일명 아름다운 왈다
›› **브라이언** 월튼의 아들, 종자
에몬 경 왈더 공의 둘째 아들, 젠나 라니스터와 결혼
› **{클레오스 경}** 에몬의 아들, 메이든풀 근처에서 무법자들에게 살해됨, 제인 대리와 결혼
›› **타이윈** 클레오스의 아들, 12세의 종자
›› **윌렘** 클레오스의 아들, 애시마크에서 시동으로 지냄, 10세
› **라이오넬 경** 에몬의 아들, 멜레사 크레이크홀과 결혼
› **{티온}** 에몬의 아들, 종자, 리버런의 포로로 있던 중 리카드 카스타크에게 살해당함
› **왈더** 에몬의 아들, 일명 붉은 왈더, 14세, 캐스털리록에서 종자로 지냄
아에니스 경 왈더 공의 셋째 아들, 결혼한 {티아나 와일드}는 출산 중 사망
› **아에곤 블러드본** 아에니스의 아들, 범법자
› **라에가르** 아에니스의 아들, 결혼한 {제인 비스버리}는 쇠약병으로 사망
›› **로버트** 라에가르의 아들, 13세 소년
›› **왈다** 라에가르의 딸, 11세 소녀, 일명 하얀 왈다
›› **조노스** 라에가르의 아들, 8세 소년
페리안 왈더 공의 딸, 레슬린 하이 경과 결혼
› **하리스 하이 경** 페리안의 아들
›› **왈더 하이** 하리스의 아들, 5세 소년
› **도넬 하이 경** 페리안의 아들
› **알린 하이** 페리안의 아들, 종자

두 번째 아내, 스완 가문의 {시레나 부인}
제러드 경 왈더 공의 넷째 아들, {알리스 프레이}와 결혼
› **{타이토스 경}** 제러드의 아들, 피의 결혼식 중에 산도르 클리게인에게 참살됨, 조이 블레인트리와 결혼

›› **지아** 타이토스의 딸, 14세 처녀

›› **재커리** 타이토스의 아들, 12세 소년, 성사가 되기로 하고 올드타운의 성소에서 훈련 중

› **키라** 제러드의 딸, 피의 결혼식 중 참살된 {가아스 굿브룩 경}과 결혼

›› **왈더 굿브룩** 키라의 아들, 9세 소년

›› **제인 굿브룩** 키라의 딸, 6세

루시언 성사 킹스랜딩의 바엘로르 대성소에서 봉직 중

세 번째 아내, 크레이크홀 가문의 {애머레이 부인}

호스틴 경 벨레나 하웍과 결혼

› **아우드 경** 호스틴의 아들, 리엘라 로이스와 결혼

›› **리엘라** 아우드의 딸, 5세 소녀

›› **앤드로와 알린** 아우드의 쌍둥이 아들, 4세

›› **호스텔라** 아우드의 딸, 갓난쟁이

리테네 왈더 공의 딸, 루시아스 바이프렌 공과 결혼

› **엘리아나** 리테네의 딸, 존 와일드 경과 결혼

›› **리카드 와일드** 엘리아나의 아들, 4세

› **데이먼 바이프렌 경** 리테네의 아들

사이먼드 브라보스의 베사리오스와 결혼

› **알레산더** 사이먼드의 아들, 가수

› **알릭스** 사이먼드의 딸, 17세 처녀

› **브라다마** 사이먼드의 아들, 10세 소년, 브라보스 상인 오로 텐디리스의 대자로 브라보스에 가 있음

댄웰 경 왈더 공의 여덟째 아들, 위나프레이 휀트와 결혼

› {많은 사산과 유산}

{메렛} 올드스톤스에서 목매달려 죽음, 마리야 대리와 결혼

› **애머레이** 메렛의 딸, 보통 애미로 불림, 16세의 과부, 그레고르 클리게인에게 참살된 블루포크의 {페이트 경}과 결혼

› **왈다** 메렛의 딸, 일명 뚱뚱한 왈다, 드레드포트의 영주 루스 볼턴 경과 결혼

› **마리사** 메렛의 딸, 13세 처녀

› **왈더** 메렛의 아들, 일명 작은 왈더, 8세 소년, 램지 볼턴의 종자

{제레미 경} 익사, 캐롤레이 웨인우드와 결혼
› **산도르** 제레미의 아들, 12세 소년, 종자
› **신시아** 제레미의 딸, 9세 소녀, 아냐 웨인우드 부인의 대녀
레이먼드 경 베오니 비스버리와 결혼
› **로버트** 레이먼드의 아들, 16세, 시타델의 보조학사
› **말윈** 레이먼드의 아들, 15세, 리스에서 연금술사 견습생 생활 중
› **세라와 사라** 레이먼드의 쌍둥이 딸, 14세 처녀들
› **세르세이** 레이먼드의 딸, 일명 작은 벌
› **제이미와 타이윈** 레이먼드의 쌍둥이 아들, 갓난쟁이

네 번째 아내, 블랙우드 가문의 {알리사 부인}
로타르 왈더 공의 열두째 아들, 일명 절름발이 로타르, 레오넬라 레포드와 결혼
› **티산** 로타르의 딸, 7세 소녀
› **왈다** 로타르의 딸, 5세 소녀
› **엠벌레이** 로타르의 딸, 3세 소녀
› **리나** 로타르의 딸, 갓난쟁이
자모스 경 왈더 공의 열셋째 아들, 살레이 페이지와 결혼
› **왈더** 자모스의 아들, 일명 큰 왈더, 8세 소년, 램지 볼턴의 종자
› **디콘과 마티스** 자모스의 쌍둥이 아들, 5세
훨렌 경 왈더 공의 열넷째 아들, 실와 페이지와 결혼
› **호스터** 훨렌의 아들, 12세 소년, 데이먼 페이지 경의 종자
› **메리안느** 훨렌의 딸, 일명 메리, 11세 소녀
모리야 왈더 공의 딸, 플레멘트 브락스 경과 결혼
› **로버트 브락스** 모리야의 아들, 9세, 캐스털리록에 시동으로 가 있음
› **왈더 브락스** 모리야의 아들, 6세 소년
› **존 브락스** 모리야의 아들, 3세 아기
티타 왈더 공의 딸, 일명 처녀 티타

다섯 번째 아내, 훼트 가문의 {사리아 부인}
› 소생 없음

여섯 번째 아내, 로스비 가문의 {베타니 부인}

퍼윈 경 왈더 공의 열다섯째 아들

{벤프레이 경} 왈더 공의 열여섯째 아들, 피의 결혼식에서 입은 부상으로 사망, 사촌인 지안나 프레이와 결혼

› **델라** 벤프레이의 딸, 일명 귀머거리 델라, 3세

› **오스먼드** 벤프레이의 아들, 2세

윌라멘 학사 왈더 공의 열일곱째 아들, 롱보우홀에서 봉직

올리바 왈더 공의 열여덟째 아들, 과거 롭 스타크의 종자였음

로슬린 16세 처녀, 피의 결혼식에서 에드무어 툴리 공과 결혼

일곱 번째 아내, 파링 가문의 {아나라 부인}

아르윈 왈더 공의 딸, 14세 처녀

웬델 왈더 공의 열아홉째 아들, 13세 소년, 시가드에 시동으로 가 있음

콜마 왈더 공의 스무 번째 아들, 종단에 들어가기로 되어 있음, 11세

왈티르 왈더 공의 스물한 번째 아들, 일명 티르, 10세 소년

엘마 왈더 공의 막내아들, 아리아 스타크와 잠시 약혼했었음, 9세 소년

시레이 왈더 공의 막내딸, 7세 소녀

여덟 번째 아내, 에렌포드 가문의 조유즈 부인

› 현재까지 소생 없음

여러 여자에게서 태어난 왈더 공의 사생아

왈더 리버스 일명 서자 왈더

› **아에몬 리버스 경** 서자 왈더의 아들

› **왈다 리버스** 서자 왈더의 딸

멜위스 학사 로스비에서 봉직

제인 리버스, 마틴 리버스, 라이거 리버스, 로넬 리버스, 멜라라 리버스 등

하이타워 가문

올드타운의 하이타워 가문은 웨스테로스 대가문 중에서도 특히 오래되고 긍지 높은 가문으로, 그 혈통이 최초인까지 거슬러 올라간다. 한때는 왕들의 가계로 여명 시대부터 올드타운과 그 주위를 통치했으나, 안달인들에게 저항하기보다는 환영해 맞이했고 나중에는 고대로부터 내려오는 특권을 유지하는 조건으로 왕관을 포기하고 리치 평원의 왕들에게 무릎을 꿇었다. 엄청난 재산을 지닌 강력한 가문임에도 하이타워의 영주들은 전통적으로 전투보다 무역을 선호하며, 웨스테로스에 일어난 전쟁에서 끼어든 적이 별로 없다. 하이타워 가문은 시타델 설립에 중요한 역할을 했으며, 지금까지도 시타델을 계속 보호하고 있다. 지적이며 높은 교양으로 언제나 학문과 종단의 큰 후원자로 지내왔고, 하이타워 가문 사람 중에는 연금술, 사령술과 그 외의 마법에 손댄 사람들이 있다고 한다.

하이타워 가문의 문장은 연기색 바탕에 불 왕관을 쓴 하얀 탑이다. 가언은 '우리는 길을 밝힌다'이다.

레이톤 하이타워 올드타운의 목소리, 항구의 주인, 하이타워의 주인, 시타델의 방어자, 남쪽의 봉화, 일명 올드타운의 올드맨

리아 부인 플로렌트 가문 출신, 네 번째 아내
바엘로르 경 레이톤 공의 맏아들이자 후계자, 일명 눈부신 미소 바엘로르, 론다 로완과 결혼
말로라 레이톤 공의 딸, 일명 미친 처녀
알러리 레이톤 공의 딸, 메이스 티렐 공과 결혼
가스 경 레이톤 공의 아들, 일명 회색 강철
데니즈 레이톤 공의 딸, 데스몬드 레드와인 경과 결혼
› **데니스** 데니즈의 아들, 종자
레일라 레이톤 공의 딸, 존 컵스 경과 결혼

알리산느 레이톤 공의 딸, 아서 앰브로즈 공과 결혼
리네스 레이톤 공의 딸, 조라 모르몬트 공과 결혼, 현재는 리스의 트레가 오몰렌의 측실
군터 경 레이톤 공의 아들, 초록사과 포소웨이 가문의 제인 포소웨이와 결혼
험프리 경 레이톤 공의 막내아들

레이톤 공의 휘하 영주
토멘 코스테인 스리타워스의 영주
알리산느 불워 블랙크라운의 여주인, 8세 소녀
마틴 멀런도어 업랜드의 영주
워린 비스버리 허니홀트의 영주
브랜스턴 카이 선플라워홀의 영주

올드타운 사람들
에마 여자들은 열렬하고 사과주는 무섭도록 센 여관 '깃펜과 맥주잔'의 하녀
› **로지** 에마의 딸, 15세 소녀로 처녀성을 가져가려면 금화 한 닢

시타델의 최고학사들
노렌 최고학사 저무는 해의 학장, 반지와 지팡이와 가면은 호박금
테오발드 최고학사 다가오는 해의 학장, 반지와 지팡이와 가면은 납
에브로즈 최고학사 치료사, 반지와 지팡이와 가면은 은
마르윈 최고학사 일명 마법사 마르윈, 반지와 지팡이와 가면은 발리리아 강철
페레스탄 최고학사 역사가, 반지와 지팡이와 가면은 구리
바엘린 최고학사 일명 식초 바엘린, 천문가, 반지와 지팡이와 가면은 청동
리암 최고학사 반지와 지팡이와 가면은 황금
월그레이브 최고학사 머리가 맑지 않은 노인, 반지와 지팡이와 가면은 검은 철
갈라드, 카스토스, 자라벨로, 베네딕트, 개리존, 니모스, 세더레스, 윌리퍼, 몰로스, 해로돈, 가인, 아그리베인, 오클리 모두 최고학사

시타델의 학사, 보조학사, 수련생
고르몬 학사 종종 월그레이브를 대리함

아르멘 사슬 고리 네 개를 완성한 보조학사, 일명 '보조학사'

알레라스 일명 스핑크스, 사슬 고리 세 개를 완성한 보조학사이며 열심히 연습하는 궁수

로버트 프레이 16세, 고리 두 개의 보조학사

로카스 고리 아홉 개의 보조학사, 학장 밑에서 일함

레오 티렐 일명 게으름뱅이 레오, 귀족 수련생

몰랜더 굽은 발로 태어난 수련생

페이트 최고학사 월그레이브의 까마귀를 돌보는, 가망이 별로 없는 수련생

루운 어린 수련생

라니스터 가문

캐스털리록의 라니스터 가문은 철왕좌에 대한 권리를 주장하는 토멘 왕의 중요 지지자로 남아 있다. 그들은 영웅 시대 전설적인 트릭스터 '영리한 란'의 후손이라고 자랑한다. 캐스털리록과 골든투스의 황금 덕분에 대가문 중에서 가장 부유하다. 라니스터의 상징은 진홍색 바탕에 금색 사자이며 가언은 '내 포효를 들으라!'이다.

{타이윈 라니스터} 캐스털리록의 영주, 라니스포트의 방패, 서부의 관리자, 왕의 수관, 변소에서 난쟁이 아들에게 살해당함

자녀

세르세이 제이미와 쌍둥이, 이제는 캐스털리록의 여주인

제이미 경 세르세이와 쌍둥이, 일명 킹슬레이어

티리온 일명 꼬마 악마, 난쟁이이며 친족살해자

형제와 그 자손

케반 라니스터 경 스위프트 가문의 도르나와 결혼

젠나 부인 이제는 리버런의 영주가 된 에몬 프레이 경과 결혼

› **{클레오스 프레이 경}** 대리 가문의 제인과 결혼, 무법자들에게 살해당함

›› **타이윈 프레이** 클레오스의 맏아들, 일명 타이, 이제는 리버런의 후계자

›› **윌렘 프레이** 클레오스의 둘째아들, 종자

› **라이오넬 경** 젠나의 둘째아들

› **{티온 프레이}** 젠나의 셋째아들, 리버런의 포로로 있던 중 살해당함

› **왈더 프레이** 일명 붉은 왈더, 캐스털리록의 시동

› **하얀 미소 왓** 젠나 부인을 모시는 가수

{타이겟 라니스터 경} 매독으로 사망

› **타이렉** 타이겟의 아들, 실종되어 죽은 것으로 추정

›› **에메산드 헤이포드 부인** 타이렉의 어린 아내

{제리온 라니스터} 바다에서 실종

› **조이 힐** 제리온의 서녀, 11세 소녀

다른 친척

{스태퍼드 라니스터 경} 사촌, 타이윈 공의 부인과 형제, 옥스크로스에서 도끼를 맞아 참살됨

› **세레나와 미리엘** 스태퍼드 라니스터의 딸들

› **대븐 라니스터 경** 스태퍼드의 아들

다미언 라니스터 경 친척, 시에라 크레이크홀과 결혼

› **루시온 라니스터 경** 두 사람의 아들

› **라나** 두 사람의 딸, 안타리오 재스트 공과 결혼

마고트 부인 친척, 티투스 피크 공과 결혼

가신

크렐린 학사 치료사, 교사 겸 조언자

바일러 위병대장

베네딕트 브룸 경 훈련대장

하얀 미소 왓 가수

휘하 봉신, 맹약검사, 서부의 영주

데이먼 마브랜드 애시마크의 영주

› **아담 마브랜드 경** 그의 아들이자 후계자, 킹스랜딩 도시 경비대 대장

롤랜드 크레이크홀 크레이크홀의 영주

› **{버튼 크레이크홀 경}** 롤랜드의 동생, 베릭 돈다리온 공과 그의 무법자들 손에 살해됨

› **티볼트 크레이크홀 경** 롤랜드의 아들이자 후계자

› **라일 크레이크홀 경** 롤랜드의 아들, 일명 힘센 멧돼지

› **멀론 크레이크홀 경** 롤랜드의 막내아들

세바스톤 파먼 미의 섬 영주

› **제인** 그의 여동생, 가레스 클리프턴 경과 결혼

타이토스 브락스 혼베일의 영주

› **플레멘트 브락스 경** 타이토스의 동생이자 후계자

퀜튼 베인포트 베인포트의 영주

하리스 스위프트 경 케반 라니스터 경의 장인

› **스테폰 스위프트 경** 하리스 경의 아들

›› **조안나** 스테폰 경의 딸

› **셜리** 하리스 경의 딸, 멜윈 사스필드 경과 결혼

레지나드 에스트렌 윈드홀의 영주

가웬 웨스털링 크래그의 영주

› **시벨 부인** 가웬의 아내, 스파이서 가문

›› **롤프 스파이서 경** 그녀의 동생, 새로 카스타미어의 영주로 승격

›› **샘웰 스파이서 경** 그녀의 사촌

가웬과 시벨의 자녀들

›› **레이널드 웨스털링 경**

›› **제인** 롭 스타크의 과부

›› **엘레니아** 12세 소녀

›› **롤럼** 9세 소년

셀몬드 스택스피어 공

› **스테폰 스택스피어 경** 셀몬드의 아들

› **알린 스택스피어 경** 셀몬드의 아들

테런스 케닝 케이스의 영주

› **케이스의 케노스 경** 그 아래 있는 기사

안타리오 재스트 공

로빈 모어랜드 공

알리산느 레포드 부인

르위스 리든 딥덴의 영주

필립 플럼 공

› **데니스 플럼 경, 페터 플럼 경, 일명 센 돌 하르윈 플럼 경** 아들들

개리슨 프레스터 공

› **폴리 프레스터 경** 사촌

그레고르 클리게인 경 일명 달리는 산더미

› **산도르 클리게인** 그레고르의 동생

로렌트 로치 경 지주기사

가스 그린필드 경 지주기사

라이몬드 비카리 경 지주기사

레이나드 러티거 경 지주기사

맨프리드 유 경 지주기사

티볼트 헤더스푼 경 지주기사

› **{멜라라 헤더스푼}** 티볼트의 딸, 캐스털리록에 대녀로 가 있던 중 우물에 빠져 익사

마르텔 가문

도르네는 일곱 왕국 중에서 마지막으로 철왕좌에 충성을 맹세한 왕국이었다. 도르네인은 혈통, 관습, 지리, 역사 모든 면에서 다른 왕국들과 다르다. 다섯 왕 전쟁이 터졌을 때, 도르네는 아무 역할도 맡지 않았으나, 미르셀라 바라테온을 트리스탄 공자와 약혼시키면서 선스피어는 조프리 왕을 지지하겠다고 선언했다. 마르텔의 깃발은 금색 창에 꿰뚫린 붉은 태양이며 가언은 '굽히지 않고, 휘지 않고, 꺾이지 않으리'이다.

도란 니메로스 마르텔 선스피어의 영주, 도르네 대공

멜라리오 아내, 자유도시 노보스 출신
두 사람의 자녀
› **아리안느 공녀** 선스피어의 후계자
›› **가린** 아리안느의 젖형제이자 말벗, 그린블러드의 고아
› **쿠엔틴 공자** 갓 기사로 서임됨, 오랫동안 이론우드의 이론우드 공 밑에 대자로 가 있음
› **트리스탄 공자** 미르셀라 바라테온과 약혼

형제
{엘리아 공녀} 킹스랜딩 약탈 중에 강간 살해당함
› **{라에니스 타르가르옌}** 엘리아의 어린 딸, 킹스랜딩 약탈 중 살해당함
› **{아에곤 타르가르옌}** 젖먹이 아기로, 킹스랜딩 약탈 중에 살해당함
{오베린 공자} 일명 붉은 독사, 결투 재판 중 그레고르 클리게인 경에게 참살
› **엘라리아 샌드** 오베린 공자의 정부, 하먼 울러 공의 서녀
모래뱀 오베린 공자의 딸들

› **오바라** 28세, 올드타운의 창녀에게서 둔 딸

› **니메리아** 일명 니메리아 아가씨, 25세, 볼란티스 귀족 여인에게서 둔 딸

› **티엔** 23세, 성사에게 둔 딸

› **사렐라** 19세, 무역상에게서 둔 딸로 날개 달린 입맞춤호의 선장

› **엘리아** 14세, 엘라리아 샌드의 딸

› **오벨라** 12세, 엘라리아 샌드의 딸

› **도리아** 8세, 엘라리아 샌드의 딸

› **로레자** 6세, 엘라리아 샌드의 딸

도란 대공의 조정 – 물의 정원

아레오 호타 노보스 출신의 용병, 위병대장

칼레오트 학사 조언자, 치료사, 가정교사

아이들 귀족과 평민을 가리지 않고 60여 명에 달하는 아이들로, 영주와 기사와 상인과 장인과 농민과 고아의 아들딸들, 모두 도란 대공의 대자

도란 대공의 조정–선스피어

미르셀라 바라테온 왕녀 대공의 대녀로 트리스탄 공자와 약혼

› **아리스 오크하트 경** 미르셀라에게 충성하는 호위기사

› **로자먼드 라니스터** 미르셀라의 시녀 겸 말벗, 먼 친척

› **에글란틴 성사** 미르셀라의 고해자

마일스 학사 조언자, 치료사 겸 교사

리카소 선스피어의 대집사, 늙고 눈이 멂

만프레이 마르텔 경 선스피어의 수호성주

알리세 레이디브라이트 재정관리

그린블러드의 가스코인 경 트리스탄 공자에게 충성을 서약한 호위기사

보스와 티모스 선스피어의 하인들

벨란드라, 세드라, 모라와 멜레이 자매 선스피어의 하녀들

휘하 봉신, 도르네의 영주

앤더스 이론우드 이론우드의 영주, 돌의 길 관리자, 일명 왕의 피

› **클레투스 경** 앤더스의 아들, 사시로 유명

하먼 울러 헬홀트의 영주

› **엘라리아 샌드** 하먼 울러의 서녀

› **얼윅 울러 경** 하먼의 동생

델론 알리리온 갓즈그레이스의 여영주

› **리온 경** 델론의 아들이자 후계자

›› **다에몬 샌드 경** 리온의 아들, 갓즈그레이스의 서자

다고스 맨우디 킹스그레이브의 영주

› **모스와 디콘** 다고스의 아들들

› **마일스 맨우디 경** 다고스의 동생

라라 블랙몬트 블랙몬트의 여영주

› **지네사** 라라의 딸이자 후계자

› **페로스** 라라의 아들, 종자

니멜라 톨랜드 고스트힐의 여영주

쿠엔틴 쿼가일 샌드스톤의 영주

› **길리안 경** 쿠엔틴의 맏아들이자 후계자

› **아론 경** 쿠엔틴의 둘째 아들

데지엘 달트 경 레몬우드의 기사

› **안드레이 경** 데지엘의 동생이자 후계자, 일명 드레이

프랭클린 파울러 스카이리치의 영주, 일명 늙은 매, 대공의 고갯길의 관리자

› **제인과 제넬린** 프랭클린의 쌍둥이 딸

사이먼 산타가르 스포츠우드의 기사

› **실바** 그의 딸이자 후계자, 주근깨 때문에 '점박이 실바'라 불림

에드릭 데인 스타폴의 영주, 종자

› **제럴드 데인 경** 일명 다크스타, 하이허미티지의 기사, 에드릭의 사촌이자 휘하 봉신

트레보 조데인 토르의 영주

› **미리아** 트레보의 딸이자 후계자

트레먼드 가갈렌 솔트쇼어의 영주

다에론 베이스 레드듄스의 영주

스타크 가문

스타크의 혈통은 건설자 브랜던과 겨울의 왕들까지 거슬러 올라간다. 그들은 수천 년간 윈터펠에서 북부의 왕으로 통치했고, '무릎 꿇은 왕' 토르헨 스타크에 이르러 드래곤 아에곤과 전투를 벌이지 않고 충성 맹세를 선택했다. 윈터펠의 에다드 스타크 공이 조프리 왕에게 처형당하자 북부인들은 철왕좌에 대한 충성을 버리고 에다드 공의 아들인 롭을 북부의 왕으로 선포했다. 다섯 왕 전쟁에서 롭 스타크는 모든 전투에 이겼으나, 외숙부의 결혼식에서 프레이와 볼턴에게 배신당해 살해됐다.
스타크의 문장은 얼어붙은 흰색 바탕에 회색 다이어울프이며, 가언은 '겨울이 오고 있다'이다.

{롭 스타크} 북부의 왕이며 트라이던트의 왕, 윈터펠의 영주, 에다드 스타크 공과 툴리 가문의 캐틀린 부인 사이에서 태어난 맏아들, '젊은 늑대'라 불리던 16세 청년, 피의 결혼식에서 살해당함

{그레이윈드} 롭의 다이어울프, 피의 결혼식에서 죽음

형제
산사 롭의 누이, 라니스터 가문의 티리온과 결혼
› **{레이디}** 산사의 다이어울프, 대리성에서 죽음
아리아 11세 소녀, 실종되어 사망 추정
› **니메리아** 아리아의 다이어울프, 강역을 돌아다니는 중
브랜던 일명 브랜, 9세의 불구 소년, 윈터펠의 후계자, 사망 추정
› **서머** 브랜의 다이어울프

브랜의 동반자 겸 보호자

› **미라 리드** 16세 처녀, 그레이워터워치의 영주 하울랜드 리드의 딸

› **조젠 리드** 미라의 남동생, 13세

› **호도** 모자란 마구간지기, 2미터가 넘는 키

리콘 4세 소년, 사망 추정

› **섀기독** 리콘의 다이어울프, 검은색으로 사나움

› **오샤** 리콘의 동반자, 윈터펠의 포로였던 야인

존 스노우 롭의 이복형제, 밤의 경비대 소속

› **고스트** 존의 다이어울프, 하얀색이고 소리를 내지 않음

맹약검사

{도넬 로크, 오언 노리, 데이시 모르몬트, 웬델 맨덜리 경, 로빈 플린트} 피의 결혼식에서 참살

할리스 몰렌 윈터펠 위병대장, 에다드 스타크의 뼈를 호위하여 윈터펠로 돌아가는 중

› **잭스, 퀜트, 샤드** 위병들

친척

벤젠 스타크 아버지의 남동생, 장벽 너머를 순찰하다가 실종, 사망 추정

{라이사 아린} 어머니의 여동생, 이어리의 여주인이자 존 아린 공의 과부, 떠밀려 죽음

› **로버트 아린** 라이사의 아들, 이어리의 영주이자 협곡의 방어자, 병약한 소년

에드무어 툴리 어머니의 남동생, 리버런의 영주, 피의 결혼식에서 포로로 잡힘

› **로슬린 부인** 프레이 가문 출신, 에드무어의 신부

브린덴 툴리 경 일명 검은 물고기, 어머니의 숙부, 리버런의 수호성주

휘하 봉신과 북부의 영주

루스 볼턴 드레드포트의 영주, 변절자

› **{도메릭}** 루스의 적자이자 후계자, 배앓이로 사망

› **램지 볼턴(과거 램지 스노우)** 루스의 서자, 일명 볼턴의 서자, 드레드포트의 수호성주

›› **왈더 프레이와 왈더 프레이** 일명 큰 왈더와 작은 왈더, 램지의 종자

›› **{구린내}** 악취로 유명한 중장병, 램지를 가장하고 있다가 참살

› **'아리아 스타크'** 루스 공의 포로, 램지와 약혼한 가짜 아리아

› **월튼** 일명 강철 정강이, 루스의 지휘관

› **베스 카셀, 키라, 터닙, 펠라, 밴디, 시라, 낸 할멈** 드레드포트에 포로로 잡힌 윈터펠 여자들

존 엄버 일명 그레이트존, 라스트허스의 영주, 트윈스의 포로

› **{존}** 일명 스몰존, 그레이트존의 맏아들이자 후계자, 피의 결혼식에서 참살됨

› **모스** 일명 까마귀 밥, 그레이트존의 숙부, 라스트허스의 수호성주

› **호서** 일명 창녀잡이, 그레이트존의 숙부, 라스트허스의 수호성주

{리카드 카스타크} 카홀드의 영주, 반역과 죄수 살해죄로 참수됨

› **{에다드}** 리카드의 아들, 속삭이는 숲에서 참살

› **{토르헨}** 리카드의 아들, 속삭이는 숲에서 참살

› **해리온** 리카드의 아들, 메이든풀의 포로

› **알리스** 리카드 공의 딸, 15세 처녀

› **아놀프** 리카드의 숙부, 카홀드 수호성주

갤버트 글로버 딥우드모트의 주인, 미혼

› **로벳 글로버** 갤버트의 동생이자 후계자

›› **시벨** 로벳의 처, 로크 가문 출신

››› **가웬** 3세 소년

››› **에레나** 젖먹이 아기

› **라렌스 스노우** {할리스 혼우드 공}의 서자, 갤버트의 대자, 13세

하울랜드 리드 그레이워터워치의 영주, 호상민

› **지아나** 하울랜드의 아내, 호상민

›› **미라** 그들의 딸, 젊은 사냥꾼

›› **조젠** 녹색 시야를 타고난 소년

와이먼 맨덜리 화이트하버의 영주, 엄청나게 뚱뚱함

› **윌리스 맨덜리** 와이먼의 맏아들이자 후계자, 많이 뚱뚱함, 하렌홀의 포로

›› **레오나** 윌리스의 아내, 울필드 가문 출신

››› **위나프리드** 그들의 딸, 19세 처녀

››› **윌라** 그들의 딸, 15세 처녀

› **{웬델 맨덜리}** 와이먼의 둘째 아들, 피의 결혼식에서 참살됨

› **말론 맨덜리** 와이먼의 사촌, 화이트하버 수비대장

› **테오모어 학사** 조언자이자 교사, 치료사

매기 모르몬트 곰섬의 여주인

› **{데이시}** 매기의 맏딸이자 후계자, 피의 결혼식에서 참살됨

› **알리산, 라이라, 조렐, 리안나** 매기의 딸들

› **{제오 모르몬트}** 매기의 오빠, 밤의 경비대 총사령관으로 부하들에게 참살됨

›› **조라 모르몬트 경** 제오 공의 아들, 한때는 곰섬의 주인이었으나 죄를 저지르고 망명

{헬만 톨하트 경} 토르헨스퀘어의 주인, 더스큰데일에서 참살됨

› **{벤프레드}** 헬만의 아들이자 후계자, 스토니쇼어에서 강철인에게 참살됨

› **에다라** 헬만의 딸, 토르헨스퀘어에 포로로 잡혀 있음

› **{레오발드}** 헬만의 동생, 윈터펠에서 사망

›› **베레나** 레오발드의 아내, 혼우드 가문 출신, 토르헨스퀘어의 포로

››› **브랜던과 베렌** 아들들, 마찬가지로 토르헨스퀘어의 포로

로드릭 리스웰 개울 지대의 영주

› **바브리 더스틴** 로드릭의 딸, 배로턴의 여주인, {윌람 더스틴}의 과부

›› **하우드 스타우트** 바브리의 신하, 배로턴의 소영주

››› **{베타니 볼턴}** 하우드의 딸, 루스 볼턴 공의 두 번째 아내, 열병으로 사망

› **로저 리스웰, 리카드 리스웰, 루스 리스웰** 다투기 좋아하는 사촌과 휘하 봉신들

{클레이 세르윈} 세르윈의 영주, 윈터펠에서 죽음

› **조넬레** 클레이의 누이, 32세 처녀

리에사 플린트 위도스워치의 여영주

온드류 로크 올드캐슬의 영주, 노인

휴고 월 일명 큰 들통, 부족장

브랜던 노리 일명 노리, 부족장

토렌 리들 일명 리들, 부족장

툴리 가문

리버런의 에드민 툴리 공은 정복자 아에곤에게 제일 먼저 충성을 맹세한 강역 영주였다. 승리한 아에곤은 툴리 가문에 트라이던트 전역의 지배권을 줌으로써 이를 보상했다. 툴리의 문장은 푸른색과 붉은색 물결 바탕에 은색으로 뛰어오르는 송어이며 툴리의 가언은 '가족, 의무, 명예'이다.

에드무어 툴리 리버런의 영주, 자기 결혼식에서 사로잡혀 프레이의 포로가 됨

로슬린 부인 프레이 가문, 에드무어의 어린 신부
{캐틀린 스타크 부인} 에드무어의 누이, 윈터펠의 에다드 스타크 공의 부인, 피의 결혼식에서 참살됨
{라이사 아린 부인} 에드무어의 누이, 협곡의 존 아린 공의 과부, 이어리에서 떠밀려 죽음
브린덴 툴리 경 일명 검은 물고기, 에드무어의 숙부, 리버런의 수호성주

가신
바이먼 학사 조언자, 치료사, 교사
데스몬드 그렐 경 훈련대장
로빈 라이거 경 위병대장
› **껑다리 루, 엘우드, 델프 등** 위병들
유세리데스 웨인 리버런의 집사

휘하 봉신, 트라이던트의 영주
타이토스 블랙우드 레이븐트리의 영주
› **{루카스}** 타이토스의 아들, 피의 결혼식에서 참살됨

조노스 브라켄 스톤헤지의 영주

제이슨 말리스터 시가드의 영주, 자기 성에 연금된 포로 상태

› **파트렉** 제이슨의 아들, 아버지와 함께 포로 상태

› **데니스 말리스터 경** 제이슨 공의 숙부, 밤의 경비대원

클레멘트 파이퍼 핑크메이든캐슬의 영주

› **마크 파이퍼 경** 클레멘트의 아들이자 후계자, 피의 결혼식에서 포로로 잡힘

캐릴 밴스 웨이페어러스레스트의 영주

› **리안** 캐릴의 맏딸이자 후계자

› **리알타와 엠피리아** 캐릴의 딸들

노버트 밴스 아트란타의 눈먼 영주

› **로날드 밴스 경** 노버트의 맏아들이자 후계자, 일명 악당

› **휴고 경, 엘러리 경, 커스 경, 존 학사** 노버트의 아들들

테오마르 스몰우드 에이콘홀의 영주

› **라벨라 부인** 테오마르의 아내, 스완 가문 출신

›› **캐럴런** 그의 딸

윌리엄 무튼 메이든풀의 영주

셸라 휀트 쫓겨난 하렌홀의 여영주

› **윌리스 워드 경** 셸라를 섬기는 기사

할먼 페이지 경

라이몬드 굿브룩 공

티렐 가문

티렐은 '리치 평원의 왕' 집사 가문으로 일하면서 권세를 얻었으나, 정원사인 최초인의 왕 가스 그린핸드의 혈통이라 주장한다. 가드너 가문의 마지막 왕이 '불의 들판'에서 참살되자, 그의 집사였던 할렌 티렐이 정복자 아에곤에게 하이가든을 바쳤다. 아에곤은 그에게 하이가든성과 리치 평원의 지배권을 허락했다. 메이스 티렐은 다섯 왕 전쟁 발발 당시 렌리 바라테온 지지를 선언하고 딸인 마저리와 결혼시켰다. 렌리가 죽자 하이가든은 라니스터 가문과 동맹, 마저리는 조프리 왕과 약혼한다.
티렐의 문장은 풀색 바탕에 황금색 장미이며 가언은 '강하게 자라리'이다.

메이스 티렐 하이가든의 영주, 남부의 관리자, 변경의 수호자, 리치의 고위 원수

알러리 부인 메이스의 아내, 올드타운의 하이타워 가문 출신
두 사람의 자녀
› **윌라스** 두 사람의 맏아들, 하이가든의 후계자
› **갈란 경** 일명 용사, 둘째 아들, 새로 브라이트워터의 영주로 승격
›› **레오넷 부인** 그의 아내, 포소웨이 가문
› **로라스 경** 꽃의 기사, 막내아들, 킹스가드
› **마저리** 딸, 두 번 결혼하고 두 번 남편을 잃음
마저리의 말벗과 시녀
›› **메가, 앨라, 엘리너** 친척
››› **알린 앰브로즈** 엘리너의 약혼자, 종자
›› **알리산느 불워 아가씨, 알리스 그레이스포드 부인, 타에나 메리웨더 부인, 니스테리카 성사, 메레디스 크레인(일명 메리)** 말벗들

올레나 부인 메이스의 홀어머니, 레드와인 가문 출신, 일명 가시 여왕

› **에릭과 아릭** 2미터가 넘는 호위병, 일명 왼쪽과 오른쪽

메이스의 누이들

› **미나 부인** 아버의 영주 팍스터 레드와인 공과 결혼

›› **호라스 레드와인** 호버와 쌍둥이, '호러'라고 놀림당함

›› **호버 레드와인** 호라스와 쌍둥이, '슬로버'라고 놀림당함

›› **데스메라 레드와인** 16세 처녀

› **잔나 부인** 존 포소웨이 경과 결혼

숙부, 사촌, 친척

가스 메이스의 숙부, 일명 방귀쟁이, 하이가든의 대집사

› **가아스와 가렛 플라워스** 가스의 서자

모린 경 메이스의 숙부, 올드타운의 도시 경비대 대장

› **{루터 티렐}** 모린의 아들, 엘린 노리지 부인과 결혼

›› **테오도어 경** 루터의 아들, 리아 세리 부인과 결혼

››› **엘리너** 테오도어의 딸

››› **루터** 테오도어의 아들, 종자

›› **메드윅 학사** 루터의 아들

›› **올렌** 루터의 딸, 레오 블랙바와 결혼

› **레오** 모린의 아들, 일명 게으름뱅이 레오

고르몬 학사 메이스의 숙부, 시타델의 학자

{퀜틴 경} 친척, 애시포드에서 사망

› **올리머 경** 퀜틴의 아들, 라이사 메도스 부인과 결혼

›› **레이먼드와 리카드** 올리머의 아들들

›› **메가** 올리머의 딸

노먼드 학사 친척, 블랙크라운에서 봉직

{빅터 경} 친척, '왕의 숲 형제단'의 웃는 기사에게 참살됨

› **빅타리아** 빅터의 딸, 여름 열병으로 사망한 {존 불워 공}과 결혼

›› **알리산느 불워** 그들의 딸, 8세

› **레오 경** 빅터의 아들, 알리스 비스버리 부인과 결혼

›› **앨라와 레오나** 레오의 딸들

›› **라이오넬, 루카스, 로렌트** 레오의 아들들

가신

로미스 학사 조언자, 치료사, 교사

이곤 바이어웰 위병대장

보티머 크레인 경 훈련대장

버터범프스 어릿광대, 심하게 뚱뚱함

휘하 봉신, 리치의 영주

랜딜 탈리 혼힐의 영주

팍스터 레드와인 아버의 영주

› **호라스 경과 호버 경** 팍스터의 쌍둥이 아들

› **발라바르 학사** 팍스터 공의 치료사

아르윈 오크하트 올드오크의 여영주

› **아리스 경** 아르윈 부인의 막내아들, 킹스가드

마티스 로완 골든그로브의 영주, 레드와인 가문의 베타니와 결혼

레이톤 하이타워 올드타운의 목소리, 항구의 주인

험프리 휴엣 오큰실드의 영주

› **팔리아 플라워스** 험프리의 서녀

오스버트 세리 사우스실드의 영주

› **탤버트 경** 오스버트의 아들이자 후계자

거터 그림 그레이실드의 영주

모리발드 체스터 그린실드의 영주

오턴 메리웨더 롱테이블의 영주

아서 앰브로즈 공 알리산느 하이타워와 결혼

기사와 맹약검사

존 포소웨이 경 초록 사과 포소웨이 가문

탠튼 포소웨이 경 붉은 사과 포소웨이 가문

— 반란군, 떠돌이, 그리고 결의형제 —

귀족, 떠돌이, 평민

크레이턴 롱바우 경과 무일푼 일리퍼 경 방랑기사이며 동행

히발드 겁 많고 쩨쩨한 상인

셰이디글렌의 셰드리치 경 일명 미친 쥐, 히발드에게 고용된 방랑기사

브리엔느 타스의 처녀, 미녀 브리엔느, 임무 수행중인 처녀

› **저녁 별 셀윈 공** 타스의 영주, 브리엔느의 아버지

› **{커다란 벤 부시}, 하일 헌트 경, 마크 멀런도어 경, 에드문드 앰브로즈 경, {리차드 패로}, {황새 윌}, 휴 비스버리 경, 레이몬드 네일랜드 경, 해리 소여, 오언 인치필드 경, 로빈 포터** 브리엔느의 한때 구애자들

렌프레드 라이커 더스큰데일의 영주

› **루퍼스 리크 경** 렌프레드를 섬기는 외다리 기사, 더스큰데일 던포트의 수호성주

윌리엄 무튼 메이든풀의 영주

› **엘리노르** 윌리엄의 맏딸이자 후계자, 13세

랜딜 탈리 혼힐의 영주, 트라이던트로 향한 토멘 왕의 군대를 지휘

› **디콘** 랜딜의 아들이자 후계자, 어린 종자

› **하일 헌트 경** 탈리 가문에 봉직하기로 맹세한 기사

›› **알린 헌트 경** 하일 경의 사촌, 마찬가지로 랜딜 공을 섬김

딕 크래브 일명 '민첩 딕', 크랙클로포인트의 크래브 가문 출신

유스터스 브룬 다이어덴의 영주

› **베나드 브룬** 브라운할로의 기사, 유스터스의 사촌

로저 호그 경 소스혼의 기사

메리발드 성사 맨발의 성사

› **개** 메리발드 성사의 개

고요섬의 원로 형제

나버트 형제, 길람 형제, 로니 형제 고요섬의 참회 수사들

퀸시 콕스 경 솔트팬스의 기사, 망령 난 노인

낡은 교차로 여관

제인 헤들 일명 꺽다리 제인, 여관 주인으로 키가 큰 18세 여자

› **윌로** 제인의 동생, 순가락을 엄하게 휘두름

› **탠지, 페이트, 존 페니, 벤** 여관에 사는 고아들

› **겐드리** 견습 대장장이이며 로버트 바라테온 1세의 사생아, 자신의 출신을 모름

하렌홀

라포드(일명 친절한 라프), 걸레 입, 던센 수비군

검은 엄지 벤 대장장이이자 무기제조인

피아 하녀, 한때는 예뻤음

길리안 학사 치료사, 교사, 조언자

대리

애머레이 프레이 부인 일명 문루 애미, 육욕이 강한 과부로 란셀 라니스터 공과 약혼

› **마리아 부인** 애머레이의 어머니, 대리 가문 출신, 메렛 프레이의 과부

› **마리사** 애머레이의 여동생, 13세 처녀

하르윈 플럼 경 일명 센 돌, 수비대장

오토모어 학사 치료사, 교사, 조언자

무릎 꿇은 남자 여관

샤나 여관 주인, 요리사, 산파

› **남편** 샤나의 남편

› **소년** 전쟁고아

› **핫파이** 제빵사의 아들, 지금은 고아

무법자

베릭 돈다리온 한때 블랙헤이븐의 영주, 여섯 번 참살

› **에드릭 데인** 스타폴의 영주, 12세, 베릭 공의 종자

› **미친 사냥꾼** 스토니셉트 출신, 가끔 협력

› **초록 수염** 티로시 용병, 불확실한 친구

› **궁수 앤가이** 도르네 변경 지역 출신의 활잡이

› **문타운의 메렛, 방앗간지기 와티, 질퍽이 메그, 너튼의 존** 무법자들

› **스톤하트 부인** 두건을 쓴 여인, 때로는 '무자비한 어머니', '침묵의 자매', '목매다는 여자'라 불림

› **렘** 일명 레몬클록 렘, 병사 출신

› **미르의 토로스** 붉은 사제

› **하윈** 헐렌의 아들, 과거 윈터펠의 에다드 스타크 공을 섬겼던 북부인

› **행운아 잭** 수배자, 애꾸눈

› **일곱 개울의 톰** 소문이 미심쩍은 가수, 일명 일곱 현의 톰, 일곱 톰이라고도 함

› **그럴싸한 루크, 노치, 머지, 수염 없는 딕** 무법자들

산도르 클리게인 일명 사냥개, 한때 조프리 왕의 맹약위사였다가 후에 킹스가드가 되었고, 마지막으로는 트라이던트 근처에서 열병에 시달리며 죽어가고 있었음

{바고 호트} 자유도시 코호르 출신, 일명 염소, 발음이 좋지 않은 용병대장, 하렌홀에서 그레고르 클리게인 경에게 참살, 용감한 형제단 단장

용감한 형제단 피투성이 극단으로도 불림

› **신실한 어스윅** 바고 호트의 부관

› **{우트 성사}** 베릭 돈다리온 공에게 교수형 당함

› **도르네의 티미온, 뚱보 졸로, 로지, 바이터, 피그, 광대 섀그웰, 이벤의 토그 조트, 세 발가락** 흩어져서 도망

스토니셉트의 매춘굴 복숭아 여관

탠지 붉은 머리의 매춘굴 주인

› **알리스, 캐스, 라나, 지젠, 헬리, 벨라** 복숭아들

스몰우드 가문의 권좌 에이콘홀

라벨라 부인 스완 가문 출신, 테오마르 스몰우드 공의 아내

그 외

라이몬드 리체스터 공 정신이 오락가락하는 노인, 예전에는 다리에서 메이너드 경을 잡기도 했음

› **루운 학사** 그를 돌보는 젊은 관리자

하이하트의 유령

목엽 마님

샐리댄스의 어느 성사

밤의 경비대 결의형제

존 스노우 윈터펠의 서자, 998번째 밤의 경비대 총사령관

고스트 그의 다이어울프, 하얀색에 소리를 내지 않음

에디슨 톨렛 일명 구슬픈 에드, 사령관의 종자

캐슬블랙

벤젠 스타크 제1순찰자, 실종된 지 오래라 사망 추정

› **윈튼 스타우트 경** 나이 많은 순찰자로 정신이 오락가락함

› **흰눈 케지, 거인 베드윅, 매타, 디웬, 회색 깃털 가스, 왕의 숲의 울머, 엘론, 피파(핍), 들소 그렌, 검은 베나르, 고디, 팀 스톤, 블랙잭 불워, 다람쥐 제프, 수염쟁이 벤** 순찰자들

보웬 마시 집사장

› **세 손가락 홉** 집사 겸 요리장

› **{도날 노이}** 외팔이 무기제조인이자 대장장이, 문에서 강대한 마그에게 참살

› **미련퉁이 오언, 꼬인 혀 팀, 쿠겐, 도넬 힐(다정한 도넬), 왼손잡이 루, 제렌, 가지깎기 워** 집사들

오델 야워 제1건설자

› **남는 장화, 할더, 알벳, 맥주 통** 건설자들

콘위, 구에렌 신병 모집자

셀라다르 성사 주정뱅이 종교인

알리서 쏜 경 과거 훈련대장

자노스 슬린트 공 과거 킹스랜딩 도시 경비대장, 짧게 하렌홀 영주였음

아에몬 (타르가르옌) 학사 조언자 겸 치료사, 장님, 102세

› **클라이다스** 아에몬의 개인집사

› **샘웰 탈리** 아에몬의 개인집사, 뚱뚱한 책벌레

강철 에멧 훈련대장, 이스트워치에서 옴

› **망아지 하레스, 쌍둥이 아론과 엠릭, 새틴, 홉로빈** 훈련 중인 신병들

섀도타워

데니스 말리스터 경 섀도타워 사령관

› **월러스 매시** 데니스 경의 개인집사 겸 종자

› **멀린 학사** 치료사 겸 조언자

› **{반쪽 손 쿼린}** 섀도타워 순찰대장, 장벽 너머에서 존 스노우에게 참살됨

섀도타워 형제들

› **{종자 달브리지}, {에벤}** 순찰자들, 귀곡성 고개에서 참살됨

› **바위뱀** 순찰자이자 산악인, 귀곡성 고개에서 도보 중 실종

바닷가 이스트워치

코터 파이크 이스트워치 사령관

› **하문 학사** 치료사 겸 조언자

› **묵은 넝마 소금** 검은 새호의 선장

› **글렌던 휴엣 경** 훈련대장

이스트워치 형제들

› **대리언** 집사이자 가수

크래스터 요새(배신자들)

비수 집주인 크래스터를 살해

잘린 손 올로 총사령관 제오 모르몬트를 참살

그리너웨이의 가스, 마우니, 그럽스, 로스비의 앨런 구 순찰자들

굽은 발 카를, 고아 오스, 투덜쟁이 빌 구 집사들

야인 또는 자유민

만스 레이더 장벽 너머의 왕, 캐슬블랙의 포로

{댈라} 그의 아내, 출산 중 사망

› **그들의 갓 태어난 아들** 전투 중 태어남, 아직 이름은 없음

› **발** 댈라의 여동생, '야인 공주'로 불리는 캐슬블랙의 포로

야인 족장과 지휘관

{하르마} 일명 개 머리, 장벽 아래에서 참살됨

› **할렉** 하르마의 동생

뼈다귀 영주 조롱으로 래틀셔츠라 불림, 약탈자이며 한 전단의 지도자, 캐슬블랙의 포로

› **{이그리트}** 젊은 창 마누라(여전사), 존 스노우의 연인, 캐슬블랙 공격 중 사망

› **장창 릭** 전단원

› **래그와일, 레닐** 전단원들

{스티르} 텐족의 마그나, 캐슬블랙 공격 중 참살됨

› **시고른** 스티르의 아들, 텐족의 새로운 마그나

토르문드 러디홀의 꿀술 왕, 일명 '거인의 재앙, 허풍쟁이, 나팔수, 얼음을 깨는 사나이, 천둥주먹, 곰들의 남편, 신들에게 말하는 자, 만군의 아버지'

› **키다리 토레그, 순둥이 토르윈드, 도르문드, 드린** 토르문드의 아들들

› **문다** 토르문드의 딸

울보 약탈자이며 한 전단의 지도자

{까마귀 살해자 알핀} 약탈자, 밤의 경비대 반쪽 손 쿼린에게 참살됨

{오렐} 일명 독수리 오렐, 변신자로 귀곡성 고개에서 존 스노우에게 참살됨

마그 마르 툰 도 웨그 일명 강대한 마그, 거인, 캐슬블랙 문에서 도날 노이에게 참살됨

여섯 몸의 바라미르 변신자, 세 마리 늑대와 그림자삵 한 마리, 눈곰 한 마리의 주인

{자알} 젊은 약탈자, 발의 연인, 장벽에서 추락하여 사망

› **염소 그리그, 에록, 보저, 델, 종깃덩어리, 삼줄 댄, 투구 헨크, 렌, 발 손가락, 돌 엄지** 야인 약탈자들

{크래스터} 크래스터 요새의 주인, 지붕 아래 손님으로 들인 밤의 경비대 비수에게 참살됨

› **길리** 그의 딸이자 아내

›› **길리의 갓난 아들** 아직 이름은 없음

› **디야, 페니, 넬라** 그의 열아홉 아내 중 세 명

— 협해 너머 —

브라보스

페레고 안타리온 브라보스의 바다군주

콰로 볼렌틴 브라보스 제일검, 바다군주의 호위자

벨레지어 아더리스 일명 흑진주, 같은 이름의 해적 여왕으로부터 이어지는 코르티잔

베일의 숙녀, 인어 여왕, 달그림자, 황혼의 딸, 나이팅게일, 시인 유명한 코르티잔들

테네시오 테리스 거인의 딸호의 상인 선장

› **요르코와 데니오** 두 아들

모레도 프레스타인 암여우호의 상인 선장

로토 로넬 오래된 책과 두루마리를 취급하는 중개인

에젤리노 붉은 사제, 취해 있을 때가 많음

유스터스 성사 수치스러운 일로 성직을 박탈당함

테로와 오벨로 자객들

눈먼 베쿼 생선장수

브루스코 생선장수

› **탈리아와 브리아** 브루스코의 딸들

메랄린 일명 메리, 넝마주이 항만 근처에 있는 매춘굴 '행복한 항구'의 주인

› **선원의 마누라** 행복한 항구의 창녀

› **라나** 그녀의 딸, 젊은 창녀

› **통나무 베타니, 애꾸눈 이나, 이벤의 아사도라** 행복한 항구의 창녀들

붉은 로고, 길로로 도타레, 길레노 도타레, 깃펜이라 불리는 작가, 요술쟁이 코소모 행복한 항구의 손님들

타가나로 부둣가 소매치기, 도둑

› **카소** 바다표범 왕, 타가나로가 훈련한 바다표범

› **작은 나보** 타가나로와 가끔 동업함

미르멜로, 우울한 조스, 퀜스, 알라쿼, 슬로이 밤마다 '배'에서 공연하는 배우들

시브론 살인 취향이 있는 부둣가 창녀

술고래 딸 종잡을 수 없는 성격의 창녀

궤양 제인 성별이 불확실한 창녀

친절한 남자와 부랑아 흑백의 집에서 다면신을 섬기는 종들

움마 신전 요리사

잘생긴 남자, 뚱뚱한 친구, 귀족, 엄숙한 얼굴, 사팔뜨기, 굶주린 남자 다면신의 비밀스러운 종복들

아리아 스타크 쇠주화를 지닌 소녀, 아리, 낸, 족제비, 비둘기 고기, 솔티, 캣으로도 불림

쿠후루 모 여름 군도 톨트리스타운 출신, 상선 시나몬윈드호의 선주

› **코자 모** 쿠후루 모의 딸, 붉은 궁수

› **숀도 도루** 시나몬윈드호의 항해사

까마귀의 향연 2

얼음과 불의 노래 제4부

1판 1쇄 발행 2008년 6월 11일
개정판 1쇄 발행 2012년 3월 20일
개정2판 1쇄 발행 2019년 8월 5일
개정2판 3쇄 발행 2023년 6월 1일

지은이 · 조지 R. R. 마틴
옮긴이 · 이수현
펴낸이 · 주연선

총괄이사 · 이진희
책임편집 · 심하은 이경란
디자인 · 손주영 이다은 김지수
마케팅 · 장병수 김진겸 이한솔 이선행 강원모
관리 · 김두만 유효정 박초희

(주)은행나무
04035 서울특별시 마포구 양화로11길 54
전화 · 02)3143-0651~3 | 팩스 · 02)3143-0654
신고번호 · 제 1997-000168호(1997. 12. 12)
www.ehbook.co.kr
ehbook@ehbook.co.kr

ISBN 979-11-89982-33-1 04840
ISBN 978-89-5660-898-3 (세트)